KB180416

한국문학평론가협회 평론총서 ❸

예술혼과 운명의 언어

김종회

경남 고성에서 태어나 경희대학교 국어국문학과를 졸업하고 동 대학원에서 문학박사 학위를 받았으며 26년 간 경희대학교 국어국문학과 교수로 재직했다.
1988년 『문학사상』을 통해 문학평론가로 문단에 나온 이래 활발한 비평 활동을 해 왔으며 『문학사상』, 『문학수첩』, 『21세기문학』, 『한국문학평론』 등 여러 문예지의 편집위원 및 주간을 맡아 왔다. 한국문학평론가협회, 한국비평문학회, 국제한인문학회, 박경리 토지학회, 조병화시인기념사업회, 한국아동문학연구센터 등 여러 협회 및 학회의 회장을 지냈다.
현재 황순원문학촌 소나기마을 촌장, 이병주기념사업회 공동대표, 한국디카시인협회 회장을 맡고 있다. 김환태평론문학상, 김달진문학상, 편운문학상, 유심작품상 등의 문학상을 수상했으며 『문학과 예술혼』, 『문학의 거울과 저울』, 『영혼의 숨겨진 보화』 등의 평론집, 『한민족 디아스포라 문학』 등의 저서, 『삶과 문학의 경계를 걷다』 등의 산문집이 있다.

한국문학평론가협회 평론총서 ❸

예술혼과 운명의 언어

초판 1쇄 인쇄 2022년 4월 20일
초판 1쇄 발행 2022년 5월 10일

지 은 이 김종회
펴 낸 이 이대현

책임편집 이태곤
편 집 권분옥 문선희 임애정 강윤경
디 자 인 안혜진 최선주 이경진
기획/마케팅 박태훈 안현진

펴 낸 곳 도서출판 역락
주 소 서울시 서초구 동광로46길 6-6 문창빌딩 2층(우06589)
전 화 02-3409-2055(대표), 2058(영업), 2060(편집) FAX 02-3409-2059
이 메 일 youkrack@hanmail.net
홈페이지 www.youkrackbooks.com
등 록 1999년 4월 19일 제303-2002-000014호

ISBN 979-11-6742-296-5 04810
ISBN 979-11-6742-199-9(세트)

*정가는 뒤표지에 있습니다.
*잘못된 책은 바꿔 드립니다.

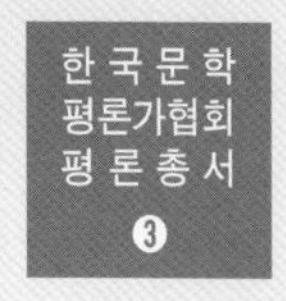

예술혼과 운명의 언어

김종회 평론집

역락

글쓰기의 운명이 이른 곳

한 사람의 생애에 있어서 자신의 뜻대로 할 수 없는 불가항력과 마주쳤을 때, '운명'이란 말이 떠오른다. 뜻대로 할 수 없기에 운명인 것이다. 그러기에 일찍이 그리스의 철학자 세네카는 "운명에 저항하면 끌려가고 순응하면 업혀간다"고 했다. 그런가 하면 이탈리아의 정치사상가 마키아벨리는 "인간은 운명에 몸을 맡길 수 있어도 그것에 관여할 수 없다. 인간은 운명이라는 실을 꼴 수 있어도 그것을 자를 수 없다"고 했다. 한국의 작가 이병주는 그의 소설 여러 곳에서 "운명이라는 단어가 등장하면 모든 토론은 종결이다"라고 썼다. 삶이 이끄는 방향을 따라 '이 길 밖에 없으리니'를 다짐하며 살아가는 이들은 모두 운명의 주박(呪縛)을 만난 경우에 해당한다.

문학 또한 마찬가지다. 책을 읽고 글을 쓰고 작품을 생산하는 그 곤고한 과정에 일생을 건 문인들에게는, 문학이야말로 외길의 운명이다. 중요한 사실은 이때 운명의 강심(江心)에 스스로를 던지는 일이, 외부의 강압에 의해서가 아니라 자발적 의지가 더 우세한 선택이라는 데 있다. 사정이 그러하다면 그 선택의 당사자는 눈앞에 다가온 운명을 외면하지 않고 흔쾌히 수용한 것이 된다. 여기에 주목하여 살펴보면 G. 킹켈이 "사람은 자기의 운명을 자기 자신이 만든다"라 하고, F. E. 가이벨이 "운명보다 강한 것이 있다면 그것은 동요하지 않고 운명을 짊어지는 용기다"라고 한 말을 납득할 수 있다. 심지어 이병주는 『관부연락선』에서 "운명… 그 이름 아래서만이 사람은 죽을 수 있는 것이다"라고 적었다.

한 작가나 시인이 가진 '꺼지지 않는 불꽃'과도 같은 예술혼은, 그렇게 문학이라는 운명을 만나 제 소임을 다한다. 문학이 함께 이루는 울울창창(鬱鬱蒼蒼)한 숲 가운데서 제각기 하나의 나무로 서 있는 작가들은, 어느 누구를 막론하고 제 몫의 운명을 걸머지고 사유(思惟)하며 글을 쓴다. 그러므로 한 작가의 한 작품을 읽는 행위를 두고, 단순한 독서를 넘어 좀 더 진중하게 말하자면 곧 그의 운명을 읽는 일이 된다. 이와 같은 생각은 한편으로는 따뜻한 관심을 가지고 그 작가에게 접근하는 것이며, 다른 한편으로는 창작심리학적 바탕 위에서 그의 내면세계를 검색하는 것이 된다. 작가, 시인, 수필가 등 여러 문인의 작품과 동행하는 이 책에 '예술혼과 운명의 언어'란 표제를 붙인 이유다.

이 책은 모두 5부로 구성되었다. 1부 '운명의 길목에서 꽃핀 문학'은, 한국 현대문학의 주요 작가들이 자신의 시대와 문학의 접점에 이르러 어떻게 그 운명론적 현장을 소설로 표현했는가를 살펴보았다. 2부 '삶과 문학의 조화로운 만남'은, 그 후대의 작가들이 현실 사회 가운데서 어떻게 문학의 정화(精華)를 꽃피우려 애썼는가를 궁구(窮究)했다. 3부 '감성의 극점과 내면의 성찰'은, 우리 문학의 주요 시인들 그리고 운명애의 자각으로 시 창작에 투신한 시인들이 어떻게 시적 감성을 고양하고 이를 통해 내면의 자아 발견에 도달하는가를 탐색했다. 4부 '이중문화 환경과 시적 발화'는 미국 뉴욕·LA·플로리다 등 여러 곳에서 이중언어의 장벽을 넘어 모국어의 숨결을 붙들고 시를 쓰는 시인들의 시 세계를 추적했다. 그리고 5부 '문학이 공여하는 균형감각'은, 근대 이래 지금까지 수필, 잡지 등 여타 장르와 문화론에 관한 글들을 묶었다.

이 책은 저자의 11번째 평론집이다. 그동안 10권의 평론집을 내면서 현장 비평가의 역할을 어느 정도 감당했다고 여겼는데, 문학에 운명을 건 문필들은 영일(寧日)이 없어 저자 또한 비평의 눈길과 손길을 내려놓지 못한 셈이다. 그래도 그 평론집들로 우리 문학이 마련한 8개의 문학상을 받은 터이니, 그야말로 '내 잔이 넘치나이다'라고 고백하지 않을 수 없다. 이 책에 실린 글들은 주로 직전 평론집 『영혼의 숨겨진 보화』 이후, 그리고 30년 적을 두고 있던 대학에서 퇴임한 이후에 쓴 것이다. 앞으로 외롭고 곤고하더라도 이 글쓰기의 행로를 지속해야 할 듯하다. 부족한 글이 모여 하나의 소담스러운 저술이 될 수 있도록 해주신 도서출판 역락에 깊은 감사의 마음을 전한다.

2022년 새봄

저자 김종회

발간사

근대 이후 비평의 영향력이 지금처럼 약화된 적이 있었던가? 비평이 문학은 물론 문화·예술의 변화와 발전을 견인하는 중요한 동력으로 작용하면서 그것의 순기능적인 면에 익숙해진 우리 비평가들에게 '지금, 여기'에서의 이런 상황은 여간 당혹스러운 것이 아니다. 후기자본주의 문화논리에 입각한 소비사회의 도래와 비트라는 새로운 물적 토대에 기반 한 디지털 사회의 도래는 불균형과 부조화 그리고 부정성 대신 균형 잡히고 조화로우며 모든 것을 매끄럽게 느끼고 이해하려는 이른바 '긍정적 유토피아'(한병철)의 세계를 만들어버렸다. 고뇌에 찬 불안과 부정의 태도에서 벗어나 육체에 의한 감각의 유희에 탐닉하게 됨으로써 자연히 무엇을 인지하고 이해, 판단하는 사유의 과정은 약화되거나 망각되어버렸다.

사유의 약화 내지 망각은 곧 비평의 약화 내지 망각을 의미한다. 더 이상 사유하려하지 않는 사회에서 비평의 자리는 그만큼 작아질 수밖에 없는 것이다. 이 작아짐을 우리는 '지금, 여기'에서 목도하고 있지 않은가. 그런데 이 대목에서 우리가 한번쯤 생각해봐야 할 것이 있다. 그것은 이 작아짐을 우리가 비평의 기능과 역할의 약화 내지 축소로 이해하고 있는 것은 아닌가 하는 점이다. 우리가 인지하고 있는 비평은 근대의 산물이다. 근대라는 제도가 만들어낸 문학의 한 양식인 것이다. 이 사실은 지금까지 우리가 알고 있던 비평의 개념과 범주 혹은 비평의 기능과 역할은 이러한 근대적인 규정 하에서 이해하고 판단해 왔다는 것을 의미한다. 이러한 근대 비평의 개념과 범주 내에서 '지금, 여기'에서 발생하고 형성된 다양한 문학, 예술, 문화의 양식을 규정하고 포괄하기에는 한계가 있다. 가령 최근 새롭게 부상하고 있는 웹소설이나 SF, 판타지, 탐정, 로망스 같은 장르문학 그리고 게임 같은 양식을 근대 비평의 개념과 범주로 이해하고 판단하는 것은 불가능하다고 볼 수 있다. 근대적인 차원을 넘어서는 플랫폼으로 대표되는 테크놀로지, 대중소비사회의 생산과 소통 체계, 마케팅과 비즈니스 등과 같은 탈근대적 문화산업의 차원에서 접근할 때 그것은 온전히 이해되고 또 해석될 수 있는 것이다. 이러한 일련의 사실은 근대 다시 말하면 근대 비평의 개념과 범주를 확장하고 심화할 것을 요구한다고 할 수 있다. 근대와의 단절이 아닌 근대를 이어받으면서 그것을 넘어서는 비평에 대한 새로운 인식과 접근 방식이 필요한 것이다. 우리 한국문학평론가협회에서 새롭게 '평론총서'를 기획한 의도가 바로 여기에 있다. 주로 구성원이 문학을 전공한 평론가들이지만 점차 문학을 넘어 문화의 차원에서 비평 활동을 하고 있는 평론가들도 늘어나고 있다. 이들 사이에는 차이와 함께 공통점도 존재한다. 이 둘을 비평이라는 개념과 범주 내에서 서로 포괄하고 융합하여 보다 생산적이고 창의적인 시너지 효과를 내는 것이 우리들의 의도이고 또 바람이다. 이것은 근대와 탈근대 혹은 문학과 문화의 영역을 배제와 소외가 아닌 포괄과 융화의 관점에서 수용함으로써 비평의 영역을 새롭게 확장하고 심화하는 것을 목적으로 한다는 것을 의미한다. 후기자본주의 문화논리에 입각한 소비사회로의 진입과 비트를 기반으로 한 디지털 사회로의 진입은 비평의 기능과 역할의 다양성과 복잡성을 요구한다. 우리 비평은 이러한 흐름에 민감한 자의식을 가져야 하며, 그 결과로 드러나게 될 비평의 지형과 전망에 대해서도 보다 적극적인 태도를 견지해야 하리라고 본다.

우리는 이번에 기획하는 한국문학평론가협회 평론총서가 우리 비평의 좌표 역할 뿐만 아니라 그 수준을 가늠할 수 있는 시금석이 되기를 바란다. 이를 위해 우리는 언제나 열린 태도를 견지해 나갈 것이며, 나르시시즘적인 자기만족과 타자를 억압하고 차별을 발생시키는 권력 지향의 에꼴을 경계하고 부정해나갈 것이다. 우리는 아웃사이더 정신과 지적 모험을 통해 비평의 본래적 의미를 되찾고, 미지의 영역으로 존재하는 새로운 비평의 영토를 끊임없이 탐색해 나갈 것이다.

2021년 9월

한국문학평론가협회 평론총서 발간위원회

차례

Ⅱ부 • 삶과 문학의 조화로운 만남

Ⅲ부 · 감성의 극점과 내면의 성찰

Ⅳ부 • 이중문화 환경과 시적 발화

V부 · 문학이 공여하는 균형감각

I부

운명의 길목에서 꽃핀 문학

순수와 절제의 미학

- 황순원의 삶과 문학

1. 순수성과 완결성의 미학, 그 소설적 발현

오랫동안 글을 써온 작가라고 해서 반드시 훌륭한 작품을 남기는 것은 아니다. 그러나 작품의 제작에 지속적 시간이 공여된 문학은 그렇지 않은 경우에 비추어 더 넓고 깊은 세계를 이룰 가능성을 갖고 있다. 해방 70여 년을 넘긴 우리 문단에 명멸한 많은 작가들이 있었지만, 평생을 문학과 함께 해왔고 그 결과로 노년에 이른 원숙한 세계관을 작품으로 형상화하는, 유다른 성취를 이룬 작가는 그리 많지 않다.

황순원이 우리에게 소중한 작가인 것은 시대적 난류 속에서 흔들림 없이 온전한 문학의 자리를 지키면서 일정한 수준 이상의 순수한 문학성을 가꾸어왔고, 그러한 세월의 경과 또는 중량이 작품 속에서 느껴지고 있다는 점과 긴밀한 상관이 있다. 장편소설로 만조(滿潮)를 이룬 황순원의 문학을 거슬러 올라가 보면, 시에서 출발하여 단편소설의 세계를 거쳐 온 확대 변화의 과정을 볼 수 있다. 그의 소설 가운데 움직이고 있는 인물들이나 구성 기법 및 주제의식도 작품 활동의 후기로 오면서 점차 다각화, 다변화되는 경향을 보인다.

여러 주인공의 등장, 그물망처럼 얼기설기한 이야기의 진행, 세계를 바라보는 다원적인 시각과 인식 등이 그에 대한 증빙이 될 수 있겠다. 그러나 그 다각화는 견고한 조직성을 동반하고 있으며, 작품 내부의 여러 요소들이 직조물의 정교한 이음매처럼 짜여서 한 편의 소설을 생산하는 데 이른다.

이러한 창작 방법의 변화는 한 단면으로 전체의 면모를 제시하는 제유법적 기교로부터 전면적인 작품의 의미망을 통하여 삶의 진실을 부각시키는 총체적 안목에 도달하는 과정을 드러낸다. 단편 문학에서 장편 문학을 향하여 나아가는 이러한 독특한 경향이 한 사람의 작가에게서 순차적으로 진행되고 있음은 보기 드문 경우이며, 그 시간상의 전말이 한국 현대 문학사와 함께했음을 감안할 때 우리는 황순원 소설 미학을 통해 우리 문학이 마련하고 있는 하나의 독창적 성과를 확인할 수 있는 것이다.

황순원의 첫 작품집에 해당되는 시집 『방가』와 뒤이은 시집 『골동품』에 나타난 시적 정서는 초기 단편에 그대로 이어져서, 신변적 소재를 중심으로 하는 주정적(主情的) 세계를 보여준다. 이 시기의 작품들은 삶의 현장과 직접적으로 관련되어 있지 않은데, 이는 아마도 '암흑기의 현실적인 제약과 타협하지도 맞서지도 않았기 때문'일 것이다. 상실과 말소의 시대를 지나온 이러한 자리지킴은 그에게 후일의 문학적 성숙을 예비하는 서장으로 남아 있다.

『곡예사』와 『학』 등의 단편집을 거쳐 『카인의 후예』나 『나무들 비탈에 서다』와 같은 장편소설로 넘어오면서 황순원은 격동의 역사, 곧 6·25 동란을 작품의 배경으로 유입한다. 삶의 첨예한 단면을 부각하는 단편과 그 전면적인 추구의 자리에 서는 장편의 양식적 특성을 고려할 때, 그와 같이 굵은 줄거리를 수용할 수 있는 용기(容器)의 교체는 납득할 만한 일이다.

그러면서도 여전히 절제되고 간결한 문장, 서정적 이미지와 지적 세련의 분위기를 유지하고 있는데, 장편소설에서 그것이 가능하고 또 작품의 중심 과제와 무리 없이 조응하고 있다는 데서 작가의 특정한 역량을 짐작할 수 있다. 그는 산문적, 서사적 서술보다 우리의 정서 속에 익숙한 인물이나 사물의 단출한 이미지를 표출함으로써 소설의 정황을 암시적으로 드러내 보인다. 이러한 묘사적 작풍(作風)이 단편의 특징을 장편 속에 접맥시켜 놓고도 서투르지 않게 하고 오히려 단단한 문학적 각질이 되어 작품의 예술성을 보호한다.

대표적 장편이라 호명할 수 있는 『일월』과 『움직이는 성』에 이르러 황순원은 인간 존재에 대한 철학적 성찰을 깊이 있게 전개하며, 그 이후의 단편집 『탈』과 장편 『신들의 주사위』에 도달하면 관조적 시선으로 삶의 여러 절목들을 조망하면서 그때까지 한국 문학사에서 흔치 않은, 이른바 '노년의 문학'을 가능하게 한다. 천이두는 이를 '단순히 노년기의 작가가 생산했다는 의미가 아니라 노년기의 작가에게서만 느낄 수 있는 독특하고 원숙한 분위기의 문학'이라는 적절한 설명으로 풀이한 바 있다.

황순원의 작품들은, 소설이 전지적 설명이 없이도 작가에 의해 인격이 부여된 구체적 개인을 통해 말하기, 즉 인물의 형상화를 통해 깊이 있는 감동의 바닥으로 독자를 이끌 수 있음을 잘 보여준다. 그러할 때 그에 의해 제작된 인물들은 따뜻한 감성과 인본주의의 소유자이며 끝까지 인간답기를 포기하지 않는 성격적 특성을 가지고 있다.

하나의 완결된 자기 세계를 풍성하고 밀도 있게 제작함으로써 깊은 감동을 남기고 있는 황순원의 작품들은, 한국 문학사에 독특하고 돌올한 의미의 봉우리를 형성하고 있다. 그것은 또한 현대사의 질곡과 부침(浮沈)을 겪어오는 가운데서도 뿌리 깊은 거목처럼 남아 있는 이 작가에게 우리가 보내는 신뢰의 다른 이름이기도 하다.

2. 단단한 서정성, 또는 시대현상의 선별적 수용 - 단편들

황순원 단편 소설의 의미와 가치를 보다 심층적으로 살펴보기 위해 「독 짓는 늙은이」, 「목넘이 마을의 개」, 「소나기」 등 주요 단편을 분석해 보면, 마침내 인본주의 또는 인간중심주의의 개념을 수거할 수 있다. 그 이외의 다른 단편들도, 한결같이 인간이 근원적으로 그 내부에 간직하고 있는 순수성과 그것의 소중함에 대한 소설적 형용을 보이고 있다.

전쟁 직후인 1955년부터 1975년까지 20년에 걸쳐 쓴 후기 작품 21편을 묶은 단편집 『탈』에는 「소리 그림자」, 「마지막 잔」, 「나무와 돌, 그리고」 등이 실려 있다. 이 단편집의 전반적인 성격이 노년과 죽음의 문제에 관한 수준 있는 성찰을 보이고 있는 것인데, 여기 예거한 세 작품은 인간의 순수한 근원 심성과 삶 또는 죽음이라는 명제가 어떻게 대척적으로 맞서 있고 또 어떻게 그 조화롭게 악수하는가를 감동적으로 보여준다.

「소리 그림자」에서 한 어른의 무분별한 노기로 인하여 40평생을 불구의 종지기로 살다가 죽은 어릴 적 친구의 그림에서 경건하도록 맑은 즐거움을 찾아낼 수 있을 때, 우리에게 다가오는 것은 종소리의 여운과도 같은 감동의 파문이다. 그것은 한없는 분노를 청량한 웃음으로 삭여낼 수 있다는 사실이 생경한 교훈에 의해서가 아니라 고통스러운 40년의 삶을 대가로 지불하고 체득한 용서의 표현으로 받아들여짐으로써 경험되는 감동이다.

이러한 소설의 완결형이 보이는 깊이는 간결하게 절제되고 시적 감수성이 담긴 단단한 문체를 바탕으로 하고 있다. 그러할 때, 우리는 아득하게 먼 듯 보이는 삶과 죽음 사이의 거리가 불현듯 지척으로 좁혀짐을 느끼게 된다. 타계한 친구를 침묵으로 조상하는 실명소설 「마지막 잔」은 이 상거(相距)를 한 잔 술로 넘고 있다. '병밑의 술을 탁자 옆 허공에다 쏟아부음'으로써 망자와의 교감을 유지하는 화자의 행위는 청신하다. 이 소박한 의식을 통해 화자는 죽음이 우리에게 밀착되어 있는 삶의 동반자임을 말하고 있다.

삶과 죽음의 거리를 술 한 잔으로 무화시키는 소설적 상황 구성은 결코 만만한 발견이 아니다. 초기 단편에서부터 주인공의 '떨림'을 안정시켜 온 술의 의미가 죽음의 중량을 감당할 만큼 진전된 것은, 황순원 소설의 문학성을 가늠해 볼 한 단서가 될 수 있으며 또한 이 작가의 세계관이 마련해놓은 시각의 원숙도와도 결부되어 있을 것이다.

'마시는 군/ 음'과 같은 간략한 지문을 통해서도 화자와 친구의 관점은 어렵지 않게 동화된다. 친구의 대사를 화자가 대신하거나 그 역으로 되어도 별로 거부감이 없을 만큼 두 사람의 거리는 근접되어 있다. 작품 속을 흐르고 있는 애절한 우의를 집약하여 망자를 대하고 있는 화자의 외로운 주석(酒席)은 초혼제의 제례에 필적할 만하다. 그리하여 그들이 지금까지 누려온 평교간의 일상성이 시공을 초극하는 영혼의 교통으로 상승한다. 이 상승 작용이 바로 산 자와 죽은 자의 공간적 간극을 넘어서게 하는 동력원으로 기능하고 있다.

역시 죽음의 문제를 다룬 단편 「뿌리」는 노추하고 보잘 것 없는 삶의 모래밭에서 사금(砂金)처럼 반짝거리는 진실의 축적을 예시하고 그 소재를 캐어낸 작품이다. 이 작가가 논거하고 있는 평범한 사람들의 죽음은 이처럼 조출하지만 내면적 품격을 갖춘 것이며, 그것이 참으로 순수하고 자연스러울 때 「나무와 돌, 그리고」에서처럼 '장엄한 흩어짐'으로 표상된다.

은행나무 잎이 산산이 흩뿌려지는 광경에서, 이 작품의 화자는 범상한 삶의 경험 가운데서 암시되는 장엄한 죽음의 모습을 본다. 화자는 '뭔가 속깊은 즐거움에 젖어 한동안 나뭇가지를 떠날 수'가 없다. 그는 단순히 계절의 생명을 끝내는 은행나무 잎을 보고 있는 것이 아니라, 삶과 죽음이 상징적으로 통합되는 절체절명의 순간에 내면적 충일이 '황금빛 기둥'으로 극대화되는 환각을 체험하고 있다. 시 「기운다는 것」에서 '내 몸짓으로 스러지는 걸' 보아 달라고 하는 작가는, 삶과 죽음의 접점에서 그 몸짓이 격에 맞는 것일 때 '아무런 미련도 없는 장엄한' 모습으로 드러날 수 있음을 인식했던 것이다.

우리가 일생을 두고 추구하는 가치 있는 삶의 본질에 대한 소설적 수사학이 황순원에게 있다는 사실이 이 작가를 기리는 절실한 사유 중 하나가 될 것이다. 그 본질적인 것의 순수함과 아름다움에 대한 태도에 있어서, 그의 소설적 화자는 죽음과 대면하고서도 요동하지 않았다. 그러기에 우리는 그의 소설이 그 일생을 건 구도(求道)의 길이었음을 납득할 수 있고, 그의 소설에 기대어 우리 또한 소설적 인생론의 진수를 체험하는 터이다.

3. 전란의 상흔과 모순에 맞선 인간중심주의 - 초기 장편들

6·25동란이 발발하기 넉 달 전인 1950년 2월, 황순원은 첫 장편 『별

과 같이 살다』를 정음사에서 간행했다. 1947년부터 「암콤」, 「곰」, 「곰녀」 등의 제목으로 이곳저곳에 분재되었던 것에 미발표분까지 합쳐서 묶은 이 소설은, 그 중간제목들이 말해주듯이 일제 말기에서부터 해방 직후까지의 참담한 시대상을 통해 우리 민족의 수난사를 담으려 했다. 그의 장편소설로서는 유일하게 '곰녀'라는 한 여인을 주인공으로 설정하고 있기도 하다.

1953년 9월부터 황순원은 『문예』에 새 장편 『카인의 후예』를 연재하기 시작했으며 우여곡절 끝에 집필을 완료하고, 그 다음해인 1954년 중앙문화사에서 김환기의 장정으로 단행본으로 상재했다. 이는 1950년대 한국문학의 대표작이 되었다. 또한 1955년 1월부터 장편 『인간접목』을 『새가정』에 1년간 연재하여 완결하였다. 발표 당시의 제목은 『천사』였으나 1957년 10월 중앙문화사에서 단행본으로 출간할 때 오늘의 제목으로 개제하였다. 이는 작가가 30대 후반에 체험한 동란의 비극을 소설로 옮긴 것이며, 이 민족적인 아픔을 본격적인 장편문학으로 수용한 한국문학의 첫 6·25 장편소설로 일컬어진다.

황순원은 1960년 1월부터 전란의 문제를 다룬 또 하나의 중요한 장편 『나무들 비탈에 서다』를 『사상계』에 연재하기 시작하여 7월호에 완결하게 되는데, 이는 9월에 같은 출판사에서 단행본으로 상재되었다. 피카소의 그림을 표지화로 김기승의 글씨를 제자로 한 이 단행본에서는, 발표 당시 허무주의자 주인공 현태를 자포자기의 자살로 버려두었던 것을 일부 수정하여, 일말의 정신적 구원 가능성을 암시하는 것으로 바꾸어 놓는다.

이 작품은 작가에게 이듬해 예술원상 수상을 가져다주었으나, 이 작품을 평한 백철과 더불어 작가의 의식과 시대상의 반영에 관한 두 차례의 유명한 논쟁을 촉발하게 한다. 이미 언급한 '작가는 작품으로 말한다'는 신념 아래 일체의 잡글을 쓰지 않으며 심지어 신문 연재소설도 끝까지 마다한 작가의 문학적 엄숙주의에 비추어보면, 『한국일보』에 발표되었던 두 편의 논쟁문은 매우 특이한 사례에 속한다.

오늘날에 와서 우리가 이 논쟁을 다시 돌이켜볼 때, 다른 모든 소설적 가치들을 제외하고라도 작품의 총제적 완결성에 관한 한, 자기세계를 치밀하고 일관되게 제작해온 작가의 반론을 무력화시킬 수 있는 어떠한 논리도 작성되기 어려웠으리라 짐작된다. 미상불 「비평에 앞서 이해를」(『한국일보』, 1960.12.15.)과 「한 비평가의 정신자세-백철 씨의 소설작법을 도로 반환함」(『한국일보』, 1960.12.21.)이라는 제목만 일별해 보아도 그의 오연한 결의가 느껴지는 바 없지 않다.

전란의 시대를 관통해오면서 그 체험을 소설문법으로 형용한 황순원은, 전란의 파고에 휩쓸리거나 그에 억압되어 소설을 쓴 작가가 아니었다. 험악한 시대를 깨어있는 정신으로 살아야 했던 그의 문학적 발화법은, 문학에 관한 자신의 분명한 인식과 판단을 중심 줄기로 하여 그 줄기에 전란의 여러 상황을 부가적 절목으로 편입시키고 있는 경우에 해당한다. 손창섭이나 장용학을 필두로 하여 전후에 급작스러운 빛을 발했던 많은 전후문학 작가들과 그가 구별되는 지점이 바로 여기일 터이다.

4. 소설의 조직성과 해체의 구조 - 본격적인 장편들

황순원 소설의 인물 분석을 통해 드러나는 중요한 특징은, 인물 속성의 지향점이 변화한다는 사실이다. 초기의 작품에서 보이던 신변적 취향의 인물들이 전란을 소재로 한 작품에 이르러 사회적 맥락 속의 인물로, 다시 『일월』 이후에는 인간의 운명과 존재에 대한 철학적 사고를 유발하는 인물로 변신하고 있다. 이는 '아름다움으로 묘사된 삶의 순간이나 사물의 상태가 초기의 단편들에서는 소멸의 미학을 지니고 있었다면, 최근의 그것은 생성과 유대의 미학을 내보이고 있다'는 김치수의 지적과도 관련되어 있다.

황순원은 인물설정에 있어 전형적 인물과 개성적 인물, 평면적 인물과 입체적 인물을 효과 있게 병렬시키고 있으며, 그 형상화 과정에서도 행동 및 사건 전개에 호소력을 갖는 극적 방법과 심리적 동향을 부각시키는 분석적 방법을 적절하게 혼용하고 있다. 그런데 『신들의 주사위』에 이르면 평면적 인물과 입체적 인물의 역할에 대한 혼란의 징후가 엿보인다.

한 작품 속에서 성격이 변화하지 않는 인물과 변화, 발전하는 인물의 구분이 모호해지고 주변인물들이 고착되어 있기를 거부한다. 한 소읍을 근거지로 살아가는 여러 사람들에게 비슷한 비중이 주어져서 마치 그 소읍 전체가 동시적으로 움직이는 듯한 감을 준다. 그러면서 각기의 분절적 움직임들이 '가족문제, 농촌문제, 공해문제, 통치문제 등으로 확대'되고 있으며 새로운 문물의 유입과 함께 한 지역사회가 변동해가는 내면의 실상을 보여주고 있다.

이와 같은 인물설정 기법의 확산은 작품구조 및 주제의 확산과 함께 이루어지며, 작품의 중심 과제를 종합적으로 투시하려는 원숙한 시선에서 기인하는 것으로 보인다. 그것은 한국소설사에서 황순원의 작품이 이루어놓은 간척지이자 그 지평의 가장 전방지점일 것이다. 『신들의 주사위』 이후 그가 세상사를 원숙한 시각으로 축약하는 시들을 창작하여 다시 시인으로 돌아가고 있음은 바로 그것을 말해주는 듯하다.

인물들의 행동과 사건 역시 일정한 변화를 보여준다. 『일월』에서 인철을 중심으로 통일되어 있던 것이 『움직이는 성』에 이르면 준태, 성호, 민구 등 등장인물들의 개성적 성격과 행동이 산발적으로 나타나면서 작품의 주제를 부각시키는 데 다각적으로 접근하고 있다. 마치 '진리는 하나이지만 네카의 입방체처럼 다방면에서의 관찰이 가능하다'는 기하학의 원리와도 유사하다. 이 개인적이고 개별적인 단락들의 관계가 함께 엮어지면서 소설이라는 조직체를 이루는 것은, 그 배면에서 유기적 통합을 감리하는 작가의 구성력을 인식하게 한다.

이와 같은 사실은 『신들의 주사위』에서 더욱 확연하게 드러난다. 창작방법의 이러한 변화는 '근대사의 흐름과 함께 한 사회의 무질서 속에서 작가 자신이 어떤 질서를 발견할 수 있었기 때문'에 가능한 것인지도 모른다. 아도르노가 『미학이론』에서 '구성의 원칙 가운데 각 계기들을 주어진 단일체 속에 끌어들여 해체하는 경우에도 매끄럽게 만드는 요인, 조화를 강조하는 측면이 나타난다'고 하고 '다양한 것들을 종합하는 것이 구성'이라고 한 것은 황순원 소설의 확산구조와 그 유기적 결합의 질서를 논리적으로 강화해 준다.

작품구조에 관한 작가의 질서의식은 소설에 조직성을 부여할 뿐만 아니라, 어느 정도 무리를 무릅쓰고 말하자면 그처럼 질서 있는 시각으로 세계를 볼 때 주제적인 측면에서 『움직이는 성』의 '창조주의 눈'과 같은 향일성의 미래를 예시하게 된다고 보인다. 황순원 소설이 후기의 장편으로 오면서 작품구조의 확산을 시도하면서 마치 소설의 조직성이란 문제에 대해 답안을 제시하듯이 정교한 이음매로 이루어진 구조를 유지하고 있음은 결코 우연한 일이 아니다.

그러한 구조적 확산을 가져온 작가의 내면의식을 추단하기는 용이한 일이 아니지만, 아마도 작품의 주제가 철학적 사고를 동반하는 것으로 되면서 여러 측면에서 종합적으로 고찰하려는 의도가 숨어있으리라 여겨진다. 그리고 『일월』에 있어서 백정에 관한 지식, 『움직이는 성』에 나오는 무속과 농학에 관한 지식들이 단순한 현학 취미의 나열이 아니라 작품의 주제와 긴밀한 상징적 연결을 이루고 있다는 점도 지적할 필요가 있다. 이는 역사적 과학적 학술 자료들이 어떻게 정서적 예술 감각의 여과를 거쳐 작품구조 속으로 편입되도록 할 수 있느냐에 대한 좋은 보기가 될 수 있을 것이다.

황순원의 소설작법이 후기 장편으로 오면서 전반적으로 확산되는 경향을 보이는 것은, 근대사의 격동기를 수용하기 위하여 단편에서 장편으로 소설양식을 변화시켰듯이 그 내부에서도 작품의 중심과제를 복합적으로 투시하기 위한 확대변화를 시도한 것이라 할 수 있다. 창작활동의 마지막 단계에서 발표된 함축적인 단편 및 시로의 회귀는, 그가 온 생애를 통해 가꾸어놓은 문학의 질량을 명징하게 축약하고 집적하는 작업으로 이해할 수 있을 것이다.

5. 인간에 대한 신뢰, 그 존엄성을 증거한 문학

황순원의 시와 초기 단편들, 그리고 순서가 앞선 장편들조차도 기실 우리가 두 발을 두고 있는 구체적 삶의 현장에 과감히 뛰어든 문학이 아니다. 그러나 소재적 측면에서 초기 이후의 단편, 그리고 단편에서 장편으로 넘어오면서 황순원의 작품에는 한국현대사의 가장 큰 격동의 사건인 6·25동란이 배경으로 등장한다. 인생의 여러 면모를 전면적으로 추구하는 데 적합한 장편소설의 양식을 통하여 전란의 와중과 전후에 펼쳐진 좌절 및 질곡을 표현하고자 했을 것임은 앞서 살펴본 바와 같다.

1930년 열여섯에 시를 쓰기 시작하여 1992년 일흔여덟까지 작품을 쓴 황순원은 시 104편, 단편 104편, 중편 1편, 장편 7편의 거대한 문학적 노적가리를 남겼다. 이 작품들은 그로 하여금 한국 현대문학에 있어서 온갖 시대사의 격랑을 헤치고 순수문학을 지켜온 거목으로, 그리고 작가의 인품이 작품에 투영되어 문학적 수준을 제고하는 데까지 이른 작가정신의 사표로 불리게 하였다. 혹자는 역사적 사실주의의 시각에 근거하여 황순원이 서정성과 순수문학 속으로 초월해버렸다고 비판하기도 한다. 그러나 그렇게만 말한다면 이는 단견의 소치이다. 황순원의 문학과 시대 현실의 관계는 흥미로운 굴곡을 이루고 있다.

초기 단편에서는 작가 자신의 신변적 소재가 주류를 이르면서 토속적 정서와 결부된 강렬하고 단선적인 이미지가 부각되고 있다. 「목넘이 마을의 개」를 전후한 단편에서부터 『나무들 비탈에 서다』까지의 장편에서는 수난과 격변의 근대사가 작품의 배경으로 유입되어 현실의 구체적인 무게가 가장 크다. 장편 『일월』과 『움직이는 성』그리고 단편집 『탈』에서는 인간의 운명에 관한 철학적 종교적 문제가 천착되면서 시대 현실이 한 걸음 후퇴한다. 그러나 『신들의 주사위』에 이르면 인간 존재에 대한 철학적 탐구는 그대로 지속되되, 한 지역 사회가 변모해가는 내면적 모습이 함께 그려진다.

이처럼 황순원의 소설들을 발표순에 따라 배열해보면, 작품의 주제와 시대현실 사이의 직접적인 상관성이 대체로 〈無-有-無-有〉의 순서로 나타난다. 이와 같은 굴곡은 이 작가가 시대 현실에 대한 인식을 위주로 소설을 써온 것이 아니라, 작품의 구조에 걸맞도록 시대 현실을 유입시키고 있음을 뜻한다고 할 수 있다.

처음의 세 단계는 신변적 소재-사회적 소재-철학적 소재로 작품 성향이 변화하는 양상을 말해주는 것이며, 마지막 단계에서는 시대현실을 다루는 작가의 복합적 관점을 느끼게 하는 것으로 삶의 현장에 대한 관조적인 시야가 없이는 어려울 것으로 보인다. 그러기에 작품 활동의 후반기를 오면서 그의 세계는 인간의 운명과 존재에 대한 깊은 성찰에 도달하고 있다는 사실에 유의할 필요가 있겠다.

황순원의 문학은 인간의 정신적 아름다움과 순수성, 인간의 고귀함과 존엄성을 존중하는 바탕 위에서 출발했고 이를 흔들림 없이 끝까지 지켰다. 그가 일제하에서 '읽혀지지도 출간되지도 않는 작품을 은밀하게 쓰면서 모국어를 지킨' 일도, 이러한 상황과 무관하지 않을 것이다. 대부분 그의 작품이 배경으로 되어 있는 상황의 가열함 속에서도 진실된 인간성의 회복을 위한 암중모색을 잊지 않고 있는 것은 그 때문이며, 문학사에서 그를 낭만적 휴머니스트로 기록하고 있는 것도 그 때문일 것이다.

탄생 100주년, 불세출의 작가 이병주

- 이병주 장편소설 『낙엽』·『허상과 장미』를 중심으로

1. 탄생 100주년에 이른 이 작가

나림 이병주 선생은 1921년 경남 하동에서 태어나 1992년 서울에서 세상을 떠났다. 마흔이 넘은 나이에 문단에 나와 30년 가까운 세월에 88권의 소설과 23권의 산문집을 남겼다. 일본 메이지대학 문예과에 유학했고 재학 중에 중국 소주로 학병을 나가야 했으며 광복이 되자 상해를 거쳐 귀환했다. 부산 《국제신보》 주필로 있다가 5·16쿠데타 이후 필화사건으로 복역했으며, 출옥 후 소설을 쓰기 시작했다. 공식적으로 기록되어 있는 그의 첫 소설은 1965년 《세대》에 발표한 중편 「소설·알렉산드리아」이지만, 그 이전에 이미 《부산일보》에 『내일 없는 그날』이란 장편을 연재한 경력이 있다. 「소설·알렉산드리아」는 작가로서의 출현을 알리는 작품인 동시에, 그 소설가로서의 기량과 가능성에 많은 사람들을 놀라게 한 역작이었다.

작가의 생애가 격동기의 우리 역사를 바탕으로 하고 있고, 작품세계가 파란만장한 굴곡의 생애를 반영하고 있는 만큼, 그의 소설을 읽는 일은 곧 근대 이래 한국 역사의 현장을 탐사하는 일과 다르지 않다. 특히

그가 활달하게 개방된 상상력과 역동적인 이야기의 재미, 그리고 유려한 문장을 구사하는 까닭으로 당대에 보기 드문 문학적 형상력을 집적한 작가로 평가되었다. 뿐만 아니라 활발하게 소설을 쓰는 동안, 가장 많은 대중적 수용성을 보인 작가였다. 그런 연유로 당시에 그를 설명하는 작품의 안내 글에는 '우리 시대의 정신적 대부'라는 레토릭이 등장하기도 한다. 세월이 유수(流水)와 같다는 말은 어디에나 적용되는 것이어서, 그렇게 많은 독자를 이끌고 있던 이 작가도 마침내 한 시대가 축조한 기억의 언덕을 넘어가기에 이르렀다.

하지만 그는 결코 잊혀서는 안 될 작가다. 그처럼 역사와 문학의 상관성을 도저한 문필로 확립해 놓은 경우를 발견할 수 없으며, 문학을 통해 우리 근·현대사에 대한 지적 토론을 가능하게 한 경우를 만날 수 없기에 그렇다. 한국 문학에 좌익과 우익의 사상을 모두 망라한 작가, 더 나아가 문·사·철(文·史·哲)을 아우르는 탁발한 교양의 세계를 작품으로 수렴한 작가, 소설의 이야기가 작가의 박람강기(博覽强記)와 더불어 진진한 글 읽기의 재미를 발굴하는 작가가 바로 이병주다. 그의 문학에는 우리 삶의 일상에 육박하는 교훈이 잠복해 있고, 그것은 우리가 어떤 관점과 경륜으로 세상을 살아가야 할 것인가에 대해 유력한 조력자로 기능한다. 때로는 그것이 어두운 먼 바다에서 뭍으로 돌아오게 하는 예인 등대의 불빛이 되기도 한다.

그동안 숱한 이들의 주목을 받았고 또 학술적 연구가 이루어진 그의 소설들은, 대체로 역사 소재의 작품들과 현대사회에 있어서 삶의 논리 또는 윤리에 관한 작품들로 구성되어 있다. 우리가 익히 아는 『관부연락선』·『지리산』·『산하』의 근·현대사 3부작을 비롯하여, 조선조 말기를 무대로 중인 계급 혁명가를 설정한 『바람과 구름과 비』, 그리고 동시대 고

등 룸펜이 노정하는 일탈의 사상을 그린『행복어사전』등 그 면면이 화려하기 이를 데 없다. 더 나아가면 현대사회의 애정문제를 흥미진진한 이야기로 구성한 백화난만한 문학 세계를 목도하게 된다. 그와 같은 문학의 성가(聲價)를 배경으로 여기에서는 그의 이름 있는 대중적 성향의 작품『낙엽』과및『허상과 장미』를 중심으로, 앞서 살펴본 역사성과 강력한 독자 친화의 대중성이 어떻게 만나며 어떤 의미를 생성하는지 검토하기로 한다.

2. 이야기의 재미와 삶의 교훈 -『낙엽』

2-1. '지금 여기'서도 빛나는 소설 미학

이병주가 작품 활동을 하던 시기에 가장 많은 독자를 가진 베스트셀러 작가였다는 사실은, 자칫 그를 대중문학 작가라는 함정으로 이끌고 들어가는 덫이 될 수 있었고 또 그 혐의를 인정할만한 근거도 있었다. 많이 읽히는 소설이 꼭 좋은 소설은 아니지만, 좋은 소설이 많이 읽히는 것은 자연스러운 일이다. 그만큼 넓은 독자 수용성을 가지고 있었다는 것이 칭찬의 소재가 될 수 있을지언정 흠결이 될 수는 없는 것이다. 이러한 성과는 기본적으로 그의 소설이 가진 탁발한 '재미'와 중량 있는 '교훈'에서 말미암았다. 그런데 우리 문학의 평가 기제는 이 작가 이병주를 그렇게 잘 끌어안지 못했다.

역사 소재의 작품 이외에 현대사회의 애정 문제를 다룬 작품들로 시각의 초점을 바꾸고 보면, 작품의 수준이 하락한다는 것이 주된 이유였다. 물론 그 지점에서 동어 반복 곧 동일한 이야기의 중복이나 전체적인 하향평준의 경향이 없는 것은 아니다. 하지만 순수문학의 편협한 잣대를 버리고 이미 우리 주변에 풍성하게 펼쳐져 있는 대중문학의 정점이라는 관점을 활용하면 이 문제는 오히려 강점이 될 수 있다. 굳이 대중문학과 이병주 소설을 함께 결부하여 살펴보는 이유도 거기에 있다. 이와 같은 관점으로 바라볼 때 여기서 검토하는 『낙엽』의 문학적 의의와 가치를 보다 잘 포착할 수 있지 않을까 한다.

『낙엽』은 1974년 1월부터 1975년 12월까지 꼬박 2년간 《한국문학》에 연재되었다. 작가 이병주가 1957년 아직 비공식 미등단 문인으로서 《부산일보》에 『내일 없는 그 날』을 연재함으로써 작가의 길을 걷기 시작한 지 18년 만에 완성된 작품이다. 그 중간 1965년에 작가는 앞서 언급한바 《세대》에 「소설·알렉산드리아」를 발표하면서 세간의 집중적인 조명을 받았으니, 이러한 사실들을 감안해 보면 『낙엽』은 그의 창작 기량이 한껏 무르익었을 때의 작품이라 말할 수 있다. 작가는 1977년 장편 『낙엽』과 중편 「망명의 늪」으로 한국문학작가상과 한국창작문학상 수상했고, 1984년 장편 『비창』으로 한국펜문학상 수상한 바 있다. 이렇게 보면 그 문학적 성취에 비해 문학상 수상이 많지 않았던 그에게 처음으로 상을 안겨준 작품이기도 했다.

이 작품을 응대하는 데 있어 필자는 이병주 소설 분석의 오랜 관행과 같은 역사성과 대중성의 이분법적 잣대를 버리지 못하고, 좀 쉽고 편안한 접근을 예상했던 것이 사실이었다. 처음 읽었을 때의 기억이 희미할 만큼 만난 지 오랜 작품이어서, 이 글을 쓰기 위해 다시 읽으면서도 별다른 긴장이 없었다. 그런데 중간제목 없이 숫자로 구분된 14개의 장(章)과 종장(終章)을 한꺼번에 읽는 동안, 그 도입부를 넘어서면서 어느결에 책상 앞에 앉은 자세를 가다듬고 있었던 터이다. 어쩌면 허섭스레기 같은 낙백(落魄)한 자들의 일상 가운데서 소설의 진면목을 발굴했다 할 수준으로, 박학다식하고 현학적이며 지적 향연이 넘치는 서사 세계가 전개되고 있었던 것이다.

2-2. 생동하는 인물과 인간회복의 꿈

하나의 소설이 한 전문적 독자로 하여금 인식의 현(絃)이 팽팽하게 당겨지는 듯한 느낌을 갖게 하는 것은 보통의 경험이 아니다. 언필칭 작가의 '입담'으로 이끌고 나가는 소설이 이야기의 재미와 삶의 경륜을 한꺼번에 공여할 수 있다면, 그와 같은 인식에 이르는 길에 아연 익숙한 경각심이 촉발되지 않을 수 없다. '역시 나림'이라는 생각이 그것이다. 『낙엽』에 등장하는 범상한 인물들과 그들이 엮어내는 사건들이 빛바랜 옛이야기가 아니라 '지금 여기'서도 통용 가능한 것이라고 납득하는 순간, 이병주 소설과 그 담론의 자장은 반세기의 공간을 훌쩍 넘어서게 된다. 그런데 이 지점에 이르기 위해서는, 소설의 서두를 보다 성의 있고 정밀하게 읽을 필요가 있다.

작가가 펼쳐놓은 이야기의 세계와 친숙해지는 대가를 지불해야 하기 때문이다. 마치 도스토옙스키의 『카라마조프가의 형제들』의 도입부가 그러하듯이, 어느 작품에나 그 담화의 여행에 승차하기 위한 운임이 있어야 한다는 의미다. 인내의 과정을 거치지 않은 유락(遊樂)은 그 심도가 덜하다는 사실이 소설 독법에도 적용될 수 있다는 새로운 발견을 만난다는 뜻이다. 그 초동단계를 지나면 문장과 표현, 생각과 각성 등 여러 부문에 걸쳐 일종의 철리(哲理)를 방불케 하는 흔연한 실과(實果)를 건네는 것이 이병주의 소설이다. 이 작품은 그렇게, 결미에 이르기까지 여러 인물의 '인간회복'에 도달하는 길고 고단한 과정을 견인한다. 이를테면 '낙엽이 꽃잎으로 화하는 기적'의 기록이다.

『낙엽』의 소설 무대는 서울 옹덕동 18번지다. 짐작컨대 마포구 공덕동 즈음에서 지명 이미지를 가져오고, 이를 소설의 분위기에 맞도록 개명한 것이 아닐까 싶다. 이 옹덕동의 한 지번에 1970년대 중반의 한 시대를 상징할 만한 몇 사람의 인물이 모여 산다. 소설의 중심인물이자 화자인 '나'는 안인상이란 이름을 가졌다. '나'는 여러 인물의 이야기를 한데 묶는 구심점이자 관찰자이며, 이병주 소설 곳곳에 등장하는 서술자·기록자의 위치에 있다. 그런 만큼 소극적이며 회의적인 성품을 가졌으나, 그렇다고 호락호락하게 물러서는 캐릭터도 아니다. 그는 외형보다 내포적 인식의 세계가 훨씬 넓은 인물이다. 그가 없이는 이 소설의 서사가 진척되지 못한다.

한 지붕 아래 각기 다른 방에서 함께 사는 이들은 전직 언론인 박열기, 미국에서 살다 온 신거운, 미군 시체미용사 출신의 모두철 등 평범하면서도 특별한 이력을 지닌 과거를 가지고 있다. 동시에 '나'를 포함한 이 네 남자의 아내들 역시 파란만장한 경력의 소유자들이다. 이들은 서로 충돌하기도 하고 또 융합하면서 생애의 한 행로를 공유한다. 거기에 그 동네의 구멍가게 주인 양호기나 노 독립투사 '경산 선생' 같은 이들이 각기의 역할과 더불어 연계되어 있다. 그런가 하면 구멍가게 안주인과 불륜 관계에 있는 편수길, 고시 공부를 한다고 도서관에서 세월을 보내고 있는 배영도 같은 인물도 있다. 이들이 씨줄과 날줄이 되어 엮어내는 인간관계의 드라마는 이 작가의 다른 소설들, 이를테면 「예낭풍물지」나 『행복어사전』에서 보던 것처럼 백화난만으로 다채롭게 펼쳐져 있다.

'나'와 '나'의 아내 가운데서 침착하고 당찬 쪽은 아내다. 마치 『산하』

의 차진희나 『행복어 사전』의 차성희처럼, 생각과 행동이 단단하게 정돈되어 있다. 이상의 저 유명한 1930년대 소설 「날개」에까지 비길 바는 아니지만, 여기 이 주인공의 삶이 보이는 행태는 「예낭풍물지」와 견주어 볼 수는 있다. '나'의 무능에 지친 아내는 가출을 했다가 돌아온다. 그 바탕에는 '나'가 가진 근본적인 선성(善性)이 연동되어 있고, 이를 꿰뚫어 본 이는 가까이 사는 경산이다. 아내의 가출과 귀환이라는 담론의 방정식은, 이병주의 소설이 궁극에 있어서 삶의 희망적 전망을 포기하지 않는다는 사실과 관련되어 있다. 그런데 이 경과를 표현하는 이야기의 세부는 질투, 성적 능력, 선물, 취직 등으로 다채롭기 이를 데 없다. 이야기꾼으로서 이 작가의 기량이 한껏 빛나는 대목이다.

박열기란 인물은 여러모로 작가와 닮아있다. 언론인의 전직(前職), 필화사건으로 인한 징역살이가 그러하다. 특히 '노름'에 대한 소회는 『산하』의 이종문을 곧바로 소환할 만큼 설득력이 있다. 만년 고시생 배영도도 소설 가운데 법률적 지식을 도입하는 데 매우 유용한 장치에 해당한다. '의심스러운 것은 벌하지 않는다'라는 무죄추정의 원칙을 환기하는 것은, 어쩌면 작가 자신의 억울하고 부당한 수형 체험을 반사하고 있는지도 모른다. 이 정황은 『운명의 덫』이란 소설 속의 법률적 시각과 논의 구조와도 유사하다. 그러기에 '도적의 누명을 쓴 사람이 그 누명을 벗기란 힘들다'는 레토릭이 제시되고, 심지어는 거의 확고하게 살인 혐의자로 보이는 편수길에게 끝까지 그 낙인을 찍지 않는 것이다.

이 세속의 저잣거리에서 부대끼며 살아가는 삶의 '교사'로 돌올(突兀)한 인물이 경산이다. '경산'이라는 이름은 중편 「그 테러리스트를 위한 만사(輓詞)」에 같은 작명으로 나오고, 그는 그 소설의 '정람'과 함께 의기 쟁쟁한 선각이다. 『허상과 장미』의 '형산'도 이와 같은 배분에 있다. 『낙엽』의 실체를 이루고 있는 갑남을녀들의 삶이 지지부진하고 혼란스러우며 갈 바를 명확하게 알지 못할 때, 경산의 훈도(薰陶)나 일침(一針)은 그로써 삶의 길을 이끄는 예인(曳引)의 기능을 수행한다. 물론 그를 생동하는 소설적 인물로 추동한 것은 작가다. 경산의 작용이 있고서야 소설의 중심축이라 할 수 있는 '나'와 아내의 관계도 재정립된다.

작가는 시종일관, 소설이 이야기로 구성된다는 사실과 그 이야기가 재미있지 않으면 안 된다는 소설 창작의 원론을 상기하고 있다. 이를테면 옹덕동 18번지가 미군의 검색을 당하게 되었을 때, 박열기의 재치로 모두철을 콜레라 환자로 유추하게 하여 위기를 모면하는 장면이 있다. 이처럼 유머와 위트 그리고 기막힌 반전의 구사는, 그의 단편 「빈영출」이나 「박사상회」에서 유감없이 발휘되던 솜씨다. 이 모든 소설적 요소와 작가로서의 특장이 합력하여, 이 소설은 언제 어디서나 볼 수 있는 세상사의 문맥을 헤치고 짐짓 뜻깊고 흥미로우며 읽는 이의 가슴 속 반향판을 울리는 성과를 일구어낸다. 그리고 그것은 부서지고 파편화되어 앙상한 형해(形骸)만 남을 수밖에 없는 인간관계 속에서, 흙 속에 묻힌 옥돌을 찾아내듯 '인간회복의 꿈'을 되살리게 한다.

2-3. 마침내 『낙엽』이 우리에게 남긴 것

이 소설에 명멸하는 여러 사건 가운데서 가장 충격이 강한 것은 박열기와 신거운의 아내가 사랑의 도피를 감행하는 일이다. 이는 그나마 한 줄기 잔영처럼 남아 있는 우호적 관계성과 공동체의 질서를 전면적으로 훼파하는 것이기에 그렇다. 그런가 하면 모두철이 공공연히 '양공주'로 나설 수밖에 없는 아내를 용인하는 상황도 그렇다. 그런데 모두철은 그가 아무것도 할 수 없었을 때 자신을 공궤(供饋)한 그 아내를 뿌리치지 않는다. 박열기의 도피행각도 결말에 이르러서는 신거운의 새로운 삶을 매개로 화해로운 결말에 도달한다. 이러한 소설적 대단원은 기실 결코 쉽지 않다. 이야기 자체의 흐름에 위배되지 않아야 하거니와, 그 흐름을 감당할 작가의 역량과 배포가 수반되어야 하기 때문이다.

소설의 처음에서는 난마처럼 얽힌 옹덕동 18번지의 생활무대를 배경으로 모든 인물이 패배와 낙담의 늪으로 침윤할 것이라는 예단을 넘어서기 어려웠으나, 작가는 이 여러 곡절을 모두가 되살아나는 행복한 마무리로 이끌어 간다. 그 마무리에서 되돌아볼 때 독자는 소설이 과연 우리에게 무엇인가, 이 소설은 진정 우리에게 무엇을 남겼는가를 반추하게 된다. 좌절과 절망 가운데서 새로운 의욕과 활력을 제기한다고 해서 반드시 재미있거나 또 좋은 소설이 되는 것은 아니다. 하지만 새 희망의 발현이 이야기의 재미 또는 소설적 교훈과 조화롭게 만나게 된다면, 우리는 그 소설을 한층 호쾌하고 의미 깊게 읽을 수 있다. 이를 수행하는 작품의 제작자를 우리는 '좋은 작가'라 지칭한다.

이병주의 『낙엽』은 사회적으로 이름 있는 인사를 내세우지도 않고 제자리에서 일정한 존재감을 드러내는 인물을 형상화하지도 않았다. 그렇지만 그들의 내면에 응축된 사람 사는 일에 대한 보편적 상식과 도의감, 사람 구실에 대한 정론적 인식을 허물지 않고 끝까지 지켰다. 여기에 불후의 화가 빈센트 반 고흐가 그 스스로 가난하여 주위에 있는 가난한 서민들을 주로 그렸으나, 그 그림이 오히려 동시대 삶의 진실을 표출했던 예술사의 범례를 환기해 볼 수 있다. 이병주의 소설 『낙엽』의 인물들이 바로 그와 같다. 이들은 소설의 말미에서 다시 옹덕동 18번지로 '헤쳐모여' 한다. 그동안 볼 수 없었던 그 집의 주인도 돌아온다. 마치 봄날 새 생명의 뜰과도 같은 풍광이 회복된다.

경산 선생의 회고담이 계속되었다. 우리들은 비로소 역사라는 것을 느꼈다. 방안의 공기가 탁해지자 경산 선생은 방문을 열라고 했다. 어느덧 조그마한 뜰에 달빛이 깔려 있었다. 그 달빛을 받고 뜰 가득히 갖다 놓은 화분의 꽃들은 요란한 향연을 이루고 있었다.

"보아라, 저 꽃들을 보아라. 옹덕동 골짜기의 구멍가게 비좁은 뜰이 사람들의 호의로 인해서 황홀한 꽃밭이 되었다. 낙엽(落葉)이 모여 썩기만을 기다리던 우리들이 이렇게 아름다운 꽃밭을 이루어 놓았다. 우리는 뜻만 가지면 어느 때 어느 곳에라도 꽃밭을 만들 수 가 있다. 그러나 꽃밭이라고 해서 그저 아름답기만 한 곳은 아니다. 꽃밭엔 슬픈 과거가 있고 그 밑바닥엔 검은 흙 모양의 고통도 있다. 허지만 슬픈 과거가 있기에 화원은 안타깝도록 아름답고 밑바닥에 검은 고통이 있기에 그 아름다움이 더욱 처량하다. 인생도 또한 꽃이다. 호박꽃으로 피건 진달래로 피건 보잘것없는 잡초의 꽃으로 피건 사람은 저마다 꽃으로 피고 꽃으로 진다."

옹덕동 18번지 공동체의 변화와, 그에 속한 각기 개인 생활의 혁명은 두 손을 마주 잡고 함께 찾아왔다. 이곳에서 맺혔던 원수가 이곳에서 풀렸다. "고목(古木)에 꽃이 핀 기적을 보았느냐. 낙엽이 꽃잎으로 화(化)하는 기적을 보았느냐. 여기 그 기적이 있다. 낙엽이 썩지 않고 다시 생명을 얻었다!"는 소설의 마지막 문장 경산의 말은 강력한 상징을 함축한다. 우리가 직접 경험한 것이 아닐지라도, 이와 같은 흔쾌한 간접체험은 소설 읽기의 매혹을 약속한다. 이야기의 진진한 재미와 삶의 응축된 교훈이 만나는 소설의 지경, 우리는 그것을 이병주의 『낙엽』에서 목도할 수 있다.

역사 소재의 장편, 특히 대하 장편들에 비하면 대중소설적 성향이 다분하긴 하나 그 대중성은 흥미 위주의 또는 상업주의적 대중성과는 다른 것이다. 강력한 독자 친화의 창작 태도를 대중적이라고 호명하자면, 이 소설이 바로 그렇다. 더욱이 이 소설은 그와 같은 창작 의도에 반응한 뜨거운 독자 수용을 보여주기도 했다. 이를 따라 언표(言表)할 수 있는 말, 역사성과 대중성 사이를 자유롭게 왕래할 수 있는 거의 유일한 작가가 바로 이병주다. 그러기에 지금 여기에서도 여전히 이병주인 것이다.

3. 대중 친화력의 첨탑 『허상과 장미』

3-1. 역사성 - 대중성의 조화로운 만남

이병주의 대표적 장편소설들에 나타난 역사의식은 우리 문학사에 보기 드문 체험과 그것의 정수를 이야기화하고, 그 배면에 잠복해 있는 역사적 성격에 대해 이를 수용자와의 친화를 강화하며 풀어내는 장점을 발휘했다. 주지하는바 역사 소재의 소설은, 실제로 있었던 역사적 사실을 근간으로 하고 거기에 작가의 상상력을 통해 소설적 이야기를 덧붙이는 것인데, 이러한 점에서 이병주의 소설과 그 역사의식은, 한국 근대사의 극적인 시기들과 그 이야기화에 재능을 가진 작가의 조합이 생산한 결과라 할 수 있다. 작가는 그 과정에 문·사·철(文·史·哲)의 인문학적 식견을 다양하게 펼쳐놓고 있으며, 논자들은 그를 두고 '문학을 통한 정치적 토론이 가능한 거의 유일한 작가'라 평한다.

역사와 문학의 상관성에 대한 그의 통찰은 남다른 데가 있어, 역사의 그물로 포획할 수 없는 삶의 진실을 문학이 표현한다는 확고한 시각을 정립해 놓았다. 표면상의 기록으로 나타난 사실과 통계수치로서는 시대적 삶이 노정한 질곡과 그 가운데 개재해 있는 실제적 체험의 구체성을 제대로 반영할 수 없다는 논리였던 것이다. 그런데 문제는 그가 남겨 놓은 이와 같은 값있는 작품들과 문학적 성취에도 불구하고, 당대 문단에서 그에 대한 인정이 적잖이 인색했으며 또한 그의 작품세계를 정석적인 논의로 평가해 주지 않았다는 데 있다. 물론 거기에는 그것대로의 원인이 있다.

그가 활발하게 장편소설을 쓰기 시작하면서 역사 소재의 소설들과는 다른 맥락으로 현대사회의 애정 문제를 다룬 소설들을 또 하나의 중심축으로 삼게 되었는데, 이 부분에서 발생한 부정적 작용이 결국은 다른 부분의 납득할 만한 성과마저 중화시켜 버리는 현상을 나타냈던 것으로 볼 수 있다. 지나치게 대중적인 성격이 강화되고 문학작품이 지켜야 할 기본적인 양식의 수위를 무너뜨리는 경우를 유발하면서, 순수문학에의 지구력 및 자기 절제를 방기(放棄)하는 사태에 이른 경향이 없지 않았다. 여기에는 그 예증으로 열거할 만한 작품이 다수 있다. 그러나 이러한 부정적 측면을 제하여 놓고 살펴보자면, 우리는 여전히 그에게 부여되었던 '한국의 발자크'라는 별칭이 결코 허명이 아니었음을 수긍할 수 있다.

그러한 한편, 또 하나 유의해야 할 대목은 그렇게 창작된 대중적 성향의 소설들이 놀라울 정도로 '소설 읽는 재미'를 충족시키고 있다는 데 있다. 베스트셀러가 반드시 좋은 작품은 아니지만 좋은 작품은 베스트셀러가 될 소지를 더 많이 안고 있다. 그런 만큼 당대 독자에의 수용은 좋은 작품에 대한 판정에 있어 하나의 바로미터가 될 수 있다. 이병주의 소설이 대중적 흥미 유발만을 과녁으로 하지 않고, 거기에 그의 특장이라 할 역사성을 결부했을 때는 더욱 그렇다. 여기서 살펴보는 『허상과 장미』가 바로 그러하며, 그래서 글의 제목을 '역사성과 대중성의 조화로운 만남'이라 붙일 수 있었던 것이다.

3-2. 과거의 4·19가 아직도 남은 곳

『허상과 장미』는 1979년에 범우사에서 간행되었고, 1990년에 이르러 서당에서 『그대를 위한 종소리』로 개명되어 상·하 2권으로 다시 나왔다. 독립운동가였던 노인 '형산 선생'을 중심으로 올곧고 평범하게 살아가는 교사 '전호', 평범을 혐오하며 극적인 삶을 추구하는 형산 선생의 손녀 '민윤숙' 등의 인물이 등장한다. 인생이 어떻게 한 순간의 허상과 같으며 그 종막에 바치는 장미꽃의 의미가 무엇인가를 묻는다. 그런데 그 재미있고 박진감 있는 이야기의 펼쳐짐에 4·19의 진중한 의미가 배경에 깔려 있고 나라를 위해 헌신한 독립운동가의 쓸쓸한 후일담이 함께 맞물려 있다. 한국문학의 어떤 대중소설이 이러한 구색을 모두 갖추었을까를 질문하지 않을 수 없다.

이 소설에서 사건과 인물들을 구성하는 다림추(錘)라 할 수 있는 형산은, 『낙엽』에서 선보인 '경산' 그리고 「그 테러리스트를 위한 만사(輓詞)」에서 보다 구체화 된 '경산'과 동궤(同軌)의 캐릭터다. 그는 역사적 추체험(追體驗)의 기능을 매개하며, 시대 현실 속에서 테러리스트와 아나키즘의 의미를 설파하는 작가의 대변자다. 과거의 비극을 현재에 이르도록 이끌어 오면서 역사성의 존재 양식을 보여주는 인물이 전호와 최성애 그리고 옥동윤 같은 이들이다. 그런가 하면 목하 자본주의의 새로운 개막을 예표하는 인물로서 A(안달호), L(정재석), 길종호, 비어스 윌슨 같은 이들이 등장한다. 이 양자 사이를 가로지르며 독자적인 시대정신을 선언하는 인물이 형산의 손녀 민윤숙이다.

소설적 이야기로서 사랑의 귀하고 소중한 면모를 환기하는 전호와 최성애의 첫 만남은, 『꽃의 이름을 물었더니』의 정황과 매우 유사하게 닮아있다. 이들의 사랑이 로푸신의 『창백한 말』이라는 작품의 불어 번역과 연관되어 있는 것도 사뭇 참신한 환경 설정이다. 그런데 이 역사성의 테마에 얽혀 있는 인물들은 한데 모으는 가장 강력한 힘은 4·19혁명의 체험이다. 형산의 손자 민덕기와 최성애의 동생 규복은 4·19로 인해 죽었고, 민덕기의 배려로 목숨을 부지한 전호는 그 사실을 필생(畢生)의 부채로 안고 산다. 4·19는 이병주의 이 소설이 상재되기 19년 전의 일이었으나, 소설에서는 여전히 내연(內燃)하는 현재진행형인 것이다. 우리는 얼핏 '과거의 역사에서 교훈을 얻지 못하는 민족에게는 미래가 없다'는 금언(金言)을 반추해 보게 된다.

> "4·19가 없으면 나라는 오늘의 존재가 없어지는걸."
>
> 전호의 이 말엔 여러 가지 복잡한 감회가 담겨져 있었다. 첫째 4·19가 없었다면 민덕기라는 학생이 없었을 것이고, 따라서 자기는 수학 교사가 되지 않았을 것이고, 형산 선생도 윤숙이도 몰랐을 것이다. 그런데 민덕기, 형산, 수학 교사, 윤숙이 이런 것이 오늘날 전호의 전부인 것이다. 게다가 최성애를 알게 된 것도 4·19 때문이다.
>
> "그러나 과거는 과거, 현재는 현재, 이렇게 매듭이 있게 살아야 하잖아요? 차지도 덥지도 않은 과거라는 목욕탕에 홍건히 몸을 담가놓고 있는 것 같은 꼴이 아니꼽단 말에요."
>
> 윤숙은 성애의 동의를 얻어야겠다는 듯이 성애 쪽을 보며 말했다.
>
> 성애는 그저 웃고만 있었다.

전호, 최성애, 민윤숙이 함께한 자리에서 오가는 4·19에 대한 대화다. 세 사람이 이 미완의 역사를 어떻게 응대하는지 잘 나타나 있다. 이미 지나간 과거이되 과거로만 그치지 않고, 현재의 절대적 명제이되 미래의 삶과 무관하지 않은 형국이다. 그 명백하면서도 엄엄(晻晻)한 세월의 경과에 이들의 삶이 결부되어 있다. 생활인으로서 교사의 직분에 있는 전호와 옥동윤, 도배일로 자신의 생계를 추스르는 형산, 자본주의적 세계관을 미래 향방의 발판으로 삼은 윤숙은 모두 현실의 치열한 공방 가운데 있다. 다만 이 모든 것을 관조적으로 바라보는 최성애는, 수동적 관찰자이지만 그 내면에 활화(活火)의 열정을 숨겼다. 결국 작가는 세월의 변환에 따라 이들의 삶이 각기의 방향으로 흘러가도록 물꼬를 튼다.

3-3. 두 영역의 교집합, 그 중복의 의의

이 와중에 윤숙의 변신은 눈부신 바 있다. 윤숙은 자신이 가장 싫어하는 것이 '평범'이라고 강변하고, 그 행위에 있어서도 탈평범의 범례를 만들어 간다. 그리고 일정 부분 자신을 희생해서 전호와 최성애의 사랑이 성사되도록 위태로운 역할을 마다하지 않는다. 그 행위 규범에 우리가 대중성이라 이름 붙일 만한 소설적 요소들이 수반되어 있다. 마침내 윤숙은 세상의 통념을 넘어서서 요정의 '처녀 마담'으로 이동해 간다. 그런 점에서 이 소설에서 가장 중점적인 인물은 전호와 윤숙이다. 윤숙이 새로운 시대의 가치 질서와 정면으로 부딪히며 나갈 때, 전호는 과거사의 상흔을 끌어안은 채 그 경계 지점을 분할하고 또 공유하는 기능을 담당한다. 이는 소설로 쓴 시대 판독의 한 사례다.

형산은 전호가 따라 주는 찻물을 맛있게 마시곤 말을 이었다.

"나는 내 70 평생을 요즘 세심하게 점검해 봤다. 자랑할 게 하나도 없더구나. 그렇다고 해서 부끄러울 것도 별로 없더라. 그런데 단 한 가지 후회되는 게 있어. 그건 실수를 겁내고 해야 할 행동을 하지 못했다는 점이다. 인생엔 따지고 보면 성공도 실패도 없는 것이다. 일을 했나 안 했나가 있을 뿐이다. 사업의 성공이 결코 인생으로서의 성공이 아니고 그 실패가 인생으로서의 실패도 아니다. 이승만 씨와 김구 씨를 비교해 보면 이승만 씨는 정치엔 성공했지만 인생으로선 실패하고 김구 씨는 정치엔 실패했지만 인생으로선 이승만 씨에 비하면 성공한 셈이다. 그러나 지내 놓고 보니 이승만 씨의 실패나 김구 씨의 실패가 모두 아쉬운 것이었구나. 실패도 없이 성공도 없이 그저 무사주의로 살아온 사람들에 비하면 훌륭하지 않은가. 뭔가를 이룩하려고 몸부림치는 일, 결과보다도 그게 소중하니까."

형산의 얼굴에 피로의 빛이 돋았다.

형산이 그 임종을 향해 가면서 남긴 말이다. 여기서 형산이 제기하는 역사성의 평설은 당연히 작가의 관점이요 견해다. 우리가 이 작가를 존중하는, 간과할 수 없는 요건 하나가 여기에 있다. 이른바 역사에 대한 '균형감각'이다. 이것이 살아 있으면 누구나 이 작가를 따라 사관(史官)이요 언관(言官)이 될 수 있을 것이다. 소설 속의 형산, 담론의 전달자로서 작가가 동시에 소중한 이유다. 이러한 역사적 균형성은 현재를 살아가는 전호로 하여금, 어떤 극명(克明)한 일과 마주할 때마다 4·19 때 총에 맞았던 허벅지의 통증이 되살아나게 한다. 전호가 최성애의 위기에서 그 통증을 감각하며 '이 여자를 위해 죽는다'고 결의하는 것은, 역사적이고 시대적인 문제와 현재적인 개별자의 사랑을 연동하는 거멀못과 간다. 이 소설의 담화들은 이와 같이 정교한 인식의 가늠자 위에 놓여 있다.

할아버지의 기일(忌日)이 지난 이튿날 전호와 성애의 연명으로 편지가 왔다. 형산의 일주기에 참석하지 않은 윤숙에게 무슨 사고가 있지 않나 하고 보낸 문안 편지였다.

윤숙은 전호와 성애의 이름을 보자 저도 모르게 눈물을 흘렸다. 뭔가 인생에서 가장 소중한 것과 결별했다는 의식이 강한 충격을 주었다.

'이것은 인생이 아니다' 하고 생각하면서도 그러나 자기가 택한 길을 끝끝내 걸어야겠다고 다짐하고 씁쓸하게 웃으며 저금통장에 불어나는 돈의 액수를 뇌리에 그렸다.

소설의 결미에 이르러 전호와 최성애는 구원(久遠)을 바라보는 사랑의 결실을 얻는다. 그러나 윤숙은 전혀 다른, 새 길을 간다. '인생에서 가장 소중한 것'과 결별했다고 느끼면서 '저금통장에 늘어나는 돈의 액수'에서 위안을 얻는다. 사용가치 중심의 시대가 교환가치 위주의 시대로 변환해가는 그 길목에 윤숙이 서 있다는 뜻이다. 그런데 이 모든 소설적 이야기와 인생 행로의 드라마들을 두고 작가가 궁극적으로 포기하지 않는 원론적 개념은, 고색창연한 공자의 옛말 곧 논어의 한 구절이다. 기서호(其恕乎), 용서가 그것이다. '이 세상에 살아가면서 용서하지 않고, 용서받지 않고 배겨 낼 도리가 있겠나'라는 것이 형산의 말이다. 이 모든 허구적 이야기의 조합과 심금을 울리는 소설적 교훈을 함께 공여하는 터이기에, 우리가 여기에 '대중성의 첨탑(尖塔)'이란 수식어를 헌정해도 무방할 것이다.

4. 이병주 소설의 새로운 인식 지평

일찍이 대학에서 문학을 공부하던 시절, 그는 자신의 책상 앞에 "나폴

레옹 앞엔 알프스가 있고, 내 앞엔 발자크가 있다"라고 써 붙여 두었다고 술회한 바 있다. 이 오연한 기개는 나중에 극적인 재미와 박진감 있는 이야기의 구성, 등장인물의 생동감과 장대한 스케일, 그리고 그의 소설 처처에서 드러나는 세계 해석의 논리와 사상성 등에 의해 뒷받침된다. 그는 우리 문학사가 배태한 유별난 면모의 작가였으며, 일찍이 로브그리예가 토로한 바 "소설을 쓴다고 하는 행위는 문학사가 포용하고 있는 초상화 전시장에 몇 개의 새로운 초상을 부가하는 것이다"라는 명제의 수사에 부합하는 작가라 할 수 있다.

이병주의 문학관, 소설관은 기본적으로 '상상력'을 중심에 두는 신화문학론의 바탕에서 출발하고 있으며, 기록된 사실로서의 역사가 그 시대를 살았던 민초들의 아픔과 슬픔을 진정성 있게 담보할 수 없다는 인식 아래, 그 역사의 성긴 그물망이 놓친 삶의 진실을 소설적 이야기로 재구성한다는 의지를 나타낸다. 우리는 그러한 역사의식의 기록이자 성과로서, 한국문학사에 돌올한 외양을 보이는 장편소설의 세계를 목격하게 되는 것이다. 물론 소설이 작가의 상상력을 배경으로 한 허구의 산물이므로 실제적인 시대 및 사회의 구체성과 일정한 거리를 가지는 것은 분명한 사실이다.

그러나 문학을 통한 인간의 내면 고찰이나 문학이 지향하는 정신적인 삶의 중요성, 그것이 외형적인 행위 규범을 넘어 발휘하는 전파력을 고려할 때는 문제가 달라질 수밖에 없다. 한 작가를 그 시대의 교사로 치부하고, 또 그의 문학을 시대정신의 방향성을 가늠하는 풍향계로 내세울 수 있는 사회는 건강한 정신적 활력을 가진 공동체의 모범이라 할 수 있다. 작가 이병주의 소설과 그의 작품에 나타난 삶의 실체적 진실로서의 역사의식이 우리 사회의 한 인식 지표가 될 수 있다는 것, 그리고 우리 주변의 범상한 사람들로부터 시작되는 대중 친화의 소설들이 그야말로 소설이 가진 이야기 문학의 장점을 추동(推動)할 수 있다는 것은, 그런 점에서 오늘처럼 개별화되고 분산된 성격의 세태에 시사하는 바가 크다.

그런데 그동안 이병주의 소설을 두고 우리 한국문학이 연구 및 비평과 평가의 지평에 있어서, 엄연히 두 눈을 뜨고도 놓친 부분이 있다. 역사 소재의 작품에만 주목한 나머지, 대중 성향의 작품들이 어떤 진보와 성취를 이루었는가에 대한 논의의 장(章)을 마련하지 못한 것이다. 여기에서 살펴본 바와 같이 그의 대중성 지향의 소설들은, 대중성이라는 단독자만 추구한 것이 아니라 시대 및 역사의 굴절을 매우 효율적으로 수용하고 있다는 장점이 있다. 더 나아가 이 유형의 소설들은 한국의 어느 작가도 흉내내기 어려운 이야기의 재미로 풍성하다. 그것도 단순한 말초적 재미가 아니라 삶의 진중한 교훈을 동반한 것이다. 올해 이병주 탄생 100주년, 그리고 내년의 이병주 타계 30주기에 즈음하여 다시 상고해 보면 이 대목이야말로 한국문학 평자들의 새로운 과제가 아닐 수 없다.

소박하고 화려한 작가, 그 큰 나무의 그늘

-『토지』의 대중적 수용과 현양사업을 위하여

1. 어느덧 10주기에 이른 불멸의 작가

박경리 선생이 우리 곁을 떠난 지도 벌써 10여 년의 시간이 흘렀다. 세월이 유수와 같다더니, 엊그제 같던 장례의 일도 어느덧 역사의 장막 뒤로 숨는 과거가 되고 있다. 지나가면 잊히고 또 잊어버리는 것이 인지상정인데, 이 작가의 이야기들은 아직도 쉴 새 없이 사람들의 기억을 되돌리곤 한다. 대체 무엇 때문일까? 그 인품이 훌륭해서, 그 작품이 뛰어나서, 아니면 그 두 가지가 함께 작용하는 형국일까? 작가는 자신이 살았던 시대로부터 자유로울 수 없고, 독자는 작가와 작품을 통해 시대를 읽는다. 그런 점에서 선생은 하나의 '시대'다.

내가 기억하는 박경리 선생은 자신의 삶과 문학에 대한 신념이 너무 도저해서, 좀처럼 사람들에게 곁을 허용하지 않는 분이었다. 그러나 이를 두고 독단적인 성격을 지닌 작가라고 함부로 치부할 수 없었던 까닭은, 그분의 생애와 작품이 어떤 경로를 걸어왔고 어떤 성격을 지닌 것인가에 대한 인식이 함께하기 때문이다. 작가이자 농부로서 노년기의 삶을 보내면서 보여준 온화한 모습들은, 스스로 강고한 결기를 안으로 곰삭혀 절제된 통어력을 발양한 결과일 뿐 그 내부에서는 여전히 시퍼런 자기 추동력이 살아 있었을 것이다. 그러하지 않고서는 오늘 우리에게 남아 있는『토지』의 저 방대하고 치밀한 완결이 가능하지 않았을 터이니까.

일제강점기와 분단 시대를 헤치고 온 작가 박경리는 시대의 폭력에 대한 증인이었고, 그 증언으로서 자신이 살았던 역사의 시기와 아픔들을 작품을 통해 체현해 놓았다. 그와 같은 역할을 맡은 작가, 그와 같은 기능을 담당한 문학은 이미 혼자 자유로운 개별자의 입지를 벗어나 있기 마련이다. 자연인 박금이가 아니라 작가 박경리로 불리는 것은 그에 대한 인증이다. 가족사의 아픔을 상징하는 그의 사위 김지하가 이미 오래전부터 김영일이란 이름으로 불리지 않듯이.

이렇게 이름이 바뀌고 그 이름에 부하된 새로운 의미가 유발되는 것은 한편으로는 작가에게 주어진 책임이요 족쇄이기도 하다. 이 완강한 주박(呪縛)을 넘어서서 문학사에 기록되는 작가는 오직 작품이라는 성과를 가지고서야 가능하다. 선생이 남긴『토지』는 역사성·사상성·문학성을 고루 갖춘 대작이다. 한국문학의 전통에서는 보기 드문 '문·사·철(文·史·哲)'의 세 요소를 동시에 끌어안고 있는 언어의 집이다.『토지』가 가진 장대한 분량이 문제가 되는 것이 아니다. 민족어와 민족정신의 집대성이라 할만한, 외형과 내면 모두에 걸친 집요한 작가정신과 그것을 발현한 이야기화의 역량이 문제다.

이러한 작가와 작품을 보유하고 있는 것은, 미상불 우리 문학의 다행이요 행복이다. 사람들이 살아온 궤적의 총체로서 역사는 숱한 삶의 굴곡과 생성·소멸의 이야깃거리를 담고 있는 터이지만, 작가의 가는 붓이 없이는 세월의 풍화작용을 견딜 담화를 남겨두기 어렵다. 박경리 문학과『토지』는 그런 점에서 한국인의 사상과 문학이 남긴 큰 나무다. 그 나무가 처음부터 큰 나무였을 리 만무하다. 거기에 작가의 남모르는 애환과 눈물이 숨어 있을 것이다. 하지만 지금은 많은 사람들이 그 나무의 그늘에서 쉬고 또 새로운 기력을 섭생한다. 그 사실에 대한 증명을, 사람들은 잊을 수 없는 작가에 대한 경의로 대신하고 있다.

결국 작가는 작품으로 말한다. 1955년 전후문학의 시대에 출발하여 반백년을 문인으로 살면서, 『토지』를 비롯한 작품들로써 한국문학의 걸출한 봉우리를 이룬 작가이기에 우리는 그를 높이 평가한다. 항차 시대와 사회, 삶과 사람들을 웅숭깊게 끌어안은, 작가요 인간으로서의 품성 또한 빼어난 이였다. 그는 작품을 통해 자신의 신산하고 극적인 체험을 넘어 길이 표본이 될 희망의 그루터기들을 세상에 남겼다. 그의 세계는 소박하면서도 화려하다. 이 모두가 우리로 하여금 내내 그를 잊지 못하게 하는 연유다.

2. 박경리 문학의 대중성과 현양사업

경남 하동을 배경으로 한 박경리의 작품세계와 『토지』의 세계관을 두루 포괄해 볼 때, 한 시대 본격문학의 역작이 분명한 이 작품이 그 많은 이야기의 분량과 다양성에도 불구하고 강력한 대중친화력을 촉발한 데는 여러 가지 이유가 있다. 소설이 기본적으로 이야기에서 출발하고 그 이야기에 시대 또는 사회적 문제를, 그리고 개인의 삶과 그 내면 심상을 담아내는 것이지만 그렇다고 해서 모두 독자들의 기호를 충족시키고 그 독서 패턴에 수용되는 것은 아니다.

『토지』는 우선 시종일관 이야기의 재미를 유지한다. 이 부분에 강세가 없다면 누구도 그처럼 많은 부피의 독서를 감당하기 어려울 것이다. 그 구체적 세부에 있어서도 장대한 규모의 서사적 집적을 자랑하는 한편, 각기 단락의 이야기들이 그것대로 독립된 서사 체계를 지니면서 지류에서 본류로 나아간다. 『토지』의 이야기성은 창작 배경에 있어 1970년대 소설의 흥왕기, 창작 경향에 있어 대하장편의 집단 출현 시기와 밀접하게 맞물려 있다. 이러한 배경 및 경향과 이야기의 재미가 조화롭게 악수함으로써 한 시대의 소설적 에포크를 그을 수 있었다.

그런가 하면 『토지』의 주제는 "인간의 존엄과 소외문제, 그리고 낭만적 사랑에서 생명사상으로의 흐름"을 지속적으로 환기하면서 시대를 뛰어 넘어 오늘의 독자들에게 육박하는 현실감각을 보여준다. 이와 같은 보편적이면서도 객관적 일반화가 가능한 주제는, 『토지』를 전 시대나 앞선 세대의 이야기가 아니라 바로 동시대의 현실 속에서 호흡하는 과제로 환기하게 한다. 『토지』에 관해 지속적으로 제기되는 다양 다기한 논의 및 연구는, 현재적 효율성이 어떤 증빙을 갖고 있는가를 살펴보는 일과 다르지 않았다.

『토지』로 하여금 대중적 친화력을 유발하게 하는 또 다른 요소는, 작중 인물들의 체험이 가진 역사성의 문제다. 수용자 스스로 직접 그 시간과 공간 속에 진입하지는 않으나, 소설의 이야기로 다루어지는 환경이 곧 근세 이래 격동기의 시대사를 설득력 있는 방법으로 유추하게 하는 간접 체험의 자리다. 거기에 경남 하동이라는, 실측 가능한 지리적 거점이 명료하게 등장하는 터이기에, 체험과 공간의 문제를 연계하여 문학적 형상력을 현실 속에 재구성하는 데 탁월한 장점이 있다 할 것이다.

3. 『토지』와 '삼각 관계망' 구도의 제안

여기에서는 금세기 한국문학의 대작 『토지』를 두고, 그 내용이나 형식을 말하지 않고 그것을 바라보는 대중적 또는 문화사업적 수용의 방안에 대해 새로운 제의를 하고자 한다. 물론 이는 작품을 객관화하여 그 바깥에서 바라보는 외향적 시각을 작동하게 될 것이다. 그리하여 인물, 지역, 수용자의 3자가 이루는 각기 3가지 요소, 즉 9개의 요소가 형성하는 '삼각의 관계망'이라는 도식을 제시해 볼 터이다. 어쩌면 이와 같은 기술 방법이 정통적 문학연구의 곁길에 해당할 수 있으나, 그것이 수용자 중심의 접근이라는 측면에서는 이해될 수 있는 부분이 아닐까 한다.

3-1. 전기적 공간, 세대의 조합

3-1-1. 원체험 세대, 박경리

'박경리'라는 이름이 없으면 『토지』도 없다. 『토지』 현양사업과 관련된 모든 일의 중심에는 박경리가 있어야 한다. 그것은 문학적 존경 또는 문학연구의 대상으로서 뿐만 아니라 현양사업이 현실 속에서 성과를 거둘 수 있도록 하는 문화산업적 측면에서도 그렇다. 박경리 개인에 대한 자료의 축적과 전기적 연구가 지속적으로 필요한 까닭이다. 작가의 사후 7년을 넘기는 지금, '박경리 평전'이 나올 시기도 충분하다. 중요한 것은 작가를 '신의 자리'에 두지 않고 '시정(市井)의 풍속도' 속으로 초치해야 한다는 점이다.

3-1-2. 역사정착 세대, 김지하 · 김영주

박경리와 관련된 현양사업이 '무지하면서도 명민하기 짝이 없는 동시대의 대중'과 조화롭게 악수하려면, '위대한 문인'이라는 표식만으로는 그 효용성을 담보하기 어렵다. 이때 동원될 것이 박경리 관련 스토리텔링이다. 그 가장 근거리에 한 시대의 극(極)을 이룬 시인 김지하가 있고 전 토지문화관장 김영주도 있다. 그냥 가족이 아니라 이름 있는 문인 가족, 이름 있는 『토지』 관련자라는 사실을 중심으로 다양한 논의를 개발해 볼 수 있다. 이에 대해서는 이미 알려져 있는 일화도 많다.

3-1-3. 후대 · 동시대 세대, 토지문화재단

원주의 토지문화재단이 그 전기적 공간의 후미를 이어가야 한다. 현양사업을 개별적 차원이 아니라 집단적 차원, 가족적 차원이 아니라 공익의 차원에서 밀고 나가야 할 이유다. 때로는 남모르는 양보와 희생, 타자를 위한 배려와 포괄이 필요할 것이다. 그와 같은 바탕 위에서 재단이 해야 할 일과 할 수 있는 일에 대해 숙고해야 옳다. 아무도 일반적 방식으로 움직이는 재단을 괄목상대하지 않는다. 확고한 방향성, 예리한 경각심, 놀라운 창의력, 조화로운 집행력 등이 그 답안이다.

3-2. 지역적 공간, 원주-하동-통영

3-2-1. 생산성의 발원, 원주

박경리 선생이 노후를 보낸 곳이자 토지 문화재단이 있는 원주는, 기실 작품의 무대도 작가의 출생지도 아니지만 현양사업을 추동하는 심장이 되어야 한다. 또 네임브랜드를 가진 재단이 그 곳에 있으므로 다른 지역에서는 가능하지가 않다. 중요한 것은 그것을 하나의 권리로 인식하는 소아병적 태도로서가 아니라, 한 시대의 문화인물을 국가적 위인으로 현양한다는 대승적 자세다. 그런데 박경리가 그곳에 살았다는 사실만으로는 그다지 힘 있는 알레고리가 형성되기 어렵다. 그래서 창의적 아이디어와 노력이 필요하다. 경기도 양평의 황순원문학촌 소나기마을이 황순원과 양평을 연계하기 위해 기울인 다양한 노력들이 참고가 되겠다.

3-2-2. 작품의 고향, 하동

경남 하동군 악양면 평사리는 『토지』의 이야기가 시작되는 무대다. 소설의 실체적 형상력을 확보하는 데 있어 평사리의 최참판댁 만큼 값진 보화는 없다. 그래서 원주와 하동의 유기적 상관성과 원활한 협력시스템을 확보하는 것은, 아무리 강조해도 지나치지 않다. 더욱이 하동은 지리산·섬진강·다도해를 끌어안고 있는 삼포지향(三包之鄕)의 명승이다. 특히 지리산은 인근지역을 무대로 한 이병주의 『지리산』이나 조정래의 『태백산맥』을 모두 붙들고 있는 공간환경이기도 하다.

3-2-3. 작가의 태생, 통영

경남 통영시는 작가의 출생지이며 작가가 영면(永眠)하고 있는 이중의 연고지다. 또한 작가의 문학관이 만만치 않은 규모로 이루어져 있는 지역이기도 하다. 그런 연유로 이 현양사업에서 통영의 비중을 고려하지 않는 것은 매우 우매한 일이 된다. 단순히 '통영이 거기 있다'가 아니라, '통영이 무슨 일에 동참한다'라는 적극적 의지가 개재되어야 하다. 한 나라의 문학적 위인이기를 넘어 한국을 대표하는 세계문학사적, 세계문화사적 인물로 나가기 위해서는 반드시 그러해야 한다. 이것은 요망이 아니라 당위의 일이다.

3-3. 수용자 공간, 독자-연구자-재창작자

3-3-1. 박경리가(家)의 일꾼, 독자

현양사업에 있어서 가장 중요한 수용자는 바로, 『토지』라는 작품을 읽어주는 독자들, 그것도 숨어 있으면서도 꾸준한 익명의 독자들이다. 이들이야말로 동시대 사회 속에서 재건하려는 최참판댁, 또는 박경리가(家)의 일등 일꾼들이다. 『토지』의 운반자들은 그동안 이들에게 책을 보여주는 것 이외에 무엇을 했는지, 또는 그럴 생각이나 했는지 성찰할 필요가 있다. 최명희의 『혼불』이 '독자부양운동'으로 성공한 사례가 눈 앞에 있다. 독자가 살면 『토지』도 산다. 독자를 수준 높게 깨우치면 작품의 가치도 상승한다. 지금까지의 성가(聲價)에 만족하지 않고 진정한 민족적 대작으로 정립되기를 원한다면, 이 대목이 아주 중요하다.

3-3-2. 작품을 지키는 파수꾼, 연구자

『토지』 연구자의 흥왕과 지속이 작품의 생명력을 담보한다. 지금까지의 연구도 중요하거니와 새로운 신진 연구자들의 출현이 이 대작의 위의(威儀)를 다음 세대로 이첩해 갈 것이다. 가만히 있어도 모이는 연구자가 있을 것이나. 더 낫기로는 역량 있는 연구자를 육성하고 그 연구가 활성화 될 수 있는 여지를 확대해주어야 한다. 시대를 넘어서서 생명력을 갖는 작품을 일러 '고전'이라 부른다. 거의 모든 고전 작품은 작가·작품과 연구자의 합력에 의한 결과다. 여러 지자체에서 창작상에 병행된 평론가상이나 문학연구상을 두고 있는 것도 그 때문이다.

3-3-3. 새로운 창의력의 손님, 재창작자

『토지』의 재창작 운동을 적극적으로 추진할 필요가 있다. 워낙 방대한 작품이라 전체 이야기에 이어가기 외에도 단락별 이야기의 재창작, 여러 등장인물과 사건들을 중심으로 한 별도의 '열전(列傳)'을 구상해 볼 수 있다. 이 새롭고도 창의적인 운동은『토지』의 명성을 동시대 사회 한 복판으로 이끌어오는 파괴력을 가질 수 있다. 물론 적절한 사업 추진계획과 예산 보정(補整)이 필요하다. 중국에는『삼국지』의 중심인물들에 대한 수도 없이 많은 열전이 있다. 소나기마을에서는「소나기」오마주, 곧 속편쓰기를 시작하여 뜨거운 반응을 받은 바 있다.

3-4. '삼각의 관계망'과 활용 가능성

이제껏 살펴본 전기적 공간, 지역적 공간, 수용자 공간의 각기 세 항목은 그것이 전체적 유기적으로 연계 작동됨으로써 기대 이상의 시너지 효과를 생산할 수 있을 것이다. 문제는 이것을 하나의 도상(圖上) 논리로만 바라보고 실천의 영역에 발을 들여놓지 않는 고답적 생각에 있다. 촉한의 미래를 내다본 제갈공명의 '천하삼분지계(天下三分之計)'는, 우유부단한 유비에게 공여됨으로써 절반의 성공을 거두고 말았다. 만약 그 수거자가 간웅(奸雄) 또는 효웅(梟雄)의 별호를 가진 조조였더라면, 서기 200년대 삼국시대 이후의 중국 역사가 다르게 바뀌었을지도 모른다는 가설이 있다.

이와 같은 교훈적 범례는 인류사 여러 굴곡의 처처에 지천으로 널려 있다. 특단의 노력과 일정한 위험부담을 감수하지 않고 큰 성공이 있기 어렵다는 말이다. 예컨대 현재 한국에서 가장 많은 유료 입장객이 찾는 소나기마을의 조성을 계획하고 추진할 때, 처음에는 아무런 인력 구성도 예산 대비도 없었다. 모두가 무모한 일이라고 말렸다. 하지만 그 초창기의 낭만적 인문주의자들은 선한 목표에 반드시 선한 도움의 손길이 있다는 이치를 믿었다. 오늘날의 스타벅스를 세계적 다국적 기업으로 일군 초창기 창업자들은, 미국 서부의 풍광 수려한 어항 시애틀에서 인문적 향기에 취하여 커피보다 먼저 꿈을 팔았다.

스타벅스란 이름도 허만 멜빌의 『모비딕』에 등장하는, 틈만 나면 우수에 잠겨 책을 읽고 있는 일등항해사 스타벅에게서 빌려 왔다. 지금은 불후의 명작이 된 이 작품으로 멜빌이 얻은 인세 수입은 고작 556.37달러에 불과했다. 서점에서도 그 책을 잘 몰라서, 처음에는 수산서적 코너에 꽂혀 있었다. 마치 생전의 고흐가 그 많은 불멸의 역작들로부터 한 푼의 도움도 받지 못했던 상황과 매우 유사하다. 이렇게 머리와 가슴, 이성과 감성 사이의 상거(相距)가 먼 것이 곧 문학의 가치와 현실적 적용의 문제다.

그것을 넘어서는 방략은 과학적이고 객관적인 예단이나 평가, 확정적 통계수치 만으로는 안 된다. 당연히 그것도 중요하고 또 관련자나 관련 기관을 설득하려면 반드시 필요하기도 하다. 하지만 그것은 필요조건일 뿐 충분조건이 아니다. 이 일 많고 까다로운 '삼각의 관계망'을 구성해 본 사유가 여기에 있다. 그러나 이 문제에 관한 한, 여기까지의 의견 제시가 필자의 몫일 것으로 사료된다. 이해와 보기의 편의를 위하여, 위의 현양사업 공간개념을 도식화하여 펼쳐보면 말미의 첨부와 같다.

4. 우리 시대의 고전 『토지』를 위하여

이 글은 작품 연구를 목표로 하지 않았다. 『토지』라는 작품이 가진 문학사적 의의와 더불어 대중적 친화력을 불러오는 요소들을 확인하는 것이 먼저였다. 다음으로 어떻게 동시대의 고전이라 수긍되는 역작으로, 효율성 있게 수확할 것인가라는 사뭇 실용적인 관점으로 일관한 셈이다. 다수의 비판자들이 이 수발(秀拔)한 작품을 왜 세속의 저잣거리로 이끌고 가느냐고 비난할지 모르지만, 이미 문학과 사회 그리고 문학과 인간의 관계는 과거의 문학적 정통성이나 그를 앞세운 근본주의와는 많이 달라졌다.

『토지』의 문화산업적 수용을 탐색하는 여러 가지 제안에 있어서는 아직 발설하지 못한 의견들이 없지 않다. 그런데 이러한 경험적 논의는 황순원문학촌 소나기마을이나 이병주문학관의 건립 및 운영에서 직접적으로 추수한 것이어서, 일정한 신뢰를 요청할 만하다고 본다. 이 발표에서 언급하지 않은 것으로, 현양사업의 당위성과 계기를 적극적으로 개발하는 일, 해당 지자체와의 연계를 강화하고 협력 방안을 찾는 일, 인근 문학관이나 문화테마파크들과의 연대를 통해 시너지 효과를 발양하는 일 등이 남아 있다.

다시 '토지문학제'에의 적극적인 참여, 학술세미나 확대, 문학상에 연구부문 강화, 연구자그룹 조직화 등을 생각할 수 있고 특히 하동 지역을 중심으로 문화관광 개발 등을 염두에 둘 수도 있다. 그런데 문제는 따로 있다. 생각이 아니라 실천, 탁상공론이 아니라 실행의 손길이요 걸음이다. 그 걸음은 한 사람의 것이 아니다. 아메리카 인디언의 속담에 빨리 가려거든 혼자 직선으로, 멀리 가려거든 함께 곡선으로 가라고 했다. 연이어 외나무가 되려거든 혼자, 푸른 숲이 되려거든 함께 서라고 했다. 선한 공동체적 의지에 선하고 풍성한 열매, 선연선과(善緣善果)라는 옛말은 이런 경우에 적용하라고 마련된 것이겠다.

경구(警句)는 낡은 책 속에만 있는 것이 아니다. 박경리에 대한 논의를 동시대 한국문학에 있어 하나의 랜드 마크를 이룬 『토지』를 기리고 또 미래지향적으로 인도해 나가는데, 선하고 효용성 있는 생각을 함께 모으는 계기가 되었으면 한다. 박경리 선생에 대한 추모를 그냥 기념행사나 학술대회를 개최하고 편의하게 넘기는, 소극적인 대응의 차원에 머물러서는 안 될 일이다.

절대정신의 지향, 또는 일상과 초절의 경계

- 황충상 소설집 『사람본전』

1. 황충상과 '절대정신' 지향의 소설

독일의 철학자 헤겔은 자신의 철학 논리에서, 주관과 객관을 동일화하여 완전한 자기인식에 도달한 정신을 '절대정신'이라 불렀다. 여기서 '완전한 자기인식'에 도달하기 위하여 '주관과 객관을 동일화'하는 논리적 방식은, 그야말로 이성적이고 변증법적인 경로를 거친다. 이 철학적 도그마는 매우 명쾌하지만 반대로 여러 허점을 끌어안고 있다. '완전한 자기인식'을 지향하는 목표의 설정은 동일하지만, 그 단계에 이르는 길이 반이성적이며 내면의 심층을 움직이는 심리적 바탕 위에 있을 때는 특히 더 그렇다. 과학과 철학의 잣대로 계측할 수 없는 신학과 종교의 차원에서는 더 말할 나위가 없다.

'완전한 자기인식'이란 용어가 가진 구원(久遠)의 개념을 '절대적 인식의 지점' 또는 '절대정신'이라는 어휘로 요약할 수 있다면, 이를 구명(究明)하는 헤겔 철학의 의미와 종교성의 개념은 사뭇 다른 모형으로 변별된다. 감성과 상상력에 기반을 둔 문학의 차원에서도 당연히 그렇다. 이 글의 서두에서 굳이 애써서 '절대정신'의 개념을 궁구(窮究)하고 있는 것은,

자기인식의 완전성을 탐색하는 황충상 소설의 정체와 그 과녁을 이에 비추어 명료하게 설명할 수 있을 것이기 때문이다. 미상불 이 소설집에 실린 8편의 소설은, 한 인간이요 작가를 넘어 문학이 구현할 수 있는 자기인식의 완전주의에 모든 도구와 방법을 다 투척한, 실로 유다른 사례들의 집합이라 할 수 있다.

그러기에 그의 이 소설들에 접근하고 교감하는 독법을 두고 말하자면, 문학 일반론의 범상한 시각으로는 합당한 답안을 찾아내기가 어려운 형편이다. 그렇다고 그의 소설들이 그간 우리가 문학사에서 목격한 난해한 사상이나 지적 유희의 형용을 띠고 있는 것도 아니다. 어느 측면에서는 작가가 작중 화자에 대한 통어의 고삐마저 방기(放棄)해버린, 더 나아가 그 상황에 대한 인지적 지평을 종교의 범주로 개방해버린, 매우 독특한 창작 유형을 면대하게 된다. 작가는 소설의 스토리에서 벗어날 수 없는 책임을 지고 있기도 하고, 또 경우에 따라서는 그 책임을 한낮 부질없는 주박(呪縛)으로 내쳐버린 형국에 있기도 하다. 곧 소설을 통한 '존재의 자유로움'을 구현한다.

우리 문학사에서 선문답의 초탈한 경향을 가진 소설, 종교적 함의의 극점을 표방하는 소설들이 앞선 시대의 길잡이로 제시되어 있다 할지라도, 황충상 소설의 '절대정신'은 이 모본(模本)들을 그다지 눈여겨보지 않는다. 굳이 범례를 들자면 김동리의 「등신불」을 참고하는 데 그친다. 그렇다면 그의 이 소설들이 무엇을 대상으로 하고 무엇을 말하고자 하는가를 해명할 필요가 있다. 그는 우선 자신이 영유하고 있는 일상의 현실에서 출발한다. 그 자리에서 세월의 경과와 생각의 부침(浮沈)에 단련된 새로운 인식의 소출들이 일상의 경계를 뛰어넘고 전혀 예상할 수 없었던 사유의 발현과 그것의 깊이를 생성한다. 그리하여 소설의 문장과 문맥을 통해 일흔 중반을 넘기는 자신의 세계관, 인생관을 매우 창의적인 형상으로 드러낸다.

이러한 문학적 소득은 귀하고 소중한 것이다. 이토록 치열한 문학적 자기탐구가 드물기도 하지만 그 결곡하고 지속적인 추구가 문학적 수준과 완성도를 겸비한 경우가 극히 희소한 까닭에서다. 그의 이 소설들을 눈여겨보며, 우리 문학사에 없던 새 도정(道程)의 시현(示現)임을 수긍할 수밖에 없는 이유다. 여기에 하나 더 덧붙여 주목할 문제가 있다. '완전한 자기인식'과 '절대정신'을 목전의 과제로 둔 황충상 소설에, 이를 확고하게 뒷받침하는 기초가 잠재해 있다는 사실이다. 곧 그의 심중에 자리하고 있는 종교로서의 기독교와 그의 실제적 체험이 결부된 종교로서의 불교가, 동시에 공여하는 교리와 사상이 그것이다.

교리의 성격에 있어서 기독교는 절대타당성을, 불교는 보편타당성을 표방한다. 서로 다른 본성과 방향성을 가진 두 종교가 작가의 내부에서 빙탄불상용(氷炭不相容)의 상충을 초래하지 않고 상호 화합하며 적재적시(適材適時)에 순방향의 작용을 하고 있다는 점은 놀라운 광경이기도 하다. 이는 두 종교의 '상충' 및 '화합'의 지점이 어디인가를 정확하게 인지하고 이를 대승적으로 겸용할 때에 비로소 가능한 현상이 아닐까 짐작된다. 세상에 원인 없는 결과가 없고 대가 없는 소득이 없다. 그의 문학이 가진 '절대정신'은 이토록 많은 값을 지불하고 난 연후에 얻은 것이다.

2. 일상과 초절의 접점, 그 문학자리

우리 문학사에서 볼 수 없던 새 지평의 소설을 하나의 창작집으로 묶어 선보인 황충상은 1945년 전남 강진 태생이다. 1981년《한국일보》신춘문예에 「무색계」가 당선되어 문단에 나왔으니, 그 글쓰기 경력이 꼭 40년에 이르렀다. 이번에 상재되는 이 기념비적 소설집은, 그러므로 그의 등단 40주년 기념 작품집으로 치부할 수 있다. 지금까지 그가 상재한 소설집 『뼈있는 여자』, 『무명초』, 『나는 없다』 등과 장편소설 『옴마니 반메훔』, 『뼈없는 여자』, 명상 스마트소설집 『푸른 돌의 말』 등은 대개 종교적 세계를 배면에 두고 있거나, 앞서 언급한 '절대정신'의 탐험을 시도하고 있다. 그의 이번 소설집이 어느 날 갑자기 솟아난 생면부지의 산물이 아니라는 뜻이다.

그의 소설세계를 통합적 관점에서 살펴보면, 자아와 세계의 일체를 전제하고 자기존재와 타자의 관계를 일원론적 가늠자 위에 올려두고 있다. 이러한 발상의 도식은 그 출발에서부터 불교적 세계인식과 연접해 있으며, 동시에 이것이 작가의 체험적 전력(前歷)과 연관되어 있음은 주지하는 바와 같다. 이 일원론적 가치관은 유와 무가 상통하고 궁극에 있어서는 하나의 결론으로 귀일(歸一)하며 이를 응대하는 주체와 객체, 사유자와 관찰자가 둘이 아니라 하나라는 종착점에 이른다. 항차 이 엄중한 통합의 규율에 있어서 불교와 기독교의 서로 다른 타당성조차 한 곳으로 조화로운 흐름을 성취한다. 불교의 지속적인 질문과 기독교의 확정적인 수긍이 충돌 없이 연합하는 놀라운 소설적 규범이 거기에 있다.

이 소설집에 실린 8편의 소설은, 어쩌면 소설로 쓴 예술론이라 호명해도 이상할 바 없다. 범사에 깨우침을 동반하고 일상이 예술로 전화(轉化)하는 탈 경계의 개안(開眼)이 그의 소설과 더불어 작동한다. 구도(求道)의 길목을 소설이 떠받치는 서사, 아니면 소설의 형식을 빈 종교적 발화가 문면의 처처에 편만(遍滿)하다. 40년 세월을 두고 지속적 시간과 함께

해 온 창작의 관록이 아니고서는, 도무지 바라보기 어려운 소설의 수발(秀拔)이 바로 이 작가의 것이다. 그의 소설들이 이와 같은 성격과 구조를 갖고 있는 터이므로, 일반적인 소설적 이야기의 전개나 결말의 도출과는 일정한 거리가 있다. 그러기에 그에 대한 독법 또한 달리 설정되어야 마땅하다고 본다.

굳이 예를 들자면『말테의 수기』나『짜라투스트라는 이렇게 말했다』 또는『페이터의 산문』처럼 어디를 열고 읽어도 독서회로에 과중한 부하(負荷)가 없을 것이라는 말이다. 언필칭 소설만큼 자유로운 느낌과 이야기의 펼침을 보장하는 문학 장르가 없을 것이라는 가정 위에서 보더라도, 그의 소설은 이 범박한 가정조차 초극하거나 해체하는 절대적 자유로움을 구가한다. 평범한 생활인의 의식이 종교적 탈각과 동렬이 되고, 그 지고(至高)의 경지 또한 시정(市井)과 누항(陋巷)의 담론으로 소통되는 소설적 자유로움인 것이다. 그러므로 이 8편의 소설은 생활인의 수양서이자 창작자의 예술론이라는 두 얼굴을 함께 구비하고 있으며, 문학과 종교의 최대공약수를 응집한 보기 드문 성취에 해당한다.

한 작가의 작품세계에 대한 비평의 글이나 한 작품집의 미학적 성과에 대한 논평을 수행할 때, 대체로 작품의 성향에 따라 소규모 의미단위로 구분하여 논의하는 것이 상례다. 그런데 황충상의 이 소설집에 실린 8편의 글은 그러한 기본적인 구분을 무의미하게 한다. 모든 소설이 주제론에 따라 요약하면 단일한 의미 단위가 되고, 각 작품의 요목을 들여다보면 제 각각 독립적인 글이 되고 마는 팔색조의 변모에 처해 있는 까닭에서다. 전혀 단조로운 단색의 잿빛이 순식간에 형형색색의 깃털을 자랑하다가, 다시 곧장 원래의 침잠으로 되돌아간다. 이러한 소설적 변화는 어쩌면 처음부터 아무 달라짐도 없었던 것인지도 모른다. 요령부득이고 정체불명이면서, 문득 일목요연하고 쾌도난마와 같은 소설의 실상을 성실한 발걸음으로 뒤따라가는 것이 최선일 수밖에 없다.

3. 내면의 우주를 깨우는 8개의 길

이 소설집의 첫머리에 실린 **「그림자껍질」**은, 그야말로 이 책의 작품들이 어떤 범주와 전개를 보일 것인가에 대한 방향지시등이다. 화자인 '나'는 H신문사 프리랜서 기자이자 소설가의 직업을 가졌다. 그가 전기소설을 쓰기 위해 만난 이가 이 소설의 중심인물 '영부(令父) 범사(範士)'다. 검도 고단자를 부르는 범사라는 호칭은 영부 범사가 '그림자껍질'을 벗긴다는 '영검팔체도법(影劍八體道法)'의 창시자이면서도 은자의 생을 살고 있는 곳으로 인도하는 하나의 단서다. 범사의 유일한 여자 제자는 영기(影氣)라는 이름으로 나타나며, '나'가 영부 범사의 존재양식과 그의 그림자 껍질 벗기기 도법을 해독하는 데 보조 장치로 조력한다. 이러한 여러 소설적 장치들은, 결국 현실의 바닥과 분리되어 있는 그림자 껍질 벗기기가 어떻게 가능하며 그것의 진면목이 무엇인가를 분별하는 방향으로 작동한다.

'없는 실체를 보기 위해 마음의 눈을 떠야 한다'는 소설 속의 레토릭은 범사와 나, 그리고 영기의 '진실'을 향한 열망 가운데 공존한다. 사정이 이러하다면 그 진실의 실체를 검증하기 위한 행로에 있어 일반적인 사실주의 문학론은 별반 쓰임새가 없다. 상황의 축조에 있어 불교의 공사상(空思想)을 닮아 있는 이 인식의 방법은, '처음 빛이 있으라 한 그때'와 같은 시발과 현현의 방식에서는 기독교의 초절주의(超絶主義)와 잇대어져 있기도 하다. 소설의 문면이 표기한 바와 같이 '나'가 취재한 영부범사의 삶은 '실존이면서 환상인 통시성의 실험적인 이야기'다. 재론할 것 없이 이 소설에서 중요한 것은 실존과 환상이 서로 다른 개체이면서 공존하고 융합하는 '조화의 힘'이라는 사실이다.

「꽃사람꽃」은 꽃과 사람을 하나의 얼개 아래 묶어둔 개념, 곧 양자의 의미망이 하나로 묶여 제3의 가치를 생성하는 소설적 의미를 추종한다. 이 소설의 중심인물은 '남무(南無)'라는 소설가이고 '이다'라는 이름을 가진 '나'는 그의 제자이자 내연녀였던 경력을 보여준다. 그리고 말미에서 '다소'라는 여성이 등장하여 얼핏 삼각관계와 같은 포즈를 나타낸다. 하지만 소설적 서술의 중심에는 언제나 남무가 있고, 그를 드러내는 '나'의 술회는 이 소설이 1인칭 관찰자 시점에 의거해 있음을 말해준다. 남무는 사뭇 불교적 상징의 용어이고 아미타불이나 관세음보살에게로 '귀의한다'라는 뜻으로 쓰인다. '나'와 남무의 관계는 정신적이면서 육체적인 것이지만, 그 어느 것도 존재의 근원을 흔들 만큼 절박해 보이지 않는다. 다만 입고 벗는 것, 사유와 행위, 마음과 몸이 서로 소통하여 '꽃사람꽃'을 아름답게 피워내는 질료(質料)로 기능할 따름이다.

「마음나무」는 고희(古稀)의 나이에 가족과 집을 떠난 수행자의 자아성찰을 담은 소설이다. 그가 머무는 곳은 '마음나무집'이란 현판을 내건 암자다. 소설 속의 '나'가 '충상(忠尙)'이란 이름을 쓰고 있다고 해서 이 작품이 꼭 작가의 자전(自傳)가 일치한다는 보장은 없다. 소설이란 애초부터 그렇게 약속된 형식이기 때문이다. 그러나 그 가운데 상당한 분량의 자기기술이 내포되어 있음을 부인할 수는 없다. 실제로 필자가 알고 있는 작가의 전기적 사실들이 맨 얼굴을 내밀고 있기도 하다. 그와 극작가 C의 관계는 서로가 문학이나 예술을 통해 자아 정체성을 찾아가는 도반(道伴)일 터이다. 이들의 지향점은 소설이 말하는 바와 같이 '마음과 자연이 함께 자유로워지는' 그리고 '아무것도 요동하지 않는' 지점이다. 곧 소설적 구도론(求道論)인 셈이다.

「무지개 이야기」는 무지개의 일곱 가지 빛깔에 대한 상징과 암시, 실존적이며 현상학적 해석들을 다채롭게 보여주는 소설이다. 소설은 '모든 형상은 빛으로 읽힌다'는 선언적 구절로 시작한다. 이 작가의 세계에서는 당연히, 그들 빛깔의 숨결에 대한 이야기가 하나이면서 일곱이고 일곱이면서 하나다. 작가는 소설 속 '대설(大說)'의 문학적 의지, 신화적 불화(佛畫)의 승화된 함의, 죽음을 건넌 부활의 확증 등 여러 정신적 종교적 요체들을 동시다발로 원용한다. 모두에게 익숙한 소설적 차원을 이미 돌파한, 놀라운 면모요 기량이다. 이 소설에도 동자승 이야기를 비롯해서 여러 자전적 요소들이 잠복해 있다. 그러기에 작가는 독자들 또한 '본인의 이야기'로 읽을 수 있다고 권면한다. 이 무지개 이야기가 '당신이 빠진 하늘 구덩이를 오르는 사다리'가 되도록 '마음의 눈'으로 읽으라는데, 미상불 그렇게 읽지 않지 않고서는 이해를 도모할 재간이 없다.

「물의 말을 듣다」는 대학 강의를 맡은 소설가의 술회로 시작한다. 그는 강의에서 '미니픽션'이라는 소설의 장르를 소재로 활용한다. 작품의 바깥에서 말하자면 이는 '스마트소설'과 거의 유사한 개념이고 스마트소설은 이 작가가 오랜 세월을 두고 가꾸며 다듬어 온 짧은 분량의 소설형식이다. 이 작품은 이 책에 실린 작품들 가운데서는 가장 긴장을 덜하고 읽을 수 있는, 비교적 범상한 소설의 유형을 유지하고 있다. 소설가 교수와 제자 '여미' 그리고 그의 남자친구 '도읍'의 이야기가 소설의 흐름을 이룬다. 천안함 사건으로 인한 도읍의 죽음, 여미의 동통(疼痛)과 함께 그 말미에 '죽음을 훔친 도둑'이란 도읍의 전언(傳言)을 매설해 두었다. '참고 참은 말이 지혜가 되면 그것이 물의 말'이라는 금언(金言)도 거기 있다.

이 소설집의 표제작이 된 **「사람본전」**은 인격의 값을 수치로 환산한 듯한 어감을 유발하지만, 그 기층의 의미에 있어서는 전혀 다른 계량법에 의거해 있다. 이 '본전'은 사람의 가치에 대한 근원적이고 근본적인 질문을 환기한다. 소설의 담화는 화자인 '나'의 '죽음연습'이라는 오연(傲然)한 결기(決起)를 앞에 두고 출발한다. 어쩌면 지난해 동맥박리수술로 생사의 현관(玄關)을 경험한 작가가, 자신의 생사관을 재차 점검하고 있다는 후감을 불러온다. 이 소설이 그 엄혹한 경험 이전에 창작된 것이라 할지라도 마찬가지다. 화자는 오랜 삶의 터전을 버리고 '자연에게로 떠남의 길'을 열었다. 그의 새 도량이자 안착지인 '발 씻는 집'은 여전히 동서를 대표하는 두 종교의 교의(教義)와 그 어의(語義)에 연접해 있다.

어린 시절 화자의 기억들이 도입되어 있는 서사구조는, 이 소설이 화자 또는 작가의 전 생애에 걸친 반성적 성찰을 유념하고 있다는 암시다. 이 역시 강력한 종교성을 후원으로 한다. 발을 씻어주는 일 곧 세족(洗足)은, 기독교의 교리를 희생과 섬김으로 판독하게 하는 중요한 모티브다. 다시 말하면 기독교적 사랑의 구체적 형태다. 그런가 하면 화자의 화두 '사람이 부처다'-'발이 마음이다'가 은유하듯이 불교적 자비와 베풂의 선명한 얼굴이기도 하다. 자비심의 대타적 표현인 보시(布施)가 여기에 있다. '나'는 스스로를 그 이타(利他)의 근본에 비추어 사람의 본디 값, '사람본전'이라 호명한다. 마침내 사람본전은 꿈꾸던 '명상의 죽음'을 완성하고 그를 시중들던 '춘다'에게, 곧 각성의 눈에 비친 세상 사람들에게 교훈과 계승의 여지를 남겨둔다.

「어머니의 몸」은 기독교 신앙으로 생을 일관한 화자의 어머니를 회상하며, 이를 자신의 삶이 반사되는 거울로 응용하는 소설이다. '기도원 예배당에서 철야기도 하다가 앉은 채 소천한 퇴임 권사'가 그 어머니다. 이 좌상(坐像) 소천은 바로 앞에서 살펴본 소설 「사람본전」의, 그리고 좀 더 멀리로는 김동리 소설 「등신불」의 이야기 소재와 동일하다. 그 어머니의 아들인 화자가 종교성과 분리되어 살아갈 길은 없을 것이다. 소설 속에서 역할을 가진 '의사' 또한 평범하거나 일반적이지 않다. 그는 환자의 가슴 깊이에서 심장을 꺼내고, 이들은 이를 '심장꽃'이라 부른다. 화자는 소림사에서 달마와 독대한 전력도 내놓는다. 애초부터 이 소설은 환상과 현실의 경계를 무화(無化)하거나 넘어서 버렸다. 그 탈현실의 지경을 누비는 활달한 상상력으로, '몸과 정신과 영혼'의 강역(疆域)을 탐구한 소설적 존재론이 이 작품이다.

「여자 몸에 고래가 산다」는 화자인 '나'의 내면적 가족력을 드러내고 있으며, 그것이 곤고하기 이를 데 없고 또 그런 연유로 영혼의 차원을 개방하는데 유력한 동인(動因)을 형성한다. 화가였던 아내는 혈액암 오진 과정에서 격심한 우울증을 얻고 마침내 이혼을 통보한 후 절로 떠났다. '나'는 직장을 그만두고 아내의 뒤를 이어 '환쟁이의 길'을 간다. 그 세월이 15년째다. '나'는 심화(心畵), 마음그리기에 전념하기로 다짐한다. 아내의 법명이 여심화(女心花)이니, 이들을 여전히 하나의 고리로 된 인연에 묶여있다. 그러한 화자가 유다른 세계의 심층을 감각할 수 있도록 돕는 '노(老) 모델'을 만난다. 화자는 여자마음꽃을 그리려 한다. 이처럼 몸과 정신과 영혼이 하나의 일원론적 교통으로 개방된 세계에서는, '여자 몸에 고래가 산다'는 어법이 전혀 어색할 바 없다. '나'는 그림으로 여심화에게서 무심(無心)하는 자유를 얻어낸다.

4. 소설로 쓴 구도와 깨달음의 절창

필자가 촌장으로 있는 황순원문학촌 소나기마을 2층 로비에는 '문학은 도를 구하는 그릇(文者求道之器也)'이라는 황순원 선생의 휘호가 걸려 있다. 우리 문학사에 명멸한 많은 문인들이, 문학이야말로 자신이 선택한 구도(求道)의 방략이라고 여겼을 것이다. 또 실제로 종교적 배경을 가진 많은 구도소설이 임립(林立)해 있기도 하다. 황순원 선생이 애호한 이 구절은 중국 문헌《고문진보(古文眞寶)》에 유사한 기록(文者, 貫道之器也)이 보이고, 조선시대 율곡 이이 선생이 그에 방불한 표현의 글을 남기기도 했다. 이는 철학과 문학의 상관성에 대한 언표인바, 이 양자 중에서 어디에 우선적인 방점을 두느냐에 따라 문학의 지위, 곧 글의 뜻이 달라진다.

철학, 즉 성리학 우선주의자들은 문이재도론(文以載道論)을 주장하고 문학 우선주의자들은 문이관도론(文以貫道論)을 주장한다. 전자의 대표적인 인물로는 중국 북송의 염계(濂溪) 주돈이(周敦頤)와 남송의 주희(朱熹) 등이 있고, 후자의 대표적인 인물로는 당나라 한유(韓愈)와 그 제자 이한(李漢) 그리고 북송의 구양수(歐陽修) 등이 있다. 이와 같이 복잡한 전거(典據)들의 와중에서 황순원 선생의 소신(文以求道論)은 문학 우선주의를 이어받고 있으며, 시대를 거슬러 율곡 선생은 재도론자(載道論者)이니 당연히 문학보다 철학을 앞세웠던 것이다. 우리가 여기서 공들여 살펴본 황충상의 소설은 문학을 통한 사상과 종교의 검증에 해당하므로, 이를 테면 황순원 식 문학론에 소속한다 할 것이다.

한 작가의 내면에 소설의 구조를 뒷받침하는 종교적 사상성이 잠복해 있다는 것은, '사상을 담은 문학'을 배태(胚胎)하는 소중한 계기다. 이 항목은 우리 문학의 오랜 단처(短處)요 과제였다. 그 사상성이 기독교와 불교라는 두 대표적인 종교의 부양을 받고 있다는 인연은 드물고 귀한 일이다. 한걸음 더 나아가 이를 조화롭게 통어하고 자기인식의 완전성에 복무하도록 견인하는 작가의 기량, 그것이 황충상 소설에 있었으니 여기에 당착한 독자는 행복할 수밖에 없다. 김동리의 『사반의 십자가』나 이문열의 『사람의 아들』이 종교의 본질을 다루면서도 그 중핵(中核)에 육박하지 못한 것은, 그들이 종교적인 삶과 체험을 온전히 자기 것으로 한 적이 없었기 때문이다. 이 대목에서도 황충상의 삶과 소설은 돋보이는 부분이 크다.

그의 소설을 여러 차례 반복해 읽으면서 끝까지 남는 생각 하나는, 읽는 이의 지식이나 판단력 따위가 이러한 서사 세계를 제대로 검증하는데 크게 도움이 되지 않으리라는 것이었다. 소박하고 조촐하지만 깊은 신심(信心)을 가진 종교인이 도달할 수 있는, 불가역적이고 불가침의 자리가 있다. 그 겸허한 깨달음의 자리, 그에 대한 납득이 동반될 때 비로소 가능한 각성의 글쓰기가 황충상의 것이었다. 이 명료한 글쓰기 문법은 수용자인 독자의 글 읽기 문법에도 그대로 원용된다. 성경에는 '들을 귀 있는 자는 들으라'(막4:23)는 가르침이 있다. 바라기로는 앞으로도 그의 문필이 더욱 홍왕하여, 우리로 하여금 새로운 글밭의 알곡들을 다시 만날 수 있게 해주기를 축원해 마지않는다.

박람강기(博覽强記)로 그린 삶과 사랑의 풍경
- 김지연 장편소설 『생명의 늪』

1. 작가 김지연과 그 소설의 세계

김지연은 경남 진주에서 출생하여 진주여고와 서라벌예술대학(현 중앙대 예술대학)에서 수학했다. 1967년 《매일신문》 신춘문예와 이듬해 《현대문학》 추천으로 문단에 나왔다. 지금껏 40권에 이르는 소설집과 장편소설을 상재했고 한국소설문학상, 월탄문학상, 유주현문학상 등을 수상했다. 이와 같은 간략한 이력을 통해 알 수 있는 바와 같이, 그는 현대 한국문학에서 간과할 수 없는 주요한 작가이며 지금도 작품활동을 하고 있는 현역의 문필이다. 그동안 그가 맡았던 한국소설가협회 이사장, 현재 맡고 있는 은평문화원 원장을 비롯해서 작품 이외의 문화적 사회활동 또한 활발하기 이를 데 없다. 그의 다채로운 삶의 발자취 가운데 필자가 특히 주목하는 것은 두 가지다.

하나는 이 작가가 8년이라는 만만치 않은 세월에 걸쳐 《의사신문》의 취재 기자로 일했다는 사실이다. 그 기간에 그는 전문지 기자와 그와 같은 신문의 생리, 그리고 현장에서 목격한 병원과 의사와 의료계의 천태만상 현실을 직접적 체험으로 수거할 수 있었던 것 같다. 이 글에서 살펴보려는, 『생명의 늪』이라는 장편소설에 담아낸 의료 현실도 그러하거니와, 그의 다른 단편소설집 『내 살점』이나 『명줄』 등의 담화들이 현장 체험이 없이는 서술하기 어려운 형국에 있기 때문이다. 중요한 것은 그 자리에 있었다고 해서 그 이야기를 좋은 소설의 재료가 되도록 풀어낼 수 있는 것이 아니라는 것이다. 그런데 이 작가는 그것을 수행하는 천품(天稟)의 재능을 가졌다.

다른 하나는 그가 경남 진주 출신이라는 점이다. 작가가 진주여고를 거쳐 간 그 여러 해 후에 필자는 진주중학교를 다녔다. 두 학교가 인접해 있고 또 모두 남강물을 함께 마셨으니, 그리고 그는 작가로 필자는 문학평론가로 문단에서 만났으니 명실상부한 고향의 선배이자 문학의 선배다. 작가의 역사 소재 장편소설 『논개』 1·2·3권은 곧 진주의 인물과 역사에 대한 수발(秀拔)한 작품이다. 『생명의 늪』을 공들여 읽으면서 필자는 어딘가에 진주가 등장하지 않는가를 유심히 살폈다. 아니나 다를까 주인공이 그 사랑하는 여자와 함께 낙향한 아버지를 만나러 진주를 거쳐 산청군 시천면을 찾아가고 있었다. 필자는 그 대목에서 그저 뜻 모를 한숨을 쉬었다.

한 작가가 그의 소설 세계를 구성하는 데 있어 적확한 체험을, 그것도 생업을 해결하는 업무와 더불어 영유(領有)할 수 있었다면 이는 하나의 소중한 행운이다. 김지연 작가의 장·단편 소설들과 그의 의학 취재 경력이 곧 이에 해당한다. 예컨대 『내 살점』에 수록된 단편소설들의 제목을 일별해 보면, 이 논의가 금방 확연해진다. 「존엄하게 죽을 권리」, 「죽음 주변」, 「사망진단서」, 「어차피 스러질 목숨」 등의 작품이 그렇다. 의창(醫窓)을 통해 본 세상살이의 다양다기한 모습, 삶과 죽음의 경계선에서 바라본 인생의 진중한 의미, 그로 인한 자기 각성과 새로운 교훈의 습득 등이 그 소설의 문면을 채우고 있다면, 우리는 김지연의 소설과 더불어 새롭게 글 읽기의 행복을 누릴 수 있을 터이다.

2. 새로운 삶의 경점(更點)에 선 여러 인물들

이 소설은 '스무 여섯 살의 잘난 청년' 공찬우를 중심인물로 한다. 그는 대학 국문학과를 졸업했고, 이 경력은 의학전문지 Q신문사의 취재 기자를 지원하는 근거가 된다. 기자 1명을 선발하는 데 무려 35명의 지원자가 몰리는 대단한 경쟁률을 보인다. 면접을 마친 후 스스로 낙담하고 있는 그에게 마치 행운과도 같이 합격 통지가 날아온다. 객관적인 조건으로 판단하자면 전혀 가능성이 없는 일이었다. 소설의 이야기가 진행되면서 그것이 '연희 누나', 동네 슈퍼마켓의 외딸 오연희의 작용으로 밝혀지지만 처음의 그는 이 사실을 알지 못한다. 이 사회의 구조적 역학이 동원되는 사건을 시발로 하여 공찬우와 오연희는 결혼을 전제하는 연인으로 발전해 간다.

공찬우는 매우 불우한 가정환경 가운데서 성장했고, 그 상황은 그가 성인이 될 때까지 나아지는 바가 없었다. 어려서 어머니를 잃고 새로 들어온 계모는 그에게 온갖 궂은일과 동생 찬수를 보는 일을 시켰으며, 조금의 배려도 없었고 용돈을 주지 않았으며 이 모든 사정을 남편에게 숨겼다. 계모의 악덕과 일탈은 끝이 없어서 나중에는 남편을 배신하고 결과적으로는 찬수의 사람됨을 망치고 있었다. 이러한 아픔과 어려움을 헤치고 찬우는 건실한 사회인으로 성장해 간다. 계모의 사슬에서 아버지를 구하는가 하면, 마침내 혈연관계가 전혀 없는 동생 찬수를 받아들이고 그가 온전한 인간으로 돌아오게 하는 저력을 발휘한다. 이를테면 우등생의 모범답안 같은 삶의 주인이다.

이 소설에 흥미와 활력을 더하는 것은, 몇 차례에 걸친 찬우의 사랑 이야기다. 그리고 그것은 '생명의 늪'이라는 이 소설의 주제와도 긴밀한 연결고리로 작동한다. 젊은 낙백(落魄) 시절 찬우의 애인은 단비(甘雨)라는 여자였다. 이들은 몇 차례의 우여곡절 끝에 사뭇 냉정하게 헤어진다. 그 다음으로 찬우 곁에 다가선 여자가 바로 오연희다. 찬우가 일하는 신문사의 모(母) 기관에 차장으로 근무하는 연희는 실상 그 기관의 민희찬이라는 공보이사, 연령차가 많은 유부남 의사의 애인이다. 신문사에 실질적인 영향력을 행사할 수 있는 공보이사 때문에 찬우의 입사가 가능했던 것이다. 연희는 찬우를 만나면서 공보이사와의 관계를 청산하려 한다.

하지만 그 청산이 그렇게 쉽지 않다. 무엇보다도 연희 자신이 그에 대한 마음을 완전히 접지 못하고, 그가 이혼을 하면서 결혼하겠다고 하자 결국은 찬우를 버리고 그에게로 돌아간다. 찬우와의 사랑은 뜨겁고 미래에 대한 계획까지 세운 것이었으나, 궁극에 있어서는 원래의 사랑이 더 강한 결과를 가져왔다. 또 한 번의 실의에 빠진 찬우 앞에 '싱그러운 또 하나의 사랑'이 나타난다. 같은 신문사 편집부의 민 기자, 민채형이다. 채형은 공보이사 민희찬의 사촌 동생이기도 하다. 양친을 의사로 둔 활달하고 구김살 없는 처녀이니, 찬우의 아픔을 달래고 또 새로운 세계로 이끌어가는 캐릭터로서 충분한 존재감을 가졌다 할 것이다.

소설의 후반부로 가면, 이러한 여러 정황의 변화와 함께 찬우의 앞날이 화명(花明)한 경계를 열어간다. 우선 낙향한 아버지의 안정적인 생활, 사고사로 귀결된 계모의 정죄(定罪), 군대를 다녀온 찬수의 변화가 그렇다. 그의 원죄들이 정제되어 가는 모양새다. 그런가 하면 아내 채형의 임신, 제주도 호텔의 이사 취임, 새로운 내일에의 의욕 등이 이 부피 큰 이야기들의 말미를 장식한다. 이처럼 생동하는 인물들의 현현(顯現)은 찬우에게 새 삶의 경점(更點)을 공여하는 계기이면서, 그 생동성은 각기 인물에 있어서도 저마다 표방하는바 소설적 역할에 충일한 표석(標石)으로 기능한다. 우리는 여기서 『문학과 사회』의 서두를 통해 H.E. 노사크가 한 말, "소설 속의 등장인물은 작가에게 자기 행동에 대한 설명을 요구한다"는 경구(警句)를 환기하게 된다.

3. 우보천리(牛步千里)로 가는 통과의례의 길

이 소설은 상·하권을 합하여 장장 930면이 넘는 큰 분량의 장편소설이다. 그 가운데 일어나고 스러지는 이야기들이 많기도 하거니와, 더 주목할 것은 이야기의 각 단락들이 모두 각자의 소설적 의미를 생성하고 있다는 데 있다. 중심인물 공찬우의 전후좌우에서 융기하고 침잠하는 사건들은 대체로 두 가지 논점을 보여준다. 하나는 아이에서 어른으로의 성장 과정을 거치고 있는 그에게, 시기에 따라 마주치는 일들이 그 인격의 성숙을 예비하는 통과의례가 되고 있다는 사실이다. 그러한 측면에서 이 작품을 성장소설이나 입사(入社)소설로 호명해도 큰 무리가 없다 하겠다. 소설 속의 찬우는 서둘거나 초조함 없이 이 단계들을 서서히, 비유하자면 우보천리(牛步千里)의 걸음으로 밟아 나간다.

다른 하나는 이 소설이 서사 장르로서의 특성을 활용하여 매우 유의미한 담론을 도출하는 대목인데, 《의사신문》 기자 경력이 빛나는 의학적 사건들에 대한 서술이다. 이 분야의 전문 영역에 들어 서 있지 않고서는 근접할 수 없는 여러 의학적 유형들, 일반적인 독자들이 들어보기 어려웠던 사건들이 소설을 통해 드러나고 있는 것이다. 예컨대 '무질(無膣) 성형'의 사례를 의학적 지식이 되도록 기술하는가 하면, 그 환자와 수술을 집도한 의사가 결혼에 이르는 감동적인 경우를 이야기화하기도 한다. 미상불 주인공이 인체의 신비나 의술의 적용에 관해 지적 경험을 쌓아가는 일과 더불어, 그 가운데 숨어있는 필설로 다할 수 없는 신의 섭리가 깊은 감동을 유발하는 장면들을 볼 수 있다.

> 내 감동은 그것에서 끝나지 않았다. 인간을 만든 조물주(造物主)의 치밀하면서도 섬세한 배려가 곳곳에서 돋보였기 때문이다.
>
> 인간 신체의 부위(部位)마다 '조물주'란 신(神)만이 할 수 있는, 빈틈없는 용도의 구조와, 운영에 있어 합리적인 면밀함은 이미 아는 사실이다. 특히 남성의 생식기에서 요로(尿路)와 정로(精路)를 한 터널에 두되 정자가 사출될 때는 요도구의 문을 차단하고 소변이 사출될 때는 정로의 문을 차단시켜 서로 어우러지지 못하게 함은 걸작이라는 생각이 들었다.
>
> 남성의 성기구조에 비해 인간 생명의 알을 품는 여성의 구조는 요로·정로를 분명히 구분함도 그러했고(곽 박사는 여성 생식기의 구조를 '고급적'이라 했고, P 박사는 여왕이 기거하는 섬세한 '궁전'이라고도 표현했다), 여성의 질 속 근육을 무감각(無感覺)하게 구성해 놓아 아기를 분만할 때의 고통을 없애게 해준 점도 그러했다.

그런가 하면 두 차례에 걸쳐 뇌사와 식물인간 상태가 과연 죽음의 선고라는 시점에서 어떻게 구별되는가, 또 이 불분명한 경계 사이에서 장기기증을 위해 장기를 적출 하는 것이 생명현상을 다루는 도덕적 차원에서 어떻게 판단되는가 하는 문제를 제기하고 있다. 거기에 친 부모와 의붓 부모 등 가족 구성원의 갈등과 이해관계가 결부될 때, 그것은 별도로 하나의 소설이 될 만한 이야기의 질량을 형성할 수도 있다. 이 소설에서는 그 흐름의 발길이 바빠 그러한 부대적 상황에까지 나아가지는 않았다. 이와 같은 사실들을 상고해 보면, 이 작가가 당초 작가로서의 행로를 선택한 것은 기정사실이지만 그 장정(長程)에 빛을 더하고 윤(潤)을 입힌 것은 의학과의 만남이라 해야 옳겠다.

나는 조금씩 흥분하기 시작했다. 미처 예상하지 못했던 속마음을 털어내고 있었다. 대형 병원마다 장기 이식 사례 경쟁이라도 벌이듯 다투어 시술하는 마당에 내 생각은 절대로 도움이 되지 않는 내용이었다.

"공기자, 우리는 지금까지 심장사(心臟死)를 죽음으로 인정하여 왔지만 엄밀하게 따지면 그것도 완전한 죽음이라고는 볼 수 없지. 완전한 죽음은 세포사(細胞死) 곧 신체의 완전 부패 상태를 죽음이라 볼 수 있지만 우리는 여러 가지 이유로 그 상황보다 죽음을 앞당겨 정의 내리고 있지 않은가. 마찬가지로 뇌가 완전히 죽은 뇌사 상태도 다시 소생할 수 없다는 점에서 심장사와 차이가 없다는 것이지."

"하지만 교수님. 우리의 정서는 그렇지 않습니다. 뇌는 죽었을지언정 심장과 맥박이 뛰고 있고 온기가 있는 몸을, 개복하여 심장과 간장을 떼 내고 두 개의 콩팥도 떼 내고 각막을 도려내는 엄청난 난자질로 존귀한 생명을 순식간에 폐기하는, 그런 권리가 감히 누구에게 있다는 것입니까. 심장이 멎은 이후의 장기(臟器)보다 심장이 뛰고 있을 때, 살아있는 장기가 이식(移植) 후에 효과가 좋다 하여, 어차피 둬 두어도 며칠 후면 죽을 사람이라 하여, 본인의 의사와는 상관없이 그렇게 살상(殺傷)해도 된다고 누가 감히 허락할 수 있단 말입니까."

이 예문에서 공찬우가 제기하는 질문과 같이, 의료 현장에는 언제나 생명윤리에 대한 도덕적인 문제가 얽혀 있다. 작가가 애써서 이를 소설의 문면 위로 밀어 올리는 것은, 여러 세속적 이득이나 의료 편의 등의 부차적인 상황 때문에 본질 자체가 진지하게 검토되지 않을 수 있다는 경각심 때문일 것이다. 일찍이 프랑스의 자연주의 소설가 에밀 졸라가 말한바, "악의 묘사는 그것의 극복을 위해 있다"는 레토릭을 되새겨 볼 만하다. 이 작가가 이러한 의학 담론을 여러 작품에 걸쳐서 지속적으로 전개하고 있는 것은, 그가 목격한 의학적 진실들이 보다 인간적으로 그리고 도덕적으로 한 걸음씩 진일보해야 한다는 신념 때문이었으리라 본다.

4. 의창(醫窓) 너머로 본 천태만상의 인간사

우리 삶의 길목 어디에나, 작은 것으로 전체를 볼 수 있고 작은 사실 하나가 그 너머의 큰 사건을 예표하는 제유법적 구조가 숨어 있다. 작가 김지연이 만난 의창(醫窓)의 작은 진실에도 인간사의 다양다기한 절목과 천변만화(千變萬化)의 세상살이 법칙이 잠복해 있었을 것이다. 그가 작가이기에 그것이 소설의 형용을 하고 우리 앞에 노출된 것이니, 소설이 이야기의 재미와 삶의 교훈을 함께 공여한다는 저 고색창연한 소설론을 수긍할 수밖에 없는 형편이다. 그러한 면에서 그의 이 소설은 '발로 쓴 소설'일 수밖에 없다. 마치 신문기자가 발로 기사를 쓴다는 말과도 상통한다. 《의사신문》 기자로 보낸 작가의 8년 세월은 어떤 모습이었더라도 뜻 깊고 보람 있는 시기였던 셈이다.

이 소설의 하권에는 뇌사자가 된 5대 독자의 정자를 채취하여 직접적인 성관계가 없는 여성을 통해 인공수정을 시도하는 예화가 나온다. 물론 그에 대한 갈등도 따라 일어난다. 대를 잇는 문제가 구시대의 유물로 치부되는 현실이지만, 당사자에 있어서는 전혀 다른 인식이 될 수도 있다. 이와 같은 여러 사태들의 배면에서 작가가 흔들림 없이 붙들고 있는 것은 생명에 대한 경외와 생명 존중의 사상이다. 소설의 마지막 부분에 이르러 공찬우가 오연희의 임신중절을 알고 나서 '아가야 미안하다'라고 중얼거리는 대목은 이에 대한 구체적 증빙이 된다. 생명을 귀중하게 여기는 마음은 인류 공통의 미덕이다. 이 보편적 감정에 익숙하지 않은 이가 남녀 간의 사랑을 온전하게 꾸려갈 가능성은 극히 희박할 터이다.

여기 이 소설에서 공찬우가 만난 단비, 오연희, 민채형 등과의 사랑을 이러한 반사의 거울에 비추어 보면 금새 그 진면목이 드러나게 되는 것이다. 마침내 공찬우와 민채형이 행복한 결말을 약속하는 것도 작가의 이와 같은 범박한 사랑론에 충실한 결과다. 그렇게 보면 이 소설은 남녀 간 사랑의 문제와 의학에 있어서의 생명 사랑을 절묘하게 겹친 꼴 눈길로 바라보고 있으며, 이 양자를 거멀못처럼 함께 구속하는 뛰어난 이야기 구조를 가진 것으로 판독할 수 있다. 그것은 오랫동안 한결같은 태도로 소설을 써 온 작가에게서 발견되는 미덕일 터이며, 그러할 때 우리는 그 작가와 작품을 좋은 작가요 좋은 작품으로 명명할 수 있는 것이다.

이처럼 생명 사랑이라는 주제에 관심을 집중하는 것은, 우리 삶의 근원적인 영역에 대해 질문하고 답변하는 매우 중요한 논의의 바탕을 형성한다. 이것은 생사의 고비에 서 있거나 생계를 해결해야 하는 1차원적 단계를 넘어, 보다 기초적이고 깊이 있는 주제에 접근하는 삶과 사유의 방식을 말한다. 김지연이 소설로 쓴 생명 사랑의 사상도 이를테면 이 범주에 포함되어 있는 것이다. 이 문제가 한 작가 한 지역 한 국가의 차원에 국한된 것이 아니라 지구 전체, 인류 전체의 생존 문제와 절실히 연계되어 있다는 사실을 다시 깨달을 수밖에 없다. 이에 대한 각성이 심각한 만큼 근자에 와서 인류사회의 발걸음이 바빠졌다.

오늘날 세계 여론을 움직일 수 있는 의제는 둘밖에 없다고 하는데, 하나는 인권 문제이고 다른 하나는 환경 문제라는 묵시적 합의가 이를 잘 말해준다. 실제로 서구 선진국 중심의 국제사회에서는 생명과 환경 문제에 관심과 성의를 보이지 않는 국가를 소외시키고 배척하는 경향이 두드러지고 있다. 때를 맞추어 다국적 성격의 환경 단체들이 막강한 영향력을 행사하고 있기도 하다. 김지연의 이 소설은 2009년에 발표된 것이지만, 12년이 지난 오늘도 우리가 이 작품을 뜻깊게 읽는 이유가 여기에도 있다. 범주를 좁혀서 다시 소설로 돌아가 보면, 생명을 귀하게 여기는 의학 환경을 바탕에 두고 활달하게 펼쳐진 절절한 사랑 이야기의 성찬(盛饌), 그 재미와 교훈의 확산이 곧 이 소설의 수훈(殊勳)이다.

역사와 현실, 또는 갈등과 사랑의 변주곡

- 백시종 장편소설 『누란의 미녀』에 붙여

1. 내가 만난 백시종 작가

필자가 백시종 작가를 처음 만난 것은 대학원 학생일 때였다. 통일부의 이산가족위원회에서 일하면서 그 기관지 편집을 위해 출판사에 갔다가, 당시 작가이면서 현대그룹 통합기획실에 근무하던 그를 보게 되었다. 마침 내 선배 한 분과 친구 하나가 그와 함께 일하고 있었다. 첫 대면에서부터 그는 바쁘고 부지런한 사람이었다. 미상불 그렇게 촌음을 아껴 쓰지 않고 대기업 간부 직원이자 소설가라는 이중의 역할을 감당할 수는 없었을 것이다. 그때까지 필자는 문학평론가가 아니었으니 명함을 내놓을 처지도 못 되었다. 그로부터 어언 30여 년, 세월은 흐르는 물처럼 쏘아버린 화살처럼 빠르게 흘러 그는 고희를 몇 해 넘긴 원로 작가가 되고 필자는 이순을 몇 해 넘긴 평론가가 되었다.

강산이 세 번 바뀌고 한 세대가 경과하는 세월을 보내면서, 필자는 내내 그와 그의 작품들을 주의 깊게 지켜보았다. 살아온 인생의 범주가 넓고 활달한 만큼, 그의 작품 세계와 관심의 영역이 호활하고 소설적 서사의 전개 또한 역동적이었다. 무엇보다 그는 참으로 많은 작품을 썼고 참으로 많은 사회적 쟁점들을 소설의 문면으로 이끌었으며 여러 모양의 화제를 생산하기도 했다. '글은 곧 그 사람'이라는 수사(修辭)가 있거니와 이 소설가가 걸어온 삶의 행적이 소설이 되고 그 소설이 세간의 관심을 집중시킨 면모가 약여했다. 다른 말로 치환하면 그는 강력한 사회의식을 가진 작가이며 동시에 시대와의 불화를 두려워하지 않고 작가로서의 소명을 다하기 위해 전력했다는 뜻이다.

백시종 작가의 등단은 1966년 약관 22세의 나이에 아동문학으로 전남일보 신춘문예를 통해서였다. 뒤이어 같은 해 같은 신문의 지령 5천호 기념 장편소설 공모에 당선하면서 '될 성부른 나무'를 예고했다. 다음 해에는 동아일보와 대한일보 신춘문예에 한꺼번에 단편소설 당선자가 되었다. 그로부터 지금까지 해를 거르지 않고 지속적으로 작품집을 상재한, '멈추지 않는 기관차' 같은 창작 행보를 보였다. 문인으로서의 수상실적도 놀랍다. 이제껏 모두 10개가 넘는 문학상을 받았고 문단 활동 또한 한국소설가협회 이사장을 비롯, 가히 '마당발'의 어의(語義)가 무엇인가를 실증으로 보여주는 형국이다. 그가 창간한 문예지와 문학상도 여럿이다.

근년에 그가 발표한 장편소설 『오옴하르 음악회』와 『물 위의 나무』 등은 파팍한 삶의 질곡 속에서 온전하고 조화로운 내일을 지향하는 문학적 특성을 잘 보여준다. 그의 삶과 문학에 신뢰와 기대를 보내는 것은 이토록 길고 깊은 과정이 개재해 있기 때문이다. 이번에 상재되는 장편 『누란의 미녀』를 읽으면서 필자는 적지않은 충격을 받았다. 작품 자체의 성숙과 완성도가 그간의 축적된 필력 위에 돌올하게 서 있다는 측면에서도 그러하지만, 매년 한 권의 장편소설을 생산해내는 작가로서의 저력과 치열한 창작정신에 가슴이 저려왔던 것이다. 수량의 과다가 반드시 질적 수준을 좌우하는 것은 아니겠으나, 군계(群鷄)가 없이 일학(一鶴)이 있기 어려운 까닭에서였다.

2. 전설, 역사, 그리고 누란의 미녀

이 소설의 배경이자 이야기의 무대인 신장 위구르 자치구는 중국령이다. 중국 북서쪽 중앙아시아에 위치하며, 현실적으로는 중국에 속해 있으나 위구르인들은 그 복속이 타민족에 의한 강압이라고 인식하고 있다. 신장(新疆)은 '새로운 영토'라는 한자어이며, 위구르는 '단결과 연합'을 의미하는 터이니 서로의 시각이 매우 다른 편이다. 중국 정부의 탄압 때문에 위축되어 있으나 지속적으로 분리 독립을 요구하는 운동이 전개되고 있다. 누란(樓蘭)은 현재 자치구 내의 지역에 있던 고대의 작은 도시국가였다. 서역의 남도와 이어져 공작하 하류의 로프노르 호의 서안에 있었으며 비단길 교역의 중요한 도시였다. 약 1,600년 전 누란국은 소실되었고 옛 성터의 유적만 남아 있다.

이 전설적인 땅에 전설의 형상으로 존재하는 '누란의 미녀'는 여성 미이라의 이름이다. 1980년 자치구의 러우란 고성 북쪽 사막에서 위구르 사회과학원 고고학연구소 팀에 의해 발견되었다. 전신 신체가 거의 완벽하게 보존되어 있는 이 미이라는 기원전 1880년 경에 생존했고 사망 당시 40대 초반으로 추정되며, 웃음을 머금은 표정으로 '죽음의 모나리자'라는 별명이 붙여지기도 했다. 한 때 고대 누란국의 주민으로 여겨졌으나 그보다 1,600년 이전에 살았던 것으로 확인되었고, 붉은 머리에 뚜렷한 이목구비 등은 발견 직후부터 화제가 되었다. 한국문학에서는 김춘수 시집 『비에 젖은 달』 중 「누란의 사랑」과 윤후명 소설 『돈황의 사랑』 등의 소재가 되었다.

이 주목할 만한 고대 여성은 지금 우루무치 시 신장 위구르 자치주 박물관 2층 고시관에 보존되어 있다. 간혹 타클라마칸 사막의 다른 지역에서 발견된 소하공주와 혼동되기도 하는데, 그 양자는 서로 다르다. 오랜 전설의 시간 속에 잠자던 이 여성이 우리 앞에 얼굴을 드러낸 것은 불과 40년이 되지 못한다. 우리에게 중요한 것은 이 장대한 시간의 상거를 뛰어넘는, 역사와 현실의 거리와 그 의미를 문필로 복원하는 한 작가의 줄기찬 집념과 그 소출로서의 소설 작품이다. 이러한 소설적 형상력은 묻혀 있던 인류사의 원리를 밝히는 일이며 눈에 보이지 않던 인간사의 구체적 세부를 들추어 보이는 일이다.

곧 백시종의 『누란의 미녀』를 일컫는 말이다. 소설이 이와 같은 엄중한 주제를 이야기로 풀어서 보여주는 문학 장르이며, 그것을 우리의 삶이 바탕을 두고 있는 현실 가운데로 이끌어오는 현장성을 갖는다. 그러할 때 그 전설적인 역사와 현실적 삶이 상호 연대하고 또 길항하며 맞서는 복합적인 관계야말로 좋은 소설의 재료가 될 만한 형국이다. 여기에 작가가 동원한 사태는 중국과 위구르족의 치열한 갈등, 중국 공안의 무자비한 폭력, 분리 독립을 향한 목숨을 건 투쟁, 그 가운데서 한 떨기 꽃처럼 피어나는 목격자로서의 한국인 의료선교사와 위구르 여인의 사랑 이야기다. 작가는 조진표와 쟈오서먼 두 사람의 사랑을 두고 그 배경에 '누란의 미녀'와 쟈오서먼의 의미를 동일시하는 상상력의 공간을 매설한다.

중국 당국의 감시와 탄압은 집요하고 파괴적이다. 이 땅을 실효적으로 지배하는 통치자 중국은 위구르인에게 아무런 동정이나 자비를 보여주지 않는다. 이미 이 곳의 성지와도 같았던 로프노르 호수는 중국군의 핵실험으로 인하여 수원이 말라버렸다. 여기에 한국에서 기독교 신앙과 불온한 사회에 대한 저항의식으로 훈련된 조진표라는 인물이 선교사로 나가 있다. 그는 이를테면 신앙적 양심과 의사로서의 사명감, 보편적 인류애를 함께 가진 인물이다. 당연히 위구르 족의 저항을 측면에서 지원하고, 때로는 그로 인해 매우 위험한 지경으로 진입하기도 한다. 그가 그 숱한 우여곡절의 한 복판에서 만난 여인이 쟈오서먼이다. 위구르의 투쟁에 헌신한 그녀는 그 가열한 신념과 수발한 미모로 인하여 치명적인 매력을 발산한다.

조진표와 그녀의 만남은 가히 운명적이다. 기실 이 소설의 모든 줄거리는 이 두 사람의 웅숭깊은 관계, 곧 대사회적 저항으로 인한 갈등과 운명적 사랑의 실현이라는 귀결점을 향해 작동하고 있다. 에벤에셀그룹 서근석 회장의 비정규직 해고와 관련된 기업윤리 문제, 존경받는 목회자인 소금교회 오한수 목사와 관련된 신앙의 진실성 문제, 강직한 저항주의자 강성국, 그리고 미국에서 조진표를 후원하는 김성필 등의 작중인물이 모두 그렇다. 이 사건 또는 인물들은 조진표의 종교적 사역, 위구르 독립운동 지원, 장막 뒤의 신비한 사랑 등을 소설 공간 속에서 부양하는 구성 요소에 해당한다. 조진표를 매개로하여 한국에서의 이 환경적 요인들이 자연스럽게 위구르의 현실과 연계된다.

한국에서의 상황과 그것을 소설적 담화로 축조하는 일이 만만치 않다면, 위구르에 그것을 잇대어 정초하고 확장하는 일은 더욱 만만치 않다. 조진표와 쟈오서먼의 사랑에 하나의 지표가 될 수 있는 장비종과 투타스의 사랑, 쟈오서먼의 동생 하르타구와 남편 바숍 칸 교수, 조진표를 돕는 중국 관리 왕초우 국장과 그 어머니 웨이홍 여사, 더 나아가 미국에 있는 '위구르의 어머니' 라비예 카디르 여사 등이 이 소설의 중심 줄기를 교직하는 데 씨줄과 날줄로 작용한다. 이 여러 부류의 지지와 후원에 힘입어, 쟈오서먼의 마약퇴치 사업은 그 표면적 명목을 넘어 분리 독립 운동의 투쟁을 향해 나아갈 힘을 얻는다.

3. 희망 없는 땅에서 새 희망 찾기

위구르가 중국의 철혈 통치 아래 숨죽이고 있는 현실은, 위구르 분리 독립 투쟁주의자들에게 희망 없는 땅에서 희망을 찾는 일이다. 그 강고하고 완악한 차폐를 넘어갈 길은 도무지 보이지 않는다. 그런데 이 암담한 풍경은 우리에게 너무도 낯익은 것이다. 일제감정기의 엄혹한 시기를 지나오는 동안 늘 겪어야 하고 당해야 했던 민족 수난의 모습이기에 그렇다. 쟈오서먼이나 그 남편 바숍 교수, 그리고 생명의 희생조차 운명으로 수용하는 위구르인들은 이 척박한 불모의 땅에서 새 희망을 발양하려는 사람들이다. 일제강점기에 소수의 우리 저항시인들이 조국 광복의 날이 눈앞에 보이지 않는 가운데 신명을 바쳐 민족혼을 노래하던 시대적 상황과 꼭 닮아 있다.

그 병탄의 질곡을 헤치고 사업가로 성공한 이가 앞서 언급한, 위구르인의 어머니로 불리는 라비에 카디르 여사(1947-)다. 그녀는 위구르 족 출신의 중국인 여성사업가로 중국의 극심한 박해를 받으면서도 사업에 성공하고 그 부유(富裕)를 미국으로 이끌고 갔다. 작가는 이와 같은 실존 인물을 소설 한 복판으로 유도함으로써 이 분리 독립운동의 정당성을 제기하고 동시에 그것의 가능성을 강화하는 효력을 얻는다. 그런가 하면 조진표의 할아버지가 독립투사였고 외할아버지가 일제에 의해 희생된

전사(前史)를 병치함으로써 이 소설이 역사와 현실, 한국과 위구르에 걸쳐 사실적 설득력을 담보할 수 있도록 면밀한 서사적 장치를 마련한다.

현실적 감각과 도덕적 자기정체성을 가진 조진표가 '누란의 미녀'에 매혹되는 것은 현실 속에서 그 신비한 전설을 실상으로 만나는, 곧 쟈오서먼의 사랑을 만나는 전조(前兆)를 말하는 것과 다르지 않다. 이들의 사랑이 실현되고 합일을 이루기까지 많은 시간과 노력 그리고 희생이 지불되어야 했다. 쟈오서먼의 생각과 행적이 점진적으로 밝혀지는 것도 이 암시적이고 상징적인 사랑의 의미를 장중하게 한다. 그런 점에서 이 작가는 이야기의 점층적이고 순차적 형성이라는 소설 문법에 매우 능숙한 기량을 가졌다. 다른 모든 사건들이 소설 속에서 충돌하고 있다 할지라도 누란의 미녀와 쟈오서먼의 내포적 소통과 동일시가 전제되지 않는다면 이 소설의 서사적 위력이 증폭될 수 없다.

그런데 조진표과 쟈오서먼의 사랑이 사랑 자체의 결실을 도모할 수 있었던 것은, 우선 조진표가 위구르 분리 독립의 투쟁 사상에 동조자로 자기정립을 했기 때문이다. 그 다음으로 그에 못지않게 주요한 하나의 변곡점이 있다. 기독교 선교사인 조진표가 이슬람으로의 개종을 결심하는 대목이다. 종교적 함의에 있어서 이 개종은 실로 간략하지 않은 의미망을 포괄한다. 기독교나 이슬람교 모두 교리에 있어 '절대타당성'을 지향하는, 타협이 불가능한 성향을 지녔다. 불교가 그 '보편타당성'의 교리로 토착신앙이나 다른 종교적 사상과 큰 마찰이나 충돌 없이 연대하는 것과는 아주 다르다. 그렇게 보면 소설 말미에 등장하여 마무리 수순에 복무하는 이 개종의 사태는 보다 주밀(周密)한 고찰을 요하게 된다.

만약 두 종교의 교리가 전면에서 대립하면 이야기의 진척이 불가능하다. 조진표는 한층 대국적인 차원에서 나중의 '반드시 또 다른 개종'을 위해 기도하면서 쟈오서먼의 소망에 부응하기로 한다. 이는 어쩌면 교리의 속박을 넘어서는 '사랑의 실천'이라고 할 수 있을지도 모른다. 그것이 교리 위반과 어떻게 상충하게 되는지는 그야말로 또 다른 관찰을 예고한다. 동시에 이 두 사람의 사랑이 전설의 담론을 끌어안은 채 너무도 절박하며 나아가 그 다음 삶의 행보를 추동하는 저력이 된다는 사실이다. 그 사랑은 마지막 장면, 유령도시 빠추허에서 낙타를 타고 사막의 모래바람 속으로 피신하는 이들의 소망을 암묵적으로 허용한다. 그렇게 참담한 사막 땅에서 새 희망의 잠재와 운명적인 사랑의 존재를 함께 발굴한 역작이 바로 이 소설이다.

일상 속에 잠긴 역사성의 발화

- 김상렬의 소설 두 편

1. 이 작가를 주목한 까닭

김상렬은 1975년《한국일보》신춘문예에 단편소설「소리의 덫」이 당선되어 문단에 나왔다. 윤후명, 김원우, 정종명, 손영목, 강석경 등과 함께 〈작가〉 동인의 한 사람이며 1980년대에 가장 활발한 작품활동을 했다. 그의 작품들은 날카로운 현실 인식을 바탕으로 하되, 특히 역사와의 상관관계를 추구하는 특성을 보여주고 있다. 그의 세계는 사실주의적 서사에 충실하면서, 작가 자신의 감성적 성찰을 부가하는 소설적 경향을 보여준다. 이와 같은 글쓰기 방략은 그의 소설이 매우 안정적이며 동시에 독자 친화의 지평을 잘 갈무리하고 있다는 사실을 환기한다. 동시에 '사실주의가 소설의 가장 건전한 경향'이라는 독일의 미학 이론가 N. 하르트만의 레토릭을 떠올리게 한다.

그동안 김상렬은 작품집으로『당신의 허무주의』,『붉은 달』,『달아난 말』,『그리운 쪽빛』,『헛개나무 집』,『목숨』등을 펴냈으며 산문집『햇살 한 줌』과 시집『푸른 왕관』도 내놓았다. 이 작품들은 그에게 채만식문학상과 한국소설문학상을 받게 했다. 오랫동안 서울살이를 하는 동안, 그는

《학원》, 《주부생활》, 《한국문학》, 《독서신문》 등 다양한 매체의 편집부에서 일했으며 〈민족문화추진회〉의 실무를 보기도 했다. 그 긴 세월을 넘어 2002년 50대 중반에 이르자, 그는 일대 결단을 내려 공주 마곡사 부근 산성마을로 내려갔다. 거기서 '오롯이 글 농사'를 짓고 산다고 하지만, 전원생활이라는 것이 결코 만만한 것이 아님을 겪어본 이들은 모두 안다.

이 글에서 중점적으로 살펴보려 하는 그의 신작 소설 「하루살이」는 바로 그와 같은 귀촌 소설가의 일상을 시대 현실과 결부하여 다루고 있는 작품이다. 그가 2016년에 상재한 산문집 『햇살 한 줌』 또한 그 귀농의 삶을 이 작가 특유의 밝은 눈과 감각적 언술로 그려 보인다. 세파에 지친 도시인들은 너나없이 시골살이를 꿈꾸지만, 정작 그러한 결단을 내리거나 또 결행했다 하더라도 잘 감당하는 경우는 매우 드물다. 그의 이 산문집에는 초보 농사꾼의 정황과 함께 그 삶의 방식에 대한 사색이 때로는 따뜻하게, 또 때로는 신랄하게 전개되어 있다. 쉬운 일상어로 쓴 깊이 있는 명상록이 곧 이 책이다. 사뭇 유다르면서 동시에 태작(駄作)이 없는 문학적 수준을 지키고 있는 작가 김상렬, 그를 주목하는 이유다.

2. 구한말 고종의 비애와 인간적 동통(疼痛)

- 자선소설 「마지막 날들」

짧지만 강렬한 소설이다. 여기서 표제에 떠오른 '마지막'은 단순히 삶의 한순간에서 만나는 마지막이 아니다. 오백 년의 긴 역사가 시대의 지평선 너머로 이울어가는, 그렇게 무거운 밑그림이 있다. 그 '날들'의 주인이자 이야기의 화자가 경국(傾國) 비극의 군왕 고종인 까닭에서다. 이 소설은 고종이 딸 덕혜(德惠)옹주에게 남기는 유서의 형식을 취하고 있다. 백지 몇 장에 쓴 간략한 유서가 아니라 소설 한 편의 분량이니, 딸에게 풀어놓는 가슴의 울혈인 동시에 망국(亡國)의 앞날을 예견하는 통한이 절절히 맺힌 편지글이다. 고종의 마지막을 다룬 글은 많지만, 이처럼 작가와 독자가 함께 애절하고 또 숙연하기는 어려웠던 터이다.

주지하다시피 고종은 아버지 흥선 대원군이 조선조 말 안동김씨의 세도정치를 헤치고 집정하는 과정에서 왕좌에 오른 인물이다. 그런 만큼 그 생애 전반에 걸쳐 우여곡절이 그치지 않았다. 어느덧 집념의 화신이었던 아버지도, 그리고 한 시기를 장악했던 명성황후 민비도 사라지고 고독한 노년에 이르러, 기울고 있는 나라를 바라보는 쓸쓸한 소회가 이 소설 가운데 편만해 있다. 고종은 9남 4녀를 두었으나, 일찍 죽은 자녀를 제외하고 장성한 숫자는 3남 1녀뿐이다. 순종 이척, 영친왕 이은, 의친왕 이강, 유일한 딸 덕혜옹주가 그들이다. 덕혜옹주는 13세 때 일본으로 유학을 가야 했고 쓰시마 번주 가문으로 출가해야 했으며, 50세에 귀국했으나 일생을 힘겹게 살았다.

고종은 순종에게 황위를 물려준 후 12년을 더 살았다. 이 유서는 그 낙백(落魄) 시절의 후반부로 짐작되는 시기를 아직 여덟 살 어린 덕혜에게 한탄과 하소연으로 풀어놓는 형식이다. 덕혜가 여덟 살이면 고종은 그의 마지막 해인 1919년이다. 기미독립운동이 고종의 장례식에서 촉발되었음을 환기해 보면 확연히 그렇다. 고종은 이명(耳鳴)으로 고생하고 있고, 덕혜의 큰 오라비 순종은 '명색뿐인 임금 자리'를 온갖 굴욕으로 지키고 있는 형편이다. 언젠가 덕혜가 어른이 되었을 때를 헤아려, 자신이 '살아온 궤적과 생각들'을 대강이라도 밝히니, 이를 먼 훗날까지 간직해 증언하라는 당부가 이 글의 목표로 되어 있다.

감상렬의 이 소설은, 이처럼 통렬한 심사를 역사 과정의 경과를 따라 서술해 나간다. 일상적인 삶과 그에 결부된 역사성의 조합을 탁월하게 도출하는, 이른바 김상렬 소설의 특장(特長)이 빛나는 대목이다. 특히 이 소설에서는 '내 목을 겨누는 비수'가 여전히 도처에서 번뜩이고 있음을 술회하면서, 일제가 자신에게 가한 만행들을 하나씩 열거해 보인다. 만국평화회의 밀사 파견으로 인한 하야(下野), 명성황후 시해, 이완용의 배신 행각 등이 고종의 발화를 거침으로써 그보다 더 선명하고 절실할 수 없다는 후감을 불러온다. 그러나 만약 그렇게만 흘러가는 소설이라면 이 소설의 수발(秀拔)한 형용을 목도 하기 어려웠을 것이다. 그것은 소설보다 역사의 기록에 더 가까울 수 있는 까닭에서다.

소설은 뒤뜰 소나무 가지의 새 소리를 불러오기도 하고, 초봄의 잔설(殘雪) 사이로 얼굴을 내민 복수초를 매설하기도 한다. 이는 얼핏 단순한 기교같이 보이지만, 실상은 그렇지 않다. 김상렬은 소설의 소설다운 맥락과 호흡을 투시하고 있는 작가다. 만일 이러한 서정적 감각의 기반이 없는 언어의 지평 위에 고종의 독백을 세워 두었다면, 소설을 읽는 일 자체가 이루 말할 수 없는 고통이 될지도 모른다. 고종의 아픔이 나라의 아픔이요 마치 풍전등화와도 같던 민족사의 아픔이기에 그러하다. 작가는 그렇게 엄혹한 세월을 감당하고 있는 불운의 군주 곁에, 그 참담함을 감싸주는 서정적 분위기를 매설함으로써 이 이야기가 소설의 지위를 누릴 수 있도록 견인한다.

겉으로 보기에는 두서없이 발설하는 넋두리 같은 언사의 연속이지만, 그 구체적 세부를 들여다보면 작은 사건 하나하나가 모두 엄정한 고증(考證)의 바탕 위에 서 있는 것이 이 소설이다. 당대에 한반도를 중심으로 집결했던 세계열강의 각축전이 특히 그렇다. 김구와 안중근을 비롯한 우리 역사적 인물들에 대한 고종의 평가와 판단도 마찬가지다. 이러한 상황은 물론 고종의 것이지만, 정확하게는 작가의 견식이요 관점이다. 그런데 그 이야기의 갈피 갈피마다 고종의 절망과 회오와 자기 연민이 스미어 있으니, 소설적 서사로는 충분히 제 몫을 다한 셈이다. 고종은 "화려한 금빛 술이 달린, 놈들의 장군 제복 같은 황제 복장이 그렇게나 수치스러울 수 가 없었다"고 말한다.

> 그러나 아직은 북풍한설의 차가운 한겨울. 봄이 오려면 아직 멀었다.
>
> 내가 가장 좋아하고 즐겨 먹는 산채, 들나물로 가득 차는 봄이 왜 이다지도 기다려지는지 모르겠구나. 산하는 비록 놈들한테 빼앗기고 짓밟혔을망정, 그래도 봄이 오면 이 땅에도 어김없이 온갖 먹을거리가 쑥쑥 솟아나와 정겹게 손을 내밀 터인데, 헐벗은 세상은 풍성한 새순(筍) 천지로, 그 쑥과 냉이 따위로 우리 백성 주린 배를 조금이나마 채울 수 있을 터인데.
>
> 그러니 새싹 같은 내 딸아.
>
> 너는 부디 뭇 생명이 넘쳐나는 따뜻한 봄날이어야 한다.

이 소설의 마지막 부분에 있는 문장이다. 여식을 향한 애끓는 부정(父情)이야 궁궐에서건 민가에서건 다를 바가 없을 터이다. 그러나 그것이 압박의 공포와 극단적인 상실감을 동반하고 있다면, 그 부피나 깊이는 왕가의 경우가 더 절절할 수밖에 없다. 소설에서는 이 글을 남긴 그날 밤, 고종이 영면(永眠)했다. 독살설에 관한 것은 한 가닥 암시만 있을 뿐이다. 어쩌면 고종이 커피 곧 가배탕(咖啡湯)을 즐긴 것도 이 쓰라린 생애를 그 진한 맛으로 잠시나마 잊어보려 했던 것인지도 모른다. 끝까지 일제 앞잡이 윤덕영 등에게 핍박을 받으면서도 '허허 고연지고!'라고 한마디밖에 할 수 없었던 고종, 필설이 따라가지 못하는 그 비애와 인간적 동통(疼痛)을 손에 잡힐 듯이 그려 보인 것이 이 소설이다.

3. 자기 고백의 언어와 시대사의 소환
- 신작소설 「하루살이」

앞서 살펴본 「마지막 날들」이 비운의 군주 고종의 토로를 반영한 자기 고백이라면, 이 작가의 근작 「하루살이」는 작가 자신의 삶을 담고 있는 고백 소설인 듯하다. 여러 정황상 소설의 풍경이 작가의 신상과 닮아 보이지만, 그렇다고 해서 액면 그대로 작가를 반영하고 있는 것은 아니다. 소설은 처음부터 작가와 작품 내부의 스토리텔러를 구분하도록 규정된 장르이기 때문이다. 여러 문학의 유형 가운데 오직 수필만이 그 동일시를 가능하게 한다. 그런 연유로 그의 산문집 『햇살 한 줌』은 곧 자신의 삶을 정직하게 발화한 것이라 할 수 있다. 그렇다면 그의 이 소설은 자신의 일상과 그 내면에 숨어 있는 현실감각의 눈을 함께 작동한 세상 읽기의 방식이라 해도 좋겠다.

이 소설의 화자는 제갈륭이라는 인물이다. 도회에서 살다가 귀촌하여, 시골집에 혼자 산다. 그의 아내는 거기로 함께 오지 않았다. 떨어져 사는 '서울 쪽' 아내는 '황혼 이혼'을 스스럼없이 내뱉을 만큼 활달하다. 그의 주변에는 시리아 난민 출신의 아사도라는 이가, 동네 문산리의 이장 노릇을 하면서 아내 정순정과 함께 살고 있다. 가끔 지방대 교수를 지낸 김시형이라는 소설가가 전화를 걸어오기도 한다. 일견 단조롭고 정체된 생활 모습이지만, 그 내포적 차원에서는 전혀 그렇지 않다. 특히 티브이를 통해서 접하는 세상사의 여러 절목은 시골에 침잠해 있는 그의 의식을 시도 때도 없이 뒤흔들어 놓는다. 몸만 시골에 있을 뿐, 그는 전혀 세상과 동떨어져 있지 않다.

그러기에 이 소설이 소설로 성립되는 형국이다. 특히 그에게는 온갖 난관을 몰아다 준 동생 제갈령이 있다. 이 동생은 일찍이 그가 월남의 전쟁터에서 모아온 생활 정착 자금을 횡령했는가 하면, 그 이후에도 여러 방법으로 가족들에게 피해를 주었다. 그는 동생과 15년을 의절하고 살았다. 결국 동생이 정치판을 떠돌다가 사고를 친 다음 먼저 타계하고, 소설의 말미에서 그는 조카의 전화를 받은 다음 영안실로 가기로 한다. 소설이지만 범상한 삶의 다양한 항목들이 즐비하여 꼭 실화와 같은 이야기의 흐름이다. 작가 또한 이 사실을 잘 알고 있는 바이며, 그러한 자각이 글 가운데서 소설의 존재 양식을 제시하는 형용을 보이는 것이 아닌가 여겨진다.

소설의 서두에서 티브이 속 야당 국회의원이 장관한테 욱지르기를 '소설 쓰지 말아요!'라고 소리치는 장면이 있다. 이를 목격한 제갈 씨는 "허허, 저놈이 소설이 뭔지도 모르면서 도매금으로 모욕하네? 저 무식한 어리보기 같으니. 소설은 오직 진실만을 말하는 것인데, 저, 저런!"이라고 반응한다 '소설은 오직 진실만을 말하는 것'이란 제갈 씨의 정의와 항간(巷間)에서 '소설 쓴다'고 비유하는 어법 사이의 상거(相距)는 매우 멀리 떨어져 있다. 평범한 나날의 갈피에 이 작가가 매설해 둔 크고 작은 이야기들은, 제갈 씨의 방식으로 소설적 이야기가 오히려 실제적 진실일 수 있음을 증명한다. 작가의 소설관은 작품 속에서 다음과 같이 구체적으로 제시되어 있다.

"모든 인생은 이야기로 이루어져 있어. 아니, 천지창조 자체가 이야기고, 그게 곧 소설이라는 거야. 그 형식이나 내용은 거짓말인 게 맞지만, 거짓말 속에서 참말을 찾아내는 게 소설의 소임이기도 하구. 거짓의 거미줄로 이루어진 이야기 속에서 진실을 찾아내는 거지. 우리가 도스토옙스키나 톨스토이, 폭풍의 언덕, 어린 왕자에 감동하고 열광하는 것도, 바로 그 속에서 참된 진실을 찾아내고 있기 때문이 아닐까."

"저도 그쯤은 알고 있는데, 잠깐 오버 했네요. 오라버니 미안해요. 소설을 거짓말로 일반화시켜서."

주 인물 제갈 씨가 특별한 이웃 아사도 및 정순정 부부와 더불어 나누는 대화다. 그런데 정순정을 비롯한 우리 갑남을녀들은, 대체로 '소설을 거짓말로 일반화' 시키는 데 익숙해 있다. 제갈 씨가 이를 참지 못하는 정황은, 그의 결벽증을 말하는 것이 아니라 그가 소설에 대해 품고 있는 확고한 신념을 대변한다. 더욱이 활자매체 문자문화의 시대로부터 전자매체 영상문화의 시대로 현저히 변화한 환경에 비추어 보면 제갈 씨의, 그리고 이 작가의 소설에 대한 관점은 사뭇 원론적이고 복고적이다. "모두가 휴대폰만 들여다보거나 천박한 영상에 빠져 있으니, 가짜가 판치는 천민 문화로 치달은 수밖에"라는 제갈 씨의 언사는 그가 고수하는 소설의 근본주의가 결코 한쪽으로 밀쳐둘 수 있는 것이 아님을 강변한다.

제갈 씨는 아내로부터 '당신은 뉴스맨' 이라는 별호를 얻었다. 이 뉴스맨이란 이름은 물론 티브이 뉴스에 몰입한다는 뜻이다. 그러고 보면 제갈 씨 역시 영상 환경의 세례로부터 자유롭지 못하다. 이 시대의 사람들은 어느덧 제갈 씨와 같은 생활의 조건으로 내몰려 있다. 도회이건 시골이건 이 현상은 광범위하게 확산된 일반적 사실이다. 제갈 씨는 티브이 뉴스를 통해 미국의 9·11테러를, 전두환의 사망을, 그리고 비티에스나 트와이스의 개가(凱歌)를 확인한다. '소설보다 몇십 배 스릴 있고 재밌는 현실'이 소설적 인식의 근본주의자 제갈 씨의 눈앞에 있다. '독자보다 시인, 작가가 더 많은 독서풍토'에 자신까지 합세하지 않겠다는 결의만으로도 그는 스스로 삶의 균형성을 지키려 분투하는 것이다. 이 소설은 바로 그러한 자기와의 싸움을 여러 국면으로 펼쳐 보인, 이를테면 그 고투의 자전적 기록이다.

4. 모국어의 숨결과 고백 소설의 근본

여기서 살펴본 우리 문단의 중진 작가 김상렬의 소설 두 편은, 고백체 소설의 감응력과 전파력을 유감없이 보여주었다. 자선소설 「마지막 날들」은 고종의 눈물겨운 탄식과 회복할 길 없는 절망을 구구절절 통절하게 펼쳐 보였다. 만약에 고종이 이와 같은 자기 고백의 글을 남기지 않고 떠났다면, 그 흉중에 맺힌 원통함을 어떻게 해야 할 것인지 짐작하기 어렵다. 동시에 후대의 한 필력 있는 작가가 그 역사적 사건에 고백록의 문장으로 접근하지 않았다면, 작가 자신의 역사관 또한 그 아픔의 질곡을 벗어나기 힘들었을 것이다. 이 소설이 과거의 비극을 말하는 것이면서 현재의 카타르시스를 촉발하는, 빼어난 소설이라는 증좌(證左)다.

이 작가의 신작소설 「하루살이」는 무슨 극적인 장면을 연출하거나 주목에 값할 만한 사건을 구성하지 않았다. 농촌으로 내려간 한 지식인 작가의 일상을 물 흐르듯 담담하게 기술하고 있는 까닭에서다. 그러나 이 글을 뜻깊은 소설이 되도록 추동하는 힘은, 그처럼 범박한 생활 속에서 여러 모양으로 부딪치는 세상사를 두고 명민한 분석과 판단을 동원하는 그 지적 대응과 순발력에 있다. 이는 한편으로 소설을 소설이게 하는 저력이며, 다른 한편으로는 왜 이 작가가 우리 문학의 소중한 자산인가를 깨닫게 하는 동인(動因)이 된다. 그러므로 그의 전원(田園)은 그냥 전원이 아니라, 세상을 새롭게 바라보는 하나의 입지점이다. 작고 소박한 소재들로 하나의 소설이라는 물줄기를 일으킨 것은, 곧 그가 가진 작가로서의 역량이다.

그의 이 소설에서 특히 주목할 것은, 우리가 잊어버렸거나 잘 모르는 순수한 우리말을 아주 맛깔나게 살려 쓰고 있는 작가의 필치다. 그것도 한두 군데서 보이는 것이 아니라 이 작품, 그리고 다른 작품들에 있어서도 소설 전반에 그 특출한 능력이 구사되고 있다는 점이다. 기실 이와 같은 작가의 기량은 그 소중함과 기꺼움을 아무리 상찬(賞讚)해도 지나치지 않다. 일찍이 이문구의 소설에서 볼 수 있던 그 진풍경이 김상렬의 작품에 고스란히 나타나고 있음은 놀라운 일이 아닐 수 없다. 다만 이문구 소설의 어휘들이 난해해서 문장 가운데서 판독하기가 어려웠다면, 김상렬의 언어들은 상대적으로 쉽고 또 문맥 속에 잘 녹아들어 있다. 이 측면은 언젠가 보다 본격적인 탐색과 연구가 필요해 보인다.

신작소설 「하루살이」는 노년에 이른 작가의 소회를 다루고 있다. 일찍이 평론가 천이두가 황순원의 소설을 두고 '노년의 문학'이란 수식(修飾)을 사용한 적이 있다. "단순히 노년기의 작가가 생산한 문학이 아니라, 노년에 이르도록 작품활동을 계속해 온 작가에게서 발견할 수 있는 원숙한 분위기의 문학"이란 뜻이었다. 김상렬의 이 소설에 이 수식을 차용해 와도 전혀 무리가 될 리 없다. 이 작가만이 보여줄 수 있는 인생에 대한 경륜, 세상살이의 희비애락에 대한 관조적 통찰이 소설 가운데 잠겨있기에 그렇다. 이는 어쩌면 한 발을 일상에 두고 다른 한 발을 그 너머에 둔, 세속과 초절(超絶)의 융합이며 변증법적 통합인지도 모른다. 이 작가는 그것을 손에 잡힐 듯이 그려 보이는 것이 자기 소설의 소임이라고 받아들이는 듯하다.

마음의 소리를 이끌어내는 맑은 이야기

- 구효서의 「풍경소리」

구효서는 천생의 작가다. 그는 타고난 이야기꾼이며, 사실적인 이야기에서 출발하여 실험적인 이야기를 두루 망라하다가 이제 그 모두를 넘어 어떤 분야이거나를 막론하고 자유자재의 서술을 자랑한다. 처음부터 촘촘하고 감각적이던 그의 소설 문장은 한결 유장(悠長)하고 글맛의 윤기를 더하여서 일가(一家)의 경지를 보이고 있다. 항차 소설이란 무엇인가, 한 작가가 성취할 수 있는 유다른 소설이란 과연 무엇인가. 구효서는 이와 같은 한 묶음의 질문에 작심하고 답변이라도 하려는 듯하다. 작가로 그 명호를 내건 지 34년의 세월을 두고, 이제껏 그가 이룬 것은 한국문학사 그리고 소설사에 유의미한 하나의 단계를 형성했다.

소설가 구효서는 1958년 경기도 강화 출생이다. 1987년 중앙일보 신춘문예에 단편 「마디」가 당선되어 등단했다. 그가 상재한 단편집은 9권에, 장편소설은 19권에 이른다. 작품의 수준이 반드시 문학상 수상 실적에 비례하는 것은 아니나, 무려 10여 개에 달하는 주요 문학상을 휩쓸었으니 객관적 평가에 의문을 가지지 않아도 좋을 듯하다. 미상불 황순원문학상, 이상문학상, 동인문학상, 이병주국제문학상 등 이름 있는 문학상에 그의 이름이 빠진 곳이 없다. 오직 소설만으로 삶을 유지하는, 그 삶이 존재하는 '전업 작가'의 대명사가 바로 구효서다. 누군들 그러고 싶지 않으랴마는, 타고난 재능과 영일이 없는 노력이 조화롭게 만난 경우가 곧 그의 세계다.

소설이 이야기의 재미를 추구하는 문학 장르임을 확인하려면, 그의 소설에서 출발하는 것이 좋다. 소설이 이야기의 재미만을 말하는 문학이 아니라 전위적인 형식 실험, 사회적 압제에 대한 고발, 더 나아가 일상의 작고 아름다운 삶의 풍경을 부양하는 문학임을 경험하려면, 역시 그의 소설과 함께 하는 것이 좋다. 기본적으로 그의 소설은 은은한 서정성을 두르고 있고 동시에 탄탄한 주제의식을 은닉하고 있다. 오랜 창작 기간을 두고 그는 자신의 문장과 문체를 여러 모양으로 가꾸어 왔다. 대사와 지문의 구분을 과감하게 무너뜨리는가 하면, '다'로 끝나는 종결어미에 완강하게 저항하기도 한다. 그는 현실에의 안주를 내다 버린, 이를테면 '유목민 작가'다.

구효서의 단편 「풍경소리」는 2017년 제41회 이상문학상 수상작이다. 어머니가 죽은 후 환청으로 어머니가 키우던 고양이 '상철이'의 울음소리를 듣는 주인공 '미와'는, 친구 '서경'의 권유로 성불사에 몸을 담는다. 이 묘음(猫音)의 환청은 미와의 삶이 일정한 한계상황에 도달했음을 암시한다. 성불사에서 미와는 바람소리 새소리 물소리와 같은 온갖 자연음을 만나고, 소설의 표제로 내세운 풍경소리를 만난다. 이러한 국면에 도달하기 이전에, 이미 이 작품이 '소리'에 무게중심을 둘 것이라는 사실을 짐작하기는 그다지 어렵지 않다. 전혀 작위적인 언술을 동원하지 않고 자연의 소리에 근접하는 평이한 방식을 통해, 이 소설은 인간이 누구이며 어디로 가는가에 대한 존재론적 문답을 완성한다.

이상문학상 선정이유서에는, "창작 기법과 문체의 실험이 절묘한 조화를 이룸으로써 높은 소설적 성취에 도달"했다고 보고, "인간의 삶과 그 운명의 의미를 불교적 인연의 끈에 연결시키면서 새로운 해석"을 가능하게 한다고 기록하고 있다. 그런데 이러한 문학적 성과에 대한 수사(修辭)보다 "가을 산사의 풍경과 사찰을 찾아온 주인공의 내면세계를 결합시킨 감각적인 문체"가 훨씬 더 독자 친화의 힘을 발양할 수 있을 것으로 보인다. 그 힘은 어떤 면에서는 이야기의 줄거리를 압도하는 수발(秀拔)한 문체의 감각에 기대어 있다. 어지간한 작가로서는 흉내 내기 어려운 대목이기도 하다.

이 소설에서 작가는 매우 중요한 실험 하나를 수행한다. 서술 시점의 문제다. 소설의 서술은 1인칭이나 3인칭 중 하나를 선택하여 화자를 내세우는 것이 상례다. 이는 다시 전지적 시점과 관찰자 시점으로 구분되며, 통상 이 네 가지 관점 중 하나를 운용한다. 드물지만 2인칭 시점을 사용하는 사례도 있으나 이는 극히 소수다. 한 작품 안에서 장(章)을 달리하면서 시점을 교차하여 쓰는 경우는 더러 있다. 김원일의 「도요새에 관한 명상」이나 전상국의 「아베의 가족」 그리고 이문열의 『영웅시대』 등이 대표적인 사례다. 하지만 하나의 단편 작품 안에서 주인공을 번갈아 1인칭과 3인칭으로 발화하는 소설은. 그러한 소설적 실험은 필자가 과문한 탓인지 모르나 「풍경소리」 이전에 목도한 적이 없다. 어쩌면 이인성의 『낯선 시간 속으로』에 유사한 모형이 있었을까.

중요한 사실은 왜 이 작가가 이러한 고행을 사서 하는 터이며, 그것의 소설적 성과가 무엇인가에 있다. 주인공 미와가 '나'로서 말하다가, 어느 결에 '미와'가 되어 전지적 작가의 눈으로 말한다. 작가가 이를 명민하게 인식하고 있다는 것은, 작품 속에서 이를 직접 설명하고 있다는 데서 증명된다. 이 시점 그리고 화자의 지위에 대해서는 보다 면밀한 논의를 필요로 하지만, 작가는 이러한 시점의 구분과 통합적 적용의 사유에 대해 '모든 소리의 근원'이라고 지목했다. "그런 소리를 일컬어 누군가는 천뢰(天籟)라 했고 누군가는 음이라 했고 누군가는 태초의 말이라고 했다"고 썼다. 이때의 '천뢰'는 바람소리나 빗소리 같이 자연 현상에서 저절로 일어나는 소리라는 뜻을 가졌다.

두 시점의 교차는 나-미와를 보다 입체적으로 관찰하게 하는 데 유익하고, 말을 바꾸면 나-미와가 안고 있는 곤고한 삶의 무게를 이해하는 데 효험이 있다. 기실 미와가 성불사까지 안고 온 삶의 무게는 만만치 않으며, 그것은 우리 모두의 것일 수도 있다. 성불사의 주승, 수봉스님, 좌자 그리고 함씨와 영차보살은 모두 이 구조적 동통(疼痛)의 해소에 동참한다. 성불사라는 사찰 자체가 하나의 치유체계인 셈이다. 그런 만큼 여기서는 '왜'라는 물음이 금기어다. 이러한 발상의 방식은 언어도단심행처(言語道斷心行處)의 불교적 교리에 맞닿아 있다. 소설의 주제와 환경이 꼭 그만큼의 분량으로 손을 내밀고 맞잡은 형국이다.

소설의 서두에서 볼 수 있는 「성불사의 밤」은 이은상의 시조에 홍난파가 곡을 붙인 노래다. 이 땅의 곳곳에 성불사란 패찰을 내건 사찰이 즐비하나, 노래의 배경은 황해도 사리원 정방산의 절이다. 사정이 그러하니 작가가 그리는 성불사가 어느 곳에 있는지 특정하기도 어렵다. 하지만 그 성불사에서 미와, '아름다운 기와'로 짐작되는 미와는 한 단계 승급을 이루고 떠난다. 마침내 소리로써 소리를 치유한, 환청의 중압을 넘어서 새로운 삶의 의지를 북돋우는 걸음을 얻는다. 구효서가 시각, 청각, 후각, 미각, 촉각에 관해 쓴 '감각 5부작'의 중단편 중 하나인 「풍경소리」는 반야심경의 어휘 가운데 '성(聲)'에서 그 이름을 가져왔다. 이제는 우리가 그의 소설을 통해 우리 마음속의 소리를 들을 차례다.

Ⅱ부

삶과 문학의 조화로운 만남

반역의 현실인식과 불교적 사유의 심층

- 신지견 소설집『독수리는 파리를 잡지 않는다』

1. 신지견 소설의 길과 새로운 발견

소설가 신지견의 본명은 신평우, 전남 화순 출생이다. 경희대 국문학과 재학중에 스승 황순원 선생으로부터 '좋은 작품을 쓸 소질이 엿보인다'는 격려를 받고 유망주로 지목되어 주위의 기대를 모으며 습작을 시작했다. 장편소설 창작을 주로 했으며, 불교적 세계관에 입각하여 세상을 바라보고 시대 현실에 대해서는 예리한 비판적 시각을 견지했다. 그의 회고에 의하면 젊은 시절을 잡지사의 편집장과 주간이라는 생활인으로 지냈으며, 어느 기회에 〈해안 강의 금강반야바라밀다경〉에 흠뻑 젖어 무념무상의 시간을 보냈다. 새벽 2시부터 아침 7시까지가 10분처럼 압축되게 느껴지고, 무주구천동 바위에 청태 끼는 소리를 듣는 것 같은 경험을 하기도 했다.

그러고 난 뒤 비로소 소설이 눈에 보이기 시작했다는 것이다. 그의 대표작은 모두 10권으로 된 대하소설『서산』이다. 이는 방대한 불교적 세계관을 문학을 통해 만나고 그 심층을 천착해가는 소설적 도정의 성취를 뜻한다. 그 이후 서산대사 휴정이 저술한『선가귀감(禪家龜鑑)』을 새롭게 해석하고 해설했으며, 『청허당집(淸虛堂集)』과 『금강경』을 현대어로 재해석하는 저술을 수행했다. 한 때 시간과 공간의 깊이에 관한 사유에 침윤하여 현대 물리학에 관한 책들을 탐독하고, 그와 결부하여 불교사상에 심취했던 경험이 그에게 하나의 정돈된 안목을 공여했던 터이다. 서산대사의 내면세계를 담은 소설 『천년의 전쟁』, 용성선사를 소재로 한 소설 『범종소리 우주를 깨우다』 등이 그 연장선상에 있다.

『서산』은 임진왜란 시기에 나라와 백성을 구하기 위해 헌신한 서산대사의 구국 비전과 호국불교의 이상을 추적한 소설이다. 서산이 국가를 두고 '공동선'이 실현되는 하나의 울타리로 보았던 그 인식은, 오늘날 여러 위기 국면에 당착한 우리 현실에 있어서도 유효한 해결 방안으로 원용이 가능하다. 신지견이 이후의 여러 단편에서, 우리 사회의 부정적 측면에 대한 소설적 담론으로 날카로운 반역과 전복의 언사를 부가하는 것은 아마도 그와 같은 판단에서일 터이다. 오늘날 우리 삶 가운데 편만해 있는 극리(極離) 현상, 그 양극화의 불평등 불균형은 역사 과정 속에서 모형과 해답을 함께 찾을 수 있다는 것이 작가의 생각인 듯하다.

『서산』은 그렇게 우리가 당면한 현실의 과제를 역사의 거울에 투사한다. 서산대사는 단순히 전쟁 중에 구국의 기치를 높이 들었던 승려에 그치지 않고, 당대의 부패한 제도의 구조적 개선을 내다보고 이를 실천에 옮기려 했던 선각자였다는 것이다. 임진왜란에 있어 최대의 피해자는 조선조의 기득권 계층이 아니라 힘없는 민초들이었고, 국난의 극복을 위해 목숨을 걸었던 의병(義兵)이나 의승(義僧)의 역할을 축소되었으며 제대로 평가를 받지 못했다. 『서산』은 이러한 전란의 과정을 담은 우리 역사를, '결과'를 보여주기 이전에 '과정'을 상술함으로써 이해의 증진과 각성의 실현을 도모한다. 16세기 중·후반의 역사와 인물을 현재의 눈으로 다시 읽어야 하는 이유다.

신지견은 이처럼 도저한 역사인식으로 과거의 인물을 살펴온 역사소설가이자, 그 분석과 비판의 눈으로 우리가 꾸려가고 있는 동시대의 삶을 새롭게 진단하는 소설적 견식을 가진 작가다. 이번에 처음으로 묶는 첫 중·단편 소설집 『독수리는 파리를 잡지 않는다』가, 바로 그러한 소설 창작 양식의 결과를 보여주고 있다. 이 창작집에는 모두 9편의 소설이 수록되어 있고, 이들은 불교적 세계관과 현실 사회에 대한 비판을 거멀못처럼 한데 규합한 형식을 갖추고 있다. 불교는 그의 삶과 소설적 발화법을 추동하는 중심 기류이며, 정치와 경제 그리고 이 시대의 문명에 대한 비판적 인 인식은 그의 소설을 소설일 수 있게 견인하는 힘이다.

2. 시대의 향방에 대한 전복(顚覆)의 사고

「슈퍼 불가사리」는 군대 이전의 것 외에는 모두 기억을 잃어버린 인물이 소설의 중심에 있다. 과거의 절반만 그의 머리속에 살아 있고 군대 이후 지금까지의 절반은 오리무중이다. 심지어 아내 '정인경'도 알아보지 못한다. 왜 작가가 이런 충격요법을 소설의 이야기로 이끌어 왔을까가 핵심이다. 현재 자신의 삶과 자신이 소속된 사회를 전혀 다른 방향에서 바라오기 위해서다. 프란츠 카프카의 「변신」이 소설 속의 대화로 등장하는 것도 그 때문이다. 이 인물은 '인혁당 사건'등 과거 정치적 억압시대의 일, 광주로 이동했던 3공수특전여단 소속이었던 일 등을 잘 알고 있으나, 칼라 TV가 일반화 된 지금의 일, 신랄한 풍자의 대상이 된 근대 대통령들의 일을 알지 못한다.

"글쎄요. 내가 사학을 공부해서 아는데, 불가사리가 쇠를 먹는 시기를 학문적으로 '철의 시대'라고 합디다. 기원전 헤시오도스(Hesiodos)라는 사람이 철의 시대에 낮에는 노동과 괴로움에서 잠시도 벗어날 길 없고, 밤에는 약탈자 때문에 전전긍긍해야한다 그랬소. 아버지 마음은 아들과 한마음이 아니고, 아들도 아버지와 다른 생각을 한다. 주인과 손님 생각이 다르고, 친구도 생각이 다르고, 부모는 금방 늙어 권위를 잃는다. 올바른 사람, 착한 사람, 맹세를 지키는 사람은 아무 혜택을 누리지 못하고 악한 일을 한 사람, 갑질을 한 사람, 오만한 사람이 명예를 얻는다. 정의는 폭력에서 나오고 진실은 어디에도 없다 그랬소."

'슈퍼 불가사리'라는 용어는 불가사리가 쇠를 먹던 철의 시대에 견주어 고도의 정보화 시대에 지구와 인류사회 그리고 국가의 삶을 파훼하는 인간들에 대한 풍자의 호칭이다. 이렇게 세상을 바라보는 관점은 다른 단편「진실 찾기」에서도 마찬가지 외형으로 나타난다. 이 소설에서는 페미니즘과 미투, 시대적 진실과 언론의 속성 등이 마치 '가두(街頭)의 문학'이라 불러도 무방할 만큼 현실과 현장에서의 발화로 제시된다. 그러하기 때문에 한편으로는 소설의 정형을 벗어났다는 지적을 받을 수도 있는 형국이다. 그러나 이 문제를 응대하는 작가의 심사는 그렇게 한가롭지 못하고, 내용의 발설이 다급하여 형식의 골격을 지나쳐 버리는 데 주저가 없다.

작가는 '스쿨 미투'란 여성을 성적 도구로 보는 반페미니즘이 학교에까지 침투했다고 소설의 말문을 연다. 이 문제에 있어서 항상 논란이 되는 것은 '진실'인데, 그것의 규명이 '언론권력'에 의해 무산되는 등의 사례를 적시한다. 이러한 '기득권'이 언론 이외의 여러 경우에도 여실히 위력을 발휘하는 세태가 소재로 이어지고 있다. 그러한 문제적 상황의 연속은 동시대 한 복판에서 벌어지고 있는 '광화문 집회'에 까지 이른다. '가짜 뉴스'가 활개를 치는 상황도 타매의 대상이다. 이러한 여러 논란 끝에 소위 '정의란 무엇인가'라는 외국 석학의 책 제목이 제기되기도 한다. 이 작품은 이를테면 소설의 의관(衣冠)을 벗어던지고 직정적인 사설(辭說)을 쏟아놓기로 작정한 탈형식의 소산이다.

이 소설과 유사하게 소설적 관례보다 이야기의 전달에 더 중점을 둔 작품이 「벗어버린 사슬」, 「#METOO 서설」, 「바뀌들 세상」 등이다. 「벗어버린 사슬」에서는 '상희(相姬)를 죽이기로 했다'는 사뭇 선언적이며 느닷없는 언사로 소설을 시작한다. 이 작품에서 소설의 중심인물인 '그'가 왜 어떻게 상희와 인간관계를 맺었으며, 어떤 연유로 상희를 죽이려 하는가를 친절하게(?) 설명하는 대목이 없다. 그가 척결해야 할 것은 상희로 인한 좌절이나 배신감 뿐만 아니라 우리 시대 우리 사회의 수많은 부정적인 요소들이다. 그러므로 상희는 그 여러 상대의 한 이름이요 상징일 뿐이며, 상희에 이야기의 진행이 집중되어 있지 않다는 말이다.

> 이상한 말 같지만 흔전만전이 사랑이다. 눈만 붙은 병아리들도 사랑싸움을 흉내 내다 흩어진다. 아무 일 없는 것처럼 지나간 시간에 의미를 부여하면 사건들이 생긴다. 그 가운데는 가두극장도 있다. 지루한 시간에 딱정벌레처럼 달라붙어 상희가 만들어낸 사건이 사랑이었다. 아무것도 없이 시작되었던 사랑도 정열적으로 다가가면 하이퍼인플레이션(hyperinflation)이 발생한다. 그 상황을 구체적으로 설명하면 그는 사랑에 배가 고팠고, 상희는 뻣댔다. 거기에 알 수 없는 미스터리가 작용해 헛소동이 일어났다.
>
> 가지가지 수단과 방법으로 사랑을 이루기 위해 발버둥을 치다 저

> 항의 힘이 떨어지면 최악에 이르게 된다. 최악이란 샤로테를 가지지 못해 자살을 선택한 베르테르에 비교된다.

'그'는 결코 상희를 죽이지 못한다. 왜냐하면 상희는 한 개인이 아니라 적대적 상대방의 총칭이기 때문이다. 어쩌면 '그' 자신이 스스로를 단죄하는 것이 더 빠를 수도 있다. 여기서 소설이 '젊은 베르테르'를 떠올린 것은 매우 적절한 언급이다. 베르테르가 자살한 것은 '샤로테'의 사랑을 얻지 못했기 때문이라고 알려져 있지만, 일군의 사회학자들은 그 소설에 나타난 베르테르의 사회적 절망감에 주목하여 여러 요인 가운데 사랑의 실패는 단지 한 항목일 뿐이라고 주장한다. 한 사회가 개인에게 가할 수 있는 억압의 수준, 또는 한 개인이 사회로부터 받아야 하는 강박의 정도가 통합적으로 고려될 때 소위 '자살' 또는 '살인'의 근거가 성립된다는 사회학적 견해다.

「#METOO 서설」은 미투라는 개념에 접근하기 위해 사랑의 '에로스' 정의에서부터 중국·티베트·유대인·아랍인·투르크족 등의 가족 구성에 이르기까지 광범위한 서술을 보이고 있다. 뿐만 아니다. 석가모니와 16인의 제자, 예수와 12인의 제자 가운데 여제자가 하나도 없다는 젠더 문제도 서술한다. 이러한 탐색의 경로를 거친 다음 '성문란이 개판인 시대'를 통렬하게 비난한다. 이 복잡다단한 단계를 거친 다음에, 소설은 비로소 여계리라는 마을에서 사람들의 행태(行態)가 보이는 담론의 지경으로 들어선다. 말인즉슨 여계리로 새로 이사와 양계장을 한다는 서대규 씨의 사연인데, 그 마을에 사는 공대풍 씨 등은 아무리 보아도 그가 제 여비서를 성폭행 했다고 세간을 시끄럽게 한 서성태 의원으로 보인다. 더욱이 서 씨는 달걀 생산이 목적이 아니라 취미삼아 닭을 키운 다는 것이다.

소설은 미투의 여러 유형을 그려 내기로 작심한 듯, 서 의원의 사태에 이어 공대풍 씨의 전혀 고의적이지 않은 미투 연루를 연출한다. 버스에서 넘어지면서 엉겁결에 아가씨의 다리를 잡은 것이 경찰서 행이 되었다. 이와 같이 하나의 화두에 집중하여 그 주변을 면밀히 탐사한 다음 소설적 담화로 접근하는 방식은 「바퀴들 세상」에서도 거의 동일한 모양으로 적용된다. 이 소설에서는 부패한 유기물을 닥치는 대로 먹어치우는 곤충 바퀴벌레를 서두에 가져다 둔다. 이 먹어치우기의 표본을 정치권력, 국제관계, 근·현대 역사의 전개, 현실 정치의 구태, 재벌기업의 생태 등 다각적인 범주에 종횡무진 전방위적으로 대입하면서 냉소적이고 비판적인 평가를 이어간다. 그리고 그 사이를 헤집고 이야기의 주체인 '부장님'과 부하 직원이었던 정균형의 대화가 도입된다. 물론 이 는 소설로서의 최소한을 갖추기 위한 요식일 뿐, 실제의 무게는 작가의 도도한(?) 비판적 변설에 있다.

3. 종교와 현실 사이의 가파른 가교(架橋)

신지견이 불교의 지식에 해박하고 깊은 불교적 명상의 체험을 가지고 있는 것은 서두에서 논거 한 바와 같다. 이번 소설집에는 그 불교 체험의 깨달음을 소설로 쓰되, 단순히 종교적 진술에 그치지 않고 그가 오래 관행처럼 유지해 온 현실 비판의 논리를 결부한 소설이 여러 편 보인다. 「독수리는 파리를 잡지 않는다」, 「습」, 「다비장 가는 길」, 「고목」 등의 작품이 그렇다. 이는 종교, 특히 불교가 고적한 산사(山寺)에서 칩거만 하지 아니하고 현실적인 삶의 개량이나 그 삶의 고통을 위무하는 책임을 강조한다. 다시 말해서 그러한 책임의 방기(放棄)는 대승불교의 중생제도(衆生濟度)라는 본유의 종교적 교리를 내버리게 된다는 것이 작가의 생각으로 여겨진다.

「독수리는 파리를 잡지 않는다」는 그 제목의 어의(語義)가 자못 의미심장하다. 이와 동일한 표현법을 사용한 작품으로 김용성의 장편소설 『큰 새는 나뭇가지에 앉지 않는다』가 있다. 모두 보다 큰 꿈과 이상, 이를 위해 작은 삶의 실상과 그것의 범주를 가벼이 대하겠다는 결의를 포함한 언사다. 이는 나 개인의 득도보다 중생을 위한 헌신을 앞에 두겠다는, 대승적 불교정신과 소통되는 사유의 방향성이기도 하다. 소설의 이야기는 극히 현실적인 정치의 단면, 특히 전·현직 대통령들을 거명하면서 시작되지만, 그 뒷그림으로 이 모든 세상살이의 모습을 응대하는 불교적 사유가 큰 그림으로 펼쳐져 있다. 동시에 여기에는 '민병모'라는 매우 흥미로운 인물이 등장해 불교와 현실의 가교 역할을 수행한다.

「습」이라는 소설은 그 제목에 'vasana'란 부기가 붙어 있다. 이를 어학사전에서 검색해 보면 '훈습(薰習)'이란 용어가 도출된다. 불교에서 말하는 어휘로, '향기가 옷에 스며들 듯이 불법을 들어 마음을 닦아가는 현상'이라는 것이다. 이 작가가 여기서 사용하는 언어적 의미 또한 거기서 크게 벗어나지 않을 것이다. 이 소설은 '산 높고 험준한 바위틈은 지혜 있는 사람들 깃들이는 곳(高嶽峨巖)'이란 한문 문장으로 길을 연다. 여기에 '송(宋) 거사'가 주요 인물로 얼굴을 보인다. 커다랗게 깎아지른 바위 밑에 걸리듯 얹혀 있는 암자에서 출발해서 그 뒷산과 주변 풍경, 암자에서 일어나는 일상생활 등이 담담하게 서술된다.

이게 마삼근(麻三斤)이란 게다. 돌로 만든 말이 숲속을 지나가고,

> 무쇠로 만든 소가 바다를 건너간다는 말이 무슨 말인지 알겠나? 동가에서 발아 치니 서가에서 춤을 춰…. 이런 소리를 마음속 깊이 품고 사는 사람이었으면 모르겠거니와, 송 거사는 무엇이 그리 못마땅했는지 사주의 행태에 항상 모눈을 뜬 사람이었다. “저게 결사고 저게 브라흐마카라(brahmacara)냐?” 목에 가시가 걸린 사람이었다는 기억밖에 없었다.
>
> 우주 속의 한 티끌, 한 티끌 속의 우주, 하나에 여럿 있고 여럿이 하나인 팔공루의 선문답을 나는 알 길이 없는 사람이다. 평소 미소 어린 얼굴로 고개를 끄덕이며 눈 하나 깜박 않고 신도들의 인사를 받던, 사주가 등잔 밑은 어두운데 이웃집 호사가처럼 멀리 느껴지는 사람이라는 생각에는 변함이 없었다.

소설은 송 처사의 죽음을 향해 가는데, 그 경과에 있어서 화자인 ‘나’는 암자의 여러 사람과 사건들을 접촉하면서 견식을 넓힌다. 암주의 여러 행동, ‘김 처사’로 불리는 ‘나’와 ‘홍 보살’의 이성 관계 등이 하나의 차폐된 공간에서 있을 수 있는 모든 일과 가능성의 집합을 보여준다. 그런데 이처럼 사소하고 보잘 것 없는 삶의 자리에서 ‘우주’와 ‘티끌’을 함께 볼 수 있는 것이 보편타당성의 교의(敎義)로 무장한 불교의 가르침일 수도 있지 않을까 한다. 그러기에 작가는 암주의 입을 통해 ‘무심(無心)이 그리 어렵던가’라는 반문을 무심코 던질 수 있었을 것이다. 인생사의 밑그림 여러 폭이 순식간에 지나가는 것이 우리 삶의 실상이라면, ‘훈습’의 각성으로 그 그림들을 관조하고 성찰하자는 소설적 권면이 이 작품 속에 잠복해 있다 할 것이다.

「다비장 가는 길」은 ‘나’와 불교적 인연이 있는 ‘법랑 김춘식’이란 인물이, ‘노장(老長)님’의 열반 소식을 ‘나’에게 알려주는 장면으로 시작된다. 노장은 나이가 많고 덕행이 높은 승려를 이르는 말이다. 이 소설은 그 '노장님'의 다비식이 열리는 다비장 가는 길을 중점적인 이야기로 구성하면서 동시에 종교와 세속, 종교와 정치, 종교와 돈의 상관성에 관한 온갖 사건의 가능태들을 들추어낸다. 심지어 불교적 관습과 관행에 대한 문제점을 드러내면서, 이를 예수 그리스도의 경우와 대비해 보이기도 한다. '중이 머리를 기르고 옷을 바꿔 입는 속내는 여자와의 관계가 주종을 이루었다'라는 지적이나 '문제는 돈이었다', '종교가 이래도 되는가' 등의 탄식은 종교와 현실 사이에 가로놓인 가파른 다리를 말하고 있다. 이 일들이 '노장님'의 다비식이라는 배경 그림 앞에서 요연하게 드러나 보이는 터이다.

「고목」은 그야말로 오래된 나무, 수령이 4백년이 된 시(市) 보호수로부터 소설적 이야기를 견인한다. 이 나무에 얽힌 '보명선사'의 전설, 이 나무가 있는 사찰에서 승려로서의 지위를 확장해가는 '방울수좌', 그리고 일본에 나가 있어 이를 국제적 활동의 존중할 만한 표식으로 삼았으나 실제로는 부도덕한 행각을 벌인 주지 등 많은 이야기가 이 나무와 더불어 펼쳐진다. 동시에 그의 거의 모든 작품이 그러하듯이, '전두환의 위세'를 비롯한 정치적인 쟁론도 제 자리를 지키고 있다. 여기서 가장 주목할 만한 인물은 방울수좌다. 주지스님의 빛나는 지도력이 난데없이 방울수좌에게서 나타나고, 그것이 눈빛만 가지고도 상대방의 기를 죽이는 위력을 가진 것이다.

> "관심(關心)이오? 관심(觀心)이오?"
> 말이 떨어지기 바빴다.
> "저렇다니까, 머리에 먹물이 좀 들면 말에 갈래타기를 좋아해."

귀가 열려 이쪽 말을 척 알아듣고 쓱 한 방 날려 왔다. 절집 분위기는 나무 뚝배기가 쇠 양푼이 되기도 한다.

"갈래?"

내 물음에 곧 대답이 떨어졌다.

"매화가 꽃을 피웠으니 관심(關心)이고, 매화의 본체가 무엇이냐가 관심(觀心) 아니겠소?"

핫! 저 개구쟁이 수좌가…. '범주적 직관'이 함유된 말을 서슴없이 뱉었다. 후설(Husserl, E.)의 표현을 빌리면 현상학에서 사물이 시간과 공간, 아니 보통과는 다른, 느닷없이 존재하는 사물의 근저에 있으면서 그 사물의 본질을 직관으로 포착할 수 있는 것을 관심(觀心)이라 했던가. 크게 대별하면 환유와 은유로 바꿔 말할 수도 있겠으나, 언어는 하나의 구조이지 구체적인 존재가 아니다. 언어의 개념은 매우 복잡해 필요에 따라 자기 자신의 해석이 덧붙여지면 엄밀성이 문제로 등장하기도 한다. 선원의 환경이란 부동선이(不同先已)의 힘을 받으면 '내가 너인가', '네가 나인가', 자존의 존재를 충분히 대자존재(對自存在)의 차원으로 빠지게 만들기도 한다.

"저 나무의 전설에 초점을 맞추면 관심(關心)이고, 거기서 한 수 올리면 관심(觀心)이겠지."

이 대목은 아직 '방울수좌'가 스스로의 기량을 밖으로 표출하기 전, 그 가능성을 짚어볼 수 있게 하는 대화의 내용을 서술하고 있다. 불교는 그 사상이나 교훈의 영역이 현실의 구속을 떠나 창대한 변화를 가져올 수 있는 종교다. 그런가 하면 그에 하나의 연결고리로 물린 현실 해석과 판단의 정황에 따라 천변만화의 평가를 가능하게 하는 마음 밭의 현장이다. 신지견은 이러한 종교적 발화의 문법, 종교와 현실 사이의 관계성에 관한 방정식을 누구보다 잘 이해하고 있는 작가다. 그러기에 불교적 사유를 바탕으로 이와 같은 독특한 현실 읽기의 소설 세계를 구현할 수 있었을 터이다. 그 새로운 개안(開眼)은 현실의 일반적인 흐름을 거스르는 반역의 사고로부터 말미암은 것이며, 이는 폭과 깊이를 함께 가진 불교 사상의 심층에서 건어 올린 소중한 소출이 아닐 수 없다.

새롭게 '사랑'을 말하는 8가지 방식

- 정승재 소설집 『신금호역 9-4』

1. 괄목상대로 만나는 작가 정승재

『신금호역 9-4』는 정승재의 두 번째 창작집이다. 첫 창작집 『내 남편이 대통령이었으면 좋겠다』가 2009년 간행이니, 그로부터 11년 만이다. 자신의 이름 석 자를 문단에 내건 것이 2002년이고 보면, 그의 문단 연륜도 어언 18년 '성년'에 이르렀다. 작가로서 그는 매우 독특한 경력을 가졌다. 대체로 인문계 출신이 소설을 쓰는 데 비해, 그는 법학을 공부했다. 충청북도 충주에서 태어나 서울 금호동의 달동네에서 성장했으며, 경희대 대학원에서 스포츠법 연구로 박사학위를 받은 것이다. 이와 같은 성장 과정과 수학(修學)의 이력은 그의 작품세계 곳곳에 잠복하여 모래밭의 사금(砂金)처럼 반짝거린다. 이를테면 스스로 경험해 온 삶의 원 자료들을 작품 가운데 용해하는 데 능란한 작가라는 말이다.

그가 첫 얼굴로 들고 나온 작품은 「카페 밀레니엄」이라는 단편소설이다. 이 소설로 계간 문예지 《문학나무》 2002년 봄호에서 신인작품상을 받으며 활동을 시작했다. 이번 창작집을 포함하여 2권의 분량으로 소설을 축적한 만큼, 성년의 세월과 더불어 이제는 소설을 쓰는 일에 문리(文

理)가 트였을 것으로 미루어 짐작된다. 그동안 한국소설문학상, 한국산악문학상, 문학나무숲소설상 등을 수상한 것이 그에 대한 증표가 될 수도 있겠다. 문단 활동으로 〈문학비단길〉 회장을 역임했고, 현재는 〈문학나무숲회〉 회장을 맡고 있다. 원래의 전공이었던 법학을 여전히 한 켠에 붙들고 있으며, 그러기에 법학 서적 『법학통론』, 『법과 사회』, 『스포츠와 법』, 『한국스포츠법입문』, 『민법개론』 등의 저술이 있다.

이만하면 곤고한 작가의 길을 부양하는 일터를 가꾸기에 부족함이 없어 보인다. 실제로 그는 현역 소설가이자 장안대학교 행정법률과에서 교편을 쥐고 있으며, 한국스포츠문화법연구소 소장으로 있기도 하다. 「작가의 말」을 통하여 그가 밝힌 소회를 보면 그는 이번 창작집의 상재가 '내 삶을 되돌아 볼 시기'라고 간주한다. 문학과 법학을 함께 아우르는 그의 삶은 어디를 향해 가고 있으며 그 와중에서 정말 귀하고 소중한 것은 무엇일까를 반추해 보는 계기가 될 수 있지 않을까 한다. 그런데 이러한 일의 근본을 형성하고 또 다음 방향으로 추동하는 데 있어, 문학만한 영역이 있기 어렵다. 곤고한 발걸음을 지키면서 문학의 꿈을 방기(放棄)하지 못하는 작가들의 형편이 대개 이와 같을 터이다.

그는 '사랑이 부재한 세상에서의 삶은 죽음과 다를 것이 없다'는 단호한 언표를 내놓았다. 이 단정적 선언이야말로 어쩌면 그가 소설을 쓰고 소설에서 사랑을 찾아가는 가장 확고한 이유일지도 모른다. 그리고 그가 사랑의 대상으로 상정한 이름은 불문곡직하고 '선희'다. 요즘 시쳇말로 하면 '닥치고 선희'인 형국이다. 그의 모든 소설에는 그렇게 선희가 등장한다. 소설의 중심인물로 선희가 드러나지 않으면, 하다못해 그림의 제목으로라도 나타난다. 그의 이 창작집에는 다섯 손가락을 다 채우는 다양한 유형의 선희가 존재한다. 더 엄중한 상황은, 그 선희의 상대역이 '정승재'라는 작가의 본명을 입고 출현하는 것이다.

이것이 대체 무슨 소설적 방정식인지 어안이 벙벙했다. 작가의 실명이 주 인물로 운용되는 소설적 구도, 더욱이 그 활동 범주가 간단없이 작가를 연상시키는 담화의 설정 등은 일견 소설의 기본적인 유형과 형식을 무너뜨리는 처사로 보이기도 한다. 1인칭 사소설이라 할지라도 소설은 궁극적으로 작가 자신의 내면을 가감과 변동 없이 서술하는 문학 장르가 아니기 때문이다. 하지만 작가는 그 정승재의 기능과 역할을 '죽음 같은 선희를 향한 사랑'에 집중하도록 매설한다. 이렇게 보면 이 두 인물의 설정은 소설의 주제를 선명하게 부각하기 위한 구조적 장치임을 납득할 수 있다. 단순히 형식의 파괴에 머물지 않고 전혀 새로운 소설적 시도라고 수긍하는 이유다.

2. 이 작가에게 빙의한 여러 '선희'들

작가는 '선희로부터 소설책이 왔다'라는 문장으로 책을 여는 글을 썼다. 정말 선희가 '소설 쓰기로 생명을 얻는' 문필에 침윤해 있는 인물일까? 그에게 빙의(憑依)해 있는 각양각색의 각기 다른 연령층의 선희가 이 특정한 개념으로 수렴될 수 있을까? 주인물의 아내에서부터 '안드로메다의 행성 SH2014J에 있는 선희'에 이르기까지 자유자재로 변용되는 선희는, 소설 속의 정승재가 연모하는 인간으로서의 존재이기도 하고 어떤 경우에라도 포기할 수 없는 정신적 형용이기도 하다. 이른바 그의 감성과 이성, 그리고 소설적 형상력의 범주 모두를 지배하는 절대값의 다른 이름이요 절대타당성의 강고한 범례라 호명할 수 있을 것이다.

「선희, 대티터널」에 나오는 대티터널은 부산에 있는 것으로 되어 있다. 그런데 이는 '선희에게로 가기 위해 반드시 통과해야만 하는' 터널이다. 이를 통과하면 선희가 기다리고 있다. 이 선희와 정승재는 스물두 살 차이, 선희는 젊은 유부녀다. 화자 정승재는 그녀를 만나러 가는 길에 A라는 남자를 동행시킨다. 두루 '위험한 관계'를 형성하는 이유를 화자 자신도 잘 모른다. 분명한 것은 화자가 안고 있는 선희에 대한 집착이요 강박관념이다. 정승재와 선희의 관계는 이처럼 요령부득이지만, 그 관계의 성격이 실제로 그러하다는 설명 이외에 덧붙일 언사가 없다. 어쩌면 그의 사랑이라고 하는 것이 이처럼 안개 가운데 있는 것일 수도 있다.

중편「로체가 있던 자리」에 자리 잡고 있는 선희는 등산가다. '매일 밤 그 등반루트가 변한다'는 로체 봉을 등반하는 서사와 더불어 화자와 선희의 이야기가 맞물려 있다. 로체는 티베트어로 '남쪽 봉우리'란 의미를 가졌고, 히말라야 산맥 중 에베레스트 남쪽에 위치한 고봉(高峰)이다. 해발고도 8,516미터, 1956년에 스위스의 등산 대원이 첫 등정을 했다. 그런데 이 고봉에 '선희와 내가 도전'을 하는 것이다, 그것도 선희의 강권에 의해서다. 화자가 그 선희를 처음 본 날, '분명히 처음 보는 얼굴이었지만, 어디에선가 본 것 같은 기시감'에서 헤어나지 못했다. 소설은 그 처음에서부터 지금 로체에의 도전에 이르기까지 오래도록 쌓인 사연들의 바탕 위에 있다.

그러니 당연한 일이다. 이 작가의 소설적 성향과 그 집적 가운데서 관찰하자면 당연히 기시감을 불러올 수밖에 없는 운명에 당착해 있는 터이다. 그 외에도 이 소설에는 많은 다른 이야기들이 숨어 있다. 미국에서 태어난 선희, 설악산 대청봉을 함께 오르던 추억, 로체에 있다는 설인(雪人) 예티의 설화, 어머니에게서 들은 북한산 장사의 전설 등이 소설의 행간을 소밀(疏密)하게 채우고 있다. 결국 화자의 로체 정상 등반은 온갖 난관을 헤치고 진행되는데, 그것은 선희와의 약속 때문이다. 그의 목숨이 경각에 이르렀을 때 제4캠프에 남은 선희와는 연락이 두절된다. 결국 등반이 문제가 아니라, 화자와 선희의 '기억의 공유'가 중점적인 관건이기에 그렇다.

「섯다, 신금호역 9-4」는 표제를 이끌어낸 작품이다. 이 소설은 작가가 그 해답을 독자에게 맡긴 채 직접 해명하지 않는, 많은 질문으로 채워져 있다. 마치 관념적 세계의 암중모색과 그 정의(定義)를 소설의 화두로 내세운, 이청준의 경우를 연상하게 한다. 이 작품에는 '빅뱅은 스켈레톤을 타고'라는 그림이 제시된다. 장소는 작가 또는 작중인물이 삶의 한 경과를 담아둔 금호동, 그림을 그린 이는 선희다. 그림 속의 남자는 왼쪽 몸통과 얼굴 반쪽만 남은 불완전한 모습이다. 이 그림은 선희에 대한 사랑, 선희와의 이별 등 수많은 불완전성의 삶을 대변한다. 옛 연인이었던 선희는 지금 여기서도 화자의 의식 한 복판에 있다. 가장 치열한 사랑의 대상, 그리고 여전히 채워지지 않은 욕망의 모습이 거기에 있다.

3. 문학적 변용의 새로운 형식 탐색

정승재 소설의 화자 정승재는 그 입지가 거의 고정불변이지만, 상대역 선희는 천변만화하여 야누스의 얼굴을 갖거나 카멜레온의 색채를 덧입는다. 「삼촌」에 나오는 선희는, 주요섭이 쓴 정갈하고 아름다운 작품 「사랑손님과 어머니」에서 그 어머니를 패러디했다. 주요섭이 내세운 발화자가 여섯 살 옥희였다면, 정승재는 같은 여섯 살 혜정이를 그렸다. 정승재 소설에서 사랑손님은 삼촌이란 이름으로 설정된다. 두 작품에서 모두 상대방 남자가 어머니를 연모하되, 그 연모의 빛깔은 은은하고 깔끔하며 속 깊은 여운을 남긴다. 「삼촌」은 저 1930년대의 이름 높은 단편을 현대적 삶의 문맥으로 옮겨놓은, 썩 잘 된 작품이다.

"당신들은 여섯 살 어린애가 무슨 사랑타령이냐고 말할지 모르지만, 나에게는 매우 중요한 문제다"와 같은 문장에서 보듯이, 이 소설의 관점은 어린아이의 시각에 머물러 있는 것이 아니라 어른이 된 이후에 이를 되돌아보는 '회상 시점'에 의거해 있다. 「사랑손님과 어머니」가 그러하고 윤흥길의 「장마」나 제임스 조이스의 「애러비 시장」이 그렇듯이. 삼촌이 그린 '선희'라는 제목의 그림은 엄마를 모델로 한 것이다. 여기에서는 그 성(姓)을 밝혀 김선희다. 그런데 이 작품의 사랑은 90년 전의 저 소설에서와 달리 해피엔딩이다. 밝고 경쾌한 결미의 구성은 온갖 복잡한 세상사에 머리가 무거운 오늘날의 독자들을 청량하게 한다.

「엄마의 별 SH2014J」는 그 제목이 지시하듯이 화자의 어머니 이야기를 소설에 중심에 두었다. 금호동 해병대산과 양평의 청수헌으로 이어지는 어머니의 공간은 이제 화자의 곁에 없는 어머니를 기억하고 추념하는 무대요 환경이다. 어머니는 늘 '좁쌀베개' 설화나 '스뎅그릇'의 소도구와 함께 과거의 시간 속에 남아 있다. 이 소설의 선희는 그 시간 속에 함께 있던 '선희아줌마'로 변용된다. 화자는 이미 45년 전 그 아줌마의 눈 속에서, 초신성 SH2014J의 폭발을 보았다. 초등학교 동창 권선희, 첫사랑 선희, 20년 전 선희, 5년 전 선희, 그리고 선희아줌마가 증명하듯 그 이름만으로 모든 선희는 '내 애인'이다.

이 소설은 어머니의 옛일과 금호동의 척박한 삶에 잇대어 여러 선희를 설명하는 외양을 갖추었다. 어머니는 먼 길을 보내드렸지만 선희와의 상관은 여전히 끝나지 않았다. 아니 끝날 수가 없는 것이다. 그 많은 선희 중에 가장 독특한 캐릭터는 「독재자의 딸」에 있다. 이 소설의 승재는 살인 청부의 중간연락책이지만 실상은 그 청부를 시행하는 암살자 '에이스'다. 그런가 하면 선희는 독재자인 아버지를 살인 청부하는, 모질고 이성적이며 정의로운 딸이다. 공인된 이름은 자연, 알고 보니 선희와 동일인이었던 것이다. 선희는 클럽 문나이트에서 춤추는 무희이며, 그림을 그리는 사람이기도 하다. 이 둘의 미션에는 러시아의 조직이 연루되어 있다는 중층적 얼개가 있다.

소설에서는 독재자 아버지를 청부살인하는 딸의 내밀한 심정적 동향이 생략되어 있다. 소설의 초점이 거기에 있지 않은 까닭에서다. 문제는 여전히 승재와 선희의 사랑 찾기에 침윤해 있으며 기어코 승재는 선희를 사랑하게 된다. 독재자와 이 두 사람이 맞물려 있는 암살자의 공간에 '옳고 그름은 상대적인 것'이며 '절대적인 것은 아무것도 없다.' 화자가 독재자를 쏘는 순간, 그는 자신의 등 뒤에서 선희의 총구가 자신을 쏘기 위해 작동했다는 사실을 알아차린다. 자연은 아니 선희는 '당신을 만나 행복했어요. 사랑해요'라고 말한다. 이를 비극적 사랑이라 호명하기엔 상황의 설정이 너무 복잡하다.

마침내 끝까지 남는 것은 두 사람의 관계가 어떤 모양으로, 어느 수준에 이르기까지 변환할 수 있느냐는 것이다. 작가는 그에 대해 강력하게 눈길을 사로잡는 형식실험을 수행했다. 그렇다면 이 작가가 이처럼 끈질기게 지속적으로 두 인물의 이름을 고수하는 이유가 무엇일까. 작가 자신의 이름을 직접 내세우는 것은 사뭇 큰 용기에 해당한다. 마찬가지로 단 한 작품에서도 빠짐없이 선희라는 인물과 그 이름의 행적을 펼쳐 보이는 것은 그보다 더 큰 결의를 표방하는 것일 수 있다. 그러할 때 화자 자신이 직접적인 발설을 통하여 세상에 있는 모든 사랑의 이름, 그 자신이 사랑이라 호칭하는 모든 대상을 한꺼번에 수합한다는 심사의 표현이 아닐까 추정된다.

4. 현실 탈출의 출구로 열리는 소설

아직 언급하지 않은 두 작품 「지구 깊은 곳에는 외계인이 산다」와 「추정 혹은 치정」에도 여지없이 선희가 자리하고 있다. 두 작품 모두 선희는 정승재의 공인된 여인, 함께 사는 존재다. 「지구 깊은 곳에는 외계인이 산다」는 매우 이질적이고 그로테스크한 소설적 상황을 설정하고 출발한다. 물론 이 소설에는 이전에 살펴본 다른 작품들과 마찬가지로 어머니의 설화나 스뎅그릇 등이 반복적으로 출현하고 승재와 선희의 사랑 탐색도 변함이 없다. 그러나 현실적인 삶이나 노동과 같은 구체적 현장에서 환각의 세계를 넘어 '지구 깊은 곳'에 외계인이 살고 있다는 매우 기발한 상상력을 도출한다. 이를 답답하고 갑갑하기 이를 데 없는 현실로부터의 탈출구라고 할 수도 있을 것이다.

소설의 첫 문장이 '오늘도 나는 탈출을 시도하고 있었다'라는 의미심장한 어투로 시작하는 데서 우선 그 단초를 엿볼 수 있다. 화자를 외계인의 세계로 이끌고 가는 것은 에드워드 스노든이란 인물이다. 그와 함께 웜홀과 금속 철벽을 지나 보랏빛 외계인을 만나는 일, 미국 국가안보국(NSA) 감시 프로그램의 폭로 등의 전사(前事), 이 모두가 범상한 독자들에게는 낯설고 한편으로는 불편하다. 하지만 작가는 아랑곳하지 않고 이야기를 구중심처로 유도한다. 현실에서의 화자는 여전히 선희라는 이름의 아내와 함께 산다. 그 선희는 K마트의 캐셔이고, 여사님이라는 호칭을 원한다. 그런데 그 호칭이야말로 '비참한 것'임을 알게 된다. 그러니 여러 모양으로 탈출구가 필요한 형편이다.

스노든과 화자는 금호동 집 안에서 벌레구멍을 통해 외계인의 세상으로 간다. 왜 하필 금호동인가가 곧 현실과 탈출의 인과관계를 암시한다. 더욱이 금호동에는 어머니와의 궁핍하고 아픈 과거가 그대로 남아 있다. 화자가 외계인의 세상에서 어떤 사고나 행위를 보여주는 것이 아니라, 끊임없이 어머니와 아들과 아내와 자기 자신을 생각하는 현상이 곧 이 소설의 정처(定處)를 말하고 있다. 이 작품은 외계인의 기괴한 이야기를 들려주려는 것이 아니라, 이를 배경으로 실제적인 자기 가족의 암울한 삶에 하나의 정신적 탈출구를 마련해주려는 것이다. 미상불 이와 같은 소설적 담화의 향방은 모든 소설이 매한가지로 가지고 있는 성격적 특성이기도 할 것이다.

「추정 혹은 치정」은 대학의 겸임교수 세 사람이 학과 사무실에서 밤을 새우며 교육역량강화사업 결과보고서를 작성한다는 표면적 사건을 전제한다. 학과장으로 대변되는 힘의 소유자와 무력한 이들의 대립적 긴장관계는, 그 사건에 뒷그림으로 숨어 있는 화자의 힘겨운 삶을 소설의 표면으로 밀어 올리는 부력(浮力)으로 작동한다. 화자의 어린 시절이 반복적으로 드러나고, 유달리 많이 아버지와 형을 포함한 가족력이 표출된다. 모두 불우한 생애의 그림자를 드리운, 어두운 그림들이다. 화자가 트렁크 속에 숨겨둔 조니 워커는 비유하자면 윤흥길이 「아홉 켤레의 구두로 남은 사내」에서 묘사한 마지막 자존심 같은 것의 물증이다. 겸임교수 세 사람은 그 술을 함께 마시지 못한다.

집에서 화자를 기다리는 여자 선희는 그와 함께 '요셉의집 자활센터'

출신이다. 이들은 그 엄혹한 시기를 함께 지나온 고난의 공유자다. 정승재의 선희가 이러한 경험과 경력의 소유자라면 이 작가가 선희에게 기울이는 눈물겨운(?) 경도(傾倒)에 의구심을 가질 수가 없다. 다른 작품에서는 볼 수 없는 아버지와 형의 현현도 화자의 삶에 짐을 더하는 부가요인이다. 왜 이렇게 힘겹게 살아야 했는가, 그러기에 여러 모양으로 탈출을 꿈꿀 수밖에 없지 않았겠는가 등의 생각이 꼬리를 물고 일어날 수밖에 없다. 어쩌면 이 작가가 그리고 작품 속의 정승재가, 우리가 살펴본 바와 같은 소설의 이야기의 형태에 육박하는 것은 당연한 일인지도 모른다.

필자는 짐짓 작가에게 '왜 그렇게까지 선희냐'고 물어보았다. 「엄마의 별」에서 '이름까지도 이쁜 선희'라는 구절을 통하여 이미 그 의중의 진의를 밝힌 바 있긴 하다. 그는 '그 이름이 이뻐서, 화려하거나 경박하지 않으면서 울림이 있는 이름이어서 그렇다'고 답변했다. 그 뿐일 리 없다. 일찍이 플로베르가 '마담 보봐리는 곧 나다'라고 도전적으로 언급했듯이 선희라는 이름에는 이 작가의 꿈과 사랑, 사유와 경험, 온 생애에 걸친 아픔과 기꺼움 등이 함께 응결되어 있을 것이다. 이병주가 『행복어사전』에서 자신의 이름을 실명으로 도입했는데 정승재는 거기서 여러 걸음 더 나아갔다. 각기 다른 단편들이지만 이를 한 줄기의 연작으로 읽어도 무방할 것은, 그의 삶이 곧 소설이요 소설이 곧 그의 삶으로 보이는 연유에서다.

곤고한 삶의 민낯을 넘어서
- 지병림의 소설

1. 우리 소설의 새 지경과 형식실험

소설은 어떤 방식으로든 삶의 현장을 반영한다. 그 삶이 역사적 흐름에 입각한 큰 부피를 가질 수도 있고, 한 개인의 일상을 닮은 정밀한 것일 수도 있다. 존 밀턴이 "험악한 시대를 깨어 있는 정신으로 살았다"고 한 것은 전자의 경우다. 소설가가 아니라 시인이긴 하지만, 윌리엄 블레이크가 "한 줌의 모래에서 세계를 보고 들에 핀 꽃에서 우주를 본다"고 한 것은 후자에 가까운 예술론이다. 삶의 현장은 궁극적으로 개인의 체험을 반영하는 것이며, 소설에 있어서는 그것이 암시적이거나 선언적이기 보다 구체적 세부를 통해 풀어서 말하는 형식이어야 한다. 그러기에 비록 작가가 스토리텔러를 전면에 내세우고 자신은 마스크 뒤에 숨어 있다 할지라도 그 스토리와의 친연성을 내버리기 어렵다.

지병림의 소설 9편을 원고 묶음으로 읽으면서, 필자는 내내 가슴이 얼얼했다. 소설 속의 캐릭터들이 겪으며 감당해야 하는 서사적 현실에 대한 생각도 그러했지만, 어떤 모양으로든 이 체험의 변주곡들이 작가의 내면과 연계되어 있다고 할 때 그 사실성과 절박성을 함부로 면대할 수 없었기 때문이다. 특히 이 작가는 아랍계 외국 여행사의 고위급 승무원으로 일해 온 개인사를 갖고 있고 지금도 그 직분을 수행하고 있으며 거기서 목도한 일들을 소설의 소재로 활용했다. 그러기에 그의 비행 관련 소설적 이야기들은 생생한 현장성을 담보하고 있으며, 이는 그와 같은 경험의 과정을 걸어오지 않은 소설가로서는 도저히 서술하거나 묘사할 수 없는 대목들을 포괄한다. 현직 항공사 승무원인, 좋은 소설가가 국내외를 막론하고 흔할 리 없는 터이다.

그의 소설에 등장하는 아버지는 대체로 무책임하고 폭력적이며 그 존재 자체가 화자나 다른 가족, 특히 어머니에게 폭군과 같은 지위로 행세한다. 당연한 결과로 어머니는 가족을 떠나고 힘들게 성장하여 사회적 인식을 형성한 화자는 이 구조적 질곡 속에서 스스로의 삶을 꾸려가야 한다. 가족을 떠난 어머니는 제2의 삶에 성공하고 있으며, 화자가 꿈꾸던 것처럼 옛날로 돌아올 수 없는 상황에 이르러 있다. 화자에게 남은 것은 자기 스스로의 내부에서 이를 견디고 이길 수 있는 힘을 발양하는 일이다. 마치 사막을 건너는 다리로서의 낙타가 극한 상황에서 등의 굳기름을 물로 바꾸는 변신처럼 말이다.

주로 여성 화자인 '나'의 삶을 일정 부분 공유하는 '남자'는 대체로 시원치 못하고 어딘가 부족하거나 정신적으로 소통할 수 있는 품성의 함량을 갖추지 못한 인물로 드러난다. 아니면 사태 해결에 별반 도움이 되지 않는 허위의식으로 가득 차 있다. 이른 바 '선자불래 내자불선(善者不來 來者不善)'의 옛 경구처럼 선한 마음이나 손길을 기대하기 어려운 형국에 당착해 있는 것이다. 그런 만큼 지병림의 서사적 경계는 비극적 세계관으로 일관하고 있고, 그것을 예시하거나 확증하는 여러 가지 구도를 매설하고 있다. 왜 이렇게까지 한 방향으로 몰아가야 하는지, 그 질곡을 벗어날 수 있는 유암(柳暗)하고 화명(花明)한 나날은 도저히 없는 것인지가 소설을 읽어나가는 필자의 안타까움이었다.

소설가 키플링이 바다의 어두움을 묘사하기 위하여 스쿠버 잠수로 바다 밑으로 내려간 사례가 없는 것이 아니며, 악의 묘사는 그 극복을 위해 있다는 소설론이 없는 것이 아니다. 하지만 이처럼 암울한 안타까움만으로 지속된다면 결코 새로운 힘을 가진 소설이라 할 수 없었을 것이다. 마치 이 질문에 답변이라도 하듯 지병림은 그 막막하고 답답한 소설적 이야기의 결미에 이르면서, 그 상황을 벗어날 화자의 주체적 인식과 희망의 메시지를 발견할 수 있게 한다. 겨울의 혹한이 거셀수록 봄의 향훈이 더 감미로울 수 있다. 이러한 소설적 사태의 전개, 근자의 한국 소설에서는 찾아보기 어려운 반전과 극복의 서사를 당면할 수 있기에, 그의 소설이 새로운 지경을 열고 그것을 가능하게 하는 형식실험을 수행하고 있다고 언표(言表)할 수 있는 터이다.

2. 부정적 세계인식의 구조적 질곡

지병림의 이 소설집에 실린 9편의 단편 가운데 작가의 특정한 직업적 체험을 반영하여 화자가 항공사 승무원으로 등장하는 작품은 세 편, 그리고 승무원 지망생들의 문제적 실상을 다룬 작품이 한 편이다. 표제작 「응급약」의 화자는 직업 군인이었다가 퇴직한 후 가정폭력의 대명사처럼 변한 아버지, 그 아버지와 딸을 버리고 뉴질랜드로 도피하여 지금은 유복한 생활을 누리고 있는 어머니, 그리고 그다지 볼품없고 어쩌면 아버지의 판박이 같은 남자와의 관계망을 가진 소설이다. 지병림 소설의 서사 원형을 보여주는 이 작품에서, 화자인 윤이가 승무원이 된 것은 그 어머니를 찾으려는 의욕이 바탕에 있다. 그러나 다시 찾은 어머니는 이미 화자가 바라던 어머니가 아니다.

> "때론 아무 일도 일어나지 않는 삶이 덜 고통스러운 법이란다. 넌 고통이 뭔지 모르지? 죽지 못해 달아나고 싶게 만드는 고통을 너는 아직 모르지…. 얘야, 인생을 바꾸려고 너무 애쓰지 말아라…. 나는 그럭저럭 괜찮단다. 그러니까 너도 보란 듯이 잘 살렴…. 알았지?"
>
> -「응급약」 중에서

다시 만난 어머니의 말이다. 화자는 세상에 인력으로 어찌할 바가 없는 '운명' 이라는 것이 있다는 생각을 한다. 비록 여리고 불분명하긴 하지만 이와 같은 각성의 뒤끝에서 화자는, 쏟아지는 별 사이에 가로등처럼 우뚝 선 달을 바라보며 반드시 당도해야 할 최종 목적지가 있다는 다짐을 하고 있다. 이러한 소설적 자아정립의 표현은 글쓰기가 곧 자기구원의 길임을 반영하는 레토릭이다. 이와 같은 창작 방식은 유사한 패턴을 가진 작품 「겨울 재킷」이나 「기내식」 에도 그대로 적용된다. 「겨울 재킷」의 중심인물 '냥' 은 승무원 숙소에서 동료 '미란'과의 여러 일상을 공유하고, 탐탁잖은 남자 '준'이 있으며, 겨울 재킷이 필요하다고 성화인 새로 온 경비직원을 응대해야 한다. 냥은 여러 생각의 부유(浮遊)와 갈등의 단계를 지나 소설의 말미에서 결국 경비의 아내에게 줄 선물로 재킷을 접어 상자에 담는다.

「기내식」의 승무원 숙이는 기내에서 프리미엄 승객들의 식사 시중을 함께 하는 동료 히얍 그리고 예의 그 신통찮은 '남자' 윤수 등을 동반하고 있다. 비교우위에 있는 다른 사람의 식사를 돕는 것이 본분인 만큼 화자 자신의 식사는 열악하기 그지없다. 윤수를 만나고 온 것은 전혀 위안이 되지 않는다. 화자가 새 힘을 섭생하는 것은 마침내 현실의 자리로 돌아와 자신의 음식으로 몸 안의 신진대사를 돌볼 때이다. 좀 급격한 이야기의 행보(行步)이기는 하나 '나'는 새로운 삶의 결의를 충전한다. 「겨울 나비」는 승무원 지망생들이 겪는 힘겨운 구직의 형편, 그 와중에서 고등 사기 수법으로 이들을 절망케 하는 일당, 이를 고스란히 바라보며 당하는 화자 '정연'의 이야기이다.

이 소설은 이러한 사회악의 진행을 이야기의 흐름에 따라 보여주는데 그치지 않고, 소설을 쓰려는 화자의 심리적 욕망을 교묘하게 악용하는 유여경이란 인물을 그려 보인다. 대학 강사이며 외국어에 능통하여 승무원 임용 심사위원으로 나오는 이 '악녀'의 행위 반경을 매우 생생하고 실감 있게 형상화한다. 그 형상의 디테일이 강한 공감을 불러오는 만큼 이 소설의 설득력이 살아난다. 이처럼 지병림의 소설, 특히 비행과 승무원을 소재로 한 소설들은 숱한 '잉여인간' 가운데서 화자가 자기정체성을 찾아가는 소설 문법을 드러낸다. 여기 이 소설에서도 화자는, '모든 질문의 해답을 찾는 것 순전히 내 몫이란 사실'을 확인한다. 항공기 승무원과 비행, 그리고 그 일에 결부된 개인사 및 가족사의 동통(疼痛)을 그리는 지병림의 작품들은 이러한 새로운 소설 유형으로 한국문학에 하나의 새로운 지평을 열고 있다.

3. 약자 또는 소수자의 눈과 입지점

이 소설집에 실린 나머지 다섯 편의 작품은 모두 약자나 소수자의 눈으로 본 세상살이의 어려움을 말한다. 이 작품들의 화자가 가진 직장이나 신분은 보잘 것이 없다. 형편이 어려운 학원교사, 유치한(?) 신문사의 신입 직원, 비정상적인 산부인과의 간호조무사, 그다지 평판 없는 학교의 학생 등이 그 표찰들이다. 다만 「영원한 낙원」이란 작품의 '나'는 변호사의 지위를 가지고 있지만 그의 가정과 주변 환경 그리고 주변 인물들은 모두 앞서의 소설들과 별반 다르지 않은 열악한 외형에 있다. 왜 이 작가가 자신이 살아가는 세상, 그 삶의 현장을 이렇게 부정적이고 비극적으로 관찰하고 있는가를 먼저 해명하는 것이 필요하다. 그런데 이 의문에는 기실 정답이 없다. 우리가 접근할 수 있는 방도가 있다면, 그의 비극적 세계관을 통해서 그 인식의 내면풍경을 유추할 수 있을 뿐이다.

「영원한 낙원」의 화자 '나'는 역시 불우한 결손가정 출신이다. 외간 여자들과 밖으로 도느 라 늘 바빴던 아버지, 삯바느질로 번 돈으로 과자 값을 쥐어주던 할머니, 어린 아들을 버리고 팔자를 바꾼 어머니, 네 번이나 결혼을 한 아버지 곁의 계모들이 화자인 '민성'의 세계를 에워싸고 있는 인물 구성원들이다. '나'가 기를 쓰고 이러한 '개천'을 넘어 신분상승을 이룩한 것은 소설에서나 현실에서나 전례가 드문 일이지만, '나'는 그 세속적 성공담에 전혀 자긍심을 보이지 않는다. 한번 부서진 세계가 얼마나 회복하기 어려운가, 단순히 그 외관의 붕괴가 아니라 내면이 모두 무너져 내린 다음 그 복구가 얼마나 어려운가는 '나'가 어머니를 재회하는 장면에서 오히려 선명하게 부각된다.

수화기 너머로 남의 자식들이 엄마의 팔다리로 감겨들며 재롱을 떠는 단란한 가정의 모습이 그려졌을 때 내가 극복해야 했던 깊은 슬픔을 억누를 수 있었던 건 이런 날이 한번쯤은 반드시 있으리란 오기 때문이었다. 변호사가 되어 엄마를 만났지만 조금도 행복하지 않았다. 고생한 흔적이라곤 눈을 씻고 찾아봐도 없었다. 양귓볼과 목덜미에서 진주알이 대롱거렸다. 직업 화가라는 엄마의 손은 간신히 붓만 잡을 수 있을 만큼 작고 뽀얗게 여물어 있었다. 엄마의 예쁜 손을 보고 있자니 은연중에 성질이 났다. 내가 중국집 배달부가 되어 나타났다면 저 하얀 손으로 비질비질 땟국으로 얼룩진 내 손을 잡아주었을까…. 다문 어금니 사이로 힘이 들어갔다.

-「영원한 낙원」 중에서

이와 같은 예문을 통해 알아차릴 수 있는 것은, 지병림 소설의 비극적 세계관이 신분의 고하보다는 그 지경에 이른 인물들의 어긋난 삶의 행태(行態)에서 말미암는다는 것이다. 이와 마찬가지로 비록 다른 작품들의 중심인물이 하찮고 보잘 것 없는 신분을 가지고 있다 할지라도, 그를 절망과 패퇴의 자리로 몰고 가는 요인은 그 환경 조건이 초래한 내면의 낙담과 와해에서 기인한다 할 것이다. 「순정」의 은영은 생활이 곤궁한 학원교사인데, 마음속에 품고 있는 '준형'과 학원의 교무부장 사이에서 자신의 존엄성을 지켜내지 못한다. 이 인간관계 사이에는 서로의 결핍을 메울 수 있는 진정성을 발견할 수 없다. 하지만 작가는 이 난관을 넘어서는 소설의 힘을 포기하지 않는다. 은영은 삶이 잉태한 모든 결핍 또한 제 몫의 삶이라 여기며 준형의 얼굴을 뜨겁게 끌어안는다.

「인어의 집」에서 허술한 신문사 신입 기자인 양정희는 그 부당하고 치졸한 직장생활을 견디지 못하고 사표를 쓰고 만다. 거기에 반전이 있다면 그가 핸드백 속에 가위를 챙기며 결기를 다지는 마지막 장면이다. 「공범」의 화자이자 간호조무사인 '나'는 '행복한 산부인과' 원장의 낙태 수술을 돕고 조각난 태아의 몸을 맞추는 일을 한다. 종교적 또는 인륜적 차원에서 보면 이 일은 범죄이고 '나'는 공범인 셈이다. 비교적 괜찮은(?) 남편이 결국 '씨받이' 사건을 일으키고, 그 대상자에게 '특단'의 반격을 준비하는 '나'의 반응양식 또한 지병림 소설의 관습적인 면모에 부합한다. 어쩌면 이러한 이야기의 양상이야말로 그의 소설이 소설다운 가치를 발양하는 기반인지도 모른다.

「원 써머 나이트」는 불안정한 아버지와 어머니의 관계, 여전히 시원찮은 남자친구 '기훈' 등 지병림 소설의 전매특허가 그대로 살아 있는 작품이다. 명문대학 학생이라고 말한 기훈은 그 대학의 지방캠퍼스 소속이고, 나는 재수생을 거쳐 그나마 4년제 대학에 들어갔다. 기훈과의 관계를 통해 '나'는 필요 없는 것을 내던지고서야 필요한 것을 갖추어 나갈 수 있다는 사실을 깨닫는다. 이렇게 지병림의 소설들은 곤고하고 척박한 삶의 민낯을 넘어서 새로운 길을 찾아가는 의욕과 결의를 다지는 형국으로 전개된다. 단단한 소설적 형틀, 생동하는 인물들의 충돌, 극한의 상황을 헤치고 나가는 의지의 형용, 반복적인 이야기 구조를 통한 자기세계의 적층 등이 그의 소설을 호명하는 언어들이다. 이러한 성과의 연장선상에서 더 큰 울림으로 다가올 이 작가의 다음 소설을 기다려 보기로 한다.

세계와의 불화, 또는 그 치유의 잠재력

- 전정희의 소설

1. 불안정한 삶의 자리를 바라보는 눈

새롭게 상재되는 전정희의 첫 창작집은 자아와 세계의 불화, 부유(浮遊)하는 삶의 형식에 관한 질문, 그리고 그에 대한 해답을 찾아가는 과정들로 구성되어 있다. 소설은 작가 자신의 삶과 그 삶의 경험이 말하는 사회사적 척도를 발화하는 것이며, 어렵고 힘든 자리를 바탕으로 한 경우일수록 궁극적으로는 향일성(向日性)의 의지를 발현하기 마련이다. 소설에 있어서 '악'의 묘사는 그 극복을 위해 있다는 레토릭, 리얼리즘을 예술의 건전한 경향이라고 하는 미학이론, 한 시대의 희망을 그리는 참여문학의 존재양식 등이 모두 이 논리의 기반 위에 있다. 한 개인의 내면풍경을 드러내는 사소설(私小說) 또한 마찬가지다. 판도라의 상자 맨 밑바닥에 남은 희망 찾기는 전정희 소설에서도 그대로 적용된다.

단편 「두 얼굴의 여인」은 경쾌하고 속도감 있게 읽히는 작품이다. 화자인 '나'는 8년 전 연인이었던 '은수'의 기억을 찾아 춘천 행 전철을 탄다. 그 중도에 있는 '폐강촌역'을 찾아가는 길은, 군대와 학교를 마치고 중소기업 대리가 될 때까지 옛 여자를 잊지 못했다는 사실을 증거 한다.

그 길에서 화자는 '호호라면' 가게의 남자를 만나고, '강변찻집'의 여자도 만난다. 그런데 찻집 여자가 은수였던 것이다. 8년 전 아무 통보 없이 사라져서 배신감을 남겨준 그때처럼, 이번 만남에서도 화자에게 남는 것은 꼭 같은 배신감이다. 라면 집 남자가 은수의 남편이다. 화자는 왜 은수가 '지킬 박사와 하이드'처럼 양면의 얼굴로 사는지 이해할 수 없다. 바로 그 지점에 이 작가가 만나는 불안정한 세상, 어긋난 삶의 형용이 있다.

이와 유사하게 가볍게 읽히면서 동일한 어법으로 세상과의 만남을 말하는 작품이 「그 애」이다. 이번의 화자는 여자이고 '강철심장 같은' 차석준이란 남자와 헤어지는 일을 도모한다. 그와 같은 상황에 있는 여자 앞에 옛 학원 제자 강지호가 '선글라스를 낀 꽃 미남'으로 나타난다. 이들은 무슨 심각한 관계를 형성하는 바도 없고 감정적 충돌을 불러오지도 않는다. 하지만 심정적 거리를 좁히지 못하는 남녀와 그 사이에 장난스럽게 틈입(闖入)한 연하의 제자는 주목에 값할 만하다. 무엇보다도 거기에는 인간관계의 숨은 면모를 세미하게 포착하는 작가의 눈이 있다. 강지호는 그러한 측면에서 매우 효율적인 일탈의 인간상으로 작용하고 화자는 다시 세계와의 근원적인 불화를 감각한다.

2. 불확정성의 시대와 소시민 의식

'불확정성의 원리'는 독일의 물리학자 베르너 하이젠베르크가 1927년에 발견한, 현대 물리학의 기초이론인 양자역학의 핵심적인 원리 가운데 하나다. 이른바 "전자와 같은 입자의 위치 및 속도는 어떠한 방법으로도 동시에 측정할 수 없으며, 하나를 측정하는 순간 다른 하나가 변화하기 때문에 입자의 위치 및 속도를 단지 확률적으로만 알 수 있을 뿐"이라는 것이다. 당대 최고의 물리학자 앨버트 아인슈타인은 처음에 "신은 주사위 놀음을 하지 않는다"며 반박했으나, 나중에는 이를 수긍하는 데 이른다. 이 원리는 고도의 물리학적 이론을 전개하는 바탕이 되는 것이지만, 현대의 사회현상을 그 불확정성에 견주어 동일한 어법으로 지칭하기도 한다. 그때까지 통용되던 뉴턴의 역학이 원자 수준에는 적용될 수 없다는 점에서, 현대의 비정론성 및 탈일상성에 대한 하나의 상징이 된다.

전정희의 단편 「의심」은 5년 간 억울한 감옥살이를 하고 출소한 함정수라는 인물이, 자신을 버린 아내를 찾아 나서는 이야기로 시작된다. 그의 감옥행에는 여러 가지 변수가 개재해 있고 무고한 그를 모함한 음모가 숨어 있다. 이 복잡다단하고 진실의 추정이 어려운 현실이 곧 현대사회의 불확정성을 담보한다. 함정수를 영어(囹圄)의 길로 내몬 자는 실제로 살인을 저지른 현직 검사였고, 그의 장인은 현직 국회의원인 권력자였다. 비록 출소를 했다고 하나 5년 전의 진실을 밝힐 능력이 그에게 있을 리 없다. 그에게 남겨진 과제는 아내에 대한 믿음을 저버려서는 안 된다는 개인적인 일에 국한된다. 여기에 차마 외면할 수 없는 소시민으로서의 아픔과 슬픔이 잇대어져 있다.

또 다른 단편 「그 사람」도 그와 같이 심약하고 강단이 없는 소시민의 초상을 그려 보인다. 이 소설의 중심인물은 어느 방송국의 경영국 2년차 차제윤이란 여자다. 늦은 밤 귀가 길에 상처를 입고 골목에 쭈그려 앉아 있는 한 남자를 보게 되는데, 알고 보니 그 남자는 '간부 중에서도 가장 까다롭기로 유명한' 직장 상사 유차장이다. 차제윤은 결국 그를 집으로 데려가 치료해주고 보낸다. 그런데 이 유차장이 방송국 회장의 아들이라는 것이다. 유차장은 까뮈의 『이방인』을 매개로 차제윤에게 관심을 보이지만, 이 소설의 주인공은 그에게 곁을 주지 않는다. 무슨 확고한 신념이나 당찬 결의가 있는 정황이 아니다. 스스로의 분수를 너무 잘 알아서 미리 물러서는, 우리 시대 소시민의 가슴 아픈 비애가 거기에 있다.

3. 기구하고 운명적인 생애사의 범례

한국의 이병주라는 작가가 일러 '운명'이라는 단어가 등장하면 모든 토론은 종결이라고 언표(言表)한 바 있지만, 이는 그만큼 자기 인생을 자의대로 할 수 없다는 의미를 내포한 말이기도 하다. 그러기에 로마의 스토아학파 철학자 세네카는 "운명은 순응하는 자는 태우고 가고 거부하는 자는 끌고 간다"는 명언을 남겼다. 전정희의 단편 「연초중독」은 흡연의 중독으로부터 벗어나지 못해 마침내 친자 영아살인에 이르는, 한 소아과 여자 의사의 운명적인 삶을 보여준다. 우리가 주변에서 여름날의 맥고모자처럼 흔하게 목도하는 흡연이, 이처럼 엄혹한 결말에 도달하게 된다면 거기 운명이라는 언사가 동원되지 않을 수 없는 형국이다. 이 소아과 의사의 이름은 채금연. 여기서 언급한 사건 외에도 그 인생에 있어 말할 수 없는 질곡의 길을 걸었다. 그는 자신이 범인으로 지목될 것을 알고 있고 감옥에 갈 각오도 한다. 다만 그렇게 하면 '타의'에 의해서라도 연초를 끊을 수 있을 것이라는, 처절한 위안을 찾아낼 뿐이다.

다른 단편 「설화」는 온갖 불행의 조건을 끌어안은 채 성장한 한 남자의 이야기다. 그가 그 조건들을 회피할 방도가 없었고, 겨우 제 발로 설 수 있을 상황이 되었지만 여전히 과거의 굴레로부터 벗어날 수 없는 지경이라면, 이를 두고 운명이라는 언어 외에 달리 더 찾을 표현법이 없다.

'영준'이라는 이름의 이 소설 주인공은 탄광촌 광부였던 아버지를 잃었고, 어머니는 어린 그를 두고 떠나버렸다. 우여곡절 끝에 수산업 공장에 들어가 산업체 야간고등학교를 다닌 그는 전문대 물리치료학과를 나와 한 정형외과의 물리치료사로 일하고 있다. 참으로 기구한 그의 삶 가운데 물리치료를 받으러 온 여고생 K가 주인공의 동복이부(同腹異父) 동생이라는 것이다. K가 오빠라는 호칭으로 불렀을 때, 주인공은 그 운명의 소리를 뒤로 하고 직장을 떠날 결심을 한다. 이 소설의 다음 이야기가 어떻게 될지 알 수 없으나, 그로서는 감당할 수 없는 운명적 지점이기에 그렇다.

4. 아직 남은 판도라 상자의 비의(秘義)

서구 문명의 두 갈래는 그리스 신화에서 발원하는 헬레니즘과 성서에서 발원하는 헤브라이즘이다. 이 가운데 그리스 신화에 나오는 '판도라의 상자'는 인간에게 온갖 나쁜 요소들을 터뜨렸지만, 그 맨 밑바닥에 '희망'을 남겨두었다. 동시대 삶의 한 복판에서 온갖 힘겨운 담론들을 이끌어 낸 전정희의 소설이 그 마지막 희망을 여분으로 남겨두지 않았다면, 적어도 우리는 이 작가를 주시하는 시각에 인간적 신뢰를 담기가 쉽지 않을 터이다. 작가는 이와 같은 논리에 「묵호댁」이라는 단편으로 대답했다. 묵호댁은 묵호에서 태어나 바닷가에서 살다가 산골짜기 평창으로 이사와 그곳에 정을 붙이고 사는 한 여자의 이야기다. 그 묵호댁이 동네 사람의 금붙이를 훔쳤다는 누명을 쓰게 되는데, 정작 범인은 새로운 삶을 살겠다고 도시에서 귀농(歸農)한 젊은 경미네다. 묵호댁은 묵묵히 그 누명을 감당한다. 다른 사람의 사정과 슬픔, 제2의 고향인 평창 금당마을 귀농자를 지키려는 묵호댁의 넓은 아량이 그 속에 있다. 결국 누명이 벗겨지고 마을은 잔치마당이 되지만, 묵호댁의 심사와 행위가 어느 부면에서는 요령부득인 채로 인간에 대한 미더움을 일깨우는 소설에 해당한다.

「평정찾기」라는 단편은 결혼 8년차 어느 여자의 일상생활을 소재로 한다. '그녀'는 남편과의 불화를 극복할 의욕도 이유도 없다. 결혼 전의 정보와는 전혀 다른 남편, 사랑의 감정도 없이 환경에 밀려 결혼한 이후 아이가 생기고 타성적으로 살아온 삶이 일정한 한계에 당착했으며, 이제 남편은 연이은 외박으로 맞서는 불우한 가정의 모습을 연출하고 있다. '그녀'에게는 어디에도 탈출구가 없다. 운명의 덫에 걸린 다른 작품들의 등장인물이라면 극단적인 행동도 마다하지 않을 형편에 이른 셈이다. 그러한 그녀에게 소설의 말미는 난데없는 용기와 희망을 몰아다 준다. '이제라도 이 생활을 청산해야 한다고 생각'하자 새 힘을 얻고 평정을 되찾으며 눈을 감고 깊은 잠에 빠져든다. 왜, 어떻게 그것이 가능한가를 물어야 하는 것이 독자들의 첫 번째 반응일 수밖에 없다 그런데 그 용기와 희망이, 부연하여 말하면 인생에 대한 의무가 아니겠느냐는 물음이 독자들의 두 번째 반응이어야 할 것 같다.

5. 지금 우리에게 소중한 '희망'의 탐색

이 창작집에 수록된 유일한 중편 「유리병 하얀 새」는 이혼문제와 부부관계와 가정의 존립 등 우리 시대 삶의 여러 풍속도를 다각적으로 보여주고 있는 작품이다. 소설의 중심에 서 있는 '그'는 회사가 어려워져서 마음고생을 하고 있는 직장인이다. 그의 아내는 그러한 그를 이해하고 응원하는 심성을 지녔다. 어디 '부도 위기에 내몰릴지 모르는 불안한 회사'를 다니는 것이 동시대에 한 두 사람이던가. 아내는 불현듯 그에게 여행을 제의하기도 하고, 연이어 겨울 바다를 묘사하기도 한다. 그러한 시기의 그에게 한 여자에게서 전화가 걸려오고 그 여자를 만나면서 직장 동료, 아내의 친구 등 여러 인간사의 매듭들이 함께 엉키기도 하고 풀리기도 한다. 거기에 더 있다. '전란'이란 가슴의 한을 품고 살았던 어머니의 기억까지.

부부가 평생 함께 사는 일이 과연 '사랑' 때문인지 아니면 삶의 관성 때문인지 되묻는 신중한 질문이 이 소설의 갈피마다에 잠복해 있는 셈이니, 소설을 읽는 일이 작가와 같이 떠나는 인생 여행이라 해도 크게 틀린 말이 아니다. '신경성 위궤양'이 일반화 된 동시대 세태에, 누구나 감내해야 하는 저마다의 짐이 있다는 사실을 이 소설은 다층적인 삽화들을 통해 증명한다. 그러나 이 소설의 등장인물들은, 그것이 종내 작가의 세계관을 반영하는 일이 되겠지만, "남자와 여자라는 편견에서 벗어나 모두가 같은 인간이라는 차원에서 정신적인 교감을 충만하게 교류할 수 있다"는 결론을 향해 달려간다. 그러할 때의 소설은 빛이 난다. 그러할 때의 소설은 인생사를 잘 담아내는 그릇과도 같다. 다음은 이 작품의 마지막 대목이다.

> 그는 가볍게 묵례하듯 고개를 숙여 인사했다. 그리고 여인이 차에 오르자 그는 차문을 닫아주었다. 택시 안에 앉은 여인은 마치 유리병 속에 갇힌 하얀 새같이 보였다. 택시는 서서히 미끄러져 출발했다.

그는 떠나는 택시를 한참 더 바라보았고 택시 안에 앉은 유나는 뒤를 돌아 그를 바라보았다. 하얀 옷을 입은 여인의 눈이 이채롭게 빛나 보였다.

소설을 두고 인간사의 뒷그림이라고 생각하며, 그것이 우리 생애의 전면에 나선 어떤 변설보다 더 효율적인 감응력을 불러올 수 있다고 믿는 것이 인문주의자요 문학 예찬론자의 방식이다. 여기서 우리가 함께 읽는 진정희의 첫 창작집에는 세계와의 불화를 직접적으로 목격하면서도 그 높은 파고(波高)에 휩쓸리지 않고, 인간에 대한 신의를 되찾으려는 소설적 시도를 발견할 수 있다. 이는 앞으로도 이 작가가 우리로 하여금 더 진전된 작품을 읽게 해주리라는 기대를 촉발하게 한다. 문제는 삶의 실제적 상황이요 그것을 누구나 공명할 수 있는 소설 문법으로 되살려 내는 작가의 손길이다. 누군가가 인생은 짧고 예술은 길다고 했지만, 인생이 짧은데 항차 예술이 길 턱이 있겠는가. 삶의 희망을 탐색하는 전경희 소설의 순방향과 역방향이 모두 소중해 보이는 이유다.

비극적 세계관의 내면풍경과 서사의 힘

- 김현삼의 소설

1. 내포적 동통(疼痛)과 객관적 상관물

김현삼은 대학에서 영문학을, 대학원에서 PR광고학을 전공했고 체신부 공직에 근무하면서 소설을 썼다. 2014년 「빨간 허수아비」로 문단에 나왔으며 올해로 작가의 길에 들어선 지 7년 만에 첫 창작집 『탈피』를 상재 한다. 그의 소설들은 자신의 눈과 인식에 비친 세상이 왜 그토록 '문제적'인가에 대해 끊임없이 질문하고 있다. 어느 문학작품인들 자아의 대척점에 서 있는 세계에 대한 제각각의 비판의식이 없을까마는, 김현삼의 경우는 유독 이에 예민하고 그 반응 또한 지속적이다. 그의 소설들이 이루고 있는 작은 성채(城砦)의 전면에 '비극적 세계관'이란 명호를 내세운 이유다. 이 책에 실린 10편의 단편소설 모두가 그 공통의 규범으로부터 멀리 있지 않다.

이 글에서는 10편의 소설을 주제론적 관점에서 몇 개의 단락으로 구분하고 순차적으로 그것이 보여주는 소설적 의미를 밝혀 보려 한다. 먼저 내면의 고통을 '객관적 상관물'에 의지하여 드러내는 소설들이다. 여기서 말하는 객관적 상관물은 문학, 특히 시에서 정서와 사상을 표현하기 위하여 찾아낸 사물·정황·사건을 이르는 어휘로 T.S. 엘리엇이 처음 사용하였다. 개인적 감정을 그대로 나타내는 것이 아니라 어떤 대상을 차용하여 객관화하려는 창작기법으로, 이 정의에 포함되는 요소는 사람의 정서·간접화·자연물 등 세 가지다. 이 개념을 통해 검증해 보려는 소설은 「달팽이의 꼬리」, 「비둘기 세일」, 「빨간 허수아비」 등 세 편의 작품이다.

「달팽이의 꼬리」는 '외국인 울렁증' 때문에 회사를 그만두고 아버지 뒤를 이어 표구사를 하는 인물의 이야기다. 그는 '맘에 드는 여자만 보면 상대의 의사와는 상관없이 뒤쫓는 사람'으로 알려져 있는데, 기실 그 자신은 사람들이 잘못 알고 있다고 생각한다. 그와 같은 우여곡절 끝에 담화의 중심에 떠오른 '그녀'가 있고 더 나아가 그녀의 오빠가 등장한다. 그 오빠는 '멀쩡한 다리를 두고 맨날 잘려 나간 다리를 찾는 사람'이다. 이 소설의 화자와 그녀의 오빠는 어쩌면 형용만 다를 뿐 비슷한 정신적 동통(疼痛)을 앓고 있는 환자다. 그리고 이들의 상처와 아픔을 대변하는 사뭇 적절한 상관물로 '달팽이 꼬리'라는 상징의 매개가 소환된 것이다.

> 여러 개로 쪼개진 색색의 유리 조각을 통해 흘러드는 빛은 교회 안을 환하게 밝히고 있었다. 실장은 그 빛에서 오래도록 뭔가를 찾는 느낌이었다. 나는 그 모습에서 앞으로 내가 해야 할 유리공예 사업을 가늠했다. 실장의 시선에서는 어딘가로 훌쩍 날고 싶어 하는 새의 본능 같은 것이 느껴졌다. 그러다가 교회 안을 종종걸음으로 뒤졌다. 교회의 창은 모두 스테인드글라스로 마감돼 있었다. 어디든 비둘기가 있었다. 동생 순임 씨를 찾는 것이 분명해 보였지만 어느 곳에도 없었다. 나는 끈에 매달린 사람처럼 실장의 뒤를 따랐다.
>
> -「비둘기 세일」 중에서

「비둘기 세일」이란 단편은 회사원인 '나' 홍팀장과 그 회사 앞에서 '나'에게 비둘기를 팔겠다는 북한 곡예단 출신의 K, 그리고 회사 실장의 동생 순임 등 모두 가슴에 깊은 상흔을 가진 인물들의 조합으로 구성되어 있다. 예문에서 읽을 수 있듯이 이들을 객관화하여 관찰할 입장에 있는 실장의 행적을 따라가 보면, 거기 '새의 본능'이나 '순임'의 이야기가 잇대어져 있다. 특히 순임은 가족을 '광주사태로 셋이나 잃은 비극'을 끌어안고 있다. 교회 안의 스테인드글라스는 이들의 삶에 빛이 되지 못하는 현실을 암시하고, K가 가방에 넣어 들고 다니는 비둘기는 이들의 아픈 내면을 효율적으로 반사해 보인다. 「빨간 허수아비」에서는 그러한 객관적 상관물이 곧 제목의 '빨간 허수아비'다.

> 아빠는 나를 보자 웃었다. 반갑게 안아줬고, 동료들에게 자랑스럽게 소개했다. 처음 가본 아빠의 직장이지만 내가 상상했던 현장은 아니었다. 나는 결혼 한 달 만에 이혼하고 혼자가 돼 있는데, 아빠도 혼자 잘 버티고 있었다. 사람이 고통을 감내한다는 것은 쉬운 일이 아니었다. 고통을 아무렇지 않은 듯 넘기는 사람은 정상인에 가깝다는 생각이었다. 의사는 나의 그런 설명을 듣고 못마땅해했다.
>
> "뭘 어떻게 버티고 있다는 건가? 고통은 버티는 것이 아니라 해소해야 하는 거야!"
>
> 무슨 차이냐 싶다. 아빠는 퇴직한 상태였다. 사장으로서 퇴임식을 마치고 송별회까지 받았으면 직장을 떠났어야 했는데, 사장이면서도 워낙 현장 사람처럼 일한 사람이라 그 습관대로 아무렇지 않은 듯이 현장에서 일하고 있었다. 그 말을 들은 의사는 잠시 말이 없다. 그러다가 혼잣말처럼, 준비가 안 됐기 때문이라고 한다.
>
> -「빨간 허수아비」 중에서

이 단편의 화자인 '나'는 강인화란 이름을 가졌고 결혼 한 달 만에 이혼했다. '아빠'는 회사를 경영하다 실패하고 그 회사의 고용 사장으로 남았다가 실직했다. 그런데 그는 그 실직을 현실로 받아들이지 못하는 형편에 있고, 그것은 이를테면 하나의 질병에 해당한다. '나'가 이혼한 것은 신혼 한 달 직장을 쉬기로 한 결정에 남편이 이의를 제기해서다. 작가 또한 '한 달의 휴식이 이혼감이라니!'라는 문제 제기를 하고 있지만, 잘 납득 되지 않는 대목인 것은 분명하다. 다만 이들이 모두 가파른 삶의 언덕에 당착해 있다는 점은 명확해진다. '나'의 눈에 아빠는 '지평선 끝 빨간 소실점에 묶인 허수아비'로 보인다. 아마도 작가는 그 허수아비만큼, 또 허수아비를 유추하는 만큼 이들 모녀를 잘 형상화할 다른 길이 없다고 판단한 듯하다.

2. 육신의 침식과 탈각의 방정식

종교에서는 육신으로서의 몸, 정신으로서의 혼, 그리고 이 두 단계를 넘어서는 지고(至高)한 내면 영역으로서의 영(靈)을 구분한다. 이 각기의 영역에 대한 고찰이나 상관관계에 대한 구명(究明)은 여기에서의 소임은 아니지만, 분명한 것은 이들이 서로 긴밀하게 연동되어 있다는 사실이다. 몸이 건실하지 않은데 혼이 편안하기 어렵고, 더 나아가 영이 맑기란 더 어렵다는 논리다. 이 삼자의 관계성에 있어서는 물론 그 역방향의 작동도 당연하다. 영과 혼이 온전하지 않은 이의 몸이 평온하기 쉽지 않다는 뜻이다. 김현삼의 소설이 가진 비극적 세계관은 이 구성 인자들의 역학관계와도 관련이 깊다. 「석회암 지대」나 「탈피」 같은 단편들이 그렇다.

나는 정확히 언제부터 어제를 기억하지 못하는지를 알지 못했다. 기억이 없으니 기록으로 나의 과거를 살피는데, 기록상으로 나는 서울에서 태어나 서울에서 자랐고, 본적지로 돼 있는 이곳 정선으로 자원해 와서 폐광 부근의 폐광촌에 자리 잡았다. 경쟁을 피해서 지방 근무를 신청한 것인지, 취미를 좇아 온 것인지는 알 수 없다. 집에 수집된 나비가 가득하고 채집이 금지된 붉은점모시나비가 있는 것으로 봐서 붉은점모시나비 채집을 위해서 이곳으로 왔을지도 모른다는 생각이 들 뿐이다. (중략)

이력서를 볼 때마다 나의 잊힌 과거에 대해 전혀 궁금하지 않은 것은 아니었다. 군 복무 기간을 빼도 대학을 6년 만에 졸업했고, 졸업 후 3년이 지나서 경찰직 공무원에 합격했다. 주민등록초본에 기록된 마지막 주소지를 찾았더니 서울 외곽의 쪽방촌이었다. 부모의 지원이 끊겨서인지, 자립을 선택한 것인지는 알 수 없었다. 일기에 '간절히 원하면 된다. 하루만 기억하자'라는 글로 어림하건대 기억은 1년에서 한 달, 한 달에서 열흘, 그리고는 하루 단위로 줄었을 것 같았다. 폐광촌에 모여 있는 일명 '섶족'의 습성도 비슷했다.

-「석회암 지대」 중에서

「석회암 지대」의 중심인물이자 화자인 '나'는 경찰관이다 '나'는 과거의 기억을 잃은 채 자신의 기록을 보며 이력 관리를 하고 있다. 서울에서 자랐지만 지금은 본적지로 되어 있는 정선으로 자원해 와서 폐광촌에 자리를 잡고 산다. 그 기억상실증에서 벗어나기란 실로 쉬운 일이 아니다. 그러나 '나'는 이를 주위 사람들에게 철저히 숨기고 있다. 그런 만큼 '나'의 노력은 눈물겹도록 치열하며, 폐광촌 사람들을 보면서 기억 단위를 확대하려 한다. 그러한 와중에서도 최우수 경찰 표창을 받는가 하면, 사소한 교통 범칙에 대해서도 야박하기 그지없이 처리하는 치밀성을 보인다. 이 척박한 석회암 지대와 그것이 균열하는 소리는, 그에게는 기억의 묶음이 터지는 소리로 들린다. 이야기의 전개에 있어 사실성에 대한 의구심이 없지 않으나, 한 인간이 감당하는 정신지체 장애의 고통스러움은 손에 잡힐 듯 선명하다.

> 경치를 즐기는 것은 오래전에 포기한 일이다. 훌쩍 떠나고 싶은 마음은 알 것 같다. 아버지는 끝예가 황반변성 진단이 나왔을 때, 이미 각오를 하고 있었던 듯 술로 자책했다. 딸에게 2만 명에 한 명꼴로 발병하는 유전병을 전했다는 자책으로 키우던 어항만 남긴 채 광주에서 울산 근무를 신청해서 떠나고 말았다. 떠나는 날 할아버지도 오십이 넘어 앓았고, 실명했다는 것을 알았다.
>
> 끝예는 중심 시력을 잃기 시작하면서 고등학교 1학년생의 감정을 가져보지 못했다. 머리가 솟칠 일도, 가슴이 후련하게 외칠 일도 없었지만, 다행히 할머니로부터 판소리를 배우면서 그 둘을 경험했다. 모든 것을 모질게 포기해야 한다는 것, 익숙한 것을 포기할 때마다 아무도 '왜'라고 묻지 않았는데, 할머니가 가르쳐 준 창을 통해 가슴 솟치게 내뱉을 수 있었다.
>
> -「탈피」 중에서

이 창작집의 표제가 된 단편 「탈피」 또한, '끝예'라고 불리는 판소리 명창 전수 학생의 시각 상실이라는 장애의 문제를 다루고 있다. 끝예는 맨 끝으로 받은 마지막 제자라는 의미의 이름이며, 그런 만큼 그에 앞선 여러 제자들과 전수자인 명창과의 관계 등이 이 소설의 전개 과정을 점유한다. 명창의 전수 장학생인 하성예, 끝예의 아픔을 각자 다른 방식으로 이끌어 가는 할머니와 어머니 등의 역할은 궁극적으로 끝예의 육신이 침식하는 것과 그것을 딛고 탈각의 깨우침을 습득하도록 추동하는 소설적 장치에 해당한다. "갑각류는 탈피해, 투구 게는 평생 네 번 탈피하고 어른이 돼, 쟤들이 왜 탈피하는 줄 알아? 저걸 벗어야 더 커진 몸을 갖기 때문이야" 라는 하성예의 말은 끝예나 하성예, 그리고 우리 모두에게 함께 적용되는 하나의 인식지표일 수 있다.

3. 인생유전(人生流轉)의 어긋남과 맞서기

어느 삶, 어느 인생인들 장미꽃이 뿌려진 탄탄대로를 걸을 수만은 없다. 그 입에 금수저를 물고 태어난 귀한 신분 또한 이 범상한 이치를 벗어날 길이 없을 터이다. 김현삼의 소설처럼 비극적이고 어긋난 삶의 여러 유형을 관찰하는 경우에는, 그 작품의 등장인물들이 온갖 간난신고(艱難辛苦)를 헤치고 사는 까닭에 더욱 이 인생론에 부합하는 형국이다. 중요한 것은 소설을 통하여 그러한 상황을 설정하거나 표출하는 일이 궁극적으로 그로부터 벗어날 수 있는 암묵적 지평을 가늠에 보는 시도라는 데 있다. 그래서 일찍이 에밀 졸라는 '악의 묘사는 그 극복을 위해 있다'고 했었다. 이 작가의 소설 「소설가 김삼봉」과 「쇠똥구리와 마네킹」 같은 작품이 그렇다.

> 나는 김씨를 탐탁지 않게 생각했다. 용이 되지 못한 이무기 같은 사람이었다. 환경미화원과 담당 공무원의 역할을 구별하지 못하고 천방지축 나댔다. 고흥까지는 막히면 열 시간이 더 걸릴 수도 있다고 들어서 그와 함께 앉는 것을 피할까도 생각했지만, 헤드폰을 준비한 터

라 마지못해 앉았다. (중략)

서둘러 김씨의 시선을 피했다. 그는 평소에도 대체로 남의 일에 관심이 많았다. 말동무 삼아 자리까지 맡아 놨으니 가는 내내 그런 질문에 시달릴 것 같았다.

서둘러 헤드폰을 써버린 이유도 거기에 있었다. 김삼봉 선생을 만나지 못해도 상관이 없었다. 모텔을 예약해뒀고, 그가 말한 '깨터'만 봐도 즐거운 여행이 될 것 같았다. 나는 김삼봉 선생이 오래전에 쓴 소설 〈시간 유희〉를 다시 펼쳤고 의도적으로 볼륨을 높였다.

-「소설가 김삼봉」 중에서

이 소설은 추석 귀성 버스를 타고 남녘 고흥을 찾아가는 화자의 이야기로 시작한다. 화자 '나'는 벤처보육센터를 지원하고 감독하는 공무원이고 동행하는 김씨는 그 센터의 환경미화원이다. '나'는 고흥으로 소설가 김삼봉 선생을 만나러 가는 길이다. '나'는 김선생을 세 번의 승진 실패 끝에 한강을 찾았을 때 만났다. 서로가 참담한 형편에 있었으니 함께 마음을 나누었고 삶의 비밀을 공유하기도 했으며, '나'는 그로부터 간접적인 도움을 받기도 했다. 그러기에그의 소설 〈시간유희〉를 들고 그를 찾아간다. 그런데 말미에서 그 버스에 함께 앉아 있다 헤어진 환경미화원 김순동 씨가 소설가 김삼봉이었던 것으로 밝혀진다. 현실에서 있기 어려운, 그러나 있을 수 있는 어긋남의 한 범례다. '나'가 갈피를 잡을 수 없는 것은 비단 '호루라기 소리' 때문만이 아니다.

나는 쇠똥구리를 검색했다. 쇠똥구리는 은하의 별을 내비게이션 삼아 쇠똥을 굴리는 녀석이었다. 그 자세가 매력적이었다. 하나같이 앞발은 땅을 짚고 뒷발로 쇠똥을 굴렸다.

> 나는 쇠똥구리 자세로 마네킹의 어깨에 발을 얹었다. 그 자세를 취하자 쇠똥구리가 쇠똥을 왜 뒷발로 굴리는지 알 것 같았다. 앞발은 지구를 단단히 움켜잡고 있어야 하니까. 뒷발로 굴리는 쇠똥은 하나쯤 놓쳐도 되지만, 목표를 정하면 주변을 살필 겨를도 없이 죽기 살기로 밀어야 하니까.
>
> -「쇠똥구리와 마네킹」 중에서

이 소설은 마네킹 모델 퍼포먼스와 자재관리를 하는 화자의 이야기다. 특별한 일인 만큼 어려움도 많고, 가족들도 경원하는 일상을 감당해야 한다. '나'의 어머니는 '마네킹 백 개라도 너만 하겠냐'라는 응원을 보내지만, 마음이 답답하기는 매한가지다. '호넬'이나 '쩐찌민' 그리고 '부이찌민' 같은 다문화 친구들이 있는데, 이 또한 '나'의 궁벽한 현실을 드러내는 조력의 존재들이다. '나'는 어머니가 비유한 '풀밭을 떠난 쇠똥구리'와 자신이 부대끼며 안고 있는 마네킹을 동일한 존재태로 인식한다. '나'의 이 빈핍한 생활사의 고백은, 어쩌면 그것을 넘어설 수 있는 저항의 의지를 기다리고 있는지도 모른다. 만약에 그러하다면 그 소설 문법은 작가와 독자에 두루 적용될 수 있는 하나의 가이드라인을 형성할 것이다.

4. 세상사의 관계성과 통찰의 눈

사람과 사람과의 관계는 공적인 차원에서 또 사적인 차원에서 다양한 방식으로 작용한다. 여기에 학술적으로 접근한 이론을 '인간관계론'이라 부른다. 근대 이래 사회인으로서의 인간관과 그에 대한 관리 방식의 반성이 대두하면서, 특히 경영학에 있어서 새로운 시각을 가져오기도 했다. 그러나 사적이고 개인적인 차원의 관계는 극히 내밀한 유형으로 흘러갈 수 있어서, 객관적이며 공식적인 조명과는 거리가 멀다. 바로 이 지점에 문학 그리고 소설의 입지점이 효용성 있는 역할을 불러올 수 있다. 미상불 이러한 개별성의 깊이를, 이야기 문학의 중심에 있는 소설보다 더 잘 구현할 수 있는 문예 장르는 찾기 어려울 것이다.

> 나는 그날 처음으로 입체는 얇은 평면의 조합이라는 것을 이해했다. 인간은 분해될 수 있는 평면의 조합이었다. 입체가 평면으로 분해되고 나면 그 평면은 다시 선이 되고 점이 될 수 있었다. 얇은 수천의 측면이 모여서 부피를 이루는 감각의 알고리즘을 다 이해하기는 어려웠지만, 선생은 생각을 그렇게 하는 방법을 상세하게 설명했다. 하지만 그런 치환으로 아버지와 가깝게 지내는 것인가 하는 의문이 뒤따랐다.
>
> 선생은 이미 점이나 선으로 분해된 것처럼 말했다. 벌거벗은 임금님의 확신처럼 선생은 전연 부끄러울 이유가 없는 것처럼 행동했다. 그러면서 시작이 아닌 끝이라고 생각하라는 말도 했다.
>
> -「익숙한 결별」 중에서

「익숙한 결별」은 대기업 총괄 회장의 아들인 '나'의 세상과의 접촉점에 관한 이야기다. 명함에는 '책임연구원'으로 되어 있으나 실제로 오너의 직계다. '나'에게는 H란 오랜 친구가 있고 그와의 관계 속에서 세상사의 여러 체험이 다기한 모양으로 얽혀 있다. 이별 여행, 별장 휴가, 경영 수업, 렌탈 업 등 다각적인 체험의 형식들이 순차적으로 '나'의 행로에 떠오른다. 이 소설에서 그와 같은 일들이 구체적인 목표의 설정에 작용하지는 않지만, 적어도 '나'의 사유와 행위가 활성화하는 관계성의 범주를 설정하는 데는 유력하다. 이 소설이, 그리고 김현삼의 세계가 좀 더 유의해야 할 점이 있다면, 그 목표가 하나의 원활한 이야기 흐름을 이루도록 매설되었으면 좋겠다는 것이다.

> 국사봉에서는 상도동 너머 한강이 보였다. 한강을 넘는 철길도 보이고, 용산도 보인다. 시선을 조금 돌리면 관악산이다. 모든 것이 비현실적인 듯 뿌연 미세먼지에 싸여 있었다. 경찰과 나도 그 공기 속에 있었다. 온갖 건물 속에 사람이 들어차 있는 것이고, 그 건물 속의 사람들은 각자 자신의 방향을 향해서 내달리는 중이었다. 어쩌면 신념을 위해서 달린달까? 경찰과 나도 신념을 맞대고 있었다. 이제 신념은 자신을 지키기 위한 수단으로 전락하고 말았다. 생각해 보면 그저 그럴듯한 막연한 미래만 있었다.
>
> -「커튼의 반란」 중에서

「커튼의 반란」에 등장하는 '나'는 '국사봉을 오르는 보라매동의 골목 끝'에 있는 그린빌라에 산다. '나'는 커튼 가게를 하고 있고 옆집에는 여행사 가이드를 하는 여자가 산다. 옆집 커튼을 해주다가 '주거 무단 침입'에 연루되고, 문제를 제기하는 이는 그 여자가 아니라 '내년이 정년이라고 말한 경찰'이다. 이 두 사람 사이에 한편으로 공적이고 다른 한편으로는 사적이라 할 만한 밀고 당기기의 관계가 지속된다. 이들이 어쩌면 '신념'이라고 생각하는 각자의 취지와 입장은, 견고하지도 설득력이 있지도 않다. 문제는 여기에 있다. 바로 그와 같은 모호하고 생산성 없는, 그러나 우리 삶의 현실에 분명한 무게로 실재하는 그것이 작가가 인식하는 인간관계의 실체다.

이러한 인식의 방식은 「타인의 열차」에서도 유사하게 나타난다. 이 소설의 '나'는 '상수'라는 이름을 가진 목욕탕 때밀이이면서 욕을 잘하는 인물이다. 그런데 바로 그 욕 때문에 공연을 진행하는 감독과 같이 일을 하게 되고, 이 이율배반적인 관계가 이 작품을 이끌고 나가는 모티프가 된다. '나'에게는 동거하는 여자 '은소'가 있고, 이 상황과 더불어 소박하고 속 시원한 카타르시스도 촉발한다. 김현삼 소설의 장점은 이처럼 작고 단단한 공감과 이해 가운데 있다. 거기에 '타인의 열차'가 '나'와의 관련을 밀접하게 하는 경과가 있다. 우리는 이를 두고 소설적 서사의 힘이라고 호명할 수 있다.

지금까지 살펴본바 10편에 이르는 김현삼의 소설은, 모두 이렇게 크게 욕심내지 않고 인간사의 소소하며 곡진한 문법들을 이야기의 표면으로 밀어 올리는 힘을 가졌다. 이 범박해 보이는 글쓰기의 기량은, 오래 그리고 깊이 세상을 통찰하는 눈을 기르지 않고서는 확보하기 어려울 터이다. 이는 소설의 창작자와 수용자가 만나는 접점이면서 작품의 성과를 함께 나눌 수 있는 미덕의 소재(所在)이기도 하다. 동시에 그것은 우리가 이 작가의 다음 작품을 새 기대 가운데 기다려 보려는 연유이기도 한 것이다. 세상의 문리(文理)를 익히고 자기 세계를 형성한 다음 새롭게 출발한 소설 창작이 무엇보다도 작가 자신에게 축복이 되길 바라마지 않는다.

타자의 거울에 비친 자아정체성 탐색
- 배석봉의 소설

1. 글 머리에

배석봉은 1958년 대구 출생이고, 원적은 동해를 밝히는 섬 울릉도다. 대구에서 중학교 1년을 마치고 상경하여 이대부고와 건국대를 다녔다. 일찍이 문필에 경도되어 고등학교 때부터 문학반 활동을 했고, 대학에서는 학보사 기자로 일하며 습작을 했다. 재학 중이던 1979년 건대신문 문화상 소설 부문에 당선하고, 1980년 동아일보 신춘문예 최종심에 오르기도 했다. 당시 건국대에 적을 두고 학보사 주간을 맡고 있던 이동하 소설가, 국문과 교수로 있던 조남현 평론가, 그리고 정창범 평론가로부터 가까이 지도를 받았다. 건국대 문단의 김홍신, 김건일, 나호열, 오만환 등의 문인, 김한길 소설가 등과 문학적 교유가 있었던 터이니 천생 작가의 길을 갈 수밖에 없었다.

배석봉이 문단에 나온 것은 2018년 직장인 신춘문예 소설 부문 가작으로 입상하면서였고, 그런 연후에 3년이 지나 지금 이 첫 창작집을 묶게 되었다. 젊은 시절의 문학 행적에 비추어 보면 늦깎이인 셈이다. 물론 그동안 직장생활을 하면서 집중적으로 소설을 돌아볼 겨를이 없었겠으나,

그의 내면에서 불타고 있던 열정이 여전히 그 불씨를 강고하게 간직하고 있었던 것으로 보인다. 이 창작집에는 모두 8편의 단편소설이 수록되어 있다. 그의 소설들은 한결같이 자아와 타자의 관계성에 주목하고, 그 상호작용의 설정이 강박신경증에까지 진행되는 외형을 보여준다. 참으로 치열하게도 시종일관 타자의 거울에 비친 내면적 자아를 탐색하고, 그 의미를 궁구(窮究)하는 소설의 길이 그가 선택한 문학의 강역(疆域)이다.

소설에 있어서 자아의 개념은 궁극적으로 창작 주체인 작가의 형상을 반영한다. 이러한 자아의 각성과 문학적 요체로서의 확립이 이루어진 것은, 동서양을 막론하고 근대사회의 시발 또는 근대정신의 형성과 맞물려 있다. 서민의식 또는 민중의식이 성장하고 서민 자신이 자기 삶의 중심이라는 자각과 더불어 소설이라는 문학 형식이 길을 열었기 때문이다. 여러 본격문학 장르 가운데 소설이 시기적으로 가장 늦게 출발한 사유가 여기에 있기도 하다. 한 국가의 문학이 세계문학의 중심으로 진입하는 데 견인(牽引)의 역할을 한 것이 시보다 오히려 후발(後發)의 소설이었다는 사실을 여기에 견주어 볼 수 있다. 근대 이전의 시가 일견 '귀족'의 것이었다면, 근대 이후의 소설은 확연히 '대중'의 것이다.

이를테면 19세기 후반의 러시아나 독일의 문학, 사상이 범람하고 기법이 후진하던 그 문학을 세계문학사에 기록하게 한 것은 대체로 소설이었다. 세월이 흐르고 시대가 바뀌어도 러시아 문학의 황금기는 1850년경 톨스토이와 도스토옙스키가 출현하던 그 시기다. 이들은 끊임없이 자아정체성과 그 존재론적 의미에 대해 질문을 던졌다. 톨스토이는 아예 「인간은 무엇으로 사는가」라는 제목의 소설을 썼고, 도스토옙스키는 『죄와 벌』을 통해 이 문제를 총체적으로 추적했다. 그러기에 세계문학사에서 위대한 작가로 기록된 이들은, 묘사가가 아니라 해설가들이다. 그 이후의 많은 소설가가 이들의 뒤를 이어 자아 탐구의 구경(究竟)을 향한 문학적 발걸음을 옮겼다.

그런데 이 창의적인 문학의 역정(歷程)을 이끈 이들의 생애는, 그 자아의 심원(深遠)에 도달하기 위한 몸부림으로 힘겹고 고통스러운 것이었다. 사정은 다른 언어권의 작가들에게도 마찬가지였다. 19세기 후반에서부터 20세기 초반에 걸쳐 살았던 영국의 작가 D.H. 로렌스의 『채털리 부인의 사랑』도, '신비로운 타자성'의 인식에 전력을 기울인 경우였다. 타자는 마침내 자아를 반사하는 기능을 수행하지만, 그 지경(地境)에 이르도록 자아 정립의 주체인 창작자의 고통을 건너뛸 수는 없다. 1840년대 덴마크의 철학자 키엘케골이 만든 신조어 '실존적(existental)'이라는 말은, 결국 '우리의 삶을 어떻게 할 것인가'라는 질문에 답변을 내놓기 위한 것이었다.

이와 같은 삶의 실존과 자아정체성의 탐색은, 이를테면 오늘의 작가들이 짊어지고 있는 숙명 가운데 하나다. 당연히 배석봉과 그의 소설들도 그로부터 자유로울 수 없다. 한 세기를 넘긴 한국 현대문학에서 이러한 작품들의 문학사적 계보는 만만치 않다. 손창섭의 「신의 희작」을 비롯한 일련의 전후문학 소설들, 이청준의 「퇴원」을 비롯한 심리적인 소설들, 그리고 서영은의 「먼 그대」나 양귀자의 「숨은 꽃」 같은 내면적 동통(疼痛)의 소설들을 쉽게 떠올릴 수 있다. 이러한 문학사적 배경 위에서 이제는 배석봉의 소설들을 실제적이고 구체적으로 살펴볼 차례다.

2. 죽음 앞의 두 사내, 기묘한 동행

-「공범 연습」과 「떠나는 자와 남는 자」

「공범 연습」은 음산한 겨울밤에 포장마차에서 술을 마시는 두 사내의 이야기로 시작된다. 먼저 말을 건 사내는 두 시간만 같이 있어 달라고 부탁하고 군에 있을 때의 사건을 들려준다. 동료였던 '녀석'은 말년휴가를 나갔다가 귀대하지 않았고 애인이었던 여자와 음독자살을 했다. '다행인지 불행인지' 그는 죽고 여자는 살아났다. 사내는 '오늘이 살인하고 이틀째 되는 날'이라고 말한다. 결국 군대 친구의 애인을 죽였다는 것이다. 기실 이 모든 사실은 그의 토로에 의지하고 있을 뿐이며, 소설이 굳이 그 증거를 제시해야 할 이유도 없다. 그런데 이와 같은 사내의 인생 행로에는 그 바탕에 어린 시절부터 겪은 부모, 특히 아버지와의 불협화가 완강하게 잠복해 있다. 사내만 두고 분석하자면, 그의 강박증은 성장 환경의 피폐로부터 연동되어 온 것이다.

그런데 중요한 모티브는 이 사내의 이야기를 듣고 있는 화자 '나' 또한 그 내면의 통증이 만만치 않다는 데 있다. 그의 사연을 들으면서 화자는 '작년에 자살한 복수'를 떠올린다. 화자는 아직 복수가 무엇 때문에 죽었는지 모른다. 더군다나 소설에서는 화자와 복수의 관계도 분명하게 기록되어 있지 않다. 복수는 집을 나간 며칠 후 죽었는데, 그 전에 어떤 암자에 머물다가 여승을 훔친 후 바위에 머리를 박았다는 것이다. 화자와 사내에게는 허망한 죽음을 가까이서 경험했다는 공통점이 있다. 이들은 사내가 돌을 던져 수은등을 박살 내는 공공 범죄를 두고 '모종의 사건을 함께 저지르고 있는 공범'의 기분을 느낀다.

눈 때문에 별이 보이지 않았다. 겨울 바다에 가고 싶어졌다. 부서지는 흰 파도가 밀려오는 파도 소리와 함께 떠올랐다.

눈이 쌓이는 속도가 만만치 않았다. 사내에게 담배를 하나 주고, 나도 한 대를 물었다. 사내는 거의 다 탄 담배를 마지막으로 한 모금 더 빨고는 신경질적으로 공중에 꽁초를 튕겼다. 꽁초는 포물선을 그리며 허공을 날다 떨어졌다.

내리던 눈이 그쳤으며, 차가운 북풍도 느껴지지 않았다. 갑자기 너무나 많은 생명들을 보고 있다고 느껴졌다. 탈영병이 총을 들고 다방을 점거하여 인질극을 벌였던 뉴스가 생각났다. 죽음을 각오하며 최후로 벌이는 생명 연습이 탈영인 것은 너무 맞지 않아 보였다.

나는 자기 말을 마치고 꼬꾸라진 사내가 누구일까 생각했다. 당번병이 자살해 퇴역당한 중대장 혹은 선임하사. 나는 사내가 내게 준 봉투를 뜯을까 생각하다가, 부질없는 일인 것 같아 태워 버렸다. 사내의 흔적이 잠깐 반짝이며 빛났다.

눈이 다시 내리기 시작한다.

-「공범 연습」 중에서

겨울밤 눈 속에서 두 사내는 담배를 나눠 피운다. 이들의 관계가 '공범 연습'인 것은, 어떤 음모를 함께 꾸미거나 사건의 생성을 도모한 적이 없으며 단지 대화를 통해 심정적 차원의 접근에 머물고 있기 때문이다. 현실적으로 이와 같은 정황은 아무런 탄력을 받지 못할지도 모른다. 그러나 소설이라는 가상의 세계에서는 다른 일이다. 그것 자체가 충분히 생사를 가름하는 동인(動因)이 될 수 있다. 알베르 까뮈의 『이방인』에서 뫼르소가 살인자의 신분으로 전락하는 것은 단순한 심리적 기제로 말미암는다. 이러한 상황적 부조리가 심리적 강박을 매개로 담론을 전개하는 소설에서는 얼마든지 가능하다. 이 소설 「공범 연습」도 그렇다.

「떠나는 자와 남는 자」 또한 죽음 앞에 선 두 사내의 이야기라는 점에서는 앞서 살펴본 작품과 유사한 구도를 가졌다. 남한산성 중턱 산속 움막의 사내가 있고, 그를 관찰하면서 그 타자의 형국에 자신을 비추어 보는 '나'라는 화자가 있다. 화자는 각혈의 수준에 이른 병세로 '죽음의 냄새'를 맡는다. 명색이 집주인인 그는 늘 돌아앉아 도망간 애인의 나신(裸身)을 빚고 있다. 화자는 사내가 기거하는 움막의 두 방 중 다른 한 방에 산다. 죽음을 앞둔 자들이 머무는 공간이 된 곳이다. 사내는 '한 오 년쯤' 전에 애인과 헤어졌고, 그로부터 병이 악화되었다. 화자 또한 폐병으로 이 움막으로 기어 들어왔으니, 이들의 동행은 결국 죽음으로 가는 길의 합류인 셈이다.

> 사내의 시신을 장작더미에 올려놓고 불을 붙이기 위해 나는 혼신의 노력을 기울였다. 사내의 홑이불을 이용한 여러 번의 시도 끝에 나는 간신히 불을 붙이는 데 성공했다. 그리고는 방으로 가서 쓰러졌다.
>
> 나는 이제야 겨우 내가 있어야 할 장소가 어딘지를 알 수 있을 것 같았다. 사내처럼, 아무런 꿈도 희망도 가질 수 없다는 절망의 끝에서, 지난날의 꿈과 추억만을 곱씹다가 쓰러질 수는 없는 일이다. 이제는 나도 용기 있는 행동을 할 필요가 있었다.
>
> 나는 자리에 누워 사내의 방에서 찾아낸 유일한 유물인 수면제를 한 움큼 털어 넣었다.
>
> 청량산은 계속 사태가 났고, 그 밑 조그만 움막에서 피어오르던 연기는 길게 하늘을 긋다간 이내 사그라졌다.
>
> 나는 깊은 잠에 빠져들며 사내는 분명히 하늘로 올라가 멋쟁이 애인을 만날 것이라 되뇌었다.
>
> -「떠나는 자와 남는 자」 중에서

결국 사내는 먼저 길을 떠났다. 화자가 여러 모양으로 파악한 사내의 삶은, 복잡하고 파란만장한 것이었으며, 그 간난신고를 벗어나지 못하고 최후를 마쳤다. 이 우울한 삶의 모형은 화자에게도 전이되어 그 길을 따라가게 한다. 다만 여기서 새롭게 납득할 수 있는 요소가 있다면, 사내의 경우를 반면교사로 하여 화자가 선택한 길이 그나마 '용기 있는 행동'을 추구한다는 것이다. 화자는 '절망의 끝'에서 '지난날의 꿈과 추억'에만 잠겨 있다가 쓰러지지는 않겠다고 결심한다. 여기에 작지만 완강한 인간 의지의 위의(威儀)가 숨어 있다면, 사내의 삶은 화자의 결의에 유효한 반사경으로서 그 역할을 다한 것이 된다. 그 기묘한 동행의 값을 얻은 터이다.

3. 관계성의 이탈, 제3자의 존재
-「신기루」와 「버려진 혹은 잊혀진」

「신기루」는 '나'와 남편의 관계성에 관한 소설적 구명(究明)의 기록이다. 이 관계성의 성격을 부양하기 위하여 시어머니가 등장하고, 다른 한 사내의 존재도 필요하다. 나는 남편을 따라 섬으로 살러 온 여자다. '처음은 이 섬에 내리는 눈 때문'이었지만, 세상살이가 그렇게 만만하지 않다. '시어머님의 매서운 눈초리와 섬에서의 적막한 생활이 주는 단조로움'이 숨 막히게 한다. 시어머님은 '당신의 아들을 곁에 붙잡아 둘 수 있는 유일한 방편의 하나로 나의 머무름을 묵인'하고 있는 상황이다. 처음 만났을 때 남편은 '안식처'였으나 정작 필요해서 찾을 때는 사라지고 없는 '신기루' 같은 남자다.

몹시도 추운 날이었다. 그날도 나는 전날 늦게까지 술과 불면으로 새벽까지 잠을 들지 못했다. 밤을 새우는 내내 거친 바람이 창을 두드려댔다. 북에서부터 밀려오는 매운 겨울바람은 무시로 사람과 집과 거리를 파고들었다. 미친년 달래 캐듯 난분분 싸돌아다니는 왜바람 소리를 들으며, 나는 섬을 기억해냈고 남편을 생각했다. 남편과 들어간 섬은 나의 작은 목선을 대피시킬 수 있는 신기루였고, 남편은 나를 인도해줄 가장 완벽한 해도였다. 남편을 만났을 때도 그리고 지금도 나는 오아시스를 찾는 길 잃은 양처럼 헤매는 중이었다. 나는 시어머님한테서 쏟아질 꾸중과 수치심을 무릅쓰고 섬으로 들어가기로 했다.

남편의 위로와 사랑을 바라며 섬으로 돌아왔으나 정작 남편은 없었다. 남편은 내가 섬을 떠난 후 나를 찾으러 뭍으로 나갔다 들어오는 일을 반복하다가, 얼마 전 다시 원양바리를 떠났다고 했다. 시어머님은 무슨 책을 읽듯이 아무런 감정 없이 내게 얘기를 했으나, '무슨 염치로 다시 돌아와 억장을 지르느냐'는 원망과 질투가 담긴 도끼눈을 하고 있었다.

-「신기루」 중에서

이렇게 어긋난 관계의 구조를 바로잡을 힘이 '나'에게는 없다. 동시에 그 답답한 현실을 벗어날 길도 없다. '바다를 보며 혼자서 소주를 마시고' 있는 한 사내가 눈에 들어오고 '나'의 도발에 따라 그는 마침내 일정한 역할로 소설의 이야기에 편입된다. 그는 '댁의 남편'이 '조업 중 실족'으로 죽었다는 말을 전한다. 하지만 '나'는 '남편은 결코 실족하지 않았을 것'이라고 생각한다. '남편은 나를 찾기 위한 최후의 방법으로 스스로 바다에 뛰어들었을 것'이라고 유추한다. '나'의 남편이 실족하여 죽었건, 아니면 어떤 유의미한 종말을 조성하려 했건, 그는 '나'에게 신기루의 존재양식으로 남았다. 이 실종의 방식은 마치 이청준이 쓴 수발(秀拔)한 작품

「이어도」에서의 종결 논리와 비교해 볼 만하다. 이 작가의 이러한 인간 관계에 대한 천착은 또 다른 소설에서 계속된다.

> 죽 이 고 말 리 라. 사내는 그런 음모를 꾸민 후 혼자서 즐기고 있었을 잭슨 브라운과 그에 놀아나 사내의 뒤통수를 치고 날아가 버린 여자를 죽이리라 다짐했다. 하지만 그런 다짐과는 달리, 사내는 이내 이미 무력하게 뒷전으로 밀려나 있는 자신을 발견했다. 사내가 죽이리라고 맹세한 대상들은 이미 사내의 손을 벗어났다.
>
> 하지만 사내는 여자에 대해, 잭슨 브라운에 대해 가장 효과적이고 잔인한 방법으로 복수를 하리라는 생각을 굳혔다. 일장춘몽이나 미친 개에게 물린 것으로 돌리기에는, 여자에게 빠져있었던 사내의 자존심이 허락되지 않았다. 어찌 되었건 여자는 사내의 순수했던 사랑을 희롱했다. 그리고 지금은 노랑머리 잭슨 브라운이 자극적인 희분질을 할 때마다 주체하지 못하고 쭈뼛쭈뼛 서대는 말초신경이 만들어 주는 무한의 쾌락에 들떠, 사내의 사랑을 낄낄대고 웃으며, 장난치기 아주 재미있는 덜떨어진 사내였다고 농(弄)치고 있을지도 모를 일이다. 사내는 두 사람에게 완벽하게 복수하여, 그들의 기만을 누르고 자신의 잃어버린 자존심을 되찾으리라 생각했다.
>
> -「버려진 혹은 잊혀진」 중에서

「버려진 혹은 잊혀진」에 등장하는 주인공 사내는 '여자'에게서 버림받은 자다. 그러나 엄밀히 말하면 그가 버림을 받은 것이 아니고 계약 동거를 끝낸 여자가 약속대로 사내를 떠난 형편이다. 사내가 여자에 대한 복수를 꿈꾸는 것, 그리고 여자가 찾아갔을 것으로 여겨지는 '잭슨 브라운'이란 제3자까지 복수의 대상으로 삼는 것은 동거 기간에 저도 모르게 여자에 대한 애정을 가꾸었기 때문이다. 사내는 도회를 떠나 여자와 함께 살던 산골의 움막에서 복수를 위한 칼을 간다. 이 움막은 앞서 살펴본 작품 「떠나는 자와 남는 자」의 그 움막과 환경 조건이 거의 닮아 있다. 종내 사내가 복수를 달성할 수 있을지, 그 복수가 온당한 것인지에 대한 판단은 독자의 몫이다. 사내는 확실하게 여자가 두고 간 새를 죽일 태세인데, 그것이 복수를 대사(代射)할 수 있을지에 대한 수긍 또한 독자에게 남겨져 있다.

4. 대상과의 거리, 그 괴리와 불협화
-「뫼비우스의 띠」와 「바다의 혼」

「뫼비우스의 띠」는 보기 드물게 단편소설 안에서 두 인물의 시점(視點)을 교차하며 쓴 작품이다. 이렇게 바라보는 눈을 교대하며 소설을 진행하면, 여러 가지 장점이 있다. 우선 복수(複數)의 관찰자가 대상을 조명함으로써 훨씬 본질적이고 입체적인 담화의 범주를 형성한다. 동시에 이야기의 객관적 균형성과 소설적 사고의 다양성을 확보하는 데 유익하다. 그러기에 김원일이 「도요새에 관한 명상」이나 『노을』에서, 이문열이 『영웅시대』에서, 전상국이 「아베의 가족」이나 「여름의 껍질」에서 이 방식으로 성취를 이루었던 것이다. 다만 단편소설이라고 하는 소설의 분량을 감안하고 보면, 이를 사용하기에 궁벽한 후감이 없지는 않다. 그럼에도 불구하고 이 작품에서의 교차 시점 활용은 사뭇 잘 된 선택이다.

> 길을 떠나는 사람과 헤어지고 돌아서기에는 늦은 시간이었다. 몇몇의 전송객만이 걸음을 재촉하며 승강장을 떠났다. 버스가 출발하는

것을 보고 나도 돌아섰다. 지금 나의 마음이 편치 않은 것은 어머님의 부고를 통보받고도 미적대는 나를 그냥 두고 그녀 혼자 내려갔기 때문이다. 혼자 보낸 것에 대한 미안함뿐만 아니라 같이 가지 못하는 이유를 설명하지 못했기 때문이다. 인사하지 못한 그녀 쪽 가족이나 친척에 대한 부담, 아니면 며칠 서울을 비울 수 없는 중요한 일. 둘 모두 아닌데 나는 같이 가지 않았다. 어쩌면 그녀를 위해 아무것도 해줄 것이 없다는 자괴심 때문일지도 몰랐다.

그는 언제나 꿈속에 사는 이상주의자였다. 얘기를 잘해서 나를 웃게 만드는 타입은 아니었으나, 술이 좀 들어가면 겨울 같은 깊은 고립감이나 풍요 속의 피폐함을 얘기했다.

우연한 일이었다. 그에게 몸을 허락한 것도, 같은 지붕 아래서 한 솥밥을 나누며 먹게 된 것도, 그리고 서른이란 적지 않은 나이에도 불구하고 앞날에 대한 아무런 예비도 없이 그와 그럭저럭 생활을 함께 하는 것도 서로가 배반하지 못하고 있는 것도, 둘을 묶고 있는 감정에 의해서일 것이다.

-「뫼비우스의 띠」 중에서

두 예문은 앞의 글이 '남자'를 화자로 한 것이고, 뒤의 글이 '여자'를 화자로 한 것이다. 우여곡절 끝에 함께 묶여 사는 이들은, 남자가 혼자 '어머님 상가'로 떠나는 여자를 배웅하는 장면으로 출발한다. 남자가 그 어머니의 초상(初喪)에 '미적대는' 데는 그 나름의 사유가 있을 수 밖에 없다. 여자의 혼잣길 또한 만만찮은 파장(波長)을 예비한다. 이들은 길을 나누면서, 그 내면의 사유(思惟)공간을 한껏 확장한다. 그렇게 이들의 석연찮은 삶과 사랑은, 그 바닥까지의 면모를 독자 앞에 드러낸다. 남자는 '아직도 승낙받지 못하고 있는 둘의 관계' 외에도 '그녀의 가족을 부담 없이 만날 수 있다는 자신감'의 결여를 걱정한다. 여자는 남자에게서 '예측불허의 사내'라는 느낌을 받았고 그가 건네준 기차표는 '뫼비우스의 띠'로 기억에 남아있다.

뫼비우스의 띠는 좁고 긴 직사각형 종이를 한 번 꼬아서 양쪽 끝을 맞붙인 것으로, '풀려고 애쓰면 더 얽혀드는 매듭이자, 벗어날 수도 없고 시작도 끝도 없는' 띠를 말한다. 이는 안과 밖의 구별이 없는 만큼, 경계가 하나밖에 없는 2차원의 도형이다. 1858년 독일의 수학자 페르디난트 뫼비우스가 발견했고, 한국문학에서 1980년대의 억압적 사회상을 날카롭게 비판한 조세희의 동명(同名) 소설로도 널리 알려져 있다. 배석봉 소설의 '뫼비우스의 띠'는 두 남녀의 사랑이 그들 의식의 차원에서, 또 가족들과의 관계성 차원에서 모두 출구를 얻지 못하는 사태에 대응한다. 그렇게 사고의 주체와 타자의 거리가 좁혀지기 어렵고, 그 사이에 괴리와 불협화가 상존하는 소설의 유형이 또 있다.

> 낮의 거리는 조용했다. 시골 도시 특유의 정밀감이 오후의 대천읍을 감싸고 있었다.
>
> 끝까지 같이 하지 못해 미안해. 건강한 한 사람으로 살아갈 수 있도록 아픔을 삭이는 법을 찾았으면 해. 분노의 젊은 청춘이기는 하지만 더 이상은 이렇게 헤매는 모습을 보지 않았으면 좋겠다.
>
> 김의 마지막 말을 기억하며 비인행 버스에 몸을 실었다. 봄인데도, 전부가 건강히 살아 움직이는 봄인데도, 버스 안은 후덥지근한 열기가 가득 차 있었다. 버스는 개나리가 한창 피고 있는 지방 국도를 각기 다른 용무와 모습의 사람들을 싣고 달렸다. 낮은 능선을 끼고 모여 있는 촌가들은 봄볕을 함빡 받으며 누워있었다. 봄보리가 앞서거니 뒤서거니 하며 자라고 있는 경지 뒤로 맑은 하늘이 청아함을 한껏

펼치고도 있었다.

-「바다의 혼」 중에서

「바다의 혼」이 그렇다. 소설의 중심인물인 '사내'는 '김'과 함께 대천 바닷가를 찾았다. 사내와 김의 대화는 서로의 관심사를 나누고 있지만, 사내는 그로부터 자신의 생각이나 행동을 변경할 어떤 감응도 촉발하지 못한다. 사내의 강박감은 오히려 '선한 여자가 되어서 열심히 사랑하고 싶어요. 이번 여행은 혼자 가게 해주세요'란 말을 남기고 수화기 너머로 사라진 '그녀'에 잇대어져 있다. 바닷가의 동행이었던 김이 떠나고 혼자 남은 사내가 목격하는 시골의 좁은 어촌은 그 나름의 풍광과 활력을 보여준다. 사정이 그러하니 고뇌하는 한 영혼과 이에 반하는 경물(景物)들은, 양자의 상거(相距)를 더 크게 하고 불화를 조장한다. 그런데 이 또한 소설적 묘미의 하나다.

5. 환경의 재구성, 사랑의 진정성
-「아직 가지 않은 길」과 「백합은 향기로 남는다」

「아직 가지 않은 길」은 얼핏 로버트 프로스트의 「가지 않은 길」이란 이름 있는 시를 연상케 한다. 지금까지 검토해본 배석봉의 소설들은 거의 모두가 타자와의 관계 설정을 모색하면서, 그 운동 공간에 침윤하여 새로운 활로를 열어 보이지 못하는 경우가 다반사였다. 그러나 「아직 가지 않은 길」은 등장인물들의 관점을 전환하고 환경을 재구성하여, 두 사람 사이의 사랑을 또 다른 진정성의 차원에서 성찰하는 소설적 국면을 추동한다. '아직 가지 않은 길'이란 소설의 제목이 이미 그와 같은 이야기의 경로를 예정하고 있다 할 것이다. 이렇게 되면 범상한 인간관계와 사랑의 교류가 어느덧 전에 없던 활력과 전망을 담보할 수도 있다.

> "여자가 새로 태어나는 것은 사랑에 눈을 뜨면서이죠. 이 땅의 남자들이 새로워지는 것은 사랑, 결혼 같은 달콤한 것보다는 삼 년의 군대 생활을 먼저 거쳐야 하죠. 이것은 한 사람의 완전한 남자가 되기 위한 대한민국식 성인식이라고 보면 되죠. 하지만 나를 포함한 많은 남자들이 그것을 그렇게 쉽게 받아들이지 못하죠. 대부분의 남자들이 날짜가 적힌 영장을 받으면 많은 혼돈과 두려움에 빠지죠. 과연 잘 때우고 나올까 하는 걱정도 함께 하며 말이죠. 입영 전날 밤은 혼자 보내야겠다며 집을 나와 깎은 중머리로 인옥 씨를 만났을 땐 아무것도 생각할 수 없었죠. 누군가에게는 기억을 남기고 싶었어요. 그래서 내가 찾은 그 기억의 대상이 인옥 씨였죠. 하지만 그것은 처음 생각과는 달리 그때까지 쌓아왔던 둘의 탑을 단단하게 다지는 것이 아니라, 송두리째 뭉개는 그런 슬픈 시간이 되어 버렸죠."

한강의 네 번째 교각에서 만나오던 세윤과 인옥은 서로 간의 거리감을 극복하려는 최소한의 '의지'를 가지고 있다. 이는 앞에서 언급한 소설들에서는 잘 도출하기 어려운 것이었다. 그러한 성향이 세윤의 '탈영'을 막는 힘이 되었다. 인옥이 세윤을 두고 지속적으로 문제 삼는 바는, 입대 전날에 몸을 나눈 그 기억의 타당성이나 정당성에 관한 것이다. 그래서 일부러 다른 '입대를 기다리는 남자'를 만나 함께 밤을 보내기도 한다. 중요한 사실은 이들이 서로의 가슴 속에 숨겨두고 있던 말을 꺼내어 소통하고, 그를 통해 '같이 걷고 싶어 했던 길'을 걸어가기 시작한다는 점이다. 이와 같은 소설의 유형은, 앞으로 이 작가가 음울한 이야기의 터널을 빠져나와 화명(花明)한 경계를 열어갈 수 있을 것이라는 전망을 불러오게 한다.

> 산을 타다가 형이랑 별을 본다. 자신 있게 살아가지 못하는 자들은 모두 죽은 자라고 하던 형. 하지만 그런 형도 세상을 버린 것을 보면, 살아있는 자가 자신 있는 자인지는 모를 일이다. 모든 자들을 사랑할 줄 아는 용기를 가지라 한다. 어떻게 살아가는 것이 사랑하고, 사랑받는 삶인지, 깊은 사랑, 얕게 살아가는 자들.
>
> 별이 온 하늘을 덮고 있다. 이름지어 타박네란다. 걸치는 것 하나 없이 나 태어났던 고향, 어머님을 찾는다. 단 한 번 사랑하고 싶었던 분.

이 소설의 화자인 '나'는 병원에 입원해 있는 '신장 수술 환자'다. 그의 곁을 스쳐 지나가는 여러 인간 군상(群像)들은 그에게 크게 감동을 주지 못한다. '세상을 버린' 형이나 '단 한 번 사랑하고 싶었던' 어머니가 소설의 중심부로 육박해 들어오지 못하는 것은 그 때문이다. 하지만 '나'에게는 이들을 거부하거나 배척하는 기색이 없다. 언제나 시무룩한 '인턴', 병실에 술을 들고 온 친구, '고향을 찾지 못해' 술을 마시던 아버지 등과 화자는 긴장 관계를 형성하지 않는다. 그가 집중하고 있는 대상은 담당 간호사다. 그는 간호사가 '나를 사랑하고 있다'고 착각한다. 그런데 이 모든 관계 형성은 그래도 크게 무리 없는 순방향으로 작동한다.

그러기에 화자는 퇴원하고 어머니 산소를 갔다 오면 '정신이 맑아질 것'이라고 예단하는 것이다. 실상은 이처럼 사소하고 단발적인 작중 화자의 태도 변화에 이르기까지, 이 작가의 소설은 여러 모양의 정신적 굴곡과 복잡다단한 심리적 경로를 거쳐 왔다. 그의 작중 인물과 그 내부의 존재 자아가 세계와 접촉하고 길항(拮抗)하는 경과는, 환경과의 갈등이나 사람들과의 관계성 파탄이라는, 그리하여 강박신경증의 증상에까지 나아가는 고단한 것이었다. 이를 통해 자아 정체성의 확인과 치유 및 회복이 가능할 것이라는 추단은, 여기서 후반부에 살펴본 작품들과 더불어 가능했다. 유사 이래의 소설이 인간 존재의 탐구와 인간 구원을 향한 소박한 꿈을 포기하지 않았다면, 우리는 그 단초를 배석봉의 그 소설들에서 면대할 수 있었던 것이다.

사유의 범람과 해체의 글쓰기

- 이우연 장편소설 『악착같은 장미들』

1. 새로운 개안(開眼), 새로운 서사

참으로 오랜만에 정좌(正坐)하고 읽어야 하는 소설을 만났다. 일반적인 의미에서 옷깃을 여미고 자세를 바로잡는, 대상에 대한 존중의 뜻을 말하는 것이 아니다. 범상한 글 읽기의 태도나 각오로서는 그 깊은 바닥을 두드려 보기 어려운, 실로 만만찮은 작품과 대면하게 되었다는 의미다. 아직 그렇게 귀에 익지 않은 이름의 이우연이라는 작가가 '악착같은 장미들'이란 표제를 붙여 쓴 장편소설이다. 제본된 원고의 첫 장을 열고 다음 장으로 넘어갈 수가 없었다. 딱히 문장이 어려운 것도 아니고 읽기 어려운 비문(非文)이 있는 것도 아니었다. 그런데도 쉽사리 눈길을 옮겨 책장을 넘길 수 없는 이유가 무엇인지 생각해 보았다.

그것은 이 작가의 문장이 형성하고 있는 의미의 집적 때문이었다. 사소한 언사들을 모아 작은 의미의 단위를 만들고 그 작은 요소들이 점진적으로 어떤 의미화의 노적가리를 만들어가는 기묘한 언어 운용의 형식이 거기 있었다. 일찍이 1930년대 이상의 모더니즘 문학이 보여준 작품 구성의 패턴을 보는 듯하고, 좀 더 시야를 넓혀 보면 니체가 『짜라투스트라는 이렇게 말했다』에서 구사한 단절과 연계의 의미망을 목도 하는 듯도 했다. 동시에 그의 내면세계를 투영한 작품 속의 서사는, 때로는 기괴하고 충격적이며 또 때로는 중층적이거나 입체적이었다. 지리잡박(支離雜駁)한 온갖 사유가 모여 하나의 완성된 형체를 이루는, 근자에 듣도 보도 못한 글쓰기의 유형이라 해야 옳겠다.

윌리엄 포크너의 단편소설 가운데 「에밀리를 위한 장미」라는 것이 있다. 19세기 후반의 미국을 배경으로 하는 이 소설은, 한 여자의 집념이 얼마나 끈질기고 악착같으며 얼마나 음산한 결말에 이르는가를 말한다. 집념으로 말하자면 서정주의 시 「신부」 또한 그에 뒤지지 않는다. 이우연의 이 소설에는 그처럼 집요한 의미의 천착이 편만해 있다는 후감이 남는다. 그런데 이렇게 단정적으로 말하기에는 이 소설의 외연과 내포가 훨씬 더 다양다기하다. 알베르 카뮈가 『이방인』에 매설한 의식의 분절, 김동인이 「광화사」나 「광염소나타」에서 선보인 탐미주의, 장용학이 『원형의 전설』에 풀어놓은 사변적 어투, 최인훈 소설 또는 희곡에 잠복해 있는 관념의 유희 등이 이 소설 곳곳에 숨어 있는 까닭에서다.

그도 그럴 만큼 이 작가는 자신의 내부에 들끓는 용광로와도 같은 아이디어와 열정, 그로부터 촉발된 글감을 이로정연(理路整然)하게 제어하기 어려운 형국에 처한 듯하다. 알고 보면 한 작가에게 이보다 더한 축복이 있기 어렵다. 거의 모든 작가가 선물처럼 섬광처럼 찾아오는 글쓰기의 영감, 곧 영혼의 충격파를 기다리지만, 그것은 결코 여름날의 맥고 모자처럼 쉽거나 흔한 일이 아니다. 그런데 우리가 여기서 만나는 이우연은 그 귀한 축복을 고스란히 받아 누리는 작가로 여겨진다. 이 소설이 가진 난해성과 난독성에도 불구하고 그를 주목 해야 마땅한 작가로 간주하는 것은 바로 그러한 이유 때문이다. 하기로 한다면, 그는 그렇게 대작(大作)에 도전할 수 있는 작가다.

당연히 문제는 남아 있다. 그의 글쓰기가 주체하기 어려운 격정의 토로나 그것을 반영한 결과에 그치지 않고, 우리 시대에 독자적이면서도 독보적인 작품의 산출에 이르기 위해서는 스스로 다짐하고 성찰해야 할 과제들이 있다. 먼저 자신이 가진 다채로운 관념의 형상들을 함부로 방목하지 않고, 그것을 더 의미화하고 구조화하고 이야기화해야 한다는 것이다. 소설이 단순한 작가의 발화에 그치는 것이 아니라 독자의 눈길 아래서 완성되어야 하기에 그렇다. 그와 같은 과정을 통해서 보다 정돈된 주제, 정제된 문장, 전파력 있는 표현법을 확보해야 한다. 더 나아가 읽기의 재미나 유익을 담보할 수 있다면, 누구도 흉내 내기 어려운 그의 재능은 '꿩 잡는 매'가 되고도 남을 것이다.

2. 이 작가의 궤적과 방향성

이우연은 1998년 서울 출생이다. 이제 겨우 20대 중반에 이른 약관의 나이이다. 이는 앞으로 그에게 창창한 미래의 날들이 남아 있음을 예고한다. 아직 수학(修學) 중에 있으되, 그 전공이 미학과 심리학이다. 소설의 몸체를 이루는 서사들이 이 전공 분야의 특성과 멀리 떨어져 있지 않아 보인다. 대학 입학 이전에 여러 유수한 문예 대회 수상 경력이 있으니, 그 필력에 있어서는 이미 예비 검증을 거친 터이다. 벌써 9편의 단편소설을 썼고 〈경북일보 문학대전〉 소설 부문 입상 경력도 있다. 여러 문예지에 시와 단편소설 신인상 수상으로 등단 기회가 있었으나 이를 거절하였다. 미상불 특이한 경력과 성정(性情)의 소유자인 것은 틀림이 없다.

이 아직 젊은 문필가는 시대와 역사 문제에 관심이 많다. 그는 〈SUN

CORE〉 인문 프로그램으로, 로마 바티칸 비밀문서보관소를 견학한 적이 있다. 거기는 오래도록 잊혔던 조선 천주교 박해 라틴어 기록을 볼 수 있는 곳이다. 이러한 경험을 통하여 작가는 과거의 역사가 미래의 공동체와 불가분의 관계로 엮여 있음을 체득했다. 세월호 사건, 위안부 문제가 타인의 고통이 아니라 우리의 아픔임을 깨닫고 쓴 장편소설 『붉은 사막 초록 장마』가 있다. 그는 "언어를 잃어 온전히 울지 못하고 서럽게 견디고만 있는 이들의 울음을 대신 울어주기 위해 글을 쓰려 한다"고 언명(言明)했다. 마침내 '애도 되지 못한 죽음'을 살고자 한다는 것이다. 일찍이 어느 시인의 출사표도, 또 반대로 어느 작가의 절필사도 이렇게 '장엄'하기 어려웠다.

작가가 장편소설 『악착같은 장미들』에 대해 직접 쓴 '작품 소개'를 보면, "경악하는 히스테리 짐승들의, 즉흥적인, 음탕한, 불결한 소음들의 장소다. 동물들의, 동물일 수 없는 여자들의, 너무 느끼는 자들의, 아무것도 느낄 수 없는 자들의, 내가 발견한 실종자들의 이야기이다"라고 설명했다. 작가가 타자로 설정하고 있는 대상인 '그들'은 실상 온전한 타자가 아니다. '그들의 욕망에 대한 나의 욕망으로' 글을 쓰고 '죽어가는 자들을 살리는 대신 죽어가며' 글을 쓰고 그들을 '감히 우리라고' 부른다. 그들이 추락했다는 소문을 듣는가 하면, '죽어가는 검붉은 날개, 끔찍할 정도로 불결한 바퀴벌레의 날개로' 글을 썼다는 것이다. 그의 글을 처음 만난 독자는 이 요령부득의, 난삽하고 복잡다단한 변설(辯舌)에 기함을 할지도 모른다. 그런데 이 경우의 독자는 그의 독서로(reading path)를 바꾸는 것이 좋다.

의식의 정제된 절차를 따라 선형적(線型的)으로 읽기를 포기하고 비선형성의 방식을 따라가면, 곧 의미의 외형적 정렬을 놓아버리면 이 작가의 글은 한결 쉽고 재미있다. 아마도 작가 자신은 독자가 그러한 독서 패턴으로 따라와 주기를 원하는 것 같다. 예를 들어 니체의 『짜라투스트라는 이렇게 말했다』나 릴케의 『말테의 수기』는 책의 중간을 열고 어디서 시작해서 읽어도 논리적 균열이나 누락이 없다. 오늘날 디지털 문화의 시대에 부응하는 글쓰기나 글 읽기가 모두 이러한 접근 방법의 연장선상에 있다. 두꺼운 사전을 펴놓고 가나다 그리고 알파벳 순서에 따라 단어를 찾는 시대는 이미 지났다. 비선형적으로 단어의 일부를 제시하여 곧바로 그 중심에 당도하는 형태의 삶이 우리 곁에 있는 것이다.

문학의 장르에 있어서도 이미 하이퍼텍스트 문학이 창작과 수용 양면에 걸쳐 실용적으로 운영되고 있다. 이우연의 소설은 이렇게 변화하는 시대적 상황 가운데, 그 깊은 데에 그물을 던지고 있는 새로운 감각의 문학 행위에 해당한다. 물론 그 글들의 기저에는 감각과 정서보다 지성 또는 이성을 더 중시하는 주지주의의 태도, 예술 그 자체를 자족한 것으로 보고 윤리적·정치적·비심미적 기준을 배제하는 탐미주의의 경향, 그리고 세계 내의 인간 실존에 대한 해석에 주력하여 실존의 구체성과 문제적 성격을 강조하는 실존주의의 방식 등이 얼굴을 감춘 채 웅크리고 있다. 이토록 획기적이면서도 난감한, 사뭇 독창적인 소설이 이 작가의 것이다.

3. 22개 담화의 흥왕한 잔치

이우연의 『악착같은 장미들』은 서문에 이어 모두 22개의 단락으로 이루어져 있다. 맨 첫 단락 「불판 위의 붉은 구두」를 읽을 때부터, 앞서 언급한 바와 같이 독자는 소설적 이야기의 서사적 흐름을 찾아내려는 노력을 미리 시작하지 않는 것이 좋다. 이 소설은 불판 위에서 춤을 추는 여자로 시작하고, 어느 순간 그 여자가 얇고 넓은 철판 위의 암탉으로 치환되는 의미의 변화 또는 존재의 변용이 도입된다. 이 불편하고도 예민한 메타포(metaphor)는 소설의 종막까지 이어지고, 그동안에 작가는 그가 펼쳐놓을 수 있는 온갖 부류의 담론을 밀물처럼 부려놓는다. 이 새로운 담화 구조에 익숙해지면, 그의 소설이 굳이 재미 없을 바도 아니다.

이 소설, 장편소설로 명명된 이 작품에 실려 있는 이야기들은 일반적인 장편소설이 가지고 있는 그 스토리 전개의 순차적인 항목을 따라가지 않는다. 그러하자면 중심인물과 그와 연관된 인물의 구성 그리고 그들이 엮어나가는 사건 구조가 제시되어야 할 것이다. 그러나 이우연은 당초부터 그렇게 소설을 쓸 의향이 없었다. 만약에 억지로라도 하나의 연속성을 포착하자면, 여러 항목 가운데서 단절 없이 사유하고 발화하는 존재자아의 지위를 지목할 수밖에 없다. 「재림 예수」에서는 '나는 예수의 재림이다'라는 매우 도전적인, 기독교 신앙의 입지 위에 서 있는 사람이 보기에는 더없이 참람(僭濫)한 서두로 문을 연다.

그 발상 자체가 이미 상식적인 묘사나 서술의 지경을 넘어서 있다. 예수의 신성이 '시간과 공간의 물리적 제약으로부터 자유로운 존재'에 의거해 있으므로, 끊임없이 부활하는 그 속성이 '나'의 자각과 인식에 잇대어져 있다는 논리다. 화자는 성경의 원론적인 비유들을 원용하여 부모와의 관계, 죄와 용서의 문제 등을 자기 논리에 실어낸다. 그의 담화·담론을 일관성을 가진 이야기의 흐름이나 합리적인 추론에 근거한 결말로 인도되기를 바라는 것은 처음부터 무망한 노릇이다. 이우연 소설의 성과는 그 논리를 밀고 나가는 과정 가운데 존재한다. 그러므로 바이올린 교습이나 E flat 연주의 금지를 상식적인 평가의 잣대로 계측해서는 답이 나오지 않는다. 화자는 그에 대한 '순수한 욕망'이 '이전에는 한 번도 존재한 적도 입증된 적도 없는 현상'임을 강변한다.

이러한 인식론적 상황을 포괄적으로 그리고 항시적으로 수용하고 있는 것이 이우연의 소설이다. 이 작품의 마지막 항목을 장식하는 「늑대와 소년, 그리고 소녀의 물방울」에는 소년과 소년이 집에 있다고 말하는 동생, 그리고 '검고 짙은 주둥이'를 가진 늑대가 나온다. 늑대는 소년에게 '넌 검은 숲에 오지 말았어야 했어'라고 말한다. 이 소설에서 '소녀의 물방울'이나 '검은 숲의 피아노' 등은 그것이 가진 일반적인 의미의 지평을 밟아가지 않는다. 이 개념들은 어느 자리에서건 그와 연동된 관념적 의미로 변신할 수 있다. 소년이 '자신이 유령'이라고, '검은 숲의 늪에 빠져 죽었던 유령, 뼈조차도 남김없이 사라져 떠오른 투명한 사유'라고 소리치는 장면은, 바로 그와 같은 존재론적 가역성(可逆性)을 대변한다.

이 두 존재의 관계에서는, 앞서 검토한 바와 마찬가지로 정연한 서사적 전개나 상호 간의 관계성을 찾을 수 없다. 이우연은 애당초 그것을 멀리 던져버린 글쓰기의 행보를 유지해 왔다. 소설적 상황은 좀 다르지만, 소설을 형성하는 이야기의 '등뼈'를 도외시하고 '지금 여기'의 현상적 서술에 몰두하는, 누보로망의 서사 기법과 닮은 측면이 있다. 그런가 하면 세계문학사에서 만나는 올더스 헉슬리의 주지주의나, 오스카 와일드의 탐미주의, 그런가 하면 프리드리히 니체의 실존주의 등의 여러 사조(思潮)가 함께 얼크러진 형용을 볼 수 있다. 이처럼 재능이 뛰어나고 특출한 지적 함량을 갖춘 작가가, 이 빙탄불상용(氷炭不相容)의 개념과 관념들을 풀어서 보다 정돈된 길로 인도할 수 있다면, 우리는 우리 시대의 젊은 '천재' 한 사람을 만나게 될 것이다.

「소나기」 오마주, 새 이야기와의 만남

1. '사랑의 원형'을 잇는 다양한 서사

황순원의 「소나기」는 이른바 '국민 단편'으로 불리는 한국문학의 백미 편이다. 이 작품이 발표된 것이 1953년이니, 아직 6·25동란의 포화가 멎기 전이다. 왜 작가는 그 동족상잔의 엄혹한 전쟁 가운데서, 시대적 상황과 절연된 이 첫사랑 이야기를 소설로 썼을까. 서울에서 전학 온 병약한 소녀와 순진무구한 시골 소년이 처음으로 마음을 여는 아름다운 이야기. 우리가 세상을 살아가면서 잊어버릴 수 없고 잃어버려서도 안 되는 동심의 순수성이 거기에 있다. 작가는 이 근원적인 사랑의 힘이야말로 온갖 험난한 시대사의 파고(波高)를 넘어서게 하는 추동력이 된다고 말하려 했던 것이 아닐까. 황순원 문학의 핵심을 이루는 인본주의 사상에 비추어 보면 충분히 그럴 수가 있다.

「소나기」라는 소설은 그 주제가 보여주는 청신한 울림, 여운, 감동도 그러하려니와 단단하게 축약되고 곁가지 없는 순우리말 투의 문장만으로도 그 미학적 가치를 인정받는다. 이 작품은 한국문학의 소설 가운데 가장 많은 OSMU(One-source Multi-use)를 생산한 경우가 아닐까 한다.

우리는 곳곳에서 영화, 연극, 뮤지컬, 만화, 애니메이션 등의 다양한 장르로 변형된 「소나기」를 만났고 이를 패러디한 새로운 유형의 창작을 목격하기도 했다. 황순원문학촌 소나기마을에서 엮은 『소년, 소녀를 만나다』(문학과지성사, 2016)는 그 대표적인 사례에 해당한다. 황순원의 문맥(文脈)과 학맥(學脈)을 이어받은 9명의 작가가 「소나기」 이후, 소녀 사후의 이야기를 짧은 소설로 쓴 것이다.

이번에 새 얼굴로 출간되는 『소나기 그리고 소나기』는 이와 유사한 기획 의도를 갖고 있으나, 그 세항(細項)에 있어서는 한 걸음 더 앞으로 나아간다. 이 책에 실린 11편의 소설은, 우선 '스마트소설'이란 동시대의 선진적 장르를 바탕에 깔고 있다. '소나기'라는 시간적 공간적 환경, '소년 그리고 소녀'라는 인물의 구성, 그로 인한 '서정적 깊은 감응'을 이어받되 각기의 이야기에는 아무런 족쇄도 채우지 않는 것이었다. 또한 이 작품들의 창작자에 있어서도 그간의 눈에 보이지 않던 경계를 과감히 허물었다. 한국 문단에 수발(秀拔)한 이름을 가진 기성 작가들과 미등단 작가들의 스마트소설 공모전 당선작을 구분 없이 실었다. '소나기가 내리는 지상에서 모두가 잠시 유숙하고 가는 문학적 마음'을 지표로 삼았다는 것이다.

이 글의 소제목으로 '사랑의 원형을 잇는 다양한 서사'라는 호명을 부여한 것은, 어쩌면 우리 가슴속에 아직도 온기 있게 남아 있는 처음 사랑의 기억을 소중하고 조심스럽게 소환해 보자는 뜻을 가졌다. 또한 기획자가 작가들에게 요청한, 「소나기」에서 제시된 사랑의 원형을 이 시대 우리들의 삶 가운데로 이끌어 달라는 그 소망을 되새겨 보자는 의미도 있다. 참으로 중요한 것은 한 편의 유다른 작품을 읽는 경험이 아니다. 그 작품과 더불어 우리가 환기할 수 있는 우리 삶의 어리고 순수하던 시절,

그 시절로부터 다시 깨우침을 얻는 일이다. 그러기에 일찍이 영국의 낭만파 시인 윌리엄 워즈워스(William Wordsworth)가 '어린이는 어른의 아버지'라고 언표(言表)하지 않았던가.

'계절이여 마을이여 상처없는 영혼이 어디 있는가'는 A. 랭보의 시 한 구절이다. 그런데 그 상처는 모두 각양각색이고 천태만상이다. 인간의 마음이 세상을 담는 하나의 소우주이기 때문이 아닐까. 첫사랑의 기억 또한 그렇다. 아프고 슬프고 힘겨웠던 통과제의의 시간이었다 할지라도, 세월이 흐른 후엔 아름다운 빛깔만 남는다. 망각은 엄혹한 상처조차 곱게 다듬는 마력이 있는 까닭에서다. 어리고 젊은 날에 운명처럼 만난 첫사랑의 '그대'는 어른이 되고 노인이 되어서도 여전히 가슴 설레는 동경의 대상이다. 그 세월 저편에 숨은 기억과 그러기에 아름다운 광휘가 가시지 않는 첫사랑 이야기들을 여기서 함께 살펴본다.

2. 세월 저편의 기억과 그 아름다움

윤대녕의 「후포, 지나가는 비」는, '스무 살이 되던 대학생 새내기 시절'에 화자가 만난 '그녀'의 이야기다. 그것이 단지 우연이었는지, 어떤 환영에 이끌렸던 것인지 되뇌어 보는 화자의 심사는 아무래도 후자 쪽으로 기울어 있기 십상이다. '울진 후포 사람'인 그녀는 사투리를 쓰거나 고향 음식을 먹는 일, 두 사람의 관계에 대한 대화 등에 있어 거침이 없고 활달하다. 이들은 울진 후포와 불영사, 양수리를 함께 다녔다. 이들이 작별을 고한 것은 화자의 마음속에 남아 있는 '초등학교 때 무척이나 좋아하던 여자아이' 그리고 그 아이의 꽃무늬 원피스 때문이다. 그 아이는 유년에 일찍 세상을 등졌다. 세월이 무상하게 흘러 화자는 오십 대 후반에 이르렀다. 강화도를 갔더니 거기에도 후포항이 있었다. 소녀 아이, 그녀, 그리고 이제 돌보아야 할 아내를 모두 공유하고 있는 화자에게 무엇이 지나가는 비이고 또 끝까지 남을 비일까.

박상우의 「꼬마 미야를 찾아서」는, 여섯 살 유년에 겪은 고통스러운 생이별 장면으로 시작한다. 아버지가 군인이었던 화자의 가족이 이사하면서, 그 유년을 함께 보낸 '꼬마 미야'와 헤어진 것이다. 회상 시점에 의거해 있긴 하나, 화자는 '그 시절 꼬마 미야는 내 여섯 살 인생의 전부'였다고 고백한다. 사춘기 고등학생이 되어 옛 살던 곳을 찾아가 보지만, 동네는 흔적이 완전히 사라지고 과수원으로 변해 있다. 중요한 것은 화자가 소설가로 평생을 일관하는 동안 꼬마 미야가 '내 작품세계의 뿌리'가 되었다는 사실이다. 이 글을 쓰고 나서 화자는 그곳을 다시 찾아가기로 한다. 그것은 추억의 자리를, 그리고 삶의 근원을 찾아가는 엄중하고 뜻깊은 일에 해당한다. 화자는 이를 '각별한 행차'라고 표현한다. 이렇게 자신의 내부에 마음의 본향을 숨기고 살아온 그는 행복한 사람일까, 아닐까.

전성태의 「소나기 증후군」은, 화자가 40년 전 국어 시간에 읽었던 「소나기」를 기억하며 자신의 삶에 비추어 보는 이야기다. 중학생 딸 아이의 책을 빌려서 보다가 마주친 상황이다. 화자는 「소나기」를 처음 만나고 이를 흉내 낸 소설을 쓴 후 비극과 광기의 세계에 휩쓸렸다. 어쩌면 소설이 그와 같은 광기의 소산일 수도 있다. 고등학생 시절에 방을 얻어 혼자 살던 때, 화자는 '민희 누나'를 만난다. 하지만 생활 현장으로 들어선 민희와는 점점 멀어져 간다. 결국 민희와 헤어지는 마당에 화자는 '어떤 이야기 한 장이 넘어가는 소리'를 들은 것 같다. 중학생 딸을 둔 가장의 나이에, 40년 전의 시점으로부터 민희에 대한 경도(傾倒)를 거쳐온 그 삶의 과정이 하나의 파노라마와도 같다. 누구나 안고 있을 법한 이 삶의 풍경은, 참으로 예리하게 아프지만 동시에 순수하고 아름답다.

김종광의 「스쿠터 데이트」는, 그야말로 인생사의 온갖 험로를 다 지나온 노년의 추억이요 또 사랑에 관한 서사다. 이 소설의 화자는 '노옹(老翁)'이고 그의 상대역 노파는 '꿈에서 아내 다음으로 자주 만났던 바로 그 소녀'다. 노옹이 당도한 개울은 70년 전 그대로의 모습이다. 그런데 무슨 데자뷔처럼 그 노파가 개울물 징검돌 중 한가운데 돌에 서 있다. 이를테면 이들은 70년 시간을 건너뛰어 그 자리에서 그 모습으로 다시 만난 것이다. 이들은 노옹의 스쿠터를 타고 옛날의 추억을 재현한다. 어떻게 보면 기적과도 같은 형국이다. 아하! 그런데 여기에도 예전처럼 소나기가 쏟아진다. 연륜의 숙성과 더불어 우리는 누구나 이러한 과거의 재현을 꿈꾼다. 이 작가는 이 부면에서 사뭇 용기를 가진 셈이다. 그런데, 황혼이 여명(黎明)보다 아름답다는 언사가 여기에 합당할까, 어떨까.

3. 비극 또는 거짓 이야기로의 확장

구효서의 「새벽 들국화 길」은, 「소나기」를 패러디한 소설 가운데 가장 비극적인 이야기를 담고 있다. 관찰자이자 화자인 '나'와 그 관심의 대상인 '계끔이'가 나오고 이사를 통해 헤어지는 것은 원본의 소설에서 보던 그대로다. 문제는 이사의 이유가 남자 두 사람이 참혹하게 죽는 비극에 잇대어져 있다는 사실이다. 여자아이는 '그님자야, 나더 나더'라는 요령부득의 말밖에 하지 못한다. '나'는 계끔이와 별다른 추억을 만들지 않고서도 그 아이를 마음에 담았다. '전쟁이 끝난 지 11년이나 12년쯤'이면

1960년대 중반, 이 이야기 또한 회상 시점에 의지해 있다. 여자아이네가 사라진 날 절망이라는 것이 아름다울 수 있다는 걸 처음 알았으니, 화자는 가장 아픈 입사(入社)의 의식을 치르고 있었던 터이다.

김상혁의 「소나기가 필요해」는 원작의 모형을 이어받되 그 담화의 형성이 허구를 넘어 거짓으로 이루어지는, 매우 특별한 상황을 그렸다. 소설의 중심인물로 등장하는 '기훈'과 '강이'는 파주의 외진 동네에서 함께 자란 오랜 친구다. 기훈은 초등학교 입학 직전에 강이로부터 '소미'에 관한 이야기를 듣는다. 만난 장소도 '한겨울 만우천' 으로 적시(摘示)된다. 그 소미가 강이와 비를 맞고 놀다가 폐렴에 걸려 죽었다는 것이다. 그런데 이 모든 이야기는 가상(假想)이며, 그것을 실제로 치부하려는 강이의 삶에 부정적으로 작용한다. 왜 이 작가는 「소나기」의 표절이 분명한 강이와 소미의 사연을 '세상에 둘도 없이 절절한 연예담'으로 치장했을까. 진실을 알고 있는 그리고 강이를 걱정하는 기훈은, 그것이 어떤 방식으로든 밝혀지는 게 옳다고 여긴다. 그렇다면 이 이야기는, 첫사랑의 문제를 넘어 죽마고우의 우정이라는 영역으로 발전해 갈 것이다.

신은희의 「소나기, 2막」은, 원작의 발화 구도에 근거하지만 전혀 새로운 방향성을 가진 짧은 소설이다. 우선 이 작품은 '소나기는 없다. 소리가 먼저였다'라는 사뭇 도전적인 문장으로 시작한다. 그 여러 소리, 그리고 빛과 같은 오감을 동원하는 이미지들이 연극 공연을 앞둔 감독에게 부하 되어 있다. 연극은 1막에 이어 2막을 생략하고 바로 3막으로 넘어가는 형편인데, 감독은 느닷없이 '푸른 소나기'라는 2막의 콘셉트를 요구한다. 「소나기」를 공연예술로 치환한 접근법은 새로우며, 글의 전개도 급박하고 전위적이다. 말미에 이르러 아주 오래전 1막의 주인공들이 무대 중앙으로 걸어 나오는데, 그들이 소년인지 노인인지 알 길이 없다고 서술된다. 이 대목에 이르면 원작과 이 작품 사이에 팽팽한 긴장감이 살아난다.

4. '소나기'가 몰고 온 허구적 발화법

주수자의 「달이 지고 새벽이 오고 소나기가 내리다」는, '소나기'라는 제재(題材)를 이어받되 이야기를 흐름은 원작의 그것과 전혀 상관이 없다. 소설의 주인공은 시인 김두길이란 인물, 그의 조부는 시인이자 독립투사로 알려졌으나 일제에 협조했었다는 루머가 전염병처럼 퍼졌다. 석 달 안에 조부의 현충원 묘지를 옮겨야 하는데, 아버지는 암 투병으로 병원에 누워 있다. 그리고 그 배경에 질금질금 빗방울이 뿌리거나 갑작스레 소나기가 쏟아진다. 김두길이 왜 혼자서 밤중에 이장(移葬)을 시도하는지는 분명치 않다. 그런데 묘를 열고 보니 외다리였다는 조부 유해의 다리가 두 개인 것이다. 놀라운 대목은 너무도 사실적으로 진행되던 이 엄청난 사태가, 한밤의 소나기 속에 벌어진 한 바탕 꿈이었다는 반전이다. 그 마지막에 소설 첫머리처럼 '딩동' 초인종 소리가 수미상관하게 매설되어 있다.

이혜령의 「소나기 데이터 센터」는, 화자인 '나'가 보안요원으로 일하는 M사의 하청 반도체 공장에서 야간에 일어난 일을 서술한다. 그곳의 클라우드 서비스 종료 날 그 여자가 유령처럼 나타난다. 적외선 카메라 앞에 여러 야생동물이 나타나지만, 여자는 유령의 형용이다. 여자는 11시에서 1시 사이에 매일 데이터 센터에 나타났다 사라진다. '나'가 확인한 여자의 사정은 우선 그가 '슬퍼하고' 있다는 점이다. 여자가 교도소에 있는 동안 애인이 죽었고, 클라우드 서비스 종료 때문에 사진이 다 날아갔다는 것이다. 아마도 애인의 사진이 포함되어 있었을 터. 여자가 데이터 센터 앞을 유령처럼 배회한 이유다. 이 소설의 데이터 센터 로고인 둥근 구름 모양은 소나기를 상징하는 직선으로 대체된다. 거기 그렇게 '소나기'가 숨어 있는 셈이다.

김의경의 「나기」는, '창문 없는 집에 사는 여자가 죽었다'라는 문장으로 시작되고, 그것이 '소나기가 내린 날'이었다. 중년에 이른 생전의 여자는 어떤 날은 '천진한 소녀'처럼 보이기도 했다. 그녀의 손에 늘 '바밤바' 아이스크림이 들려 있었기에, 소설은 그녀를 그 상품의 이름으로 부른다. 그녀 주변에 있던 사람들이 유품을 하나씩 들고 가고, 옆집 여자가 그녀가 키우던 고양이 '나기'를 데려간다. 소나기가 내린 날 전봇대 밑에서 발견한 연유로 성은 소, 이름은 나기라고 불렀다 한다. 이 모든 광경을 주시하고 있는 화자 '나'는 결국 옆집 여자와 함께 나기를 돌본다. 우리 주위에서 문득 만날 수 있는 이야기들의 소설적 정황이다. 이 소설이 '소나기'를 연원(淵源)으로 하는 것은, 단지 고양이의 이름뿐이다.

한성규의 「지하철 안에 내리는 소나기」는, 그 제목이 말하는 바와 같이 기발한 상상력을 바탕에 두고 있다. 화자인 '나'는 새벽 3시까지 아르바이트 일을 하고, 집으로 돌아가기 위하여 지하철 첫차를 기다린다. 승강장에 외부 공기를 주입하는 급기구, 차내의 불이 잠시 꺼지는 '마의 구간의 비밀' 등 숨은 상식을 보여주기도 한다. 그런데 어느 한순간 급기구에서 '쏴 하고' 물이 쏟아진다. 에어컨에서 물이 흘러나온 것이다. 마치 소나기처럼. 화자의 눈에는 지하철 천장 너머로 '무지개 같은 것'이 펼쳐졌던 것으로 보인다. 그런 점에서 이 소설의 이야기는 한편으로는 신선한 아이디어를 함축하고 있다. 우리가 사는 곳 어디에나 '소나기'가 있다는 발견은 납득할 만하다.

이제껏 우리가 공들여 살펴본 11편의 짧은 소설들은 대체로 두 가지 범례로 구분할 수 있다. 하나는 황순원 원작의 「소나기」에서 그 이야기의 원형을 빌려 와서 새로운 이야기로 재창조한 경우다. 이 모형이 당초 이 엔솔로지가 계획한 것으로 짐작된다. 세상 사람들의 생각과 행동이 모두 저마다인 것처럼, 우리는 여기서 다양한 첫사랑과 동심의 순수를 만날 수 있었다. 다른 하나는 '소나기'라는 제재를 활용하여 각기의 다른 이야기를 창안한 경우다. 비록 원작 「소나기」와의 상관성은 없으나, 그 또한 우리 마음에 숨어 있는 청량한 물줄기, '소나기'를 환기하는 소설들이었다. 이 짧은 소설들의 모음은 「소나기」와 동행하는 우리 시대 스마트소설의 작은 행렬을 구성한다. 「소나기」와 스마트소설이 동시에 범주와 영역을 확장한 뜻깊은 사례에 해당한다고 여겨진다.

Ⅲ부

감성의 극점과 내면의 성찰

감성과 사랑, 믿음과 승화의 세계
- 김소엽의 시

1. 김소엽 시의 생장(生長)과 의의

한 사람의 생애를 두고 그 여정이 시(詩)와 함께 한다는 것은 무엇을 말할까? 그가 일생에 걸쳐 얼마나 많은 시를 썼는가, 그 시의 의미와 가치가 어떻게 평가되는 것인가 등의 항목이 일차적인 검토 대상의 될 것이다. 그러나 시인의 세월이 깊어지고 더불어 그 시를 읽는 독자들의 세월 또한 함께 깊어지는 '지속적 시간'의 관점으로 보면, 가장 마지막까지 남는 것이 창작자와 수용자가 교감하는 '감동'의 문제가 아닐까 싶다. 마치 판도라의 상자 맨 밑바닥에 아직 세상으로 분출하지 아니한 '희망'의 존재가 남아 있듯이 말이다. 그와 같은 열린 마음으로, 또 글에 대한 소욕을 내려놓는 객관적 거리를 두고 바라볼 때 깔끔하고 산뜻하게 떠오르는 시인이 곧 김소엽이다.

물론 시인은 필자의 이 소극적인 독법에 동의하지 않을지도 모른다. 그러나 그의 절실한 삶과 더불어 '지금 여기'에 이른 부드러운 상상력과 원숙한 시선의 시들은, 숱한 곡절을 품고 있는 세월의 강을 건너 왔다. 그리하여 부지기수의 자기단련을 거치지 않고서는 도달할 수 없는 풍광들을 끌어안고 있다. '인간도처유청산(人間到處有青山)'이란 옛 시 한 구절이 말하듯이 사람이 살 만한 지경은 도처에 있는 터이지만, 한 시인을 시인답게 하는 시기와 장소와 시의 집적은 따로 있는 것이 아닌가 한다. 이 말은 시 선집 『별무리』를 펴낸 오늘의 김소엽 시인이 바로 그 시세계의 제일 흥왕하고 빛나는 자리에 서 있는 것이라는 느낌을 진술하는 수사(修辭)다.

김소엽 시인은 충남 논산 출생이다. 한반도의 내륙, 땅 넓은 고장에서 태어나 어렸을 때부터 장차 큰 시인이 될 문재(文才)를 드러냈다. 그의 학창시절은 시인으로 거듭나는 경과 과정을 충실하게 보여주고 있었고, 오랫동안 교직에 있으면서 그 배경을 한층 두텁게 하는 경력을 쌓아가고 있었다. 누구에게나 찾아오는 삶의 질곡, 또는 어느 누구와도 다른 삶의 난관을 통과하면서 그의 시는 시가 삶의 진면목을 해명할 수 있으리라는 가설을 정설로 전화(轉化)해 왔다. 이제껏 그는 모두 9권의 시집을 상재했고, 이번의 시 선집 『별무리』는 그 가운데서 수발(秀拔)한 작품을 따로 추려 묶었으니 이를테면 김소엽 시의 정수(精髓)를 목도할 수 있는 작품집이다.

그의 시가 이처럼 여러 볼품 있는 면모를 포괄하는 까닭으로, 그 시에 대한 연구 또한 괄목할 만한 수준으로 제시되어 있다. 김소엽 시의 서정적 감성과 사랑의 의미망에 대한 이명재, 윤재근, 김종길의 시론은 주로 초기 작품세계에 대한 비평적 관점을 발현한 글들이다. 그런가 하면 중견 시인의 시기에 이르러 '별'의 이미지나 '신앙'의 요체 등 중점적인 사상에 대한 박이도, 이덕화, 신규호의 시론은 시인의 내면 깊은 곳에 숨어 있던 사유와 인식이 어떻게 시로 구현되었는가를 밝히는 글들이다. 2008년 정년퇴임 기념 시집 『사막에서 길을 찾네』 이후 일상의 각박함 속에서 시적 풍요로움의 도출에 대한 이근배, 유성호, 유승우의 글들도 각기의 형용에 따라 매우 돋보인다.

근년에 이르러 사막에서 별을 발굴하고 서정시의 전통에서 신의 섭리를 일깨우는 시적 경향에 대한 김재홍, 이승하 글들은 김소엽 시가 삶과 문학의 온갖 간난신고를 헤치고 어느 지점 어느 수준에까지 도달해 있는가를 잘 해명하고 있다. 한편 김소엽 시에 대한 연구 자료로 자신의 연구서에 김소엽 시론을 수록한 조신권, 정영자의 글이 있고 박사학위 논문으로 김소엽론을 쓴 김신영, 빈명숙의 연구가 있다. 시 창작 외에도 이 시인은 많은 문단 및 사회 활동, 방송과 매스컴 활동, 해외에서의 문학 활동, 기독교인으로서의 종교 활동 등을 통해 시와 시인의 성가(聲價) 및 지평을 한껏 넓힌 보배로운 존재다. 이는 그의 노년기 시를 더욱 주의 깊게 정성껏 읽는 이유이기도 하다.

2. 감성과 믿음의 길, 시적 염결성

김소엽 시선집 『별무리』는 그의 시집으로는 열한 번째이다. 이 시집에는 김소엽 시의 역사, 본질과 현상이 모두 함께 담겨 있다. 별무리가 우주의 성단(星團)을 말하는 것이라면 시로서의 '별무리'는 김소엽의 시 세계가 형성하고 있는 크고 작은 모티프(motif) 그리고 모티브(motive)들의 층위를 총칭하는 것이라 할 수 있다. 이 시집은 모두 5부로 구성되어 있다. 제1부에 실린 시들은 꽃, 풀꽃 같은 일상의 경물 또는 모래알과 같은 객관적 상관물을 동원하여 시인의 가슴에 잠복한 서정적 자아를 통찰하는 성향을 가졌다. 그 자아는 '외로운 나그네를 태운 낙타 한 마리'(「자화상 1」)나 '신과 악마의 격전'(「내 마음은 전쟁터」)과 같은 다층적인 외양을 보인다.

중동이란 지역만이
전쟁터가 아니다

민주화 시민 항쟁으로 얼룩진
이집트만이 전쟁터가 아니다

내 마음속에서
시시각각 일고 있는
불꽃 튀는 전쟁
신과 악마의 격전

내 마음은 오늘도
치열한 전쟁터

나는 용감한 상이용사가 되어
용케도 오늘까지 잘 살아왔구나!

-「내 마음은 전쟁터」 전문

"한 줌의 모래에서 세계를 보고 들에 핀 꽃에서 우주를 본다"고 한 것은 영국의 시인 윌리엄 블레이크의 말이지만 김소엽의 모래나 꽃 또한 세계와 우주를 축약하고 그 거울에 자신의 내면을 비추어보는 효율적인 존재론을 형성한다. 지혜 있는 자가 인생의 풍랑을 만나는 때(「인생의 찬가」)의 대응 방략이나 바람이 수평으로 누워서 운다(「바람의 노래 11」)고 할 때의 달관 및 초극은 자연의 경물에서 습득한 지혜, 그것도 감성적 반응의 유연한 지혜를 견인한다. 겨울나무의 기도하는 모습(「겨울나무 3」)이나 동그랗게 남은 사랑의 상흔(「옹이」)은, 모두 그렇게 세미한 관찰의 눈으로 숨은 의미의 보화를 발굴하는 방향으로 작동한다. 그처럼 시야가 넓은 수용의 영역에는 아버지와 어머니의 기억도 결부되어 있다. 2부의 시는 별과 사막의 정서를 노래한 작품들이다.

사막에 와서 나는
별이 그렇게 많이
하늘나라에서 살고 있다는 걸 알았다

사막에 와서 나는
별이 그렇게 크게
하늘나라에서 빛나고 있음을 알았다

사막에 와서 나는
하나님이 지금도 살아 계셔서
이 세상을 내려다보고 계심을 알았다

사막에 와서 나는

처음으로 진정한 외로움이
무엇인지를 알았다

사막에 와서 나는
사람이 사람을 사랑해야 될 이유를
발견하게 되었다

-「사막에서 10 - 사막에 와서 나는 알았네」 전문

이 별과 사막의 시편들을 관통하여, 시인은 양자가 어떻게 굳건한 결속 아래에 있고 어떤 방식으로 서로 소통하며 유대를 견지하는지를 적극적으로 피력한다. 별이나 사막은 이생의 욕심이 하얗게 소금이 될 때까지 부서져야하며(별 7 - 바다에 뜬 별), 이루지 못한 사랑의 징표로 현현한다(별 17 - 이루지 못한 사랑). 가장 강한 분은 하늘의 주인이고 시적 화자는 늘 객의 좌표에 있다(「별 35 - 길손」). 이 견고한 도식을 매설하고 그에 순응하며 우주를 바라보면, 거기 선명한 변별적 의미의 대위법이 정립된다. 하늘에는 별이 있고 땅에는 꽃이 있는 것이 하나의 전제라면, 괴테는 사람에게 있는 것이 사랑이라고 했고 조병화는 시라고 했다. 우리의 시인 김소엽은 이를 보다 중층적으로 설정하여, 기쁨과 평안과 이웃과 사랑을 운위했다(「별 65 - 복된 일」).

그리하여 그는 사막에 와 보면, 몇 억 광년 사무치는 그리움이 눈물 글썽이는 별이 되어 지금도 반짝인다고 진술한다(「사막에서 4 - 별것도 아니다」). 하늘의 길과 사막의 길은 물리적이며 시각적인 것이 아니다. 그것은 먼저 마음의 길이다. 그래서 사막에 와서, 좀 더 정확하게 말하자면 '사막'이라 호명할 수 있는 심정적 자리에서 모든 애증을 풀어 화해한다(「사막에서 9 - 별과의 화해를」). 그래서 인생의 길이 끝났다고 생각될 때 사막에 와 보라고 권유하는 것이다. 사막에 오면 마침내 별과 사람이 함께 사는 탈 경계, 탈 속박의 새로운 관계가 형성되고 시공을 초월하는 깨우침의 단계를 면대하게 된다는 것이다. 이어서 3부의 시는 일목요연하게 '풀잎의 노래'로 일관한다. 곱고 아름다운 시들이다. 이로써 문학사는 월트 휘트먼, 박성룡, 김수영, 나태주에 이어 풀잎 또는 풀에 관한 시의 수작(秀作)을 갖게 되었다.

꿈과
꿈 사이를
겨우 풀 기운으로
서걱이다 마는 것을

그게 인생인 게야
그런데 우리는
너무 힘들게 살았지
쓸데없이 미워하다 지치고
하릴없이 욕심세우다 망가지고
무지개 같은 사랑 찾아 헤매다
너무 오래 앓아누웠지

-「풀잎의 노래 2」 부분

바람이 떠나지 않으면
바람이런가
떠나야 바람이지
그래서 바람은 쉬지 않고 떠나는 것을

바람이 불면
풀잎은 그것을 알면서도
바람 부는 쪽으로 전신으로 따라가 눕는
여린 풀꽃이여
떠나간 것을 서러워 마라

-「풀잎의 노래 3」 부분

시인은 풀과 인생의 상관성을 한껏 밀접하게 상정하고, 그 중에서도 어려움을 견디는 대목에 훨씬 강한 방점을 둔다. 그 풀잎을 겁박하는 대상을 바람이라 호명하는 것도 일반적인 풀잎 시편들의 발화법과 유사하다. 시인이 여기서 한 걸음 더 나아가는 곳은 종교적 자기성찰과 신에 대한 경건한 묵상의 지경이다. 풀은 마르고 꽃은 시드나 그 인자하심이 무궁하다는 고백(「풀잎의 노래 4」)은 시인의 심층에 신을 향한 경배의 자세가 확립되어 있지 않으면 쓸 수 없는 문장에 해당한다. 국경을 넘어 멕시코나 아프리카를 배경으로 노래한 시편들도, 그리고 일본에 빼앗겼던 나라와 13세 성노예 소녀를 노래한 시편들도, 궁극적으로 그 해결점이 절대적 존재의 손길에 있다. 기실 이는 이 시인의 시세계를 부양하는 힘의 근원이요 그 시를 다음 단계로 추동하는 동력이기도 할 것이다. 이 강고한 시적 방정식은 4부에서도 여일하다.

> 네가 만일 누굴 좋아하거든
> 정녕 많이 좋아지거든
> 좋은 맘 다 드러내지 말고
> 절반쯤 네 맘속에 묻어두어라
>
> 네 마음이 곤궁해 질 때
> 혹은 배암이 혓바닥 널름거릴 때
> 묻힌 그 마음 온기와 싹을 틔워
> 등 뒤에 착한 그늘 만들지니
> 우리네 마음 있다 없다 하거늘
> 좋다하여 그 맘 다 풀면 어이 하리
> 지그시 눈 감고 조금쯤 아끼어

하늘 곳간에 옮겨 심을 일이다

살다보면 잠시 발을 헛딛기도 하고
자기도 모르게 홀연히 마음 빼앗겨
비틀거리고 흔들릴 때
맘속에 묻어 둔 그 보화를 꺼내 볼 일이다

-「절제」 전문

4부에 수록된 시편들은 시종일관 여호와 하나님과 예수 그리스도에 대한 직접적인 믿음과 이를 표방하는 방향성으로 충일하다. 여기에 예문으로 가져온 「절제」는 그 가운데서도 가장 많이, 신이 아닌 인간의 편에 서 있는 시다. 어쩌면 4부를 대표하는 시가 될 수 없을지도 모른다. 하지만 이 시에서 시인이 선언하듯 언표(言表)하는 '절제'는 신앙인의 근본을 함축하는 매우 뜻 깊은 지점을 가리킨다. 그것은 절대자를 향한 동선의 시발이며 그 자리를 견고하게 함으로써 신앙의 진전을 도모할 수 있을 터이기 때문이다. 엄밀한 의미에 있어서 절제는, 좋지 않은 일을 절제하는 데 그치지 않고 좋은 일조차 절제하는 수준을 내포한다. 이 전방위적인 자기관리의 문법이 확립된다면, 그 다음 신앙의 길에 있어 유암(柳暗)하고 화명(花明)한 경계는 그다지 어렵지 않겠다.

아니나 다를까, 4부의 신앙고백 시편들은 저마다 백화난만한 경계를 자랑한다. 이러한 시적 성취는 시 자체의 승급을 말하는 동시에, 시인의 인격적 품성과 믿음의 깊이가 시의 미학적 가치를 부양하는 차원, 곧 그 순기능을 발양하는 형국으로 진입하고 있음을 뜻한다. 가시나무새의 고통이 신의 미소와 연동되고(「가시나무새」), 오늘을 위한 기도나 부활의 노래 그리고 신을 향한 고백이 특정한 순간이 아니라 소소한 일상의 경험으로 시화(詩化)될 때 오히려 시는 강력한 공감과 감응을 촉발한다. 새해를 주시는 일상의 하나님(「새해의 노래 1」), 핍박 받는 자를 위해 울고 계시는 하나님(「하나님은 울고 계시네」)은 경전 속에 존재하는 종교적 경배의 대상이자 인자(人子) 예수를 낮은 세상으로 보낸 무소부재 무사불위의 하나님이다.

이 교리의 본령을 목격한 견자(見者)로서의 시인은 그 심령에 아쉬울 것도 두려울 것도 없다. 이와 같은 종교적 체험과 시적 체험을 일거에 마주한 시인의 내면이 얼마나 아름답고 풍요하고 보람 있는 형상일지는 불문가지의 일이다. 이 경건하고 숭엄한 노래들이 마지막 5부에 이르면 그 모양과 빛깔 그대로 경애하고 은애한 사람을 향한 사모의 노래로 이어진다. 만약에 이 순차적 전환의 사랑과 그 실천이 한 인간의 생애에 있어서, 또 그의 괄목할 만한 시편들에 있어서 보람과 가치를 공유할 수 있다면, 이 땅에서 생명을 받고 누리며 살아온 날들이 빛나는 성좌와도 같지 않을까하고 유추해 볼 만하다. 여기 그것을 증거하는 김소엽의 시편들이 있기에 그렇다.

> 내 펜대에는 작은 구멍이 피리처럼 나 있다
> 펜대를 타고 흐르는 바람이
> 펜촉에 내려와 칼날처럼 번뜩인다
> 지구 위에 수없이 나서 죽은 인류의
> 들숨과 날숨이 들어 있는
> 바람은 생명이다
> 그 생명으로 시를 쓴다
>
> -「펜대를 타고 흐르는 바람」 부분

이 시인의 절박하고 곡진한 사랑 이야기 가운데 필자는 굳이 '작은 구멍이 피리처럼 나 있는 펜대'의 시를 가져왔다. 그의 사랑이 아무리 웅숭깊고 아련하고 애절하다 하더라도 이를 시라고 하는 문예 장르의 형식으로 보여주지 않으면 우리는 알 길이 없다. 그 시의 형식을 생산하는 '펜대'를 눈 여겨 보고 의미를 부여하는 것은 독자로서 우리가 감당할 일이다. 시인은 그 펜대의 기능을 한껏 고조하여 '우주의 정처 없는 에트랑제'를 자처하고, 어느 삶인들 고단하고 슬프고 나그네길 아니겠느냐고 반문한다. 이미 '별로 뜬 그대'는 시인의 심혼에 각인처럼 새겨져 있다. 그 '그대'가 너무 그리워 온갖 범상한 언사가 불현듯 시가 되는 지경이다. 그러기에 시와 삶이 동시에 '겨울을 참아내어 봄 강물에 배를 다시 띄우는 일'(「이른 봄의 서정」)을 꿈꾼다. 시가 삶을 안온하게 부축하고 삶이 시의 지평을 화사하게 장식하는 상승효과의 글쓰기, 이를 시의 문면으로 치환한 염결성과 일관성, 그것이 김소엽 시의 정체이기도 하다.

3. 우주 공간을 통어한 승화의 힘

그러기에 김소엽의 시는 사소한 일상사에서 삶의 전반적인 범주와 신에게 이르는 신앙의 통로에 이르기까지 외연을 한껏 확대한 돌파력을 보였다고 할 것이다. 그 바탕에는 완강한 결기가 아니라 유연한 감성이, 인간의 희로애락을 지나 신을 바라보는 경배의 눈길이, 유한한 생애를 넘어서서 사랑의 존재양식을 우주공간으로 확장하는 초극의 정신이 잠재해 있다. 그 한번 한 번의 고비를 지나고 또 그때마다 자신을 다독여야 할 때, 시인이 감내해야 했던 마음의 고통이 어떠했을까를 짐작해 본다.

미상불 훌륭한 예술의 탄생에는 그 예술가가 짊어지고 있었는 삶의 무게가 일정한 역할을 한 사례가 많다. 이는 개인이나 공동체 양자에 모두 적용될 수 있는 논리다. 그러기에 원대의 한 시인은 국가불행시인행(國家不幸詩人幸)이라는 레토릭을 남겼다. 베토벤의 선율이, 고흐의 화폭이, 두보의 방랑시편이 한가지로 그러한 예술적 존재론의 기반 위에 있다.

죽음은
마침표가 아닙니다

죽음은
영원한 쉼표

남은 자들에겐
끝없는 물음표

그리고 의미 하나
이 땅 위에 떨어집니다.
어떻게 사느냐는
따옴표 하나

이제 내게 남겨진 일이란
가신님 유업을 잘 받들고 성실히 살고 난 후
부끄러움 없이 당신을 해후(邂逅)할 느낌표만 남았습니다

-「죽음은」 전문

스스로의 삶을 범위에 있어 전체적으로, 공간에 있어 우주적으로 관

조하며 그 각 부문의 의의를 문자기호에 의지해 표현한 탁발한 시가 아닐 수 없다. 그의 '가신님'은 굳이 한 사람의 정체성을 지칭하는 데 그치지 않고 그가 살아온 삶의 포괄적인 면모이기도 하고 그의 믿음에 지향점이 되고 있는 신의 지위에 이를 수도 있겠다. 그 다음 세상의 '해후'를 내다보는 이 삶의 행보가 정신적 극한, 그리고 우주적 개방의 공간을 향해 나아간다면 그의 시 「죽음은」은 삶과 죽음의 해답을 한꺼번에 수거하려는 시도다. 시인은 이를 '서정의 바다에 띄우는 배'이자 '영감의 소산물'인 시를 통해 수행해왔고 또 앞으로도 그러할 터이다. 시적 감성과 신앙적 경건, 그리고 대상을 향한 순후한 사랑의 시가 그를 인도할 터이다. 그 목적지까지 순항할 수 있도록 노익장(老益壯)하고 역부강(力富强)하기를, 그리고 우리로 하여금 계속해서 좋은 시를 만나는 기쁨을 누리게 해주기를 기대해 마지않는다.

따뜻한 눈과 내면적 성찰의 세계
- 허형만의 시

1. 허형만 시의 생성과 성장

시인 허형만은 바다와 정원(庭園)의 도시 순천에서 출생했고, 남도의 서편(西便) 목포에서 오랫동안 대학교수로 있었다. 그는 이 지역의 시단을 대표하는 상징적인 시인이다. 그의 문학적 성취와 문명(文名)과 비중을 대신할만한 인물이 달리 없다는 의미다. 1973년《월간문학》을 통해 등단했으니, 그 세월이 벌써 반세기에 가깝다. 1979년 아직 창창한 시절에 강인한·고정희 등과 함께 〈목요시〉 동인을 결성하는 등 주로 광주에서 활동하다가, 1982년 대학에 적을 두게 되면서 목포로 이적했다. 그는 목포 시단에 활력을 공여하고 차세대를 이끌 후진들을 양성함으로써, 이 지역 '문학 맹주'로서의 역할을 충실하게 감당했다.

1978년 첫 시집『청명』(평민사)을 시작으로 2019년 열여덟 번째 시집『바람칼』(현대시학)에 이르기까지, 끊임없이 시의 지평을 넓히고 내면을 심화해온 그는 이제 한국 시단을 대표하는 중진 시인의 자리를 지키고 있다. 그의 초기 시는 시인의 품성을 그대로 반영하듯 단정하고 올곧은 언어 운용과 긍정적인 세계관을 드러내는 문면으로 출발했다. 그가 가졌던 시적 대상에 대한 '사랑'의 눈은 그러한 세계인식의 외형이었다. 시인으로서 튼실하게 개화(開花)하는 시기를 지나면서 그 시의 바탕에는 민중적 상상력이 응집해 있었고, 시대와 역사를 바라보는 시각이 잠복해 있었다. 이와 더불어 남녘의 향토 서정을 노래하는 소명(召命)을 게을리 한 적이 없다.

시를 창작하는 지속적 시간과 함께 웅숭깊은 자기 영역을 구축해 온 시인 대다수가 그러하듯이, 허형만은 작품 활동의 후기로 오면서 내면의 심층을 성찰하고 고요한 각성을 소환하는 시 세계로 진입한다. 면전에 드러나 보이는 것이 존재의 모두가 아니라는 본질적 관점, 사계(四季)의 순환이 아무 이유 없이 그냥 주어진 것이 아니라는 유심론(唯心論)의 관점, 그리고 우주 운행의 절대자를 응대하는 종교적 관점 등이 그의 세계를 부양하는 소중한 인자(因子)들이다. 최근의 시집 『바람칼』은 그의 시가 함축된 시어를 통한 사색, 자아 밖의 대상을 바라보는 통찰력, 그리고 순정한 문학적 감수성을 자유롭게 개방하고 통어하는 시적 숙련의 지경(地境)에 이르렀음을 증언한다.

2. 신 · 근작 시들의 '멋' 또는 '맛'

그는 이제 시와 삶의 내밀한 상관성에 주목하고 있으며, 그의 시가 공여하는 깨달음이 계속해서 우리의 기쁨이 되는 내일을 약속하고 있다. 이번 2020년 5월에 시 전문 웹진 《공정한 시인의 사회》가 마련한 〈이달의 시인-허형만〉 코너에 시인은 근작시 2편과 신작시 3편을 보냈다. 근작시는 「바람칼」과 「가랑잎처럼 가벼운 숲」이고 신작시는 「보체리 연꽃」, 「이제야 알았어요」, 그리고 「붉은 핀 하나」다. 여기서 이 5편의 시를 집중적으로 살펴보는 것은, 앞서 검토한 개략적인 시 세계 및 현재적 시의 위상과 더불어 그의 시가 가진 '멋'과 '맛'을 다시금 음미해 보는 일이다. 뿐만 아니라 앞으로 그의 시가 어떤 행로를 열어갈 것인가를 예단하는 일이기도 하다.

> 새가 지상을 박차 오르는 순간
> 바람을 가르는 날개는
> 칼이 된다.
> 예리한 칼날이 된다.
> 잠시라도 한눈팔면
> 허공에 갇히거나
> 추락하기 때문이다.
> 그렇다.
> 언어의 한계를 뛰어넘으려
> 발버둥치는 시의 날개가 바로
> 바람칼이다.
>
> -「바람칼」

이 근작시에 표제어로 쓰인 '바람칼'은 새의 날개를 이르는 순우리말이다. 일반적인 독자들에게 비교적 생소한 이 어휘를 시의 표면에 올려놓고, 시인은 그 어의(語義)를 친절하게 진술한다. 새의 날개가 바람을 가르는 예리한 칼날이 되는 것은 허공에 갇히거나 추락하지 않기 위해서다. 그런데 이처럼 명료하고 효율적인 시적 의미망을 전달하는 것이 이 시의 목표가 아니다. 시인의 언어가 이미 본질과 현상을 능숙하게 왕래하는 발화의 문법을 익히고 있기 때문이다. 이 짧은 시의 호흡을 가로지르며 시인은 새와 시를 동렬의 상징어로 함축한다. '언어의 한계를 뛰어넘으려 발버둥 치는 시의 날개'가 곧 공중으로 비상하는 새의 날개와 같은 바람칼인 것이다. 이와 같은 언표는 숱한 장면에서 언어의 한계에 절망하고 또 그것을 극복해 온 시인의 절실한 자기고백과 다르지 않다.

숲길 누리장나무 아래
검정 상복을 입은 개미들이
참매미의 장례식을 치르고 있다.
이미 여름은 끝났는데
한순간의 작렬했던 외침은
지금쯤 어느 골짜기를 흘러가고 있을까.
오후 여섯 시, 햇살이 서서히 자리를 뜨는 시간
부전나비 한 마리
누구 상인가 하고 잠시 기웃거리다 떠나가고
이제 곧 가을이 깊어지리라.
아무도 알아채지 못하게
숲을 끌고 가는 개미들의 행렬
숲은 가랑잎처럼 가볍다.

-「가랑잎처럼 가벼운 숲」

두 번째 근작시다. 여름에서 가을로 넘어가는 시기의 숲길 풍경을 세미한 그림처럼 보여준다. 이 시에 주요한 캐릭터로 등장하는 '검정 양복'의 개미들, 장례에 이른 참매미, 또 부전 나비 한 마리는 숲속의 생물들이며 삶의 여러 국면을 대변하는 객관적 상관물이자 삶의 다기한 굽이를 상징하는 생명체의 현현이다. 이제 곧 가을이 깊어질 터인데, 은밀하게 숲의 질서를 이끌고 가는 개미들의 행렬로 인하여, '숲은 가랑잎처럼 가볍다.' 이렇게 보면 앞의 시 「바람칼」에서 그러했던 것처럼, 이 시인의 시가 늘 단선적인 언어의 조합과 의미의 전달에 머물지 않고 중층적이며 암시적인 의미화를 지향하고 있음을 포착할 수 있다. 때로는 역설적이며 이율배반적인 비유도 마다하지 않는다. 그러나 그 시의 표정은 산뜻하고 상쾌하다.

정진규 선생님이 계신 보체리에 갈 때마다 이태리 맹인가수 안드레아 보첼리를 떠올리곤 했지 나는 이 가수의 노래를 듣고 시 「영혼의 눈」을 썼고 문학사상사에서 『영혼의 눈』 시집도 냈지 지금도 안드레아 보첼리의 노래를 듣노라면 정진규 선생님이 손수 파고 키우셨던 안성시 석가헌 앞 보체리 연못의 그 밝은 연꽃들을 떠올리지 선생님과 나란히 서서 피어오르는 연꽃에서 문화연필 깎을 때의 향을 들이마셨던 기억을 떠올리지 지금 주인은 멀리 떠나고 안 계시지만 보체리의 연못은 주인과 함께 살아 숨 쉬고 있지.

-「보체리 연꽃」

신작시 가운데 처음인 「보체리 연꽃」은 짧은 산문시로 되어 있다. 이 시가 서두에 떠올리고 있는 고(故) 정진규 시인이 즐겨 산문시를 썼다는 사실도 자못 의미심장하다. '선생님'이 살던 안성시 석가헌 앞 '보체리 연못'의 밝은 연꽃들과 이태리 맹인가수 안드레아 보첼리를 떠올리는 것은 시인에게 단순한 추억의 회상이 아니다. 그것은 영혼의 소통을 이제껏 지속하고 있는 자신의 자리, 그 정체성을 확인하는 점검의 절차다. 시인은 '선생님'과 연못가에 나란히 서서 '피어오르는 연꽃에서 문화연필 깎을 때의 향을 들이마셨던 기억'을 되살린다. 아, 그러고 보니 정 시인의 산문시 중에 이름 있는 것으로 「연필로 쓰기」가 있었다. 연못의 주인은 떠나고 없는데 연못이 그 주인과 함께 살아 숨 쉬고 있는 정황을 판독하는 눈은, 인생사의 깊이를 순후하게 체득한 시인의 것이다.

> 우린 상상도 못했지요.
> 바이러스가 우리를 사랑으로부터 앗아가리라는 것을.
> 서로 손도 잡을 수 없게
> 서로 껴안을 수도 없게
> 서로 키스도 할 수 없게 한다는 사실을.
>
> 이제야 비로소 알았어요.
> 사랑이 얼마나 필요한지
> 사랑이 얼마나 소중한지
> 사랑이 얼마나 절실한지.
>
> 이제야 비로소 알았어요.
> 당신이 얼마나 고마운 분인가를
> 비누가 얼마나 제 몸을 희생하는가를
> 지상에 깔린 햇살이 얼마나 황홀한가를.
>
> 그동안 잘 있는지 별 탈 없는지
> 안부도 제대로 못 전하다가
> 이제야 안부를 물어보고
> 서로의 건강을 염려해
> 두 손 모아 올리는 간절한 기도가

얼마나 눈물겨운 일인지
비로소 알았어요.

-「이제야 알았어요」

두 번째 신작시 「이제야 알았어요」는, 어쩌면 김소월의 「예전엔 미처 몰랐어요」처럼 쉽고 부드럽고 반복적이며 감동적인 운율에 몸을 실었다. 그 시의 표면을 흘러가는 서사는, 지금 온 인류사회가 함께 당면하고 있는 '코로나19'의 횡액을 쓸어 담고 있다. 그런데 시적 언어의 행보는 전혀 어둡거나 우울하지 않고, 그 와중에서 정말 귀하고 아름다운 것이 무엇인가를 감각하게 한다. 이 시에는 여러 차례 반복되는 '사랑'의 호명, '당신'의 고마움과 비누의 희생과 햇살의 황홀에 대한 체득, 그리고 간절한 기도의 눈물겨움이 줄지어 포진해 있다. 이는 이 시인의 시 세계에서 살펴보았던 그 긍정적 세계관이, 난관 앞에서 더 빛나는 보화임을 반사한다. 시가 우리 삶에 힘 있는 조력자로 기능하는 현장이 바로 여기에 있다.

붉은 핀 하나
길바닥에 오도마니 앉아 나를 올려다보고 있다
어느 소녀의 머릿결에서 빠져나왔을까
날마다 산책하던 길
어제는 못 보았는데 오늘 새로운 손님을 만나다니
더 추워지기 전에 집으로 가야 하므로
붉은 핀 하나
낯설지만 오래전 만났던 것처럼
손바닥에 꼬옥 쥐고 감싸주어 보는 것인데
어린애처럼 야생 나비의 날갯짓 소리에 귀 기울였을

머리핀을 잃어버린 소녀를 생각해보기도 하는 것인데
그 소녀는 지금쯤 어디에서
가던 길 멈추고 찾고 있을까
붉은 핀 하나

-「붉은 핀 하나」

마지막 신작시「붉은 핀 하나」는 작고 소박한 것에 대한 시인의 온정적인 눈길을 담고 있다. 우리를 감동하게 하는 힘은 크고 위대한 것에 있지 않다. 그래서 일찍이 윌리엄 블레이크는 '한 줌의 모래에서 세계를 보고 들에 핀 꽃에서 우주를 본다'고 언명했던 터이다. 길바닥에 오도마니 앉아 '나'를 올려다보고 있는 붉은 핀 하나가 있다. 그 핀이 빠져나왔을 것으로 유추해 보는 어느 소녀의 머릿결을 시인은 알지 못한다. 발길이 바빠 '손바닥에 꼬옥 쥐고 감싸주어 보기'도 하고 '머리핀을 잃어버린 소녀를 생각해 보기'도 한다. 당연히 시적 담화에 대한 현실적인 결말은 없다. 그러나 이 하나의 영상 컷과도 같은 형용은, 우리가 바라보던 이 시인이 여전히 낮은 자리에 생각을 둘 수 있는 박애주의자요 인본주의자임을 상기하게 한다.

3. 다시 내일의 시인을 위해

이 작은 난에서 오랜 세월 시의 집을 지어온 허형만 시인의 면모를 다 말할 수는 없다. 하지만 시의 정론적 기능에 대한 신뢰를 바탕으로, 일구월심 시의 길을 바라보며 요동 없는 발걸음으로 일관해온 그의 문학세계에 주목과 존중의 답례를 보내는 것은 우리의 몫이다. 때로는 풍광이 수려한 오솔길을, 때로는 물소리 찰랑거리는 시냇가를, 또 때로는 백화난만한 화원을 거쳐 온 그의 시는 어언 47년의 시력(詩歷)에 이르렀다. 세상을 바라보는 따뜻한 눈, 어려운 이들의 삶을 돌아보는 민중적 세계관, 남녘의 향리를 기리는 여린 서정, 그리고 내면의 성찰과 각성을 견인하는 글쓰기 등 그의 강역(疆域)은 넓고 또 깊다. 바라기로는 이후에 더욱 노익장(老益壯)과 역부강(力富强)으로 더 찬연한 시 세계의 전개를 보여주길 기대해 마지않는다.

운명의 언어로 새긴 시의 힘
- 문정희의 시

다시 바라보는 이 세기의 시인

문정희가 가진 시인으로서의 이력은 그 모든 대목이 놀랍기 이를 데 없다. 일찍이 고교 재학시절, 전국의 백일장을 휩쓸고 또 시집까지 발간했으니 이미 '될성부른 떡잎'의 단계를 넘어섰던 셈이다. 1969년 등단 이래 반세기를 두 해나 지난 시인으로서의 도정에 시집, 시선집, 에세이 등 50여 권의 저서를 출간했다. 시인 자신이 영어 구사에 능통하기도 하거니와, 이 빛나는 재능을 바탕으로 활달한 해외 활동을 펼쳐 왔으며 그에 걸맞도록 9개 언어로 14권의 번역 시집을 내놓은바 있다. 한국의 주요 문학상에 두루 미친 수상 경력을 보면, 그는 당대에 기량과 성과를 충분히 인정받은 행복한 시인이다. 물론 아직도 시의 언어가 뜨거운, 청청한 현역이다.

문정희의 시는 모국어의 지경을 넘어 그 활동 범주를 세계무대로 확장한 경험을 담아낸다. 그래서 사람들은 "더 이상 그에게 '세계적'이라는 수식어는 필요치 않다"고 말한다. 당연히 이 창작 강역(疆域)의 문제는 문학을 이루는 본질적인 것이 아니다. 그러나 길지 않은 우리 현대문학사에서 이렇게 언어의 경계를 넘어 자유로이 활보한 시인을 만나기는 어렵다. 동시에 문정희의 시는 여성 화자만이 생산할 수 있는 시각, 여성 화자만이 발화할 수 있는 언어를 전개하는 데 익숙하다. 예컨대 그가 시에서 말하는 '사랑'은, 여성이 아니고서는 추동(推動)할 수 없는 토설(吐說)의 지점과 동선을 제시한다. 그의 시를 새롭고 독창적이라 보는 이유다.

그런가 하면 문정희의 시는 과감하고 단도직입적이다. 그는 시가 가진 '가느다란 창끝'으로 삶의 진부함을 해체하고, 시적 대상의 핵심을 돌파하는 언술과 논리로 일상의 허위의식을 파쇄한다. 그러기에 그의 시에는 어정쩡한 머뭇거림이나 어설픈 관념의 상징이 남아 있지 않다. 이와 같은 언어의 정직성은 건강하고 호활(豪活)한 정신세계의 산물이다. 이 시적 과단성이 수용자의 가슴에 공감과 위무(慰撫)를 선사하는 것은 달리 찾기 어려운 미덕에 해당한다. 이 모든 성취를 실어 나르는 시의 문면은 언제나 생동하는 은유로 넘친다. 그에게는, 전혀 생경한 비유를 가장 친밀한 수사(修辭)로 치환하는 힘이 있다. 특히 원초적 욕망의 주체인 '몸'을 말할 때, 그의 시는 언어적 표현의 흔연함으로 사소한 부끄러움을 압도한다.

이 계절에 문예지 《시와편견》에서 표지 인물 특집으로 '한국인이 사랑하는 시인-문정희 편'을 내세웠다. 덕분에 그의 대표 시 3편을 다시 읽고, 신작 시 2편을 가장 먼저 읽을 수 있는 복을 누렸다. 이 시들은 그동안 이 시인이 왕래한 시의 공간에 잇대어져 있고, 그 시적 경향을 이어받고 있다. 마치 멜로디를 잘 아는 노래가 사람의 마음을 흔쾌하게 하듯이, 수준 있는 시의 행렬을 지속적으로 목도하는 기쁨은 문정희 시의 독자가 값없이 받는 선물이라 할 수 있다. 여기에서는 먼저 대표 시로 '징발'된 시들을 살펴본 다음, 새 얼굴을 내민 신작 시들을 검토하는 수순을 밟기로 한다. 덧붙여 두고 싶은 말 하나는, 그의 시에는 거의 태작(駄作)이 없다는 것이다.

2. 대표 시 3편, 도발적인 독창성

입술을 자주색으로 칠하고 나니
거울 속에 속국의 공주가 남아 있다
내 작은 얼굴은 국제 자본의 각축장
거상들이 만든 허구의 드라마가
명실공히 그 절정을 이룬다
좁은 영토에 만국기가 펄럭인다

(중략)

시간을 손으로 막기 위해 육체란
이렇듯 슬픈 향을 찍어 발라야 하는 것일까
안간힘처럼 에스테로더의 아이 라인으로
검은 철책을 두르고
디올 한 방울을 귀밑에 살짝 뿌려 마무리한 후
드디어 외출 준비를 마친 속국의 여자는
비극배우처럼 몸을 일으킨다

-「화장(化粧)을 하며」

구김살 없이 개방된 상상력과 언어의 묘미가 결합하여, 시적 비의(秘

義)를 불러오는 작품이다. 거울 속에 남은 '속국의 공주'는 비극적 운명의 주인공으로 감각된다. 하필 자주색 입술이니 그 운명은 더욱 치명적으로 보인다. 시의 외관은 간략하고 명료하다. 화자가 화장대 앞에 앉아 외제 화장품으로 얼굴을 다듬는 일이다. 그런데 거기서 '국제 자본의 각축장'을 일구어내고 '좁은 영토에 만국기'라는 풍경을 도출할 수 있다면, 벌써 언어의 달인(達人)이자 장인(匠人)인 시인이 거기에 있는 것이다. 화장이라는 범상한 행위를 두고 '시간을 손으로 막기 위해 육체란 이렇듯 슬픈 향을 찍어 발라야' 하는가를 묻는 시인은, 그 비교적 짧은 한순간에 운명과 비극과 역사와 자기성찰의 다채로운 개념을 함께 몰아온다.

햇살 가득한 대낮
지금 나하고 하고 싶어?
네가 물었을 때
꽃처럼 피어난
나의 문자
"응"

동그란 해로 너 내 위에 떠있고
동그란 달로 나 너 아래 떠있는
이 눈부신 언어의 체위

(후략)

-「응」

이 시는 '햇살 가득한 대낮'에 이루어진 남녀의 성적 결합을 묘사하고 있다. 이를 이끄는 언어는 단 한 마디 '응'이다. 시인은 이를 꽃처럼 피어났다고 썼다. 시인은 '동그란' 해와 달로 만난 남녀의 상황을 두고 '이 눈부신 언어의 체위'라는 표현을 사용했다. 세상 사람들이 관심을 갖는 육신의 동작을 미소(微小)한 것으로 도외시하고, 상호소통의 가장 축약된 한 마디 발성 '응'에 무게중심을 실었다. 그래서 '언어의 체위'란 형이상학적인 상황인식이 가능한 터이다. '너와 내가 만든 아름다운 완성'은 육체의 결합이 아니다. 아니, 그 결합을 끌어안고 그 한정성을 초극하는 새로운 언어의 영역이다. 일찍이 D. H. 로렌스가 『채털리 부인의 사랑』에서 시도한 그 함축의 방식이다.

한겨울 못 잊을 사람하고
한계령쯤을 넘다가
뜻밖의 폭설을 만나고 싶다
뉴스는 다투어 수십 년만의 풍요를 알리고
자동차들은 뒤뚱거리며
제 구멍들을 찾아가느라 법석이지만
한계령의 한계에 못 이긴 척 기꺼이 묶였으면

오오, 눈부신 고립
사방이 온통 흰 것뿐인 동화의 나라에
발이 아니라 운명이 묶였으면

(후략)

-「한계령을 위한 연가」

운명과 모험심과 연가가 한 울타리 안에서 충돌하는 격한 정념(情念)의 시다. 누구나 당착할 수 있는 보편적인 체험을 두고, 그것이 시가 되게 하는 절정의 순간을 포착한다. 그 뜨거운 시적 발심(發心)이 이 시 한 편에 편만하다. '한계령쯤'이면 굳이 한계령이 아니어도 좋다. 그러기에 '한계령(寒溪嶺)의 한계(限界)'라는 언어 비틀기도 오히려 자연스러워 보인다. 화자는 폭설 속의 고립에 '발이 아니라 운명이 묶였으면'하고 강렬한 도전적 모험 의지를 발산한다. 마침내 시의 말미에는 "아름다운 한계령에 기꺼이 묶여 난생 처음 짧은 축복에 몸 둘 바를 모르리"라는 언사에 이른다. 이러한 역발상의 시적 접근법은 이 시가 수발(秀拔)한 시이자 그 주인이 천생의 시인임을 증거 한다.

3. 신작 시 2편, 시 세계의 재점검

홍수 속에 마실 물이 없어요?
한탄과 감상의 곰팡이, 하수구에서 올라 온
흙탕물에서 헤엄쳐요

(중략)

블랙리스트 보다 블랙홀이 더 두려워요
독특하지 않으면 백지가 더 빛나요
활자를 겁내지 말고 날카로운 못으로 파세요
시는 충동이자 충돌
사랑이 그렇듯이 완벽할 수 없어요

이슬보다 땀이 더 뜨거워요
퇴폐 혹은 멸망, 여기는 상처 박물관
자 쏠 테면 쏴라! 홀딱 벗으세요
어떤 언어의 범람도 나체를 뚫지 못 하죠
제발 마실 물 좀 주세요
침묵과 보석을 꿰뚫는 눈알로
위트 앤 시니컬을 쓰세요

-「시집서점 - 위트 앤 시니컬에서」

시인의 신작시다. 서점, 그것도 시집서점에서의 감상을 쓴 시다. 대학로의 한 서점에서 시인은 참으로 시다운 시가 무엇인지, 왜 그 서점에 위트 앤 시니컬(wit n cynical)이란 명호가 붙었는지를 매우 우회적으로 그러나 매우 날카롭게 환기한다. 이 시의 숨은 정보를 확인하기 위해 먼저 이 서점이 어떤 형용인지를 들여다보는 것이 좋겠다. 1953년부터 있었으니, 올해로 68년의 세월이 흐르도록 그 자리를 지켰다. '동양서림'이란 서점의 문을 밀고 들어가면, 실내에서 2층으로 오르는 계단을 따라 '서점 안의 서점'으로 존재하는 공간을 만나게 된다. 이 작은 서점은 그 제목에 시의 비유법이 지향하는 언표(言表)를 담았고, 짐작컨대 시집을 전문으로 진열한 곳이기 십상이다.

'홍수 속에 마실 물'을 찾는 요청은, 잡다하고 난삽한 글들이 시의 패찰을 내어 걸고 있는 시대에, 온전한 시의 모습을 어디에서 찾을까를 묻는 시인의 심사를 반영하고 있다. 시의 흐름은 홍수 속에 떠밀려 가는, '블랙홀'처럼 허당인 오늘날의 시들을 시니컬하게 바라본다. 그런 연유로 '독특하지 않으면 백지가 더 빛나요'라는 극한의 처방을 내린다. 이는 '놀랍지 않으면 버려라'라는 예술지상주의의 주장을 되새기게 한다. 이 시인에게 시는 '충동이자 충돌'이다. 진면목 그대로의 시, '나체'의 시는 어떤 '언어의 범람'도 뚫지 못한다. 그렇다. 위트와 시니컬에 시의 본령을 의탁했을 때, 동시대의 아둔한 눈과 무딘 손을 넘어 '마실 물'의 공여에 이르는 명민한 시를 얻게 될 것이라는 전음(傳音)이 남는다.

엄마 속에는
무엇이 있을까
신이 있을까
딸, 여자, 아내가 있을까
이윽고 자궁과 짐승의 산통이 있을까
탯줄을 거쳐 나온 새끼의 어미
미화하고 성역화 된 굴레? 모성이 있을까

(후략)

-「엄마 속에는 무엇이 있을까」

생명의 본향에 대한 시적 탐색을 보여주는 또 다른 신작 시다. '엄마'는 모든 생명 있는 것들의 고향이며 우주의 본체이기도 하다. 시인은 이 고색창연한 인식의 모형에서, 그 여성성의 모범답안에서 한 걸음 더 앞으로 나아간다. 상식적 수준에서의 수긍을 버린 다음, 끊임없이 여러 항목의 질문을 쏟아내고 회의(懷疑)하고 또 유장(悠長)한 사유 속으로 침윤한다. 시인은 '엄마'로 대변되는 존재론적 사유체계의 근원에 접근함으로써, 지금껏 자신의 시를 지탱하고 있던 세계관에 대해 일대 재점검을 시작하는지도 모른다. 만약에 그러하다면 우리는 걸기대(乞期待)의 마음으로 그의 다음 시편을 기다릴 것이다. 이미 한국 현대시사에 하나의 선명한 획을 그은 시인의 시 세계가 어떻게 변화하고 또 승급(昇級)하는지, 그것이 우리에게 어떤 공명(共鳴)의 기쁨을 가져다줄지 심히 궁금해서다.

영혼의 깊은 곳을 울리는 예표(豫表)의 시
- 강인한의 시 몇 편, 새롭게 읽기

1. '언어의 보석'에 몰입한 반세기 세월

시인 강인한(姜寅翰)은 1944년 전북 정읍 출생이다. 본명은 동길(東吉). 전주고등학교 문예반에서 신석정 선생을 만났고, 전북대 국문과를 거치며 시인의 길을 예비했다. 《전북일보》와 《동아일보》 신춘문예의 '해프닝'을 감당한 후, 공식적인 데뷔는 1967년 《조선일보》 신춘문예의 시 「대운동회 만세소리」 당선이었다. 그런데 그 한 해 전 1966년 첫 시집 『이상기후』를 상재 했으니, 이미 시를 쓰며 사는 생애를 약속했던 셈이다. 그런가 하면 박인희가 부른 「하얀 조가비」, 영 사운드의 「등불」 등의 작사가이기도 한 터이니 그의 어록으로 소통되고 있는 '언어의 보석'이 어떤 모형으로든 지근(至近) 거리에 있었다 할 것이다.

시인 자신으로서는 사뭇 행복한 삶의 행보(行步)다. 지금껏 그는 모두 11권의 시집을 내놓았다. 두 권의 시선집과 한 권의 비평집도 있다. 56년 문학 인생에 그 분량이면 다작(多作)도 과작(寡作)도 아니다. 격동기의 현대사를 살아오면서 그는 꼭 써야 할 만큼의 시를 생산한, 자기 관리와 절제에 익숙한 시인으로 보인다. 시작(詩作)에 있어서의 이와 같은 균형감각은, 기실 태만이나 남발보다 더 어려운 일이 아닐까. 물론 더 중요한 것은 그 시의 미학적 수준이요 가치다. 그에 대한 논의를 잠시 미루어 두고 보면, 그에게 주어진 전남문학상, 한국시인협회상, 시와시학상, 전봉건문학상 등이 객관적인 참고자료가 된다. 2002년부터 그가 운영해온 인터넷 시문학 카페 〈푸른 시의 방〉은, 그가 시와 더불어 세상을 만나는 뜻깊은 통로가 아닐까.

필자의 시각으로 강인한의 시 세계는 크게 두 가지 성향으로 나누어 볼 수 있을 것 같다. 하나는 그의 태생적 언어 감각이 촉발한 문학적 순수성과 서정성의 세계. 이는 지난 6월《문예바다》가 기획 출간한 서정시 선집『당신의 연애는 몇 시인가요』가 확고한 증빙이다. 시인은 여기에 첫 시집『이상기후』에서 열한 번째 시집『두 개의 인상』까지의 전체적인 작품 속에서, 서정성이 강한 54편의 시를 한데 묶었다. 다른 하나는 시대적 현실을 시적 암시와 더불어 강고하게 드러내는 사실성의 세계. 이 대목의 바탕에는 아마도 1980년의 '광주'를 현장에서 직접 보고 들은 체험의 역사성이 개재해 있을 것이다. 1982년에 나온 제3시집『전라도 시인』에서부터 1992년의 제5시집『칼레의 시민들』까지를 일별해 보면, 쉽사리 이를 납득할 수 있다.

어느 시인인들 시적 서정성과 현실 인식의 사실성을 함께 포괄하지 않으랴마는, 강인한에 있어 그것은 '천생(天生)의 시인'이라는 충분조건과 '통한의 체험'이라는 필요조건이 직조물의 씨줄과 날줄처럼 교직된 시인으로서의 운명이 아니었을까. 이 글은 강인한 시의 총체적 면모를 말하는 소임을 갖고 있지 않으며, 그의 근작 시 5편과 신작 시 3편에 대한 작품론을 수행하는 것으로 역할이 정해져 있다. 그러나 그에 제대로 부응하자면 시인의 세계를 충실하게 이해하지 않으면 안 된다. 다만 그러하기에는 주어진 시일이 촉박하여, 여기에서는 위태롭게도 앞서 살펴본 대강의 범주를 유념하며 8편의 시를 검토할 수밖에 없다. 이제껏 이 시인이 산출한 풍요로운 수확의 면모를, 보다 체계적으로 살펴보지 못하는 것이 안타까울 따름이다.

2. 역사와 현실의 질곡을 넘어선 희망

강인한의 근작 시 다섯 편은 동서고금의 지구별 여러 곳을 무대로, 주어진 현실에 대해 비판적 의식을 가진 자들의 맨얼굴을 보여준다. 「파리를 방문한 람세스 2세」는 그러한 형국을 강력하게 제기하는 인상 깊은 시다. 제목의 어투는 꼭 국가원수의 국빈 방문 분위기다. 실제로 그렇다. 시인의 기록에 의하면, "파라오 람세스 미라의 방부 처리 문제로 미라를 프랑스로 이송하여 파리 공항에 도착했을 때, 프랑스 정부가 국가원수에 준하는 의식으로 그 앞에서 사열을 했다"는 것이 아닌가. 과거의 문화 약탈자가 오늘에 이르러 최상의 의전을 베푸는 상황이, 그래도 '감동의 전율'을 불러온다. 시인의 깨어있는 눈은 이 까마득한 세월을 뛰어넘는 이율배반적인 '방문'을 매우 엄중하게 바라본다.

삼천 년도 훨씬 지나
이제야 나는 바코드라는 지문을 가진다.

모래와 바람과 강물처럼 흘러간 시간이었다.
넌출지는 시간의 부침 속에

스쳐 가는 존재들,

(중략)

한 나라의 역사란
파피루스의 희미한 글자들
바스러지는 좀벌레들에 지나지 않으리
날마다 피를 정화하는 히비스커스 꽃차를 마셔도
추악한 것을 어찌 다 씻어서 밝히랴

콩코르드 광장에 우뚝 선 오벨리스크
저것은 일찍이
테베의 신전 오른편에 세운 것이었다.

-「파리를 방문한 람세스」 부분

미라가 되어 방부 처리를 위해 파리 공항에 내린 람세스 2세가 화자다. 아무리 팡파르가 울리고 의장대의 사열이 훌륭해도, 삼천 년 전 망국의 파라오는 수긍하지 않는다. 그는 '전쟁에 이겨야만 남의 나라를 정복할 수 있는 건 아니다'라고 말하며, '불타버린 심장'으로 '오벨리스크의 침묵'을 예거한다. 장구한 역사적 사실(史實)과 목전의 현실적 사건을 하나의 궤미로 엮어낸 절창의 시다. 거기에 시공을 초월하고 또 통합하여 바라보는 시인의 예지가 빛난다. 「배낭을 지고 아고라로 가는 사람들」 또한 이러한 시인의 역사 인식과 그다지 먼 거리에 있지 않다. 익히 아는 바와 마찬가지로, '아고라'는 고대 그리스의 폴리스에 있던 광장이며, 물리적인 장소만이 아니라 모임 자체를 의미하기도 했다.

우리들의 내부에서
녹슨 태양이 출렁이는 아침
우리들의 과거는 검푸른 이오니아의 바다
학교에서 바라본 금환일식, 금테 두른 태양
혹은 노래도 꽃도 없는, 진실이 없는
신문지.

모두들 헤어져 간 소년들의 운동장에서,
은밀한 숲속 산책로에서
발길에 차이는 마스크, 마스크, 마스크…
가위눌린 꿈속,
떠나간 친구들의 엉뚱한 변모
집배원의 피곤한 손에서 반려되는 우리들의 안부.

-「배낭을 짊어지고 아고라로 가는 사람들」 부분

이 시에서 아고라는 물론 고대 도시의 광장이 아니다. 시에 등장하는 사람들의 모임도 BC 5세기 '그리스인들의 정치 · 재판 · 상업 · 사교 · 종교 활동을 모방하고 있지 않다. 시인은 다만 매일같이 마주하는 우리 삶의 퇴락한 일상 그리고 정치 집회를 위해 나서는 사람들을 보면서 탄식을 감추지 않는다. 2,500년의 상거(相距)를 가진 지구 반대편의 풍경을 지금 여기에 반사해 보는 시인의 속내는 심란하고 복잡하기 이를 데 없다. 그것은 또 하나의 비판 정신이다. 바로 그 반사경의 효력이 복무하는 곳에 이 시의 의미가 있다. 「개가 죽은 자리는 어디인가」는 이 시공을 넘어선 비유법의 방식과는 다른 영역으로, 사람과 개를 대비하는 새로운 비유의 형용을 시의 중심에 둔 작품이다.

여기 어디라는데, 모질고 사나운
개가 개에게 물려 죽은 자리,
이 동네 어디쯤일까
흔적도 없네.

늙은 내외가 도란도란
공원 벤치에 앉아 바라보는 하늘 저만큼
고추잠자리 떼지어 날고,
할머니가 할아버지에게 건네주는
따뜻한 보리차 한 잔.

-「개가 죽은 자리는 어디인가」 부분

이 시에 등장하는 두 종류의 개, 물고 물린 개의 모질고 사나운 정황을 병정놀이하는 아이들은 모른다. 그러나 시인은 이 시의 행간에 그 사나움보다 더 세력이 있는 따뜻한 눈길을 묻어두고 있다. 이러한 지점이야말로, 시인이 세상에서 희망을 버리지 않았다는 증표다. 늙은 내외가 나누는 따뜻한 보리차 한 잔 또한 그렇다. 「밤새 안녕들 하신가요」에서는 목하 온 세계를 휩쓸고 있는 'COVID-19'를 제재로, 그야말로 온 세계의 사설을 펼쳐 보인다. 그 소리 가락 같은 문면(文面) 가운데는 '야훼와 알라가 머리 맞대고' 문제를 풀어본다는 서술도 있다. 또 다른 시 「지붕 위의 황소들」에서도 우화적 분위기 속에서 활달한 현실 탈출의 의지를 볼 수 있다. 그의 시가 우울한 시대 현실의 늪으로 침윤하지 않고, 세상살이의 기력을 새롭게 섭생하는 이유다.

3. 순정한 서정, 소탈한 자기 성찰의 시

강인한의 신작 시 3편은 서정적 시어들의 각축으로, 또 그로 인한 시적 감응의 충일함으로 읽는 이의 공명(共鳴)을 촉발한다. 마치 여기 한 곳에 응결하기 위하여 작정하고 지은 듯. 이 시들을 반복하여 읽으면서 필자는, 서정성과 사실성의 두 축을 세워 그의 시를 탐색해 보겠다는 생각의 향방이 시의 실상과 어긋난 것이 아님을 확인할 수 있었다. 「견우(牽牛)」는 순정한 감성과 애잔한 사랑으로 넘치는 시다. 시의 화자가 '견우'이면 그 상대역 '아기씨'는 '직녀(織女)'라 호명해도 크게 틀리지 않을 터. 동양 문화권에 널리 유포되어있는 이 시공 초월의 사랑 이야기는, 일 년에 한 번 만나는 애틋한 그리움의 상징이다. 나라마다 여름 별자리 견우와 직녀성을 바라보는 시각이 조금씩 다르기는 하지만.

내 외로 가는 고운 날에
두어 평 텃밭을 장만하면
거기에 비 내리겠지. 은실 비 내리겠지.
은실 비 맞는 내 꽃모종
수정에 뜨물 부어 새순 기르듯
눈물을 길어 잎을 틔우고, 씨를 얻어보리.

아기씨 족두리에 꿰인 구슬 알맹이들이
몸 비비며 수줍어하는 밤 이슥한
순금(純金)의 회오리바람.

불씨 빌려오듯 소중한 금빛

고단한 잠은 깨우지 않고 꽃잠은 깨우지 않고
멀리서 초록 두꺼운 해가림 하며
쉼 없이 보살피리.

-「견우(牽牛)」 부분

견우가 풀어 보이는 사랑의 언어들은 맑고 깊은 여운을 남긴다. '은실비'가 내리고 '순금의 회오리바람'이 일어난다. 그의 시 곳곳에서 목도 할 수 있는 이 '금빛'은, 시적 정서가 순방향으로 가장 고양된 지점을 가리키는 예표에 해당한다. 견우는 그 아기씨를 보살피는 일에, 아기씨의 '은은히 나부끼는 은실 웃음'을 보기 위해, '백 년'을 땀 흘리겠다는 언표(言表)를 내놓는다. "하마 오늘 밤, 이승에서 밝히는 새우잠 속에라도 아기씨 눈썹 적실 비 내리겠지. 은실 비 내리겠지"라고 부연하는 이 시인의 상상력은 한결 부드러우나 가히 우주적 확장을 담보하는 기세다. 거기에 시인의 오랜 문학 경륜과 시적 언어의 조탁(彫琢)이 결부되어 있기도 하다.

어둠 속에서 문득
한 줄 네 마음의 실이 끊어져 나갔다.

어디선가 꽃 지는 소리, 밤새 소리 하나
들려오지 않았다.

산사나무, 단풍나무, 상수리나무 얼크러진
산 여울의 은빛 비탈을 넘어

머언 둑을 소요하고 있을, 설레고 있을

내 소년의 바람이여.

잃어버리는 것, 잊혀지는 것 애석지 않아
사는 것, 내 사는 것이 호젓하였다.

끊어져 나간 네 마음의 끝 간 데에서
바람은 지금 길눈이 캄캄할 것이다.

어리석은 속단처럼
여기저기 흰 밤별이 떨어졌다.

-「별이 지는 밤」 전문

이 시는 소탈한 자기 성찰과 정관(靜觀)의 깨우침을 함께 담았다. 어느 순간 조지훈의 「낙화(落花)」 또는 이형기의 「낙화」에 잇대어 읽는 느낌을 가져다준다. 시인은 자신의 가슴에 숨겨둔 '내 소년의 바람'을 소환하고, 그로부터 잃고 잊히는 것을 넘어 '내 사는 것이 호젓'한 경지까지를 거멀못처럼 함께 묶어낸다. 흔히 볼 수 있는 만만한 각성(覺醒)의 단계가 아니다. '꽃 지는 소리, 밤새 소리 하나' 들리지 않는, '별이 지는 밤'의 일이다. 그 어둠 속에서 문득 '한 줄 네 마음의 실'이 끊어져 나가고, 시인의 심사는 그 각성이 앞서의 금빛 도색과는 현저히 다르다는 사실을 환기한다. 거기에는 '어리석은 속단'에 대한 경계도 포괄되어 있다.

유리성(城)의 뜨락에는
유리의 햇살이 찰찰 부서지고,

까만 눈썹
사과 빛 뺨이 언제나 수줍은
네덜란드 소녀.

-「풍경을 애완하다」 부분

왜 여기에 다시 '네덜란드 소녀'인가. 이 글의 서두에서 검색한 바와 마찬가지로 수천 년의 시·공간을 자유롭게 왕래하는 시인의 상상력, 그 외연의 너비에 비하면 이는 그저 하나 마나 한 우문(愚問)에 그칠 뿐이다. 그러나 시인은 일찍이 윌리엄 블레이크가 말한바, 한 줌의 모래에서 세계를 보고 한 송이 들꽃에서 천국을 보는 자다. 소녀의 '먼 고향 하늘엔 풍차가 도는데' 소녀의 눈망울에는 '파란 봄'이 어린다. 이 사소하지만 소중한 관찰의 눈과 그 감각은 이 시인이 소박하고 조촐하고 품위 있는 인도주의자임을 증빙한다. 이러한 시적 행렬의 선두에 서 있는 한, 그의 말과 글은 영혼의 깊은 곳을 울리는 예언자의 몫을 다할 것이다. 참으로 산뜻한 시 몇 편을 흔연한 마음으로 읽은 후감이다.

영혼의 깊은 자리에서 긷는 소망의 언어

- 이경 시집 『야생』에 붙여

1. 존재와 운명론의 근원을 묻는 시

이경 시인은 경남 산청에서 출생했고 경희대학교 대학원에서 문학박사 학위를 받았으며 1993년 계간 《시와시학》으로 등단하여 문단에 나왔다. 등단 이후 오늘에 이르기까지 그의 시력(詩歷)은 어언 30년 가까운 세월이다. 그동안 4권의 시집을 상재하고 《시와시학》 편집장을 지냈으며, 유심작품상과 시와시학상 등의 문학상을 수상했다. 박학(博學)에 이르도록 수학(修學)한 경력과 더불어 모교 경희대에서 겸임교수로 강단에 섰고, 지금도 시 동호인들을 위한 시 창작 강의를 계속하고 있다. 그는 언어의 조탁을 통한 창작에 명운을 건 시인이자, 동시에 시의 이론과 비평에 일정한 자기 몫을 가진 연구자이기도 하다. 그러자니 그의 행로(行路)는 짐작컨대 영일(寧日)이 없었을 듯하다.

필자가 이 시인을 처음 만난 것은, 우리 모두 비교적 젊은 날에 저 남녘 통영의 바닷가 '수국'의 문학 행사였던 것으로 기억된다. 오랜만에 만난 옛 친구처럼 미덥고 편안한 사람이었다. 그런데 그때는 몰랐다. 그 만남의 느낌에 나도 모르게 전제된 연유가 있었다는 것을. 우리는 서로를 모르는 채로 진주에서 인근의 학교를 다녔고 매일같이 맑은 남강 물을 나누어 마셨다. 그가 자신의 스승 김재홍 교수를 따라 경희대 대학원으로 왔을 때는, 여러 해 함께 문학 공부를 했다. 사정이 그렇고 보면 이 시인의 다섯 번째 시집에 이르러서야 이처럼 시인에 집중하는 글을 쓰게 된 것은 매우 때늦은 일에 해당한다.

그동안 네 권의 시집을 모두 읽은 후감으로 말하자면 이번 시집은 더 시야가 넓고 생각이 웅숭깊다. 이러한 변화는 대체로 시를 쓰는 기교보다는 시와 세상을 응대하는 시인의 세계관이 보다 확장되고 심화된 연후에 가능한 일이다. 그럴 것이다. 그의 연륜도 어느덧 이순을 지나 여러 해이니, 이제야말로 세상살이의 문리(文理)가 열리고 그 논리와 체계를 깨달아 아는 힘이 가장 활달하지 않겠는가. 시가 인생사의 여러 곡절을 담아내는 예술 형식이라면 창작 주체의 이러한 승급이 효력을 발양하지 않을 리 없다. 더욱이 그는 순후하고 섬세하고 예민하면서도 감각적인 천생의 시인이다. 그러한 까닭으로 삶의 길과 시의 언어, 이 양자가 조화롭게 조우(遭遇)하는 시 세계의 형용을 보여준다.

그의 시는 출발점에서부터 시종일관 인간의 존재와 그것을 추동하는 운명적인 힘에 대해 근원적인 질문을 던지고 있었다. 곧 시가, 그리고 시를 수용하고 있는 인식이 시인의 전반적인 삶을 통어하고 있을 때 발생하는 양상이다. 그에게서 시를 제하면, 그 생애의 존립 기반을 부정하는 것이다. 이를 테면 이경 시인은 순시(殉詩)의 각성으로 창작을 수행하는 시인이다. 그러나 그의 시가 엄중하고 무거운 표정으로 교조적인 발화를 이어온 적이 없다. 때로는 밝고 순정하게, 또 때로는 내면의 울림을 압축적으로 드러내면서, 상온(常溫)의 언사로 생애의 근본을 탐색하는 시가 그의 것이었다. 이 시적 대상과 표현 기법의 공간을 유연하게 가로지르는 지점에 그의 시가 잠복해 있다.

이 시집에 수록된 「바람소리 1」이라는 한 편의 시를 설명하는 자리에서, 시인은 동시대의 현실에 당착한 심사를 다음과 같이 진술했다. "이번 코로나 환란에 아무런 도움이 되지 못하는 시인의 무력함이 부끄러웠습니다. 어려운 때일수록 더욱 강하게 발휘되는 우리 민족성의 근간에 숨어 있는 희고 빛나는 섬유질을 생각해 봤습니다." 지금 여기에 이르도록 숱하게 목도한 민족사 또는 개인사의 질곡을 시로 쓰면서, 시인이 어떤 심사를 끌어안고 있었는가를 증명하는 대목이다. 그렇다. 그의 시는 삶의 체온을 측정하고 실체적 상황을 성찰하며 그 가운데서 따뜻한 소망의 불씨를 찾아내는 고투의 발걸음이었다. 그것은 구체적으로 그의 시를 만나는 가운데서 가장 잘 밝혀질 것이다.

2. 삶의 최전선에서 탈각을 꿈꾸기

삶은 누구에게나 절박하다. 평온한 봄날 같은 시절만 보내는 이는 어디에도 없다. 저마다 아픈 상흔을 간직한 채, 아니면 희생의 십자가를 짊어진 채 먼 길을 간다. 그러기에 일찍이 A. 랭보는 "계절이여 마을이여 상처 없는 영혼이 어디 있는가"라고 노래했던 것이다. 시인은 이 상흔의 방정식에 유독 민감한 사람이다. 이경 또한 그렇다. 그 절박한 현실의 최전선에서, 스스로의 생각과 언어를 조합하여 시를 생산한다. '국가불행시인행(國家不幸詩人幸)'이란 중국 청대(淸代)의 고색창연한 언술이 있거니와, 삶의 질곡은 어쩌면 좋은 시를 배태(胚胎)하는 동력인지도 모른다. 그 좋은 시는 마침내 정신적 탈출구를 찾아내고 그에 이르는 소망의 언어를 산출하는데 이른다.

태풍이 세 차례 훑고 지나가
시장에 상처 없는 과일을 찾기 어렵습니다
홍수에 합천서 떠내려간 황소가
창원 둔덕에서 풀을 뜯고 있습니다
물에 잠긴 지붕 위에서 이틀을 버텨낸 암소는
내려와서 쌍둥이 송아지를 낳았습니다
벼랑 끝으로 내몰린 사람들 검은 마스크 속에서
마침내 흰 소의 봄입니다
한 해가 무참하게 떠내려간 줄 알았더니
어린 송아지 이마를 뚫고
배꽃보다 흰 뿔이 솟아 오릅니다

-「흰 소의 봄」 전문

고난과 인내, 치유와 회복의 순차적 과정을 이처럼 적나라한 그리고 자연스러운 방식으로 보여주는 시를 만나기는 쉽지 않은 일이다. 태풍과 홍수를 헤치고 황소가, 또 암소가 생명의 기적을 창출한 현장이다. 이 시인에게서 소 그리고 흰 소는 매우 의미심장하다. 어린 날의 전설 같은 기억이 서려 있는가 하면, 목전의 난관을 넘어서는 투지의 형상으로 다가오기도 한다. 그런데 암소는 새끼를 낳고 어린 송아지는 생장의 비밀을 현현(顯現) 한다. 이러한 정신적 고양의 지점에 도달하고 보면 격한 상황을 몰고 온 태풍 따위는 참으로 별것 아닌 셈이다. 이 시집은 그 전체를 관통하며 이렇게 뜻 깊은 영혼의 울림을 동반한다. '마음먹는 순간 이룩'(「나는 꿈」)이나 '삶의 최전선에서 우리를 이끄는 광장의 모퉁이에 돈을 숨으로 바꾸는 곳'(「숨」) 등이 모두 그러한 유형이다.

> 어머니는 숯으로 흙바닥에 글자를 가르쳐주며
> 일하는 곳까지 들리도록 큰 소리로 읽어 달라 했지
> 구슬 먹은 오리를 살린 윤회, 삼천갑자동박삭이
> 글 읽는 소리 담 넘고 개울을 건넜지
> 어머니 일터는 부엌이다가 뽕나무밭 누에 방이다가
> 등 너머 목화밭이다가 물 건너 무밭이다가
> 떡을 다 못 팔고 해가 저문 어느 집 사립문 앞이다가
> 불은 젖을 뚝뚝 흘리며
> 달빛을 밟아 오는 신작로이다가
> 나는 점점 더 큰 소리로 읽어야 했지 나는 점점 더
> 어머니 일 하는 곳까지 들리도록 멀리 더 멀리
>
> -「글 읽는 소리」 전문

시인의 어머니는 온 우주의 무게에 필적하는 절대적인 존재다. 헤르만 헤세의 『지성과 사랑』에서, 조병화의 「꿈의 귀향」에서, 그리고 이경의 「글 읽는 소리」에서 여실한 증좌를 볼 수 있다. 그 어머니는 생명의 근원이자 중심이며, 어쩌면 시인의 시를 유도하고 견인하는 발원(發源)의 힘인지도 모른다. 그런데 그 어머니는 조촐하고 소박하다. 여기에 힘이 있다. 가장 가까이 가장 편의한 모양으로 자리하고 있으나 언제나 모두이자 함께이며 끝없는 조력과 부양의 기력을 촉발하는 존재! 이경의 시는 바로 이 모습을 닮아 있다. '피를 보지 않고 어찌 칼을 배우랴'(「가이아」)와 같은 결기나, '발밑에서 두런두런 꽃밭이 태어났으면 좋겠네'(「꽃밭」)와 같은 소망의 메시지들은 이와 같은 토대 위에 핀 시의 꽃들이다.

3. 숨기기와 드러내기의 균형감각

우리가 사는 세상에는 눈에 보이는 것보다 삶의 표피 아래 숨어 있으면서 눈에 보이지 않는 것이 훨씬 더 많다. 그러나 그 불가시적(不可視的) 영역에 보다 중요한 본질이 내재되어 있는 경우가 허다하다. 세속의 명리(名利)를 좇느라 분주한 우리는 이 관계성의 도식을 망각하기 다반사이고, 마침내 그 범주의 구분조차 잃어버리기 일쑤다. 바람 부는 대로 물결치는 대로 살다보면 종내 '사는 대로 생각하는' 생활인이 되기 쉽다. 하지만 시인은 이 일상의 안일과 나태에 대한 반역자다. 그는 언제나 자기 주체성을 확보하고 '생각하는 대로 사는' 의지의 확립을 지향한다. 이경의 시는 그처럼 숨은 삶의 진면목에 방점을 두는, 자기 점검의 의지력으로 충일하다.

함정이네요 달콤한 장애물 경기
사과를 줍기 위해 달리기를 멈추는 여자를 그린 그림을 보고 있어요
사과를 뛰어넘지 못한 여자가 허리를 굽히네요
사과는 여자를 먹기 위해 입을 크게 벌리고 있어요
한 손에 화살을 한 손에 방패를
함정과 구원의 양 손을 내밀어요
거부할 수 없는 유혹인가요
벌레는 사과 속에 사과는 여자 속에 집을 지어요
벌레가 든 사과를 먹는 여자를 그린 그림을 보고 있어요
그림 속의 여자가 반쪽의 사과를 던져요
동쪽 하늘이 던진 사과를 서쪽 기슭이 받아요
사과 씨 하나가 땅에 닿아 달콤해지는 저녁이네요

자, 받아요 당신

-「사과를 먹는 여자」 전문

참 많은 이야기를 담은 시다. 사과와 장애물 경기는 금방 그리스 신화의 아탈란테와 멜라니온의 스토리를 이끌어 온다. 구혼자(求婚者) 멜라니온이 목숨을 건 달리기 시합을 하면서, 아폴로티테의 황금사과로 최고의 경주자 아탈란테를 이기는 장면이다. 귀도 레니의 그림으로도 유명한 이 삽화는 결국 원래의 신탁대로 불행한 결말을 예정하고 있다. 이때의 사과는 참 아이러니컬하다. 기실은 그리스 신화에서 트로이전쟁의 서곡 또한 사과였다. 이경의 시에서는 이 신탁의 사과가 문득 시적 화자와 그를 마주하고 선 상대역의 문제로 변용된다. 거대한 신화의 배경을 사과 한 알로 함축한 이 비유적 발화에는, 시인이 미처 말하지 않은 많은 담론이 잠겨 있다. 그것은 현재적 삶의 함정이기도 하고 구원이기도 하다. '알의 무게가 태풍을 눌렀다'(「알의 무게」)는 언표도 이러한 숨은 사연과 사태의 역전(逆轉)에 관한 비유다.

구름이 아니라 돌이 날아다니는 하늘이라니
셀룰로이드처럼 구겨져 발광(發光)하는 돌
땅을 가리는 돌의 그림자

나무에게 누가 돌을 먹였다는 말이다 나무의 입에
재갈을 물렸다는 말이다 가지가 찢어지도록 무겁게

돌을 먹은 나무들이 너무 많이 돌을 삼켜
자궁 속에 돌이 자라게 된 나무들이

열매가 아니라 돌이 주렁주렁 열려 있는 나무들이
하늘을 향해 쏘아 올리기 시작했다는 말이다

산도에 장전한 돌을 토해내기 위해
방아쇠를 당기고 있다는 말이다 탕! 탕! 탕! 탕! 탕!
공중에서 돌은 커지고 부풀어 올라

둥둥 떠다니면서 소문의 핵폭탄이 되어 저 돌이
누구 머리에 떨어질지 모른다는 말이다

-「그림자 속 그림자 읽기 - 파주에서」 전문

시인은 언제 파주를 갔을까, 휴전선 접경지대다. 하지만 이 시에 그러한 지정학적 정보는 전혀 노출되지 않는다. 다만 나무와 돌의 상관관계를 우화처럼 풀어서 설명할 뿐이다. 누군가에 의해 강압적으로 '돌을 먹은 나무들'이 그 돌을 토해내기 위해 방아쇠를 당기면 총소리가 된다. 금세기 최대의 상징적 비극을 말하는 현장에서, 그 절절한 대치의 국면을 이토록 설득력 있게 묘사할 수 있을까. 이렇게 사태의 핵심을 뒤집어서 아주 다른 독법으로 읽는 시의 문법은 '승부욕 없는 너를 이길 수 있을까'(「알파고 - 바둑대전」)라는 반문이나, '겨자씨만한 집에 짐승과 신이 동거중'(「평범한 관계」)인 국면에도 엇비슷이 적용된다. 이 숨기기와 드러내기의 균형 감각이 그의 시를 고급하게 한다.

4. 여로의 극점에서 얻은 극한 사유

“여행은 장소를 바꾸는 것이 아니라 편견을 바꾸는 것”이라는 레토릭이 있다. 그래서 우리는 할 수만 있다면 여행을 떠나려 한다. 스스로의 삶에 의미를 부여하고 그것이 가진 가치를 되새겨 보기를 원하는 이들에게, 여행은 하나의 기회이며 축복이다. 항차 시인에게 있어서는 더 말할 나위가 없다. 이 시집에 수록된 시들이 지시하는 바대로, 이경 시인은 참 많은 여행지를 가졌다. 물론 팬데믹 시대 이전의 일이다. 돈황 사막 땅, 차마고도 고원 등지의 감회가 그의 시를 점유한 풍경은 고요하고 그윽하고 깊다. 이 환경 변화의 시도가 그를 위해 치른 값보다 귀한 이유다. 그의 시에 드리워진 사막은, 그러므로 결코 불모의 땅이 아니다.

미소만 남고 다 부서져 버린 부처가
앉아 있더라

손가락 발가락이 떨어져나가고
코도 입도 눈썹도 희미해져 눈알이 뽑혀 나가
장님이 된 흙덩이가
아직도 미소 짓고 있더라
미소의 힘으로
사막의 가마솥에 팥죽을 끓이고 있더라

먹고 갈사람 먹고 가고 놓고 갈사람 놓고 가소
가져 갈 사람 가져가시라
손바닥 들어 펼쳐 보이시더라

한 때 낙타를 타고 온 거상들이
금으로 옷을 입히고 눈에는 보물을 심고 갔다는데
세계의 도둑들이 와서 다 뜯어갔다는데

보는 것만으로 화가 사라지는 그 미소만은
아무도 가져가지 못 하였더라

-「돈황의 미소」 전문

돈황은 중국 감숙성에 있는, 중국인 거주지의 서쪽 끝에 위치한 교역 도시의 유적지다. 고비사막의 끝자락이며 실크로드의 남로와 북로가 갈라지는 지점이다. 종교적 배경은 당연히 불교이며, 이경 시인이 '돈황의 미소'로 호명한 그 유적의 표정은 '다 부서져 버린 부처'의 것이다. 모든 것을 다 약탈당한 마당에 '보는 것만으로 화가 사라지는 그 미소'만은 아무도 가져가지 못하였다는 것이 아닌가. 여로(旅路)의 극점에서 어떤 무엇으로도 흔들 수 없는 극한 사유(思惟)의 소재(所在)를 발굴한 시의 득의(得意)가 여기에 있다. 지금은 소수민족 탄압의 대명사가 된 신장 위구르 배경의 '누란의 미인'과 그 '위태로운 아름다움'(「누란의 미인」)에 대한 비밀한 각성 또한 이와 같다.

사막에 책을 가지고 갈 필요는 없다
누구도 다 읽지 못한 크고 무거운 책이 거기 있다

모래알 같이 많은 사람들이 태어나서 읽다가 죽고
태어나서 읽다가 죽었다
들고 갈 수도 읽고 갈 수도 없는 책

책갈피 속에 기어든 먼지벌레처럼 방향도 모르고
나는 기어가는 중이다
잠깐씩 걸음을 멈추기도 하고
오던 길을 되짚어 우회하기도 하며
어느 행간에서 꼭 놓친 것만 같은 그것을 찾아

바람이 페이지를 넘기는 소리가 들린다
책은 벌써 나를 다 읽은 모양이다
움켜쥐려 하면 손가락 사이로 흘러내리는 글자들
보는 눈을 뽑고, 듣는 귀를 베라고 하는 책

누가 저 책을 덮을 수 있으랴

-「크고 무거운 책 - 사막 7」 전문

누가 있어 사막에 크고 무거운 책을 가져가려 할까. 당연히 그럴 리 없다. 그런데 시인의 생각은 다르다. 깨달음의 땅 사막에 역사의 훈도(薰陶)를 담은 서책이 소용되는 것은 마땅한 일인데, 그 책의 모든 의미망이 이미 그 땅에 매설되어 있다는 논리다. 더욱이 '나'가 책을 읽기 전에 책이 '나'를 읽는다. 아무도 덮을 수 없는 책의 존립 근거는, 사막 땅에 있지 않고 시적 화자의 의식 내부에 있다. 이러한 형국의 여행이라면, 시를 쓰기 위해서나 시인으로 살기 위해서가 아니라 범상한 깨달음에서 출세간(出世間)의 득도를 향유하기 위해서라도 가야할 길이다. 시인은 이미 그 '멀고 아름답고 슬픈 길'(「유목민의 지도」)에 해답이 있음을 알고 있었던 것이다.

5. 은자의 사상을 넘는 열의와 결기

이경 시인은, 필자가 알기로 그 품성에 있어 외향적이기 보다는 은자(隱者)의 기품을 닮아 있고 언제나 한 발 물러서 있는 겸허한 미덕의 소유자다. 그렇지만 그렇다고 해서 소극적인 타협과 패퇴주의에 침윤해 있지도 않다. 짐작컨대 그의 내부에는 언제나 시와 삶에 대해 비등(沸騰)하는 열의가 있고 이를 뒷받침하는 오연한 결기가 있다. 이러한 언사는 손쉬운 대로 인상주의적으로 내놓는 것이 아니며, 그의 시를 면밀하게 또 공들여 읽은 다음의 후감이다. 그런 만큼 그의 시는 궁극적으로 꿈과 소망을 전제하고, 때로는 현실의 범주를 강한 어조로 언급하기도 한다.

달밤에 핀 들매화가
달 보다 희다

향기를 도둑맞을지언정
팔지 않는다

-「야매(野梅)」 전문

기가 막힌 시다. 얼핏 '야매'라고 하면 뒷거래의 비표준어를 말한다. 그러나 이 시의 야매는 들매화다. 그 꽃이 달밤에 피니 달 보다 희다. 향기를 도둑맞는 것은 늘 있는 일이다. 한데도 비록 도둑맞을지언정 팔지는 않겠다는 것이 아닌가. 달밤의 들매화가 시인이 선 자리를 뜻한다면, '팔지 않는다'는 오기는 시인의 품격을 지칭한다. 이 시인을 미더워하고 그 시와 사람을 한꺼번에 납득하는 것은 바로 이러한 대목에서다. 언어의 벼랑 끝에서, '지옥이 말라버리는 단 한 번의 키스'(「절벽의 키스」)를 운위하는 시인의 결연한 어투도 이 은둔에 익숙한 시인의, 오히려 호방한 내면을 말해준다. 그런 논법으로 말하자면 그에게는 바이칼 호수 또한 '당신 품 안'(「물수제비뜨기」) 이다.

꽃을 내려놓을 때마다 시퍼렇게 우는 나무는
키가 한 뼘씩 자라네
그늘도 그만큼 두터워 지네 무엇이 지나가는지 모르게
흐를 것이 다 흐르고 지나갈 것이 다 지나가도록
이런 것을 이별이라 말하지 말고
폭염 못 견디어 가을 오듯 그렇게
달아난 하늘 짙푸르듯 그렇게
불을 재속에 묻어놓고 사랑아
우리는 가자 쓰고 떫은 열매를 입에 물고
달 찬 임부처럼 가을볕 아래 서자
나무가 제 상처의 향기를 들이쉬고 내쉬는 동안
스스로 내린 형을 순순히 받들어야지
눈이 올 때 까지

-「눈이 올 때까지」 전문

눈이 내리는 날이면 세상은 은둔주의자의 것이다. 그러나 우리가 관찰한 이 시인은 그 백색의 장막 아래에 열정의 불길을 감출 터이다. 이 시에서도 그렇다. 눈이 오기를 기다리며, '쓰고 떫은 열매를 입에 물고 달 찬 임부처럼 가을볕 아래 서자'고 권유한다. 뒤이어 눈이 올 때까지 '스스로 내린 형을 순순히 받들어야지'라는 것이다. 이 순응과 전도(顚倒)의 자유로운 교체, 그 호쾌한 발상에 비추어 보면, '슬퍼할 겨를도 없이 시인이 죽었다' 해도 '곡소리 없다'(「상복」)가 가능하다. 단연코 곡성이 없는 것이 애도가 없는 것이 아니다. 이경의 시는 이 상식적인 주박(呪縛)을 늠연히 넘어설 수 있는 힘이 있다. 그의 시에 날선 비평과 감식의 눈을 버리고, 공감과 우호의 독자로 뒤따르고 싶은 것은 바로 그와 같은 사유에서다.

지금까지 살펴본 이경의 시는 한편으로 고즈넉하고 다른 한편으로는 치열하며, 그 외부와 내부의 변증법을 하나의 시적 얼개 아래 솜씨 있게 갈무리하고 있었다. 일찍이 공자가 시 삼백 수의 의미를 묶어 말한 '사무사(思無邪)'가 그 시에 대한 별칭이 될 수 있었다. 그의 시가 가진 근원적인 바탕으로서의 원체험은 삶의 불합리를 넘어서 유암(柳暗)하고 화명(花明)한 경계를 내다보는 힘이었고, 그것은 다시 단단한 소망의 언어를 시의 문면 위로 밀어 올리는 저력이었다. 모든 삶과 세상사가 제 값을 치러야 하는 보응의 세계, 그 깨우침을 공고히 하는 노상(路上)의 각인, 이 모두를 감싸 안는 내면의 불꽃들이 그의 시에 편만하다. 참으로 뜻 깊고 행복한 시 읽기였다.

시인의 의식(意識)에서 사회적 의식(儀式)까지
- 지은경 시의 함축적 영역

1. 지은경 시에 이르는 길

지은경은 대학 및 대학원에서 철학과 예술학을 전공했으며, 시와 시론으로 박사학위를 받았다. 1987년 문단에 나왔으니 문인으로서의 이력이 30년을 넘었다. 오랫동안 월간 및 계간 문예지의 편집 책임을 맡아 일했고 《신문예》 발행인으로서의 세월이 16년에 이르렀다. 여러 문학 단체의 임원으로 활동했고 지금까지 『숲의 침묵 읽기』 등 12권의 시집을 상재했다. 이번 시집 『오랜 침묵』은 13번째 시집이 되는 터이다. 시 창작과 문예연구를 함께 해 온 경력이 말하는 바와 같이 창작과 연구 양면에 걸쳐 많은 저술이 있으며 칼럼집, 수필집, 평론집, 논문집, 편저 등의 성과가 즐비하다. 이를 인정받아 10여 회의 문학상을 수상하기도 했다.

이러한 시인의 약력을 요약하여 말하자면, 그는 어느 누구에 견주어도 뒤지지 않을 만큼 성실하고 치열하게 산 문인이라는 사실이다. '군계일학(群鷄一鶴)'이라는 옛말이 있듯이 이와 같은 수량의 집적 가운데 수발(秀拔)한 시의 명편이 있지 않을까 하는 느낌이다. 시인은 이 시집에서 지속적으로 자신의 의식(意識)과 사회적 의식(儀式)을 대비하거나 병합하여 바라보는 언사를 사용하고 있으며, 그것이 시의 형상을 띠고 나타날 때 시적 인식의 선명한 객관화를 도모하는 창작 패턴을 보여준다. 그 발화방식에 있어서는 환경적 조건으로 인한 '침묵'을 깨고 '꽃 한 송이' 같은 시를 생산하는 고투의 글쓰기를 마다하지 않았다. 다음은 시집 표제의 시「오랜 침묵」이다.

> 찬란한 전통문화는 편견
> 허공을 가르며 어둠을 찢는
> 번개를 사랑했다
>
> 그늘에 갇혀 사는 작은 나무
> 시대의 고통을 대물림하며
> 침묵이 미덕이라고 교육 받았다
>
> 햇살이 그리워 유리천정을 뚫다가
> 온몸에 파편을 맞았다
> 간절한 기도를 하늘도 조롱했다
>
> 드디어 불모지에 피워내는
> 꽃 한 송이
> 오랜 침묵을 깨고
>
> -「오랜 침묵」 전문

이 시에는 시라는 예술형식을 면대하는 시인의 사유가 어떤 바탕 위에 서 있으며 이를 추동하는 결기가 어떤 것인가가 압축적으로 드러나 있다. 일반적 상식이 견인하는 '전통문화'의 지경을 넘어서, '허공을 가르며 어둠을 찢는 번개'의 존재양식으로서 시의 길을 구현하려 한 것이다. '시대의 고통을 대물림'하며 '침묵이 미덕'이라고 교육 받은 그 일반론의 방식을 과감하게 벗어던지려는 결의를 시의 문면으로 표현했다. 그렇게 '유리천정'을 뚫다가 온몸에 파편을 맞고, '간절한 기도'를 하늘도 조롱하는 불모의 국면에 처해 있으나, 끝내 '꽃 한 송이' 같은 시를 피워낸다. 그것이 곧 그의 시가 도달하려는 궁극의 형상이다.

2. 시와 삶과 혁명의 언어

시인 자신이 '일반시'와 '목적시'를 교대하여 수록한다고 밝힌 바 있지만, 미상불 1부에서부터 이 시집에 실린 시들은 시적 감성 자체에 경도된 시가 한 축을 이루고 페미니즘 또는 사회변혁을 지향하는 시가 다른 한 축을 이룬다. 이처럼 서로 다른 계열로 구분될 수 있는 시 세계를 한데 묶은 것은, 어쩌면 시인이 유념하는 시의 의의나 행로를 말하는 방식이기도 할 것이다. 시가 끝까지 붙들고 있어야 할 언어 미학으로서의 본질적 가치와 동시대 및 사회를 응대하는 건실한 비판적 목소리의 발화 가운데, 이 두 가지 모두를 방기(放棄)할 수 없다는 시적 인식이 거기에 결부되어 있을 것이다. 이는 자신이 소속된 세계를 바라보는 예술적 시각과 도의적 시각을 거멀못처럼 함께 붙들고 있는 균형감각에 해당한다.

이 땅은
이 세상은
나를 여자라 부르며

수십 년 동안 괄호 안에 묶었다

아직도 나는
수레바퀴에 매인
명령에 순종해야 하는
목걸이가 채워진 애완견이다

조건이
사회적 조건이
발목에 규정을 채우며
나를 비상사태로 몰았다

여자들이여!
허위의 옷을 찢고
이카로스의 날개를 달아라
날다가 추락할 지라도

-「이카로스의 노래 2」 전문

익히 알다시피 이카로스는 그리스 신화에서 다이달로스의 아들이며 부자가 함께 억압으로부터의 탈출을 시도하는, 자유 지향의 다른 이름이다. 시적 화자를 속박하는 '이 땅' 또는 '이 세상'은 화자를 '애완견'으로, 또 '비상사태'의 형국으로 몰고 간다. 화자는 어느 결에 '나'의 자리에서 '여자들이여!'를 호명하는 전사(戰士)요 주창자의 모습으로 탈바꿈하여, 허위의 옷을 찢고 '이카로스의 날개'를 달라고 강권한다. 이카로스의 운명처럼 날다가 추락할지라도, 인식의 감옥이나 상황의 압제를 과감하게 탈피하자고 주장하는 것이다. 시를 통해 이러한 사회인식 및 공동체의 관념을 가시화하는 지경에 이르렀으면, 시인이 시대적 삶의 정체성을 응대하는 결의가 결코 만만치 않다. 2부에서는 이러한 경향이 더 확장 및 강화되어 나타난다.

> 나라와 민족을 위해 던진 목숨이
> 친일파에 밀려 어리석은 일이 된다면
> 훗날 나라가 위기에 놓일 때
> 누가 목숨을 던져 구할 것인가
>
> 의식(儀式)은 의식(意識)에서 시작된다
> 최강국 미국시민이 되기 위해선 반드시
> 국가를 처음부터 끝까지 불러야 한다
>
> -「의식(儀式)은 의식(意識)에서」 부분

'3·1독립운동 100주년에'라는 부제가 붙어있는 이 시에서, 시인은 매우 강고하게 의식(儀式)과 의식(意識)의 순차적 동일시를 역설한다. 사람이 가진 내포적 형질이 외형적 형식과 그렇게 많이 다르지 않음을 간파하고 있는 시인은, 그러기에 삶의 현장에서 발양해야 할 객관적 규범을 애써 강조하고 있다. 그의 이러한 동시대 사회상에 대한 평가와 그것을 감지하는 날 선 촉수는 정치, 권력, 통일 등 우리가 당면하고 있는 현실적인 여러 과제에 종횡무진으로 반응하고 작동한다. 시인이 감각하는 현실의 다양 다기한 형상은 사소한 일상을 넘어 궁극적으로 '혁명'을 발화하는 지점까지 나아간다. 그리하여 '4·19혁명 다시하자', '새 시대에 운동을 혁명하자'는 언표(言表)들을 아무런 망설임이나 여과 없이 시의 문면에 펼쳐 보이는 것이다.

3. 역설적 세계관의 새 힘

시를 창작하는 데 있어 스스로 '일반시' 와 '목적시'를 구분한 시인의 인식은 시적 대상으로서의 세상이 근본적으로 그와 같은 양면성을 포괄하고 있다고 관찰하고 사유하는 데서 출발한다. 갈래를 나누어 헤아리기로 하면 사람 사는 세상의 형용이 얼마나 다채로울까마는, 시인은 그 가운데서 자기 시의 얼개에 맞는 두 가지 규격으로 나누어 보았을 것이다. 이 시집의 3부와 4부를 주의 깊게 읽어보면 그 세상의 구조를 판단하는 방식이 대체로 이분법적 구분과 역설적 의미망의 조합으로 직조되어 있음을 알 수 있다. 경우에 따라 다르겠지만 이러한 대립적 세계인식의 방식은 이외로 강력한 에너지를 발산하기도 한다. 서로 상반된 의미의 반탄력이 시의 문면 아래에 잠재한 여러 요소들을 활성화하고 동시에 시의 표면으로 부상하게 하며 마침내 명료한 해석의 기제들을 생산하기도 하는 까닭에서다.

벌거벗은 임금님은 바보가 됐다
속인 사람이 나쁜 걸까
속은 사람이 나쁜 걸까

안데르센이 만든 임금님은 순수했다
자신이 벌거벗은 것을 알았지만
믿음사회를 만들고 싶어 속아주었다

그때는 그랬다
사람들이 멍청한 임금이라고 비웃었을 때

임금님은 속으로 울었다

안데르센이 어리석은 임금님을 만드는 순간
세계는 가짜뉴스가 퍼져나갔다
속인 사람들이 등용되었다

벌거벗은 임금님이 다시 돌아왔다
모두가 벌거벗은 사회
태초의 자연으로 돌아가고 싶은 희망이다

-「우리는 어디에서 와서 어디로 가는가」 전문

'우리가 어디에서 와서 어디로 가는가'라는 질문은, 우리의 삶이 불분명하고 불확실성의 노정(路程) 위에 있음을 전제하는 것이다. 그러한 유동성이야말로 삶의 여러 국면이 서로 상반되고 대립되는 조건을 배태하는 원인행위일지도 모른다. '벌거벗은 임금님'을 두고 '순수한 임금님'과 '속인 사람들'이 대립해 있고, '모두가 벌거벗은 태초의 자연'과 '세계로 퍼져나가는 가짜뉴스'가 대립해 있다. 속인 사람과 속은 사람이 혼재한 세상을 바라보는 시인의 눈길은, 결국 삶의 행처와 지향점을 묻는 시적 의미를 함축한다.

시인의 생각은 이렇다. "땅을 속이고 하늘을 속이며/ 나는 사랑을 위해 정직했다/ 꿈속이면서 현실이었다."(「기억3」). 이 구절에서 볼 수 있듯이 시인은 여전히 두 개의 대립각 속에 있으나 삶의 길에서 '사랑을 위한 정직' 곧 올곧은 정론주의를 붙들고 있다. "사랑한다는 말로/ 네 번 다섯 번 계속 속여도/ 나는 알면서 속아주었습니다"(「속고 사는 기쁨」)와 같은 표현 또한 그와 같다. 시인은 "제정신 갖고 살기 힘들 땐/ 시의 밭에 들어가

시를 심으며 살자"(「살기 힘들 때」) 고 자신을 격려한다.

> 새천년에도
> 불평등은 사라지지 않았다
> 좋든 싫든 공격적이든 수비적이든
> 인생에 리스크는 존재하기 마련
>
> 손에 boxing gloves를 다시 낀다
> 내 인생 이끌어준 마중물
> 詩에 감사드리며 링 위에 오른다
> 공정한 게임을 위하여
>
> -「밤에 쓰는 역사」 부분

각기 개인의 인생에 있어서나 공동체의 한 유형으로서 '공화국'에 있어서나 '불평등'은 사라지지 않는 하나의 굴레다. 통한의 역사, '마초'들에 대한 굴복, 은혜에 대한 비하와 외면 등이 '인생의 리스크'로 열거된다. 시인은 'boxing gloves'를 끼고 링에 오른다. 목표는 '공정한 게임'이다. 그런데 거기에 개재된 마중물이 '내 인생 이끌어준 詩'다. 시가 통용되는 삶의 현장과 그렇지 않은 현실은 시인에게 다시 이분법적 대립구조의 모형을 드러낸다. 겉으로 감성의 너울을 걸치고 있을지라도 시인의 심사는 바르고 견고하다. 갈대는 바람에게 손을 맡기지만 마음을 주지는 않는다(「바람과 갈대의 동침」). 세상에 대한 양가적 관점과 자기정체성에 대한 확고한 주관이 이들 시 속에 있다.

4. 의식 또는 인식의 함의

의식(意識)과 인식(認識)은 유사한 언어이나 그 의미는 사뭇 다르다. 의식은 개인적인 차원에서는 사유 주체의 자신이나 사물에 대한 인식 작용을 말하며 사회·역사적인 차원에서는 객관적 대상에 대한 견해 및 사상 등을 통칭한다. 그에 비해 인식은 그 의식에 바탕이 되는 행위, 곧 사물을 분별하고 판단하는 일련의 정신적 과정을 지칭한다. 단계적 구분으로 말하면 인식의 다음 차순에 의식이 형성된다고 보아도 크게 무리가 없다. 지은경 시의 인식은 그가 조우하고 그의 심상에 영향을 미치는 일상의 삶에서 출발한다. 그리고 특정한 현실에 기반을 두고 그로 인해 형성되는 시적 의식에 있어서는, 동시대 사회의 불합리한 여러 부면에 예각적으로 맞서는 단호함을 나타낸다. 역사적 사실에 대한 가치평가, 여성 인권의 진작을 통한 유리천정 깨기, 민족·인류·전쟁·사이보그와 같은 첨예한 문제들에 대한 비판적 발상을 시 속에 끌어안고 있는 것은 그 때문이다. 5부와 6부의 시들이 대체로 그와 같다.

길이 없겠소?
무슨 방법이 없겠냔 말이오

방법은 있습니다
위험하지만 마르크스를 부르는 겁니다
망치를 들고 혁명하는 겁니다

이렇게 보호받고 살았는데
우리가 적응할 수 있겠소

세상이 얼마나 무서운 줄 모르오

어항을 깨고 나온 물고기들은
큰물을 만나면 무럭무럭 자랍니다
새 아침이 오고 있습니다

-「유리천정 깨기」 전문

'유리천정'은 이 세상 곳곳에 있다. 그러나 시인이 당면한 제1순위의 그것은 여성 인권을 가로막는 오래고도 질긴 방어벽이다. 시인은 과격한 수단을 동원한, 유리천장 돌파 이후의 그림을 그려둔다. '어항을 깨고 나온 물고기들'이 새로운 세상에서 성장하는 꿈, '새 아침'에 대한 기대다. 그런데 이러한 새로운 경계의 열림이 단순한 투쟁의 일관으로 해결될 일이 아니다. 그래서 "세상의 벽인 남성들이여! 세상의 봄인 남성들이여! 따스한 봄을 나누어 주세요"(「'벽'에 대한 고찰1」)라고 호소하기도 한다.

이와 같은 시적 의식의 대사회적 전개는 '영웅 안중근'을 비롯한 역사적 지평으로 쉽사리 확산된다. 시인이 꿈꾸는 '폭력 없는 평등한 세상'은 끊임없이 이해와 소통의 언어를 찾아 나서는 여정(旅程)의 목적지다. 그러나 이 시인이 시의 언어로 무장한 채 생경한 투사의 길로 가지 아니하고 마침내 시인의 길로 귀환하는 것은 참으로 다행스럽다. 이는 시적 균형성이요 그의 시가 저잣거리의 외침이 되지 않도록 하는 처사이며, 지금껏 큰 그림 아래 숨죽이고 있던 자신의 언어 감성을 내버리지 않는 것이다. 다시 말하면 근본적인 시인의 태도를 허물지 않는 자기 금도(襟度)의 발현이라 할 수 있다.

산해진미 앞에서

누군가를 위해 남겨둠을 생각하는 것

황금빛 노을 바라보며
장미 한 송이 피워내는 것

곧고 흰 삼나무로 서서
그리운 사람을 기다리는 것

시처럼 산다는 건 쉽고도 어려운 일
버무린 말의 뜻을 해석해야하는

-「시처럼 산다는 거」 전문

시인의 영혼은 자유롭다. 삼라만상(森羅萬象)에 편만한 현상들 앞에서 무제한의 발언권을 가지고 있으되, 언제든지 시의 본향으로 귀환할 퇴로를 확보해 두고 있기에 그렇다. '시처럼 산다는 건 쉽고도 어려운 일'이지만 시인은 그 시의 문도(門徒)가 되기를 주저하지 않는다. 남겨둠을 생각하고, 장미 한 송이를 피워내며, 그리운 사람을 기다리는, 그리고 버무린 말의 뜻을 해석하는 시 세계의 고통과 보람을 오히려 기꺼워하는 것이 시인의 자리다. 그것이야말로 다른 무엇과도 바꿀 수 없는 시인의 정신적 형질이다. 바로 이러한 시의 즐거움이 있기에 그의 시대와 역사를 향한 질책도 빛을 발한다. 이 양자 간의 팽팽한 긴장과 줄다리기를 이 시인은 어느 누구보다도 잘 인식하고 있다.

시인의 사유 방식으로는 이 양자를 함께 갈무리하는 시 쓰기의 방략이 온전한 창작의 모본(模本)이며, 시인이 비유한 '황금찬 식' 말하기로는 '착하게' 사는 것이다. "시와 시인은 불이(不二)라는/ 사람이 바탕이 돼야 시가 된다는/ 인간의 진실이 우선이라며/ 선비정신으로 살다 가신 선생님!/ 시인은 가도 시는 영원히 남아/ 후세인들의 가슴을 울립니다"(「착하게 살아라」)라는 강렬한 구절은, 어쩌면 시인이 자기 자신에게 이르는 충고일지도 모른다. 이 길지 않은 글을 통해 살펴 본 지은경의 시편들은, 삶의 여러 모습을 담아내면서 시적 서정과 사회적 책무를 겹친 꼴 눈길로 응시하고 있다. 그 내면적 인식과 외향적 의식의 발현이 감동의 여운을 남기는 것은, 시의 언어를 통해 이를 해명하려는 고투의 시 정신에서 기인한다. 앞으로도 우리는 이와 같은 시의 값있는 향연을, 그의 시가 걷는 길목을 따라 함께 추수할 수 있기를 바라마지 않는다.

가족사의 심원(深苑)에 세운 범문(梵文)의 시

- 박재홍 시집 『자복(自服)』에 붙여

1. 가족사 시편의 새로운 전개

이전에 출간된 박재홍 시인의 시집 『모성의 만다라』를 평가하는 글에서 필자는 '깨달음과 원융의 사모곡'이란 제목을 붙였다. 그 시집은 처음부터 끝까지 시인이 어머니를 그리고 추모하는 정서를 끌어안고 있었고 이를 표현하는 아픔과 슬픔의 기록이었다. 어느 시인, 어느 사람에겐들 어머니가 그립지 않으랴마는 이 시인의 경우에 유독 그 깊이와 강도가 절실하게 가슴에 와 닿았던 기억이 새롭다. 아마도 그가 마음의 상흔을 언어로 풀어내는 시인의 길을 선택했다는 것, 그리고 일생 남들보다 힘겨운 장애의 몸을 간수해야 한다는 것이 주된 원인일 것으로 짐작했었다. 그런데 이번 시집 『자복』을 읽으며 생각을 고쳤다.

이 시인에게 있어 가족애, 가족사, 가족 간의 관계성이라는 것이 유난히 유현(幽玄)하고 시인 자신이 이를 끈기 있게 붙들고 있다는 또 하나의 요인을 발견할 수 있었던 것이다. 이 시집의 중심 줄기를 이루는 대상은 아버지다. 그의 아버지는 시집의 문면 전체에 걸쳐 전면에 드러나거나 몰래 잠복해 있거나 아니면 암시적 의미망으로 존재한다. 세상의 모든 인간이 아버지의 피를 받고 육신을 이루는 터이지만, 이 시인이 응시하고 접촉하고 감각하는 아버지는 곧 삼라만상의 다른 이름이기도 하다. 어쩌면 그래서 이 시집이 『모성의 만다라』와 하나의 짝을 이루는 것이 될지도 모르겠다. 그것은 시적 형상력의 균형감각인 동시에 삶의 균형성을 지탱하는 인식의 모형일 수도 있다.

물론 여기에 아버지만이 그 자리를 점유하고 있는 것은 아니다. 어머니 또한 수시로 여러 모양으로 나타나고, 누이나 친척에 대한 기술도 함께 보인다. 그의 가족을 향한 뜨거운 지향성은 어쩌면 단속(斷續)의 지점이 없는 종교의 그것과 닮아 있다. 그의 종교는 무속이나 불교에 근접한 동양정신의 원형을 가졌다. 이 글의 제목을 '가족사의 심원에 세운 범문의 시'라고 명명한 것은 이러한 시집의 특성을 반영하기 위해서였다. '심원'은 그윽하고 깊숙한 동산을 말하며 '범문'은 범서(梵書)가 범어로 씌어진 글, 곧 불교의 경전이라는 의미에 잇대어서 불교적 가르침을 공여하는 문장이라는 뜻이다.

2. '자복'의 의미망과 모성 희구

이 중첩적 개념들을 시집 전반에 활용하면서, 박재홍의 시는 스스로의 내면을 드러내고 이를 정화(淨化)하는 '자복'의 길을 모색한다. 이 시집의 서두를 점유하고 있는 표제의 시 「자복」은, 스스로 죄를 스스로 고백하고 그에 대한 문책에 복종하겠다는 뜻을 천명하는, 이를테면 이 시집을 관통하는 화두에 해당한다. 시인은 반복적으로 자신의 연륜, 곧 지천명(知天命)에 이른 인생사의 회한을 반추한다. 거기에 가족 구성원에 대한 회고의 정을 펼쳐 보인다. 어느 누구라도 오십의 나이에 그만한 생애의 질곡이 없을까마는, 시인은 유독 이에 깊게 반응하는, 민감한 심상의 형질을 지닌 것으로 여겨진다.

> 하루의 허물을 털었더니 우수수 짙은 진눈깨비처럼
> 비늘이 털어졌다.
>
> 누군가를 향해 하루치의 미늘이 이러하였을 것이니
> 참으로 허물 많은 삶이다
>
> 앞으로 곤고한 삶은 얼마나 더 많은 죄업이 되어
> 기다리고 있을까?
>
> -「자복」 전문

'하루치의 허물'은 꼭 하루의 분량을 말하는 것이 아니다. 그 하루가 오십년에 이르도록 축적된 것이고 보면 '짙은 진눈깨비' 같은 비늘이나 '누군가를 향'한 미늘은 '허물 많은 삶'을 지시하는 대명사와 다르지 않다. 비늘은 내게서 유추되는 허물의 형용이고, 미늘은 앞으로의 곤고한 삶에까지 결부된 죄업의 형상이다. 이와 같은 자기 삶에 대한 전방위적 성찰과 회오의 진술은 시집 전반에 걸쳐 동일한 유형으로 등장한다. 아마도 그러한 시적 일관성이야말로 이 시집을 독창적 감성을 촉발하는 문학적 성과에 이르도록 견인했을 것이다. 그런데 그의 반성적 성찰은 언제나 어머니와 아버지, 그리고 가족 구성원에 대한 자책감 또는 죄의식에 잇대어져 있다.

하늘의 대에 오르신 어머니가 내리는 날이다 어느 포구의 폭설처럼 잇닿은데 없이 끈임 없이 줄기차게 사랑처럼 임재 하는 눈.

덜컹거리는 사랑이 조바심하며 지리산 한 자락 넓게 펼친 목화이불처럼 아무도 가지 않은 길에 대한 조잡한 마음처럼

내 속에 밟지 않은 눈을 치울 것인가 밟고 지나갈 것인가에 대한 미련함이 그도 허물이라는 것을 나이 오십에 알았으니 미련하기 그지없구나.

-「대설주의보」 전문

폭설 가운데서 어머니를 보고 '어머니가 내리는 날'이라 언표(言表)할 수 있다면, 시인은 눈 내리는 날이 아니더라도 삼라만상 가운데 어디서나 어머니를 찾아낼 수 있다. 그와 동일한 바라보기의 방식으로 '할아버지 산소'를 보기도 하고 '수목장할 나무 한 그루'를 보기도 한다. 이 시집에서 가장 많은 빈도를 보이는 혈친 '풍장 치른 아버지'는 더 말할 나위도 없다. 때로는 "아들의 꿈길에 할머니가 아빠 머리맡에서 울고 있었단다"와 같은 복합적 상황도 목도할 수 있다. 이 모든 목격자의 증언은 시인이 '나이 오십에 비로소 몸 부리는 것을 배웠'기에 가능하다. 삶의 연한이 숙성하고 가족애의 진진한 의미가 체득되는 것은, 그에게 동류항의 시적 문법이다.

시집을 느린 보폭으로 주의 깊게 읽어 나가면서, 새삼스럽게 눈여겨보는 것은 왜 이 시인이 이렇게 전면적으로 산문시의 형식을 차용하고 있는가 하는 점이다. 시의 외형은 그것 만으로의 의미가 있는 것이 아니라 내포적 형질과 밀접하게 연관되어 있다. 곧 형식이 내용을 담는 그릇

이라는 말이다. 시인이 내내 하나의 모티브로 붙들고 있는 가족애를 불교적 세계관으로 표출하는 데 있어 이처럼 유장(悠長)한 글쓰기의 문법이 필요했는지도 모른다. 덧붙여 반복하여 되뇌는 '나이 오십'의 세상살이 체험이 보다 많은 분량의 이야기 그릇을 요구했는지도 모른다. 어쨌건 산문시의 행보가 시인에게 유효하고 적합하다는 것은 분명한 사실이다.

팔영산 아래에서 살다가 불현 듯 떠날 때에는 삶을 몽글게 열심히 장애를 가진 아이와 남매를 키우기 위해 이웃을 돌보며 살아가는 모습에 아버지는 교훈적이었습니다.

그것은 시대를 넘어서는 현재까지 내 마음에 머물며 닿아 있습니다. 진정 아버지는 내가 기억하지 못한 곳에서 온전하게 자리하고 있었습니다.

영정사진도 없이 꽃도 없이 밥도 차려지지 않은 장례식장에 서럽게 웃는 모습으로 칠성판 위에 누워 계셨습니다.

-「장례식」 전문

제2부에 수록된 15편의 시는 모두 예문의 「장례식」처럼 주로 아버지의 담화를 담고 있으며 곳곳에 누이, 어머니, 증조부 같은 가족사의 담론을 시의 재료로 수용하고 있다. 시적 화자는 "산에서 캐낸 돌을 연탄불에 구워 수건이 타 들어가는데도 몇 장 겹쳐서 지지던 아버지 어머니의 하루를 내가 만나고 있으니 내리사랑은 부정할 수 없"다는 인식의 소유를 보여준다. 그 '내리사랑'에의 자각이 이 시집을 관류하는 하나의 저력이요 보람일 것이다. "겁이 나서 울지도 못하고 세숫대야에 담긴 팔과 얼

굴 발을 씻기던" 누이, "피굴과 매생이 저를 연탄불에 구워 먹이"던 어머니는 모두 이 혈연공동체에 각자의 방위를 점유하고 있는 정신적 교감의 실상들이다.

제상 앞에서 '우리 불쌍한 새끼들'을 위하여 조상에 빌던 아버지, '아랫집 마당에 벽돌 서너 장으로 숯불에 생선을 굽'던 아버지, '마당을 쓸던' 아버지, 그 아버지는 어느 결에 시적 화자의 체험적 현실이 되고 사유의 중심이 되고 생애의 퇴적층이 된다. 화자는 '사무치도록 보고 싶을 때마다 아이들에게 들려준다'고 토로한다. 이처럼 대를 이어 계승되는 가족사와 가족애의 이야기는, 이 시인이 어떤 작심으로 이 시집을 기술했는가를 여실히 증명한다. 이를 두고 '생존의 원인에 대한 소멸된 깨달음의 비늘'이라는 사뭇 난해한 관념을 동원하기도 한다. 그에게 현자(賢者)는 멀리 있지 않다. 이 모든 관념의 편린들을 일상 속에서 감당한 어머니가 곧 현자였던 것이다.

3. 불교적 사상성을 덧입은 시

그렇게 보면 그에게 있어 범상한 가족사는, 그 중첩된 체험과 확장된 넓이 그리고 심화된 깊이에 따라 종교적 심오(深奧)를 발양하는 하나의 통로가 되는 셈이다. 제3부의 시들은 이 심오를 제현하는 바탕에 범어와 법문, 불교의 사상성이 잠복해 있음을 점차적으로 드러낸다. 일상의 삶이 불심(佛心)의 수양이 되고 그 수양을 통해 다시 일상을 조화롭게 하는 것은, 보편타당성의 교리를 가진 불교의 세계에서 어렵지 않게 만날 수 있는 생활신앙의 도식이다. 이 단계의 시편들에서 오현스님, 49재, 발우

(鉢盂), 입멸(入滅), 범문, 삼매(三昧) 등의 불교적 어휘와 용어들이 편만해 있는 것은 바로 그 때문이다.

> 맑은 도량에 잠드는 이 없고, 스스로 피어난 꽃에 놀라지 말아야 詩가 아닌가? 라고 물었습니다. 폭풍 속에서 뒤집어지는 만선의 꿈이 나뭇잎처럼 날아가는데 사람을 붙잡고 일으키고 길을 잃고 헤매는 사람의 발등에 불을 밝혀주는 것처럼 그가 말했습니다.
>
> 아버지. 49재는 지옥 속에 나를 내어 놓았습니다.
>
> -「아버지 49재」 전문

유명(幽明)을 달리한 아버지를 다른 세상으로 보내드리는 그 식전(式典)에서, 시인의 시가 아버지의 존재와 연관되어 있음을 시사하는 대목이다. 아버지는 시인에게 있어 존재론적 응시의 대상이며, '길을 잃고 헤매는 사람의 발등에 불을 밝혀주는 것처럼' 시를 촉발하는 유다른 정신적 결정체이기도 하다. 그런데 그 시를 촉매하는 일의 결과는 '지옥 속에 나를 내어놓'는, 곤고한 형용을 초래한다. 이 지옥은 사후세계의 극한을 말하는 것이 아니다. 시를 쓰는 일이, 한 시인의 내면에서 언어의 경작을 도모하는 일이, 얼마나 곤고한 역정(歷程)을 포함하고 있는가를 대변하는 언사다. 이는 또한 그의 시가 눈에 보이는 경물의 지경을 넘어 생명현상을 심층적으로 탐색할 심산(心算)임을 암시한다.

> '아니네 어리석은 아들아 꿈길을 걸어 들어가지 마라 그것은 망상이다.' 그럴 리가 없다고 도리질 하지마라 의식도 없고 의식도 아닌 것도 없는 곳은 부처가 말한 길이 아니냐 '아들아 너로 인해 연명된 수명

이 잠시 더 연장된 것뿐이니 덧없는 것이 오늘이다.'

가진 것 없이 태어나 가질 것 없이 삶을 살았으니 나는 덧없이 하염없는 길을 걸어가 부리는 모든 것들이 장도 앞바다에서 붉게 붉게 마지막 노을로 타오르는 시정(詩情)일 것이니 부디 자유롭거라.

-「삼매(三昧)」 전문

시인은 불교의 '색즉시공(色卽是空)'을 시의 문면에 겹쳐 보이기를 원한다. 의식 또는 무의식의 길이 모두 부처의 길이라는 생각은 삶의 행적과 여기에 글을 더한 시정(詩情)이 한 가지이기도 하고 서로 다르기도 할 것이다. '부디 자유롭거라'라는 곡진한 당부는 이 범박하면서도 진중한 철리(哲理)를 축약한, 매우 단단한 문장이라 할 수 있겠다. 시집의 후반 제4부로 넘어가면서도 이와 같은 가족사와 그 핍진한 의미의 관계망, 그리고 범문에 기반을 두고 생명현상과 사후세계를 응대하는 열린 시의 정신은 그대로 유지된다. 그와 더불어 서두에 그 자리를 두었던 '자복'의 시적 표현이 반복되어, 이 모든 현상적 체험이 결국 시인 스스로를 경계하고 자성(自省)하는 요인임을 확증한다.

스스로 무릎을 꺾고 뼈를 부러뜨리며 깨어진 전신의 거울 속에 나를 억겁으로 말하며 일그러진 얼굴을 펴고 몸을 세우며 난장의 한곳에서 풍장을 치르다가 만 업장을 슬퍼하며 리어카에 실린 배추 단처럼 풀어헤쳐진 현실 속에서 작은 아주 작은 미늘 같은 기도의 일면이 되어 시집 밖으로 나와 고향 산성을 오르는 탁발의 시간을 나는 스스로 꿇어 엎드린 자복이라 부릅니다.

-「자복2」 전문

단 한 문장으로 된 산문시다. 스스로를 단련하고 그 가운데서 시의 언어, 시적 언술을 이끌어내는 치열한 정신적 고투를 감각하게 한다. 그와 그의 아버지, 그리고 가족 구성원들이 형성하고 있는 존재의 의미는 어느덧 '세상을 짊어진 아틀라스처럼 신족이 되어' 살고 있다. 이것은 누군가가 객관적으로 승인하는 문제가 아니다. 시인 자신에게서, 시인의 내부에서 흥기(興起)하는 관념의 이름이요 형상이다. 시집의 결미에 이르러 마침내 시인은 '아버지 전 상서'라는 편지글을 시의 이름으로 제기한다. 이 시집이 하나의 실체를 이루도록 한 그 발원의 상념을 구체적으로 적시(摘示)한 터이다. 참으로 고단한, 그러나 더 할 수 없이 치열한 글쓰기의 도정이 여기에 그대로 남아 있다. 시집의 마지막은 「자복3」이란 시로 마감된다.

이 시의 첫 구절은 "새로운 시작은 늘 자복으로부터다. 깨끗한 눈길도 서설처럼 주십시오. 바람 한 줄 길 잃은 것처럼 먼지처럼 소멸하는 것은 가없는 공중에 나부끼는 풍별의 질문 같은 것"이라고 진술되어 있다. 마지막이 곧 첫 시작인 것은, 그의 시에서 익히 보아온 범문의 사상을 반영한다. 이렇게 그의 시는 길다면 길고 짧다면 짧은 생애의 길, 시 쓰기의 길을 채우는 언어는 자복, 자신에 대한 반성적 성찰의 언어로 채워져 있다. '나이 오십'에 이른 전 생애의 체험, 가족사와 가족애의 애환, 정신과 육신의 고통, 범문에 기댄 자기각성의 탈각 등이 이 시인의 시를 지탱하는 근원적인 힘이요 추동력이요 소망의 염력(念力)이다. 그렇게 매우 선명하고 독특한 언어의 숲을 형성한 시집이 여기에 있다.

진솔한 삶의 언어와 우화등선의 날개

- 최대순 시집 『푸른 도마의 전설』

1. '개미'의 근면이 이른 시의 길

한국 문단에 그 이름을 등록한 지 7년 만에 첫 시집을 상재하는 최대순 시인의 시를 공들여 읽었다. 평소에 그를 시인이라기보다는 출판인으로 여겨온 필자는, 일상적인 삶의 언어를 내면의 깊이와 더불어 초절(超絶)의 지경으로 이끌어가는 그의 시 세계에 괄목상대하며 놀랐다. 아하, 그에게 이토록 순정한 시심(詩心)과 정치(精緻)한 언어의 조합이 잠복해 있었다니! '글은 곧 그 사람이다'라는 고색창연한 역사주의 비평관을 신뢰하는 필자는, 시를 통해 다시 그 사람을 새롭게 바라볼 수밖에 없었다. 이와 같이 수발(秀拔)한 시적 기량을 감추어 두고서, 그는 다른 이들의 문학이 책으로 변화하여 세상에 얼굴을 알리는 일에 그토록 열심이었구나!

최 시인이 1992년에 설립한 도서출판 〈개미〉는 그간 기획과 마케팅에 능력을 발양하여 많은 화제작을 생산했다. 경요 장편소설 『슬픈 인연』, 『수선화』, 『물 위의 사랑』 등 기획 시리즈는 1990년대 후반에 주목받는 베스트셀러로 기록되며 그 소설적 담론과 더불어 사람들의 마음을 따뜻하게 쓰다듬었다. 은희경의 『내가 살았던 집』, 한강의 『아기부처』, 김주영의 『어린 날의 초상』, 정연희의 『가난의 비밀』 등은 그간 〈개미〉의 수고와 성취를 한 눈에 보여주는 작품들이다. 그 외에도 산문집, 시집, 철학서, 종교서적 등 곤고한 인문 출판의 길에서 지속적인 사유와 공유 그리고 나눔의 길을 걸어왔다. 지금까지 모두 1천여 종의 책을 출간한 그 뒤안길의 음영에 최 시인의 한숨과 눈물이 배어 있을지도 모른다.

그런데 이 지난한 발걸음을 옮겨 오는 동안, 정작 자신의 창작 시집 발간은 만시지탄의 감이 없지 않다. 다른 문인들의 광영을 위하여 자신의 빛을 어둠 속에 묻어두었던 그가 이제 비로소 첫 시집을 내는 터이니 이를 환영하며 상찬(賞讚)하지 않을 수 없는 것이다. 2013년 계간 《문학나무》 여름호 신인 작품상으로 「그리움을 훔치다」 외 4편을 발표하며 문단에 나왔으니, 젊은 날부터 문인의 길을 달려온 후배들에 비하면 늦깎이인 셈이다. 다른 이의 앞날에 꽃을 뿌려온 그의 문학적 적덕(積德)이, 자신의 가슴 밑바닥에서 웅크리고 있던 창작력을 고이 다스려 온 인고(忍苦)가, 아마도 향후 그가 선보일 시 세계를 더욱 값있고 풍요롭게 장식하리라 기대해 본다.

2. 일상의 풍경과 내면의 심층

최대순 시의 출발점은 소박하고 연약한 것에 대한 애환이나 스러져버린 옛 것에 대한 그리움에 바탕을 두고 있다. 범박한 일상 속에서 그와 같은 시적 이미지를 발굴해 내는 힘은, 그의 시를 풍성하고 웅숭깊게 인도하는 비장(祕藏)의 열쇠와도 같다. 그 힘은 겉으로 드러나 명징한 것이 아니라 내면으로 침잠하여 숨은 보화처럼 은밀하게 숨죽이고 있는 것이다. 이러한 인식의 구도와 시 창작의 형식은, 곧 그의 시가 지향하는 방향성을 예표(豫表)한다. 그는 시가 모든 사람과 사물을 함부로 불러내는 전가(傳家)의 보도(寶刀)라고 믿지 않는다. 그에게 있어 시의 품격이란 작은 것을 통해 큰 것을 말하고 진심갈력으로 소통과 감동을 촉발하는 것인 듯하다. 그 지점에서 그의 시는 일상의 풍경과 내면의 심층이 조화롭게 만나는 자리를 확보한다.

> 1호선 인천역
> 더 이상 갈 수 없는 곳
> 누군가 청색 적색 깃발을 흔들고 있다
>
> 비는 플랫폼을 적시고
> 시간은 내 등을 떠밀고 있다
>
> 추억은 한 움큼 쌓이고
> 갈 수 없는 곳
> 그러나 가야할 그 곳
> 가난한 사람은 말이 없다
>
> 어둠은 플랫폼을 삼키고
> 막차는 소식이 없다
> 긴 그림자 끌고 가야 할 남은 길에서
> 바람으로 비껴도
> 다시 만나지는 말자
>
> 너무 그리우면 말을 잃지

기다림에 지친
비 젖은 플랫폼

-「비 젖은 플랫폼」 전문

1부에 실린 시다. 늦은 밤, 비가 내리는 전철 역사, 막차를 기다리는 사람. 이 풍경 속의 시적 화자는 추억의 한 자락을 붙들고 누군가를 사무치게 그리워한다. 너무 그리워서 이미 말을 잃었다. 그는 '가난'한 사람이다. 그의 가난은 물량적인 것이기 보다는 상처 입고 황량한 마음의 가난이기 쉽다. 우리 시대의 갑남을녀(甲男乙女) 가운데, 이처럼 통절한 상황에 당착해 보지 않은 이가 있을까. 그 친숙한 일상, 그 공명(共鳴)의 내면을 겪어보지 않은 이가 있을까. 최대순 시의 힘은 바로 이러한 지점에 있다. 누구에게나 존재하는, 그러나 그 경험의 형국에 따라 모양과 채색이 제 각각인 기억들의 숲길. 그의 시가 가슴 저미는 감동을 선사하는 방식은 오히려 이토록 단순하고 낮은 데서 형성된다.

하늘은 검고
땅은 희다
신이 내린 은색의 침묵
어지럽게 흩어진 발자국 위로
차가운 별빛이 내려앉는 밤
다들 어디로 가버렸을까
은밀히 이야기만 남은
자작나무 숲길을 거닐다 누군가
떨구고 간 옷핀을 주웠다
주인을 잃고

한참을 헤매었을 작은 분신
칠이 벗겨진 몸통이 꺼칠하다

신발에 묻어 온 눈을 털며
밤이 낮인 듯
때때로 뒤바뀐 삶도
날려버릴 수 있다면
하늘 밝힌 등을 향해
단단하게 뭉친 눈을 던질 때마다
명줄을 쥔 손처럼 안으로 멍드는 생채기
하루도 기다리지 못해
무너져버린 허무가
하얀 밤길을 따라가고 있다

-「눈을 털며」 전문

주의 깊게 읽어 보면 눈 내린 겨울밤의 서사다. 천지현황(天地玄黃)의 자연색을 감추고 눈 내린 땅은 '은색의 침묵'에 감싸여 있다. 사람들은 자취는 보이지 않고 '은밀한 이야기'만 남았다. 문득 화자는 자작나무 숲길에서 '누군가 떨구고 간 옷핀'을 줍는다. 그 미소(微小)한 경물은 참 많은 것을 말한다. 일찍이 윌리엄 블레이크가 '한 알의 모래에서 우주를 보고 한 송이 들꽃에서 천국을 본다'고 했던가. 이렇게 밀도 있게 산 온종일의 중압을 눈을 털 듯 털어내고 싶다. 그러나 남는 것은 '하루도 기다리지 못해 무너져버린 허무'다. 이 일상의 긴장과 털어낼 수 없는 허망함 사이에 위태롭게 가로 놓인 외나무다리를, 최대순의 시는 '하얀 밤길을 따라 가듯' 건너고 있다.

3. 현상과 본질의 순후한 교감

외형의 소박과 겸허가 감동의 문양을 생산하자면, 그 내포적 층위에 있는 본질이 그럴만한 자격을 갖추고 있어야 한다. 왜 낭중지추(囊中之錐)란 옛말이 있지 않던가. 바늘이 주머니 속에 있으면 삐어져 나오기 마련이다. 이는 본질이 현상의 근원이라는 말과 다르지 않다. 시의식의 형성과 시적 발현이라는 창작의 경과는 이 논리에 꼭 들어맞는 언어적 모형을 가졌다. 한 시인의 세계를 지배하는 내면 풍경이 궁극에 있어 그의 시적 형질과 형상을 구획하기 마련이라는 뜻이다. 최대순 시가 우리에게 공여하는, 소박하고 조촐하지만 단단하고 강고한 공감의 무늬들은 결국 그의 인간 또는 문학의 근본에서 말미암는다.

> 물고기들이 모두 떠나간 뒤에도 도마에게는
> 아직 버리지 못한 감정이 남아 있었다.
> 덜컹대는 간판 아래 사내의 삶이 반 토막 났던 것처럼
> 그 사내의 몸에서 보고픔이 지독했던 것처럼
> 도마에게 비린내는 자신이 사랑한 것들의 향기였다
> 도마는 한쪽 밑둥치에서 썩고 있는 냄새를 맡고서야
> 자신이 거대한 나무였음을 기억해 내었다
> 그에겐 지워지지 않는 초록의 감정이 있다는 것을,
> 한때 자신에게 와서 부화되고 떠나간 새들이 있었다는 것을,
> 도마는 옆구리에 문신처럼 새겨진 물고기들을 지워본다
> 어느새 나타나는 나이테의 깊어진 울음,
> 달빛이 민물처럼 쏟아져 내리는 날에는
> 제 울음마저 토막 내었던 생각 때문에 온몸이 아려왔다
> 나무 위에서 도마가 자랐고 도마 위에서 물고기가 살았듯

모두 떠나간 몸뚱이에선 비린내가 그리움처럼 풍겼다
태양이 나뭇가지에 던져놓은 낚싯대가 팽팽한 여름
건기의 강가에서 살던 전설의 물고기가 뒷골목을 떠돌고 있다

-「푸른 도마의 전설」 부분

'킬리피시'의 전설 같은 이야기를 시의 모티브로 차용해 왔다. 이는 열대에 사는 물고기다. 호수의 물이 없어지는 건기에, 흙이나 나뭇가지에 알을 낳고 그 알이 우기에 부화되어 생명력을 이어가는 놀라운 '펙트'를 보여준다. 그런데 시의 논점은 그 물고기가 아니다. 물고기를 품었던 나무가 푸른 도마로, '횟집 뒷골목에 버려진 나무 도마'로 변신한 곡절 많은 현상의 배면을 좇고 있다. 도마는 자신의 전신(前身)이었던 나무에 새도 물고기도 넉넉하게 깃들었던 전력(前歷)울 기억한다. 그런데 지금은 횟집이 있는, 아마도 어느 도회의 뒷길에서 비를 맞고 있다. 그 지형과 환경 변화의 역정(驛程)에 묻혀 있는 지난 일들이 여전히 그의 기억 회로에 저장되어 있는 것이다.

이 한 편의 시가 중층적 의미를 끌어안고 있으면서 동시에 경쾌하고 산뜻한 것은, 그와 같은 도마의 본질을 현실적인 시야의 무대로 이끌어 내는 시적 서사의 솜씨 때문이다. 아픔과 슬픔이 중첩되어 무겁게 침잠할 법한 시적 담론의 행보를, 오히려 아련한 추억과 흥미로운 전설의 양식으로 치환하여 보여줌으로써 음습한 우울의 분위기를 걷어버렸다. 이는 또한 푸른 도마에 얽혀 있는 본질과 현상의 두 각론이 상호 충돌하지 않고, 순후하고 조화로운 교감을 생성하는 '미덕'을 연출하기도 한다. 최대순 시의 특장이 살아 있는 곳이 이를테면 이 지점이다. 겉과 속이 하나의 지향점을 향해 한 호흡으로 순행하는 길, 그 길의 종착에는 세상의 모

든 것을 조화롭게 응대하는 시인의 따뜻한 눈길이 숨어 있다.

봄은
슬픔 속의 설렘

여름은
그림자 없는 그리움

조락의 가을은
아려한 기다림

그리고
눈 덮인 겨울은
절절한 외로움

-「다반사」 전문

짧지만 견고하고 언어가 압축되어 있으나 완연한 서정을 견인하는 시다. 얼핏 조병화의 「해인사」나 나태주의 「풀꽃」 같은 짧고 깊은 시, 아니면 노천명의 「길」 같은 가슴 울리는 시의 명편을 연상케 한다. 사계(四季)를 이렇게 명료하고 강고하게 함축할 수 있는 시적 역량은, 우선 스스로의 삶을 성찰할 수 있는 세월을 전제로 한다. 시인은 자기 눈으로 감각하는 삼라만상 모두에 자기 속의 반향 판을 두드리는 감동이 잠복해 있음을 안다. 설렘, 그리움, 기다림, 외로움은 그렇게 본다면 따로 떨어져 있는 별개의 감정들이 아니다. 항차 그 감정의 유발과 소멸이 계절의 순환을 따라 '다반사'로 일어나고 또 스러진다. 2부에 수록된 「찔레꽃 피다」, 「사랑」, 「일모(日暮)」, 「겨울 한낮」 등의 시가 모두 이러한 특성을 동일하게 지녔다.

4. 자연 친화의 시각과 우화(羽化)의 시

대다수 최대순의 시는 무리한 시상(詩想)을 전개하거나 억지로 강작하는 수사(修辭)를 불러오지 않는다. 3부에서 만나는 그의 시는 순탄하고 자연스러우며, 그 가운데 의식의 심층을 매설하는 진중함을 자랑한다. 시집의 종반으로 가면 역방향의 생각과 축약된 발화를 도입하는 시편들이 보이기는 하나, 주된 흐름은 자연의 경물(景物)이나 풍광(風光)으로부터 순적한 영감을 도출하는 방식을 고수한다. 이 언어 문법과 표현의 방정식이 일정한 경지를 돌파하여, 현실의 방벽을 넘어서는 초절(超絶)적 행로를 열기도 한다. 마치 중첩된 일상의 너울을 벗어버리면, 동물이나 사람이나 제 각기 우화등선(羽化登仙)의 새 강역(疆域)을 천착할 수 있듯이. 어쩌면 이 시적 모형은 범상한 자리에서 지고(至高)의 위상을 향하는, 동양적이고 불가(佛家)적인 세계관과 겹쳐 보이기도 한다.

> 땅속을 헤집고 나온
> 매미 한 쌍
> 붉은 배롱나무 가지 끝에 매달려 우화(羽化)하고 있다
>
> 인고의 시간을 견딘 일곱 해
> 성충이 되는 일은

오체투지로 차마고도를 오르는 일이다

범종 울리는 새벽녘
카랑한 독경소리
침묵의 시간
이슬을 털며
보이지 않는 눈을 뜬다

운무를 뚫고 바람이 얼굴을 내민다
하얗게 드러난 알몸
무채색 날개를 퍼덕이며
생의 흔적을 남기고 떠난 자리

잿빛 허물만 남아
아침 햇살에 부서지고 있다

-「우화」 전문

매미 한 쌍의 '우화'를 바라보는 눈이 '인고의 시간'이나 '오체투지의 차마고도'를 읽어낼 수 있을 때, 그의 시는 글의 유형을 산문에서 운문으로 바꾼다. 그런데 그 운문적 기립(起立)을 소환하는 일이 결코 만만하지 않다. 차마고도는 차(茶)와 말(馬)을 교환하기 위해 개통된 중국·티베트·네팔·인도를 잇는 육상 무역로다. 거칠고 험하다. 그 길을 오체투지로 오르는 것에 견주어 볼 만큼 일상을 초탈하는 일이, 산문적 삶의 인식을 시의 호흡으로 바꾸는 일이 곤핍(困乏)하기 이를 데 없다는 뜻으로 해석된다. 범박한 자연 속에서 인생유전(人生流轉)의 이치를 판독하는 분별력이 없다면, 이와 같은 시의 안마당 회집(會集)에 참예하기 어렵다. 최대순 시의 자연친화적 말하기와 글쓰기가 수용자의 감응력을 촉발하는 지점이 곧 여기다. 그는 '잿빛 허물' 한 자락에서 이생과 전생의 내력을 동시에 읽어낸다.

> 오르는 길은
> 열댓 개
> 돌층계
>
> 어느 석공의
> 다정불심
>
> 층계 위
> 구름송이 같은
> 작은 추녀기와
>
> 비스듬히 열린
> 일각문 틈으로
> 부처의 얼굴이
> 낯설다
>
> 도솔천 가는 길
> 돌층계만큼
> 짧고 먼 길일까

-「인연」 부분

주지하다시피 '다정불심'은 박종화 장편소설의 제목이다. 고려조 공민왕 대(代)의 역사를 소설로 풀어낸 이 소설은, 그야말로 '다정하고 한많음도 병인양하여' 불심(佛心)으로도 제어하기 어려운 심적 고통을 상징한다. 그럴 때 '부처의 얼굴'이 낯설 수밖에. 그런데 이 낯선 경관을 부양하는 관찰력이 없다면, 이 문장들이 시로 '우화'하기 어려울 터. 정작 부처에 대한 진솔한 공양은 원근(遠近)이나 친소(親疎)의 관계에서 기인하지 않는다. 그것은 현상보다 훨씬 더 본질에 밀착해 있는 것이다. 불교의 훈도(薰陶)에 '부처 죽이기'가 있는가 하면, 카톨릭의 순교를 다룬 엔도 슈사쿠의 『침묵』에 예수의 얼굴을 밟는 '답화(踏畵)'가 있는 것이다. 시인은 산사(山寺)의 일각문을 오르며, 도솔천 먼 길을 내다본다. 그로서는 어쩌면 시의 날개로만 갈 수 있는 길인지도 모른다.

5. 전복(顚覆)의 사고와 축약의 발화법

시인이 그 가슴에 간직하고 있는 열정은 어떤 빛깔을 하고 있을까. 그것이 하나의 계열로 명료하고 단정하게 정돈되어 있다면, 시의 이해는 쉬울지언정 그 시가 사람들의 가슴을 설레게 하거나 소격(疏隔)효과를 거양하지는 못할 것이다. 최대순의 경우처럼 자기 세계를 잘 치리(治理)하고 있는 시에 있어서도, 이 논리는 적용이 어렵지 않다. 그에게서 발견할 수 있는 도발적 상상력이나 전복의 사고가 거느리고 있는 시적 다양성, 다원적 층위가 엄연한 까닭에서다. 4부의 시들을 보면 그는 이를 자신의 시적 노적가리 속에 잘 저장하고 있으며, 때로는 그것을 매우 효율적으로 축약하여 활용한다.

햇살에 찔린 눈이 따갑다

나뭇가지 사이 볕들자 절묘한
편경사 곡선에 걸어둔 하늘 아래 첫물로
제 몸 닦는 아침

방사형 은빛무늬 바퀴를 묶고
바람의 방향을 예의주시 중
조여 오는 한 축, 둥근 원을 따라
돌아가는 좁은 통로, 지옥문

언젠가 방심의 길목에서
발이 끼인 적 있다
수상한 웅성거림이 흔들리는
마지막 집결지
물러설 자리는 이제 없다

혼돈과 체념은 같은 어원일 거란 생각이 든다
과묵한 천성도 불운 앞에서는 침묵하는데
네모의 그물망이 잠재운 먹잇감 잠시 지연된 생,
철저한 말 줄임
자기를 처형하듯 다음 생을 염하고 있다

-「각시염낭거미」 전문

시 속의 거미가 꼭 거미일 뿐일까 그 거미는 '자기를 처형하듯' 다음 생과 마주하고 있다. 마침내 스스로 '지옥문'을 향한다. 거미는 이미 음험한 포획자가 아니다. 그에게 '물러설 자리는 이제 없다.' 그의 담화가 '철저한 말 줄임'인 것은 매우 당연해 보인다. 시인은 이 거미의 행태(行態)를 두고 일반적인 상식의 범주를 뒤집었다. 이러한 시의 전복 또는 축약의 레토릭은 "희망퇴직자 모집 공고가 폭설의 긴급재난문자 보다 먼저 오는" 사례(「긴급재난문자」)나, "둘이라서 행복한 오늘, 초승달에 눈이 찔려도 좋은 날"같은 고백적 토로(「세빛섬을 걷다」)에도 유사하게 나타난다. 가족사를 짐작하게 하는 "속 살 드러낸 군밤 하나, 아버지의 큰 사랑"(「아버지 겨울」)이나, "울타리꽃이 엄마의 등 굽은 그림자"(「숨길 수 없는」) 같은 절실한 시각에서도 그렇다.

기적 같은 봄날
꽃비 내린다
떠나야겠다

-「봄날」 전문

3행의 극소(極小)한 시, 그러나 참 여러 가지를 표상하는 함의(含意)가 있다. 최대순의 시는 어느덧 이렇게 반어적 사고를 압축하여 제시하는 기법을 확보했다. 왜 봄날이 기적 같은가를 설명하자면, 그야말로 봄날의 나른함을 닮은 긴 시간이 필요할지도 모른다. 그런데 시인은 이 일상적 삶의 문법을 건너뛰었다. 그 봄날에 꽃비가 내리는데, 문득 시인은 떠나야겠다고 결심한다. 왜, 어디로? 이 답변이 마련하고 있는 장대하고 호활한 여백에 최대순 시의 기개가 있고 또 값이 있다. 그렇게 시간과 공간을 제어하는 시심(詩心)의 부양이 있기에, 그의 시는 삶의 번잡을 떠나 시의 날개를 타고 우화등선의 의식을 꿈꾼다. 이 초월적 상상력의 활성은,

그 기저에 진솔한 깨우침의 언어들을 내장하고 있다. 시의 현상에 있어 일상을 벗어나지 않고 그 본질에 있어 궁극을 꿈꾸는 두 개의 의식! 이 양자 사이를 가로지르는 가교(架橋)의 형용이 우리가 만난 최대순의 시다.

시와 삶의 조화로운 만남
- 전선자 시집 『바람 나그네』에 붙여

1. 세월과 경륜을 담은 시집

소예 전선자 시인은 '무주와 전북을 대표하는 어머니'와도 같다. 1987년 《전북문학》 117집에 수필을 발표하며 문학 활동을 시작했으니, 그 연륜이 어언 34개의 성상(星霜)을 헤아리게 되었다. 문단에 적(籍)을 올린 이래 무주여성문학 《산글》 창립, 《시대문학》 수필 신인상과 《한맥문학》 시 신인상 수상, 한국문인협회 무주지부 창립, 전북여류문학회 및 전북불교문학회 회장을 역임했다. 실로 영일이 없이 달려온 생애의 주인이다. 지금은 김환태문학기념사업회 이사장을 맡고 있다. 이 많은 이력들은 겉으로 드러나 있는 것이지만, 그의 삶은 반가(班家)의 종부(宗婦)로서 보이지 않는 무거운 역할을 감당해 온 것이기도 하다. 놀라운 열정과 저력을 안고 있는 시인이요 활동가다.

지금까지 그는 2006년 『그 어디쯤에서 나는』, 2009년 『달 같은 세상 하나』, 2017년 『묵언하다』 등 세 권의 시집을 상재 했다. 그리고 1996년 『숨겨진 방』, 2012년 『여정은 짧고 길은 멀고』 등 두 권의 수필집을 냈다. 이번의 이 시집 『바람 나그네』는 그러므로 시집으로서는 4년 만에 내놓는 네 번째요 작품집 전체에 있어서는 여섯 번째 단행본이다. 시와 삶이 한가지로 치열하고 웅숭깊었던 그는, 그동안 여러 차례의 공익상과 문학상을 수상했다. 그 실적이 곧 그의 품성과 문학적 숙성을 말하는 이정표가 되는 셈이다. 기실 한 인물, 한 문인의 역정(歷程)에 있어서 그렇게 후한 평가를 수득(收得)하기란 결코 만만한 일이 아니다.

이번의 시집은 전선자의 그와 같은 생애사적 면모를 한눈에 판독할 수 있게 하는 힘을 가졌다. 이 시집의 「서시」는 그가 평생을 함께한 지아비와의 금혼식을 기념하여 펴낸다는 사실을 적시(摘示)하고 있다. 그는 이 상황을 '그럼에도 불구하고 동행'이라 말한다. 미상불 이 수사(修辭)는 여러 의미를 함축하고 있다. 청년에서 노년에 이르는 오랜 도정(道程)을 한 사람과 동행한다는 것은, '그럼에도 불구하고'의 인식과 해량(海諒)이 없이는 어려운 일이다. 이 고색창연한 생애사의 방정식을 바탕에 두고, 그는 자신의 시와 삶이 어떻게 만나고 또 어떻게 조화롭게 어울리는지를 성찰한다. 그런 점에서 이 시집은, 솔직담백한 그의 인생 고백서이기도 하다.

2. '나'를 찾아가는 시의 여행

모두 5부로 구성된 이 시집의 1부는, 시종일관 '나'의 자아정체성을 탐색하는 시의 언어로 채워져 있다. 시인의 사상이 불교적 상상력, 불교적 세계관을 그 기저에 두고 있는 까닭으로 '나'를 찾아가는 시의 여행은 고단하고 힘겨운 것이나 반대로 뜻깊고 보람 있는 행적을 생산한다. 시인은 마치 '심우십도(尋牛十圖)'의 고행이 마침내 진면목(眞面目)의 회복에 이르는 저 유명한 설법의 그림처럼, 시를 통해 자아를 찾고 회복하고 해명하려는 결기로 충일하다. '때아닌 괴질'로 호명된 코로나19조차 이 내면 탐구의 '시 쓰기'에 디딤돌(「2021년 아픈 세태」)이 된다. 문득 시인이 가을 천태산에서 만난 노거수(老巨樹)는 시인이 그 손을 맞잡을 수 있는 참 좋은 훈도(薰陶)로 작용(「노거수의 침묵」)한다.

내가 없는 세상이다
어떻게 된 일인가
여기저기 찾아다닌다
다니는 곳 어디에도 나는 없다
미완의 삶이 이렇게 무섭구나

어떻게든 찾아야 한다
요령도, 진실도, 재주도 필요 없다
자꾸만 뒤를 돌아보게 된다
그리고는 몇 날 며칠 후 포기 했다
자신을 찾는 일이 이렇게 어렵다니-

엿새가 지난 오늘 아침에야 어렴풋이 내가 보였다
길 잃은 아이처럼
낯선 곳에서 울고 있다
모습은 꼬질꼬질하고 남루하다

황혼에 든 내가
이제 세련되고 기품이 느껴지는
멋진 여인네의 모습이어야 하는데...

실망이다
대단한 실망이다

추슬러야 한다
세월 흐름에 대한 자연스러움을 인정하고
마음이나마 모두 비워 편안하고 너그러워야 한다

자연으로 돌아가야 할 준비가 필요하다
이타의 정신으로 살자 하지 않았던가
꽃처럼 살자 하지 않았던가
초심으로 돌아가
이심전심, 역지사지,
모든 역경 잘 견뎌내고
세상 것을 사랑하는 마음으로 살 일이다
가자 내가 있는 곳으로
비어있는 나를 찾아서 가자
넉넉하고 한없이 부드러운
한 세계를 향하여
새로운 나를 찾아 어디든 가보자
서둘러 돌아올 수 있는
그곳으로 가자
어느 날 사라진 나의 복귀를 위하여 열어두자
꽉 닫힌 내 둥지의 사립문을

-「내가 떠나고」 전문

어느 순간 시인은 세상에 내가 없다고 자각한다. 심우도에서 소를 잃어버린 형국이다. '미완의 삶이 이렇게 무섭구나'라는 자각이, 어떻게든 나를 찾아야 한다는 강박감을 불러온다. 그런데 그 곤고한 길의 시한이 '엿새가 지난 오늘 아침'에 이르러서야 어렴풋이 내가 보인다는 것이다. '황혼에 든' 나를 말하고 있으니, 그 엿새는 아마도 60년 세월을 압축적으로 제시한 것이라 보아도 무방할 듯하다. 이 연륜 측정법 또한 간단한 일이 아니다. 그렇게 삶의 운동 범주를 판독한 다음에야 '세월 흐름에 대한 자연스러움'을 인정하고, '마음이나마 모두 비워 편안하고 너그러워야' 한다는 각성이 뒤따라오기 때문이다. 삶이 시를 배태(胚胎)하고, 시가 삶의 스승이 되는 참 좋은 범례가 여기에 있다.

3. 시로 쓰는 가족사의 심원(深苑)

이 시집의 2부에 실린 시들은 모두 '인연'이란 제목을 달고 있다. 불교 사상에 근접해 있는 시인으로서는, 불가(佛家)의 가장 핵심적인 화두(話頭)라 할 수 있는 인연을 중심 주제로 여러 모양의 시상을 펼쳐보는 것이 당연한 일일 수밖에 없다. 그 연기설(緣起說)의 진중하고도 다채로운 관념은, 주로 시인의 가족사를 통하여 구체화 된다. 백년해로의 길벗인 남편, '큰 산'이 된 아들, 지금 그 연륜에도 '그리운 어머니' 등 여러 기억이 시의 표면으로 솟아오른다. 타인들과의 관계도 마찬가지다. 부세청연(浮世淸緣)이요 선인선과(善因善果)라는 말과도 같이, 이 소중한 인연의 관계성은 가족사와 인간사의 심원(深苑)을 형성하고, 시인의 삶을 품격있게 부양한다.

어제오늘 일이 아니다

서로 다르게 보이는 것들
작은 일들이 얼키고 설켜
헝클어지고 비뚤어지고
가끔은 토라지고, 그래서
갈라서려 할 때도 있었지

그럼에도 불구하고
다시 손잡고
마음 고쳐먹어
아무것도 아닌 것처럼 웃고
아무 일도 없었던 듯이 떠들며 살아온
50년의 세월길

이제 무엇을 더 바라리
측은지심(惻隱之心) 하나면 그만인
다정히 어깨동무하고
함께 구천동 미래의 길을 가고 있는 중
누가 뭐래도
우리는 완벽한 동행

-「인연·9 - 동행」 전문

이 시의 서술을 보면, 시인은 동행자와 50년의 세월길을 함께 걸었다. 옛말에 세월을 이기는 장사(壯士)는 없다고 했지만, 말을 바꾸어 보면 세월만큼 인생의 길에 깊은 행적을 남기는 존재도 없을 터이다. 그러기에 '어제오늘 일'이 아닌 것이다. 그 지척의 관계일수록 여러 충돌이 빈번할 수밖에 없겠으나, 그 또한 세월의 흐름 앞에 '측은지심(惻隱之心)'으로 종내 '완벽한 동행'에 이르는 날을 일구어낸다. 모자라는 것이 넘치는 것보다 낫다는 고색창연한 이치가 여기서도 납득되는 정황이다. 이제는 '든든한 산'이 된 아들, 이제껏 잊을 수 없는 '아름다운 영혼, 그 이름 어머니'도 이 세월의 경과 가운데 시인에게 남은 아픔이요 눈물이며 기쁨이요 감동이다.

4. 자연의 풍광과 내면 풍경

3부에 수록된 시들은, 시인의 자연친화적 사유(思惟)와 그 소박하고 품위 있는 자연의 거울에 반사된 시인의 내면 풍경을 잘 드러낸다. 그런가 하면 8월 '연록의 계절'에 시인 자신이 현양사업의 책임을 맡고 있는 눌인 김환태 평론가를 기리는 충정을 토로하기도 한다. '활화산의 심장을 닮은 모란'(「모란 옆에서」), '영령(英靈)이 하얗게 꽃'이 되는 유월(「하얀 유월」), 백년래의 행운 대나무꽃(「대나무꽃」) 등이 다 시적 화자의 삶을 북돋우고 새 힘을 이끌어내는 객관적 상관물들이다. 몽골리아 평원의 에델바이스, 야생마 징키스칸, 구천동 산골, 선운사 동백 등이 한결같이 시인의 눈을 통해 빛나는 풍광들이다.

유월은
보이는 곳에
보이지 않는 곳에

아우성치는 원혼들이 무더기로
모여 산다

아카시 향을 풍기며
이팝 이팝 굶주린 이들에게는 고봉밥으로
하이얀 찔레는 징벌당해 끌려간
오빠 편지, 비밀한 사연의 흔적이다

산딸나무 하늘 향한 넉 장 꽃잎을 보라!
젊음을 포기하고 미래를 놓쳐버린 아들을 위해
정안수 떠 놓고 조석(朝夕) 기도 올리는
노모(老母)의 무너진 가슴을 닮지 않았더냐
그 눈물은 이미 몸으로 스며들어
뚝뚝 지는 아침이슬이 되었다

어디 그뿐이랴
매화말발도리, 산목련이 그렇고
줄줄이 한 맺힌 섬초롱꽃의 고개 숙임과
흰 작약의 흔들림이 깊은 아림을 준다

영령(英靈)이 하얗게 꽃이 되어 피어오르는 유월은
전쟁의 포화 속
상처로, 희생으로 숙연해지지만, 세월이 흘렀음에도
하늘을 유영하는 창백한 넋들의 대화가 선연히 들린다

-「하얀 유월」 부분

이 땅에 생명의 태(胎)를 묻은 이라면, 누구에게나 유월이 '아우성치는 원혼들'의 시간이다. 징병이나 징용으로 끌려간 오빠, 젊음을 포기하고 미래를 놓쳐버린 아들, 그 아들을 위해 정안수 떠 놓고 조석 기도 올리는 노모가 눈물로 보낸 날이요 밤이다. 사정이 그러하니 매화말발도리, 산목련, 섬초롱꽃, 흰 작약이 한 가지로 '하늘을 유영하는 창백한 넋들의 대화'를 대언(代言)하고 있다. 어느 작가는 "나는 베토벤을 좋아한다고 말하는 것은, 나는 애국자다라고 말하는 것처럼 용기를 필요로 한다"고 했다. 이 시인의 계절 시편들, 그리고 거기에 직정적으로 기술된 나라 사랑의 용기는, 그의 시가 생생한 전율로 읽힌다는 사실을 환기한다.

5. 인물과 역사를 기리는 시

전선자 시인은 '소예(少睿)'라는 아호를 쓴다. 한자어 '예'는 깊고 밝은 슬기를 뜻한다. 4부에서는 '꽃 진 자리'라는 제목을 붙인 시편과, 이 호를 앞세워 '소예 아리랑'이란 제목을 붙인 시편이 순서대로 줄지어 있다. 그리고 '고(故) 김순영 수필가'를 기리는 시 한 편도 있다. 꽃 진 자리는 어쩌면 생멸(生滅)의 이치를 깨우치는 힘을 가졌는지도 모른다. 전선자 시인 이전에 이미 너무도 많은 문필가들이 이 이름을 가져다 시를 쓰고 산문을 썼다. 그 나중의 뜻은 한결같이 낙화(落花)의 자리가 오히려 더 아름답고 소중하다는 것이었다. 소예 아리랑은 호남을 모태로 한 작가 조정래와 그의 문학을 귀하게 여기는 마음을 담았다. 대하장편『아리랑』을 읽은 감회를 자신의 문법을 통해 시로 치환한 경우에 해당한다.

명천마루 카페 오르는 길 바위 사이

선인장 노란 꽃이 흠벅지게 피었다
아직 피지 않은 한 무더기 꽃봉오리
필 때쯤 와서 그 노랗고 단아한 꽃
꼭 보자 했다

길은 누추하고 어둡다
무엇이나 때가 있는 법
꽃은 다 지고 그 자리
천연두 앓고 남은 흉터처럼 미운 상처로만 남아
얼마나 아팠을지, 슬펐을지, 괴로웠을지
표정이 보인다, 때늦은 지금

그 꽃, 다음 해에나 다시 볼 수 있는
일 년 중 딱 하루만 귀하게 피는 꽃
선인장꽃은 하루살이 목숨 같다

천재일우의 기회를 잃게 된
조바심 많은 나보다 훨씬 일찍 당도한 그녀
염불만 외운다고 되는 일이 아니지
뼈저리게 느끼고 무엇인가 알게 됨을
돌아오는 길에야 안타까워한다
꽃 진 자리만큼이나 아프게 느낀다

-「꽃 진 자리 · 1」 전문

전선자 시인의 '꽃 진 자리' 연작 가운데 맨 앞에 놓인 시다. '오르는 길 바위 사이'에 선인장 노란 꽃이 '흠벅지게' 피었는데, '무엇이나 때가 있는 법'이어서 지고 난 다음은 길조차 누추하고 어둡게 보인다. '일 년 중 딱 하루만 귀하게 피는 꽃'이고 보면, 이 개화와 낙화의 이치가 하나의 도(道)에 이르는 단계일 수도 있겠다. 대개의 시인이 꽃이 진 자리의 역설적 아름다움을 형용했는데, 전 시인은 안타깝고 아픈 심사를 여기에 잇대어 시의 결말을 도출했다. 아픈 만큼 거기에는 '뼈저리게 느끼고 무엇인가 알게 됨'의 보응이 숨어 있다. 어느 꽃 진 자리인들 그렇지 않으랴만, 시적 인식의 성숙과 내면에 있어서의 한 차례 승급이 그의 이 시들에 잠복해 있는 것이다.

6. 섬기는 삶의 여러 지형도

이 시집의 5부는 '딴짓'이라는 사뭇 재미있는 호명이 부가되어 있다. 시인이 딴짓이라고 했다면, 이는 아무래도 시적 본령과 어느 정도 거리가 있는 글들의 수합이라는 예감을 준다. 미상불 여기에는 그동안 무주 지역사회의 여러 사회적 직책을 맡아 일한 그 경과를 시로 쓴 글들을 만날 수 있다. 그런데 참 열심히도 일했다. 시인 개인으로서는 바리스타와 도예를 배웠던 이야기, 또 불문(佛門)의 수학(受學)과 국내외 여행의 소회를 담았다. 시인 이전에 한 인간으로서의 소예 전선자를 한껏 가까이 목도 할 수 있는 자리다. 참으로 중요한 것은, 어느 누구에게나 이와 같은 딴짓의 공간이 있기에 그로 인해 더 돋보이는 본유(本有)의 영역이 있다는 사실이다. 세상살이에 함부로 할 곳은 어디에도 없다.

세상을 향해 열심히 갈구한 것은

자연과 더불어 살고 싶다는 욕구였다
숲을 그리워하고 숲길에 들어
산과 계곡물의 정기 받아
음이온과 피톤치드로 몸을 정화하고
나이 듦을 인정하며 살고 싶은 꿈

그러나 제아무리 부지런해도
이 생각은 두뇌의 회전일 뿐
병은 육신을 괴롭히는 일
건강관리 소홀함이
인간의 마음을 황폐하게 한다

딴짓
건강을 잃으면
모든 것을 다 잃는다는 진리를
깨닫게 되는 순간
늦게나마 숲에 들게 했다

-「딴짓·5 - 산림치유지도사」 전문

5부에서 가장 필자의 눈길을 끄는 대목은, 전선자 시인이 산림치유지도사로 무주 향로봉 자연휴양림에서 방문자들과 함께 숲과 숲길, 산과 계곡물이 공여하는 마음의 안식과 몸의 건강을 체현하려 애썼다는 대목이었다. 이처럼 한 걸음 물러서는 여백을 마련하지 못한다면, 우리의 삶은 그야말로 각박한 지경이 되고 만다. 시인은 누구보다 이를 잘 안다. 그래서 지금까지 우리가 공들여 살펴본 그의 시들은, 언제나 현실 너머 미처 가 닿지 않은 각성의 차원을 지향한다. 이는 시인에게나 독자에게

나 왜 시가 삶에 소용되는지, 어떻게 활력의 촉매제로 기능하는지를 말하는 언어적 도식이다.

오랜 인생 행로의 연륜과 경륜을 담아, 여기 산뜻한 시집 한 권을 펴낸 시인께 마음으로부터 축하를 보낸다. 더욱 노익장(老益壯) 하시고 역부강(力富强) 함으로써, 우리로 하여금 지속적으로 좋은 시를 만나는 기쁨을 누리게 해주었으면 한다.

Ⅳ부

이중문화 환경과 시적 발화

두 개의 조국을 공유하는 소망의 언어

- 윤관호 시집 『뉴욕의 하늘』에 붙여

1. 두 공간을 왕래하는 긍정의 세계관

윤관호 시인은 한국에서 대학과 대학원을 마치고 상사 주재원 근무를 위해 태평양을 넘어 미국으로 건너갔다. 생활인으로서 스스로의 삶을 꾸려가는 동안, 그의 내면은 늘 시의 세계를 바라보고 있었고 오래된 숙제처럼 시의 길을 찾고 있었다. 《문예운동》으로 등단한 이래 첫 시집 『누이 이야기』를 상재했으며 《한국일보》 미주판에 시를 게재하는가 하면 미동부한인문인협회 회장을 역임하기도 했다. 이번의 두 번째 시집 『뉴욕의 하늘』은 첫 시집으로부터 10년의 상거(相距)를 가졌다. 강산도 변한다는 그 10년 세월을 이국의 하늘 아래 살면서, 삶의 여러 빛깔로 다양하게 빚은 시들이 이 시집 가운데 잠복해 있다. 이를테면 그의 시는 곧 그의 분신이라 할 만하다.

이 시집의 1부에 실린 시들은 시간과 공간, 고국 한국과 새 삶터 미국의 지형학적 구분을 자유롭게 넘나들면서 그 가운데서 희망적이고 긍정적인 담론을 생산하는 문면들로 채워져 있다. 그런데 이러한 사고의 유형은 시인 자신이 긍정적인 마음 씀새를 가진 인물인 동시에 그의 세계관이 그처럼 순후하고 가치지향적인 성격을 가졌다는 사실을 환기한다.

이중 언어와 이중문화의 어려움을 헤치고 오면서, 하기로 한다면 세상천지가 다 원망 투성이일 수도 있을 터이다. 하지만 시인은 건실한 생활인의 토양에 두 발을 딛고 서서 가장 건실한 방식으로 자기 이야기를 발화한다. 독일의 미학 이론가 하르트만의 언표(言表)를 빌려오자면, 사실주의가 예술의 건전한 경향인 것과 유사하다.

어제의 하늘은
퇴색하지 않은 백색의
도화지였다

안개 밑을 기어가는
이역의 개미
포위망을 뚫고 가는
시간에도

찢기지 않는 것은

뉴욕의
하늘이었다

「뉴욕의 하늘」 전문

'퇴색하지 않은 백색의 도화지' 같은 뉴욕의 하늘과 거기에 드리워진 '안개'는 그가 마주하는 삶의 형용들이다. 그 밑을 기어가는 '이역의 개미'에서 시인은 세계 제일의 마천루 도시를 배경으로 전심(傳心)을 다해 '포위망을 뚫고 가는' 자기의 자화상을 본다. '찢기지 않은' 것이 '뉴욕의 하늘'인 것은, 그가 증언하는 감사의 표현이다. 얼마나 많은 사람들, 그리고 그들의 시간과 공간이 찢기고 스러져 형체도 없이 사라졌던가. 구체적 언술로 드러내지 않는다 하더라도, 이 짧은 문면에 시인이 지금까지 가꾸어온 생애에 대한 감사와 자긍심이 숨어 있는 것이 아니겠는가. 이 시집 전반을 통하여 시인은 밝고 화창한 봄날 같은 시편들을 선보인다. 그 시적 방정식은 문제없이 태평양을 넘는다.

허드슨(Hudson) 강변을 걷노라니
꽃잎이 바람에 날린다
꽃잎 지고
봄도 지는데
세월은 강물 따라 잘도 흘러간다

젊은 날의 꿈 사라지고
첫사랑의 추억도 희미해졌건만
고향을 그리는 마음은
붉기만 하구나

「허드슨 강변에서」 전문

뉴욕의 정서를 대표하는 강의 이름, 허드슨이다. '꽃잎이 바람에' 날리고 '세월은 강물 따라' 잘도 흘러가는데, 문득 시인은 옛 생각 한 자락을 붙들고 강변에 섰다. '젊은 날의 꿈 사라지고 첫사랑의 추억도 희미해졌건만' 시인에게 여전히 생생하게 남아 있는 감성의 그루터기가 있다. 곧 '고향을 그리는 마음'이다. 이 마음은 인위적으로 도출할 수 있는 것도, 또 마음대로 폐쇄할 수 있는 것도 아니다. 수구초심(首丘初心)의 애끓는 담론들은 세계문학사의 마당에 지천으로 널려 있다. 시인의 이 마음은 일편단심으로, 고국의 겨울을 이기는 동백꽃처럼 붉기만 하다. 이 삶터와 태를 묻은 옛터 사이에 그의 시가 왕래하는 공간 환경이 펼쳐져 있다.

2. 작고 소중한 것에 대한 눈뜸

심성이 선량하고 온화한 이의 시는, 세상사에 불필요하게 날을 세운 불편한 문면을 보이지 않는다. 그의 시는 이 세상의 바탕을 형성하고 있는 작은 것들과 어렵고 힘든 것들을 깊은 눈길로 바라보며, 거기서 숨은 소망을 일깨우는 힘을 발양한다. 윤관호의 시가 꼭 그렇다. 이 시집의 2부에 수록된 시들은 이러한 시 창작의 양식을 여실하게 증거한다. 특히 일상의 주변에서 만나는 여러 꽃들과 이에 결부된 생각들, 더 나아가 멀리 두고 온 고국의 풍광까지 편안하고 자유롭게 그 세계를 축조해 나간다. 미소(微小)하고 소중한 것에 눈 뜨는 이 시 쓰기의 사유, 그리고 이를 추동하는 안목은 그의 시를 가치 있는 글쓰기로 이끄는 동력에 해당한다.

아침 산책길에
다글라스 로드(Douglas Road) 언덕에 오니
수선화 새싹들 사이에
수선화 한 송이

한 요정의 청혼 물리치어
그 요정이 복수의 신에 부탁하여
저주 받았다는 전설의
고대 그리스 목동 나르키소스(Narcissus)

연못에 비친 제 모습을
아름다운 요정으로 알고 사랑하여
물속에 들어가 죽은 연못가에 피어나
자기사랑이라는 꽃말 지닌 너

지금 울고 있니?
지금 웃고 있니?

높은 하늘
푸르기만 하다

-「수선화 꽃 한 송이」 전문

짐작컨대 다글라스 로드는 시인의 산책길에 있으니, 거주지에서 가까운 언덕이겠다. 문득 새롭게 얼굴을 내민 수선화 한 송이를 발견하고 시인은 여러 모양으로 감회에 젖는다. 신화 속에 등장하는 꽃의 유래나 꽃말을 상기하면서, 단순히 하나의 풍경을 관찰하는 데 그치지 않고 자신의 내면을 성찰하는 자기면대의 시간을 호출한다. 수선화를 두고 '지금 울고 있니?'나 '지금 웃고 있니?'라고 질문하는 것이 어찌 꽃에게만 던지는 언사일까. 꽃을 응대하는 자신의 삶을 되돌아보는 유용한 거울을 얻는 셈이다. 그 와중에 올려다 본 하늘은 의연히 높고 푸르기만 하다. 이처럼 작은 꽃 한 송이에서 신비로운 영감을 이끌어내는 시 쓰기가 이 시인의 것이다.

물 맑고 산 좋은 고기리
봄 여름 가을 겨울
철 따라 다른 풍경 한 폭의 그림이라

꽃들이 웃고 새들도 노래하네
구름도 쉬어가고
신선도 놀다 가리

「고기리」 전문

지명(地名)이 곧 시제(詩題)가 된 '고기리'는 경기도 용인시 고기동의 옛 이름이다. 시인의 향리(鄕里)다. 시인에게 있어 큰 바다의 시퍼런 물결 너머에 두고 온 모태의 땅이다. 한반도 안에 살면서도 고향은 늘 꿈결처럼 그리운 법인데 항차 팔만 리 바다를 건너고 또 거기서 항공으로 여러 시간 거리에 있는 뉴욕에서 살아가는 상황에서야 더 말할 나위가 없다. 고향산천 문전옥답 부모형제의 기억이 살아 숨쉬는 '그 곳'이 한 폭의 그림처럼 아름다운 것은 불문가지(不問可知)의 일이다. 여기에 덧붙여 윌리엄 블레이크의 시 한 줄을 적어둘 일이다. 작고 소박하고 소중한 것의 아름다움! 한 알의 모래에서 우주를 보고 한 송이 들꽃에서 천국을 본다!

3. 계절과 동물들이 있는 소박한 풍경들

여리고 연약한 것에 대한 사랑을 가슴 속에 품고 있으며, 또 이를 발화할 줄 아는 이는 이른바 '시인의 마음'을 가진 사람이다. 일찍이 공자가 《논어》에서 시 삼백 수의 의미를 한 마디로 축약하여 '생각에 사악함이 없다(思無邪)'라고 한 것은 곧 이와 동일한 맥락에 있다. 그런데 이처럼 선한 마음이란 거저 주어지는 선물 같은 것이 아니다. 생애의 긴 과정을 두고 자신을 단련하며 순방향의 의지를 가꾸는 노력이 있고서야 지속되는 일이다. 그러기에 『실락원』의 작가 존 밀턴이 "험악한 시대를 깨어 있는 정신으로 살았다"고 한 터이다. 윤관호의 시편들은 이 성선(性善)의 삶 의식과 의지, 그리고 시적 지향점을 포괄한다.

갈대가 정신없이 흔들리는
바람 부는 아침에

갈매기 한 마리
기세 좋게 바다 위를 날며
새롭게 떠오르는
태양을 맞고 있네

오늘의 상황에
굴하지 않고
적극적으로 살겠다는 의지를

거센 바람도
막지 못하네
거센 파도도
막지 못하네

-「갈매기」 전문

얼핏 리차드 바크의 명작 『갈매기의 꿈』을 떠올리게 하는 시적 서사, 그 주제의식에 있어서는 청마 유치환을 필두로 한 생명파의 시적 경향을 닮은 시다. 이 한 편이 아니라 3부에 실려 있는 거의 모든 시가 그렇다. 삶의 길에서 쉽게 만나는 꽃이나 동물들에 쏟는 사랑도 이처럼 '적극적으로 살겠다는 의지'를 반영한다. 그의 시는 어렵거나 난해한 구석이 없다. 마치 동네 이웃으로 밤마실 간 사람들이 수런수런 나누는 정겨운 대화처럼 구김이 없고 혼탁한 데가 없다. 이와 같은 방식으로 시를 써서 대가의 반열에 이른 시인이 조병화다. 그의 시를 '생활시'라고 호명하는 것처럼, 윤관호의 시 또한 그렇게 부를 만하다.

꼭두새벽에 잠이 깨어
이 생각 저 생각으로
엎치락뒤치락하다

고국 동창회 카톡방을 보니
오늘이 입추라네
정신이 번쩍 든다

별로 이루어놓은 것이 없는데
세월은 흐르는 물처럼 잘도 간다

하기야 이룩하면
무엇을 얼마나 이룩할까

작은 것에 감사하고 즐기며
세월 따라 흘러가리라

-「입추」 전문

시인은 가을의 시작을 '고국 동창회 카톡방'을 보고 안다. 계절은 삶의 경관에 대한 여러 빛깔의 채색이지만, 동시에 '흐르는 물처럼' 잘도 가는 세월의 경점(更點)이기도 하다. 이 자못 엄숙한 우주적 섭리 앞에 시인은 겸손하다. 그 표징은 '작은 것에 감사하고 즐기는' 반응의 방식으로 나타난다. 3월에 내린 눈(「3월 21일 내린 눈」)이나 코로나 바이러스의 와중에도 아랑곳하지 않고 피어있는 꽃들(「2020년 5월 1일 뉴욕 풍경」), 뉴욕시 베이사이드 오클랜드 레이크(Oakland Lake) 공원의 백조(「백조 두 마리」) 등이 그 감사의 요목을 상징하는 작은 장치들이다. 사정이 이러하다면 그는 행복한 시인, 행복한 사람이다. 그래서 그는 이렇게 반문하는 것이다. '하기야 이룩하면 무엇을 얼마나 이룩할까.'

4. 세상의 겨울을 넘어 새로운 깨달음

시인이 사는 뉴욕의 겨울은 혹독하게 추운 날씨를 자랑한다. 그런 연유로 4부의 시들에서는 입동, 하얀 눈, 겨울 밤 그림자, 눈 폭풍을 보며 등 겨울을 노래하는 시의 제목들이 즐비하다. 일찍이 프랑스의 작가 에밀 졸라가 "악의 묘사는 그 극복을 위해 있다"고 했는데, 이러한 방식의 레토릭을 빌려오자면 윤관호의 겨울 시들은 겨울과 그것의 '혹독한' 의미를 넘어서기 위해 있는 것이 아닐까. 더불어 뉴욕의 겨울이 단지 날씨나 추위만을 말하기 위한 것이 아닐진대, 세상살이의 겨울을 초극하기 위한 고투의 향방을 시적 표현으로 가져왔으리라 짐작된다. 시인은 그 계절의 언저리에서 이제껏 살아온 인생 행로의 소중한 깨우침을 수확한다.

오늘이 입동
겨울이 시작된다는 날

잔디에 내린 서리를 보네

나비와 잠자리는
구름 속으로 숨었는지 자취가 없고
아직 버티고 있던 나뭇잎들이
곡예하듯 떨어지네

산책길
동네 연못이 살얼음을 띄우고 있다

눈 내리는 날
잊고 지내던 얼굴들이 떠오르듯
꿈의 나래를 타고

못 다 읽은 책들을 펼쳐
독서삼매경에 빠져보련다
추억 속 옛 친구들에게 서신도 띄우리라

눈 덮인 산이
상상만으로도, 성큼 눈 앞에 다가온다
추위를 견뎌내는 나무들과
식생들이 아른거린다

겨울을 맞이하는
내 가슴은 벌써부터 설렌다

-「입동」 전문

입춘이 봄이 채 시작되기도 전에 오듯, 입동 또한 겨울이 제 얼굴을 내밀기도 전에 당도한다. 그래도 입동이라 '잔디에 내린 서리'를 본다. 시인은 이 겨울의 길목에서 장차 세상을 지배할 동장군(冬將軍)을 내다보며, 그 눈 내리는 날에 '잊고 지내던 얼굴들'을 떠올리고 '독서삼매경'에 빠지는 꿈도 가꾸어 본다. 거기 '눈 덮인 산'의 풍광도 있다. 이토록 겨울을 맞이하는 시인의 가슴이 설렌다. 처음 시작에서부터 이 지점에 이르기까지, 이 시인이 얼마나 지속적으로 생의 결곡한 의의를 낮은 자리에서, 그것도 부드러운 눈길로 바라보고 있는가를 여실히 드러낸다. 형편이 이렇다면 계절의 엄혹함에 기대어 내면의 '가치지향적' 목소리를 표방하는 시 쓰기는 한결 탄력을 얻을 수도 있겠다.

이 세상에 와서
이것도 저것도 제대로 한 것이 없다고
이대로 갈 수 없다고
남은 인생 무언가 이룩하고 가야 한다고
아들 딸 모두 결혼하고 손주들까지 보았어도
무엇을 이루고 싶어 의욕만 앞서가는 친구

지금껏 하늘과 땅과 사람들의 도움으로 살아 왔으면
대단한 것이거늘
무얼 그리도 바라나
부귀, 권세, 명예는
잠시 피었다 지는 꽃인 것을

살아 있음에 감사하며

비우고 비워
공(空)과 함께 어깨 겯고 사는 것도
이루는 것이라오

-「공(空)과 함께」 전문

어떤 학문이든 사상이든 종교든, 대체로 그 종국(終局)의 깨달음에 있어서는 무위(無爲), 비움, 공(空), 헛됨을 내세운다. 그와 같은 발현의 형식에 있어서 윤관호의 시는 보편적 범주를 지키며, '공(空)과 함께'하는 각성의 단계로 진입한다. 이 시에서 '친구'를 부르며 다독이고 또 설득하는 모습을 보일 때, 그 친구는 한편으로 시인의 친구이기도 하고 다른 한편으로 시인 자신이기도 할 것이다. '공과 함께 어깨를 겯고 사는 것도 이루는 것'이라는 다짐은 마침내 시인이 한 마디로 축약한 생애의 의미다. 시적 기능이나 재능과 분리하여 보더라도, 얼마만큼 세월의 흐름을 감당한 이의 뒤안길에는 어디에나 이렇게 축조된 각성이 숨어 있다.

그러한 각성은 이 시집 속에서 여러 모양으로 나타난다. '한 치 앞도 내다보지 못하는 것은 나무나 사람이나 다를 바 없구나'(「뿌리 채 쓰러진 나무」)와 같은 구절이 그렇다. 시인이 곤고한 시의 발걸음으로 이른 이 자리는, 그의 시를 읽는 우리의 심중에 동일한 공감과 감응으로 다가온다. 한국과 미국, 두 개의 조국을 공유하는 삶의 자리에서 복잡하거나 불필요한 기교를 동원하지 않으며, 순후한 정서와 긍정적인 의지로 자신의 삶을 노래해 온 윤관호의 시가 새삼스럽게 값이 있어 보이는 이유다. 바라건대 그의 삶과 시의 길이 더욱 활달하고 유장(悠長)한 경계를 열어 나감으로써, 우리로 하여금 더 좋은 시를 만나는 행복을 누릴 수 있게 해주기를 간곡하게 기대해 마지않는다.

빛으로 쓰는 일상의 문학
- 문인귀의 디카시

디카시는 순간 포착의 영상과 시적 언어의 조합으로 창작된다. 하루가 다르게 눈부신 발전을 거듭하는 영상문화의 시대에, 문학과 일상의 삶이 조화롭게 만나는 생활문학의 새로운 면모가 거기에 있다. 디카시는 영감(靈感)의 예술이요 섬광(閃光)의 시다. 이를 '빛으로 쓰는 시'라 호명하는 이유다. 한국 남녘 지방의 작은 문예운동으로 시작된 디카시는 이제 21세기를 상징하는 하나의 문예 장르로 성장해 가고 있다. 문화 한류(韓流)의 한 모형으로서 한국을 넘어 미국·중국 등지로 확산되어 가고 있기도 하다. 그런가 하면 디카시 동호인 활동의 단계를 지나 문명(文名)이 높은 전문 시인들이 디카시 창작의 대열에 합류하고 있는 것이 현실이다. 그 돋보이는 사례가 여기 문인귀의 디카시다. 이 시집에 실린 시들은 모두 4부로 구성되었다.

1부는 자연의 생명력을 노래한 시편들이다. '자연(nature)'은 그리스어로 피시스(physis)라 하는데, 태어나서 성장하고 쇠퇴하여 사멸하는 것, 곧 아리스토텔레스가 말한 바와 같이 그 자체 안에 '운동 변화의 원리'를 가진 것이다. 이 시인이 불러내는 돌과 잎과 꽃이 오히려 더 강력한 생명의 힘을 함축하고 발산하는 까닭이 된다. 그러기에 무생물의 상징이라 할 수 있는 돌을 이고서, 메마른 그루터기가 '너의 무게 없으면 나 다시 뿌리 되는데'(「돌뿌리 1」)라 토로하는 것이다. 시인의 다섯 편 '돌뿌리' 시가 다 그렇다. 작은 수로(水路)에 얼굴을 내민 옥잠화가 '빠삐용'이 되는 형용(「빠삐용」)이나, 만개한 벚꽃을 '넋 놓아 바라보다가' 망막이 표백을 감각하는 정황(「하얀 그림」)은 한결같이 자연 친화의 눈과 마음으로부터 말미암았다.

2부는 회상(回想)의 절박함을 담은 시편들이다. 기억의 회로를 찾아가는 회상, 회억(回憶)은 심리학에서 시나 오랜 친구의 상(像)과 같이 이전에 이미 알았던 것을 찾아내는 것으로 정의한다. 단어·관념·심상의 자유연상을 자발적으로 기억하거나 반복하는 것을 뜻하기도 한다. 시인이 고향에 돌아와서 '어머니'를 찾는 것(「안착」)은 너무도 당연한 수순이 된다. 거기에는 갑자기 소나기처럼 내뿜는 분수를 바라보다가 '하늘이 내 키 만큼 내려오는 것'(「분수」)을 알아차리는 동심의 세계도 잠복해 있다. 그렇게 심안(心眼)을 열고 보면, 아득한 세월을 건너온 쉼의 자리 벤치(「쉬고 있는 벤치」)도 제 스스로가 쉬고 있음을 불현듯 깨닫게 된다. 가슴이 아리도록 그리운 경물(景物)들이다.

3부는 우리 삶의 처처에 남은 흔적, 그 세월의 암시를 형상화한 시편들이다. 그처럼 뒤에 남은 자취나 자국은 아프고 슬프고 외로운 것일수록 더 선명하다. 그래서 상흔(傷痕)이란 말을 쓴다. 정신대 징집을 피해 급하게 사모관대와 족두리를 쓴 신랑·신부(「무화과」)의 낡은 사진 한 장은, 참 많은 것을 전한다. 강원도 원주의 토지문화관에서 박경리 선생의 청동상 곁에 앉은 아이(「아이와 할머니」)는 그 할머니의 손에 조그만 손을 포갠다. 인생의 간난신고를 헤쳐온 대 작가를 순진무구한 아이가 위무할 수 있는, 그 상흔을 치유할 수 있는 역발상의 힘이 있다. 세월이 이렇게 한 길 외나무다리를 건너면, 문득 고독도 눈물이 아닌(「고독」) 승급의 자리에 이르게 된다.

4부는 은은한 신앙의 내력을 바탕에 둔, 만남의 운명론에 접근한 시편들이다. 세상에는 참으로 여러 모습의 뜻깊은 만남이 있다. 예술에 있어 빈센트 반 고흐와 폴 고갱의 만남이 있는가 하면, 과학에 있어 전기(電氣)와 자기(磁氣)의 만남도 있다. 시인은 누구보다도 만남의 철리(哲理)를 치열하게 추구하는 존재다. 이 시인이 경험한 가장 은밀한 만남(「기도」), 가슴을 비우고 나자 마침 내리는 눈(「비어 있음에 대하여」), 청량한 시냇물의 정(靜)과 동(動)이 곱게 만든 사람의 길(「정과 동」) 등속이 이 평범하면서도 비범한 인생 법칙의 현현(顯現)에 깨달음을 더하고 있다. 그의 디카시는 바로 이 유의미한 각성의 단계를 향하여 추후 더 바쁜 걸음을 옮길 듯하다.

이제껏 공들여 살펴본 문인귀의 디카시들은, 그 압축적인 문면(文面)에 눈길을 둔 것이었으며 그가 한껏 자신의 기량을 발양(發揚)한 영상의 포착에 대해서는 언급하지 못했다. 그런데 그는 디지털 카메라가 산출하는 사진의 형상에 아주 능한 사람이다. 필자는 미주한국문인협회 강연을 마치고 미국 서부지역을 함께 여행하면서 그 현장을 목도한 경험이 있다. 그가 이미 좋은 디카시인이 될 '소질'을 갖추고 있다는 말이다. 이제 시인으로서 원숙한 연한(年限)에 이른 그가 모국에서의 새 삶을 시작하면서, 새로운 문예 장르로 일어선 디카시의 세계에 진입한다. 마음으로부터 환영해 마지않는다. 그의 디카시와 더불어 그 자신과 우리 동류(同流)들이 함께 기쁘고 행복할 수 있었으면 좋겠다.

실존의 기층과 의식의 개방
- 이용언 시집 『국경지대』

1. 이중문화 환경에서 시 쓰기

이용언의 이 시집은 제1회 《시산맥》 창작지원금에 선정된 작품이다. 이역만리 태평양 너머 먼 곳에서 모국어로 시를 쓰면서, 모국의 문학 단체에서 지원하는 창작 지원에 수혜자가 된 것은 결코 쉽지 않은 일이다. 아직 편집 중인 그의 시집을 통독한 후감은, 이 시편들이 충분히 그만한 자격이 있다는 것이었다. 미주에서 발간되는 시집 가운데서 참으로 오랫만에 좋은 시를 만난 기쁨을 누릴 수 있었으니, 그것은 필자의 행복이기도 했다. 더욱이 이중 언어와 이중문화의 환경 속에서 '두 개의 조국'과 그 의미를 가늠하며, 이를 시의 문면으로 발양하는 뜻 깊은 글쓰기 행보가 거기에 개재(介在)해 있었다. 곧 문학이 예인한 정신주의의 개가(凱歌)를 볼 수 있었던 것이다.

이용언은 6·25동란이 발발하던 1950년 서울 출생이다. 서울에서 대학을 다녔고 미국 뉴욕에서 대학원 공부를 시작하여 목회학 석사를 마쳤다. 그런가 하면 1971년부터 35개월 간 해병대에서 군 복무를 했다. 대학 졸업 이후 대학원 수학 이전까지, 그는 건설회사에 취업하여 중동의 건설 현장에서 파견근무를 했으며 영국 런던 지점의 주재원으로도 일했다. 회사를 퇴사한 후 20년을 런던에 남아 개인 사업을, 그 후에는 미국으로 이주하여 뉴저지와 뉴욕 맨해튼에서 또 20년 간 개인 사업을 했다. 29세에 런던으로, 48세에 미국으로 삶의 터전을 옮긴 것인데 시인은 이렇게 자신의 생애 가운데 가장 젊고 싱싱한 황금기를 유럽의 중심 런던에서 보냈다. 이러한 경력 중에서 그는 필자의 대학 선배이자 해병대 선임이다. 이만큼 서로의 경력이 중첩되는 경우도 흔하지 않은 일이다.

물론 그의 시 가운데서 이와 같은 역정(歷程)의 구체적인 모습은 찾을 수 없었다. 다만 그 시 세계를 해명하고자 하는 필자로서는 이처럼 작은 단초들이 사뭇 반가웠던 터이다. 그는 늦깎이로 사이버대학에서 두 해에 걸쳐 문학 강의를 들었다. 일생에 있어 본격적인 창작 수업을 들어본 적이 없었기에 겸허한 마음으로 다시 공부를 시작한 과정은, 자신에게 실효적이었을 것이며 그를 바라보는 이들에게는 시인으로서의 그에게 공여하는 미더움을 더하게 했다. 지금껏 그의 문학적 성과에 대한 평가는 몇 차례의 수상 경력이 뒷받침한다. 《미주카톨릭문학》, 《미주크리스찬문학》, 《미주한국일보 문예공모》, 《재외동포문학상》 등의 문학상 입상자로서의 증빙이 그것이다. 기실 상을 받았다고 해서 꼭 좋은 시가 아니며, 반드시 좋은 시인이라고 말할 수는 없다.

문학은 정형화된 잣대를 갖고 있지 않으며, 그 수발(秀拔)함 또한 보는 시각에 따라 천차만별이기 때문이다. 그런데 《시산맥》에서 창작지원금을 주기로 한 이번 시집을 읽으면서 괄목상대(刮目相對)하고 놀란 것은, 60편에 이르는 시편들 가운데 태작(駄作)을 거의 발견할 수 없다는 사실에서였다. 한 시집에 실린 시들이 다 좋을 수는 없다. 그보다 더 어려운 것은 수준에 미달하는 작품의 수를 줄이는 일이다. 그의 시가 왜, 어떻게 납득하고 존중할 만한가 하는 언사는 이 해설을 진행하면서 해야 할 것이다. 그러나 오랫동안 미주문학의 시를 통독해온 필자의 눈으로 보기에 그의 시는 그다지 어려운 어휘나 개념을 동원하지 않고서도 쉽지 않고 만만치 않았다. 이는 곧 이 시집이 일정 부분 확고한 자기세계와 신실한 발화법을 구비하고 있다는 증거이기도 했다.

2. 사실성의 범주와 시적 상상

한국에서 태어나 자신의 이지(理智)를 확립한 후 해외 파견 근무를 거치고 다시 이민자의 삶을 꾸려온 시인의 생애는, 그야말로 '사실주의적'인 것이었다. 거기에 뒤늦게 문학의 길에 들어선 상황이므로, 그의 시가 삶의 핍진한 질곡을 뒤좇아 가기에도 숨이 가빴을 것이다. 필자의 경험에 비추어 보면, 이와 같은 형편에 있는 시인의 시가 그 실존의 기층(基層)을 판독한 다음 의식의 개방과 분화를 도모하는 지점에 이르기는 실로 난망한 일이라 할 수 있다. 대체로 사실성의 범주를 지키면서 그 가운데서 요동하는 희로애락의 여러 형상을 시의 문면으로 밀어 올리는 것이 일반적인 현상이었다. 이는 이용언의 시를 읽기 전에 필자가 가졌던 생각이기도 했다.

그런데 1부의 실린 시 몇 편을 읽어나가는 동안 아하, 책상에 앉은 자세를 가다듬어야 했다. 미처 짐작하지 못했고 또 기대하지 못했던 시의 언술과 그 수준이 점점 확성의 경보음을 울려오기 시작했던 까닭에서다. 그동안 이 시인의 시 몇 편을 읽지 않은 것은 아니었으나, 하나의 의미 체계 아래 질서 있는 독서로(reading path)를 따라가는 것은 전혀 다른 차원이었다. 그의 시는 우선 일상적인 삶의 형식과 이를 표현하는 언어에 묶여 있지 않았다. 시적 상상의 자유로움은 현실 일탈의 욕망만으로 이루어지는 것이 아니며, 그 욕망을 갈무리 할 온전한 '그릇'이 예비 되어야 가능한 것이다. 때로는 조심스럽게, 또 때로는 과감하게 그는 이 한정적 경점(更點)의 지경을 파쇄하고 있었다.

여보, 개미! 아내의 비명을 개미는 들을 귀가 없다

벽에 생긴 틈을 살펴보다 커진 눈의 동공을 따라 들어가 보았다
안은 어디고 연결된 게 아닌가
개미 박멸은 애당초 불가능한 일이겠군, 하며
나오려는 순간 미로로 빨려 들어가며 온몸이 심하게 가려웠다
외계의 전파에 접속되는 느낌이다
이미 그때 머리에 안테나 촉수가 돋아난 나는
캄캄한 동굴 속을 척척 다니는 개미
촉수를 따라 나간 곳에
세상에!
벌레 하나 비리게 죽어 있다
입의 집게로 물기도 전에 벌써 촉수가 어디로 무전을 친다
이때 알게 된 건 여왕님께 먼저 알리는 게 으뜸가는 미덕
순식간에 명령을 하달 받고 모여든 일꾼개미들
허기를 가는 허리로 졸라매고 물어뜯어 운반하는데
갑자기 불벼락이 떨어진다
또 개미야! 여보, 어디 갔어, 지 네 땅에서나 살지 왜 자꾸 들어오지, 더러워,
다 죽여, 치-익 치-익

혼비백산 세상 어느 구멍으로 나왔는지
화장실 바닥에 쓰러져 헐떡이는데
내 귀 안에 사는 달팽이 안테나에 잡히는 신호
메이데이- 메이데이- 메이데이
거품을 물고 내 입에서 비틀대며 기어 나오는

소리 없는 지옥

-「소리 없는 지옥」 전문

개미에 놀라 벽에 생긴 틈을 살펴보다, 그 틈이 암시하는 의식의 균열과 사실성 너머의 세계를 보여주는 시다. 그의 시는 거의 모두가 이와 같은 틈입자의 시각과 의식의 경계를 넘어선 공간을 상정한다. '술렁거리는 정원'은 수상하며, '나'가 새처럼 천천히 날아가기도 한다. 지하철 플랫폼에서 상상력의 힘으로 벽을 통한 문 하나를 열고 들어서면 마법의 세계! 해리 포터와 이용언의 시적 화자는 그 공간의 전화(轉化) 및 활용에 있어 무척 닮아 있다. 거기에다 이민자의 극한 상황이 이 유다른 의미망에 참여한다. 「맨하튼」, 「이민자」 등의 시가 그렇다. 이민자이기에 그에게는 먼 곳의 어머니(「석류가 익어가듯」)가 있고, 그리운 정월 초하루의 떡국(「떡국」)도 있다. 이 모든 상상의 힘과 그 저변은 깊고 은유적이다.

3. 두 공간에 걸친 의식의 방랑

이용언의 사유와 그것을 현시하는 언어가 두 개의 얼굴을 보유할 수밖에 없는 것은, 그 삶의 환경 조건이 주박(呪縛)으로 작용하는 운명론의 형국이다. 이 시집의 2부에서 '내 유년이 꿈틀거리는 바다'의 기억(「유월의 향」)이나 '이천 밥상 집'의 풍경(「내가 받은 수라상」)은, 잊을 수도 물리칠 수도 없는 고국에서의 원체험들이다. 그러기에 캘리포니아 비숍의 사브리나 호수에서도 강원도 깊은 산의 산사(山寺)를 떠올린다(「시야에서 멀어지는」). 그런가하면 그가 살고 있거나 살았던 미국 땅의 풍광이 은연중에 그의 내면을 압박하며 '짜릿한 유혹'을 감각하게 한다(「유혹이 목마른 땅」). 그는 이 양자의 공간을 각기 별개로, 또 동시에 누리거나 감당한다.

두 세계의 중간 지점에 선 경계인으로서 그가 당착한 좌표는, 비단 공간적 상황에만 그치지 않는다. 정신적 추구의 극점이라 할 종교적 관점에 있어서도 불교와 기독교의 두 단초에 대한 인식의 촉수를 가동한다. 이는 그가 어떤 종교인인가에 앞서서, 그 광대한 정신 영역에 대한 탐색의 본능이 활동하고 있다는 뜻이다. 경주 남산 열암곡의 마애불을 노래하면서, 시인은 '열반의 돌 빗장을 풀고 고해의 연꽃 문을 걸어 나오는' 부처를 본다(「사바로 돌아오고 있다」). 그런가 하면 '세례를 주는 레스토랑'을 그리면서 성탄절 전야를 희화화(戱畵化)하는 비유적 방식으로 깨어있는 의식을 내비치기도 한다(「성탄절 풍속도」). 이 서로 다른 강역(疆域)을 오가는 중간자요 경계인으로서 시인의 '할 말'이 있는 것이다.

> 프리웨이 끝
> 국경지대의 동네가 돌아앉아 있었다
>
> 우두커니 서 있는 몇 채의 집
> 저가는 해마저 외면하듯 비껴가는 거리였다
>
> 그 사이를 의심스럽게 부는 바람에

가시덤불, 부둥켜안고
제 몸을 찔러 대며 뒹굴고 있었다

근심스레 가라앉아가는 안개
펜스가 시커멓게 파먹어 간 배를 내놓고
광야가 쓰러져 누워 있었다

솔개 서너 마리 낮게 맴도는
국경지대, 엉겅퀴가 뒤덮인 아벨의 들판이었다

가인의 증오가 넘치는 들개가
몸을 숨기는 곳이다

-「국경지대」 전문

이 시의 '국경지대'는 그 분위기로 추정컨대 미국 서부 사막지대 어디쯤이 아닐까 싶다. 의심스럽게 부는 바람, 가시덤불, 광야 등의 어휘가 이 짐작을 추동한다. 거기에는 '엉겅퀴가 뒤덮인 아벨의 들판'이 있고 '가인의 증오가 넘치는 들개가 몸을 숨기는 곳'도 있다. 창세기의 비극을 유추하는 시인의 심사에 국경지대의 황량하고 비인도적인 존재양식이 잠복한다. 그런데 돌이켜 보면 그가 가진 두 개의 조국이나 서로 양상이 다른 정신적·종교적 행로들이 모두 '국경지대'였다. 시인이 체감한 세상살이의 난감함이나 비정합성에 대한 인식을 한 마디의 언어로 압축한 범례라 할 수 있겠다. 이 다양하고 다층적인 시의 행렬은, 곧 여러 경계의 방책을 넘어 시인이 방목한 의식의 자유로움이자 그 방랑의 기꺼움일 수 있을 것이다.

4. 다층적 시각에 떠오른 풍광

이용언 시인이 여러 유형의 경계를 설정하거나 체험하며 그 시 세계를 형성한다는 사실은, 그의 시가 복합적이고 다층적인 의미 구조 또는 그에 부합하는 뉘앙스를 가졌다는 말과 다르지 않다. 이 시집의 3부에 실린 시들은 대체로 그러한 측면을 잘 드러낸다. 그의 '처용 초상'은 과거의 주술적 퍼포먼스를 소환하여 오늘의 '염병할 역신 코로나 브루스'에 대응한다(「처용 초상」). 사람 사는 일은 어느 시기, 어느 계층에 있어서나 곤고하고 벅차다. '세상에 의문부호를 달고 사는 사람들'이 사는 산동네에는 '식당, 밥천국'이 있다(「밥천국」). 삶의 요건을 구성하는 가장 원초적인 장면을 사뭇 의뭉스럽게, '사돈 남 말 하듯' 표현하는 대목은 오히려 자연스러운 공감을 촉발한다.

그가 두 나라, 두 문화의 경계선에서 바라보는 '입양인'은, 객관적인 사태의 서술로 일관되고 있지만 그 양측을 공히 경험한 자만이 알 수 있는 아픔과 슬픔의 '떨켜'들을 예리하게 포착한다(「입양인」). 입양인의 아픔이 '세상에 태어난 죄'와 연동되어 있다면, 아침 해조차 '뻔뻔하게 빛나는' 것이라는 시인의 관점이 도출된다. 시인의 눈이어서 민활한 것이 아니고, 눈이 민활한 까닭에 좋은 시가 된 국면이다. 대상에 대한 시적 접근은 근본적으로 '문제적' 정황을 응대하고 그에 대결하는 글쓰기 형식을 발현하기 마련이다. 이 시인의 안테나에 걸린 다각적인 현실은 그와 같은 문제의식을 반영한다. 이러한 창작의 문법은 시대상에 있어서도 그러하지만, 개인의 행위 양상에 있어서도 마찬가지다. 이를테면 중독된 시대, 중독된 거리에서 사살된 '서치라이트 속의 타킷'은 총기가 아니라 휴대폰을 쥐고 있다(「중독된 거리」).

그때, 그 사람들은
우리를 메뚜기같이 여겼을 것이다

아리랑 담배 대신 면세점에서 산 Pall Mall 한 갑
한 개비를 꺼내 문 순간, 맛보는 자유

조니워커 발길질에 나가떨어진 옆 좌석 건설의 역군
솟은 광대뼈, 푹 패인 볼에 고여 있는 그늘

아라비안나이트 새벽녘, 텅 빈
공항 의자에 풀어놓은 넥타이, 가지런히 벗어 놓은
구두 밑창에 깔려 있는 불안

외인 주택 야외극장
담벼락에 모로 누워 흙바닥에 쓰러져 코를 고는 안전모들
코쟁이에게 쫓겨나와 쓴웃음 짓는 달

모래바람에 눈이 멀어
두 눈을 멀쩡히 뜨고도 놓쳐버린 아내

모두가 아리랑을 부르며, 아리랑 열두 고개를 넘어갔다

그때, 우리는……
열두 번을 넘게 생각해봐도, 우리는 메뚜기였을 것이다

-「아리랑」 전문

두 나라 두 문화의 행간을 가로지르는 숱한 기억들 가운데, 서구의 선

진성과 마주친 '우리'의 그때를 두고 시인은 '메뚜기'를 떠올렸다. 성경에 나오는 이스라엘 민족의 가나안 염탐에, 그 강고한 원주민에 견주어 자기 민족을 비하한 예화다. 기실 그랬을 것이다. 아무런 힘도 수단도 없이 외세에 노출된 과거사를 회억하는 것은, 그 세월에 대한 탄식을 넘어 자기성찰과 위무의 새 힘을 환기하는 시적 응전인지도 모른다. 그에 대한 구체적 형상을 수립하는 것은 시인의 몫이 아니다. 하지만 그 와중에 배태된 '아리랑 열두 고개'를 반추하는 것은 시의 소임이다(「아리랑」). 항차 이 사정이 오늘날 모든 삶의 부면에 대입되고 적용될 수 있다면, 우리는 시인을 귀한 존재로 상찬(賞讚)하지 않을 수 없다.

5. 삶의 정처에 대한 균형감각

누구에게나 살아온 지난날이 있고 또 살아가야할 내일이 있다. 그런데 그 사이를 점유하고 있는 오늘이 만만치 않고 힘겹다. 시인은 이 질곡의 방정식을 직접적으로 발화하지 않고 축약하거나 암시적인 수사(修辭)로 치환한다. 그가 추구하는 해답은 목전의 난관을 관통하여 매설된 어지러운 외나무다리에 걸렸을 수 있다. 어쩌면 그것이 자기 내부에 은밀하게 숨어 있는 의식의 실체일 수도 있다. 이럴 때의 시인은 하나의 증빙 자료로서 반사경을 사용한다. 이상의 거울 시편이나 황순원이 「도박」에서 자신의 데드마스크를 활용한 사례가 그렇다. 이용언은 이 시집의 4부에 수록된 「유리창 너머 비 오는 거리」에서 이러한 반사의 방식을 매우 효율적으로 원용한다. '내가 나를' 바라보는 광경은 무기력하고 허망하지만, 그 자리야말로 새로운 균형감각을 회복할 수 있는 반전의 최저점이다.

그런 연유로 건천(乾川)은 이무기의 소재를 탐색하고(「건천」), 메마른 천사들의 도시는 '세차게 오는 비'를 갈망한다(「천사들의 도시」). 더 있다. '쓰레기통에 오른 갈매기'는 '먹이를 문 하늘이 푸르게 날아가는' 모습을 본다(「쓰레기통에 오른 갈매기」). 시는 질문과 답변을 조화롭고 수미상관하게 제시하는 문학 장르가 아니다. 시의 상징적 기능은 오히려 그러한 논리를 경멸하거나 타매하기도 한다. 형편이 그러하다면 이 시인이 이 수준의 어법으로 질문에 대한 답변을 제시하는 데에 '사태 인식의 균형성'이란 호명을 부여하는 것은 상당히 타당한 셈이다. 어떻게 보면 이는 번잡한 세상사를 뒤로 하고 자기정진의 한 방식으로 시의 길을 택한 시인이, 스스로의 삶과 시와 세계관을 가늠하는 최소한의 방략일지도 모른다.

쾅, 할 때마다 몸이 뒤척이어지며 저절로 깜짝깜짝 놀라게 된다

익숙했던 건 물이다 거기는 내가 헤엄쳐 들어간 곳 아직 빛이 생기기 전 위 아래가 없이 물로 빈틈없이 채워진 둥근 우주 같은 곳 나는 영락없는 올챙이 아가미로 숨을 쉬며 어디든 자유롭게 헤엄치고 다녔다 그러다 조금씩 불어난 몸이 좁은 터널 가까이에서 빨려 들어갔다 으스러질 것 같은 압력을 온몸으로 견디다 간신히 나온 데가 지금 있는 곳이다

귀 안에 붙어서 소리를 넣어주는 게 무언지 알 수가 없다 껌벅거리며 눈을 떠본다 뿌옇기만 한 것을 입에 넣어 오물거려 삼켜본다 바람이 몸 안을 들락거린다 내가 놀던 물은 다 어디로 빠진 걸까 뭔가 닿는 듯해 벌린 입으로 비릿한 물이 들어온다 전에 빼끔거린 맛과 비슷하다 가슴 배가 벌름거린다 휴-우, 이건 분명 아가미다

아가미의 힘으로 지느러미 수족을 쥐었다 펴고 흔들다가 차본다
아, 이제 내가 빠져나온 둥근 물속으로 돌아갈 수 있을 것 같다

-「아가미」 전문

이 시 「아가미」에서 시적 화자는 요령부득의 물속으로 진입한다. 이때 물의 심상과 비유적 의미는 다양다기하다. 그가 마침내 찾아낸 것은 기위 자신에게 허여되어 있는 '아가미'의 존재다. 그는 결국 '이제 내가 빠져나온 둥근 물속으로 돌아갈 수 있을 것 같다'는 심득(心得)을 확보한다. 여기 이 지점이다. 한 권의 분량을 채운 그의 시들은 궁극적으로 이와 같은 깨달음에 이르는 도정(道程)이었을 것임에 틀림없다. 그리고 그것은 그의 시가 확장한 공감대이자 미학적 수준을 대변한다. 두 세계 사이에 선 경계인, 시간과 공간의 변환을 직접 체험한 이민자, 삶의 본질과 현상을 함께 관통해 보기를 원하는 문필가로서 그의 시를 값있게 읽는 이유다. 바라건대 그 시의 일취월장과 문학적 성숙 및 심화를 통해, 우리가 지속적으로 좋은 시를 만나는 기쁨을 누릴 수 있었으면 한다.

심중에 남은 미처 하지 못한 말

- 이창범의 시

1. 시간의 숙성을 바라보는 눈

이창범의 두 번째 시집『그리움 하나 화석으로 남아』는 2018년 첫 시집『그 시간의 흔적』이후 3년 만에 묶는 책이다. 시인은 일찍이 고려대학교 의과대학을 졸업했고 카이자병원 산부인과 전문의로 일했다. 그 삶의 방향과는 결이 좀 다른 문학에 뜻을 두고《미주한국일보》문예공모에 시가 당선되고《서울문학인》신인상을 수상하면서 문단에 나왔다. 그가 의사인 만큼 동시대에 온 지구사회를 강타하고 있는 코로나 팬데믹에 관심이 많으며 이를 시로 발화한 여러 편의 작품을 볼 수 있다. 비단 이 문제뿐일 리 없다. 이 시집에는 세상살이의 먼 길을 거쳐오면서, 가슴에 담아두고 미처 발설하지 못한 언어들의 행렬을 쉽사리 목도할 수 있다.

시인은「시인의 말」에서 '깊은 곳으로 두레박을 내려 건져 올린 생각'에 대해 적었다. 얼핏 성경의 '깊은 데에 그물을'이라는 대목을 연상하게 하거니와, 그의 두레박에 걸린 시들은 인생사의 추억과 그리움 그리고 아픔과 슬픔 등 여러 감정을 잘 형용하고 있어 읽는 이의 가슴을 뜨겁게 한다. 문학은 그 환경이 척박할수록 더욱 희망의 증표를 찾아내는 소임을 갖고 있다. 김소월의 시 한 구절 '심중에 남아 있는 말 한마디'나, 박태순 장편소설의 제목 '가슴 속에 남아 있는 미처 하지 못한 말' 같은 어휘에서 볼 수 있듯이, 문학은 그 증표를 향해 글의 방향을 집중한다. 비록 그것이 극한의 좌절과 절망을 보여줄 때도 그렇다. 그것은 어쩌면 문학만이 가진 특권인지도 모른다.

강은 좀처럼 속을 드러내지 않았다
품고 있는 것들에 대해서는 한마디도 언급하지 않았다
강은 그가 품은 생명들이 꿈틀거림을 느꼈지만
온몸이 조금씩 부풀어 오르는 느낌을 받았지만
그런 내색은 조금도 비치지 않았다.
언제 어느 때 누가 먼저 깨어날 것인지에 대해서도
그저 물소리만 요란하게 흘려보냈다

사람들은 마냥 부풀고 있는 만삭의 강이
양수를 터트리고 있는 것도 알지 못했다
모래 웅덩이마다 들썩거리는 것도 알지 못했다
얕은 물 속 조약돌 사이에서 어른대는 햇살 그림자가
새 생명인 것은 더더욱 알지 못했다
사람들은 물가에 서서 흐르는 물만 바라보다
물소리만 귀에 담고 떠나갔다

조춘(早春)의 햇살이 점점 따가워 지면서
강의 흐름도 빨라지고 있었다

-「연어의 강(江)」 전문

이 시집의 1부에 수록된 시들은 대체로 시간의 흐름에 대한 인식을 드러내는 경우가 많다. 시인이 당착한 시간은 팬데믹의 어려움과 같은 목전의 화급한 일과 '고향집 엄니'와 같은 원초적 체험의 기억 모두에 광범위하게 펼쳐져 있다. 매우 특징적인 것은 그 모든 시적 탐색의 과정에서 결코 희망의 줄을 놓지 않고 있다는 사실이다. 예로든 시 「연어의 강」은 좀처럼 속을 드러내지 않지만 '만삭의 강'이 새 생명을 잉태하고 있음을 강변한다. 그 강의 흐름과 더불어 시인의 의식이 유영(遊泳)하는 시간이 함께 흐르고 있다. 「그 시간의 흔적」이나 「12월의 끝에 서서」와 같은 시들은 벌써 그 제목을 통해서도 시인이 탐색하는 시간의 의미를 적층하고 있다.

> 눈보라 휩쓸고
> 비바람 몰아치면
> 세월의 층 허물어 내리네
>
> 내리는 지층마다
> 한 겹 한 겹 벗기다 보면
> 멀고도 먼 공룡 발자국
> 한눈에 보이네
>
> 어디쯤에선가
> 만나지는 어머니 삶
> 퇴색되지 않고
> 살아 숨 쉬는 화석으로 남아 있네

그리움 하나
더욱더 선명한 빛으로 다가오네

-「그리움 하나 화석으로 남아」 전문

이 시는 그와 같은 시간관(時間觀)의 명료한 방점에 해당한다. 그 한 가운데는 '멀고도 먼 공룡 발자국'처럼 역사의 시원(始原)에 관한 것도 있고, '어디쯤에선가 만나지는 어머니의 삶'처럼 생명의 본향에 관한 것도 있다. 말하자면 시간의 흐름은 시인이 세계를 판독하는 하나의 관점이다. 이는 마침내 '살아 숨 쉬는 화석'으로 결정(結晶)되고, 시인은 거기에 '그리움'이란 표식을 부가한다. 그의 「11월 가로수」에는 '낙엽 밟으며 겨울의 문턱에서 멀리 가까이 오는 그대'가 있고, 「가을과 겨울 사이」에는 '돌아올 수 없는 길 위에 서 있는 아쉬움'이 있다. 사람과 사물과 자연환경이 예외 없이 시인의 운용하고 있는 시간의 경과에 예속된다. 시간의 흐름과 세월의 변화가 시를 배태(胚胎)한 형국이다.

2. 근본으로의 회귀와 새 희망

시를, 특히 가슴을 울리는 좋은 시를 읽을 때마다 어김없이 떠오르는 생각이 있다. 왜 시인이 시를 쓰는 것이며 또 왜 독자가 시를 읽는 것인가에 대한 원론적인 의문이 그것이다. 독자가 마주한 시에 대한 공감과 감동을 찾아가는 길이라면, 시인은 자신의 내면에 보석처럼 숨겨둔 표현과 기록의 욕구를 풀어내는 길 위에 있다 할 것이다. 창작 주체인 시인마다 그 보석의 형상이 다를 터이지만, 그 가운데는 자신을 이끌어온 근본을 지키고 가꾸는 사상의 궤적이 잠복해 있을 것이다. 이번 이창범 시집의 2부에는 그와 같은 근본으로의 회귀를 노정하고 그로부터 새로운 희망의 언어를 이끌어내는 시적 진술들을 목도할 수 있다.

그 길을 가고 있습니다
가 본 적이 없는 초행길입니다
나침판도 없이
누구에게도 물어볼 수 없는
혼자 가야 하는 길입니다
건강해야 마음 편히 갈 수 있는데
여기저기 아픈 곳도 많아
힘들고 어렵습니다
동반자 없이 가는 길이라
시리도록 외롭고
아리도록 그리운 사람이 생각납니다

지금까지 온 길보다 앞으로 갈 길이 짧아
조심스레 가고 있습니다
나이가 들면 들수록
시간의 가치를 알 수가 없어
이리도 서둘러야 하는지 모르겠습니다
허물 벗고 갓 태어난 매미는
새벽부터 울어대듯 빠르게 가고
어둡이 짙어 저녁이 되면
마음만 심란해 옵니다
그래도 초라한 뒷모습 보이고 싶지 않아

아침노을보다 더 황홀한
저무는 노을 앞에 미소를 지으며
그 길 따라가는
아름다운 황혼이 되고 싶습니다

-「늙어 가고 있는 길」 전문

이 시는 누구나 회피할 수 없는, 연륜이 쌓여가는 인생 행로를 매우 진솔하고 담담하게 그려 보인다. 시의 화자가 '가 본 적이 없는 초행길'인데 그야말로 '혼자 가야 하는 길'이다. 그러기에 '시리도록 외롭고 아리도록 그리운 사람'이 생각난다. 그에게 부당한 의욕이나 작위적 행동 같은 것은 전혀 발견되지 않는다. 하지만 그는 '초라한 뒷모습'을 보이기 싫다. 그가 소망하는 것은 '아름다운 황혼'의 모습이다. 어느 누구인들 그 생애의 마감을 이렇게 품위 있고 격조 있게 가져가고 싶지 않으랴마는, 이는 그를 두고 신실한 노력과 수고를 전개하는 경우와 그렇지 않은 경우가 천양지차의 결과를 내놓기 마련이다. 시인은 이 문제에 대한 입장을 이 시로 대변했다.

청명한 하늘 소리 없이
마음을 불태우는 울긋불긋
벌겋게 물들어가는 단풍
계곡을 따라 산등성 위까지
캘리포니아 화마(火魔)가 휩쓸고 간 그 자리
눈부신 햇살도 석양의 아름다움도
검게 타버렸네

형형색색 곱게 곱게 물든 가을의 향연들
순간 사라지고
가시덤불 사이 타다 남겨진 나뭇잎
너부러져 바람에 날린다
어느새 가을밤 안개비 흠뻑 내려
화염(火焰)으로 검게 그슬린
나목(裸木)의 상처를 감싸 안네

기약(期約)할 수 없으나
새롭게 피어날 나뭇잎
옛 그대로 아니더라도
상처받은 나목(裸木)은 다시 일어서리라
또다시 찾아오는 가을을 향해
나무들 꽃 피우리라

- 나목(裸木) 전문

궁극적으로 시인이 추구하는 해답이 이 시의 말미에 있다. 시인은 '화염으로 검게 그슬린 나무의 상처'를 바라보며 이를 감싸 안는 새 희망의 눈을 발굴한다. 우리 삶의 현장에 얼마나 수다(數多)한 '화염'의 경험이 있었으며, 그것이 얼마나 아프고 힘겨운 것이었던가에 대한 기억이 이러한 시적 반응을 소환한 것임에 틀림 없다. 「나이테와 옹이」에서 '내 안의 옹이'를 '살아온 훈장'으로 인식하는 것이나, 「겨울 강-결, 울음」에서 '부드러움의 결'을 찾아내며 '모든 살아 있는 것의 상처'를 적시(摘示)하는 것은 대체로 삶의 새로운 차원을 감각 하는 시인의 에스프리에 해당한다.

그가 인식하는 시의 힘, 문학의 힘은 이처럼 숨겨진 보화를 도출하는 투시력과 형상화의 기량에 있는 듯하다.

3. 인연의 깊은 굴레와 깨달음

우리는 누구나 사람과 사람 사이의 인(因)과 연(緣)으로 묶여서 이 세상을 산다. 인은 결과를 산출하는 내적·직접적 원인이며, 연은 결과의 산출을 도와주는 외적·간접적 원인이다. 불가(佛家)에서는 이를 함께 불러서 인연이라 한다. 여러 가지 원인 가운데 주된 것이 인이며 보조적인 것이 연이다. 그러나 우리 삶의 현장에서는 이 양자가 서로 구분 없이 얽혀 있을 때가 허다하다. 이 시집의 3부에 수록된 시들은 세상살이의 인연에 대한 통찰의 관점을 가동하고 있는 것이 많고, 그로써 일정한 시적 성취를 이룬 것들도 자주 눈에 띈다. 그런데 이러한 시의 단계와 수준은, 시인의 오랜 경륜 또는 사유의 성숙이 없이는 만나기 어려운 현상이다.

초록색 가냘픈 몸매 위에
노란 종(鐘) 모양 꽃 수줍은 듯
갓 피어오른 수선화(水仙花)
꽃밭에 앉아 잡초를 솎아내는
흰 머리 위 넓은 창 달린 모자 쓴 여인

가끔 변덕스럽기도
소녀 같은 꿈을 그리기도
한순간 다 잊은 듯 혼자 있어도

가장 또렷한 내 안의 사람

코로나로 힘든 나날들
마스크 대신 수건으로 얼굴 가리고
일에 몰두하는 뒷모습
건강하게 살아남기를 바라는 소망
연민의 정 가슴을 도닥인다

세 끼 식사 하루 종일 얼굴 맞대고
바라보면 덤덤하고 할 말도 없어
잠시 떨어지면 한없이 소중한 사람

따스한 봄볕 가득한 날
뒷마당에 앉아 그리는 마음 하나
고운 정 미운 정 얽히고 설켜도
그녀 흙 묻은 손길에
내 마음의 꽃밭 꽃 한 송이 피어난다

-「부부의 연(緣)」 전문

가장 멀고도 가까운 관계가 부부라는 말도 있지만, 그 또한 경우에 따라 여러 모양일 터이다. 이 시의 시적 화자가 아내를 바라보는 방식은 고요하고 관조적이며 온화하고 사랑스럽다. 꽃밭에 앉아 있는 그 아내를 '갓 피어오른 수선화'에 비유할 수 있다면, 그는 자체발광(自體發光)의 행복감을 소유한 존재다. '그녀 흙 묻은 손길'에 '내 마음의 꽃밭 꽃 한 송이'가 피어난다면, 이들의 부부애가 상호소통의 미더운 모형일 것이 분명하다. 그것은 어쩌면 「발자국」에서 '뚜벅뚜벅 걸어가고 있는' 발자국 소리를 닮아있고, 「새 생명」에서 '미래를 약속하는 힘'과 동일시될 수 있다. 더불어 이러한 감정의 동선을 시의 문맥으로 치환할 수 있을 때, 시인은 그 작고 소중한 재료에서 크고 귀한 행복을 약속하는 '언어의 예언자'일 수 있겠다.

태어나 기어도 보고
걸어도 보고
뛰어도 봤습니다

그 어디엔가 있다는
그곳으로 강을 건너 산을 넘어
바다를 가로질러
발길을 옮겼습니다

높이 올라서서 내려다보면
잡힐 것 같았지만
가슴만 조이고 말았습니다

생각이 같은 사람 만나면 되리라
생각은 언제나 혼자만의 것이어서
많은 사람 중 만나야 할 사람
누군지 알 수 없었습니다

행복은 소유가 아닌 더불음에 있다지만
기다림 없는 세월만 흘러가고
아직도 미아인 채 서 있답니다

-「행복」 전문

얼핏 칼 붓세의 「저 산 너머의 행복」을 연상하게 하는 시다. 그리고 마침내 시인은 '행복은 소유가 아닌 더불음'에 있고, 시적 자아는 '아직도 미아인 채 서' 있는 형국을 깨닫고 있다. 여기서 중요한 사실은 행복을 간구(懇求)하는 자아의 실상이 아직도 미아라는 것을 알아차리는 데 있다. 행복의 존재론적 의미가 그와 같다는 것을 깨우칠 때, 비로소 노상의 거주나 행운유수의 정처와 같은 명철(明哲)의 의식이 작동하게 될 것이다. 그래야만 「민들레야」에서 '꽃씨 날려 보낸 꽃의 마음'이나, 「목어」에서 '가슴에 목어를 담아' 산사를 떠나는 심경이 모두 하나의 궤미로 연계되는 탈각의 경지를 내다보게 될 것이다. 이 모든 인식의 행렬이 곧 인연과 그에 대한 깨달음의 소출이라 해도 무방하겠다.

4. 젖은 손의 오랜 길벗을 기림

중국 당나라 시대의 시성(詩聖) 두보의 시에 '국파산하재(國波山河在)'라는 구절이 있다. 나라는 전란으로 부서졌어도 산하는 그대로 남았다는 뜻이다. 그런가 하면 청나라의 조익이 금나라 시인 원호문의 시를 평 하면서 쓴 '국가불행시인행(國家不幸詩人幸)'이라는 구절이 있다. 국가의 불행을 딛고 시인이 좋은 시를 쓰는 이율배반적 상황을 가리키는 말이다. 이러한 시어들은 엄혹하고 척박한 환경 속에서 이를 넘어서려는 정신적 극복을 지향한다. 이 시집의 4부에 실린 시들은 험난한 삶의 조건을 이기는 희망의 소재에 대해 적극적인 의지를 갖고 있다. 그런가 하면 힘겨운 세월을 함께 지나온 일생의 반려자에 대해, 곡진하게 기리는 마음을 시의 표면으로 밀어 올린 여러 편의 시를 보여주기도 한다.

밤새 비가 내렸다
창문 열고
차갑고 생큼한 바람을 맞는다
깨끗한 도심의 거리
가슴에 묽은 때 씻겨 내듯 시원하다

방금이라도 쏟아질 듯
먹구름 가득 찬 저 먼 산등성 위
요란스럽게 요동치는 천둥 번개
하늘도 놀라 시끄럽게 우박을 토(吐)하고
신비의 아름다운 빛
무지개 되어 온 하늘 감싸 안고
시작과 끝이 보이지 않게 사라지다

구름 사이 삐죽 얼굴 내민 햇님
설산(雪山) 위에 꽂혀 눈부시게
밤새 그려놓은 순백(純白)의 그림 되어
마음이 정화되고 엄숙해진다

먹구름 활짝 열리며
쏟아지는 햇살
어둡고 암울한 시기
희망이고 용기를 주는 생명의 빛
살아가는 이유다

-「비내린 날」 전문

밤새 비가 내린 날 아침, 창문을 열고 '신비의 아름다운 빛' 무지개를 바라본다. 먹구름 사이로 쏟아지는 햇살에서, 시인은 '어둡고 암울한 시기'를 넘어 희망과 용기를 주는 '생명의 빛'을 본다. 「인생 시계」의 '아름다운 마무리'나 「비빔밥」의 '맛깔스럽게 아우르는 그 맛' 또한 이와 같은 긍정적 인식의 연장선 위에 있다. 「빼앗긴 봄」에서는 팬데믹으로 '멈춰버린 시계 바늘' 같은 세상에 '금 간 벽 사이 저 너머론 정말 봄은 와 있을까'를 묻는다. 이 여러 순방향의 의지가 지속적으로 작용하는 상징적 모범은 「선인장 꽃」에 있다. '척박한 환경에서도 살아있는 생명'은 비단 식물 선인장만의 것이 아니라, 이 시를 쓰고 또 읽는 우리들의 소망으로 증폭된다.

처음 만나 가슴 뛰는 설레움
조심스레 잡아본 손과 손
믿음 사랑으로 살아온 세월
당신은 아내가 되고 엄마가 되었습니다

아름답고 부드럽던 그 손으로
정성껏 두 아이들 잘 키워
생명을 다독이는 손 되었습니다.

가족 건강 평화 소원성취를 기원하는 마음
촛불앞에 마음의 파장을 잠재우고
기도하는 손 되었습니다

지나온 삶 들여다보듯
거칠고 굵어진 마디마디
파란 핏줄 돋아나고 주름진 손

손톱마저 닳고 닳아
돌아가신 어머님의 손 같이 되었습니다

이제 자식들 손님 되어 찾아오고
손주 돌보느라 물기 마를 여유도 없는
당신의 손 바라보는 순간마다
내 가슴 젖어 듭니다

-「아내의 손」 전문

빈천지교불가망(貧賤之交不可忘) 조강지처불하당(糟糠之妻不下堂)이란 옛말이 있다. 중국『후한서』의「송홍전」에 나온다. 가난하고 천할 때 사귄 벗은 잊을 수 없고, 함께 고생한 아내는 내치지 않는다는 의미다. 이 시의 화자는 '조강(糟糠)'의 경험까지는 없더라도 그 아내를 사랑하고 기리는 마음이 절절하다. 아내의 손은 '생명을 다독이는 손'이고 '기도하는 손'이다. '물기 마를 여유'도 없는 그 손을 바라보며 자신의 가슴이 젖어 든다고 고백한다. 그 외에도「속 터진 만두」,「잊혀져 가는 날」,「신발」,「얼굴」 등의 시편이 직접적인 아내 송(頌)이다. 간접적으로 이 같은 마음을 암시하는 시들도 있다. 그렇게 어려운 시절의 경험과 그 동행의 길벗을 귀하게 여기는 시심이 여기에 있다.

5. 삶의 중심을 가르며 걷는 길

젊은 시절부터 시에 대해서, 문학에 대해서 소박하게나마 동경을 가졌던 사람들이 잊지 못하는 시가 한 편 있다. 곧 로버트 프로스트의「가지 않는 길」이다. 그렇게 '길'은 우리 삶의 머나먼 여정, 인생길을 축약한 말이다. 이 시집의 5부에는 특히 그와 같은 길에 대한 시적 인식과 표현이 높은 빈도를 보이고 있다. 이것은 그의 시가 그 스스로 감당하고 있는 삶의 중심에 어떤 길의 사상을 펼쳐놓고 있는가를 잘 나타낸다. 이렇게 보면 시인은 참으로 행복한 사람이다. '인식'은 '표현'을 얻었을 때라야 제 값과 보람을 드러내기 때문이다. 동시에 표현이 수반되었을 때 인식은 비로소 안정적 균형성을 확보할 수 있기에 그러하다.

동서남북 놓인 길
맑은 공기
투명한 햇빛
파란 바다를 끼고 걷는다

숭글숭글 거무틱틱한
돌담 사이
오름과 바다가 이어져
알 오름서 바라본 자연의 신비
주상절리
평화로운 마음의 길

넓은 들녘마다 유채꽃
해변의 돌과 모래 계곡을 지나
구름비 내리는 해안 쪽
허벅 질머진 해녀들
눈 안에 드네

쌓이 스트레스 잊게 해주는
바람길 따라 들리듯
돌들의 숨소리
놀멍 쉬멍 걸으멍
아름다운 제주 올레길 가다

-「올레 길」 전문

'맑은 공기'와 '투명한 햇빛'과 '파란 바다'를 함께 누리며, 시인은 제주 올레 길을 걷는다. 이는 제주의 자연 풍광에 기대어 궁극에 있어서는 스스로 삶의 중심을 가르며 걷는 길이다. 그러기에 '평화로운 마음의 길'이다. 「겨울의 강」이 흐르는 곳, 「유대 광야」 저 먼 나라의 이천 년 세월 등이 이러한 길의 시학을 반영하고 있다. 길의 시작은 언제나 길을 응대하는 이의 가슴 가운데 있는 작고 은밀한 기억에서 비롯된다. 시인의 그 속내를 엿볼 수 있는 시는 「정안수」다. '별들이 총총한 밤'에 정안수 소반에 받쳐 들고 '뒤뜰 장독대 오르는 여인'이 있다. 그 여인이 누구이든 시인의 생애 원체험과 관련이 있고, 이와 같은 근본을 간직하고 있는 시인의 길이 흔연하지 않을 수 없다.

어느덧 한 해 저물어가고
힘들고 어려운 시기
징글벨 소리 가슴 울리네

서늘한 마음 정열의 붉은 색
화르륵 다가와 불붙는
12월 꽃 중에 꽃 포인세티아

암울한 시간 지나 광명을 보듯
환호의 소리
녹색 잎 위에 붉은색 잎들의 크라운

들꽃 꺾어 모아 묶음으로
제대(祭待)에 봉헌(奉獻)하는 소녀
간절한 소망 들어주신
성혈(聖血)의 꽃
고통(苦痛)받는 사람
외로움
슬픔에 잠긴
용서(容恕)와 화해(和解)하는 사람 모두에게
성탄 선물의 꽃이 되었네

-「포인세티아」 전문

길이 끝나는 자리나 시간이 마감되는 지점에는 언제나 심금을 울리는 애절함이 있다. 한 해를 보내고 새해를 맞는 시인의 감회를 매우 효율적이고 설득력 있게 대변하는 시다. 이 시를 촉발한 포인세티아는 '용서와 화해하는 사람 모두에게 성탄 선물'이 된 꽃이다. 그런데 꼭 꽃만 그러할까를 반문해 본다. 그 꽃을 안고 있는 시 또한 그러한 힘의 원천일 수 있다. 이것이 시인으로 하여금 시를 쓰게 하고 독자로 하여금 시를 읽게 하는 이유다. 이제까지 우리가 공들여 살펴본 이창범의 시편들은 그렇게 자신의 내면을 열어 많은 이들을 소통과 공감의 길로 이끄는 시금석이요 나침반이었다. 앞으로도 우리는 그의 시와 더불어 더 풍성한 감성의 여행에 동참할 수 있기를 바라마지 않는다.

사유의 성숙과 내면의 충일

- 신현숙 시집 『생각하는 의자』

1. 자연 풍경과 은유의 상상력

신현숙 시인은 젊은 날 독일에서 간호사로 일했고 미국으로 이주한 이래 한미가정상담소 창립에 참여했으며 현재 글로벌어린이재단 평생회원으로 있다. 그 삶의 황금 같은 시기에 어려운 이들을 돕는 손길을 거두지 않았으니, 그렇게 보낸 세월이 곧 보람이었음을 짐작할 수 있다. 재미한인사진작가협회에서 활동한 경력이 이 시집의 본문에 여러 장의 사진으로 수록되어 있기도 하다. 2015년 《미주한국일보》 문예공모전 시 부문에 당선하여 시인의 길을 걷기 시작했고, 6년이 지난 지금 첫 시집 『생각하는 의자』를 상재하게 되었다. 아마도 문필가가 되기로 작심한 것은, 수다(數多)한 삶의 행적들이 몇 줄의 문장으로 요약될 수 있도록 하나의 출구를 찾은 형국이 아닐까 한다.

이 시집은 모두 다섯 개의 묶음으로 되어 있고, 각 단락마다 조금씩 차별성이 있는 주제를 표방하고 있다. 기실 그렇게 각기의 단락을 주제별로 구분한다 해도, 이 연령대에 이른 이들의 글쓰기가 미처 다 발설하지 못하는 숱한 내면의 울림을 모두 담아내기는 어려울 것이다. 소설이

한 사람의 생애사를 풀어서 보여주기에 유용한 장르라고 한다면, 시는 그것을 압축하여 제시하는 장르다. 가슴 속에 모인 생각과 소망이 분출의 방향성을 찾고 그것이 시의 형용으로 나타났다면, 이 경우의 시란 스스로의 영혼을 위무하고 인도하는 유익한 동반자라 할 것이다. 그러기에 시인은 〈시인의 말〉에서 이를 아무런 치장 없이 직정적으로 토로하고 있다. 이 시집의 첫 단락은 시인의 눈에 비친 자연의 상관물들에 그러한 자신의 심경을 의탁하고 이를 시적 언어로 은유하는 상상력이 편만(遍滿)하다.

호랑나비 노랑나비가
날고 있었다
둘은 하나 되어 팔랑팔랑 윤무를 추었다
노랑나비는 푸른 초원이 있는 쪽으로
가고 싶었고
호랑나비는 바다가 보이는 곳으로 가고 싶었다

함께 날고픈 마음보다
가고 싶은 곳 가보는 것이 더 강해
헤어졌지만
외로운 노랑나빈 견딜 수 없어 뒤따라 날았다
호랑나빈
배 위에 앉아 멀고 먼 북극으로 떠나갔다
뒤따르다 지친 노랑나비 물에 떨어지면서
펄펄펄럭펄럭인 날개짓
산더미만한 파고를 일으켜
배는 그만 가라앉고 말았다

호랑나비 노랑나비 한 쌍이
바다 위를 날고 있다

-「나비의 꿈」

이 시에 등장하는 호랑나비와 노랑나비는 자연의 일부이지만, 그 내포적 의미에 있어서 단순한 자연이자 자연현상일 리 없다. 어쩌면 한 생애를 달려온 시적 화자의 마음 빛깔일 수 있고, 두 나비의 존재가 가장 가까운 사람과의 관계성을 말하는 것일 수도 있다. 시가 이렇게 현실과 그 가운데 있는 삶의 형상을 은유할 수 있다면, 그것은 좋은 시에 속한다. 그렇게 바깥으로 표출된 언어는 안으로만 잠겨 있던 고통과 불만을 치유하는 힘이 있다. 시가 공여하는 효용성에 있어서 이보다 더 강력한 표현의 미덕을 찾기란 쉽지 않다. 1부에 등장하는 「나팔꽃」이나 「석류」 등의 시편들이 모두 이와 같은 표현의 문법, 글쓰기의 방정식을 유지한다.

차가운 바람이 불어와도
눈이 내려 쌓여도
동면의 한 계절을 견딜 수 있는 것은
가지마다 품고 있는 겨울 눈꽃들 때문

눈 덮인 몸이 따스하다
이렇게 고운 이불을
덮을 수 있는 것은 행운이다
햇살 밝아 녹아 흘러내릴 때면
온몸으로 스며들어 수액으로 흐른다
그때 쯤이면 잠자듯 견디어온 겨울 눈꽃들

조금씩 몸 불리고 하나하나 초록불 켠다

늘, 봄은 새롭고
나는, 늘 다시 태어난다
아직 마른 잎 하나 달랑대는 가지도
몸 가려워할 것이다

-「겨울나무 이야기」

시에 나타난 자연의 객관적 상관물들이 평온하고 순조로운 분위기만 두르고 있는 것이 아니다. 자그마한 산책길에도 굴곡이 많은데, 항차 여러 산굽이를 돌고 험한 고개도 넘어야 하는 인생 행로에 알지 못하는 질곡(桎梏)들이 매설 되어 있는 것은 지극히 당연한 이치다. 그런데 이 시인은 이것을 겨울나무에서 봄이 다시 태어나는, 인고와 소망의 방식으로 받아들인다. '글이 곧 그 사람이다'라는 오랜 금언(金言)이 있거니와, 이러한 삶의 태도와 방식은 시에 있어서도 시인의 세상살이에 있어서도 유효하고 값있는 항체를 형성한다. 「아이와 담쟁이」와 「강물은」 같은 시편들이 곧 그러한 시적 발화의 형식을 증거한다.

2. 마음을 채우는 기도의 언어

"조금 알면 오만해진다. 조금 더 알면 질문하게 된다. 거기서 조금 더 알게 되면 기도하게 된다." 인도의 철학자 사르베팔리 라다크라슈난의 말이다. 그는 철학 교수였고 대학 총장을 지냈으며 1962년부터 5년

간 인도의 대통령을 지냈다. 여기서 그가 말하는 기도의 적용 범주는 그의 철학과 나라에 국한되는 것이 아니다. 우리는 우리의 지식이 많아지고 지혜가 커질수록 우리 스스로 얼마나 왜소한 존재인가를 체득하기 마련이다. 그러기에 절대적 존재를 향해 기도하게 된다는 말이다. 이 시집의 2부는 시인의 이처럼 겸허한 마음자리, 그리고 그것이 시의 몸을 입고 도출된 내면 풍경을 드러내는 시들로 채워져 있다.

밤새도록 비는 내리고
사방 적시는 낙수 소리 참, 우울했는데
이렇게 맑은 해 떠오를 줄이야

햇살들 머금은 영롱한 이슬방울들
발 적시며 오르는 아침 동산
하룻밤 새 촛불 켜듯
검은 가지들 뒤덮은
연초록 맹아萌芽들, 맹아萌芽들
두 손 활짝 펼쳐 가슴 가득 채우는
따스한 듯 훈훈한 향기

이 아침 나는 당신의 신부
얼굴을 스치는 훈풍은 나의 노래
겨울을 딛고 일어서는 이 계절
나는 자연의 고귀한 이름으로
ㄱ. ㄴ. ㄷ. 노래하려니
내일 또 우울한 비 내려도
푸른 숨결 날개 위 그대와 함께

찬란히 빛나는 나의 봄날을 건너간다

-「봄날을 건너간다」

부드럽고 잔잔한 시다. 시가 신앙을 담고 있을 때, 그것이 "내가 올리는 불꽃/ 받으시고 내리시는/ 불꽃의 만남/ 튀는 빛살이다"(「기도」 전문) 처럼 직접적인 고백의 언사로 점철될 수 있다. 하지만 보다 긴 호흡으로, 신앙의 곡진(曲盡)한 정서를 오래 저장하기 위해서는 시적 언어의 세례를 거치는 것이 훨씬 더 효율적이다. 그러기에 C. 그릭스버그(Charles I Glicksberg)는 『문학과 종교』에서 "교의는 진정한 시에서는 그 모습을 나타내지 말아야 한다. 혹 나타낸다 하더라도 교의로서가 아니라 순수한 환상이어야 한다"고 지적했던 것이다. 이 시는 그 숨김의 문법을 체득하고 있으며, 그래서 어느 봄날에 '이 아침 나는 당신의 신부'라는 언표도 사뭇 자연스럽다.

힘없는 엄마의 딸로 태어나
똑똑한 너의 뒷심이 되어주지 못하고
빙벽을 홀로 오르는 너를 바라보는 마음
울고 싶구나

고개 숙인 할미꽃의 애절한 속삭임

봄기운을
실어 오는 연초록 바람에
버들강아지 눈을 뜬다
물오른 나무, 새싹의 기운이

살아가는 데 필요한 힘
외로울 때 안식처 되어
어려움에 불 밝혀 주는 길
좀 더 잘해주는 그 자리에 햇살로
네 곁에 같이하기를 기도한다

힘든 일에 웃으면
너의 그 마음, 밝은 내일 맞아
너를 즐겁게 하는 하루가 된단다

언제나 너를 향한 나의 마음이 있음을
기억해 주렴

딸아
사랑한다

-「딸에게」

그런데 절대자의 임재와 기도의 향방을 가늠하는 시적 흐름이 자기 생애의 가장 소중한 영역, 곧 가족에게로 가 닿으면 시가 더욱 깊어지고 간절해지고 절박해진다. 세상에 딸을 사랑하지 않는 엄마가 있으랴마는, 그 모양과 색깔은 제각각으로 다양다기할 수밖에 없다. 시인은 스스로를 '힘없는 엄마'로 치부하면서 '똑똑한 너의 뒷심이 되어주지 못함'을 자책한다. 그리고 그 딸에게 필요한 힘이나 안식처가 되기를 기도한다고 고백한다. 그러나 어느 누군들 알지 못할 까닭이 없다. 이 간곡한 엄마의 기도야말로 그 딸에게 가장 강력한 힘이요 편안한 안식처가 되어줄 것임을 알아차리는 것이 어렵지 않은 것이다. 시인의 주변은 이렇게 기도의 재료로 넘친다. 예컨대 「봄밤」이나 「아침 햇살」과 같은 시편들은 한결같이 시인의 시심과 신앙심의 조화로운 악수를 말해준다.

3. 기억 속 과거를 소환하는 힘

지나온 세월이 아름다운 건 그것이 망각의 물결에 떠밀려가는 기억이기 때문이다. 그렇게 우리는 조금씩 지난날을 잊어버리며 산다. 그러다가 문득 그 빛바랜 기억과 약속도 없이 마주 서는 날이면, 가슴 밑바닥을 두드리는 감동에 잠기기도 한다. 유년의 오랜 그림들, 정겹고 순후한 고향 풍광, 다른 무엇으로 바꿀 수 없는 가족의 모습들은 시간의 풍화작용에도 지워지지 않는다. 이 시집의 3부에 수록된 시들은, 그러기에 특히 아름답고 서정적이다. 옛말에 수구초심(首丘初心)이라 했거니와, 이역만리 타국에 살면서 고국을 그리워하는 시인의 시에 있어서는 그 정황이 더욱 절절할 수밖에 없을 것이다.

강 건너 숲속에

다가가면 나무는 작아져
보이지 않고
너무 멀리 떨어지면 형상조차 지워지는
기억을 봉인한
해마나무 한 그루 서 있다

열쇠를 놓고 왔으므로
하루 종일 그 자리 그 곳에서 바라보았다
슬픔이 자라날 때까지

밤이 깊어졌던가
눈물이 밤이슬처럼 내려앉아
나무 머리 끝에 매달린 구부러진 달
달무리 휘감겨 빗장 풀리는 소리

숲을 돌아 나오며
아무르 강 물소리 귀에 담았다
다리 아래
흐르는 물결 위로 드러나는
사랑의 슬픔을 간직한 자만이
들을 수 있는
기억의 속삭임이 있었다

강가 숲을 떠날 때
별이 반짝거렸다

-「해마나무의 속삭임」

이 시는 '기억을 봉인한 해마나무 한 그루'를 바라보면서, 그 나무와 더불어 '사랑의 슬픔을 간직한 자 만이 들을 수 있는 기억의 속삭임'에 근접한다. 그 은밀한 속삭임은 '아무르 강 물소리'를 귀에 담았다. '아무르'는 러시아어로 에로스, 곧 사랑이라는 이름이다. 해마나무의 '해마'는 뇌 속에서 기억을 저장하는 장소의 기능을 말한다. 그러고 보면 시인이 의

도하는 해마나무에 결부된 아무르 강의 물소리는 그 정체가 명료해진다. 기억의 근본에 사랑의 감각을 덧입힌 원초적 인식의 자리가 곧 거기다. 지도상에 표기된 아무르강은 러시아에서 발원하여 중국, 몽골, 북한의 광활한 대륙에 걸쳐 흐르는 4,400여 킬로미터의 긴 강이다. 동북아의 넓은 대지를 적시는 헤이룽강(黑龍江)이 그 다른 이름이다. 시인이 바라보는 이 기억의 속삭임은, 이렇게 장대한 배경을 가졌다.

어릴 적 물놀이하던 냇가
지금도 그대로 흐르고 있을까
그 속으로 밤하늘 가르며 뛰어들던 별들도
아직 그대로일까

먹구름은 제 무게에 겨워
한바탕 장마 비 쏟고 나면
더위는 치솟아 흰 뭉게구름으로 피어올랐다

그 뭉게구름들처럼
유년 시절은 자유로웠지만
그것은 참으로 한정된 자유였고
더 큰 상상을 만들어내기엔
너무도 작았던 나의 세계는
집 앞의 냇가와 창가 머리 위 반짝이던 별들과
작은 숲이 전부였다
그래도 그 속에서 간직하고 꿈꾸었던
나의 소중한 시간들
아직도 나의 마음속

영원히 머무는 시간으로 남아
보내어지는 삶이 팍팍할 때마다 그때로 되돌아가

어린 시절의 영원한 활력을 길어올린다

-「머무는 시간」

시인이 경험한 시적 삶의 범주가 꼭 육신을 이끌고 가 본 곳만이 아니다. 어쩌면 상상 속의 간접경험이 더 강한 위력을 가졌을 수도 있다. '어린 시절의 활력'은 한 개인의 직접 및 간접의 경험을 한껏 자유롭게 구성하고 결합할 수 있는 여러 요소들을 촉발한다. 그러기에 '너무도 작았던 나의 세계'가 '영원히 머무는 시간'으로 남는다. 시인이 그 심중에 내장하고 있는 기억 속의 과거를 반추하는 힘, 그것이 곧 시가 가진 미묘하고 놀라운 저력에 해당한다. '한 잔의 커피'를 손에 든 「벤치의 여자」, 고흐의 화폭을 떠올리게 하는 「별이 빛나는 밤」, 그리고 '어머니 향기, 아버지 향기'를 술회하는 「무소유」 등의 시적 서정이 곧 과거가 현실에 미치는 자장(磁場)의 힘을 발양하고 있다.

4. 작고 소박한 것들의 생명력

우리를 감동하게 하는 것은 크고 화려하고 이름 있는 존재가 아니다. 비록 눈에 잘 띄지 않도록 작고 소박하고 조촐하다 할지라도 영혼의 울림을 불러오는 그 무엇이 우리를 설레게 하고 떨리게 한다. 이 '그 무엇'을 찾아내는 눈이 바로 시인의 눈이다. 4부에 수록된 시들 가운데 '어머니, 들리지 않는 당신의 목소리'(「셀폰」), 성 프란치스코 생가의 '가시 없는 장미 한 송이'(「가시 없는 장미」), 풍경처럼 매달려 있는 '산사 처마 끝의 목어'(「목어」), 눈 덮인 산봉우리 아래 비어 있으되 없음으로 충만한 집'(「빈 집」) 등이 일제히 그러한 시의 존재 양식을 담고 있는 셈이다. 이들은 모두 이 시인의 명민하고 밝은 눈을 증거 한다.

들판에 생각하는 의자가 있다
바람과 낙엽과 이슬과
비님이 자주 찾아오지만
때로는 사람이 앉기도 한다
혼자 와 하염없이 바라본 쓸쓸한 들판
둘이 와 껴안고 바라본 행복한 들판
여럿이 함께 와 바라본 즐거운 들판
의자는 그들의 마음으로 들판을 바라본다
바람과 낙엽과 이슬과 비님의 시선은
늘 한결같은데
사람의 시선은 앉는 이마다 다르다
바라보는 이들의 마음에 따라 들판은 늘
풍경이 변한다
그래도 의자는 한결같다
늘 그 자리 그곳에서 들판을 바라본다
들풀의 향기가 의자를 감싸준다
들판에 생각하는 의자가 있다

-「생각하는 의자」

참 좋은 시다. 고즈넉한 들판에 다소곳이 의자 하나가 놓여 있다. 여러 마음의 빛깔들이 찾아와 이를 바라본다. '사람의 시선'은 앉는 이마다 다른데 '의자의 자리'는 언제나 한결같다. 이 한 폭의 그림 같은 의자의 풍경은 감각적이면서도 관념적이며, 시집의 표제가 될 만한 수준이다. 이 시를 읽으며 필자는 문득 두 시인을 떠올렸다. 아름답고 정성 어린 세대교체를 의자를 통해 노래한 조병화와 그의 「의자」, 그리고 중국 당대의 시인 송지문과 그가 쓴 유명한 시의 한 구절이다. '연연세세화상사 세세년년인부동(年年歲歲花相似 歲歲年年人不同)'이 그 구절인데, 해마다 피는 꽃은 비슷하건만 해마다 사람 얼굴은 같지 않다는 뜻이다. 동서고금에 소통될 수 있는 그 엄정한 이치가 이 소박한 시에 담겼다.

> 코로나 블루라는 물결에, 무너지지 말아야겠다
> 나를 위하여
> 내가 사랑하는 사람들을 위하여
> 그 무언가를 남겨줄
> 그 무엇이 되어야겠다
>
> 춥고 긴 어둠을 밝혀 줄 나
> 해 드는 아침 햇살로 깨어나는 나
>
> 내 손 안의 마법의 열쇠
> 마음속 녹슨 감옥을 활짝 연다
>
> 봄을 여는 캐모마일
> 추위를 이기고 양지바른 곳에 꽃을 피우는
> 사과와 같은 향을 품은 식물
> 고난에서 희망으로 다시 생명을 심어주는 에너지

어두웠던 문 사이로 빛이 들어선다

두려움을 쫓아낸다는 바다의 물방울 로즈마리
성모 마리아가 쉬고 있을 때
푸른색으로 변한 '메리의 장미'
길을 잃었을 때 향기로 안내하고
아름답게 피어나는 꽃

이른 아침
별이 빛나는 노래가
내 마음속에서 찬란한 화음을 불러 일으킨다

-「이 아침에」

우리의 일상을 값있게 추동하는 것들은 언제나 일정한 위태로움을 동반한다. 그것이 소중하기 때문에 혹여 잃을까 두려운 까닭에서다. 동시대에 온 세상을 휩쓸고 있는 팬데믹 코로나블루는 이 심정적 우려를 명징하게 드러낸다. 그 물결에 무너지지 않아야 한다는 다짐은, 이 엄혹한 강을 잘 건너는 일이 '나를 위하여, 내가 사랑하는 사람들을 위하여' 지켜야 할 약속 같은 것이기에 그렇다. 이와 같은 다짐이 시적 화자를 깨우는 아침은 '별이 빛나는 노래'가 마음속에서 '찬란한 화음'을 불러일으키는 형국이 된다. '미(微)에 신(神)이 있다'는 레토릭이 있지만, 이러한 시인의 눈이 가 닿는 곳이면 '브로치'도 별이 되고(「브로치라는 별」), '당신'을 만나는 것이 행운이며 축복이 된다(「플루메리아」).

5. 소망과 재생의 새로운 지평

꿈이 있는 사람은 패퇴(敗退)하지 않는다! 더 엄밀하게 표현하면 꿈이 있는 사람은 넘어지더라도 언제나 일어설 수 있는 기력을 감추고 있다. 꿈이 있는 한 나이는 없다는 말도, 꿈이 있는 아내는 늙지 않는다는 말도 있다. 항차 그 삶의 바탕에 신앙이 있고 그 사유(思惟)의 현장에 시가 있는 이의 경우에는 더 말할 나위가 없다. 이 시집의 5부는 바로 그와 같은 소망의 언어, 그로 인해 새로운 활력과 재생의 수사(修辭)를 함축하는 시적 사유들이 임립(林立)해 있다. 그렇게 성숙한 시의 지평이 내면의 충일한 감동을 이끌어내고 그것이 시의 가치를 부양하는 데 신현숙 시의 의의가 있다.

눈 위에 길을 내고
하얀 그림을 그릴 것이다

눈 속의 파설초가 웃으며
봄소식 전해주면
하얀 밭에 연초록 색칠을 하고
빛의 불꽃을 그려야겠다

그리고
음악이 흐르는
차의 운전대를 잡을 것이다

갑자기 퍼붓는 소낙비 속에서
키다리 팜츄리에 걸린 무지개를 보며

Freeway를 달릴 것이다
멀리 보이는 무지개가 따라오며 웃고
태양은 빛을 피운다

들 풀꽃에 흐르는 불빛의 부딪침
마음 숲 사이사이로 보이는 빨간 차의 반짝임이
예쁜 글 줄기를 보여준다
잘 익은 사과 빛깔로

-「그리고 내일」

시인은 '눈 위에 길을 내고 하얀 그림을 그릴 것'이라고 언명(言明)한다. '음악이 흐르는 운전대'를 잡고 '키다리 팜츄리에 걸린 무지개를 보며 Freeway를 달릴 것'이라고 예정해 두기도 한다. 이 모두 누구나 시도할 수 있고 누릴 수 있는 '작은 행복'에 속한다. 그러나 그 가운데서 솟아오르는 기쁨과 소망을 발굴할 수 있다면, 어느 누구도 그 굳건한 내면의 성채(城砦)를 침범할 수 없을 것이다. 이렇게 상징적이면서도 구체적인 그림을 그릴 수 있는 특권이 시인에게 있다. 그 행복의 정처를 찾아 고단한 문필을 다독이며 시를 쓴다. 시인은 '어제는 힘들고 고통이었어도 다시 일어서는 것'(「새해 아침에」)을 추구하며, '어둠의 골방'에서 '햇살이 비치는 날'(「골방에 햇살이」)을 맞이할 수 있는 것이다.

뜨거운 태양 아래
반짝, 반짝, 반짝
바위를 치는 빛은 외롭지 않다

사랑을 그리고
소망을 말하며
어울어지는 노래소리는
햇빛 속에 벌떡이는 물고기들의 비늘 위에 글을 쓴다
빛살로 밝히는 언니의, 오빠의 이야기
어린 나를 엄마처럼 거두어 준 언니 집에서
인생을 맛있게 요리하는 요리법도 배웠고
어려운 일이 생기면
우리 삼 남매는 서로 상의하며
세상을 헤엄치며 왔다

종일토록 갯바위에 앉아
살아있는 물비늘의 찬란함을 색칠한다
금빛 글씨 머금은 물방울들
튀어 오르는 밝고 환한 그림들
햇빛으로, 달빛으로 맑게 빛나는
윤슬
그 예쁜 이름
나를 부른다

-「윤슬」

윤슬! 참으로 아름다운 우리말이다. 그 사전적 의미는 '달빛이나 햇빛에 비치어 반짝이는 잔물결'로 되어 있는데, 사전의 표기에 '달빛'이 더 앞서 있는 것을 보면 이 어휘의 어의(語義)를 되새겨 봄 직하다. 시인은 그 윤슬의 '물비늘'에서 언니와 오빠의 추억을 소환한다. 그 맑고 예쁜 이름만큼 세 남매의 추억 또한 그렇다. 이러한 시적 진술은 무엇보다 힘이

센 소망과 재생의 원자료를 구성한다. 신현숙의 시가 우리에게 건네는 따뜻하고 끈기 있는 권유의 손길은, 내내 이와 같은 어투와 표정으로 우리 내면에 숨은 보화와도 같은 생각들을 일깨운다. 그러기에 이 시집을 읽는 동안 한결같이 편안하고 행복하고 때로는 가슴 벅차다. 바라기로는 그의 시 세계가 더 활달하고 유장(悠長)하게 전개되어서, 우리가 지속적으로 좋은 시를 면대할 수 있게 해주기를 바라마지 않는다.

박람(博覽)의 시, 활달한 언어의 성찬(盛饌)

- 임혜신 시집 『베라, 나는 아직도 울지 않네』

1. 반어적 상상력과 관계성의 투시

임혜신은 한국문학이 인지하고 있는, 해외에서 모국어로 시를 쓰는 만만찮은 시인 몇 사람 중 한 분이다. 그의 활동 무대는 미국이고 이중언어 이중문화 환경 속에서 24년의 세월이 흐르도록 시작(詩作)의 길을 걸어왔다. 2009년에 미주시인상, 2010년에 해외문학상을 수상했으니, 미주에서도 좋은 시인으로 평가받은 전력이 있다. 2000년에 시집 『환각의 숲』을, 2005년에 미국시 해설서 『임혜신이 읽어주는 오늘의 미국시』를 상재했다. 이 해설서를 통해 짐작할 수 있듯이, 그는 한미 양자의 문학을 연결하는 가교이자 해설자로서의 기능을 지속적으로 수행해 왔다. 오늘과 같은 글로벌 시대에 이와 같은 연계의 역할은 사뭇 소중하고 의미가 깊다.

이를 보다 구체적으로 살펴보면 월간 《현대시》에 미국시 해설 연재, 《미주시인》 등 미주 문학지에 미국시 번역 해설, 《미주한국일보》의 '이 아침의 시' 칼럼에 Weekly(주간), Contemporary(동시대) 미국시 번역 소개 등의 쉽지 않은 역할을 감당해 온 것이다. 이처럼 두 언어의 사잇길을 간보(間步)해 온 이력의 영향인지는 모르겠으되, 그의 시는 한국문학과 영미문학의 어휘, 표현, 상상력 등을 매우 효율적으로 교직(交織)하고 있다. 이 대목이 서툴면 자칫 시의 문면이 어설픈 말장난처럼 보일 수 있는 것이 사실이다. 그런데 이 시인의 시에는 그로 인한 조작이나 불협화의 틈새가 없으며, 두 문화권의 언어가 그에게 밀착하고 육화되어 있다. 이는 시인이 언어를 다루는 기량에 있어 이미 숙성의 지경을 지났다는 증빙이다.

이 시집의 1부는, 그의 시가 표현의 기교에 있어 반어적 상상력을 적극적으로 활용하고 있으며, 이를 통해 타자와의 관계성을 깊이 있게 성찰하고 그것을 자연스럽게 시화(詩化)하고 있음을 환기한다. 반어나 역설과 같은 시적 표현은, 기실 형식주의 문학론의 기본 개념인 터인데 언어의 조합과 운용에 관한 세미한 인식을 근거로 한다. 이 유형의 시어(詩語)에 침윤한 시인은 대체로 그 세계관이 미소(微小)하고 소우주적 기미(幾微)를 포착하는 데 집중한다. 그런데 경이롭게도 임혜신의 시는 오히려 활달한 시각과 박학다식한 표현으로 이 스테레오 타입(stereo type)을 유연하게 넘어선다. 필자가 그의 시에 경도하게 된 첫 이유다.

그리고 이상한 가을이 찾아와
초소처럼 서 있던 생선가게에 불이 꺼지고
선착장을 날던 드론들도 사라져
만년 시계*인 양 긴 불면에 드는 모래둔덕
가문 좋은 금속들만 시간의 페달을 유유히 달리는
이상한 밤이 찾아와
철 늦은 소금장미 들창에 피어나고
러시아풍 선술집에서 젖은 럼향기 풍겨올 때

나, 베라를 생각하네
내다 팔지도 않을 호박을 심고
잡아먹지도 않을 닭들을 키우던 눈물 많던 베라
애인 잃은 친구를 찾아가 제 것인 양 3년을 울던 베라
더 이상 크리넥스 집어 주기 싫다며 너도 나도 등 돌렸던
아더스 버트란드 얀의'휴먼'
페이지 178쯤에서 만날 것만 같은 흰 얼굴과 빨간 볼
그녀가 러시아로 돌아간다던 밤을 생각하네
큰일이 났다고,
캄캄한 베링 해협같이 꿈틀대는 전화기 속에서
베라가 울지도 않던 밤을

-「베라, 나는 아직도 울지 않네」

이 시의 중심인물 '베라'는 과연 누구일까. '이상한 가을'이나 '초소처럼 서 있던 생선가게' 그리고 '불면에 드는 모래둔덕' 등의 시적 언사는 그저 편의하게 작동하는 의미와 개념이 아니다. 각기의 가닥마다 웅숭깊은 메타포가 잠복해 있다. 그 언어의 배열은 대개 반어적 상상력을 확장하는 데 복무한다. 그와 같은 바탕 위에서 '나'는 베라를 생각한다. 베라는 '내다 팔지도 않을 호박'을 심고 '잡아먹지도 않을 닭들'을 키웠다. '애인 잃은 친구를 찾아가 제 것인 양 3년을 울었다.' 이때의 베라는 시적 의미를 넘어 화자의 체험적 범주 안으로 구체적인 캐릭터가 되어 육박해 온다. 러시아 여자이어서, 또는 그렇게 상징화한 어떤 인식의 결정체여서, 화자의 의식을 압박하고 반응을 도출하는지도 모른다. 타자와의 관계성과 그 삶의 질곡을 묘파하는 싱싱한 시의 힘이 여기에 있다.

메리와 맥스가 있지
시도 때도 없이 고장이 나 갓길에 서 있던 오픈카와 트럭
메리는 엉덩이가 찌그러진 빨간 머스탱을 몰고
맥스는 입술이 부르튼 까만 다찌를 몰고
앞서거니 뒤서거니 달린다는 것 하나만으로 즐거워
엔진 속에 불이 붙던 야생말과 사기꾼
밀리는 47번가를 달리다가
머스탱이 급브레이크를 밟을 때면
다찌는 모르는 척 들이박았지
그런 날은 피해자와 가해자가 마주 앉아
상처에 보드카를 부으며 법정을 열었지
보험도 없고 중재자도 없는 5층 아파트
하하 호호 인동꽃 피고 지던 타협의 문자
검은 망토 같은 눈꺼풀을 슬며시 내리뜨고
달님도 엿듣던 불량서적 속으로
소각된 한 장의 사진 같은,

-「시간이라는 전차를 타고 그곳에 가면」

영화 〈메리와 맥스〉는 각자 개인, 또는 그 연합으로서의 '우리'라는 관계성을 지칭하는 방식이다. 이 시에 등장하는, 영화에서 이름을 빌려온 메리와 맥스는 일견해서 일상적이지 않은 관계망으로 얽혀 있다. 메리의 머스탱과 맥스의 다찌가 충돌하면, 이들은 '피해자와 가해자'로 마주 앉아 '상처에 보드카를 부으며' 법정을 연다. 그 담론의 행방은 기실 오리무중이요 요령부득이다. 왜 '달님도 엿듣던 불량서적 속으로 소각된 한 장의 사진 같은'이라고 했을까. 이 상황 자체가 곧 반어적이다. 동시에 시의 표면에 참 많은 유식(有識)이 동원되고 있기도 하다. 모호한 관계

성을 통해 사태의 핵심에 이르려는 투시의 관점, 그의 시가 깊어지고 사유의 운동 공간이 확대되는 미덕이 거기에 결부되어 있다. 그런데 이 그림 같은 장면은 이미 과거의 것이다. 그로부터 '지금 여기'에 이른 삶의 최후전선, 그러한 절박성의 호명이 '시간이라는 전차'로 명기된 셈이다.

2. '우리'의 접점과 시·공간의 운명론

이 시집의 2부는 그 시작에서부터 나와 타자 그리고 '우리'의 관계에 대한 탐색의 촉수를 작동한다. 「Widow. 방랑」에서 '소녀의 손'을 잡고 파리로 간 여자가 누구이며 시간의 경과와 더불어 무슨 일에 집중할 것인지를 특정할 수는 없지만, 시적 화자의 내면세계와 긴밀하게 연관되어 있음을 짐작하기는 어렵지 않다. 「우리들의 시간」에서 아열대의 공간적 환경 속에서 화자는 '청색이 무한으로 짙어지는 어둠 위에 널, 사랑해 라고 쓰고 더 이상 전화하지 않겠어'라고 확언한다. 이러한 시어는 생각의 깊이, 시·공간을 활용한 관계성의 깊이를 현현(顯現)한다. 화자의 단정적 언표(言表)가 너무 강력하여 마치 어떤 운명의 단초를 직면하는 듯하다. 심지어 「Widow. 길」에서처럼 화자와 타자가 서로 다른 이해의 구조를 갖고 있다 해도 이는 궁극에 있어서는 소통한다. 그 관계성의 깊이 때문이다.

벼룩시장에서 늙은 백인 여자가 오래된 장신구를 팔고 있다
주름진 이마와 달팽이처럼 굽은 등, 하오의 해바라기처럼
확대경 속으로 얼굴을 숙이고 만든 사람이며 연도를 더듬더듬 들

려주는

그녀의 조그만 유리 진열장 안, 지루한 듯 흩어져 있는

목걸이 귀걸이 손거울과 나비핀들

나는 퇴색된 은팔찌를 하나 집어 든다, 군번줄에 걸린 번호판 같은

앞면에 자니라고 쓰여 있고

뒷면에는"1950년 사랑해 해나"라고 쓰여 있다

아마 90세쯤 해나는 지금 어디에 있을까 꽃을 머리에 꽂고 춤추던 히피

케네디 암살과 달나라에 착륙하는 우주선, 소련의 붕괴까지는 함께 지켜봤을까 싶어지는

60년 후 내게 이른 사랑의 증거

혹은

전리품

은장도 칼날이 스치듯

늙은 여인의 손에서 나의 손으로

이름 하나, 통증도 없이 피었다 진다

-「은팔찌」

이 시에는 벼룩시장에서 오래된 장신구를 팔고 있는 '늙은 백인 여자'가 있다. 그녀에게서 내가 선택한 '퇴색된 은팔찌'에는 어느 남녀의 사랑 고백이 새겨져 있다. 그들 사랑의 시간으로부터 60년을 건너뛰어 화자의 손에 들어온 이 객관적 상관물에는 '이름 하나'가 '통증도 없이' 피었다

진다. 화자는 질문한다. 이 은팔찌가 '사랑의 증거 혹은 전리품'이 맞는지. 물론 그 대답은 시를 읽은 독자의 몫이다. 중요한 것은 이렇게 두 세대의 시간을 넘어서는 이름 모를 사랑의 사연이 지금 '나'의 심상에 보내는 은밀하고 진중한 신호다. 누구에겐들 유보해 둔 절실한 기억이 없을 것이며 그것을 소환하는 대상과의 조우(遭遇)가 없을 것인가. 짐짓 무심한 듯 스쳐 지나려는 시적 어투는 화자가 가슴 속에 숨겨둔 격한 반응의 다른 모습일 수도 있겠다.

> 나는 화성에 가고 싶었어
> 화성은 내게 명사는 아니었어
> 화성은 내게 간다, 멀리 간다, 라는 동사였어
>
> 한때 또 나는 단팥죽을 꿈꾸었어
> 딴 여자들은 떡볶이나 만두도 좋아한다지만
> 나는 오직 단팥죽만을 꿈꾸었어
> 내 생일이 오면 단팥죽을 먹을 거라 했어
> 한 생애의 추위가
> 정점을 향해 오르는 동짓날 저녁
> 흰 눈발 하나둘 날리기 시작하는 거리에서
> 그 애와 나는 단팥죽을 사 먹을 거라고 했어
> 겨울에 태어난 아름다운 당신은…
> 노래가 들리는 분식점 연탄난로 곁에서
> 단팥죽은 명사가 아니었어
> 달콤하고 따스한 숟가락과 입술을 가진
> 그것은 사랑과 청춘을 찾아가는 동사였어

화성에는 혼자 갈지 몰라도
절대로 단팥죽을 혼자 먹지는 않을 거라고 했어
한 백 살이 되어도 좋다고 했어
못 먹고 죽어도 좋다고 했어
백 살은 내게 나이가 아니었어
코트 깃에 환한 눈꽃송이들이 흩날리고
크리스마스 캐롤이 울리는 쓸쓸한 거리에서
죽을 때까지라도
너를 기다릴 거라는 약속의 형용사였어

-「일란 머스크가 화성프로젝트를 시작하기 훨씬 전에」

여기서 '나'가 가려는 화성은 우주 공간이 아니다. 시간 및 공간의 거리재기를 위해 시인이 차용한 경물(景物)일 뿐이다. 이처럼 임혜신 시의 시적 페르소나들은 표면화된 시간과 공간 가운데 내면의 성찰을 추동하는 깊은 눈길을 숨겨두고 있다. 세상사와 인생사의 본질에 대한 투시의 눈은, 어쩌면 그렇게 숨어 있는 것이 마땅한지도 모른다. 사물이나 사태에 대한 촘촘한 검증과 자유로운 정신을 압박하는 존재와의 맞섬, 또 다른 차원을 지향하는 탈각(脫却)의 욕망 등이 그 기저에 깔려 있는 까닭에서다. 이 중층적 존재론의 구조는 자연스럽게 '상심 깊어 감미로운 날'(「폭우 지나간 길을」)과 같은, 앞서 언급한 반어적 어법을 생산한다. 이 단계에 도달한 시 정신은 호기롭고 거침이 없다. 장미를 꺾지 말고 '시간 속으로 버려져 자유롭게'(「꽃들을 놓아줘」)하라는 주문이 한 사례다.

3. 삶의 부조화를 향한 통렬한 비유

문명 이전 시대의 시인은 무명(無名)이었고, 사람 사는 세상에 권력이 형성된 이후의 시인은 권력에 밀착한 일부를 제외하고는 대체로 은자(隱者)의 세계에 머물러 있었다. 그렇게 '숨은 현인'은 자신의 존재와 정체성을 탐사하거나, 자연의 경관과 비의(秘儀)를 음유했다. 아니면 세속의 부정성(否定性)에 대한 비판적 견식을 글로 남겼다. 이 유구하고 고색창연한 인문적 전통은 당연히 오늘날의 시인에게도 계승되어 있다. 시인의 내면에 응혈되어 있는 '은자의 정신'이 지금도 선명한 경우가 많다. 이때의 시인은 현실의 저잣거리에 직접 뛰어들거나 목청을 높여 자기주장을 내놓지 않는다. 그는 견인(堅忍)하고 절제하고 때로 침묵하지만, 때로는 명징한 비유의 발화로 육성보다 더 강렬한 '선언'을 생산하기도 한다.

이제는 손 씻고
바닷가 오두막에서 시나 쓰겠어
접선은 여러 번 끝났으니까
부서진 조개껍질의 천진한 입술
그 사이로 조그만 작살을 던지는 장난스런 폭양

한판 승부가 끝나면 스파이들은 시가를 피웠지
하지만 이젠 안 돼, 여긴 벌써 공기가 아주 나빠졌거든

오 위험해라, 낮은 탄성처럼
밀정의 물보라를 밀어내는 모래 둔덕
실크 잠옷같이 나부끼는 창문을 열고

나는 노래나 접어 날리겠어
밀애보다 뜨겁던 임무는 여러 번 끝났으니까

-「조직이여, 안녕」

3부의 서두에 있는 이 시 「조직이여, 안녕」은 공적인 생활 환경과 사적인 삶의 접점에 대하여 예리하고 설득력 있는 형용을 축조했다. '이제는 손 씻고' 살겠다는 시적 화자의 정체가 불분명하고 그가 감당한 '접선' 또한 그 실체를 알 수 없다. 하지만 그가 희구(希求)하는 다음 수순의 지향점은 명료하게 정돈되어 있다. 시대가 변하고 사회가 달라지는데 인간의 삶이 그대로일 수는 없다. 그런데 그는 보다 선제적으로 자신의 사회적 조건을 변경하겠다는 의지로 충일하다. 그것은 자신이 체득한 삶의 부조화를 자기 방식으로 광정(匡正)하겠다는 의욕을 촉발한다. '밀애보다 뜨겁던 임무는 여러 번 끝났으니까'라는 시의 말미에, '밀애'를 가져다 둔 것은 그의 결의가 확고부동 하다는 통렬한 비유에 해당한다. 시인은 비교적 짧은 시 한 편으로 현대사회의 한 복판에 은자의 세계를 재현했다.

엄마는 물건 값을 깍지 않았다
엄마는 벌레를 잡지 못했다
엄마는 돈 달라고 깽판을 부리는 먼 조카를 돌려세우지 못했다
엄마는 글씨체가 조약돌 같았다
좌익인 아버지가 쫓기며 숨어 살던 다락방의
처녀였던 엄마는
동네 아줌마들과 국수를 말아 드시는 걸 좋아했고
사과밭에 가시는 걸 좋아했다
엄마 대신

물건값을 깎거나 벌레를 잡거나 먼 친척을
돌려세우지 못했지만
보고 듣고 자란 대로 나는 블루칼라의 시를 썼다
권력을 거부하고
당신을 사랑하고 당신을 지켰다

-「유전」

3부의 시 가운데 잘못 채워진 단추처럼 어긋난 가족관계의 표상으로서 '의부'의 의미(「의부」)나, AI가 사는 세상에 대한 종횡무진한 상상력(「Gen-Z, 누가 낳았나요?」)을 보여주는 그 배면에 온전한 세상과의 관계성에 대한 강렬한 함축이 있다. 여기서 예문으로 가져온 시 「유전」의 가족관계와 몇 마디의 어휘로 요약할 수 없는 파란만장한 전사(前史)는, 바로 그와 같은 정황을 보여주는 범례다. 섬약한 엄마와 좌익 아버지의 자식인 '나'는 '블루 칼라의 시'를 쓴다. 그는 과감하게 말한다. '권력을 거부하고 당신을 사랑하고 당신을 지켰다!' 화자인 '나'가 생각한 가족은 어떤 모습이었으며 '나'가 지킨 당신은 당신의 어떤 항목이요 부문이었을까. 이 질문에 대한 답변은 시적 현실과 상대적으로 맞서 있다. 그러한 연유로 그의 시 「모래시계」는 '모두 무료해진 퇴폐한 자본주의 꼭대기 같이 답답한 이 도시'에 대한 '최후선언'이 된다.

4. 화자의 상상력을 극대화한 발화

이 시집의 4부는 화자 또는 식물이나 사물과 입지점을 바꾸어 말을 걸고 대답을 듣는, 상호 교감의 시적 언어를 운용한다. 이는 교감하는 양자 사이의 인지적 층위를 중층적이고 입체적으로 개방할 때 가능한 교류의 방식이다. 여행지의 등대는 밤낮에 따라 어둡고 환한 차별성을 갖지만, 한결같이 '고독하고 우울하다'(「등대」). 끊임없이 일상의 반란을 도모하는 여자와 그녀의 아침을, 여전히 정태적으로 깨우는 남편(?)은 가장 인접해 있으면서도 예각적인 대립항을 이룬다(「흔들어 깨우는 이 누구인가」). 시적 화자의 주체적 발상이 당연히 시인의 소유인 것처럼, 그에 마주하여 균형감각을 형성하는 화자의 형상 또한 시인의 것이다. 이 두 힘의 긴장감 있는 줄다리기가 임혜신 시의 탄력을 보정(補正)한다.

풀꽃아,
이렇게 예쁜 너도 외로우니 하고
가여운 듯 불안한 듯 물으시니
당신에게만 말하겠어요
하지만 비밀을 지켜주세요

끊어질 듯 위태로운 가계를 위하여
날마다 일하러 나가는 당신

우리들 풀꽃이랑 걱정하지 말아요
튼튼해서 가련한 당신의
가슴속에 피어 있는
한 송이 야생화보다 더 외롭지는 않으니까요

-「출근하는 싱글마더에게 풀꽃이 속삭이기를」

'출근하는 싱글마더'가 풀꽃에게 속삭이는 것이 아니다. 그 반대의 방향이다. 이들 사이에 묵언으로 전달하는 '비밀'이 있다. '끊어질 듯 위태로운 가계를 위하여 날마다 일하러 나가는 당신'의 정보를 공유하고 있는 것이다. '우리들 풀꽃'은 튼튼해서, '가련한 당신의 가슴속에 피어 있는 한 송이 야생화'보다 더 외롭지 않다고, 걱정하지 말라고 한다. 그러니 이는 일방적인 우호나 위무가 아니다. 살아 있는 것에 대한 외경, 풀꽃과 그 발화의 눈에 기대어 도출하는 담론이 짧은 시 가운데 흔연하다. 이러한 담론이 진일보하여 충실한 논의의 마당을 매설한 시가 「꽃들의 진화」다. 진진(津津)한 내면적 대화의 길로 진입하여 그 은인자중의 속내를 공유하자면, 어느 결에 꽃이 사람이고 시인인 자리에 당도한다. 이를 두고 꽃들의 진화, 곧 시적 의식의 진화라 명명해서 틀릴 리가 없다.

> 당신, 숲속으로 돌아와 보셨나요 바람은 물고기들을 깨우지 않고 뭇새들은 어둠을 깨우지 않던 새벽, 해크베리 숲 커다란 잎을 젖히며 여명의 총구로 한 마리 사슴이 들어섰던 그것이 시작이었던 숲은 푸른 총성으로 고요하여 물소리에 갇힌 채 눈을 뜨던 산짐승들의 희열과 불안, 만일 두근거리는 심장의 리듬이 사슴의 발아래 피어나는 풀꽃이라면 그보다 더 부조리한 출생이 있을까를 생각해보기도 하던 난쟁이 꽃덤불 속, 언젠가 흰 새들을 몰며 돌아오겠다던 이들이 돌아오지 않을 때마다 춤을 추고 노래하던 산마을 사람들, 그들은 모두 새디스트였던 것일까요? 안개의 젖은 잎들이 해크베리 밑동을 도랑 지어 흐르고 코발트빛 초목들 사이로 산수유꽃 폭우처럼 쏟아지던 산속, 고리에 고리를 잡고 흐르는 물소리를 따라 혼잡한 거리로 뛰쳐나간 소년도 그랬을까요? 빛은 사라지고 어둠이 빛 속에서 홀로 빛나는 법을 익히는 동안, 사슴이라는 말이 슬픔이라는 말로 용서라는 말로

그리고 아픔이라는 말로 짐승이라는 말로 그리고 다시 나비라는 말로 바뀌는 동안,

사냥이란 참으로 곤한 직업이어서 높은 건물들은 늦도록 커피와 목소리와 눈빛들로 넘실거렸고 밤이면 가로등 흐릿한 골목길은 자르고 굽고 먹는 소리로 붐볐지요 북극의 하얀 곰처럼 순한 눈과 잔인한 입을 가진 사람들, 그들을 당신만큼 사랑할 수는 없었던 거리에 겨울은 깊고 늙은 사냥꾼 몇몇, 전전戰前의 불안을 닮은 지하 술집에 모여앉아 거두고 싶었던 천적의 저항을 두런거리는 도시의 외진 곳,

흰 눈꽃으로 녹슨 총구를 닦으며
나는 다시 숲의 블라인드를 올립니다

-「시」

왕왕 예술 장르별로 그 예술가가 작품으로 쓴 예술론이 있다. 미국의 시인 아치볼드 매클리시(Archibald Macleish)가 시로 쓴 시론「시법(詩法)」이 있고, 한국 수필의 모범 피천득이 수필로 쓴 수필론「수필」이 있다. 그런가 하면 작가 이문열이 소설로 쓴 예술론「금시조」가 있고, 여기 시인 임혜신이 시로 쓴 시론「시」가 있다. 뿐만 아니다. 배우 윤정희가 자신의 삶을 걸고 연기한, 소설가 감독 이창동의 영화 〈시〉도 있다. 임혜신의「시」는 다채롭고 아름다운 숲의 상상력으로 출발한다. 거기 여러 생명의 숨결과 풍정(風情)이 있고, 한 층위를 넘어 사냥 및 사냥꾼의 존재와 '전전(戰前)의 불안을 닮은 지하 술집에 모여앉아 거두고 싶었던 천적의 저항'을 떠올리는 대척적 구도가 있다. 이윽고 시인은 이렇게 이 구도를 마감한다. '흰 눈꽃으로 녹슨 총구를 닦으며 나는 다시 숲의 블라인드를 올립

니다.'

그렇다. 임혜신에게 있어서 시는, 삶의 고단한 행로가 배태한 '녹슨 총구'를 닦아 숲의 상상력처럼 빛나는 '흰 눈꽃'의 이미지를 발양 하는 것이었다. 그러기에 마침내 시인은 그 모든 삶의 실상들을 먼저 보아버린 '견자(見者)'의 눈으로 다시 '숲의 블라인드'를 올리는 것이다. 이때의 시는 삶의 내포적 진실을 반사하는 거울과 같은 것이며, 사소하고 보잘것없는 여로의 모래밭에서 사금(沙金)을 걷어 올리듯 소중한 실과(實果)를 수확하는 작업이 될 것이다. 가장 빈한한 신분의 사내가 '가장 아름다운 십자가'를 만들어 내듯이(「가장 아름다운 십자가」). 박학다식과 박람강기의 시적 언술 및 묘사로 활달한 언어의 성찬(盛饌)을 펼쳐 보인 임혜신의 앞날에, 더 풍성한 시의 열매가 맺히기를 기대해 마지않는다.

V부

문학이 공여하는 균형감각

문학비평과 창작에 있어서의 균형감각
- 김환태의 평론과 수상(隨想)의 상관성을 중심으로

1. 왜 지금 여기서 김환태인가

눌인(訥人) 김환태(金煥泰)는 1909년 11월 전북 무주에서 태어나서 1944년 5월 향년 34세로 영면했다. 한일합방 한 해 전에 그 삶을 시작하여 해방 한 해 전에 마감한 연보를 들여다 보면, 일제 강점기를 살다간 한 지식인 논객의 운명과 아픔 그리고 그 활동의 한계를 익히 짐작할 만하다.

무주보통학교에서 출발하여 전주고보, 보성고보를 거쳐 일본 동지사대학과 구주제국대학에서 수학했으며, 1934년 구주제국대학 법문학부 영문학과 졸업식을 앞두고 귀국하여 평론가로 글을 쓰기 시작, 타계하기 4년 전인 1940년까지 꼭 6년간 문단활동을 했다.

일본서 귀국한 이태 후인 1936년 구인회(九人會)에 가입, 그 동인들과 친교가 있었고, 그 해에 도산 안창호 사건에 연루되어 약 1개월 간 수감되기도 했다. 1938년부터 중·고등학교 교사로 근무했으며, 1940년 일제의 국어말살정책과 함께 친일보국문학이 문단을 휩쓸자 절필했다. 아직 젊은 문인으로서 울분의 나날을 보내던 중, 건강이 악화되어 귀향했으나 안타깝게도 30대 중반의 한창 나이에 유명(幽明)을 달리하고 말았다.

이상과 같은 이력을 살펴보면, 6년의 짧은 기간에 우리 문학에 그 이름 석자를 명료하게 남긴 만큼 그의 문학적 행적과 성과가 만만치 않았다는 사실을 알 수 있고, 동시에 그렇다면 그의 어떤 측면이 그러한 평가를 가능하게 했느냐는 점에 대해 해명할 필요를 느끼게 된다.

우선 그는 당시로서는 흔하지 않은 일본 유학생으로서, 신문물과 서구의 문예이론을 앞서서 익혔다. 그리고 귀국 후 그것을 우리 문학에 적용하는 방식에 관해 지속적인 고민을 갖고 있었다. 그리고 당대 문단에 하나의 축을 이룬 구인회에 가담함으로써, 문학적 중심부의 한 지점을 점유하는 과정을 거쳤다.

그의 구제제국대학 졸업논문인 「문예비평가로서의 매슈 아놀드와 월터 페이터(Mattheu Arnold and Walter Pater as Literary Critics)」를 통해 볼 수 있는 바와 같이, 다른 문학인들 보다 한 걸음 앞서 수학한 서구 이론을 토대로 우리 문학에 새로운 비평 및 분석의 틀을 가동할 수 있었다는 것이 그의 유다른 장점이었다. 더욱이 그는 작품의 평가에 있어 서구적 합리성에 근거한 균형감각을 유지하려 애썼으며, 작품 자체의 미적 가치를 존중하여 드러내는 데 주력하였다.

이를테면 그는 선각적 지식과 균형성 있는 문학관으로 당대 문학을 조명한 비평가였고, 바로 그러한 대목이 불합리하고 혼탁하기 이를 데 없는 오늘날의 문학 및 문단 풍토에 비추어 흔연히 수긍할만한 모범이 되고 있다 할 터이다.

2. 김환태의 글쓰기와 그 성격

앞서 언급한 바와 같이 6년간의 문필활동 기간에, 김환태는 평론 40

편, 수필 24편, 평론 번역 및 번안소설 3편을 남겼다. 이 자료는 문학사상사의 『김환태전집』(1988년)에 실린 작품을 보고 계상한 것이다. 이들 작품은 모두가 간략한 소품이거나 작품에 대한 촌평에 해당하는 것이어서, 한 시대를 구획하는 문호의 면모를 보여주기에는 역부족이다.

그러나 40편의 평론에는 서구의 문예이론과 한국문학, 문학에 있어서의 주관과 객관, 저급한 비평과 위대한 예술, 비평의 지도성과 작품 자체로 향한 관심 등 여러 절목에 걸쳐 서로 상반되는 두 개념에 대한 합리적인 균형감각(sense of proportion)을 획득하려는 지속적 의지와 노력이 잠복해 있다.

그의 창작적 글쓰기는 수필의 장르에 국한되어 있으며, 작품 목록에 나와 있는 24편의 수필 중 전집에는 20편만 실려 있다. 이 수필들은 자신이 평론에서 밝힌, 또는 자신의 생애사와 문학관에 부합하는 문학적 논리를 담고 있으며, 그러므로 그의 평론과 수필을 비교하여 살펴보는 일은 그의 문학 이론과 창작의 실제를 두루 검색하는 일이 될 수 있다.

김환태의 첫 평론 「문예비평가의 태도에 대하여」(1934)는, 일반적인 문예비평가의 태도 뿐만 아니라 문예비평가로서 자신의 태도와 방향성을 제시하고 있는 글이다. 여기서 그는 매슈 아놀드의 '몰이해적 관심(沒利害的 關心)'을 내세우면서 문예비평가가 "실용적·정치적 관심을 버리고, 작품 그것에로 돌아가서 작자가 작품을 사상(思想)한 것과 꼭같은 견지에서 사상하고 음미"하여야 한다고 적었다. 또한 "작품을 정당하게 평가하려면 … 작가와 '내면의 일치'에 들어가 같이 느끼고 사색"해야 한다고 강조했다. 그에게 있어서 이러한 기준들은 결국 '저급한 비평가'와 '위대한 예술가'를 구분하는 기준이 되고 있다.

같은 해에 씌어진 평론 「나의 비평적 태도」(1934)에서는, 인상주의적이며 감상적인 비평이 가진 순기능을 역설하면서 "비평이란 감상이 좀더 세련된 것"이며 "순수한 주관은 순수한 객관"이라는 김환태식 비평론을 내어놓았다. 이러한 주장의 근저에는 아놀드의 문예이론이나 구인회의 창작태도로부터 영향을 받고 그것을 자신의 문학관에 대입한 비평방법론이 개재되어 있다.

그로부터 이태 후의 평론 「비평문학의 확립을 위하여」(1936)에서는, "문예비평의 대상은 사회도, 정치도, 사상도 아니요 문학"이라고 강변하면서 진정한 의미의 비평의 지도성과 관련하여 "진정한 비평은 … 작가의 창작력의 성장과 발현을 위하여 그에 필요한 분위기와 관념의 계열을 준비"한다고 썼다. 작품 자체, 그리고 그것의 창작자인 작가를 향한 비평의 근본적인 태도를 선명하게 드러내었으되, 그 작품 외적인 것의 문제에 관해서는 "가장 악질적인 경향 … 문단 정치를 하려는 경향"을 지적하였을 뿐 문학 외의 당대 정치적 상황에 대해서는 일구의 언급도 없다. 이는 비단 김환태만의 한계가 아니라 당대 문인과 문학 모두의 한계이기도 했다.

또 그로부터 이태 후의 평론 「여(余)는 예술지상주의자」(1938)에서는, 자신을 두고 남들이 자신을 규정하는바 "문학과 인생과의 관계를 단절하여 버리려는" 예술지상주의자가 아니며, "인생에 대한 사랑과 예술에 대한 사랑을 융합시키고 생활과 실행의 정열을 문학과 결합시키려는" 예술지상주의자라고 구분지어 설명한다. 그리하여 "진정한 예술가는 … 형식지상주의자도 내용지상주의자도 아닌 작품지상주의자"라고 결론짓고 있다. 이러한 주장은 단순히 그의 문학적 성격을 표현하는 데 그치지 않고, 그가 가진 문학적 균형성과 작가 및 작품을 향한 '몰이해적'이고 신실한 태도와 경향을 반사하고 있는 것이다.

김환태 자신의 평론을 통해 어렵지 않게 확인할 수 있는 것은 매슈 아놀드나 월트 페이터를 비롯한 서구 문예이론으로부터의 영향관계, 구인회 문인들과의 교유와 더불어 그들의 문학관에 친숙한 '몰이해적이고 무목적적'인 태도, 그리고 자신의 예술지상주의적 경향을 적극적으로 시인하되 거기에 부연한 작품 자체를 중시하는 시각 등이다.

이 문학적 방향성들은 서로 상대되는 개념들에 대한 배려와 절충을 포함한 균형감각에 의해 부양되고 있으며, 그것은 그의 유일한 창작적 글쓰기 분야인 수필 작품들에서도 연동되어 나타난다. 적어도 그는 자신의 비평적 견식과 글쓰기의 실제에 있어 일관성을 유지하려 애쓴 사람이며, 그것은 그가 가진 문학적 진실성이라 호칭해도 좋을 것이다.

3. 창작적 글쓰기-수필에 있어서의 균형감각

3-1. 삶의 균형성에 관한 문학적 인식

김환태의 수필들은 그 균형성을 확보하는 데 있어서 한 사람이나 사물의 전체적인 모습, 서로 상반되고 대비되는 모습, 양자를 대비하여 비교할 수 있는 모습 등을 제시하고 거기에 필자 자신의 의견을 덧붙이는 형식을 취한다.

「구대 법문학부 정문의 표정」에서는 '문'을 통해 본 삶의 여러 측면을, 「정체 모를 그 여인」에서는 기차 안에서 옆 자리에 앉은 한 여자에게 온갖 상념을 부하하는 방식을 통해 상상력의 확장 가능성을 보여준다. 그런가 하면 「가을의 감상」에서는 두 여인을 각기 다른 유형으로 보여주면서, 「적성산의 한여름밤」에서는 산의 포용과 나의 괴로움을 대비하면서, 그리고 「싸움」에서는 어느 부부싸움의 사랑과 싸움의 두 면모를 함께 관찰하면서, 어떤 경우에도 극단이나 극한이 홀로 존재할 수 없다는 인식을 표출한다.

이 논리를 정당화하기 위해 그는 비교론적 태도로 운필하기를 즐겨한다. 「조선춤」에서는 서양 무용과 조선춤을 비교하고, 「유처자와의 사련」에서는 현학 취미로 보일 만큼 사변적으로 유부남 또는 유부녀와의 사랑이 갖고 있는 본질적 의미를 순방향과 역방향의 두 관점에서 비교한다. 이 비교 과정을 통해 그가 내리는 결론은, 언제나 양자 모두를 배려하되 그 가운데 자신의 주장을 조심스럽게 내어놓는 편이다. 이러한 창작 경향은 그의 문학적 기질과 직접적으로 상통하고 있다.

3-2. 문학적 근본, 또는 원체험의 표현

김환태 문학의 근본적인 밑바탕에 해당하거나 그것을 형성한 원체험을 이루는 것들이 수필 작품의 여기저기에서 산견된다. 「경도의 3년」에서는 동지사대학 예과 3년 생활과 구인회 정지용과의 교류 등의 내용을 담았고, 「내 소년시절과 소」에는 어린 시절 고향의 소치던 얘기를 끌어오면서 "내 마음의 이니스프리에는 소가 산다"는 날렵한 어투로 예이츠의 시 한 구절을 활용했다.

「대련 성포」에서는 정지용이나 바이런의 시를 두루 인용하는 견문을 보이면서, 또 「5월의 테스」에서는 토마스 하디의 작품 『테스』 한 대목을 논증적 주석과 더불어 번역해 보임으로써 식자(識者)의 관록을 내보이고 있다. 그런가 하면 「독서여록」에서는 문법 상 동사의 '시상(時相)'에 관해 교사 출신 또는 연구자의 면모를 여실히 증명하는 수준에 이르렀다. 김환태의 어린 시절의 원체험, 그리고 학창 시절의 수학 체험이 어떻게 그 문학의 뿌리를 형성하는 데 상관되었는가를 살펴볼 수 있는 기록들이다.

3-3. 감성적, 자기폐쇄적 성향의 기록

김환태의 창작적 글쓰기에는, 때로 평론에서 보이는 냉철한 이성적 태도보다는 감성적 연민이나 부드러운 대타적 인식이 앞서 있고, 그것은 경우에 따라 자기 폐쇄라 할 수 있는 소아병적 차원으로 진입할 때도 있다. 그의 문학 세계에서 웅혼한 의지나 시대사의 흐름에 대한 직접적인 대결의 자세를 엿볼 수 없는 것도 이러한 성향과 무관하지 않다.

「화분」에 나타난 여리고 예민한 감성적 행위와 그것을 표현한 문장, 「맘물긋」에 나타난 낙숫물 소리를 싫어하는 비이성적이며 자기 폐쇄적 태도, 「축견의 변」에 나타난 수동적이고 소극적인 반응 양상, 「개미」에 나타난 지나친 사소성에의 침윤으로 인한 소아병적 경향, 그리고 「범애기」의 결미에서 보이는 과도한 단순소박성의 발화 형태 등이, 앞서 언급한 부분에 대해 구체적 증빙이 된다 하겠다.

4. 마무리

이처럼 김환태는 당대의 평론가로서 부정적 측면과 긍정적 측면을 거멀못처럼 함께 끌어안고 있는 문학인이었다. 그의 세대는 국가의 당연한 권리와 본질적 정체성을 상실하고도 그 아픔과 슬픔에 대해 분노할 수도 없는 정신적 족쇄를 차고 살아야 했으며, 그 개인으로서는 백화난만한 문학의 화원에 이르기도 전에 아까운 나이로 세상을 하직해야 했다.

그에게 본격적인 평문이나 시대성을 판독할 수 있는 작품에의 접근이 불가능했던 것은 바로 그러한 한계 때문이었으며, 같은 시대의 황순원이나 김동리 같은 작가들이 지속적 시간과 함께 한 문학으로 각기의 봉우리를 이룰 수 있었음에 비견해 볼 때 이를 안타깝게 여기지 않을 수 없다. 그러기에 그는 그의 세계 속에서 끊임없이 균형감각의 정립 또는 회복을 시도하고 있었음에도, 궁극적으로 시대 현실과 균형을 이루거나 그 한계를 넘어설 수는 없었던 것이다.

그러나 그럼에도 불구하고 그가 빼어난 감수성과 자기 방식의 균형성을 갖추고, 서구 문예이론을 도입하여 작품 자체를 판독하는 논리로 우리 문학을 검색하고 검증한 당대의 평론가였다는 점은 명약관화한 사실이다. 이와같은 김환태의 성과 그리고 한계는, 그의 시기에 우리 문학이 당면했던 실체적 현실이기도 했다.

민태원 연구의 선 자리와 갈 길

- 일제강점기 한 조선인 문필가의 행적

1. 머리말

민태원(閔泰瑗)은 구한말 고종 31년인 1894년에 출생하여 일제강점기인 1935년에 타계하기까지 41세를 살았다. 충남 서산 태생이며 서울에서 사망했고, 호는 우보(牛步)와 부춘산인(富春山人)이라 했다. 언론인으로 출발하여 소설가, 수필가, 번역가의 길을 걸었다. 일본 와세다(早稻田)대 정경과를 졸업한 후 《동아일보》 사회부장, 《조선일보》 편집국장, 《중외일보》 편집국장 등을 역임했다. 만주제국이 만주와 몽골에 사는 조선 민족의 사상 통일을 위해 수도 신징(新京)에 세운 친일 우리말 신문인 《만몽일보》의 창간에 관여했다. 이 대목은 그가 1920년 《동아일보》에 입사하기 직전까지 6년간 《매일신보》 기자로 일한 경력과 더불어 친일 인사로 분류되는 가장 큰 근거가 되었다.

언론인으로서의 활동을 중심으로 하여 민태원의 생애를 연도별로 정리해 보면 다음과 같다.[01]

---

01 권문경, 「우보(牛步) 민태원(閔泰援) 연구」, 인하대학교 석사학위논문, 2009, p.10.

1894년 12월 28일(음력), 충청남도 서산군 음암면 신장리 604에서 민삼현(閔參玄)의 5남 중 4남으로 태어남. 조부인 閔載鼎은 산청현감을 지냈음.

1909년 李容泰와 결혼. 충근과 옥경 남매를 둠. 아들 충근은 일찍 죽어 호적에 오르지 못함.

1910년 4월 8일 경성고등보통학교 입학.

1914년 3월 23일 경성고등보통학교 졸업. 매일신보 입사.

1920년 《매일신보》 퇴사.

1920년 이상협의 주선으로 《동아일보》 입사.

《동아일보》의 지원을 받으며 동경 와세다대학 정치경제학부로 유학.

1923년 와세다대학 졸업.

1923년 5월 7일 《동아일보》 사회부장이 됨.

5월 11일 이용태와의 사이에 딸 옥경 태어남.

12월 1일 정치부장 傳任.

1924년 5월 16일 《동아일보》를 사직하고 《조선일보》 편집국장으로 자리를 옮김.

1926년 11월 이상협이 《중외일보》 창간.

1926년 12월 29일 민태원도 《조선일보》를 사직하고 《중외일보》 편집국장으로 자리를 옮김.

1927년 처 이용태가 죽은 후 전지자와 재혼함.

1928년 12월 민태원의 사설 「직업화와 추화」가 문제 되어 《중외일보》 무기정간 됨.

1929년 3월 8일 최금주와의 사이에 딸 경래 태어남.

3월 27일 민태원에게 징역 3개월에 집행유예 3년이 선고됨.

1930년 3월 23일 전지자와 혼인신고.

1930년 10월 《중외일보》 자진 휴간. 민태원도 사직.

1932년 8월 21일 전지자와의 사이에 딸 수정 태어남.

1932~33년 경. 《만주신문》(제호는 가칭 《동명일보》) 발간을 위해 新京을 오고 가며 노력했으나 무산되고 폐결핵이 더 악화됨.

1934년 6월 20일 오후 7시 경성부 궁정동 15번지에서 지병인 폐결핵으로 사망. 장례식은 '동아일보장'으로 치러짐.

1934년 9월 26일 둘째 형의 아들인 경근 양자 입적.

1934년 10월 6일 오후 8시 경성부 궁정동 15번지에서 부인 전지자 사망.

민태원은 그 당대에 있어 문학가라기보다 언론인으로서 더 이름을 얻었다. 그러나 그를 문학사적 견지에서 살펴보는 일은 마땅히 문학작품을 기반으로 하지 않을 수 없고, 또 그러할 만큼 자신의 시대에 문학적 활동이 선진적으로 앞서 있던 문인이기도 했다. 그는 초기 신소설기와 현대소설기에 걸쳐 문학적 반경을 구축하고 있으며, 웅혼한 화려체의 산문을 주로 썼다. 그를 기억하는 후대에게 가장 깊이 각인 되어 있는 작품은 명 산문으로 알려진 「청춘예찬」이다. 일찍이 교과서에 수록되어 있어서 널리 알려지기도 했지만, 이 글이 화려한 문장을 자랑하면서도 그 내면에 있어 충실한 언어의 묘용을 발휘하고 있어, 많은 이들이 그 전문(全文)을 암송하곤 했다.

더욱이 이 글은 그의 친일 혐의에도 불구하고, 궁핍한 식민지 시기에 젊은이들의 의지와 역량을 북돋우는 상징성을 안고 있어 강력한 대중적 수용력을 보인 경우였다. 물론 그에게 이 이름 있는 산문 한 편만 있는 것이 아니다. 그는 춘원 이광수가 『무정』을 발표함으로써 한국 근대문학의 분기점을 이룬 1917년에 수필 「화단에 서서」(《청춘》 9)를 발표한 이래, 타계 1년 전인 1934년 번안소설 『신역(新譯) 서유기』(박문서관)를 발표하기까지 17년 동안 꾸준히 논설·수필·창작소설·번안소설 등을 썼고 또 창작자료를 모았다. 아쉬운 것은, 그의 생애가 좀 더 지속되었더라면 당대의 수발(秀拔)한 문필로서의 자질과 근대사의 격동기를 직접 겪은 체험으로 인하여, 더욱 풍성한 문학적 실과(實果)를 거둘 수 있지 않았을까 하는 점이다.

민태원의 문학가로서 작품 활동 연보를 가장 잘 정리한 논문의 일부를 인용하면 다음과 같다.[02]

1917년 「화단에 서서」(《청춘》 9, 1917.7), 수필
「조선의 조류」(《청춘》 11.12.13, 1917), 논설·기타
1918년 「자연의 음악」(《청춘》 14, 1918.6), 수필
『애사』(《매일신보》, 1918.7.28~1919.2.8), 번안소설
1919년 『설중매』(《매일신보》, 1919.5.23~8.31), 번안소설
1920년 『부평초』(《동아일보》, 1920.4.1~9.4), 번안소설
「어느 소녀」(《폐허》 1, 1920.7), 창작소설
「엄처병의 신유행과 여자교육」(《현대》 8, 1920.10), 논설·기타
1921년 「음악회」(《폐허》 2, 1921.1), 창작소설

02 권문경, 앞의 논문, p.51.

「조선민족미술관의 설립과 유씨」(《현대》 9, 1921.2), 논설·기타
「窓前의 綠一枝」(《학지광》 22, 1921.6), 수필
「백두산행」(《동아일보》, 1921.8.21~9.8), 기행문
1922년 『무쇠탈』(《동아일보》, 1922.1.1~8.20), 번안소설
「문단에 대한 요구」(《동아일보》, 1922.1.2~1.3), 논설·기타
「건화」(《동명》 4, 1922.9), 창작자료
『죽음의 길』(《동아일보》, 1922.11.28~1923.1.18), 번안소설
1923년 「만찬」(《동명》 3, 1923.2), 창작자료
「황야의 나그네」(《개벽》 35, 1923.5), 창작자료
『무쇠탈』(德興青林, 1923.9.20), 단행본으로 출간
1924년 「추억과 희망」, (《개벽》 46, 1924.4), 수필
1925년 「적막의 반주자」《생장》 3, 1925.3), 창작자료
「먼저 세상을 알리기에 힘쓰리라」(《신여성》 3-1, 1925.1), 논설·기타
「문단에 대한 희망」(《생장》 3, 1925.3), 논설·기타
「쩌나리즘과 문학」(《생장》 3, 1925.3), 논설·기타
「어느 사람들의 회화」(《신민》 1, 1925.5), 창작자료
『부평초』(박문서관, 1925.6.25), 단행본으로 출간
1926년 「경제적 파멸에 직면하여」(《신민》 9, 1926.1), 논설·기타
『오호 고균거사』(《조선일보》, 1926.3.29~4.22), 창작자료
「보기싫은 현실의 환영」(《신민》 17, 1926.9), 논설·기타
『오호 고균거사-김옥균실기』(박문서관, 1926.10), 단행본
「반만년문화상으로 보아」(《신민》 19, 1926.11), 논설·기타
「잡지」(《문예시대》 1, 1926.11)

1927년 「준비로의 두 가지」(《신민》 21, 1927.1), 논설·기타

「길은 하나다」(《조선지광》 63, 1927.1), 논설·기타

「침체의 운명을 가진 부흥이 아닐까」(《신민》 23, 1927.3), 논설

「속성은 난기이다」(《신민》 24, 1927.4), 논설·기타

「구실이외에 잠재한 이유」(《신민》 26, 1927.6), 논설·기타

「감시는 게을리하지마라」(《현대평론》 6, 1927.7), 논설·기타

「교육자의 직업화가 폐단」(《신민》 28, 1927.8), 논설·기타

「개선할 두 가지」(《신민》 31, 1927.10), 논설·기타

「전조선중등전문학생 웅변들은 소감」(《별건곤》 10, 1927.12), 논설·기타

1928년 「회수도 그다지 不難하리라」(《신민》 38, 1928.6), 논설·기타

「현대인의 화장심리」(《현대부인》 4, 1928.6), 논설·기타

「결과만 보고있겠다」(《신민》 41, 1928.9), 논설·기타

「조선의 신문문예」(《한빛》 9, 1928.9), 논설·기타

「실행하기 쉬운 한 가지」(《별거곤》 17, 1928.12), 논설·기타

「직업화의 추화」(《중외일보》, 1928.12.5), 논설·기타

1929년 「두뇌로서 지도하라」(《신민》 50, 1929.6), 논설·기타

「한 의문」(《문예공론》 2, 1929.6), 논설·기타

「청춘예찬」(《별건곤》 4-4, 1929.6), 수필

「薄命의 지사 김옥균」(《삼천리》 2, 1929.9), 창작자료

1930년 「소설읽던 이야기」(《신소설》 21, 1930.1), 수필

「내 손으로 개척하자」(《학생》 11, 1930.2), 논설·기타

「유교의 공죄」(《조선농민》, 1930.5), 논설·기타

「대기자와 명기자」(《철필》 1-1, 1930.7), 논설·기타

1933년『세번째의 신호』(《매일신보》, 1933.5.18~10.7), 창작소설

1934년『천아성』(《매일신보》, 1934.1.1~4.23), 창작소설

『새생명』(《매일신보》, 1934.4.24~6.22), 창작소설

「李太王 국장 당시」(《삼천리》, 1934.8), 논설·기타

『新譯서유기』(박문서관, 1934.1.15), 번안소설

1935년『의의 태양』(《사해공론》 1-2, 1935.6), 창작자료

『의의 태양』(《사해공론》1-3, 1935.7), 창작자료

1947년『갑신정변과 김옥균』(국제문화협회), 단행본

1969년『김옥균전기』(을유문화사), 단행본

여기에서는 민태원의 생애와 활동을 순차적으로 살펴본 다음 그의 작품에 대한 검토를 진행하려 한다. 그동안 그에 대한 연구가 그다지 활발하지 못했던 것이 사실이다. 그러기에 생애와 작품의 연보를 정확한 고증과 더불어 정초(定礎)하고 이를 토대로 문학 연구의 활성화를 도모하는 것이 합리적인 수순이 되지 않을까 한다. 지금 '우보민태원기념사업회'가 이를 위해 성실한 노력을 다하고 있으니 만시지탄(晩時之歎)의 감이 있으나 다행이 아닐 수 없다. 단순히 그 지역 출신의 한 문인을 기리고 현양하는 차원을 넘어서, 일제강점기를 인문적 의식과 더불어 살다간 언론인이자 문학가를 새롭게 상고하는 방향성이 필요할 것이다. 그것은 잃어버린 역사적 시간대를 회복하고 더 나아가 반성과 성찰을 통해 앞날을 대비하는 긴요한 과제가 될 터이기에 그렇다.

2. 민태원 문학 개관

여기에서는 민태원의 문학을 전반적으로 그리고 장르별로 구분하여 정리해 보기로 하겠다. 그 각기의 항목은 앞서 예문으로 든 권문경의 연구를 모본으로 한다. 다만 일부 작품에 있어 그와 다른 장르의 구분이 추후 우보민태원기념사업회의 자료 발간과 더불어 제시되고 있는데, 이는 이 글의 후반부에서 다시 고찰하기로 한다.

문학가로서 출발을 알리기 전에 민태원은 언론인으로서 많은 글을 썼다. 그 가운데 문학적 성향을 가진 논설을 먼저 살펴보면 다음과 같다.

논설 · 기타 자료 : 31편

1917년 「조선의 조류」(《청춘》 11.12.13, 1917), 논설 · 기타

1920년 「엄처병의 신유행과 여자교육」(《현대》 8, 1920.10), 논설 · 기타

1921년 「조선민족미술관의 설립과 유씨」(《현대》 9. 1921.2), 논설 · 기타

1922년 「문단에 대한 요구」(《동아일보》, 1922.1.2.~1.3), 논설 · 기타

1925년 「먼저 세상을 알리기에 힘쓰리라」(《신여성》 3-1, 1925.1), 논설 · 기타

「문단에 대한 희망」(《생장》 3, 1925.3), 논설 · 기타

「쩌나리즘과 문학」(《생장》 3, 1925.3), 논설 · 기타

1926년 「경제적 파멸에 직면하여」(《신민》 9, 1926.1), 논설 · 기타

「보기싫은 현실의 환영」(《신민》 17, 1926.9), 논설 · 기타

「반만년문화상으로 보아」(《신민》 19, 1926.11), 논설 · 기타

1927년 「준비로의 두 가지」(《신민》 21, 1927.1), 논설 · 기타

「길은 하나다」(《조선지광》 63, 1927.1), 논설 · 기타

「침체의 운명을 가진 부흥이 아닐까」(《신민》 23, 1927.3), 논설
「속성은 난기이다」(《신민》 24, 1927.4), 논설·기타
「구실이외에 잠재한 이유」(《신민》 26, 1927.6), 논설·기타
「감시는 게을리하지마라」(《현대평론》 6, 1927.7), 논설·기타
「교육자의 직업화가 폐단」(《신민》 28, 1927.8), 논설·기타
「개선할 두 가지」(《신민》 31, 1927.10), 논설·기타
「전조선중등전문학생 웅변들은 소감」(《별건곤》 10, 1927.12), 논설·기타

1928년 「회수도 그다지 不難하리라」(《신민》 38, 1928.6), 논설·기타
「현대인의 화장심리」(《현대부인》 4, 1928.6), 논설·기타
「결과만 보고있겠다」(《신민》 41, 1928.9), 논설·기타
「조선의 신문문예」(《한빛》 9, 1928.9), 논설·기타
「실행하기 쉬운 한 가지」(《별건곤》 17, 1928.12), 논설·기타
「직업화와 추화」(《중외일보》, 1928.12.5), 논설·기타

1929년 「두뇌로서 지도하라」(《신민》 50, 1929.6), 논설·기타
「한 의문」(《문예공론》 2, 1929.6), 논설·기타

1930년 「내 손으로 개척하자」(《학생》 11, 1930.2), 논설·기타
「유고의 공죄」(《조선농민》, 1930.5), 논설·기타
「대기자와 명기자」(《철필》 1-1, 1930.7), 논설·기타

1934년 「李太王 국장 당시」(《삼천리》, 1934.8), 논설·기타

이 31편의 표제를 일별해 보면, 당대의 시대적 상황에 대한 비판과 문학 및 교육 등에 대한 견해를 밝히는 주제가 중심을 이루고 있다. 그의 생애를 전반적으로 고찰해 보면 금방 알 수 있는 것처럼, 민태원이 일제

강점기에 순응하는 방식으로 글을 썼으며 그 엄혹한 시기에 있어서의 민족적 각성을 직접적으로 내보인 사례가 없기 때문에 안타깝기 이를 데 없다. 그의 글 행간이나 내부에 그와 같은 민족의식이 잠재해 있다는 것은 여러 모로 유추가 가능하지만, 그에게는 그 외벽을 부수고 자신을 투척할 수 있는 용기가 없었고 그러한 환경도 조성되지 않은 셈이었다. 이 대목이 안타까운 것은, 그가 당대의 문필 가운데 시대와 사회를 향해 평가와 판단을 할 수 있는 선각(先覺)의 한 사람이었기 때문이다.

다음으로 수필이나 기행문 등 산문의 목록을 정리해 보면 다음과 같다.

수필 · 기행문 등 : 8편

1917년 「화단에 서서」(《청춘》 9, 1917.7), 수필
1918년 「자연의 음악」(《청춘》 14, 1918.6), 수필
1921년 「窓前의 綠一枝」(《학지광》 22, 1921.6), 수필
「백두산행」(《동아일보》, 1921.8.21.~9.8), 기행문
1924년 「추억과 희망」(《개벽》 46, 1924.4), 수필
1926년 「잡지」(《문예시대》 1, 1926.11)
1929년 「청춘예찬」(《별건곤》 4-4, 1929.6), 수필
1930년 「소설읽던 이야기」(《신소설》 21, 1930.1), 수필

수필과 기행문 그리고 목록만 있고 자료를 찾을 수 없는 산문을 포함하면 모두 8편의 글을 확인할 수 있다. 그 중 「화단에 서서」(《청춘》 9)는 그의 첫 문필 작품이자 등단작이라 치부할 수 있다. 그의 산문은 주로 자연을 매개로 한 일상의 소회, 문학에 대한 일반적인 생각, 그리고 기행문으로서 「백두산행」(《동아일보》, 1921)을 포함하고 있다.

창작소설은 민태원의 문필 그리고 문학 전체에 있어 가장 주목할 영역인데, 그 목록을 정리해 보면 다음과 같다.

창작소설 : 6편

1920년「어느 소녀」(《폐허》 1, 1920.7), 창작소설

1921년「음악회」(《폐허》 2, 1921.1), 창작소설

1926년『오호 고균거사-김옥균실기』(박문서관, 1926.10), 단행본

1933년『세번째의 신호』(《매일신보》, 1933.5.18.~10.7), 창작소설

1934년『천아성』(《매일신보》, 1934.1.1.~4.23), 창작소설

『새생명』(《매일신보》, 1934.4.24.~6.22), 창작소설

여기서 제시한 민태원의 창작소설은 단편 2편과 장편 4편으로 모두 6편의 분량이다. 이는 그가 특장(特長)을 보인 번안소설에 비하면 그에 뒤지는 형국이어서, 문학가로서 그의 무게중심을 오히려 번안소설에 두어야 하지 않을까 하는 논의를 촉발하게 한다. 이 가운데 단행본으로 발간된『오호 고균거사-김옥균 실기』(박문서관, 1926)는, 발간 이전 같은 해《조선일보》에 한 달 가까이 창작자료를 연재한 후에 이를 다듬어 상재했다.

민태원이 가장 주력한 부분으로 보이는 번안소설은 모두 5편인데, 그중 연재된 것을 단행본으로 발간한 목록 2편을 합산하면 외형상 8편이 된다. 이 작품들이 모두 장편소설이라는 점을 감안하면, 창작소설보다 번안소설에 더 많은 공력이 부하되었을 것으로 짐작된다.

번안소설 : 6편

1918년『애사』(《매일신보》, 1918.7.28.~1919.2.8.), 번안소설

『설중매』(《매일신보》, 1919.5.23.~8.31), 번안소설

1920년『부평초』(《동아일보》, 1920.4.1.~9.4), 번안소설

1922년『무쇠탈』(《동아일보》, 1922.1.1.~8.20), 번안소설

『죽음의 길』(《동아일보》, 1922.11.28.~1923.1.18.), 번안소설

1923년『무쇠탈』(德興清林, 1923.9.20.), 단행본으로 출간

1925년『부평초』(박문서관, 1925.6.25.), 단행본으로 출간

1934년『新譯 서유기』(박문서관, 1934.1.15), 번안소설

『애사(《매일신보 1918.7-1919.2)는 빅톨 위고의『레미제라블』을 번안한 작품이고,『부평초』(《동아일보》 1920.4-9.)는 엑토르 말로 작『집 없는 아이』의 일본어 번역서인『오노가츠미(己が罪)』를 번안한 작품이다. 이『부평초』는 1925년 박문서관에서 단행본으로 나왔다.『무쇠탈』(《동아일보》 창간호부터 연재, 1922.1-8.)은 포르튀네 뒤 포아고베의『철가면』을 번안한 작품으로, 1923년 덕흥청림(德興青林)에서 단행본으로 출간되었다. 당시《동아일보》는 국한문 혼용체를 고수했는데, 이 작품만 순 한글로 발표된 것이 이채롭다. 중국 4대 기서(奇書)중 하나인『서유기』를 번안한『신역(新譯)서유기』는 1934년 박문서관에서 단행본으로 상재되었다.

민태원은 일생을 두고 문필과 문학에의 지향을 중단하지 않았으며, 그리하여 늘 창작자료를 준비하거나 이를 신문이나 잡지에 수시로 발표하곤 했다. 그리고 이를 단행본으로 묶어내는 순차적이고 효율적인 방식을 선택했다. 그가 남긴 창작자료의 목록은 다음과 같다.

창작자료 : 9편

1922년「겁화」(《동명》 4, 1922.9), 창작자료

1923년 「만찬」(《동명》 3, 1923.2), 창작자료

「황야의 나그네」(《개벽》 35, 1923.5), 창작자료

1925년 「적막의 반주자」(《생장》 3, 1925.3), 창작자료

「어느 사람들의 회화」(《신민》 1, 1925.5), 창작자료

1926년 『오호 고균거사』(《조선일보》, 1926.3.29.~4.22), 창작자료

1929년 「薄命의 지사 김옥균」(《삼천리》 2, 1929.9), 창작자료

1935년 『의의 태양』(《사해공론》 1-2, 1935.6), 창작자료

『의의 태양』(《사해공론》 1-3, 1935.7), 창작자료

이 가운데 1926년의 『오호 고균거사』(《조선일보》 1926.3-4.)는 같은 해 10월 단행본으로 출간되었고, 그로부터 3년 후인 1929년 다시 「박명(薄命)의 지사 김옥균」(《삼천리》 2)을 창작자료로 발표한 것을 볼 수 있다. 그가 세상을 떠나던 1935년 6월과 7월 두 차례에 걸쳐 《사해공론》에 발표한, 희곡으로 분류된 작품 『의의 태양』은 향후의 창작을 위한 자료들이었으나 결국 그 창작 주체의 타계로 인하여 그야말로 자료로 남고 말았다.

그가 이 땅에서 종적을 감춘 다음 12년이 지난 1947년 『갑신정변과 김옥균』(국제문화협회)이, 그리고 34년이 지난 1969년 『김옥균전기』(을유문화사)가 단행본으로 상재되어 역사의 기록을 남기게 되었다. 특히 을유문고 10권으로 나온 『김옥균전기』는 그런대로 대중적 수용을 보여, 그가 쓴 필생(畢生)의 역작 「청춘예찬」과 더불어 문필가 민태원을 기억하게 하는 하나의 이정표가 되었다.

3. 민태원의 작품세계

민태원의 첫 문학작품이라 할 수필 「화단에 서서」는 1917년 발표이니 그의 나이 23세 약관의 시기에 쓴 글이다. 《청춘》지에 다섯 면 분량으로 쓴 것으로, 그 시작은 이러하다.

> 어젯날 하로동안을 馬車말 부리듯한 나의 弱한몸 흐늘흐늘하는 四肢가 구들우에 가로노힌 뒤에는 엇더한모양으로 몇時間이나 지내엿는지 스스로 알수가 업다. 그러나 나의귀가 聲音을 報告하고 나의 눈이 光彩를 傳達하고 나의코가 香臭를 認識할때에는 東窓에 해빗히 붉었더라.[03]

여기서 굳이 그의 이 생애 첫 공식 문장을 인용한 이유는, 인용문에서 보듯 근대문학 문열이 시기에 문을 연 그의 글이 두 가지 사항을 특징적으로 드러내고 있는 까닭에서다. 우선 1917년이라는 '기념비적' 시기가 말해주듯이 신체시나 신소설 등 신문학에서 근·현대문학으로 넘어오는 길목이어서, 그 문장과 문체에 고어 투의 표현이 아직 상당 부분 그대로 남아 있음을 알 수 있다. 다음으로 자신 귀와 눈과 코 등의 오감을 동원하여 현재적 상황을 묘사하되, 이를 '화려한 만연체'로 이끌어 간다는 사실이다. 이러한 만단정회(萬端情懷)의 나열은, 기실 탁월한 언어 감각이나 언어의 운용에 대한 자신감이 없이는 구사하기 어려운 형편이다. 그로부터 12년 뒤에 선보인 명문의 수필 「청춘예찬」과 거기에 나타난 사통팔달(四通八達)의 언어 성찬(盛饌)은 이때부터 그 떡잎을 키우고 있었다 할 것

---

03 민태원, 「화단에 서서」, 《청춘》 9, 1917.7., p.86.

이다.

그런가 하면 창작소설 가운데 첫 작품인 단편 「어느 小女」는, '內外두 식구밧게업난 孤獨한 우리집에 새사람이 난뒤로 사람사난듯한 活氣가 생겻다'라는 문장으로 시작된다. 한 가정에 아이가 생겼다는 말이다. 이렇게 출발한 이 소설 역시 「화단에 서서」와 마찬가지로 두 가지 경향을 약여하게 드러낸다. 이 가정은 아이를 감당하기 힘들어 '애보기' 계집애를 구하기로 한다. 시골집 형수의 추천으로 점단(點丹)이라는 소녀를 데려오는데, 소녀라기보다는 여러 인생 경험을 거친 인물이다. 심지어 '애늙은이'나 '요물'이라는 호명이 부가되기도 한다. 결국 이 짧은 소설은 한 소녀의 등장을 구성하는 이야기와 그 소녀의 성격적 특성을 보여주는 묘사가 조합된 작품이다. 당시의 시대적 환경과 문학적 수준을 염두에 둘 때, 사뭇 주목할 만한 소설로 보인다. 다른 말로는 민태원의 문학적 재능과 기량을 유추하게 하는 하나의 사례가 된다.

민태원의 두 번째 창작소설 「음악회」는 1921년에 발표된 작품이다. 첫 소설 「어느 소녀」로부터 6개월 후의 일이다. 첫 작품에 비해 분량도 많이 확대되어 《폐허》 지면으로 36면에 이른다. 두 작품 모두 국한문 혼용이며, 고어 투의 전근대적 문장도 그대로 남아 있다. 일본인 부부인 임정열(林政烈)과 박정자(朴晶子)가 나오고, 임정열이 인도주의 문학자로 서술된다. 박정자 독창회를 동양시보사(東洋時報社)가 주최하는 음악회가 하나의 매개이지만, 여기서 주목할 것은 임정열의 품성을 설명하는 부분이다.

> 人道를爲하야奮鬪하난그는 主義上 國境과 民族의差異를介意치 안이하며 더욱이 朝鮮藝術에對하야난 非常한感興을가져서 年前에

朝鮮을視察하고 여러가지 器具를 사가지고간그는 自己書齋와自己寢室을 全部이러한 物品으로裝飾하고 조금도달은 物品을쓰지안는 그러한사람이엇다.[04]

예문에 나타난 임정열의 캐릭터는, 일본인으로서 조선의 예술을 사랑하며 양국의 관계 악화를 막기 위해 부인의 독창회를 계획하는 것으로 되어 있다. 이 소설이 창작된 시기가 기미독립운동 2년 후라는 사실을 고려해 볼 때, 이 '인도주의론'은 그 취지를 폄하할 필요는 없으되, 민족적 견지에서 볼 때 박태원의 민족의식이 올바른 행로를 향해 작동했다고 보기에는 어려운 측면이 있다. 그러나 이는 당대의 문인과 지식인 모두에게 부하되어 있는 문제였으며, 민태원 또한 그 시대적 장벽을 넘어서기에 역부족이었다고 평가할 수밖에 없다.

한국의 역사적 인물 가운데 민태원이 가장 관심을 가진 인물은 고균 허균(許筠, 1569-1618)이었다. 민태원보다 3세기를 앞서 산 인물이다. 민태원의 작품 연보에서 확인할 수 있는바, 그는 '고균 거사'의 창작자료를 정리하고 단행본 소설을 내었으며, 그 이후에도 다시 창작자료를 기록으로 남기고 있다. 그가 타계한 이후 두 출판사에서 이를 각기 재출간하고 있는 사정을 염두에 둘 때, 민태원과 김옥균 사이에 걸쳐져 있는 눈에 보이지 않는 '운명적인' 힘을 감각할 수 있다.

시기적으로 가장 나중에 나온 을유문화사의 1969년 판 『김옥균전기』[05]를 살펴보면, 그 서문에서 김옥균의 암살을 두고 "춘풍추우(春風秋雨) 三十三개 성상(星霜)에 반도(半島)의 시사(時事)는 날로 선각자(先覺者)의

04 민태원, 「음악회」, 《폐허》 2, 1921. 1., p. 77.

05 민태원, 『김옥균전기』, 을유문고 10, 을유문화사, 1969.

이상(理想)을 떠나 뜻있는 사람의 눈물을 자아내게 할 뿐이다"라는 저자의 글을 만나게 된다. 이와 같은 심경을 담아 여러 과정을 거친 끝에, 자신의 창작자료와 함께 이 실록 역사소설을 창작하였음을 말하고 있다. 전기 기술의 형식으로 된 이 소설은, '김옥균 사건'의 전말을 시간적인 순서에 따라 기록하고 말미에 3건의 부록 자료를 첨부했다. 그것은 '한국유신(韓國維新)의 선각자 김옥균, 암살자 홍종우와 김홍집 내각, 그리고 홍종우에 관한 자료' 등이다.

민태원이 말년에 쓴 세 편의 창작소설은 모두 《매일신보》에 연재된 작품이다. 그의 타계 이태 전에 쓴 『세 번째의 신호』는 1933년 5월에서 10월까지, 한 해 전에 쓴 『천아성』은 1934년 1월에서 4월까지, 그리고 말년의 작품으로 미완성으로 남은 『새 생명』은 4월에서 6월까지 연재 형식으로 발표되었다. 앞서도 언급했지만 민태원의 주된 작품 활동 무대가 《매일신보》였다는 사실은 마침내 그에게 '친일 인사'라는 프레임을 덮어씌우기에 충분한 조건으로 작용했고, 그 또한 그로부터 거리를 두거나 그것을 탈각(脫殼)하려는 별다른 움직임을 보이지 않았다. 돌이켜 보면 춘원 이광수나 육당 최남선의 친일이 일제에 기대어 일신의 영달을 꾀하기보다는, 일본 군국주의의 진군이 하나의 시대적 대세로 굳어질 것으로 본 판단의 문제였던 것이다. 민태원의 경우도 이 인식의 범주에서 크게 벗어나지 않았을 것으로 본다.

그런데도 여기에 석연할 수 없다는 데 쟁점이 있다. 시대적인 상황으로 보아서 도저히 되돌릴 수 없을 것으로 보이는 국권의 회복과 민족적 자긍심의 확립을 위해, 일신을 던져 희생하며 항일 저항문학을 고수한 일군의 문인이 있기에 그 반대편이나 회색지대에 서 있던 문인들이 타매(唾罵) 당할 수밖에 없는 것이다. 물론 그 숫자는 극히 미소(微小)하고 그들의 문학이 당대에 강력한 지도력이나 영향력을 발양했다고 보기는 어렵다. 하지만 그 상실과 말소의 시대에 꺼져가는 민족혼의 불씨를 붙들고 있었던 의기(義氣)의 정신은, 그 무엇과도 바꿀 수 없을 만큼 소중한 것이다. 예컨대 항일 저항시인의 면면(面面)을 떠올리자면 한용운, 이육사, 심훈, 이상화, 윤동주, 김광섭 이외에 더 찾을 길이 없다. 그래서 고(故) 조태일 시인이 『항일 저항시인 7인집』을 내면서, 궁여지책으로 김소월을 보탰던 적이 있다.

이렇게 저항 문인이 희소하다 보니 때로는 그들의 문학이 과대평가된 측면도 없지는 않다. 이 범주의 밖에 서 있는 문인들을 억지로라도 이해하자면, 일제의 압승이 하나의 시대정신(Zietgeist)이라고 볼 수밖에 없는 객관적 현실이 눈앞에 있었다는 사실을 환기하게 된다. 궁극적으로 우리의 광복도 우리 민족의 투쟁이나 상해임시정부 등의 활약에 의한 것이 아니라, 제2차 세계대전에서 일본의 패망으로 인해 주어진 것이라는 결과표가 제시되어 있다. 역사의 순환을 보다 큰 눈으로 주시해 보면, 결국 오늘의 남북 분단도 이 결과표의 후속이라는 비극적 사태에 의거해 있다. 요약하자면 당대의 대표적 문인들이 일제에 영합할 수밖에 없었던 상황 조건, 아니면 역사소설의 공간으로 도피할 수밖에 없었던 저간의 사정이 있었다는 뜻이다.

민태원의 문학을 다시 조명하고 이를 현양하는 사업의 추진에 있어 이 문제는 예민하고 위태로운 것이지만, 그러나 짚고 넘어가지 않을 수 없는 것이다. 보다 합리적이고 중요한 관점은, 민태원의 생애와 문학이 가진 공과를 동시에 계량하는 균형감각이 필요하다는 데 두어야 한다고 본다. 더욱이 민태원은 친일의 상황과 근거리에 있었을 뿐, 적극적으로 일제에 가담하거나 복무한 이력이 없다. 특히 그가 41세의 젊은 나이에 생을 마감한 것은 참으로 아쉬운 일이다. 창창한 앞날을 예비할 수 있었던 뛰어난 문필의 중절(中絶)이요, 시대 환경의 변화와 더불어 새로운 민족적 진로에 기여할 수 있는 기회의 강제 박탈이 되고 만 것이기에 그렇다. 여기서 다소 장황하게 당대의 친일문학 환경을 언급한 것은, 이와 같은 상황을 전제하고서 그의 말년에 발표된 세 작품을 살펴보는 것이 오히려 그 문학적 성과를 공고하게 할 수 있는 길이라 사료 되기 때문이다.

4. 「청춘예찬」 다시 보기

「청춘예찬」은 민태원이 35세가 되던 1929년 《별건곤》이란 잡지에 발표한 글이다. 문필로 말하자면 한창 숙련이 되고 윤이 날 시기의 작품이라 할 수 있다. 미상불 이 이름난 산문은 민태원 문장의 특성과 장점을 잘 보여주고 있으며, 수용자에게도 용기와 감동을 북돋우는 미덕을 가지고 있다. 특히 교과서에 수록되어 청춘 시기의 학생들이 간과하지 않고 이 글을 읽을 수 있었으니 그 파급효과가 매우 컸던 것이 사실이다. 문학 장르의 갈래로 말하면 중수필(重隨筆, Essay)이자 서정성이 강한 수필이며, 성격에 있어서는 관념적이자 남성적인 풍모를 보이는 수필에 해당한다.

「청춘예찬」의 주제를 한마디로 요약하면, 그야말로 '청춘에 대한 찬미'다. 청춘이 가진 특징적 성격으로서의 정열, 이상, 육체의 힘, 그리고 청춘에 대한 당부 등의 내용을 순차적으로 병렬하여 기술한다. 여러 유형의 다채로운 비유와 표현법을 활용하고 있으며, 일제강점기에 쓰여졌음을 고려할 때 식민지 지식인의 가슴에 울혈(鬱血)이 되어 있었을 민족적 원망(願望)과 함께 은연중에 청춘·청년들이 그 수난을 극복해주기를 요청하는 뜻을 담았다고 볼 수도 있다. 다만 그와 같은 뜻을 보다 강력하게 외형화 하지 못하고 상징과 암시의 방호벽 뒤에 숨길 수밖에 없었던 것이, 민태원이 가졌던 시대 인식의 한계였다고 판단된다. 때로는 이처럼 열정적이고 격정적이며 선동적인, 현대적 문체로서 당대의 천장을 친 작가가 왜 그 지점에서 머물렀는지 의아하기도 하다.

이렇게 본다면 정아경이란 한 연구자의 언표처럼 『청춘예찬』은 아름다운 단어와 구절들을 모아놓은 종합선물 같은 글'이다. 동시에 '1,800자 미만의 짧은 글과 간결하고 화려한 글의 어조는 선동적'이라는 지적에 동의하게 된다. 그는 종내 "「청춘예찬」은 수필인가. 시인가. 시적 수필인가. 수필적 시인가"라고 물었다. 모두 이 글의 면모를 범박하게 '예찬'하는 수사(修辭)다. 하지만 그는 다음과 같이 날카롭게 이 글의 문제점을 지적하기도 한다.

> 「청춘예찬」은 장르로 따지자면 중수필에 속하는 글인데, 다분히 낭만적이니 읽는 글맛이 좋다. 하지만 나른한 의식을 깨워주는 죽비의 역할은 하겠지만 지나치게 과장한 화려한 문장은 은근하고 깊은 글 맛을 주지는 않는다. 사실, 스물은 그리 진취적이고 감동적이지도 못하기 때문이다. 그가 작품을 발표한 1929년의 청춘은 더욱이 그러했다. 일제강점기에 태어나 스물이 된 청년에게 이상이란 무엇이었을까. 이십 년의 식민지배로 제도와 교육, 그리고 의식까지 식민화되어 가고 있었으리라. 꿈도 희망도 없이 몽롱하게 스물을 맞이한 그들은 이상도, 뜨거운 심장도 상실한 식민지의 청춘이라 더욱 비참하고 나락으로 빠지지 않았을까. 그래서 작가는 절규하듯 외친다. "청춘, 이는 듣기만 하여도 가슴이 설레는 말이다,"

이 예문에서는 「청춘예찬」이란 많은 '예찬'을 받은 글이 그 내면에 안고 있는 단처(短處)를 예리하게 적시(摘示)하는 안목을 볼 수 있다. 하지만 그 암울한 시대에 내외의 압박으로부터 위축되어 있던 이 땅의 청춘들에게, 그와 같은 강력한 어조의 선동이나 과장되고 화려한 문장이 아니고서는 '나른한 의식을 깨워주는 죽비'의 역할을 다하기가 어려웠을 것으로 잠작된다. 중수필은 대체로 진중(鎭重)한 주제를 다루면서 그 흐름도 무거운 편인데, 이 글은 청춘에 대한 철학적 사상적 견식을 동원하되 그 주제를 딱딱하고 건조하게 표현하는 것이 아니라 호활(豪活)하고 유연하게 펼쳐 나간다. 이는 민태원의 문장이 이미 한 시대를 구획하는 지경에 들어서 있다는 반증이 될 것이다.

「청춘예찬」론과 관련하여 주목할만한 논문으로 백순재의 「민태원의 문학과 〈청춘예찬〉의 문제점」(《한국문학》 49호, 1977)이란 연구[06]가 있다. 이 논문은 '우보의 문학활동 고찰'을 거쳐 〈청춘예찬〉의 원작과 현행본과의 차이점을 면밀하게 추적한다. 그의 이 유의미한 작업은 원작의 발표 지면인 《별건곤》과 당시 '문교부 발간 인문고등학교용 국어 I'을 대조 비교한 것이다. 연구자는 이 연구 결과로 틀린 곳을 32개나 지적하면서, 이러한 지적이 '지엽적인 문제'이긴 하나 '이 작은 隨筆文 하나에서 32개의 틀린 곳이 있다는 것은 결코 작은 숫자라고 볼 수 없다'라고 언명했다. 당시의 교과서가 학생들이 쉽게 읽을 수 있도록 여러 곳에서 표현을 바꾼 것도 있으나 의미 해석이 달리 될 소지가 없지 않은바, 연구자의 지적은 경청할 만하다. 다음은 이 연구의 후미에 있는 한 대목이다.

---

06 백순재, 「민태원의 문학과 〈청춘예찬〉의 문제점」, 《한국문학》 49호, 1977.11.

原作을 재현시키는 방법은 우선 原作을 그대로 살려야만 하는 것이다. 그러나 불가피할 경우에만 語法과 標準語로 이를 고쳐 통일해야 한다. 이런 경우 以上을 넘어서 마구 字句나 語節을 고친다면 그 작품은 생명을 상실하게 된다.

현행 〈靑春禮讚〉이 敎科用으로 채택된 文章이다 보니 자연 修辭學的 또는 文章論理上 完全 完美한 문장으로 고쳐져야 한다는 이유도 있겠으나 한 작품은 그 작가의 生命이기 때문에 不完하면 不完한대로 原形을 살린다는 原則이 지켜져야 할 것이다. 하물며 이것이 교과서에 收錄된 문장인 경우, 國民敎育上의 영향은 실로 지대한 결과가 된다.[07]

원작이 발표될 당시의 「청춘예찬」은 그 시대의 글쓰기 조류가 그러했던 것처럼 당연히 국한문 혼용체의 문장으로 되어 있었다. 그것이 오랜 기간 동안 교과서에 수록되면서 그 또한 당대의 언어 표현 유형을 따라 국문체로 수정되었고, 앞서 백순재의 지적처럼 깊은 사려 없이 어휘가 바뀐 사례를 노정하게 되었던 것이다. 그런 점에서 연구자의 문제 제기는 보다 신중하고 면밀하게 검토되어야 한다고 본다. 그런데 이 모든 논의나 논란은, 말을 바꾸어 표현하면 「청춘예찬」이란 짧은 한 편의 글이 왜 어떻게 중요한가를 말하는 증빙과도 같다. 비단 작가 민태원의 작품세계에서만 중요한 것이 아니라, 일제 강점의 어두운 장막이 드리워져 있던 당대의 우리 민족사회와 민족의 문학에 하나의 활력이 되고 지침이 되었다는 사실이 더 중요한 것이다. 그런 만큼 「청춘예찬」은 당대의 명문(名文)이요 시대적이며 역사적인 글이라 할 수 있을 것이다.

07 위의 글, p.288.

5. 민태원 연구의 주요 논문

민태원의 문학에 관한 연구는 그동안 그다지 활발하지 못했고 축적된 자료 또한 그다지 많지 않다. 41세에 타계하기까지 18년에 걸친 문필활동이 동시대의 다른 문인에 비해 뒤지지 않는 문학적 소출을 남겼으나, 그 글의 성향이 민족적 과제에 직접적으로 맞서지 못했다는 한계로 인하여 보다 중대한 관심의 표적이 되지 못했던 것이다. 만일 그가 그 글 중 몇 편에서라도 저항의식을 담아 내었다면, 연구 풍토는 물론 문학적 위상 자체가 달라졌을 가능성이 있다. 현재까지 확인할 수 있는 정론적 논문은 앞서 살펴본 백순재의 글 외에 대체로 조동길, 권문경, 최지현, 신진숙 등 몇 사람의 글을 들 수 있다. 민태원 연구의 길목이자 바탕을 형성하는 매우 중요한 자료들이다.

조동길의 「閔泰瑗試探」[08]은 '試探(시탐)'이란 표현 그대로 본격적인 민태원 연구의 첫 신호탄이라 할 수 있는 논문이다. 이 글은 민태원의 생애와 언론인으로서의 면모, 작가로서의 위상, 수필가로서의 실상 등을 항목으로 '그 이름이 익히 알려져 있는 것과는 달리 그 실체적인 연구는 거의 이루어져 있지 않은 작가'를 '시범적으로 탐색'하고 있다. 민태원 연구의 '개막'이라는 중요한 의의가 있으나, 연구자가 논문 중에 기록한 사실들에 대하여 후속 연구자인 권문경의 여러 지적을 받기도 했다. 권문경의 「우보 민태원 연구」[09]는 현재까지 나온 민태원 연구 가운데 가장 체계적이고 공들여 쓴 논문으로 보인다.

권문경의 논문은 민태원의 가계와 생애를 바로잡는 고증에서 시작하

---

08 조동길, 「민태원 시탐」, 『공주대학교 논문집』 28, 1990.12., pp.27-42.

09 권문경, 앞의 논문.

여, 사회활동을 중심으로 살펴본 민태원의 행적과 그 의미를 구명(究明)한다. 이어서 수필과 소설 창작류, 논설문과 기타로 나누어 민태원의 저술을 검토한 다음 『오호 고균거사』라는 대표적인 작품을 대상으로 그 체계와 의미를 밝히고 있다. 특히 논문의 부록에서 연보와 가계도, 그리고 민태원 집안과 명성왕후 집안 비교 등 소중한 자료를 수록하고 있어 주목에 값할 만하다. 필자의 이 글 또한 그 자료의 정보와 확인에 있어 주로 권문경의 논문을 참조하였음을 밝혀둔다. 다만 조동길과 권문경으로 이어지는 연구의 경과에 있어서, 창작자료로 구분된 작품이 우보민태원 기념사업회의 자료집에서는 창작소설로 분류되는 등의 시각 차이가 나타난다. 이 문제는 보다 정밀한 재검토를 필요로 한다.

민태원의 작품을 중점적으로 분석한 최지현의 「한국 근대 번안소설 연구-민태원의 〈애사〉를 중심으로」[10]는, '번안소설'에 대한 규명과 더불어 『레미제라블』의 수용과 『애사』의 위치, 『애사』의 서사 구성과 문체적 특질, 그리고 『애사』의 문학사적 의미 등을 다루었다. 연구자는 『레미제라블』을 번안한 민태원의 의도가, '『애사』를 통해 서양의 뛰어난 문예를 대중에게 선보여 신문학(新文學)을 구현'하려는 데서 비롯된 것이라고 평가했다. 연구자는 그와 같은 민태원의 의도는 '실패로 돌아간 것이라 보아도 무방'하지만, '원작의 서사에 충실하게 완역된 서양문학의 가능성'을 피력했다고 보았다. 요약하자면 '예술로서의 세계문학도 대중에게 충분히 수용될 수 있다는 가능성'을 보여주었다는 것이다.[11]

신진숙의 「백두산 관광을 통해 본 식민지 '진정성'의 구성 방식: 1920-

---

10 최지현, 「한국 근대 번안소설 연구-민태원의 〈애사〉를 중심으로」, 경상대학교 석사학위논문, 2013.2.

11 위의 글, p.59.

30년대 민태원, 최남선, 안재홍의 백두산 기행문을 중심으로」[12]는 최남선 및 안재홍의 백두산 기행문과 더불어 민태원의 「백두산행」[13]을 살펴보고 있는 논문이다. 이 논문은 먼저 근대적 자연 체험과 진정성의 구성 방법을 전제한 다음 민태원, 최남선, 안재홍의 글을 통합적으로 언급하면서 '진정성의 무대, 백두산', '산 중의 산, 진경으로서의 백두산', '상호주관적 주체의 상상적 구상' 등의 항목에 따라 논의를 진행하고 있다. 비록 민태원에 집중한 연구는 아니지만, 다른 문필가들과의 통합 및 비교 연구의 새로운 방식을 도출했다는 의의를 가진 글이다. 연구자는 이 세 기행문이 '식민지 진정성이 구성되는 과정을 살펴볼 수 있는 좋은 자료'이며, '식민지 지식인의 기행문을 통해 여행의 주체가 정치적으로 억압당한 진정한 자아를 회복하기 위해 백두산이라는 공간을 상징적 진정성의 표상으로 구성'[14]했다고 평가했다.

6. 연구와 현양의 새 방향성

이 글의 두 번째 항목 '민태원 문학 개관'에서는 기존 연구의 분류 방식을 따라 그의 글을 몇 가지 장르 유형으로 나누어 논의했다. 그런데 이 분류의 문제에 대해 면밀한 검토와 고증의 필요하다고 할 수밖에 없는 자료가 확인되어, 이에 대한 심도 있는 검증이 필요한 상황이다. 우보민태

12 신진숙, 「백두산 관광을 통해 본 식민지 '진정성'의 구성 방식: 1920-30년대 민태원, 최남선, 안재홍의 백두산 기행문을 중심으로」, 동악어문학 제71집, 2017.5., pp.373-400.

13 민태원, 「백두산행」, 《동아일보》 1921.8.21.~9.8.

14 신진숙, 앞의 글, p.395.

원기념사업회가 엮은 자료집이 그것인데. 복사 제본으로 된 이 자료집에는 정확한 생산 연도가 기록되어 있지 않다. 그러나 여기에 수록된 「牛步 閔泰瑗」[15]이란 문건에 의하면, 번안소설로 구분되어 있던 『설중매』가 창작소설로 분류되어 있다. 그리고 창작자료로 구분되어 있던 「겁화」, 「황야의 나그네」, 「적막의 반주자」 등 세 작품이 창작소설로 분류되어 있다.

이 가운데 『설중매』는 현재로서 정확한 실상을 파악하기가 어렵고, 자료의 문면을 확인할 수 있는 「황야의 나그네」[16]는 《개벽》 지면으로 28면에 이르는 단편소설의 분량을 갖추고 있다. 이 작품은 서두에서 '안홍석 군'과 동경에서 같이 생활하기 시작한 이야기로부터 그의 사망에 이르기까지 일정한 서사구조를 운용하고 있어 '자료'라기 보다는 '소설'로 부는 것이 온당하다고 사료된다. 이 작품은 우리 사회가 근대화 되어가는 과정에서 동경의 하숙집에서 만난 한 청년이 어떤 고뇌와 갈등을 겪게 되는가를 보여준다는 점에서 시대사적 의미가 있다. 그 외에도 「牛步 閔泰瑗」의 기록에는 기존 연구가 창작자료로 보았던 「만찬」과 「어느 사람들의 회화」가 콩트로 분류되어 있고, 민태원에 관한 염상섭과 이한용의 글이 자료로 제시되어 있기도 하다. 이와 같은 일들은 원본의 확정과 자료의 고증을 면밀하게 수행하여, 조속한 시일 내에 객관적으로 정리가 되어야 할 것이다.

민태원 연구에 있어 또 하나 유의할 사항은, 1928년 12월 《중외일보》에 쓴 논설 「직업화와 추화」가 시국의 문제로 비화하여 형사처벌을 받은 사건에 대한 검증이다. 결국 신문은 무기정간이 되고 민태원은 이

---

15 이 문건은 작가소개, 연보, 작품목록 순으로 구성되어 있고 1988년 우보의 외손자 김태상(당시 경북대학교 대학원 박사과정 재학 중)이 작성했다고 되어 있음.

16 민태원, 「황야의 나그네」, 《개벽》 35, 1923.5., pp.96-123.

듬해 3월, 징역 3개월에 집행유예 3년을 선고받게 된다. 비록 민족적 저항 의지를 시현(示現)한 경우는 아니라 하더라도, 당대의 지식인 문필가로서 비판적 사회 인식을 견지한 하나의 범례라 해야 옳을 것이다.

이제까지 살펴본 민태원의 삶과 문필을 두루 되짚어 보면, 앞으로 그에 대한 보다 정교한 고증, 곧 생애와 작품의 정확한 연보, 연구서지 등을 확고하게 정립하는 것이 우선되어야 한다고 판단된다. 그러해야 당대 문화의 선두에 서 있던 논설과 창작 등의 연구가 가속을 얻을 수 있을 것이다. 민태원 문학의 대중적 확산을 위해서는, 고어 투의 문장과 국한문 혼용체의 글을 현대어로 변환하고 정제하여 새로운 서책으로 재발간하는 사업도 병행되어야 한다. 특히 「청춘예찬」의 경우, 원본의 어휘를 훼손하지 않는 정밀한 현대어화는 꼭 필요한 과제라 할 수 있다. 그런가 하면 시대 현실과의 관계를 재검토하고, 친일 혐의의 문제도 정면 대응으로 돌파할 필요가 있다.

세상에 공과(功過) 없는 사람이나 사건은 없는 터이니, 인정할 것은 인정하고 주장할 것은 주장하는 균형감각을 확보하는 것이 좋겠다. 그렇게 한다고 해서 민태원이 가진 고유한 문필의 실체가 스러지는 것이 아닌 까닭에서이며, 오히려 한 단계 더 새롭게 나아갈 수 있는 기반이 마련되지 않을까 한다. 그 외에도 우리 문학사에 명멸한 다른 작가 및 작품과의 비교 연구, 연관 관계와 영향 관계 고찰이 수행 되어야 한다고 본다. 간곡히 바라기로는 민태원 현양 사업의 증진을 위한 실천적 방향성을 모색하고 기념사업회, 지자체, 문단, 언론계가 함께 유기적으로 협력하는 새로운 동반의 모형이 형성되었으면 좋겠다. 그 시대에 그만한 문필을 좀처럼 찾을 수 없기에 그러하다.

자술로 편찬한 체험적 인생사용설명서

- 이영선 산문집 『우리는 누군가의 꽃이 되고 싶다』에 붙여

1. 수필의 성격과 상상력의 공간

개인의 체험이나 생각을 기술한 산문, 곧 수필은 시나 소설처럼 일정한 형식이 없으며 그 내용에서도 대상의 제한이 없는 언어 예술이다. 넓은 의미에서는 붓 가는 대로 자유로이 쓴 글이란 의미가 통용된다. 개인적 주관성을 주로 한 경수필(Miscellany)과 사회적 객관성을 주로 한 중수필(Essay)로 나누기도 하는데, 이러한 구분에도 불구하고 이들이 무형식, 개성, 유머, 위트, 다양성 등의 성격을 내포하고 있다는 점은 동일하다. 이와 같은 성격들을 상상력이라는 측면과 결부시켜 보면, 수필이 자유분방한 상상의 날개를 달고 의식의 공간을 날아다니기에 가장 효력 있는 장르임을 쉽사리 알아차릴 수 있다.

형식과 내용의 무정형성에 기초해 있기에 확보되는 이 유익함은 많은 비전문가들이 쉽사리 수필의 창작을 시도하게 하는 요인이 되거니와, 중요한 것은 그 자유로움의 활용이 가능한 만큼 내면적으로는 엄밀한 절제의 금도(襟度)가 수반되어야 한다는 경각심이다. 시나 소설이 가진 형식적인 제약성이 경우에 따라서는 무중력 상태의 의식 공간으로 휘발해

버릴지도 모르는 사유의 근간을 작품 속에 묶어주는 힘이 되고 있음을 상기할 필요가 있겠다. 이 내면 세계의 활발한 운용과 균형 잡힌 절제야말로 좋은 수필을 생산하는 하나의 기준이 될 터이다.

거의 모든 문예 창작물은 작가의 체험을 바탕으로 제작된다. 이 실제적 체험에 상상력으로 수확하는 허구가 조합되어서, 마치 직조물의 씨줄과 날줄처럼 사실성과 허구성이 교차하는 이중 구조로 짜이는 것이 보통이다. 물론 이때의 허구성이란 단순히 만들어낸 담화라는 뜻이 아니며, 현실의 핍진성에 필적할 만한 '허구의 진실'을 지칭한다. 예컨대 역사소설로 말하자면, 과거의 사실적 기록이라는 자재로써 얼개를 짜고, 여기에 있었음직한 인물과 사건들을 조형하여 그 얼개 골조의 사이사이를 채우게 된다. 수필도 예외가 아니다. 일상생활에서 흔히 접하는 사물이건 작자의 사고 한복판에 자리 잡고 있는 관념적 실체의 현시화이건 간에, 먼저 서술의 대상으로 채택되는 소재가 문면 위에 등장하기 마련이다.

그런 후에 이 소재에 관하여 네카의 입방체를 바라보듯 이모저모로 관찰하기도 하고, 방정식의 수식을 풀 듯 이런저런 해법을 부가하기도 한다. 여기서 유의해야 할 사항은, 사실과 허구의 배합 비율을 어떻게 조절해야 좋은 수필에 이르는 황금분할이 될 것인가 하는 점이다. 이 경우의 배합이란 외형적인 서술의 분량뿐만 아니라 수필의 내용이 갖는 의미의 무게를 적절하게 가늠하는 균형감각과 맞닿아 있다. 다시 말하여 외형적 내포적 양 측면에서 공히 사실과 허구의 균형성이 유지되어야 좋은 수필이 될 것이라는 논리다.

그러한 균형성은 또한 위에서 언급한 바, '상상력의 활발한 운용과 균형 잡힌 절제'로부터 말미암을 수 있는 것이다. 기실 이처럼 복잡한 논리보다는 한 번이라도 더 직접 글을 써보는 것이 좋은 작품을 만드는 지름

길인지도 모른다. 좋은 글을 남기는 전제 조건으로서, 저 남송 시대 구양수가 주장한 삼다의 법칙, 즉 다독(多讀), 다작(多作), 다상량(多商量)을 넘어설 왕도는 인류 문화사에서 아직 발견되지 않았다. 특히 마지막 항의 다상량은, 여기서 중심 과제로 논거해온 문학적 상상력의 작동이 작자의 책상 위에 펼쳐지게 하는 통로로 기능할 수 있을 것이다.

이영선의 산문에 관한 해설과 해명을 위한 이 글에서 굳이 문학원론의 수필에 관한 논의를 가져온 것은, 그의 산문들이 이 수필론의 처음과 나중을 잘 알고 있으며 그것의 중점적인 창작 방법과 기교의 운용에 충실한 까닭에서다. 그런 만큼 이 한 권의 산문집을 공들여 읽음으로서 작가 이영선의 내면세계를 보다 깊이 있게 이해할 수 있다. 동시에 그가 오랜 세월에 걸쳐 구축한 세상과 인간관계와 삶에 대한 철학적 단상, 우주의 순환과 눈에 보이지 않는 운명의 힘, 아픔과 슬픔과 외로움과 그리움 같은 희로애락의 상흔들을 공명(共鳴)하며 함께 나눌 수 있기 때문이다.

이 산문집은 모두 다섯 단락으로 이루어져 있다. 각기의 단락은 모두 저마다의 빛깔로 독립되어 있는가 하면, 그 전체를 한꺼번에 바라볼 때 서로 긴밀하게 소통하는 통어(通御)의 상관관계를 이룬다. 작가의 궁극적인 창작 과녁은 '나'를 찾아가는 글쓰기 여행이다. 그 곤고하고 오래 걸리지만 뜻 깊고 보람 있는 여행의 끝자락에서 작가는 마침내 자신의 생애와 존재와 운명론의 실체를 만날 것이다. 이에 대한 독법을 함께 불하받을 수 있는 것 또한 독자들의 행복이다. 이 해설의 글에서 굳이 '나' 또는 '내'를 소제목에 내세운 이유다.

2. '나'를 찾아가는 내면의 길

이영선은 시인이다. 그 자신의 표현을 빌리면 '눈물의 시인'이다. 그가 간곡하고 질박한 마음으로 시를 쓰듯 산문을 써서 단행본 분량을 넘기고 이렇게 새로운 책을 상재한다. 그래서 여기에서는 시인이자 동시에 작가다. 그는 이 책으로 슬프고 아픈 사람들의 마음을 위로할 수 있기를 원한다. 자신이 겪은 질곡, 자신이 통과해 온 삶의 곤고한 터널이 다른 이들에게 소중한 참고자료요 반사경이 되기를 바란다. 그런데 그 바람과 그것을 운용하는 포즈가 설득력이 있다. 솔직담백하고 소박하며 진솔하다. 거기 조촐하지만 품격 있는 삶의 길이 있다. 그러기에 이 글의 제목으로 굳이 '인생사용설명서'란 약간은 진부한 명칭을 가져다 두었다.

모두 4부로 구성되어 있는 이 산문집의 1부에서, 작가는 일상적인 삶의 갈피에 묻혀 있던 자신의 삶을 새롭게 발굴하고 그 내면의 지형도가 보여주는 자아성찰과 자기정체성 확인의 향방을 도출한다. 그가 무엇보다 중요하게 맨 오른쪽으로 내세우는 것은 성실한 삶의 자리이고 이를 통해 '진실'이 드러날 수 있다고 믿는다. 물론 더 많은 전제들이 있다. 겸허하고 평화로운 사람이 원만한 인간관계를 맺고 있으며, 관찰력이 좋은 사람이 그 구조적 방정식을 해독할 수 있다고 한다. 이처럼 그가 사용하는 레토릭은 어렵거나 복잡한 것이 없다. 오랜 세월의 풍화작용에 모가 닳아 순후하고 부드러운 표현법에 의거해 있다. 그런데 그 어조가 오히려 신뢰와 공감을 불러 온다.

이 책에서 만나는 글들을 통해 짐작할 수 있는 것은, 그가 정말 열심히 그리고 진지하게 사는 사람이라는 사실이다. 오랫동안 입시학원을 운영했고 한국문인협회 '문학생활화위원'으로 활동했으며 출석하는 교회에 '작은 도서관'을 만들어 운영하고 있다(「생애 최고의 날들을 위해」). 그러나 그는 '1등'이나 '최고'가 아닌, 그보다 훨씬 더 중요한 무엇인가를 추구한다. 늦깎이로 대학원에 진학하여, 필자가 대학에 있는 동안 함께 문학 공부를 하기도 했다. 때늦은 향학열은 어쩌면 자기 스스로와의 싸움이었을지도 모른다. 그러기에 정호승의 「선암사」처럼, 생의 본질적인 문제와 마주하는 시에 경도되었을 터이다. 이처럼 삶의 근본적인 문제에 맞서는 의지는, 아마도 끊임없이 성실과 진실을 지향하는 그가 타고난 본성인지도 모른다.

> 이 세상에서 가장 힘든 관계를 꼽는다면 '부부관계'라고 아니할 수 없다. 대부분의 부부들은 서로의 친밀한 관계 때문에 힘들어 한다. 그래서 '호저의 거리'라는 말도 있다. 호저는 고슴도치처럼 생겼지만 덩치가 좀 더 큰 동물이다. 호저는 날이 추워지면 서로의 체온을 얻으려고 껴안다가 상대의 가시에 찔려 상처를 입고 피를 흘린다. 이처럼 부부 사이도 너무 친밀하고 가까우면 상처를 입을 수 있다는 말이다. 서로의 가시에 찔려 상처를 받지 않으려면 사소함에도 촉각을 세워 생채기 내는 것을 삼가해야 한다.
>
> -「호저의 거리」 중에서

부부관계를 이처럼 깊이 있게 숙고하는 연유는, 그 관계가 다른 어떤 것보다 소중하다는 인식을 갖고 있기 때문이다. 이 작가가 보여주는 내면의 길은 이렇게 가까운 이들과의 관계 설정에서 비롯된다. 이제는 이 세상에 없는 어머니(「지금 이 순간 그리움을 후회 없이 그리워하자」), 세상에서 가장 따뜻했던 아버지(「아버지의 따뜻했던 마음은 어느 햇살보다도 따사롭다」)를 그리워하는 절절한 심사도 바로 거기에 해답이 있다. 이 모든 소중한 관계성의 법칙을 응용하여, 작가는 자신의 아들에게 말한다. '내 안의 다이아몬드를 키워라!' 이렇게 영일(寧日)이 없이 지속되는 삶과의 고투는 궁극에 있어 후회하지 않는 삶, 무엇에도 굴복하지 않는 삶을 지향하는 경과 과정이다. 그래서 그의 글은 강고한 의지를 가진 한 인간의 존재증명으로 읽힌다.

3. 내가 선 자리와 가야할 곳

서두에서 수필의 성격적 특성에 대해 언급한 바 있으되, 수필이야말로 작가를 있는 그대로 드러내는 가장 솔직담백한 장르다. 시나 소설은 그 시적 화자나 담화의 스토리텔러가 어떤 경우에라도 작가 자신이 아니다. 직접적인 자기고백의 시이거나, 1인칭 사소설(私小說)의 형식을 유지하고 작가가 자신의 이야기를 진술하는 유형의 소설이라 할지라도, 시적 퍼스나 또는 작중 인물은 별개의 존재다. 왜냐하면 이들 문학의 양식이 그와 같은 가면(假面) 곧 마스크의 사용을 약속하고 출발하기 때문이다. 만약 작가가 자신의 자전적 이야기만을 쓰기로 작정했다면 이는 전기, 논픽션, 다큐멘터리 등의 창작 방식을 선택해야 한다.

이영선의 이 산문집 2부에는, 글의 장르적 성격도 그러하지만 특히 자기 삶의 여러 면모를 가감 없이 또 숨김없이 드러내는 장점이 있다. 그는 수시로 남편과 다투고 그 불편한 심사를 글로 남긴다. 그런데 그 자신이 잘 알지 모르겠다. 이렇게 표현의 과정을 거치는 것이 그에 따른 중압감이나 부작용을 해소하는 첩경이 된다는 사실 말이다. 글에 표현된 정보를 인용하자면, 작가는 마흔 초반에 집을 장만했고 수년 전에 어머니를 여의였으며 40여 그루의 식물 화분을 가꾸고 있다. 이러한 일상의 미소한 일들 또는 가슴 한 복판을 뒤흔드는 일들을 겪고 '이제는 돌아와 거울 앞에 선 내 누님'처럼 성찰과 관조의 시간을 말하는 것이 그의 이 글들이다.

일찍이 피천득 선생의 명 수필 「수필」에서, 수필은 서른여섯 중년 고개를 넘긴 이의 것이라는 언표가 있었다. 이 때의 서른여섯은 자연수 36을 가리키는 것이 아니라, 중년 이후의 숱한 경험과 원숙한 사고의 주인을 두고 그 나이를 뜻하는 언사다. 이영선의 실제 연륜은 필자도 잘 알지 못하지만, 그의 글이 앞서 언급한 세상살이의 여러 곡절을 지나온 뒤 안길에서 새롭게 개화한 꽃과 같다는 것은 분명해 보인다. 그러기에 '사람은 논리만으로는 움직이지 않는다'나 '프레임에 의해 인생이 달라진다'와 같은 단정적 정의(定義)가 가능할 터이다. 이러한 경험칙이 생산한 어법은 이 책에 무수한 모습을 보이고 있고, 이는 이 작가가 글을 통해 삶의 진면목을 깊이 통찰하고 있음을 증거 한다.

작가는 자신의 늦은 대학원 공부에 대해 여러 곳에서 언급한다. 학위를 받기까지 그리고 그 이후의 여러 국면들은 필자도 잘 아는 바이지만, 대학원이 학문과 더불어 인생 공부를 함께 하는 시기였음은 분명해 보인다. 그는 이 기간에 열심히 도서관의 자리를 지켜 다독상을 받기도 하고 장학금의 수혜자가 되기도 했다. 그의 공부는 '공부 잘하기'나 '좋은 경력 만들기'가 아니었다. '어떻게 하면 지금보다 더 나은 삶을 살 수 있을까'에 대한 답을 찾고자 했다는 것이다. 그에 뒤이은 말이다. '노력도 연습이 필요하다.' 성취를 위해 노력이 필요하다는 것은 일반적인 담론이지만, 그 노력에 연습이 필요하다는 것은 범상한 발화가 아닌 것으로 보인다.

친구와의 헤어짐이 이럴진대 모정의 생이별임에랴 두말할 나위조차 없다. 자식을 위해서라면 목숨마저 서슴지 않고 내놓을 수 있는 분이 어머니 아닌가. 부모는 애끓는 심정으로 자식을 모정으로 기른다. 그렇다면 부모를 위해서 목숨을 내걸 자식은 몇이나 될까?

돌아가신 지 수 년의 세월이 흘렀지만 어머니의 애달픔을 꿈에서조차 보게 된 것이 살아생전 자주 찾아뵙지 못한 죄스러움이 엄습하여 마음이 시리다. 온종일 어머니의 애끓는 슬픔을 떠올리며 그리움에 젖어 고개를 떨군다.

-「모정(母情)」 중에서

이영선의 글이 단연 빛을 발하는 부분이다. 누구에게나 소중한 어머니, 또 누구나 잃을 수밖에 없는 어머니이기에 이 상식적인 아픔의 기억들이 모두의 가슴을 울리는 힘을 얻는다. 지금은 잘 볼 수 없는 작가 신경숙의 『엄마를 부탁해』가 공전의 수용을 보였던 원인도 거기 있었다. 이처럼 범박한 일상의 공감과 나눔을 촉발하는 글들이 여럿이다. 「식물 화분이 주는 기쁨」에서 40여 그루의 식물 화분과 같이 사는 생활인의 감회나 그 정보가 우리를 편안한 동조자로 이끄는 것 또한 그러하다. 「개와의 전쟁」에서는 반려견을 돌보고 있는 이는 누구나 고개를 주억거리게 하는 공감대를 이끌어낸다. 자신이 선 자리에서 갈 곳을 말하는 그의 목표 지점이 우리의 그것과 별반 다르지 않다.

4. 내 영혼을 반사하는 거울

글을 쓰는 일, 좋은 글을 쓰는 일은 좋은 글을 읽는 데서 출발한다. 여기에 생각의 깊이를 더하는 상량(商量)을 추가하면 앞서 언급한 구양수의 '3다의 법칙'이 된다. 이 상식적이면서도 가장 엄중한 글쓰기의 문법은 시(時)의 고금(古今)과 양(洋)의 동서(東西)를 막론하고 함께 적용될 수 있는 하나의 표준 범례다. 실존주의 철학자 쇼펜하우어가 주장한 글쓰기 가이드북 『문장론』에서도 이 법칙은 꼭 그대로 제시되고 있다. 이 책은 그가 만년에 쓴 인생론집 『여록과 보유』에서 사색, 독서, 저술, 문체에 관한 부분만 옮긴 것이다. 다만 그가 철학 중시의 사유방식을 가지고 있는 연유로 상량에 중점을 두고 '잘못 읽기'를 극히 경계하고 있는 점은 구양수와 다르다.

이 글쓰기 논의에 부연하여 꼭 필요한 것들이 있다. 특히 문학적 글쓰기라면 즐겨 읽어야 할 작품과 책, 그리고 그 지적 행위를 수행할 도서관의 자리 지키기 등이다. 이영선의 산문은 이 필요조건을 충분히 알아차리고 있으며, 이 산문집의 3부는 바로 그러한 소재들에 관한 이야기로 구성되어 있다. 이 작가에게 있어 글쓰기는, 단순히 스스로의 사고와 의향을 문면으로 옮기기를 넘어서 매일같이 자신의 삶을 운용하는 내면의 영혼과 그 행적을 탐사하는 일이다. 그것은 때로는 일목요연하게, 때로는 수미상관하게, 또 때로는 심층의 바닥까지 비추어보고 반사하는 거울의 역할을 한다. 그렇게 본다면 그의 이 글쓰기가 삶의 영역 가운데 차지하는 비중은 무겁고 범주 또는 넓게 펼쳐져 있다.

작가는 지금을 '시의 시대'라 호명한다(「우리는 지금 시의 시대에 살고 있다」). 그리고 자신은 '따뜻한 가슴으로 시를 쓴다'고 언명하고 있다. 이 창작 논의와 규정에 뒤이어 '비평의 사유'나 '사이버 도서관의 역할' 등을 제기하고, '무엇을 읽을 것인가'와 '독서의 필수성'에 대해 강조한다. 독서와 도서관이 삶의 한 가운데 있고서야 자신 있게 내 놓을 수 있는 주장들이다. 심지어 그는 '도서관의 형성은 온 인류의 사명'이라는 완강한 선언에까지 나아간다. 한 사람의 재능과 지식이 책을 어떻게 얼마나 읽었느냐와 관련되어 있다고 믿는 그는, 동시에 글을 쓰는 일이야말로 자신의 내면과 면대하는 고독한 작업임을 잘 알고 있다. 여기에 그가 공표하는 '노하우'가 하나 더 있다.

> 작가들이 대부분 많은 책을 읽었다는 말은 이제 흔한 얘기다. 그만큼 작가가 되기 위해서는 많이 읽어야 하는 것은 당연한 이치이기 때문이다. 나는 책을 읽고 필사하는 것을 좋아한다. 굳이 말한다면 쓰기 위해서 읽는다고 해도 과언이 아니다. 나는 필사를 2000년 여름부터 본격적으로 실행에 옮겼다. 책을 읽고 필사한 분량은 내 글을 비롯하여 방대한 분량으로 남아 있다. 그리고 그 일부를 블로그에 올려놓고 많은 사람들과 공유한다.
>
> (중략)
>
> 우리는 무엇을 시작하든지 처음에는 부족함이 있고 서툴다. 그러나 '쓰고 또 쓰면서 쓴다'라는 행위에 대한 반감이 제거되었을 때 비로소 문장 작법이 자연스럽게 몸에 배게 된다. 대체적으로 많은 사람들은 지레 겁을 먹기도 하고, 정리가 지루할거라고 생각하기 쉽지만 포만감의 지적 쾌락을 만끽하면 즐겁다. 정리할수록 아이디어가 많아지고 글을 쓰고 싶은 욕구가 커진다. 그로 인해 쓰고 싶은 내용들, 하고 싶은 말들이 점점 넘쳐난다. 왜 그렇지 않겠는가.
>
> -「좋은 글을 쓰고 싶은가, 그렇다면 필사하라」 중에서

'필사'라는 단련의 체험이 자기 글쓰기에 어떤 영향을 미쳤는가를 적

시(摘示)하는 대목이다. 이 논리를 강화하기 위해서 법정, 무라카미 하루키, 백석 등 저명 문사들의 사례를 예시하기도 했다. 읽기와 쓰기로 지속적인 시간을 보낸 문필가만이 할 수 있는 말이다. 이러한 독서와 창작의 실제적 상황이 삶의 길에 힘이 되고 방향이 되는 새로운 경계(境界)가 그의 눈앞에 있다. 세상 문리(文理)는 원래 그 깨달음이 하나로 통하는 것이 분명하다. 이 문필의 자기각성과 확립은 삶의 현장에 있어서도 누구나 '기적의 아름다운 꽃씨'를 숨기고 있다는 인식, 우리는 '누군가의 꽃'이 되고 싶어 한다는 일반론을 도출해 낸다.

5. '나'를 바꾸는 작은 것의 힘

우리가 우리의 부모를 사랑하고 존경하는 이유를 숙고해 보면, 결코 그분들이 훌륭하거나 많은 것을 물려주어서가 아니다. 아무 계산 없이 자식을 사랑하는 순수한 마음, 그리고 한 가족으로서 함께 보낸 세월의 소중함 때문이다. 이러한 사랑은 너무 익숙하고 늘 곁에 있는 것이어서 얼마나 소중한지 간과하기 쉽다. 마치 햇빛과 공기와 물이 우리에게 그러하듯, 없어져 보아야 그 부재의 자리를 통탄하며 깨닫는 그런 경우에 해당한다. 이를테면 우리의 삶을 구성하는 사소하고 작은 것들, 그러나 무엇과도 바꿀 수 없는 귀하고 소중한 것들이 기실 우리 주변에 있다. 이것이 삶의 가치를 형성하며 마침내 길게 오래 남는 인생사의 그루터기들이다.

4부에 실린 이영선의 글들은 이 단순하면서도 고전적인 원칙에 익숙하다. 예컨대 동시대의 누구나 할 수 있는 '사진 찍기'가 마음의 '행복 찾기'라거나, 매우 사소한 것의 대명사로 치부되는 머리카락에 대한 긴 이야기 등이 대체로 그렇다. 이러한 작은 것에의 응시와 의미 부여는 그의 표현처럼 '자아 정체성'을 검증하고 확립하는 가장 확실한 행위인지도 모른다. 이는 이 작가의 주의력과 집중력을 잘 드러내는 측면이기도 하다. 여름이 되면 우리 주변에서 쉽게 접하는 매미와 매미 소리를 두고, 정확한 관찰과 평점을 보여주는 글이 있다(「매미소리」). 자연의 한 요목과 자기 삶의 한 부면을 자연스럽게 결합한 글쓰기의 묘미가 거기에 있다.

비록 이렇게 긍정적으로 순방향을 따라 그 삶을 가꾸고 이를 글로 치환한다 하더라도, 그가 마냥 '행복'한 사람이기는 어려울 것이다. 「행복의 경계선」이나 「혼자서도 행복하라」와 같은 글의 제목들은 오히려 이러한 정황을 역설적으로 증명하는 사례일 수도 있다. 그러기에 「두려움을 정면으로 대응하라」는 글이 뒤이어 있는지도 모른다. 여기서 작가는 징기즈칸의 열악했던 환경과 조건을 인용하면서, 작가 자신 그리고 우리 시대가 겪는 두려움의 본질에 대해 서술한다. 자신이 '부족한 사람'이기에 부족함을 채우기 위해 20년 간 배움의 자리에서 매진할 수 있었다고 토로한다. 이러한 자기고백은 글쓴이의 품성을 한층 미덥게 한다.

> 그런 이유로 나는 강사들의 면접을 볼 때마다 꼭 빠트리지 않고 하는 말이 있다. '함께 밥 먹고 싶은 사람이 되라'라는 말이다. 그것은 곧 한 가족이 된다는 뜻이기도 한다, 다시 말해 학원의 가족이라면 동행하는 다른 선생을 힘들게 해서는 안 된다는 것이다. 즉 도움을 주는 입장이 되어야 한다는 것을 이해시키기 위해 꼭 빼놓지 않고 말을 전한다. 그리고 덧붙여서 정이 드는 방법을 제시한다, 방법은 이러하다. '함께 밥을 먹고, 함께 잠을 자고, 함께 목욕하는 것'이다.
>
> -「함께 밥 먹고 싶은 사람이 되라」 중에서

위의 예문을 보면, 오랫동안 학원을 운영해 온 필자가 사람과의 관계에 있어 무엇이 소중하며 그 소중함을 지키기 위해 어떤 구체적인 노력을 기울이는가를 알 수 있다. 그 노력들은 큰 위명(偉名)을 드러내거나 놀라운 업적을 지향하지 않는다. 그야말로 사소하고 작은 것들이다. 거대자본주의 사회를 역설적으로 비판하는 '작은 것이 아름답다'라는 수사(修辭)가가 있다. 이 작가의 이와 같은 전략(?)은 익히 알려진 것들이지만 참신하고 효율적이다. 같은 의미망을 가진 글 「자주 보면 정이 들고 만나다 보면 좋아진다」 또한 사소한 관계성의 저력을 십분 강조하고 있다. 글을 쓰는 가운데, '작은 것'의 소중함을 발견하는 가운데, 자연스럽게 생성하는 지혜로움을 흔연히 엿볼 수 있는 글들이다.

6. 내가 목도한 생애의 궁극

측량할 수 없이 광활한 우주 속에서 하나의 작은 행성 지구별에 살면서, 우리가 추구하는 성공이나 행복은 과연 무엇일까를 진중하게 생각해 본다. 그것이 이영선 산문집 5부에서 끈기 있게 붙들고 있는 중심 주제로 보이기에 그러하다. 여기서 말한 우주론적 비교법을 적용하자면, 어쩌면 세상 일 모두가 하찮게 보일 수도 있다. 더 심각하게는 '운명'을 앞세운 패배주의나 '수렁'이 깊은 허무주의에 빠질 수도 있다. 그런데 이영선의 글은 삶의 구체적 세부를 소중하게 여기고 이를 정성을 다해 살펴보는 방식을 견지함으로써, 그와 같은 위험 부담을 사전에 방호한다. 그러면서 '성공의 신화에서 자유로워져야 한다'는 반성적 성찰 또한 잊지 않는다.

삶의 복잡다단한 도정(道程)에서 방향을 잃었을 때의 대비책을 언급한 글을 보면, 그는 참으로 부지런히 사람과 일과 주변 환경의 속살을 헤집어 보고 있다. '삶은 문제가 있는 것이 자연스러운 이치'라거나 '현재를 즐기는 삶, 카르페 디엠' 등의 관념과 개념을 글의 문면 위로 밀어 올리는 것은 그러한 노력의 소산이다. 생텍쥐페리의 『어린 왕자』를 논의하는 자리에서, 작품의 창작 배경과 우리 예술인들을 함께 견주어 보는 그의 글쓰기는 작가로서의 창작 의욕과 학구열 등의 미덕이 간단없는 탐색의 정신에서 발현되었음을 짐작하게 해준다. 그런 만큼 이 산문집의 여러 곳에, 작가의 독서 경험을 반영하는 문호와 그 저술들이 부지기수로 산견(散見)된다. 상찬(賞讚)할만한 덕목이다.

만약 그에게 부지런함만 있고 자기내부로 침잠하는 되돌아가기가 없다면, 그의 글은 그다지 읽는 이의 심금을 울리지 못하는 것이 되었을 것이다. 이 작가는 정말 쉬지 않고 스스로에게 질문하고 또 답변한다. 이러한 문답의 축적은 마침내 각기 글의 제목들을 하나의 금언(金言)이라 할 만한 수준에 이르게 한다. '사람은 자신의 이름과 모습이 오래 기억되기를 원한다'나 '성공한 사람들을 찾아 멀리 헤맬 필요가 없다' 등의 소제목에서 그것을 볼 수 있다. 또 있다. '사람은 죽기 직전에 가장 따뜻하고 부드럽다'도 그렇다. 그는 이러한 언사들이 궁극적으로는 '진정한 행복의 조건'을 지향하며, 그것이 자신이 설정한 생애의 목표임을 자각하는 듯하다.

우리가 원하건 원하지 않건 경험하게 되는 것이 멀고 가까운 사람들의 죽음이다. 친지의 죽음, 가족의 죽음 등을 통해 우리는 일상의 안녕에서 깨어나 다시 두려움에 떨게 된다. 이러한 경험은 죽음의 의미를 찾아볼 수 있는 절호의 기회가 아닐 수 없다. 그러나 오히려 그 충격에서 벗어나기 위해 애를 쓴다. 의도적으로 일상사의 즐거움에 빠져들어 보기도 하고 잊기 위해 이것저것 일거리를 찾아내어 몰두해 보기도 한다. 그러나 오래가지 않는다. 때가 되면 되살아나는 죽음에 대한 의식 때문이다. 차라리 도피하지 않고 맞선다면 숨어서 부질없이 두려움을 키우는 일은 없을 것이다. 그렇지만 죽음에 대한 두려움은 근본 감정이므로 받아들일 수밖에 없다. 그러나 그 두려움이 그렇게 절대적인 것만은 아니다. 두려움이 절대적인 것이라면 사랑이라든가 모성애, 종교적 열정 앞에 무릎을 꿇을 리가 있겠는가!

-「죽음을 기억하라」 중에서

우리가 생애의 끝자락에 이르면 누구나 마주해야 하는 죽음의 문제에 대해, 작가는 만만찮은 인식의 축조를 보여주고 있다. 어머니를 여의고 언니를 떠나보내는 실제적 체험을 관통하면서 다져진 인식이기도 할 터이다. 개인적이고 비밀한 죽음의 이야기를 여러 사람의 면전에 펼쳐 놓기로 할 때, 그만한 연단이 없는 의식 세계를 피력할 수는 없을 것으로 여겨진다. 이 책의 말미에서 '신종 코로나바이러스에 따른 불신'을 부가한 것도, 결국 삶과 죽음 그리고 그에 대한 생각의 깊이에서 말미암았을 것이다. 일상의 소소한 잔무(殘務)로부터 운명과 우주론적 관심사에 이르기까지 그의 글쓰기 촉수는 넓은 시야와 치열한 감각의 행보를 자랑한다. 이 글들을 읽으면서 필자 또한 많은 공부가 되었다. 향후 그의 글쓰기가 더욱 활달하고 유장(悠長)하게 전개되어서, 많은 사람들에게 좋은 글을 읽는 기쁨을 전해주었으면 한다.

사유의 심연에 던지는 깊은 질문

- 김해연의 글과 그림

1. 문필과 화폭이 함께 소중한 삶

태평양의 푸른 물결이 출렁거리는 팔만 리 바다 건너 조용하고 살기 좋은 도시 새너제이. 수필가이자 화가인 김해연 선생이 사는 곳이다. 북부 캘리포니아의 풍광이 연출하는 거리의 모습이 이제는 익숙하다. 여러 사연을 간직한 채 모국을 떠나온 이들이 그 도회에서의 삶을 이어간다. 어느 누구도 그리운 고향을 말하지 않고 어느 누구도 그리운 가족을 말하지 않지만, 그 숨겨진 언어는 모두의 가슴 속에 고여 있다. 그것은 때로는 잊혀 진 전설처럼, 때로는 조금씩 살아 움직이는 생애의 흔적처럼, 또 때로는 활화산처럼 분출하는 열정으로 다양한 유형의 존재양식을 보여준다. 미주에서의 문화와 예술은 대체로 이 엄연한 사실의 기반 위에서 있고, 김해연의 경우 또한 그렇다.

필자가 김해연 선생을 만난 것은 샌프란시스코 한국문학인협회의 여름 문학캠프에서였다. 이곳의 원로 소설가 신예선 선생과 이곳을 방문 중이던 문학평론가 권영민 교수가 함께 문을 연 그 문학 모임에, 여러 해에 걸쳐 필자가 강사로 참석하면서다. 김 선생은 차분한 성격에 말수가 적었지만, 자기 차례에 이르면 분명하고 조리 있게 의견을 내놓은 편이었다. 굳이 옛말을 빌려오자면 외유내강의 품성이라고 할까. 어느 해에는 자신의 저택을 문학캠프의 장소로 내놓고 모인 사람들을 돌보며 섬기기도 했다. 그렇게 세월이 흐르는 동안, 어느덧 그는 샌프란시스코 한국문학인협회의 회장을 맡고 있었다. 언제나 한결같이 변함이 없는 초발심의 자리가 그의 것이었다.

미국으로 건너가기 전 한국에서의 김해연은 유복한 가문 출생으로 명문대학에서 수학했고, 그림을 그리는 일생의 숙명을 기꺼워하는 숙녀였다. 그가 태를 묻은 향리는 저 남쪽 바닷가 부산이다. 글을 쓰기 전에 편집 중인 이 책을 통독하면서 확인하기로는, 그의 깔끔한 성격과 예술적 경향은 자신이 살아온 세상살이의 환경으로부터 기인하는 터였다. 평소의 사람됨이 그러하지만 글에 있어서도 중언부언하지 않고 전기적 사실의 구체적인 부분, 특히 내밀한 심정적 동향 같은 것은 거의 드러내지 않는다. 이를테면 '우등생의 모범답안'과 같은 발화 방식을 견지하고 있다. 한편으로는 안타까운 국면이 없지 않으나, 기실 그렇게 '정답'으로 밀고 나가면 당할 자가 없다.

많은 예술가들이 그 내면세계를 밖으로 이끌어내기 위해 시도하는 일탈과 파쇄의 형식은, 그의 글이나 그림에서 찾아보기 힘들다. 이를테면 완벽 지향의 의지력이 통어하고 있는 삶의 길목에서 '망가지기'를 목도하기 어렵다는 뜻이다. 오랜 습성으로 단정하고 볼품 있는 매무새를 유지하며 살기란 쉽지 않은 일이다. 중요한 것은 김해연의 글과 그림이 모두 이러한 특징적 성향의 얼개 아래 있다는 점이다. 이 글은 그의 글을 대상으로 한 해설이 될 수밖에 없다. 필자에게 주어진 글쓰기의 시간이 너무 촉박하고 또 그림에 대해 평설을 내놓는 것은 당초 필자의 소임이 아닌 까닭에서다.

2. 순간에서 시간으로, 또 세월로

이 책은 모두 4부로 구성되어 있고 각기의 항목이 저마다 공통된 주제로 묶여 있다. 1부 '살며 사랑하며'와 2부 '생의 진실을 찾아서'는 작가 스스로의 삶을 되돌아보는 자기성찰의 거울과도 같다. 그 한 순간 한 순간의 삶은 눈에 보이지 않으나 분명히 실재하는 어떤 원리나 질서에 의해 규율된다는 것이 작가의 생각이다. 그런데 현실의 배면을 응시하는 눈을 열고 보면, 온 세상에 편만한 것이 그와 같은 의미망의 잠재적 실상이다. 그러기에 책을 여는 첫 글 「산다는 것」에서 밤이 늦어 집으로 돌아오는 날에 길 옆 집들의 불빛을 바라보면서 "산다는 거 하나만으로도 이렇게도 많은 이야기를 담은 집들이 얼마나 많고 많은지, 어쩜 살고 있고 살아가고 있다는 그것만으로도 자랑하고 또 칭찬받아야 한다"고 썼다.

> 하지만 그건 거꾸로 매달아 말려놓은 마른 장미다발 같이 바스러지기 쉬운 세월의 단순한 높이일 뿐이다. 누군가가 아주 긴하게 가르쳐 주더라. 인연은 가꾸지 않으면 지나가는 바람일 뿐이고, 정성껏 오래 가꾸어야 인연으로 변한다고. 바람은 가만히 있는 나를 흔들어 놓고 무심히 가버리지만, 인연은 가끔 만나더라도 항상 그 자리에서 그냥 그렇게 두 발 땅에 딛고 서서 기다려주는 그런 것이다. 누가 보고 있지 않더라도 열심히 양탄자 아래의 더러움을 닦고 있는 사람처럼, 아무런 바라는 것 없이 묵묵히 열심히 함께 가꾸는 그런 것이다. 살아가는 생의 길목에서 지쳐 잠깐 의자에 쉬어갈 때, 목마른 나에게 시원한 물 한 잔을 건네주는 그런 사람. 그런데 이렇게 소중하고 귀하고 더 없이 꼭 만나고 싶은 인연을, 마취에 들떠 제대로 알아볼 안목이 없다면 아무런 소용이 없다.
>
> -「인연」 중에서

바로 이러한 대목이다. 견고한 갑옷처럼 자신을 감싸고 있는 일상성과 고정성의 규범을 벗어던지고, 그 가운데 잠복한 진정성의 깊이를 체현하는 김해연 글의 묘미는 이런 데에 있다. '인연'의 가치와 무게를 모르는 사람이 어디 있을까마는, 범상한 삶의 경로 속에 묻혀 있는 존재 값을 캐어내는 글쓰기는 그것의 실재를 체감한 이의 손끝에서 우러날 수 있는 것이다. 이 작가 보는 세상, 만남과 헤어짐, 잠 못 드는 밤에 밀려오는 사유의 편린들이 모두 이처럼 작은 깨우침을 습득하는 동안 자기 자신의 보화로 바뀌게 된다. 그 주체의 중심에 그가 서 있다. 그래서 작가는 "어느 날 작정했다. 나 자신부터 사랑해 보자고"라고 말한다. 자신이 세계의 중심이 되어 삶의 진면목을 관찰하고, 미세하고 은밀하여 자칫 놓치기 쉬운 소중한 의미들을 추수하려는 것이다.

2부에 실린 글들에는 작가가 자신의 친인들, 곧 아버지·어머니와 친구와의 지난날을 회상하는 장면이 여럿이다. 어디서 불쑥 '웽'하며 지나가는 응급차 소리를 들으며 불현듯 아버지를 기억하고 '짧디 짧은' 기도를 드린다. 그 기도는 나중에 아버지를 만나게 될 때 말씀드릴 자기 삶의 모습에 대한 다짐이다. 어렸을 적 어머니의 책상 위에서 본 글귀는 스피노자의 '사과나무 심기'다. 어머니의 기억 또한 작가의 삶에 길잡이요 경종이다. 그런가 하면 언제나 나무만 그리는 친구의 화실에서는 '나무의 모습'을 하나의 교훈으로 받아들인다. 이 부분 부분마다 작가가 얼마나 올곧은 가치지향의 사유를 품고 살아가는가를 반증한다. 그렇게 살아온 시간이 세월이 되고, 작가는 이제 옛 어머니의 자리에 서 있는 자신을 발견한다.

목욕을 하고 나와 머리에 수건을 감고서 쳐다본 거울 속의 여자는 내가 아니라, 내 기억 속의 엄마가 거기 있었다. 철들어 기억하는 엄마의 모습이 지금의 바로 나 자신인 것이다.

벌써 나도 내 아들이 나중에 기억하는 엄마의 모습으로 남겨질 그 나이인 것이다.

-「마무리」 중에서

작가는 누가 다시 젊은 시절로 되돌아가고 싶으냐고 묻는다면, 아니라고 대답할 것 같다고 술회했다. "젊음의 온갖 반짝이는 아름다움에도, 돌아가고 싶지 않았다"는 것이다. 거기에는 일생에 걸쳐 자신의 삶에 충실하면서 항차 오래 간직할 '시'를 남겨주기도 한 어머니에의 그리움과 존경이 개재해 있다. 사정이 이러하다면 이 작가야말로 과거의 시간 가운데 묻혀 있는 가족사의 추억이 현실적인 삶의 에너지로 전화하는 '행복한' 도정에 있는 것이다. 그러니 '때늦은 맹장 수술'을 받으면서 갑자기 돌아가신 '엄마 아버지'가 보고 싶은 것은 당연한 일이다. 하나의 조각보처럼 '오늘도 누군가를 만날 것이고 또 하나를 이어갈 것'이지만 묵묵히 '내 몫의 자리'를 지키면서 열심히 살겠다는 작가의 언사는, 그러므로 '새해맞이'의 심사가 아니라 일상의 관습 그 자체인 셈이다.

3. 내 자아와 여행, 내 영혼과 예술

이 책의 3부 '여행의 길목에서 만난 것들'은 '여행'에 관한 단상들로 구성되어 있다. 누군가 "여행은 장소를 바꾸는 것이 아니라 편견을 바꾸는 것이다"라고 언표한 바 있지만, 김해연의 여행은 내성적이고 진중한 그의 자아가 좁은 삶의 울타리를 넘어 보다 광활한 영역으로 그 범주를 개방하는 일에 해당한다. '그림을 그리고 글을 쓸 수 있는 행복한 삶'을 누리고 있으나 '뭔지 모를 허전함에 젖을 때'는 그것이 '여행에의 손짓'이라고 단언한다. 그것은 "전혀 알아보는 사람이 없는 곳에서 갖게 되는 이상스러운 반항과 이유 없는 자신감과 알지 못하는 것에 대한 설레임이, 잊히지 않는 중독된 맛처럼 계속해서 잡아당기는 것"이라고 설명되어 있다. 동시에 김해연에게 있어 여행은 '예술이라는 날개를 빌려 마음껏 날아가고 싶은 꿈'이다.

> 언제 한 번 풀어놓고 자유롭게 나 자신을 꺼내어 본 적이 있었는지 기억조차 나지 않는다. 항상 두 손 움켜쥐고 혹시 잘못할까 걱정하며 살아왔지만 가끔은 훨훨 모든 걸 놓고서 편안해지고 싶다.
>
> 오랫동안 가고 싶었고 꿈꾸던 곳. 조금은 낯설겠지만 굳이 정들려 하지 않아도 되는 자유가 있는 곳. 그래서 난 여전히 세상을 떠돌며 헤매는 상상을 하며 꿈을 꾼다. 구속과 속박에서 벗어나 떠나와 있다는 바람끼의 유연함에 잠시 황홀하다.
>
> -「낯선 곳으로의 꿈」 중에서

그래서 김해연의 발길이 이른 곳은 페루의 잉카 유적, 스페인의 플라멩고 춤, 부산의 바닷가 등 여러 곳에 걸쳐 여러 모양으로 떠올라 있다. 그 여행의 보람이라는 것은 "내가 꿈꾸던 멋진 이정표가 아니라 아주 작은 불빛이더라도 길 위의 깜깜한 어둠 속에 조금이라도 밝혀줄 작은 등대"이면 되는 형국이다. 그는 긴 여행에서 돌아오면 늘 하던 대로 늦잠을 자며, 저녁 밥상 위의 반찬을 걱정한다. 그럴 때 떠오르는 생각이 있다. '여기까지라도 얼마나 애쓰고 힘들었는지.' 김해연의 여행은 그의 삶과 삶의 쉼터, 더 나아가 그가 쓰는 글 또는 그가 그리는 그림에 연동되어 있다. 4부 '나는 왜 글을 쓰고 그림을 그리는가'는 작가가 왜 글과 그림을 마주하고 있는가에 대한 질문이거나 답변에 해당한다.

4부에 수록된 「사랑 그리고 예술」에서 작가는 '꺼지지 않는 창작의 열정 안에서 진정한 예술작품을 단 하나라도 남기는 것'이 스스로의 목표라고 전제하고 있다. 그는 자신의 글쓰기를 '깨진 항아리'의 우화에 비유한다. 조금은 모자라고 깨지고 볼품없지만 오래 사랑받고 자신의 몫을 다하면서, 먼지 풀풀 날리는 길가에 작은 꽃도 피우며 살아가는 항아리. 그 연약한 자의 나눔과 사랑 이야기. 작가는 그러한 삶의 기준이 '작은 일에도 흔들리지 않고 나를 믿으며 내가 만들어가는 나처럼 산다는 구속'이라고 진술한다. 책의 서두에서 여기에 이르기까지 여전히 모범답안의 연속이다. 그것은 김해연이 굳건한 신앙처럼 붙들고 있는 '나답게 산다는 것'의 범례이기도 하다.

> 삶의 양상을 둘러보면 참으로 신비스럽다. 용모는 물론이고 보이지 않는 심성 그리고 취미와 취향, 재능 등 모두가 각각이다. 그 때문에 다양한 종류의 세계가 펼쳐져 흥미롭기 그지없다. 나의 경우는 유난히도 나비에 대한 사색이 오랜 세월 나를 지배해 왔다.
>
> 나비가 내 속에서 자라고 있다고 믿을 만큼 나비에 대한 애착과 사랑 속에 있었다. 삶이 힘들고 외로울 때마다 위로하며 내 마음에 약속하곤 했다. 언젠가는 내가 너희를 멋진 세상 밖으로 나올 수 있게 해주겠노라고.
>
> -「나비와 나」 중에서

김해연이 오랫동안 열정적으로 그리고 지속적으로 나비 그림을 고집해 온 이유다. 이러한 선택은 어느 한 순간 부지불식간에 섬광처럼 다가와서, 내내 그 속박에 묶이게 하고 마침내는 그것에 함몰되게 한다. 이른바 '예술혼의 운명'이다. 거기에다가 이 '모태 모범생'은 자신의 삶도 "나비처럼 예쁘게 멋지게 날갯짓하며 더 넓게 세상을 향해 날아가리라"고 부연한다. 사정이 그러하다면 그의 나비 그림과 자화상은 닮은꼴의 의미구조를 가졌다. 이는 어쩌면 그가 인용하고 있는바, 헤르만 헤세가 『데미안』에서 말하고자 했던 자아성숙의 한 각론일 수도 있다. 자신의 자아가, 반 고흐가, 모딜리아니가 함께 잠겨 있는 그 미의식의 세계가 오늘도 그의 화실을 채우고 있다면 그는 행복한 예술인이다. 그 견고한 행복의 힘으로 그의 글과 그림이 더 많은 이들에게 공감의 기쁨을 선사할 수 있길 바라마지 않는다.

한국문화의 근대성과 근대적 문화제도의 형성

- 잡지의 전통과 역사, 그 태동기

1. 서언

'잡지'의 전통과 역사를 다룬다는 것은 그 검토 대상이 '문화'가 아니라 '문화 제도'인 것이다. 문화 자체의 내용을 위주로 체계를 세운다는 뜻이 아니라 그것이 형성한, 그리고 그 내용을 형성하게 한 범주요 형식으로서의 제도를 체계적으로 제시한다는 뜻이 된다. 잡지는 기본적으로 서민의식, 민중의식의 성장과 상관이 있으며 그 이름이 지시하는 바와 같이 '지리잡박'한 동시대의 온갖 문화적 정보를 담아내는 그릇이다.

이는 한 시대의 잡지가 가진 사회사 반영의 소명이기도 하고 또 그 시대와 사회를 잡지를 통해 관찰하고 유추할 수 있다는 사실을 말해 주는 것이기도 하다. 이것은 언필칭 잡지가 가진 운명론적 의미와도 관련이 있다. 시기에 있어서도 '근대'를 먼저 내세운 만큼, 근대의 성격 문제를 선취적으로 살펴보지 않을 수 없으며, 그렇게 정리된 근대성의 시각에 의거하여 이를 고찰해 나가야 할 형편이다.

2. 근대성의 개념과 적용 방식

'근대성(modernity)'이란 용어는 근대의 시대 구분에 따른 논의와 시각에 따라 '현대성'으로 치환되어 사용되기도 한다. 근대성은 현재 모더니티에 대한 전면적인 성찰이 진행되고 있음을 강조하면서 모더니티 전반에 대한 비판적 검토를 중시하는 입장인 반면, 현대성은 모더니티의 현재적 영향력과 당위성을 부각시키는 입장에서 주로 사용된다. 이 용어가 가지고 있는 구조적 의미의 두 측면은 그런 점에서 '당대적(contemporary)'이란 용어의 의미와 구별된다.

근대성을 반영하고 있는 근대 사회의 주요한 특징으로는 (1) 경제적 측면: 자본주의 경제가 발전하여 공업화와 도시화가 진행됨, (2) 사회적 측면: 특권층(신분)이나 특권 단체(동업조합)가 소멸되고 자유롭고 평등한 개인이 사회구성원이 됨, (3) 정치적 측면: 개인의 기본인권이 보장되는 입헌의회 정치가 확립되며 국민적 통일을 바탕으로 한 국민국가가 성립됨, (4) 문화적 측면: 문화·사상·인간의 이성을 신뢰하는 과학적 합리주의가 사상계를 지배하며 과학기술을 생산 과정에 응용함으로써 기아와 질병으로부터의 해방이 성취됨 등의 특성이 제시되고 있다.

물론 이와 같은 근대 사회의 특성과 근대성의 개념은 구체적 사안에 대한 가치 판단 이전의 사회사적 경과를 중심으로 한 것이며, 특히 서구의 역사 과정에 따른 경험적 사실들을 토대로 한다는 제한점이 있다. 또한 근대성이란 개념 자체가 구체적 사실, 이를테면 문화 그 자체를 대상으로 하는 실질적 검토에 이르지 않았을 경우 모호하고 추상적인 영역에 머물러 있을 수밖에 없는 것이어서, 우리의 역사적 현실 가운데서 그 개념의 적용을 문제 삼는 것이 응당한 절차일 수밖에 없다.

우리 문화의 근대 및 근대성의 전개와 경과 과정이 일제강점기의 상황을 배경으로 하며 그와 밀접한 상관성 아래에 있다는 사실을 환기해야 한다. 실체적 내용에 있어 우리의 근대는 개항 이후 서구 사조의 도입, 일제의 식민 수탈, 그리고 그 결과로 뒤이은 분단 시대의 전개라는 역사적 실상들을 그 바탕에 두고 있다. 그러한 까닭으로 서구의 근대가 표방한 개인적 자각과 자의식보다는 국가적 위기의식과 공동체적 인식이 더 비중 있게 작용한 측면이 강하다. 이러한 사실은 근대 이래 우리 잡지의 현실을 규정하고 그 편집 내용에 영향을 미친 외부적 조건이기도 하다.

3. 근대적 문화 제도의 형성과 전개

우리의 근대적 문화 제도의 문제를 (1) 작가의 위상과 사회적 지위, (2) 문학 저널리즘으로서의 신문·잡지로 나누어 살펴보려 한다.

3-1. 작가의 위상과 사회적 지위

근대의 초창기에는 문학 잡지가 작가의 사상을 피력하는 도구이기도 했는데, 《창조》가 퇴폐주의를, 《백조》가 낭만주의를, 《개벽》이 계급주의를, 《조선문단》이 민족주의를 문학 사상으로 내건 것이 이를 증명한다. 이광수는 문학으로서 소설에 주안을 두었으나 시, 수필, 평론 등 여러 장르에 두루 걸쳐 자신의 사상을 담았다. 하지만 《창조》 이후에는 대략적인 장르의 구분이 이루어져서 박종화, 박영희, 김기진 등이 시와 소설, 혹은 평론과 소설을 동시에 쓰기도 했다. 주요한, 김소월, 이상화 등은 시를 썼고 김동인, 염상섭, 현진건, 전영택, 나도향 등은 소설을 썼으며, 이은상, 이병기, 조운 등은 시조를 썼다.

이러한 장르의 구분은 작가의 지위가 그 이전과 같은 근대 사회 전체를 향한 '교사' 노릇으로부터 분야별 '전문인'의 지위로 변모해가는 것을 말해 준다.

3-2. 문학 저널리즘으로서의 신문·잡지

'문화 저널리즘'이라 할 때 '저널리즘'이란 용어는 광범위한 의미를 갖고 있다. 넓게는 모든 대중 전달 활동을 의미하여 비정기적인 것, 출판문 이외의 비인쇄물에 의한 것, 내용적으로는 단순히 오락·지식 등을 제공 전달하는 경우까지도 포함할 수 있는 말이지만, 여기서는 '정기적인 출판물을 통하여 시사적인 정보와 의견을 대중에게 전달하는 활동, 구체적으로는 신문과 잡지에 의한 활동'에 국한하여 사용하기도 한다. 따라서 개화기 직후 신문과 잡지에 나타난 양상을 개괄적으로 살펴보는 데 그치고자 한다.

개화기 문화의 중심이 된 문학은 그 이전의 문학 창작과는 달리, 구비 전승이나 필사에 의한 소극적 양식을 탈피하여 활자화된 대중 매체에 의해 실현되고 있다. 즉 저널리즘에 의한 문학 창작이 활성화되면서 문학의 대중화 현상이 두드러지게 된다. 이처럼 문학과 저널리즘이 밀접한 상관성을 갖게 된 것은 문학으로서는 신문과 잡지 이외의 마땅한 발표 지면을 확보할 수 없었고 잡지 또한 문학을 통해 개화 세대를 향한 계몽의 목소리를 내는 것이 가장 효과적이었다는, 상호 보완적 성격에 의거해 있다.

이 시기의 신문과 잡지는 문예란에 일정한 분량의 지면을 배정하여 문학 저널리즘의 기능을 감당했던 것인데 신문의 〈사조(詞操)〉, 잡지의

〈문원〉, 〈문예〉 등의 난이 곧 문예란이었다.

신문으로는 1896년에 창간된 《독립신문》을 필두로 하여 《황성신문》, 《제국신문》, 《대한매일신보》, 《대한민보》, 《만세보》, 《경향신문》, 《신한민보》 등이 모두 애국계몽, 항일비판, 민권신장 등을 목표로 하고 있었고 1910년 창간된 조선총독부 기관지 《매일신보》만이 친일 노선을 보여주었다. 이 가운데 《대한매일신보》는 1,000여 수의 시가를 게재했고, 《대한민보》는 150여 수의 시조를 게재하여, 신문 자체가 시가집·시조집의 성격을 띠고 있었다.

잡지는 1918년의 《태서문예신보》 이전에 발간된 것이 구한말 38종, 1910년대 34종으로 70여 종에 이르고 있으며 《태극학보》, 《대한유학생회학보》, 《대한학회원보》, 《대한흥학보》, 《학지광》 등이 해외 학술지의 면모를, 그리고 《서우·서북학회월보》와 《대한자강회원보》가 국내 학술지의 면모를, 그리고 《소년》, 《청춘》이 종합 교양지의 면모를 갖추고 있었다.

이 가운데서도 《소년》은 월간 교양 잡지로, 1908년 11월 1일 창간되어(이에 따라 한국잡지협회에서는 11월 1일을 '잡지의 날'로 정했다), 1911년 5월 1일 통권 23호를 끝으로 폐간되었다. 처음에는 발행인이 최남선(崔南善)으로 알려졌으나, 최근에 최남선은 집필자로 참여해 제작을 맡았을 뿐, 실제 편집 겸 발행인은 그의 형인 최창선(崔昌善)으로 확인되었다. 1910년 2월 이광수·홍명희 등이 주요 필자로 참여한 뒤부터는 최남선 위주의 개인잡지 성격을 벗어났다. 주로 청소년을 대상으로 새로운 지식의 보급, 시대에 대응하는 청년 정신 등 계몽적인 내용을 다루었으며, 이로 인하여 일제로부터 여러 차례 발매금지와 및 정간을 당했다.

《소년》은 신문관에서 펴냈고 분량은 국판 60면 내외였다. 논자에 따라 이 잡지를 한국 최초의 교양 잡지로 보기도 하나 이보다 앞서 1906년 11월에 창간된 《소년한반도》가 계몽적인 글들을 수록하고 있었으므로 논란의 여지가 있다. 우리 문학사에서 신체시의 효시라고 하는 최남선의 「해에게서 소년에게」가 수록되어 있어 특히 주목의 대상이 되었다. 일제 강점기의 압박과 제재를 무릅쓰고 민족정신을 반영하기 위해 애썼다. 그 창작의 무대도 동서양을 포괄하는 문학과 역사에 걸쳐져 있었다. 다만 《소년》은 나라의 독립이라는 대명제보다 문명개화에 치중하는 한계를 벗어나지는 못했다.

이 무렵의 여러 잡지를 통하여 대략 50여 편의 소설을 발견할 수 있으며, 절반 이상은 작가의 실명이 밝혀져 있다. 그러나 무기명이거나 필명을 썼지만 본명을 알 수 없는 경우는 대체로 그 잡지의 편집자인 것으로 추정된다. 더불어 이 시기 소설 가운데 작가 미상이 많은 것은 수준 낮은 소설로 대중적 판매를 겨냥했던 세태가 반영된 측면이기도 하다.

4. 마무리

여기서 개략적으로 살펴본, '잡지'를 비롯한 문화 제도들은 그것을 이루어간 개화·계몽 시대 이래의 선각적인 문인들의 의식을 담고 있으며, 이 글에서 점검된 바와 같이 시대사적 의의와 극복할 수 없었던 한계를 동시에 보여주고 있다. 특히 이 문화 제도들은 식민 시대의 암울하고 궁핍한 상황이 절대적인 환경 조건으로 작용하고 있는 가운데, 하나의 긴 터널과도 같은 근대를 통과하여 동시대의 문화에 이르는 징검다리의 기능을 담당하고 있다 할 것이다.

인식의 편견을 바꾸는 문학의 길

- 한국 여행문학의 어제와 오늘

1. 한국 여행문학의 발원과 전개양상

프랑스의 비평가이자 철학자인 가브리엘 마르셀은 인간을 호모 비아토르(Homo Viator), 곧 '여행하는 사람'이라고 정의했다. 비아토르는 라틴어에서 유래한 '여행'이라는 말이다. 한 곳에 안주하지 않고 길 위에서 방황할 때 성장해서 돌아온다는 것이 그의 논리다. "여행은 삶의 장소를 바꾸는 것이 아니라 인식의 편견을 바꾸는 것"이라는 레토릭은, 여행이 인격의 성숙과 맞물려 있다는 사실을 강조한다. 문학이 우리 삶의 깊은 바닥을 두드려 보는 예술 행위라면, 문학은 여행으로부터 값있고 다채로운 경험을 섭생할 수 있다. '여행문학'이라는 하나의 글쓰기 유형이 성립하는 것은, 이처럼 여러 모양의 관념과 논리들이 함께 공여될 때이다.

여행문학의 사전적 의미는 "장소를 옮겨 다니면서 여행하는 도중에 겪게 되는 사건이나 이때 받은 인상들을 중심으로 서술된 문학"으로 되어 있다. 우리가 유소년 시절에 읽은 『보물섬』, 『로빈슨 크루소의 모험』, 『걸리버 여행기』 등이 모두 이 범주 안에 있고 자크 카르티에의 항해 탐험이나 아르뛰르 랭보의 방랑 시편들도 이와 다르지 않다. 기실 우리의 성장 과정에 있어 공교육의 커리큘럼에는 한국의 여행문학이 거의 포함되어 있지 않았다. 신라시대 혜초의 『왕오천축국전』이나 조선시대 중국 및 일본 사절단이 남긴 연행록, 통신사 일기 등이 시발의 모형이지만 대체로 그 이름을 알고 있는 수준에 그쳤다.

조선 후기에 이르러 관찰과 보고의 문건이 기행문학 또는 여행문학의 성격을 띠게 된 것은, 조선 사회에 확산되기 시작한 실학사상의 영향을 받는 바가 컸다. 여행길의 산하와 국토가 경관의 새로움으로 비치기를 넘어 정신적 차원의 의의를 발양하기 시작한 것은, 새 시대정신과 국가관에 입각한 시선으로 바라보았기 때문이다. 공무든 사무든 여행의 견문이 시대의 변화를 대변하고 평민의식의 성장과 더불어 개혁의식을 포괄한 까닭에서였다. 이와 같은 발원 시기의 흐름에 뒤이어 한국의 여행문학은 유람 기행, 유배 기행, 사절단 기행, 그리고 현대의 문화 기행에 이르는 여러 유형으로 통시적 전개를 보이게 되었던 것이다.

유람기의 형식을 가진 것으로 남효온의 『유금강산기』, 김금원의 『호동서낙기』, 유길준의 『서유견문록』 등이 있고 유배기의 형식을 가진 것으로 정약용, 최익현, 김춘택, 김정희의 글, 최부의 『표해록』, 강항의 『간양록』 등이 있다. 조선시대 여행문학의 성황을 이루었던 것은 연행록 또는 연행기라는 이름으로 불린, 외교 사절단의 청국 연경(지금의 북경) 방문기였다. 박지원의 『열하일기』를 비롯하여 최덕중, 강선, 황재, 이원정, 박세당 등의 『연행록』이 있고 서호수의 『연행기』 등 많은 기록이 남아 있다. 오늘에 이르러 유홍준이 쓴 『나의 문화유산 답사기』나 한비야의 오지 여행 『걸어서 지구 세 바퀴 반』 등도 기록을 바탕으로 한 여행문학의 한 부류에 해당한다.

박지원의 『열하일기』는 저자가 44세 되던 1780년, 곧 정조 5년에 청국 고종 건륭제의 칠순 잔치에 진하사의 수행원으로 연경을 다녀오면서 남긴 여행기이다. 여행의 견문에 대비하여 당대 조선의 사회제도와 그 모순을 신랄하게 비판하는 내용을 사실적이고 독창적인 문체에 담았다. 그런 만큼 정조를 중심으로 한 기득권 세력에 의해 '문체반정'의 표적이 되기도 했다. 정조는 북학, 곧 실학이 두드러지게 나타난 이 책을 순정(醇正)하지 못하다고 비판했으나 당대의 지식층은 오히려 이를 주목했다. 크게 두 부분으로 나누어진 이 책의 1-7권은 여행 경로를, 그리고 8-26권은 그 견문의 내용을 한 가지씩 자세히 기록하고 있다. 우리 문학에 있어 본격적인 첫 여행문학이라 평가할 만하다.

한국 현대문학에 있어서 여행문학은 여러 모습 여러 갈래로 드러난다. 전체적인 구도가 여행 이야기가 아니라 할지라도 여행과 결부된, 여정(旅程)의 문학적 담론을 담은 시와 소설이 그 숫자를 헤아리기 어려울 정도로 동시대 문학에 편만해 있다. 이와 같은 여행문학은 산업화 시대의 개막 이후 한국문학, 특히 소설의 스토리가 그 외연을 한껏 넓히고 있는 것과 관련이 있다. 동시에 근대 이래 주로 한국이 무대이던 스토리의 배경이 활달하게 세계 각지로 영역을 넓히고 있는 것과도 상관되어 있다. 여기에서는 그 대표적인 소설 작품 몇 편을 개관해 봄으로써 여행문학의 특성과 의의를 살펴보기로 한다.

2. 여행문학의 범례와 그 소설적 발현

한국 현대소설 가운데 여행 모티브를 바탕에 깔고 시작되는 작품으로 필자에게 가장 강렬한 후감을 남긴 것은 최인호의 중편 「깊고 푸른 밤」이다. 이 소설은 한국인의 궁벽한 삶에 대한 이야기이고 그에 따른 분노와 좌절의 극단을 기록한 것이다. 그런데 그 배경을 미국으로 끌고 들어가 이질적인 토양 위에서 오히려 작가가 말하고자 하는 바의 진면목을 효율적으로 생육할 수 있었다. 적어도 이 소설이 발표된 1982년까지는 그러한 공간 이동과 확장이 우리 소설에서 흔히 마주칠 수 있는 것이 아니었다는 점은 분명하다. 그로부터 37년이 지난 지금에 이르러 그와 같은 소설의 환경 구성이 다반사인 형편이지만, 낯선 풍광과 경물을 여행 중에 만나면서 익숙한 의식과 경험을 작성해 보인 이 작품의 성과는 결코 만만한 것이 아니었다.

이 소설은 중심인물 '그'와 동생의 친구인 '준호'라는 두 캐릭터가, 로스앤젤레스에서 만나 샌프란시스코로 여행을 갔다가 다시 원점으로 돌아오는 노상(路上)의 이야기이다. 한국에서의 삶에서 패퇴하고 미국으로 이동한 다음 뚜렷한 목적도 없이 살아가는 두 사람의 노정을 따라 전개되는 이 소설은, 그 여행 과정에서 벌어지는 사건들과 그에 수반되는 광포한 분노 또는 암담한 좌절이 기록이다. 작품의 무대를 미국으로 옮긴 것은, 이 소설의 정황이 시간 및 공간 개념의 파괴를 의도하는 작가의 생각 위에 서 있다는 말과 같다. 실제로 작가는 작품 속에서, 도로를 질주하는 차 안에서 시간 개념과 공간 개념이 마비되기 시작한다고 진술한다.

이 파괴의 도식과 더불어 작가는 여행소설로서의 매우 뜻 깊은 구조적 방식 하나를 보여준다. 그것은 '그'와 미국의 시간 및 공간과의 냉엄한 절연성이다. '그'가 미국의 한 간이 음식점에서 식사하는 30분 동안 만난 사람들, 그들이 '그'에게는 30분의 전 생애를 살고 있는 것이다. 이를 격렬하게 표현하는 대목은 이렇다. "그가 이제 식사를 끝내고 그 낯선 음식점과, 낯선 도시를 떠나면 그들은 죽음을 맞이하게 될 것이다." 이 수준 있는 수사(修辭)는 노상의 소설이라는 전제 위에서 가능하다. 현대문명의 조명 아래 황폐한 세상의 '거대한 이동 벨트' 위에 있는 삶, 그들의 지도는 온전한 삶의 지도일 수 없다.

차창 밖 풍경이 한 번만의 해후로 영원히 잊힐 것이라는 이 소설의 한 문장처럼 소외와 단절의 삶을 안고 가는 사람들, 그 분노와 좌절의 극단을 날카롭게 들추어 보인 여행소설이 곧 「깊고 푸른 밤」이다. 그런데 이 소설이 개별적인 삶의 동통(疼痛)을 여행 모티브에 기대어 그렸다면, 시대를 좀 거슬러 올라간 시기의 역사를 소재로 공동체의 명운(命運)을 그린 소설이 이병주의 『관부연락선』이다. 이 소설은 일인칭 서술자인 '나' 곧 '이선생'을 내세우고 있으나 결국은 6·25동란 중 빨치산에 납치된 후 행방불명된 '유태림'의 일대기라고 할 수 있다. 소설은 유태림의 수기와 일본인 학교 동창 'E'의 편지에 답하는 '나'의 기록이 서로 교차하면서 전개된다.

유태림의 수기는 모두 다섯 차례에 걸쳐 기술되고 있는데, 그 기술에는 근대 이래 부산과 시모노세키를 연결하는 우울한 여행의 풍광이 잠복해 있다. 수기는 두 항구를 왕래하는 관부연락선을 매개로 한일 관계의 탐구와 일본에서의 유학 생활을 담아낸다. 일본인 동창에게 보내는 '나'의 답신은 유태림의 학병 체험, 그리고 해방공간에서 보여준 유태림의 활동과 행방불명까지의 과정을 그린다. 이 두 가닥의 서술은 궁핍한 시대를 가로질러 온 직접적인 체험, 독서에 기반을 둔 광범위한 간접 체험, 주변 인물들의 증언, 시대사에 대한 해석 등을 종횡무진으로 섭렵한다. 이른바 '기록문학'이라고도 할 수 있는 이 서술 형식은 이전에 볼 수 없던 여행문학의 새로운 지경을 펼쳐 보인 셈이었다.

『관부연락선』을 비롯한 이병주의 소설들, 특히 역사 소재의 소설들은 대체로 역사적 사실(史實)과 허구적 상상력의 조합으로 구성된다. 『관부연락선』과 같이 한국 근대사를 탐색하는 소설, 그리고 『허드슨 강이 말하는 강변 이야기』처럼 미국 뉴욕을 탐색하는 소설들이 모두 지역 간의 이동이나 지역의 특성을 반영하는 여행문학의 성격을 가졌다. 이러한 글쓰기 방식을 동원하여 이 작가는 역사적이고 정치적인 쟁점들을 새롭게 재해석하는 역량을 보인다. 이병주와 더불어 비로소 문학을 통한 정치 토론이 가능하다는 언표는 이를 지칭하는 것이다. 그 문학적 운명론에 여행문학의 요소를 부가한 대표적인 사례가 『관부연락선』이다.

3. 현대소설에 반영된 다층적 형상력

한국의 여행문학을 보다 큰 범주에서 바라보자면, 아무래도 서술의 분량이 많고 서사적 형상력이 호활한 장편소설을 대상으로 하는 것이 효율적일 것이다. 그와 같은 시각에서 가장 먼저 주목할 작품은 박경리의 『토지』이다. 미상불 이 대하 장편소설은 한국의 근현대사를 가로지르며 역사성, 사상성, 문학성을 고루 갖춘 대작이다. 반복하여 말하자면 한국문학의 전통에서 보기 드문 '문·사·철(文·史·哲)'의 세 요소를 동시에 끌어안고 있는 언어의 집이다. 『토지』가 가진 장대한 분량이 문제가 되는 것이 아니다. 민족어와 민족정신의 집대성이라 할만한, 외형과 내면 모두에 걸친 집요한 작가정신과 그것을 발화한 이야기 구성의 역량이 문제다. 이 소설에는 만주, 동남아, 일본 등에 두루 걸친 여행문학의 환경적 조건들이 면면히 살아있다.

황석영이 한국문학에서 처음으로 노동의 문제를 정면에서 다룬 「객지」와 「삼포가는 길」 또한 확고한 여행 모티브를 가지고 있고, 한 시대의 에포크를 그은 대하 장편 『장길산』 역시 그러하다. 해주 광대의 떠돌이 삶을 민중적 연대의 연결고리로 한 이 괄목할만한 작품은, 길 떠남과 길 위의 삶을 통해 그 비극적 서사의 장을 펼쳐 보인다. 황석영이 10년이 넘는 세월을 보내며 『장길산』을 썼을 때, 그는 결코 조선조 숙종 연간의 극적(劇賊) 장길산 부대만을 말하지 않았다. 그것은 작가 당대 신군부 정치의 독재권력에 대한 항변이었고, 장길산의 유랑하는 생애와 그에 잇대어진 다양 다기한 민초들의 사회개혁 의지를 통해 이를 소설의 표면으로 밀어 올렸다.

이러한 떠돌이의 삶을 소설적 서술의 중심으로 삼고 그것을 끈기 있게 천착해 온 작가가 김주영이다. 그는 일찍이 「새를 찾아서」, 「쇠둘레를 찾아서」, 「외촌장 기행」 등의 작품을 통해 여행소설의 가능성과 떠돌이의 애환을 보여주었다. 그리고 그것이 민초들의 끈질긴 생명력과 함께 집대성 된 작품이 대하 장편 『객주』였다. 『객주』는 조선조 보부상들의 세계가 보여주는 온갖 삶의 절목들이 오늘에 있어서도 먼 나라의 이야기가 아님을 말한다. 이 소설은 역사의 지평선 위에 떠올라 있는 인물, 이를테면 왕조실록에 등장하는 인물을 통해 서사를 풀어나가는 일을 과감히 버렸다. 이름도 없고 빛도 없는 『객주』의 저잣거리 인물들, 그 보부상들의 떠돌이 삶이 한국 여행문학의 한 범례라 할 수 있다.

1990년대 이래 한국문학에 현현하기 시작했던 하나의 특성은 작품무대의 세계화였다. 이 또한 여행문학의 주요한 면모를 이룬다. 이것이 하나의 조류를 이루었다는 사실은 그 이전 부분적인 작품에서 나타나던 선례들과는 아주 다른 사정을 가졌다. 한 작가의 선취적 시도가 아니라 사회적 삶의 패턴이 바뀌는 상황 변화, 그로 인한 문학 공간의 다양한 변화를 유발하는 변화였던 것이다. 중앙아시아의 카자흐스탄으로 간 윤후명의 「하얀 배」, 폴란드의 바르샤바로 간 정찬의 「슬픔의 노래」, 중국 돈황으로 간 윤대녕의 「피아노와 백합의 사막」, 그리고 프랑스 파리로 간 고종석의 「제망매」 등이 그 실례들이다.

당대의 한국문학에서 공간 확장, 탈 경계의 논리와 창작방법을 같이 하는 작가는 매우 많다. 아니 단순히 많은 것이 아니라 대다수의 작가들에게 일반화 되어가고 있다. 앞서 살펴본 박경리의 『토지』에는 일제 강점기의 중국 만주 지방에까지 이야기의 무대가 확장되어 있고, 황석영의 『바리데기』나 『심청』 같은 소설에서도 그러한 작품 환경의 탈 경계적 확대를 볼 수 있다. 또 다른 중진작가 조정래의 『정글만리』는 한국의 미래를 위해 중국 비즈니스의 세계를 소설화한다는 창작 의도로 논란이 되었으나 근래에 많이 읽힌 베스트셀러이다. 중동의 사막 땅으로 간 백시종의 『오옴하르 음악회』는 그 이야기의 감동과 구조적 완결성으로 주목을 받았다. 중견작가 김인숙의 『시드니 그 푸른 바다에 서다』, 김영하의 『빛의 제국』과 『검은 꽃』, 강영숙의 『리나』 또한 유사한 탈 경계의 범례가 된다.

김인숙의 『시드니 그 푸른 바다에 서다』는, 한국에서 호주로 이민 간 사람들의 세계를 그렸다. 한 남녀의 삶을 중심으로 한국과 호주의 접경지대에 선 사람들의 끈질긴 생명력과 사랑을 감동적으로 보여주었다. 김영하의 『검은 꽃』은 일제 강점기에 멕시코로 이주한 조선인 노동자들의 이야기다. 거기에 밝은 꽃길은 없었다. 그 삶의 어둡고 참혹한 상황을 작가는 '검은 꽃'이라 불렀다. 같은 작가의 『빛의 제국』은 한반도의 특수한 상황을 반영한, 북한에서 남한으로 온 스파이의 이야기다. 김영하 특유의 기발한 상상력을 바탕으로, 역사적 현실 속의 실존적 삶을 조명한다.

4. 탈 경계의 개념과 여행문학의 영역

여행은 기본적으로 익숙한 공간 환경, 그 경계를 넘어서 '타자의 땅'으로 가는 행위이다. 문학의 '탈 경계'에는 여러 가지 유형이 있으나, 공간적 의미에 있어서는 경계를 넘어서거나 무화(無化)하는 문제에 초점을 두게 된다. 그러할 때 한국문학의 탈 경계는, 한국의 작가들이 한국이라는 국가적 공간 환경을 넘어서 작품의 무대를 자유롭게 구성하는 사례를 말하는 것이다. 작품 속의 등장인물이 활동하고 사건이 일어나며 그로 인해 작가의 메시지가 전달되는 곳이 그 공간이다. 이 공간의 형식은 작품의 내용을 규정할 수 있는 하나의 요인이다. 다시 말하면, 문학작품 속에서의 공간은 그 작품의 존재를 가능하게 하는 주요한 요소가 된다.

여행문학은 국가 간의 교류와 그것이 이루는 문학의 배경 설정을 통해서도 유익한 관점을 도출한다. 예컨대 한국과 베트남은 베트남 전쟁 이래 여러 부면에서 은원(恩怨)이 얽혀 있었으나, 지금은 빠른 속도로 우호와 신뢰를 회복하고 있다. 문학에 있어서도 동남아의 다른 나라에 비해 작가 교류가 활발하다. 이러한 현상은 자연스럽게 소설의 배경에 베트남을 도입하게 했다. 대표적 작가로 방현석은, 베트남에 거주하는 한국인이 베트남 사람들의 아픔을 이해하는 과정을 그린 「랍스터를 먹는 시간」을 썼다. 그의 다른 작품 「존재의 형식」 또한 오랜 베트남과의 친화가 남긴 선물이다.

한국문학이 보여주는 탈 경계적 글쓰기를 한국의 전체적인 역사 과정 속에서, 그리고 보다 구획화된 국가 단위를 두고 전제하면 또 다른 영역이 있다. 곧 한국의 디아스포라 문학이다. 이는 중국·중앙아시아·일본·미국 등지에서 해외 교민인 한국인의 한국어로 된 창작활동, 그리고 한국인 후세대들의 현지어로 된 글쓰기를 모두 포괄한다. 그 문학의 모습은 탈 경계적 글쓰기의 연장선에 있으며, 보다 큰 틀에서 살펴볼 때 한국의 여행문학과 일정한 연관성을 갖는 문학의 형상이요 그 축적이라 할 수 있을 것이다. 이처럼 국가 및 민족 개념을 연계하는 여행문학의 지평은 새로운 논의를 필요로 하는 것인데, 여기에서는 지면 관계상 차후의 과제로 남겨두기로 한다.

장애인문학에 대한 인식과 개선의 올바른 방향

- 대전세종연구원의 정책연구와 관련하여

1. 장애인문학을 바라보는 올곧은 눈

장애인문학의 개념 정의와 관련하여, 반드시 이 호명을 사용해야 할 것인가라는 문제부터 검토할 필요가 있다. 문학의 일반론적 성격 속에는 인간의 모든 삶과 그에 대한 반응의 양식이 포괄될 수 있으므로, 장애인문학이란 명칭 스스로 그 문학의 입지를 축소하고 개념을 한정한다는 비판이 제기될 수 있기 때문이다. 그러나 굳이 이 명칭을 사용한다면 그것은 문학의 한 특정한 분야에 대하여 편의적으로 붙인 이름이라 해야 옳겠다. 예컨대 여성문학이나 노동문학 등이 문학의 일반적인 범위 안에 있으면서 특정한 문학적 관심을 표방하고 있는 것과 마찬가지의 경우다.

장애인문학의 개념은 우선 두 가지 관점에서 정의해 볼 수 있겠다. 먼저 장애인 문인이 쓴 문학이다. 다음으로는 장애와 장애인 문제를 다룬 문학을 그렇게 말할 수 있다. 장애인 문인이 쓴 문학이라는 개념은 매우 협소하여 그야말로 문학을 하나의 울타리 안에 가두는 형국이 된다. 뿐만 아니라 이 개념을 성립시키기 위해서는 장애인이 쓴 문학의 수준 문제에 앞서서 그가 과연 장애인인가, 그리고 어느 정도의 장애인인가라는 문제에 대한 판단이 있어야할 것이다. 그러므로 이 개념은 장애인문학을 말하는 부분적 조건 중 하나로 치부하면 될 것으로 보인다.

다음으로 장애와 장애인 문제를 다룬 문학이라는 개념은 전자에 비해 훨씬 광범위하고 그 개념의 운동 범주도 자유롭다. 그런데 여기에서는 하나의 문학작품 속에 장애인 문제가 어느 정도의 분량으로 포함되어 있는가, 그리고 그것이 작품의 주제에 밀도 있게 관련되어 있는가, 아니면 단순하고 지엽적인 소재적 차원에 그치고 있는가 등의 문제가 검토되지 않으면 안 된다. 물론 이러한 문제가 작품 속에서 객관적 증빙을 동반하고 있거나 그 결과를 통계 수치화 할 수 있거나 하기는 어렵다. 문학은 그러한 형편을 고려하면서 제작되는 예술품이 전혀 아니기 때문이다.

그렇다면 결국 장애인문학이란 용어는 객관화된 기계적 개념 정의에 이르기 어려우며, 문학의 본질적 성격에 따라 상황적으로 유동하는 개념이 될 수밖에 없다. 엄밀히 말하여, 앞서 예거한 여성문학이나 노동문학 등의 경우도 마찬가지이겠지만, 장애인문학이란 쓰고 읽는 이들이 그렇게 느끼고 받아들이는 것이지 사회사적인 객관성을 담보할 수 있는 개념이 아닌 셈이다. 위에서 이 명칭을 '편의적'이라 규정한 것은 이러한 경우의 개념 정의와 관련된 자발성을 말하고 있으며, 모호하고 편리하게 그 개념을 얼버무리는 태도를 말하지 않는다.

장애인문학이 그 영역에서 가지는 강점이 있다면, 그것은 인간의 삶에 있어서 장애 또는 장애인과 관련된 깊은 고통의 심연을 두드려 보는, 그러한 절박성의 강도를 들 수 있겠다. "눈물 젖은 빵을 먹어보지 아니한 사람은 인생의 깊은 의미를 모른다"는 수사가 괴테의 시집에 나오지만, 그 눈물 젖은 빵이 장애의 문제와 상관되어 있다면 그렇지 않은 경우에 비해 절실한 감응력이 한층 더 강화될 수도 있을 것이다. 빅톨 위고의 『파리의 노트르담』에서 주요 등장인물 콰지모도는 그가 장애의 몸을 갖고 있기 때문에 소설의 주제와 비극성을 한층 강화하는 효과를 얻고 있다.

장애인문학의 지향점은 대체로 작품 속에 등장하는 장애의 문제가 절망의 나락으로 침몰하기보다는 소망의 언덕으로 거슬러 오르는 것이 되도록 하는 데 있다. 그러기에 많은 장애인문학의 배면에는 눈물겨운 인간 의지의 개가나 인간승리의 숨은 이야기들이 묻혀 있는 것이다. 청각을 잃은 채 작곡한 베토벤의 장엄한 선율이나 실명한 후 6살 난 딸 데보라의 손을 빌려 『실락원』을 완성한 존 밀턴의 문필이 그 좋은 예라 하겠다. 장애인문학이란 명칭을 내걸고 이 소중한 불씨를 살려가는 사람들, 특히 장애인으로서 창작을 하고 있는 사람들이 유의해야 할 것은, 적어도 일시적이고 값싼 동정에 편승하는 안이함을 버려야 한다는 것이다.

그것은 궁극적인 도움이 되지 않으며, 오히려 예리한 경각심이나 불퇴전의 의욕을 소멸시킬 가능성이 있기 때문이다. 장애인 문제를 소재나 주제로 선택한 것은 창작자 자신의 고유한 정신적 영역에서 이루어진 일이며, 그것이 문학적 예술성의 성숙이나 완성도와 관련하여 어떠한 면죄부도 될 수 없음을 확고히 인식해야 한다. 그런 점에서 장애인문학을 대표하는 문예지나 비평지의 경우, 장애인 창작자의 문학과 장애를 소재로 하되 문학 일반의 수준을 넘어서는 문학의 두 구분을 두고 이를 이분법적으로 운영하는 방안을 생각해 봄직하다.

우리 문학사, 그리고 세계 문학사 속에는 장애인문학으로 그 이름이 빛나는 수많은 장애인 문인들이 있다. 시각장애를 감당했던 호머·밀턴·사르트르, 지체장애를 겪은 이솝·세르반테스·세익스피어·바이런·마가렛 미첼·사마천, 언어장애가 있었던 헤르만 헤세·서머셋 몸, 간질병으로 고생한 톨스토이 등을 예거할 수 있다. 여기서 호명한 이들은 장애를 가지고 있으면서 그에 굴복하지 않고 자신의 문학과 더불어 세계문학의 중심부로 진입한 작가에 해당한다. 요컨대 그들의 문학과 작가로서의 삶이 모두, 장애인문학의 온전한 목표를 설정하는 데 좋은 본보기가 된다 할 것이다.

육신의 장애를 안고 살아가면서, 그러나 그 정신의 영역에서는 맑은 명경처럼 빛나는 보화를 생산해 온 장애인 문인들이 있다. 그런데 정작 중요한 것은 작품의 수월성이다. 기실 아무리 갈고 닦여진 논리를 내세워 장애인문학을 언급한다 할지라도, 수준 있는 작품의 산출이 수반되지 않는다면 그 논리는 허망하기 이를 데 없을 터이다. 아니, 논리가 앞설 일이 아니라 작품 자체의 생산이 비평과 연구의 논리를 불러오는 방향으로 전이되어 나가야 오히려 바람직하다 할 수 있겠다.

2. 문학사에 남은 장애인문학의 성과

한국 고전문학에서 장애의 문제를 다룬 작품은, 우선 정신장애를 포함하고 있는 「공무도하가」가 있다. 물을 건너다 물에 빠져 죽은 백수광부의 처가 쓴 시다. 그리고 시각장애를 다룬 작품으로 희명의 「도천수관음가」, 백제의 「도미설화」, 판소리 열두마당으로 된 「심청가」나 고소설로 된 『심청전』이 있다. 고전문학의 문면이 대체로 해소할 길 없는 당대 민중의 보다 나은 세상에 대한 열망을 담고 있다면, 정신 또는 육신의 장애를 어려운 삶의 조건으로 제시하는 것은 그 주제를 한층 강화하는 효용성이 있다. 이를테면 『심청전』이 힘든 가정 형편에 있으나 효성이 지극하기 이를 데 없는 착한 딸을 형상화하자면, 그 아비의 실명이 훨씬 극적인 이야기의 장치로 기능한다.

일제강점기에 이르러 장애인 문제를 보여주는 문학은 김동인의 「광화사」와 「광염소나타」, 나도향의 「벙어리 삼룡이」, 계용묵의 「백치 아다다」, 김유정의 「봄봄」 등이 있다. 김동인의 두 소설은 예술지상주의의 면모와 더불어 시각장애나 정신장애의 등장인물을 적극 활용함으로써 각기의 주제의식을 강화한다. 나도향의 소설은 장애인의 인간적 자각과 반항을 보여주며, 계용묵의 소설 또한 장애의 상황이 그 인간성의 내밀한 측면을 어떻게 반영하고 있는가를 드러낸다. 김유정의 소설은 농촌의 서정적인 분위기를 바탕에 두고 젊은 남녀 사이의 애정적 교감을 매우 희화적으로 표출한다. 남자의 성장장애를 동기로 하여 전원적 풍취와 인간본성의 발현이 풍자적인 시너지 효과를 발양한다.

6·25동란을 매개로 장애인 문제를 다룬 문학으로 이범선의 「오발탄」, 손창섭의 「잉여인간」, 이호철의 「닳아지는 살들」, 하근찬의 「수난 이대」, 전상국의 「아베의 가족」과 「여름의 껍질」 등이 있다. 이범선의 소설은 전란을 거친 한 가족의 피폐한 삶을 주 인물의 치통과 어머니의 정신이상이라는 알레고리적 표현으로 상징화한다. 손창섭의 전후문학에 해당하는 대부분의 소설은 시대적 현실에 대응하는 패배와 반항의 군상을 그리면서 정신적 일탈의 모습을 지속적으로 보여준다. 이호철의 소설 또한 정신장애를 둘러싼 가족애를 주제로 하고 있으며, 전상국의 이름 있는 두 중편소설은 6·25동란의 와중에서 피해자와 가해자로 살아남아 아직까지 그 굴레를 벗어나지 못하던 인물들이 극명한 화해에 이르는 과정을 감명 깊게 형상화한다.

이 소설들은 전쟁이라는 불가항력적 상황과 삶의 조건 속에서 육신 또는 정신의 장애를 부각하는 것이, 작가가 추구하는 목표에 한결 수월하게 도달하도록 한다는 하나의 이야기 방정식에 입각해 있다. 한국뿐만 아니라 여러 나라의 전쟁소설 또는 전후 소설이 이 방식을 활용하여 수작들을 산출했다. 전쟁이라는 가장 비인도적이요 반인륜적인 무력 충돌도 그러하지만, 장애라는 가장 깊숙이 인간의 삶에 개입하는 환경적 조건 또한 범세계적 보편성을 담보한다는 의미다.

그런가 하면 동시대의 문학 가운데 이청준의 『낮은 데로 임하소서』가 시각 장애인을, 조세희의 「난장이가 쏘아올린 작은 공」이 육체 장애인을, 그리고 정찬의 「완전한 영혼」은 청각 장애의 문제에 접근한다. 이청준의 이 장편소설은 시각 장애인으로서 목회자가 된 주 인물의 파란만장한 삶의 도정을 보여주고, 조세희의 이 베스트셀러 소설은 도시 빈민의 절박한 삶을 육신이 난쟁이라는 멍에에 가로막힌 한 가족 구성원을 통해 보여준다. 정찬의 「완전한 영혼」은 1980년의 광주와 그 이후 운동권의 현실을 주제로 이야기를 이끌면서, 광주사태로 인해 청각을 잃은 이의 삶을 그린다.

한국문학, 특히 이야기를 구체적으로 풀어서 말하는 소설에서 장애인 문제는 시대적 상황에 대응하는 형식으로 주어진 경우가 많다. 물론 한 인간의 내면적 속성이나 지향점이 그와 관련되어 있는 사례도 있다. 중요한 것은 이것이 인간적 삶의 현실을 보다 핍진하게 형용하고 또 그렇게 함으로써 작품의 주제를 보다 명징하게 드러내는 데 효력을 발생한다는 점이다. 그런데 그것은 기실, 문학작품 속의 장애인 문제를 논의함에 있어서 부수적인 항목이다.

정작 우리가 주목해서 살펴야 할 지점은, 그러한 문학적 표현법이 우리가 사는 세상에서 장애인 문제에 대한 인식을 어떻게 각성할 수 있느냐에 있다. 이는 가치지향적인 순방향이어야 하며, 글을 쓰는 작가이든 글을 읽는 독자이든, 또 그가 장애인이거나 비장애인이거나를 막론하고 이 문제에 대한 인식을 합목적인 방향으로 인도하는 것이 온당하다. 그런 점에서 장애인문학은 당초 예정된 방향성을 가질 때가 많다. 심지어 장애인 문제에 대한 전도된 모형을 그릴 때에도 이 개념적 형틀은 여일하게 작동할 수 있다.

세계문학 속의 장애인문학은 그 무대가 넓은 만큼, 장애의 유형과 이야기 형식도 다양하게 펼쳐져 있다. 지체장애를 다룬 작품으로 빅토르 위고의 『파리의 노트르담』, 에밀 졸라의 『목로주점』, 허만 멜빌의 『모비딕』, 톨스토이의 중편 「이반 일리치의 죽음」, E. A. 포우의 단편 「절름발이 개구리」 등이 있다. 시각장애를 다룬 작품으로는 앙드레 지드의 『전원 교향곡』, 샤롯트 브론테의 『제인 에어』, D. H. 로렌스의 「눈먼 사람」 등이 있다. 정신장애를 다룬 작품으로 도스토예프스키의 『백치』와 스티븐슨의 『지킬 박사와 하이드 씨』가 있고 정서장애를 다룬 작품으로 세르반테스의 『돈키호테』와 알베르 카뮈의 『이방인』이 있다. 이 작품들은 모두 인류 문학사에 수발한 이름을 남기고 있는 명작들이다.

3. '장애인인식오늘'이 쌓은 문학의 탑

앞의 두 항목에서 살펴본 바와 마찬가지로, 장애인문학을 바라보는 온전하고 올곧은 시각을 확보하는 것은 선택사항이 아니라 필수사항이며 변수(變數)가 아니라 상수(常數)의 영역에 속한다. 그것은 단순한 도의심이나 '측은지심(惻隱之心)'에 근거하는 것이 아니라, 장애인문학의 실제와 그 성과를 객관적으로 평가하는 데서 출발한다. 여기서 공들여 한국문학과 세계문학을 망라하여 추적해 본 것도 바로 그 때문이다. 일찍이 에밀 졸라가 “당면한 어려운 문제의 묘사는 그 극복을 위해 있다”고 했지만, 궁극적으로 장애인문학의 본령은 그 정신적 극복을 향해 열려 있는 것이다.

사정과 형편이 그러하다면 문학 현장에서 작품 창작을 수행하고 있는 문필가들이나 문학비평가 및 문학 연구자들이, 모두 이 문제에 대해 민감한 경각심을 갖는 것이 중요하다. 항차 이에 대한 관리 및 지원 업무를 담당하는 지자체나 공공의 정책 기관이 이를 확인하고 보살피려는 선제적 노력과 자세를 갖는 것이 무엇보다도 필요하다. 국가와 공공기관의 책임을 맡은 당무자로서 당연한 책임이기 때문이다. 근자에 이르러 전 세계적으로 어느 국가에나 통용될 수 있는 어젠다가 있다. 곧 환경과 인권 문제다. 인권 문제 가운데서도 장애인 문제에 대한 인식과 실천이 결여되어 있는 국가는, 아예 선진국의 반열에 그 이름을 올리지 못한다.

필자는 지금 여기서 이러한 문제, 이러한 상황과 관련된 하나의 사례를 들고 이를 유의해서 살펴보려 한다. 대전광역시에서 활동하고 있는 ‘장애인인식개선오늘’이란 단체가 있다. 2004년에 설립되었으며, 문화체육관광부 등록 비영리 민간단체이자 대전광역시 지정 전문예술단체로 알고 있다. 대표와 회원 60% 이상이 중증장애인과 비장애인 전문예술인으로 구성되어 있으며, 2010년에는 한국문화예술위원회의 지원을 받아 전국 최초로 ‘장애인문학 전용예술공간’을 운영한 단체다. 그런데 그동안 이 단체가 쌓아온 실적은 그야말로 괄목상대할 만하다. 주된 사업으로 대전광역시와 대전문화재단의 ‘장애인 창작활동 지원사업’을 통해 장애인 창작 지원과 인식 및 제도 개선을 위해 노력해 왔다.

그런가 하면 2014년 이후 한국출판문화산업진흥원이 주관하는 ‘세종도서 문학나눔 우수도서’에 총 6종과 13명의 중증장애인 작가 및 장애인

가족의 작품집이 선정된 바 있다. 그리고 2021년 한국문화예술위원회의 문학나눔 도서에도 1종이 선정되었다. 또한 중소출판사 우수콘텐츠 제작 지원사업 등 비장애인과 경쟁을 하는 공모사업 지원 선정 등에서도 성과를 보였다. 그 외에도 전국의 중증장애인 예술인과 인문학을 기반으로 하는 창작곡 제작, '시와 소리' 및 '시와 몸짓' 등 다채로운 행사를 전개하여 장애인 예술의 확장과 향유에 기여해 온 객관적 기록이 있다. 이처럼 그동안 이 단체가 활동한 이력을 열거하자면 너무 많은 시간과 지면이 필요하기에 여기에서는 이 정도로 기술해 두고자 한다.

다만 이 성과와 업적들에 대한 평가에 있어 2016년 949개의 문화예술 관련 전문예술법인단체 평가에서, 평가 지표상으로는 1위 단체인데 최종적으로 4위에 그친 안타까운 사례도 있었다. 그러나 재단법인 예술경영지원센터의 공적 심사가 말해주듯이 비장애인 단체와 경합을 벌여서 그 우수성을 인정받았고 이러한 평가들은 대전광역시에 근거를 둔 전문예술단체로는 유일한 경우였다. 기실 앞서도 언급한 바 있지만, 객관적이고 공적인 평가에 있어서 예술적 수월성(秀越性)에 방점을 두기로 하면 거기에 장애와 비장애의 구분을 두는 것이 바람직하지 않다. 바로 그 점에 대한 이해와 그 구분을 넘어서는 노력이 이 단체로 하여금 장애인 인식 개선의 선두에 서는 지위를 확보하게 했을 터이다.

여기서 한 가지만 더 언급하고 넘어가자면, 이 단체가 그동안 수탁해 온 사업들의 명세에 관한 것이다. 한국 장애인고용공단의 지원으로 갤러리 운영, 한국문화예술위원회의 지원으로 전국 최초의 장애인 창작집필실 운영, 대전의 장애인기업종합지원센터 지원으로 보육기업 운영 등을 들 수 있다. 이와 같은 활동과 성과는 그 일의 과시나 금전적 규모에 중점을 두는 것이 아니다. '장애인인식개선오늘'이 집중하여 육성하는 장애인문학 외에도, 장애인에 대한 인식의 개선과 장애인 삶에 공여할 수 있는 실질적 지원을 위해 이 단체가 애쓰고 수고해온 그 궤적을 증명하는 일이 중요한 것이다.

동시대의 문학인, 장애인 문제에 관심을 가진 양식 있는 시민, 그리고 이에 대한 정책의 입안자 및 관리자들이 이 사실을 신중하게 인지하는 것이 필요하다. 이러한 상황과 관련하여 필자가 근자에 접한 한 '정책연구'는 매우 놀랄만한 것이었다. 대전세종연구원에서 진행한 연구용역의 결과보고서로서 「대전 문학 창작 활동 분석 및 활성화 방안 연구」라고 하는 문건이 그것이었다. 이 연구는 '2018-61'이라는 일련번호가 붙어 있으니 3년 전인 2018년에 진행된 것이 확실했고 연구책임은 한상헌 미래전략실 연구위원, 그리고 공동연구는 도수영 함초롬문학예술연구소 소장으로 되어 있었다.

4. '장애인 인식'의 결여와 개선의 각성

이 연구는 대전광역시 관내의 문인들을 대상으로, 문학 창작의 양적 증대에 비해 지역 내의 문학에 대한 관심과 호응이 부족한 상황이라고 진단하고 있다. 이 문제를 개선하기 위해 선순환적 문학생태계 구축이 요구된다는 것이 연구자들의 기본적인 관점이다. 이른바 '대전문학'의 시발을 1945년에 발간된 종합문화지《향토》에 두고 있으며, 해방공간과 한국전쟁 시기를 거치면서 지역민들의 삶을 반영한 창작의 성과를 거두었다고 보고 있다. 그러나 지역문학의 특성 상 중앙문단 지향적 경향이 있었으며, 최근 들어 '중앙에 대한 지엽적 사고와 중앙 바라기, 그리고 당위적 지역주의'를 벗고 대전 중심의 문학을 정립하려는 의미 있는 움직임이 있다고 판단했다.

지금까지 지역 주체의 정책과 과제가 이행되어 '지방'이라는 타자화된 시각은 많이 사라졌으나, 아직도 '중심'에 집중된 사회·문화의 일반적 현상은 여전하다는 것이 연구자들의 견해다. 그러므로 당면 과제는 문화예술의 중앙 집중 현상을 해소하고 지역 중심의 활성화를 위한 방안이 필요하다는 것이다. 연구자들은 대전의 문학 창작활동 현황을 문학단체, 문예지, 문학 창작 교육과 동호회를 중심으로 조사·연구함으로써 전문작가와 생활 예술인을 포괄하는 문학 창작 환경을 분석하고, 그 환경의 조성을 위한 정책 제안을 감당하겠다는 다짐을 보여주고 있다.

이 연구는 한국 및 대전의 문학 창작 활동 현황 및 지원제도를 순차적으로 서술한 다음, 대전 지역 문학 창작 활동의 실태와 인식에 대해 서술하고 있다. 그리고 그에 대한 대응 방안으로서, 이외 활성화를 견인할 수 있는 정책 기조와 추진 전략을 제시하고 있다. 정책 기조에 있어서는 생활예술을 바탕으로 대전문학 생태계 구축, 대전문학 활성화로 대전의 지역 정체성 고취 및 문화 수준 향상을 들었다. 추진 전략으로는 주체별 특성에 맞는 정책 지원, 창작 활성화를 위한 기반 확충, 문학 창작물의 다각적 활용 및 홍보, 그리고 창작 지원 관련 조직 및 행정 체계 개선 등 여러 항목을 들고 있다.

전반적으로 매우 수준 있는 현황 진단이요 실태 분석이며, 설득력 있는 대안을 내놓고 있는 연구다. 연구 수행 과정에 들인 노력과 목표를 향한 열의도 쉽게 감각할 수 있다. 그런데 천려일실(千慮一失)이라고 할까, 아니면 옥의 티라고 할까, 도무지 간과할고 넘어갈 수 없는 결여의 지점이 남아 있어 안타깝다. 그 '빈 곳'은 어쩌면 이 열성적인 연구의 의미를 단번에 퇴색시킬 수 있는 것이어서 더욱 그렇다. 바로 장애인문학에 대한 관심과 언급, 더 나아가서 장애인 문학단체에 대한 존재 확인의 누락이라는 문제다. 이는 단순한 실수라고 보기에는 사안이 너무 중대하고, 만일 이를 인지하고도 조사·연구에 포함시키지 않았다면 실로 경악할 만한 일이 되는 형국이다.

연구자가 밝힌 '연구방법'을 보면 대전 지역에서 활동하고 있는 문학단체를 조사하고, 기관 정보와 연구실적을 조사하며, 심층 면담을 통한 인식의 확인에 이르겠다는 언급이 명시되어 있다. 실제로 과거 대전에서 발간된 《대전시단》, 《대전문학》, 《호서문학》 등의 문예지, 현재 발간 중에 있는 《애지》, 《시와 정신》, 《시와 경계》등의 문예지를 다루고 있으며, 대전광역시와 대전문화재단에서 지원하는 사업들을 충실히 다루고 있다. 그런데 어떤 이유로 대전에서 괄목할 만한 역할을 하는 장애인문학 문예지 《문학마당》이나 이를 발간하는 '장애인인식개선오늘'의 문학활동에 대해 단 한 줄의 기록도 없는지 의아하지 않을 수가 없는 것이다.

굳이 '장애인'이라는 표식을 전제하지 않는다 하더라도, 앞에서 살펴본 바와 같이 비장애인 문학 분야와 경쟁해서도 대전에서는 보기 드문 성과를 거양한 문학단체요 문예지라고 한다면, 3년 전의 이 용역보고서는 다시 검토되고 가능하다면 수정되어야 한다고 본다. 고의가 아니더라도 모르는 것, 안하는 것도 과오가 될 수 있다. 문제를 시인하고 고치는 것은 결코 부끄러운 일이 아니다. 또 그렇게 하는 것이 장애인과 장애인 문학에 대한 인식을 개선하는 일이 된다면, 그 올바른 방향을 선택하는 용기야 말로 큰 박수를 받을 터이다. 한국과 세계문학사에서 면면히 그 흐름을 이어오고 있는 장애인문학을 제대로 바라보고 그 부력(浮力)이 되도록 애쓰는 노력은, 두고두고 문학인들의 존중을 받을 것으로 믿는다.

한국문학과 문학축제, 세계무대로 진출하려면

1. 한국문학의 세계화, '축제'의 날개로

한국문학의 세계화는 이미 하나의 상수(常數)가 된 개념이다. 수년 전 필자는 미국 동남부 노스캐롤라이나에 있는 듀크 대학에서, 이 문제에 직접 다가선 학술 컨퍼런스에 참석했다. 이틀에 걸쳐 열린 이 국제회의는 미국의 KLA(Korean Literature Association)가 주최하고, 미국 전역에 있는 한국문학 연구자들이 참석하여 발표와 토론을 벌인 뜻 깊은 자리였다. 한국에서 유학을 왔거나 이미 미국에 정착하여 이름 있는 대학에서 한국문학을 가르치는 이들이, 모두 영어로 순서를 이끌었다.

한국문학이 미국의 명문대학에서 영어로 논의되는 현장은, 만만찮은 감동과 함께 여러 가지를 생각하게 했다. 바야흐로 글로벌 시대다. 문학 또한 비좁은 국가주의의 울타리를 넘어서 광활한 국제 경쟁의 무대로 나가야 옳다. 그러자면 문학의 교류와 확산, 번역과 출판의 문제가 제기될 수밖에 없다. 한국문학이 세계문학의 중심부로 진입하거나, 그토록 기다리는 사람이 많은 노벨문학상에 근접하자면, 이와 같은 활동을 강화하지 않고서는 어려운 일이다.

필자가 듀크 대학 컨퍼런스 참석 이전에 방문하고 강연을 한 애리조

나 주립대학에서도, 한국문학과 북한문학에 관심을 가진 수십 명의 미국인 학생들을 만날 수 있었다. 우리의 문화정책은 이 대목에 유의해야 한다. 한국문학에 비상(飛上)의 날개를 달아주는 일을 모국어의 강역(疆域)에서만 할 수는 없는 일이다. 시대는 이미 오래 전에 글로벌의 문턱을 넘어섰고, 문학은 이를 뒤쫓아 가기에도 바쁜 형국이다. 남북한 문학의 소통과 접촉 면적의 확대 또한, 해외에서 한글로 창작되는 한민족 디아스포라 문학과의 연대를 통해 미개척의 지평을 열 수 있다.

이러한 한민족 문화권 문학에의 인식은, 두 마리 토끼를 함께 좇을 수 있게 할 것이다. 곧 민족적 화해협력의 문학적 버전이 그 하나라면, 한국문학 세계화의 실질적 범주 확보가 다른 하나다. 한국의 근대화와 경제개발이 성과를 이룬 만큼 국제적 관계성의 구축도 그러했더라면 하는 여러 유형의 복기(復棋)가 있다. 지금부터라도 우리 문학의 세계화에 역점을 두고 실행을 모색하면, 후대에서는 그와 같은 후회를 없애거나 줄일 수 있을 터이다.

그런데 이 대목에서 정말 숙고하고 유의해야 할 문제가 있다. 시대가 변하고 세상이 달라지면서 문학 또한 과거의 구태의연한 방식으로는 세계화의 장벽을 넘어서기가 어려워졌다는 사실이다. 이미 활자매체 문자문화의 시대에서 전자매체 영상문화의 시대로 국면이 넘어선 형국에, 과거의 문학이 가졌던 '교사'의 형식은 더 이상 효율적으로 작동하지 않는다. 작가와 독자, 순수문학과 통속문학의 경계가 와해된 마당에, 문학 또한 대중과 함께 호흡하는 '가수'의 길을 외면해서는 안 된다.

그래서 축제, 곧 문학의 대중적 효용성과 흡인력을 발양하는 문학 축제를 상정하는 것이다. 일상이 축제가 되고 축제가 일상이 되는 문학의 향유와 그 사회적 확장이 새로운 가치의 전범이 되고 있는 오늘날, 한국의 문학과 문학축제가 세계화의 길로 진출하는 방안과 전략을 면밀하게 검토해야 하는 이유다. 여기에서는 그 몇 가지 사례로 국내의 몇 개 문학제를 거쳐, 새로운 장르로서 세계화의 문을 두드리고 있는 디카시, 그리고 이를 위한 기관인 한국문학번역원의 사례를 살펴보기로 한다. 이 중 디카시는 디지털 카메라와 시의 합성어다.

2. 국내 여러 문학제에 세계화의 꿈을

현재 한국에는 80여 개의 문학관이 있고 이들은 대개 연간 1회 이상 문학제를 개최한다. 그것이 소규모이건 대규모이건 행사 계획을 세우고 사업 예산을 마련하고 진행 인력을 확보하여 이를 실행한다. 그러나 '작은 것이 아름답다'라거나 '가장 향토적인 것이 가장 민족적인 것이며 동시에 세계적인 것이다'와 같은 레토릭을 적용하기에는 형식과 내용 모두에 걸쳐 매우 궁벽하고 빈한한 형편이다. 문학 외 다른 예술 장르의 축제가 이를 주요한 모티브로 삼고 있는 상황과 비교해 보면, 문학 분야는 여전히 의고적인 자기범주를 잘 벗어나지 못한다.

한국의 문학축제 가운데 대세를 이루고 있는 것은 여전히 학술적 발표와 토론의 모임이며, 그 문서 위주와 실내 논의와 제한적 활동 범위를 넘어서는 과감한 축제의 방식은 쉽사리 찾아보기 어렵다. 경기도 양평에 있는 황순원문학촌 소나기마을에서는 여러 차례에 걸쳐 한국문학 및 황순원 문학의 세계화를 위한 번역과 독서운동 등에 관한 심포지엄을 개최하였으며, 그 문학촌 및 문학제에 세계인의 눈길을 모을 수 있는 방안을 모색하고 있다. 예컨대 첫사랑의 순수한 이야기로서 알퐁스 도데의 〈별〉,

생떽쥐베리의 〈어린 왕자〉, 마크 트웨인의 〈톰소여의 모험〉을 야외 산책로에 형상화할 계획을 가지고 있다.

경남 하동에 있는 이병주문학관에서는 해마다 가을에 이병주하동국제문학제를 개최한다. 이 문학관에서는 매번 7-8개국의 해외 작가들을 초청하여 발표 및 토론의 자리를 마련하고, 발표자들이 다양하고 자유롭게 자국의 문학과 문화적 인식에 대해 개진하는 기회를 부여한다. 그리고 이에 대해 여러 언어권의 작가 및 연구자들이 활발한 토론을 통해 국경을 넘어 공감할 수 있는 문학의 현실을 확인하고 상호 교류와 이해의 증진을 도모한다. 이 문학제는 벌써 10여 년간 지속되었고 이 지역을 방문한 해외 저명 문인의 수도 80여 명에 이른다.

전남 장흥을 고향으로 하는 이청준의 문학과 그 문학적 성취를 기리는 이청준문학제는, 한국의 토속적인 바닷가 마을의 풍광과 더불어 애틋하고 강렬한 서정을 기리는 문학축제로 알려져 있다. 이청준 문학의 번역이 12개 언어권에서 46권 분량으로 이루어졌다는 사실은, 그동안 이 작가에 대한 국내외의 관심이 결코 허술하지 않았다는 사실을 증명한다. 이청준 문학이 번역된 그 실상을 조명해 보면, 앞으로 이 사업을 어떻게 뒷받침 할 것인가에 대한 답안도 거기 함께 있다. 이처럼 좋은 작품을 창작하는 것은 작가의 몫이지만, 작품의 가치를 구명하고 세상에 확산하는 것은 동시대에 있어서의 그 역할을 맡은 문학 일반의 책무다.

3. 미국·중국으로 확장된 한국 디카시

시카고는 '호수와 바람의 도시'로 불리는, 미국에서 세 번째로 큰 인구 밀집 지역이다. 지난해 5월 12일 이곳 한인문화회관에서 필자는 오늘의 한국문학과 한국에서 발원한 문예장르인 디카시에 관한 강연을 했다. 시카고 예지문학회와 시카고문인회 회원 150여 명이 참석한 이날 강연회는, 모국어 문학에 대한 뜨거운 관심과 호응 속에 2개의 주제로 진행되었다. 하나는 '통일시대, 한민족 문학의 내일'이었고 다른 하나는 '디카시, 디지털 시대의 새로운 시운동'이었다. 두 주제는 논의 영역과 방향이 전혀 다르지만, 문학의 새로운 시대적 조류를 조명한다는 점에 있어서는 공통점이 있었다.

이 강연회 이전에 사전 논의에 따라 시카고의 문인들은 '시카고 디카시연구회'를 결성했다. 시카고 지역에서 문학 활동의 연조가 오랜 배미순 시인과 소설가이자 동화작가인 신정순 박사가 공동회장을 맡고 함께 추진해 나갈 다수의 임원들을 선임했다. 시카고 디카시연구회는 발 빠르게 회원 성유나 씨를 등록인으로 하여 주 정부에 단체 등록을 마치고 공식적인 문화예술 기구로 출범했다. 강연회 당일 오전 한국 디카시연구소와 시카고 디카시연구회는 '디카시 글로벌화 및 창작활동 지원을 위한 업무협약서'에 서명, MOU를 체결했다. 한국의 디카시연구소 상임고문을 맡고 있는 필자가, 그리고 시카고의 배미순·신정순 공동회장이 서명했다.

이러한 문학의 국제적 협력은 비단 디카시의 영역에 국한되는 것이 아니라 모국어 문학과 해외 한민족 디아스포라 문학이 새로운 연대와 성과를 함께 축적해 나가는 수범 사례이기도 하다. 그런가 하면 그로부터 이틀 후 세계 최대의 도시 뉴욕에서 이에 버금가는 문학 모임이 또 있었다. 5월 14일 오후 7시부터 뉴욕 플러싱의 금강산연회장에서 미동부한인문인협회 주최로, 그리고 회장 황미광 시인의 사회로 필자의 강연회가 시카고에서와 거의 동일한 주제로 개최되었다. 여기에는 100여 명의 뉴욕과 뉴저지 일대의 문인, 평통 관계자, 언론인들이 모여 성황을 이루었다.

필자는 이 자리에서도 디카시의 발아 및 성립 과정과 그 동시대적이고 운명론적인 존재양식에 관해 설명했다. 뉴욕 문인들의 반응은 아주 좋았다. 한국에 그 문명(文名)이 알려져 있는 곽상희 시인은 시를 공부하는 문하생들과 더불어 디카시 창작을 수행해 보겠다고 했다. 필자의 제자이자 한국시인협회에도 소속이 있는 복영미 시인은 함께 시 창작을 하고 있는 문학 모임에서 디카시 학습과 실제 창작을 적극적으로 펼쳐보겠다고 약속했다. 미동부한인문인협회 황미광 회장은 협회 차원의 추진 방안을 연구해 보기로 했다. 이러한 분위기는 그냥 생성되는 것이 아니다. 오랜 시일을 두고 다져진 인간적 우의와 문학적 유대가 그 가운데 있었다.

디카시의 활성화를 위한 노력이 국내에서만 시행되지 않고 해외로 확대되고 있는 것은 매우 바람직한 일이 아닐 수 없다. 이제껏 언급한 미국에서의 새로운 시작은 물론 그보다 앞서 중국 하남성을 중심으로 시작된 '중국 대학생 한글 디카시 공모전'은 벌써 그 성과를 보이기 시작한 국제적 확산의 시범적인 경우에 해당한다. 그리고 지난 1월 중국 칭다오조선족작가협회와 한국디카시연구소는 상호 교류와 협력에 관한 MOU를 체결했다.

어느 누구도 이렇게 막이 오른 디카시가 어디까지 나아갈지, 그 국제적 행보의 내일을 장담하여 말할 수 없다. 하지만 시대적 조류의 형용과 이에 대한 시인 및 독자들의 대응을 유념할 때, 이 문예장르가 번성했으면 했지 위축되는 일은 없을 것으로 확신한다. 디카시의 창작자들, 이를 공명(共鳴)하며 누리는 동호인과 독자들은 이의 문화적·역사적 의의에 대해 자긍심을 가져야 옳을 것이다. 이 새 문예운동은 그야말로 새로운 문학축제로 확장될 가능성이 크고 장차 광범위하고 지속적인 성과를 기대하게 한다.

4. 세계화의 실제 방안과 번역 활성화

한국 옛말에 '꿩 잡는 게 매'라는 속언이 있다. 아무리 바탕이 굳건하고 치장이 훌륭해도 명패를 달아 내놓는 상품 자체가 뛰어나지 않으면 소용이 없다. 이를테면 한국어로 제작된 문학작품의 우수성으로 세계시장에서 통용되는 경쟁력을 확보하지 못한다면, '빛 좋은 개살구'에 지나지 않는다. 문학과 문화의 현장에서 작가를 소중히 여기고 우대해야 하는 것도 그러한 까닭에서다. 한국문학에는 고은, 이문열, 황석영, 신경숙, 한강 등 세계 여러 나라에서 그 작품이 번역되어 읽히고 있는 많은 시인·작가가 있다. 이들의 성과를 더욱 강화하고 새로운 문학작품의 진출을 고무하는 것은 가장 기본적인 단계다.

신경숙의 『엄마를 부탁해』는 그 줄거리에 별반 볼품이 없다. 그런데 이 소설의 이야기는 한 가족 구성원에게 있어 '엄마'라는 보편적 감성대를 예민하게 건드렸다. 물론 앵글로 색선계의 모녀관계는 이와 다르다는 반론도 있다. 하지만 이 소설은 '꿩'을 잡았다. 거기에다 번역도 좋았다. 우선은 작가가 세계의 독자들과 만나기 위해 어떤 주제를 선택해야 할 것인가를 생각하게 하는 대목이다. 예를 들어 무라카미 하루키는 일본 국적을 가진 작가임에 틀림없지만, 그의 작품 세계는 전혀 일본적이지 않다. 가와바다 야스나리가 쓴 『설국』의 시대는 이미 오래 전에 지나간 열차의 시대다.

말하자면 작품 내용에 대한 공감의 문제다. 이 지점은 작가의 역량에 따라 천양지차가 나기도 한다. 그러기에 좋은 작가, 지역과 국가의 한계를 넘어서서 새로운 소재를 발굴하고 감응력 있는 주제를 설정할 수 있는 작가를 기다리는 것이다. 이것은 그동안 국내에서 쌓아온 명성에만 의지해서는 어렵다. 작가는 오히려 겸허해야 하고 보다 소박한 자리에서 멀리 내다보는 '매'의 눈을 길러야 옳다. 예컨대 '대학생과 창부의 사랑'이라고 하자. 시시한 삼류 통속소설의 주제이지만, 도스토예프스키가 쓰면 〈죄와 벌〉의 첫머리가 되고, 알렉산드르 뒤마가 쓰면 〈춘희〉가 된다. 이러한 기저 위에서 한국문학의 세계화를 논의할 때, 더 없이 중요한 숙제가 원활하게 잘 소통되는 번역이다. 앞서 언급한 하루키의 경우는 그 작품의 번역, 특히 영어권 번역에 있어 세계화를 손쉽게 하는 대표적인 사례다. 먼저 하루키 자신이 번역하기 쉬운 문체를 구사한다. 이는 무라카미 류의 작품과 비교해 보면 확연하기 이를 데 없다. 하루키의 번역에 문학인생을 건 복수의 번역가들이 있다. 그런가 하면 일본 문단에서의 번역가 대접이 한국처럼 함부로 작가의 밑 길로 가지 않는다. 한국의 문학작품이 세계의 독자들에게 읽히기를 바라면서, 번역에다 창작에 버금가는 강세를 두지 않는다면 이는 이해할 수 없는 일이다.

또 있다. 한글문학의 세계화를 가능하게 하는 여러 시류들의 계기와 조건을 십분 활용해야 한다. 노벨문학상 후보에 거론되는 한국 작가들의 경우는 보기에 따라, 그리고 활용하기에 따라 그 거론만으로도 상품성이 있다. 아무런 전조(前兆)도 없는 것보다는 거론이라도 되는 것이 백번 낫다. 한국의 젊은 작가들을 의욕적으로 해외에 소개하고 번역된 작품을 출간하는 출판계의 노력도 상찬할 만하다. 우리도 놀랄 정도로 세계적 확대 양상을 보인 한류의 전파, 세계 각 대학의 한국어과 개설, '강남스타

일' 같은 노래나 케이팝 수용 등의 호재를 그냥 흐르는 물에 띄워 보내서는 안 된다.

지금까지 살펴 본 사항들은 이 글이 의도한 '문학축제'의 현황이나 그 미래의 비전에 최적화된 정보를 제공하지 못한다. 그것은 그만큼 한국의 문학축제가 세계화의 문을 두드릴 수 있는 길이 멀고 그 수준에 도달해 있지 못하다는 사실을 반증한다. 이는 앞으로 그리고 시급히 해결해 나가야 할 숙제다. '최선이 아니면 차선'이라는 세상사의 원론을 따라 여기서는 한국문학의 세계화 전망, 그에 부응하려는 몇 개의 문학제, 새로운 문예장르로서 세계화를 견인할 디카시, 이 모든 일에 바탕을 이룰 문학번역의 과제 등을 검토해 보았을 뿐이다. 세계인의 이목을 집중시키는 한국의 문학축제! 아직은 멀지만 끝내 강력하게 붙들고 나가야 할 꿈이다.

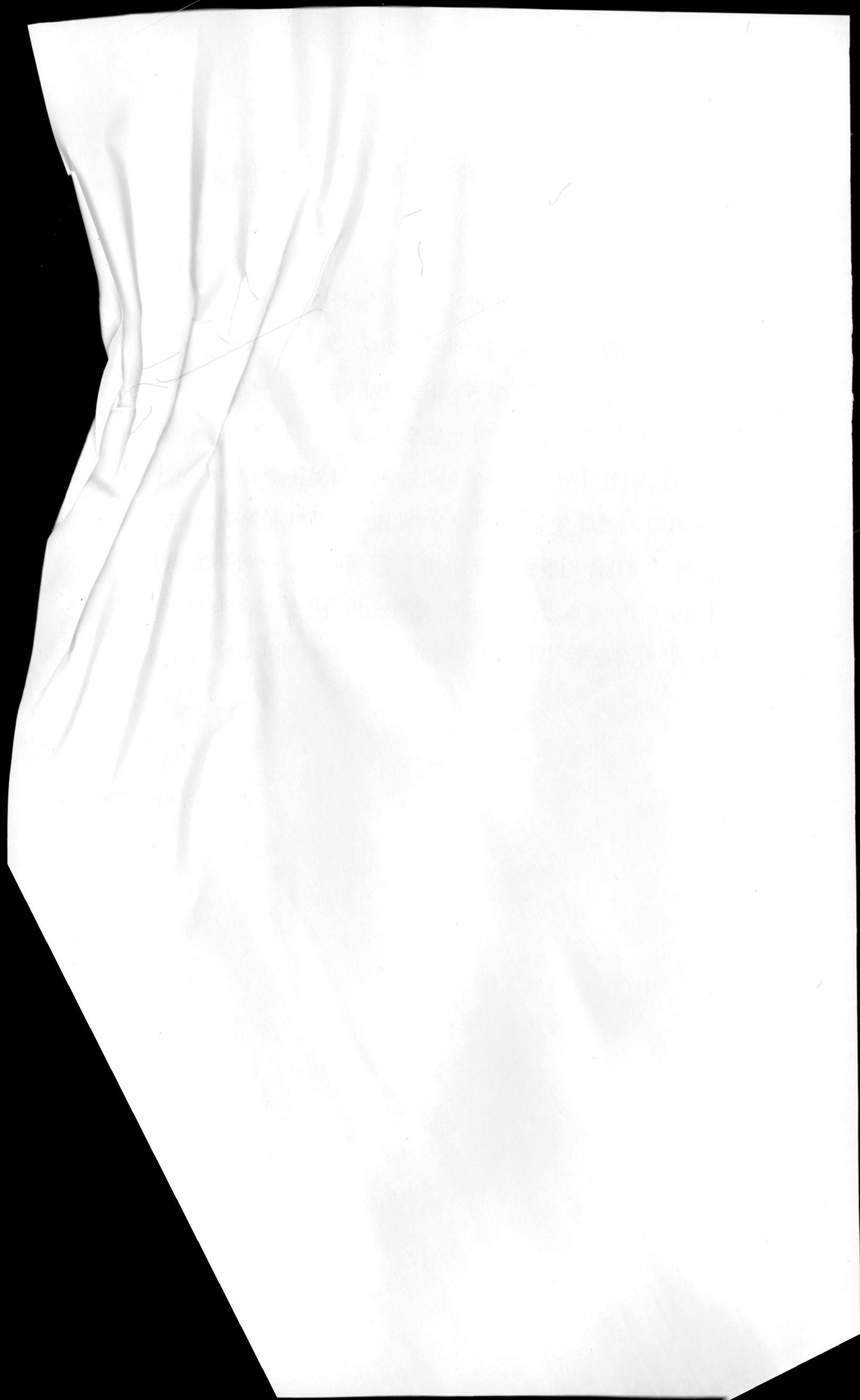